Nicholas Sparks

Wij twee

Russell had nooit kunnen denken dat hij
er op een dag als vader alleen voor zou staan...

BOEKERIJ

ISBN 978-90-225-8061-5
ISBN 978-94-023-0912-6 (e-book)
NUR 302

Oorspronkelijke titel: *Two by Two*
Vertaling: Marike Groot en Sander Brink, GrootenBrink Vertalingen
Omslagontwerp: DPS Design & Prepress Studio, Amsterdam
Omslagbeeld: Pete Thompson Photography
Zetwerk: ZetSpiegel, Best

Wij twee

Nicholas Sparks bij Boekerij:

The Notebook (Het dagboek)
Message in a Bottle (De brief)
Safe Haven (Veilige haven)
The Best of Me (Het beste van mij)
The Longest Ride (De lange tocht)
The Choice (De keuze)
Zie mij
De ontmoeting
De bruiloft
Wij twee

www.boekerij.nl

Voor jou, mijn trouwe lezer:
bedankt voor de afgelopen twintig jaar

1

En toen waren we met zijn drieën

'Wauw!' weet ik nog dat ik zei toen Vivian de badkamer uit kwam en me het positieve resultaat van de zwangerschapstest liet zien. 'Dat is geweldig!'

In werkelijkheid had ik meer een gevoel van... Echt waar? Nu al?

Ik was bovenal geschokt, maar er zat ook wel een beetje angst bij. We waren iets langer dan een jaar getrouwd en ze had me al verteld dat ze van plan was om de eerste paar jaar thuis te blijven als we besloten een kindje te krijgen. Ik was het altijd met haar eens geweest als ze dat zei – ik wilde het zelf ook – maar op dat moment begreep ik dat ook ons leven als stel met twee inkomens binnenkort afgelopen zou zijn. Bovendien wist ik niet eens zeker of ik er wel klaar voor was om vader te worden, maar wat kon ik eraan doen? Het was nou niet zo dat ze me erin had geluisd, of dat ze voor me verborgen had gehouden dat ze een kindje wilde, en ze had het laten weten toen ze met de pil stopte. Ik wilde ook kinderen, natuurlijk, maar ze was pas drie weken daarvoor met de pil gestopt. Ik weet nog dat ik dacht dat ik waarschijnlijk op zijn minst een paar maanden had voordat haar lichaam zich weer zou hebben aangepast aan zijn normale toestand, de toestand waarin het kinderen kon produceren. Het had net zo goed gekund dat ze moeite had om zwanger te worden, wat betekende dat het misschien zelfs wel een jaar of twee zou gaan duren.

Maar dat ging niet op voor mijn Vivian. Haar lichaam had zich meteen aangepast. Mijn Vivian was vruchtbaar.

Ik sloeg mijn armen om haar heen en bestudeerde haar om te zien of ze al straalde. Maar daar was het nog te vroeg voor, toch? Wat is dat stralen trouwens eigenlijk? Is het alleen maar een manier om te zeggen dat iemand er warm en zweterig uitziet? Hoe zouden onze levens gaan veranderen? En hoeveel?

De vragen buitelden over elkaar heen en terwijl ik mijn vrouw vasthield, had ik, Russell Green, op geen ervan een antwoord.

Maanden later gebeurde het grote HET, hoewel ik moet toegeven dat het grootste deel van de dag nog steeds als een waas voor me is.

Achteraf gezien had ik het waarschijnlijk allemaal moeten opschrijven toen het nog vers in mijn geheugen lag. Een dag als het grote HET hoort in uitvoerig detail herinnerd te worden, niet de wazige kiekjes die ik voor de geest krijg. De enige reden dat ik me er zo veel van herinner, is vanwege Vivian. Elk detail leek wel in haar bewustzijn gegrift, maar ja: zij was dan ook degene die aan het bevallen was, en pijn heeft soms tot gevolg dat hij de geest scherper maakt. Dat zeggen ze tenminste wel.

Wat ik wel weet is dit: soms, als we herinneringen ophalen aan de gebeurtenissen van die dag, hebben zij en ik een net iets andere mening. Ik beschouwde mijn daden bijvoorbeeld als volkomen begrijpelijk onder die omstandigheden, terwijl Vivian dan weer beweerde dat ik egoïstisch was, en dan weer gewoon een volslagen idioot. Als ze het verhaal aan vrienden vertelde – en dat heeft ze heel vaak gedaan – begonnen mensen zonder uitzondering te lachen, of ze schudden hun hoofd en gaven haar medelijdende blikken.

In alle eerlijkheid: ik vind dat ik niet egoïstisch en ook geen volslagen idioot was; het was tenslotte ons eerste kind, en geen van beiden wisten we wat we precies konden verwachten toen ze weeën kreeg. Kun je ooit echt goed voorbereid zijn op wat er komen gaat? Een bevalling, had ik gehoord, is onvoorspelbaar; tijdens haar zwangerschap heeft Vivian me er meer dan eens aan herinnerd dat het proces van de eerste weeën tot de daadwerkelijke geboorte meer dan een dag kon duren – vooral bij een eerste kind – en dat bevallingen van meer dan twaalf uur niet ongebruikelijk waren. Zoals de meeste jonge aanstaande vaders beschouwde ik mijn vrouw als de expert en geloofde ik haar op haar woord. Zij was tenslotte degene die al die boeken had gelezen.

Er moet ook worden aangetekend dat ik niet volledig tekortschoot op de ochtend in kwestie. Ik had mijn verantwoordelijkheden serieus genomen. Zowel haar weekendtas als de tas voor de baby was gepakt, en de inhoud van allebei was gecheckt en nog eens gecheckt. Het fototoestel en de filmcamera waren opgeladen en klaar voor gebruik, en de babykamer was volledig bevoorraad met alles wat ons kind nodig zou hebben voor minstens een maand. Ik wist wat de snelste route naar het ziekenhuis was en had alternatieve routes uitgezocht, voor als er toevallig een ongeluk op de snelweg was gebeurd. Ik wist ook dat de baby niet lang op zich zou laten wachten: in de dagen voor de daadwerkelijke geboorte was er talloze keren loos alarm geweest, maar zelfs ik wist dat het aftellen officieel was begonnen.

Met andere woorden, ik was niet heel erg verbaasd toen mijn vrouw me op 16 oktober 2009 om half vijf wakker schudde en aankondigde dat er vijf minuten tussen de weeën zaten en dat het tijd was om naar het ziekenhuis te gaan. Ik twijfelde niet aan haar; ze kende het verschil tussen harde buiken en het échte werk, en hoewel ik me had voorbereid op dit moment, was mijn eerste gedachte niet dat ik snel wat kleren aan moest doen en de auto moest gaan inladen. Sterker nog, mijn eerste gedachten gingen helemaal niet over mijn vrouw en over mijn kind dat zeer binnenkort geboren zou worden. Mijn gedachten gingen meer ongeveer als dit: *Vandaag is het grote HET, en mensen gaan een heleboel foto's nemen. Andere mensen zullen tot in de eeuwigheid naar die foto's kijken, dus – in overweging nemend dat het voor het nageslacht bewaard zal blijven – kan ik misschien maar het beste even gauw douchen voor we gaan, want mijn haar ziet eruit alsof ik de nacht in een windtunnel heb doorgebracht.*

Het is niet dat ik ijdel ben; ik dacht gewoon dat ik zeeën van tijd had, dus zei ik tegen Vivian dat ik over een paar minuten klaar zou zijn om te gaan. Over het algemeen douche ik kort – niet meer dan tien minuten op een normale dag, inclusief scheren – maar net nadat ik het scheerschuim had aangebracht, dacht ik dat ik mijn vrouw hoorde schreeuwen vanuit de woonkamer. Ik luisterde nog eens en hoorde niets, maar ging me toch iets meer haasten. Tegen de tijd dat ik me aan het afspoelen was, hoorde ik haar schreeuwen, maar gek genoeg leek het alsof ze óver mij aan het schreeuwen was, niet tégen mij. Ik sloeg een handdoek om mijn middel en stapte de donkere gang in, nog nadruipend. Ik zweer bij God dat ik minder dan zes minuten onder de douche heb gestaan.

Vivian schreeuwde weer en het duurde een seconde voordat ik had verwerkt dat Vivian op handen en knieën in haar mobieltje zat te schreeuwen dat ik GODVERDOMME ONDER DE DOUCHE STOND! en zich luidkeels zat af te vragen WAAR DIE IDIOOT IN GODSNAAM DACHT DAT HIJ MEE BEZIG WAS?!?!?!? 'Idioot' was trouwens nog de aardigste term die ze gebruikte om me te omschrijven in datzelfde gesprek; in werkelijkheid was haar taalgebruik heel wat kleurrijker. Wat ik niet wist, was dat de weeën die om de vijf minuten waren gekomen nu om de twee minuten kwamen, en dat ze ook pijn in haar onderrug had. Lage rugpijn tijdens de bevalling is ondraaglijk, en Vivian slaakte plotseling een gil die zo hard was dat het een zelfstandig levende entiteit werd, die misschien nog steeds wel rondhangt boven onze buurt in Charlotte, North Carolina, waar het voor de rest overigens rustig wonen is.

Je kan er zeker van zijn dat ik daarna op een zelfs nog hogere versnelling overging. Ik trok mijn kleren aan zonder dat ik me helemaal had afgedroogd en laadde de auto in. Ik ondersteunde Vivian terwijl we naar de auto liepen en zei er niets van dat ze met haar vingernagels in mijn onderarm stak. In een wip zat ik achter het stuur en toen we eenmaal op weg waren, belde ik de verloskundige, die beloofde ook naar het ziekenhuis te komen.

Er zat nog steeds een paar minuten tussen de weeën toen we aankwamen, maar Vivians aanhoudende pijn betekende dat ze meteen werd meegenomen naar de verloskamer. Ik hield haar hand vast en probeerde haar door haar ademhaling te gidsen – waarbij ze opnieuw verschillende kleurrijke opvattingen over mij uitte en me vertelde wat ik 'kon doen met die klote-ademhaling van me!' – tot de anesthesioloog arriveerde voor de ruggenprik. Aan het begin van de zwangerschap had Vivian overwogen of ze er wel of niet een zou nemen en had ze met enige aarzeling besloten het wel te doen, en dat bleek nu een zegen. Zodra het medicijn begon te werken, verdween haar pijn als sneeuw voor de zon, en Vivian glimlachte voor het eerst sinds ze me die ochtend had wakker geschud. Haar verloskundige – in de zestig, met netjes gekamd grijs haar en een vriendelijk gezicht – wandelde elke twintig tot dertig minuten de kamer binnen om te kijken hoeveel ontsluiting ze al had, en tussen die bezoekjes door belde ik beide ouderparen, plus mijn zus.

Het was tijd. Er werden verpleegkundigen opgetrommeld en die begonnen kalm en professioneel de apparatuur op te stellen. Toen zei de dokter plotseling tegen mijn vrouw dat ze moest persen.

Vivian perste tijdens drie weeën; bij de derde begon de dokter plotseling met zijn handen en polsen te draaien als een goochelaar die een konijn uit zijn hoed tovert, en het volgende moment was ik vader.

Zomaar ineens.

De dokter onderzocht ons kindje, en hoewel ze een klein beetje bloedarmoede had, had ze tien vingers, tien tenen, een gezond hart en een paar longen die overduidelijk functioneerden. Ik vroeg naar de bloedarmoede – de dokter zei dat het niets was om je zorgen over te maken – en nadat hij een klodder kleverige substantie in de ogen van onze baby had gespoten, werd ze schoongemaakt, in een doek gewikkeld en in de armen van mijn vrouw gelegd.

Precies zoals ik al had voorspeld werden er de hele dag lang foto's genomen, maar niemand die ze later zag, leek het gek genoeg ook maar iets te kunnen schelen hoe ik eruitzag.

Er is wel gezegd dat als baby's geboren worden, ze er óf uitzien als Winston Churchill, óf als Mahatma Gandhi, maar aangezien de huid van mijn dochter een grijzige tint had van de bloedarmoede, was mijn eerste gedachte dat ze op Yoda leek, maar dan zonder de oren uiteraard. Een práchtige Yoda, let wel, een adembenemende Yoda, een Yoda die zo wonderlijk fantastisch was dat toen ze mijn vinger pakte, mijn hart bijna uit mijn borstkas barstte. Mijn ouders kwamen toevallig een paar minuten later aan en in mijn zenuwen en mijn opwinding liep ik hen in de hal tegemoet en flapte er de eerste woorden uit die in me opkwamen.

'We hebben een grijze baby!'

Mijn moeder keek me aan alsof ik gek geworden was terwijl mijn vader met zijn vinger in zijn oor begon te peuteren alsof hij zich afvroeg of het verzamelde oorsmeer zijn vermogen om goed te horen had aangetast. Ze negeerden mijn opmerking en gingen de kamer binnen, waar ze Vivian met een serene uitdrukking op haar gezicht onze dochter in haar armen zagen wiegen. Mijn ogen volgden die van hen en ik vond dat London het allerdierbaarste meisje van de hele wereldgeschiedenis was. Hoewel ik ervan overtuigd ben dat alle kersverse vaders hetzelfde denken over hun eigen kinderen, is het gewoon een feit dat er maar één kind kan zijn dat daadwerkelijk het allerdierbaarste van de hele wereldgeschiedenis is, en ergens verbaasde het me dat anderen in het ziekenhuis niet bij onze kamer langskwamen om vol verwondering naar onze dochter te staren.

Mijn moeder stapte naar het bed en rekte haar hals uit om van nog dichterbij te kunnen kijken.

'Hebben jullie al een naam?' vroeg ze.

'London,' antwoordde mijn vrouw, met haar aandacht volledig aan ons kind gewijd. 'We hebben besloten dat we haar London noemen.'

Uiteindelijk gingen mijn ouders weg, en ze kwamen die middag weer terug. Daartussendoor kwamen Vivians ouders ook langs. Ze waren met het vliegtuig gekomen uit Alexandria, Virginia, waar Vivian was opgegroeid, en hoewel Vivian dolblij was, voelde ik dat de spanning in de kamer meteen begon te stijgen. Ik had altijd het gevoel gehad dat zij geloofden dat hun dochter ergens genoegen mee had genomen toen ze met mij besloot te trouwen, en wie weet? Ook leken ze mijn ouders niet erg te mogen, en dat was wederzijds. Hoewel ze alle vier altijd beleefd tegen elkaar waren, was het niettemin duidelijk dat ze er de voorkeur aan gaven elkaars gezelschap te vermijden.

Mijn oudere zus, Marge, kwam ook langs met Liz, en ze hadden cadeautjes bij zich. Marge en Liz waren al langer bij elkaar dan Vivian en ik – op dat moment meer dan vijf jaar – en niet alleen vond ik Liz een fantastische partner voor mijn zus, ik wist ook dat Marge de meest geweldige oudere zus was die een man kon hebben. Aangezien allebei mijn ouders werkten – mijn vader was loodgieter en mijn moeder werkte als receptioniste bij een tandartsenpraktijk tot ze een paar jaar geleden met pensioen was gegaan – had

Marge niet alleen soms dienstgedaan als surrogaatouder, maar was ze een zus geweest die ik altijd alles kon toevertrouwen tijdens de angstaanjagende periode van mijn puberteit. Ook zij mochten Vivians ouders trouwens allebei niet, een gevoel dat was ontstaan op mijn huwelijk, toen Vivians ouders weigerden Marge en Liz naast elkaar te laten zitten aan de grootste tafel. Oké, Marge hoorde bij de daggasten en Liz niet – en Marge had ervoor gekozen een smoking te dragen, geen jurk – maar het was een belediging die ze geen van beiden hadden kunnen vergeven, aangezien andere, heteroseksuele stellen wel dat privilege hadden gekregen. Eerlijk gezegd geef ik Marge en Liz groot gelijk dat ze er boos over zijn, want het zat mij ook niet lekker. Zij en Liz hebben een betere relatie dan de meeste getrouwde stellen die ik ken.

Terwijl onze bezoekers kwamen en gingen, bleef ik de rest van de dag in de kamer zitten met mijn vrouw, dan weer in de schommelstoel bij het raam, dan weer op het bed naast haar, terwijl we allebei steeds weer vol verwondering fluisterden dat we een dochter hadden. Dan staarde ik naar mijn vrouw en mijn dochter, met de grootste overtuiging dat ik bij die twee hoorde en dat we met zijn drieën voor altijd met elkaar verbonden zouden blijven. Het gevoel was overweldigend – zoals alles die dag – en op een gegeven moment betrapte ik me erop dat ik aan het speculeren was hoe London eruit zou zien als pubermeisje, of waar ze over zou dromen, of wat ze met haar leven zou gaan doen. Elke keer als London begon te huilen, legde Vivian haar automatisch aan haar borst, en dan was ik getuige van weer een wonder.

Hoe weet London hoe ze dat moet doen? vroeg ik me af. Hoe weet ze dat in hemelsnaam?

Er is echter nog een herinnering aan die dag, een herinnering die helemaal alleen van mij is.

Het gebeurde op die eerste nacht in het ziekenhuis, lang nadat ons laatste bezoek was vertrokken. Vivian sliep en ik zat te doezelen in de schommelstoel toen ik mijn dochter onrustig hoorde worden. Vóór die dag had ik eigenlijk nog nooit een pasgeborene vastgehouden, en ik pakte haar in mijn armen en hield haar dicht tegen mijn lichaam. Ik dacht dat ik Vivian wakker zou moeten maken, maar tot mijn verbazing werd London weer rustig. Ik schuifelde heel voorzichtig terug naar de schommelstoel, en de volgende twintig minuten kon ik me alleen maar verwonderen over de gevoelens die ze bij me teweegbracht. Dat ik haar aanbad, wist ik al, maar nu al kon ik me een leven zonder haar niet voorstellen. Ik herinner me dat ik tegen haar fluisterde dat ik er, als haar vader, altijd voor haar zou zijn, en alsof ze precies wist wat ik zei, poepte ze en begon ze te wriemelen, en toen te huilen. Uiteindelijk gaf ik haar maar terug aan Vivian.

2

In den beginne

'Ik heb het ze vandaag verteld,' kondigde Vivian aan.

We waren in de slaapkamer, Vivian had haar pyjama aangetrokken en was in bed gekropen, en we waren eindelijk alleen met zijn tweeën. Het was half december, en London lag nog maar net een uur te slapen; met acht weken sliep ze nog steeds maar drie à vier uur achter elkaar. Vivian had niet geklaagd, maar ze was oneindig moe. Mooi, maar moe.

'Wie heb je wat verteld?' vroeg ik.

'Rob,' antwoordde ze, doelend op haar baas bij het mediabedrijf waar ze werkte. 'Ik heb hem officieel laten weten dat ik na mijn zwangerschapsverlof niet terug zou komen.'

'O,' zei ik, met dezelfde steek van angst die ik had gevoeld toen ik het positieve resultaat van de zwangerschapstest zag. Vivian verdiende bijna net zoveel als ik, en zonder haar inkomen wist ik niet zeker of we ons onze levensstijl nog konden veroorloven.

'Hij zei dat de deur altijd openstond als ik van gedachten veranderde,' voegde ze eraan toe. 'Maar ik zei tegen hem dat London niet door vreemden opgevoed zou worden. Waarom zouden we anders een kind nemen?'

'Mij hoef je niet te overtuigen,' zei ik, terwijl ik mijn best deed te verbergen wat ik ervan vond. 'Ik sta aan jouw kant.' Nou ja, gedeeltelijk dan. 'Maar je weet wel dat dat betekent dat we niet zo vaak meer uit eten kunnen en dat we zullen moeten besparen op onze extra uitgaven, hè?'

'Ja, dat weet ik.'

'En je hebt er geen probleem mee dat je minder vaak kunt winkelen?'

'Je doet net alsof ik geld over de balk smijt. Dat doe ik helemaal nooit.'

De rekeningen van de creditcard leken soms op het tegendeel te wijzen – net als haar kledingkast, die uitpuilde van de kleren, de schoenen en de tassen – maar ik kon de ergernis in haar stem horen, en het laatste wat ik wilde was met haar ruziemaken. In plaats daarvan rolde ik naar haar toe en trok haar tegen me aan, met iets heel anders in gedachten. Ik duwde mijn neus tegen haar hals en kuste haar.

'Nu?' vroeg ze.

'Het is al een tijdje geleden.'

'En mijn arme schat heeft het gevoel alsof hij op het punt staat te ontploffen, hè?'

'Eerlijk gezegd wil ik dat niet riskeren.'

Ze lachte, en toen ik de knopen van haar pyjamajasje begon los te maken, klonk er een geluid uit de babyfoon. Op dat moment verstijfden we allebei.

Niets.

Nog steeds niets.

En net toen ik dacht dat de kust veilig was en ik lucht uit mijn longen liet ontsnappen waarvan ik niet eens wist dat ik die vasthield, begon het lawaai uit de babyfoon op volle sterkte. Met een zucht rolde ik me op mijn rug en Vivian gleed uit bed. Tegen de tijd dat London eindelijk gekalmeerd was – wat zeker een half uur duurde – was Vivian niet meer in de stemming voor een tweede poging.

De volgende ochtend hadden Vivian en ik meer geluk. Zo veel geluk zelfs dat ik opgewekt aanbood om voor London te zorgen wanneer ze wakker werd zodat Vivian weer kon gaan slapen. London moest echter net zo moe zijn geweest als Vivian: pas toen ik mijn tweede kopje koffie ophad, hoorde ik allerlei geluidjes, maar geen gehuil, uit de babyfoon komen.

In haar kamer was de mobile boven het wiegje aan het draaien, en London lag te wiebelen en zat vol energie, met beentjes die als de zuigers van een motor op en neer pompten. Ik moest er wel om glimlachen en plotseling glimlachte zij ook.

Het was niet zo dat ze een windje liet; het was geen reflex. Dat had ik al eerder gezien, en ik kon mijn ogen bijna niet geloven. Dit was een echte glimlach, zo stralend als een zonsopgang, en toen ze plotseling begon te giechelen, werd het toch al prachtige begin van mijn dag plotseling nog eens duizend keer zo goed.

Ik ben geen wijs man.

Begrijp me goed, ik ben best intelligent. Maar wijsheid houdt meer in dan intelligent zijn, want het omvat begrip, empathie, ervaring, innerlijke rust en intuïtie, en achteraf gezien is het duidelijk dat ik een heleboel van die eigenschappen niet bezit.

En ik heb ook nog iets anders geleerd: leeftijd is geen garantie voor wijsheid, net zomin als leeftijd een garantie is voor intelligentie. Ik weet dat dat geen populaire opvatting is – is het niet zo dat we vaak onze ouderen als wijs beschouwen, deels omdat ze grijs en rimpelig zijn? – maar de laatste tijd ben ik tot de overtuiging gekomen dat sommige mensen worden geboren met de capaciteit om wijs te worden en andere niet, en dat bij sommige mensen wijsheid zelfs al op jonge leeftijd aanwezig lijkt te zijn.

Mijn zus Marge, bijvoorbeeld. Zij is wijs, en ze is maar vijf jaar ouder dan ik. Eerlijk gezegd is ze al wijs zo lang ik haar ken. Liz ook. Zij is jonger dan Marge en toch zijn haar uitspraken zowel diepzinnig als empathisch. Na een gesprek met haar merk ik vaak dat ik nadenk over de dingen die ze heeft gezegd. Mijn vader en moeder zijn ook wijs en ik heb er de laatste dagen veel over nagedacht, want het is me duidelijk geworden dat hoewel wijsheid een familietrek is, ik daar helemaal niets van heb meegekregen.

Als ik wijs was geweest, had ik tenslotte wel naar Marge geluisterd in de zomer van 2007, toen ze met me naar de begraafplaats reed waar onze grootouders begraven lagen en ze me vroeg of ik er wel echt honderd procent zeker van was dat ik met Vivian wilde trouwen.

Als ik wijs was geweest, zou ik naar mijn vader hebben geluisterd toen hij me vroeg of ik zeker wist dat ik voor mezelf wilde beginnen en mijn eigen reclamebedrijf wilde opzetten als ik vijfendertig zou zijn.

Als ik wijs was geweest, zou ik naar mijn moeder hebben geluisterd toen ze tegen me zei dat ik zoveel tijd met London moest doorbrengen als ik kon, omdat kinderen zo snel groot worden en je die jaren nooit meer terugkrijgt.

Maar zoals ik al zei: ik ben geen wijs man, en als gevolg daarvan is mijn leven eigenlijk wel zo'n beetje in een vrije val terechtgekomen. Zelfs nu vraag ik me nog af of ik er ooit wel weer bovenop zal komen.

Waar moet je beginnen wanneer je probeert iets zinnigs te zeggen over een verhaal waar weinig zinnigs aan te ontdekken valt? Bij het begin? En waar is het begin?

Wie zal het zeggen?

Dus laat ik hiermee beginnen. Toen ik klein was, groeide ik op in de verwachting dat ik me volwassen zou voelen tegen de tijd dat ik achttien was, en ik had gelijk. Op mijn achttiende was ik al bezig met plannen maken. Mijn ouders hadden van loonstrookje naar loonstrookje geleefd, en ik was niet van plan hetzelfde te gaan doen. Ik droomde ervan mijn eigen bedrijf te beginnen, eigen baas te zijn, ook al wist ik nog niet goed wat ik dan daadwerkelijk ging doen. Omdat ik dacht dat een studie me wel in de juiste richting zou sturen, ging ik naar de North Carolina State University, maar hoe langer ik er studeerde, hoe jonger ik me leek te voelen. Tegen de tijd dat ik mijn diploma kreeg, kon ik het idee niet van me afschudden dat ik nog vrijwel dezelfde jongen was als ik op de middelbare school was geweest.

Bovendien had die studie me niet geholpen een beslissing te nemen over wat voor soort bedrijf ik zou beginnen. Ik had maar weinig levenservaring in de echte wereld en nog minder kapitaal, dus stelde ik mijn droom uit en nam ik een baan aan bij een reclamebureau voor een man die Jesse Peters heette. Ik droeg een pak als ik naar mijn werk ging en werkte van 's ochtends vroeg tot 's avonds laat, en toch voelde ik me meestal nog steeds jonger dan je aan de hand van mijn ware leeftijd zou zeggen. In het weekend ging ik naar dezelfde kroegen als ik had gedaan toen ik nog studeerde, en ik beeldde me vaak in dat ik opnieuw kon beginnen als eerstejaars en dat ik probleemloos zou kunnen aansluiten bij welke studentenclub dan ook, waar ik toevallig lid van zou worden. Tijdens de acht jaar daarna zouden er zelfs nog meer veranderingen zijn; ik trouwde, kocht een huis en nam een hybride auto, maar zelfs toen voelde ik me niet per definitie altijd als een volwassen versie van mezelf. Peters had tenslotte in feite de plaats van mijn ouders ingenomen – net als mijn ouders kon hij me zeggen wat ik moest doen 'of anders...' – waardoor het leek alsof ik nog steeds maar net deed alsof. Soms als ik aan mijn bureau zat, probeerde ik mezelf ervan te overtuigen: *Oké, het is nu officieel. Ik ben nu volwassen.*

Dat besef kwam uiteraard wel nadat London was geboren en Vivian ontslag had genomen. Ik was nog geen dertig jaar oud, en de druk die ik voelde om de komende paar jaar mijn gezin te onderhouden, vergde een offer van me dat groter was dan zelfs ik had verwacht, en als dat niet betekent dat je volwassen bent, dan weet ik het niet meer. Als ik klaar was met werken bij het reclamebureau – op de dagen dat ik daadwerkelijk op een redelijk tijdstip thuis wist te komen – kwam ik binnen, hoorde ik London 'Papa!' roepen en dan wilde ik altijd dat ik meer tijd met haar kon doorbrengen. Dan kwam ze aanrennen en tilde ik haar op. Dan sloeg ze haar armen om mijn nek en zei ik tegen mezelf dat alle offers het waard waren geweest, al was het alleen maar vanwege ons geweldige kleine meisje.

In de hectiek van het leven was het gemakkelijk om mezelf ervan te overtuigen dat het met de belangrijke dingen – mijn vrouw en dochter, mijn baan, mijn familie – prima ging, ook al kon ik dan niet eigen baas zijn. Tijdens de zeldzame momenten waarop ik fantaseerde over de toekomst, zag ik een leven voor me dat niet eens zo heel veel verschilde van het leven dat ik op dat moment leidde, en dat was ook oké. Oppervlakkig gezien leek alles redelijk op rolletjes te lopen, maar dat had ik als een waarschuwing moeten zien. Geloof me als ik zeg dat ik echt geen flauw idee had dat ik binnen een paar jaar 's ochtends op zou staan met het gevoel alsof ik een van die immigranten op Ellis Island was die in Amerika waren aangekomen met niets anders bij zich dan de kleren die ze aanhadden, die de taal niet spraken en zich afvroegen: wat moet ik nu in vredesnaam?

Wanneer begon het allemaal precies mis te gaan? Als je het aan Marge vraagt, is het antwoord duidelijk: 'Het begon bergafwaarts te gaan toen je Vivian leerde kennen,' heeft ze meer dan eens tegen me gezegd. Uiteraard corrigeerde ze zichzelf automatisch, typisch Marge. 'Dat neem ik terug,' voegde ze er dan aan toe. 'Het begon veel eerder dan dat, toen je nog op de basisschool zat en je die poster aan je muur hing, die van dat meisje in de krappe bikini met die grote jetsers. Ik heb het trouwens altijd een mooie poster gevonden, maar je kreeg er een verwrongen manier van denken door.' Vervolgens, na nog wat meer te hebben nagedacht, schudde ze peinzend haar hoofd: 'Nu ik erover nadenk, was je altijd al een beetje verknipt, en dat zegt wat als je bedenkt wie het zegt: degene die altijd is beschouwd als de mafkees van de familie. Misschien is jouw echte probleem wel dat je altijd veel aardiger bent geweest dan goed voor je is.'

En daar heb je het. Als je probeert erachter te komen waar het mis is gegaan – of beter gezegd: waar jíj de mist in bent gegaan – lijkt het een beetje op een ui pellen. Er is altijd nog een laag, nog een fout in het verleden of een pijnlijke herinnering die erbovenuit steekt, die dan weer nog verder terug in de tijd leidt, en dan zelfs nog verder, op zoek naar de ultieme waarheid. Ik ben op het punt beland dat ik ben opgehouden met proberen erachter te komen: het enige waar het op dit moment echt om gaat, is er genoeg van leren om te vermijden dat ik dezelfde fouten nog een keer maak.

Om te begrijpen waarom dat zo is, is het belangrijk om mij te begrijpen. Wat overigens niet gemakkelijk is. Ik ben al meer dan een derde van een eeuw mezelf, en de helft van de tijd begrijp ik mezelf nog steeds niet. Dus laat ik hiermee beginnen: naarmate ik ouder werd, ben ik steeds meer gaan geloven dat er twee soorten mannen op de wereld zijn. Het soort mannen dat trouwt, en het soort mannen dat vrijgezel blijft. Het soort dat trouwt is het soort man dat eigenlijk zo'n beetje iedere vrouw met wie hij iets heeft, taxeert om te bepalen of ze wel of niet De Ware zou kunnen zijn. Dat is de reden waarom vrouwen van in de dertig en veertig vaak dingen zeggen als: 'Alle leuke mannen zijn al bezet.' Daarmee doelen vrouwen op mannen die zich kunnen en willen binden om deel uit te maken van een stelletje.

Ik ben altijd van het trouwlustige soort geweest. Voor mij voelt het gewoon juist om deel uit te maken van een stelletje. Om de een of andere reden heb ik me altijd meer op mijn gemak gevoeld in het gezelschap van vrouwen dan dat van mannen, zelfs bij vriendschappen, en tijd doorbrengen met één vrouw die toevallig ook nog smoorverliefd op me was, kwam mij voor als het beste van alle mogelijke werelden.

En dat kan het ook zijn, denk ik. Maar daar begint het een beetje ingewikkelder te worden, want niet alle mannen van het trouwlustige soort zijn hetzelfde. Er bestaan subgroepen binnen het trouwlustige type, mannen die zichzelf bijvoorbeeld ook nog als romantisch beschouwen. Klinkt goed, toch? Het soort mannen waarvan de meeste vrouwen beweren dat ze het willen? Dat is het waarschijnlijk ook, en ik moet toegeven dat ik lid ben van deze specifieke subgroep. In zeldzame gevallen heeft dit specifieke subtype echter ook de neiging om het anderen voortdurend naar de zin te maken, en al die drie dingen bij elkaar deden me geloven dat met een klein beetje meer inspanning – als ik nog maar iets beter mijn best deed – mijn vrouw me altijd net zo zou aanbidden als ik haar aanbad.

Maar hoe kwam het dat ik zo was geworden? Was het gewoon mijn aard? Was ik beïnvloed door familiedynamiek? Of had ik gewoon te veel romantische films gekeken toen ik op een leeftijd was dat ik heel beïnvloedbaar was? Of een combinatie van alle bovenstaande dingen?

Ik heb geen idee, maar ik durf zonder aarzelen te stellen dat te veel romantische films kijken helemaal de schuld van Marge was. Ze was dol op klassiekers als *An Affair to Remember* en *Casablanca*, maar *Ghost* en *Dirty Dancing* hoorden er ook bij, en *Pretty Woman* moeten we wel minstens twintig keer hebben gezien. Dat was haar favoriete film aller tijden. Wat ik natuurlijk niet wist, was dat Marge en ik er zo graag naar keken omdat we in die tijd allebei stapelverliefd waren op Julia Roberts, maar daar gaat het niet om. Die film zal waarschijnlijk eeuwig blijven bestaan omdat hij wérkt. De personages die gespeeld werden door Richard Gere en Julia Roberts hadden een soort... chemie. Ze praatten met elkaar. Ze leerden elkaar te vertrouwen, tegen alle verwachtingen in. Ze werden verliefd. En hoe zou iemand de scène kunnen vergeten waarin Richard Gere wacht op Julia – hij is van plan haar mee te nemen naar de opera – en ze naar buiten komt in een jurk die haar tot een volkomen andere vrouw maakt? Het publiek ziet Richards uitdrukking van ontzag, en uiteindelijk maakt hij een fluwelen doosje open, waarin de diamanten halsketting zit die Julia die avond ook zal dragen. Als Julia haar hand ernaar uitsteekt, klapt Richard plotseling het deksel dicht, en Julia's blije, verblufte gezicht...

Alles zat er eigenlijk al in, in alleen die paar scènes. De romantiek, bedoel ik: vertrouwen, verwachting en blijdschap gecombineerd met opera, mooie kleren en juwelen leidden allemaal tot liefde. In mijn prepuberale brein klopte het gewoon allemaal: een soort handleiding voor hoe je indruk moest maken op een meisje. Ik hoefde eigenlijk alleen maar te onthouden dat meisjes de jongen eerst leuk moesten vinden en dat romantische gestes vervolgens zouden uitlopen op liefde. Uiteindelijk werd er weer een romanticus in de echte wereld gecreëerd.

Toen ik in groep acht zat, kwam er een nieuw meisje in de klas. Melissa Anderson was verhuisd uit Minnesota, en ze had blond haar en blauwe ogen, net als haar Zweedse voorouders. Ik weet vrij zeker dat toen ik haar op de eerste schooldag zag, mijn mond openviel en ik was zeker niet de enige. Iedere jongen fluisterde over haar en er was vrijwel geen twijfel in mijn gedachten dat ze verreweg het knapste meisje was dat ooit voet had gezet in de klas van juf Hartman op de Arthur E. Edmonds-basisschool.

Maar het verschil tussen mij en de andere jongens op school was dat ik precies wist wat ik moest doen en zij niet. Ik zou haar het hof maken, en hoewel ik geen Richard Gere was met privévliegtuigen en diamanten halskettingen, had ik wel een fiets en wist ik hoe ik armbanden moest macrameeën, compleet met houten kralen. Die zouden echter later pas komen. Eerst moesten we – net als Richard en Julia – elkaar leuk gaan vinden. Ik begon redenen te zoeken om bij haar aan tafel te zitten tijdens de lunch. Terwijl zij praatte, luisterde ik en stelde ik vragen, en weken later, toen ze eindelijk tegen me zei dat ze me aardig vond, wist ik dat het tijd was voor de volgende stap. Ik schreef een gedicht voor haar – over haar leven in Minnesota en over hoe mooi ze was – en liet het op een middag in de schoolbus in haar hand glijden, samen met een bloem. Ik ging op mijn plek in de bus zitten en wist precies wat er ging gebeuren: ze zou begrijpen dat ik anders was, en daarmee zou er een nog grotere openbaring komen, eentje die ertoe zou leiden dat ze mijn hand zou pakken en me zou vragen of ik met haar mee wilde lopen naar haar huis als we de bus uitstapten.

Alleen pakte het niet zo uit. In plaats van het gedicht te lezen, zat ze de hele weg naar huis met haar vriendin April te babbelen, en de volgende dag zat ze bij de lunch naast Tommy Harmon en praatte ze helemaal niet tegen mij. En ook de dag daarop praatte ze niet tegen me, en ook de dag daarna niet. Toen Marge me later zag zitten kniezen in mijn slaapkamer, vertelde ze me dat ik te veel mijn best deed en dat ik gewoon mezelf moest zijn.

'Ik ben mezelf.'

'Dan moet je misschien veranderen,' kaatste Marge terug, 'want je komt over als iemand die wanhopig is.'

Het probleem was: ik had geen moment getwijfeld. Twijfelde Richard Gere? Het was duidelijk dat hij meer wist dan mijn zus, en nogmaals, dit is een punt waar wijsheid en ik duidelijk in tegenovergestelde richtingen over de snelweg reden. Want *Pretty Woman* was een film en ik leefde in de echte wereld, maar het patroon dat ik begon met Melissa Anderson bleef, met enige variatie, doorgaan, totdat het uiteindelijk een gewoonte werd waar ik niet meer mee kon stoppen. Ik werd de koning van de romantische gebaren – bloemen, briefjes, kaartjes, dat soort dingen – en op de universiteit was ik zelfs de 'stille aanbidder' van een meisje dat ik leuk vond. Ik hield deuren open en betaalde voor etentjes, en ik luisterde wanneer een meisje wilde praten, zelfs als het ging over hoeveel ze nog steeds van haar ex-vriendje hield. De meeste meisjes vonden me oprecht leuk. Dat meen ik serieus. Voor hen was ik een vriend, het soort jongen dat werd uitgenodigd om mee te gaan met een groep vriendinnen als ze uitgingen, maar ik slaagde er zelden in om het meisje dat ik op het oog had in de wacht te slepen. Ik zou niet kunnen zeggen hoe vaak ik heb gehoord: *Je bent de aardigste jongen die ik ken, en ik ben ervan overtuigd dat je ooit iemand vindt. Ik heb twee of drie vriendinnen aan wie ik je waarschijnlijk wel kan koppelen…*

Het was niet gemakkelijk om de jongen te zijn die perfect voor een ander was. Vaak bleef ik achter met een gebroken hart, en ik kon maar niet begrijpen waarom vrouwen me vertelden dat ze bepaalde eigenschappen wilden – romantiek, genegenheid, belangstelling en het vermogen om te luisteren – en het dan niet waardeerden als het hun daadwerkelijk aangeboden werd.

Ik was niet helemaal ongelukkig in de liefde, uiteraard. Op de middelbare school had ik in de vierde klas een vriendinnetje dat Angela heette; op de universiteit was ik het grootste deel van mijn derde jaar met Victoria. En tijdens de zomer na mijn afstuderen, toen ik tweeëntwintig was, ontmoette ik een vrouw die Emily heette.

Emily woont nog steeds in de buurt, en in de loop der jaren heb ik haar her en der gezien. Zij was de eerste vrouw van wie ik ooit heb gehouden, en aangezien romantiek en nostalgie vaak samengaan, denk ik nog steeds aan haar. Emily was een beetje een bohemien; ze gaf de voorkeur aan lange bloemetjesrokken en sandalen, droeg maar weinig make-up en was afgestudeerd in de schone kunsten met de nadruk op schilderen. Ze was ook heel mooi, met kastanjebruin haar en groenbruine ogen met gouden spikkeltjes, maar behalve haar lichamelijke verschijning was er nog meer. Ze lachte snel, was aardig tegen iedereen, en ze was intelligent, een vrouw van wie de meeste mensen vonden dat ze perfect was voor mij. Mijn ouders aanbaden haar, Marge was dol op haar, en als we samen waren, voelden we ons op ons gemak zelfs als we niets zeiden. Onze relatie was gemoedelijk en ontspannen; we waren nog eerder vrienden dan geliefden. Niet alleen konden we overal over praten, maar ze vond ook de briefjes heerlijk die ik onder haar kussen legde of de bloemen die ik zomaar op haar werk liet bezorgen. Emily hield net zoveel van mij als van romantische gebaren, en nadat ik een paar jaar een relatie met haar had gehad, maakte ik plannen om een aanzoek te doen. Ik deed zelfs een aanbetaling voor een verlovingsring.

En toen verklootte ik het. Vraag me niet waarom. Ik zou de schuld kunnen geven aan de drank die avond – ik had gedronken met wat vrienden in een kroeg – maar om de een of andere reden begon ik een gesprek met een vrouw die Carly heette. Ze was mooi, ze wist hoe ze moest flirten en ze had het pasgeleden uitgemaakt met haar vriendje, met wie ze heel lang een relatie had gehad. Het ene drankje leidde tot nog een drankje, dat leidde tot nog meer geflirt en uiteindelijk belandden we met elkaar in bed. De volgende ochtend maakte Carly duidelijk dat wat er was gebeurd niet meer dan een eenmalige gebeurtenis was, zonder verdere consequenties, en hoewel ze me een afscheidskus gaf, nam ze niet de moeite om me haar telefoonnummer te geven.

Er zijn een paar heel eenvoudige Mannenregels in dit soort situaties, en Regel Nummer Eén is deze: *Nooit, maar dan ook nooit vertel-*

len wat je hebt gedaan. En als je liefje ooit iets begint te vermoeden en het rechtstreeks aan je vraagt, ga je onmiddellijk over tot Regel Nummer Twee: *Ontkennen, ontkennen en nog eens ontkennen.*

Iedere man kent die regels, maar het probleem was dat ik me ook nog schuldig voelde. Vreselijk schuldig. Zelfs na een maand kon ik de ervaring niet van me af zetten en ik kon mezelf niet vergeven. Het leek ondenkbaar dat ik het geheim zou houden; ik kon me niet voorstellen hoe ik een toekomst met Emily op zou kunnen bouwen in de wetenschap dat die op zijn minst gedeeltelijk was gebaseerd op een leugen. Ik praatte er met Marge over, en Marge was, zoals altijd, behulpzaam op die zusterlijke manier van haar.

'Hou je stomme snavel dicht, uilskuiken. Je hebt iets lulligs gedaan en je hoort je er ook schuldig over te voelen. Maar als je het nooit meer zult doen, kwets Emily's gevoelens dan niet ook nog eens. Zoiets als dit is funest voor haar.'

Ik wist dat Marge gelijk had, en toch...

Ik wilde dat Emily het me vergaf, want anders wist ik niet zeker of ik mezelf zou kunnen vergeven, en dus ging ik uiteindelijk naar Emily en sprak de woorden waarvan ik zelfs nu nog zou willen dat ik ze terug kon nemen.

'Ik moet je iets vertellen,' begon ik, en begon alles op te biechten.

Als vergeving het doel was, werkte dat niet. Als een ander doel was om te proberen een langdurige relatie op te bouwen op een basis van eerlijkheid, werkte dat ook niet. Door haar boze tranen heen stormde ze naar buiten, en ze zei dat ze tijd nodig had om na te denken.

Ik liet haar een week lang met rust, wachtend tot ze me zou bellen terwijl ik in mijn appartement rondhing, maar de telefoon ging nooit over. De week daarop liet ik twee berichten achter – en verontschuldigde me beide keren nogmaals – maar nog steeds belde ze me niet. Pas de week daarop gingen we eindelijk samen lunchen, maar dat was een gespannen toestand, en toen ze het restaurant verliet, zei ze dat ze niet wilde dat ik met haar meeliep naar haar auto. Het was een teken aan de wand, en een week later liet ze een bericht achter waarin ze zei dat het voorgoed uit was. Ik was er wekenlang kapot van.

Het verstrijken van de tijd heeft mijn schuldgevoel minder gemaakt – zoals de tijd altijd doet – en ik probeerde mezelf te troosten met het idee dat mijn misstap in ieder geval voor Emily goed had uitgepakt. Ik hoorde een paar jaar nadat het uit was gegaan van een vriend van een vriend dat ze met een Australiër was getrouwd, en elke keer als ik een glimp van haar opving, leek het erop dat het leven haar toelachte. Dan zei ik tegen mezelf dat ik blij voor haar was. Meer dan wie ook verdiende Emily het om gelukkig te zijn, en Marge dacht er precies hetzelfde over. Zelfs nadat ik met Vivian was getrouwd keek mijn zus me soms nog weleens aan en zei dan: 'Die Emily was toch wel iets speciaals. Daar heb je nogal een potje van gemaakt, hè?'

Ik ben geboren in Charlotte, North Carolina, en afgezien van één jaar in een andere stad heb ik er mijn hele leven gewoond. Zelfs nu nog lijkt het bijna onmogelijk dat Vivian en ik elkaar juist op de plek hebben leren kennen waar we elkaar hebben leren kennen, of zelfs dat we elkaar überhaupt hebben leren kennen. Ze kwam tenslotte, net als ik, uit het Zuiden; net als ik maakte ze lange dagen voor haar werk, en ze ging zelden uit. Hoe groot was dan de kans dat ik Vivian tegen zou komen op een cocktailfeestje in Manhattan?

In die tijd werkte ik in de dependance van het reclamebureau in Midtown Manhattan, al klinkt dat misschien gewichtiger dan het in werkelijkheid was. Jesse Peters was van mening dat zo ongeveer iedereen die een beetje veelbelovend was ten minste korte tijd in het noorden moest werken, al was het alleen maar omdat een aantal van onze cliënten banken zijn, en elke bank is sterk vertegenwoordigd in New York. Je hebt waarschijnlijk wel een paar reclames gezien waaraan ik heb meegewerkt; ik beschouw ze zelf als diepzinnig en serieus, en ik vind dat ze de ziel van integriteit uitdragen. De eerste van die reclamefilmpjes bedacht ik trouwens toen ik in een eenkamerappartementje op West 77th Street woonde, tussen Columbus Avenue en Amsterdam Avenue, en erachter probeerde te komen of de pinautomaat goed weergaf hoeveel er op mijn bankrekening stond, want hij gaf een saldo aan dat net genoeg was voor een maaltijd in een snackbar in de buurt.

In mei 2006 hield de CEO van een van de banken die mijn visie geweldig vonden een liefdadigheidsevenement voor het Museum of Modern Art. De CEO was een echte kunstliefhebber – iets waar ik niets van afwist – en hoewel het een exclusief evenement was met avondkleding en alles, wilde ik er eigenlijk niet heen. Maar zijn bank was een cliënt en Peters was mijn 'je doet wat ik zeg of anders'-baas, dus wat kon ik anders doen?

Ik kan me vrijwel niets herinneren van het eerste half uur, behalve dat ik er duidelijk niet thuishoorde. Zeker de helft van de aanwezigen was oud genoeg om mijn grootouders te zijn, en vrijwel iedereen behoorde in een andere stratosfeer thuis wat betreft vermogen. Op een gegeven moment was ik aan het luisteren naar twee grijsharige heren die de voordelen van de G IV bespraken in vergelijking met de Falcon 2000. Het duurde even voordat ik doorhad dat ze hun privévliegtuigen aan het vergelijken waren.

Toen ik me van het gesprek afwendde, zag ik haar baas aan de andere kant van de ruimte. Ik herkende hem van het televisieprogramma dat hij laat op de avond presenteerde, en Vivian zou later vertellen dat hij zichzelf als een kunstverzamelaar beschouwde. Ze had een vies gezicht getrokken toen ze dat zei, daarmee implicerend dat hij wel geld had maar geen smaak, wat me niets verbaasde. Ondanks dat hij beroemde gasten ontving, was de kenmerkende humor van zijn programma het beste te omschrijven als ordinair.

Ze stond achter hem, aan mijn zicht onttrokken, maar toen hij een stap naar voren deed om iemand te begroeten, zag ik haar. Met haar donkere haar, gave huid en jukbeenderen waar supermodellen alleen maar van kunnen dromen, wist ik zeker dat ze de mooiste vrouw was die ik ooit had gezien.

Eerst dacht ik dat ze zijn date was, maat hoe langer ik keek, hoe meer ik ervan overtuigd raakte dat ze niet samen waren, maar dat ze in plaats daarvan in een of andere hoedanigheid voor hem werkte. Ook droeg ze geen ring, nog een goed teken... maar ach, ik maakte toch geen schijn van kans.

De romanticus in mij liet zich echter niet afschrikken, en toen ze naar de bar liep om een cocktail te halen, bewoog ik me ook steels in de richting van de bar. Van dichtbij was ze zelfs nog mooier.

'Jij bent het,' zei ik.

'Pardon?'

'Degene waar Disney-tekenaars aan denken als ze de ogen van hun prinsessen tekenen.'

Niet geweldig, dat geef ik toe. Nogal lomp, misschien zelfs wel smakeloos, en in de ongemakkelijke stilte die erop volgde, wist ik dat ik het had verpest. Maar het gekke was: ze begon te lachen.

'Die openingszin heb ik nou nog nooit eerder gehoord.'

'Hij zou ook niet zomaar bij iedereen werken,' zei ik. 'Ik ben Russell Green.'

Ze leek geamuseerd. 'Ik ben Vivian Hamilton,' zei ze, en ik moest bijna naar lucht happen.

Ze heette Vivian.

Net als Julia Roberts' personage in *Pretty Woman*.

Hoe weet een mens eigenlijk echt of een ander de ware is? Wat voor teken krijg je dan? Dat je iemand ontmoet en denkt: dit is degene met wie ik de rest van mijn leven wil doorbrengen. Hoe kon bijvoorbeeld Emily de ware lijken en Vivian de ware lijken, terwijl ze als dag en nacht van elkaar verschilden? Terwijl de relaties als dag en nacht van elkaar verschilden?

Ik weet het niet, maar als ik aan Vivian denk, kan ik me nog steeds heel gemakkelijk de bedwelmende opwinding van onze eerste paar avonden samen herinneren. Waar Emily en ik een warme, prettige relatie hadden, was die tussen mij en Vivian vurig, bijna vanaf het allereerste begin, alsof de aantrekkingskracht tussen ons zo had moeten zijn. Elke interactie, elk gesprek leek mijn toenemende overtuiging te versterken dat we precies waren wat we in de ander zochten.

Omdat ik nu eenmaal het trouwlustige type was, begon ik te fantaseren over de paden die we met elkaar in het leven zouden nemen, over hoe onze hartstochtelijke verbintenis eeuwig zou branden. Binnen een paar maanden wist ik zeker dat ik wilde dat Vivian mijn vrouw zou worden, ook al zei ik dat niet met zoveel woorden. Het kostte Vivian langer om hetzelfde te gaan voelen als ik, maar tegen de tijd dat we zes maanden iets met elkaar hadden, waren Vivian en ik echt een stel geworden en waren we bezig te peilen hoe de ander dacht over God, geld, politiek, familie, buurten, kinderen, en onze kernwaarden. Vaker wel dan niet waren we het met elkaar eens, en naar het voorbeeld van weer een andere romantische film deed ik haar een aanzoek op het uitkijkplatform van het Empire State Building, op Valentijnsdag, een week voordat ik weer terug moest naar Charlotte.

Ik dácht dat ik wist wat ik in huis haalde toen ik me op één knie liet vallen. Maar terugdenkend weet ik nu dat Vivian het zéker wist – niet alleen dat ik het soort man was dat ze wilde, maar zelfs nodig had – en op 17 november 2007 zeiden we onze geloften in het bijzijn van vrienden en familie.

En wat gebeurde er toen? vraag je je misschien af.

Zoals elk getrouwd stel hadden we goede en slechte momenten, moeilijkheden en mogelijkheden, successen en mislukkingen. Toen het stof allemaal was neergedaald, begon ik te geloven dat het huwelijk, ten minste in theorie, fantastisch is.

In de praktijk echter denk ik dat 'gecompliceerd' een betere omschrijving is.

Het huwelijk is tenslotte nooit hoe je je voorstelt dat het zal zijn. Aan de ene kant – en dat was mijn romantische kant – stelde ik me de hele onderneming ongetwijfeld voor als een extra lange reclamespot voor Hallmark-kaarten met rozen en kaarsen en alles in soft focus, een dimensie waarin liefde en vertrouwen elk obstakel overwonnen. De meer praktisch ingestelde kant van me wist dat er, om op de lange duur bij elkaar te blijven, een inspanning van beide kanten nodig was. Je moet inzet tonen en compromissen sluiten, met elkaar communiceren en samenwerken, vooral omdat het leven de neiging heeft elke keer weer hindernissen op te werpen, vaak als we dat het minst verwachten. In het ideale geval loopt een stel daarbij weinig schade op; in andere gevallen wordt het er alleen maar hechter van door die hindernissen samen het hoofd te bieden.

Maar soms lopen we frontaal tegen de hindernis op en raakt hij ons dicht bij ons hart, waarbij we verwondingen oplopen die nooit lijken te helen.

3

En toen?

Het was niet eenvoudig om de enige kostwinner voor het gezin te zijn. Tegen het eind van de week was ik vaak uitgeput, maar één specifieke vrijdagavond staat me nog in het geheugen gegrift. London zou de volgende dag één jaar worden, en ik was de hele dag aan het zwoegen geweest op een reeks verkoopfilmpjes voor Spannerman Properties – een van de grootste vastgoedondernemingen in het Zuidoosten – als onderdeel van een belangrijke reclamecampagne. Het reclamebureau verdiende een klein fortuin aan de opdracht en de leidinggevenden van Spannerman waren bijzonder veeleisend. Er waren deadlines voor elke fase van het project; deadlines die zelfs nog moeilijker werden gemaakt door Spannerman zelf, een man die een vermogen van twee miljard dollar had. Hij moest elk besluit goedkeuren, en ik had het gevoel alsof hij mijn leven zo ellendig mogelijk wilde maken. Dat hij een hekel aan me had, daar twijfelde ik niet aan. Hij was het soort man dat ervan hield om zich te omringen met aantrekkelijke vrouwen – de meesten van de leidinggevenden waren aantrekkelijke vrouwen – en het sprak voor zich dat Spannerman en Jesse Peters uitstekend met elkaar konden opschieten. Ik daarentegen verachtte zowel de man als zijn bedrijf. Hij had de reputatie dat hij het niet zo nauw nam met de regels en dat hij politici omkocht, vooral op het gebied van milieubepalingen, en er hadden talloze ingezonden brieven in de krant gestaan waarin zowel hij als zijn bedrijf met de grond gelijk werd gemaakt. En dat was deels de reden waarom ze ons überhaupt hadden ingehuurd: hun imago kon wel een oppepper gebruiken.

Het grootste deel van het jaar had ik van 's ochtends vroeg tot 's avonds laat aan de Spannerman-opdracht gewerkt, en het was verreweg het ellendigste jaar van mijn leven. Ik zag ertegenop om naar mijn werk te gaan, maar omdat Peters en Spannerman maatjes van elkaar waren, vertelde ik niet wat ik ervan vond. Uiteindelijk werd de opdracht overgedaan aan een andere leidinggevende van ons bureau – Spannerman besloot dat hij een vrouwelijke leidinggevende wilde, wat niemand verbaasde – en ik slaakte een zucht van verlichting. Als ik gedwongen was geweest om nog langer door te gaan met Spannerman zou ik waarschijnlijk uiteindelijk ontslag hebben genomen.

Jesse Peters geloofde in bonussen als een manier om werknemers gemotiveerd te houden, en ondanks de stress waar de Spannerman-opdracht mee gepaard ging, was ik toch in staat elke bonus tot het uiterste te benutten. Ik moest wel. Ik voelde me nooit op mijn gemak tenzij ik geld op spaarrekeningen en op onze beleggingsrekening kon storten, maar de bonussen hielpen ook om het saldo van onze creditcards op nul te houden. In plaats van dat ze in het afgelopen jaar kleiner waren geworden, waren onze maandelijkse uitgaven alleen maar hoger geworden, ondanks Vivians belofte om te bezuinigen op 'inkopen doen', zoals ze winkelen was gaan noemen. Vivian leek niet in staat een grote supermarkt binnen te lopen zonder minstens een paar honderd dollar uit te geven, zelfs al was ze er alleen maar heen gegaan om wasmiddel te kopen. Ik kon dat niet begrijpen – ik nam aan dat het een of andere onbekende leegte in haar vulde – en als ik weleens heel erg moe was, werd ik soms wrokkig en voelde ik me gebruikt. Maar als ik de zaak met haar probeerde te bespreken, leidde dat vaak tot ruzie. Zelfs als de gemoederen niet hoog opliepen, leek er echter weinig te veranderen. Ze verzekerde me altijd dat ze alleen maar kocht wat we nodig hadden, of dat ik geluk had want dat ze gebruik had gemaakt van een aanbieding.

Maar op die vrijdagavond leken die zorgen ver weg, en toen ik de woonkamer binnenkwam, zag ik London in de box en bood ze me een glimlach die me altijd weer ontroerde. Vivian, die er weer net zo mooi uitzag als altijd, zat op de bank door een huis-en-tuintijdschrift te bladeren. Ik kuste London en toen Vivian, die gehuld was in de geur van babypoeder en parfum.

We aten en praatten over wat we die dag hadden gedaan, en vervolgens begon het ritueel van London naar bed brengen. Vivian ging eerst. Ze stopte London in bad en trok haar haar pyjama aan; ik las haar voor en stopte haar in bed, en ik wist dat ze na een paar minuten in slaap zou vallen.

Beneden schonk ik een glas wijn voor mezelf in en zag ik dat de fles bijna leeg was, wat betekende dat Vivian waarschijnlijk aan haar tweede glas bezig was. Glas één betekende 'misschien' wat flikflooien betrof; glas twee maakte het waarschijnlijk, en hoe moe ik ook was, ik voelde dat mijn humeur verbeterde.

Vivian was nog steeds door het tijdschrift aan het bladeren toen ik naast haar ging zitten. Na een tijdje hield Vivian het tijdschrift schuin naar mij.

'Wat vind je van deze keuken?' vroeg ze.

De keuken op de foto had crèmekleurige kastjes met een bruin granieten aanrechtblad, waarvan het kleurenpalet overeenkwam met de afwerking van de kastjes. Te midden van de glanzende moderne keukenapparaten stond een keukeneiland, de droom van elk huisgezin.

'Prachtig,' gaf ik toe.

'Ja, hè? Alles aan die keuken straalt klasse uit. En ik vind de belichting echt schitterend. Die kroonluchter is adembenemend.'

Ik had de belichting niet eens opgemerkt en boog een beetje dichterbij. 'Wauw. Dat is niet mis.'

'In het artikel stond dat een keuken herinrichten bijna altijd waarde toevoegt aan het huis. Als we ooit besluiten het te verkopen.'

'Waarom zouden we het verkopen? Ik vind het heerlijk hier.'

'Ik heb het er niet over dat we het nu zouden moeten verkopen. Maar we zullen hier niet eeuwig blijven wonen.'

Gek genoeg was de gedachte dat we hier niet voor eeuwig zouden blijven wonen nog nooit bij me opgekomen. Mijn ouders woonden tenslotte nog steeds in hetzelfde huis als waar ik was opgegroeid, maar dat was niet waar Vivian het eigenlijk over wilde hebben.

'Je hebt waarschijnlijk gelijk dat het waarde toevoegt,' zei ik, 'maar ik weet niet zeker of we het ons op dit moment wel kunnen veroorloven om de keuken te verbouwen.'

'We hebben toch geld op onze spaarrekening?'

'Ja, maar dat is ons appeltje voor de dorst. Voor noodgevallen.'

'Oké,' zei ze. Ik kon de teleurstelling in haar stem horen. 'Ik vroeg het me gewoon af.'

Ik keek hoe ze zorgvuldig de hoek van de bladzijde omvouwde, zodat ze de foto later terug kon vinden, en ik voelde me een mislukkeling. Ik haatte het om haar teleur te stellen.

Het leven als thuisblijvende moeder was goed voor Vivian.

Ondanks dat ze een kind had, kon Vivian nog altijd doorgaan voor een vrouw van tien jaar jonger, en zelfs nadat London geboren was, werd haar nog af en toe om haar identiteitsbewijs gevraagd als ze een cocktail bestelde. De tijd had weinig vat op haar, maar het waren vooral andere kwaliteiten die haar anders dan anderen maakten. Vivian had bij mij altijd de indruk gewekt dat ze volwassen en vol zelfvertrouwen was, zelfverzekerd in haar gedachten en meningen, en anders dan ik had ze altijd de moed om voor haar mening uit te komen. Als ze iets wilde, liet ze het me weten; als iets haar dwarszat, hield ze haar gevoelens nooit voor zich, zelfs niet als ik boos zou kunnen worden om wat ze zei. De kracht om jezelf te zijn zonder bang te zijn om afgewezen te worden door anderen was iets waar ik respect voor had, al was het alleen maar omdat het iets was waar ik zelf naar streefde.

Ze was ook sterk. Vivian klaagde of zeurde niet bij tegenslag; ze werd eerder bijna stoïcijns. In alle jaren dat ik haar kende, heb ik haar maar één keer zien huilen, en dat was toen Harvey, haar kat, overleed. Ze was op dat moment zwanger van London en Harvey had ze al gehad sinds ze in het tweede jaar zat op de universiteit; zelfs toen de hormonen door haar lichaam gierden, waren het eerder een paar tranen die over haar wangen gleden dan echt snikken.

Mensen kunnen lezen wat ze willen in het feit dat ze niet snel huilde, maar het was gewoon een feit dat Vivian niet veel reden heeft gehád om te huilen. Tot op dat moment waren grote tragedies ons bespaard gebleven en als er al een reden was om teleurgesteld te zijn, dan was het dat Vivian niet nog een keer zwanger had kunnen worden. We begonnen het te proberen toen London achttien maanden was, maar maand na maand ging voorbij zonder succes, en hoewel ik bereid was om naar een specialist te gaan, leek Vivian het prima te vinden om de natuur zijn beloop te laten hebben.

Maar zelfs zonder dat er nog een kind kwam, had ik meestal het gevoel dat ik geluk had gehad om met Vivian getrouwd te zijn, deels vanwege onze dochter. Sommige vrouwen zijn beter geschikt voor het moederschap dan andere, en Vivian was een natuurtalent. Ze was zorgvuldig en liefhebbend, een geboren verpleegster die niet verbleekte bij diarree of braaksel, en ze was een toonbeeld van geduld. Vivian las London honderden boeken voor en kon uren op de vloer zitten spelen; ze gingen met zijn tweeën naar het park en naar de bibliotheek, en Vivian die London voortduwde in een buggy waarachter je kon joggen was een beeld dat je heel vaak tegenkwam in onze buurt. Er waren andere activiteiten en speelafspraakjes met kinderen uit de buurt, de peuterspeelzaal en de gebruikelijke afspraken bij de dokter en de tandarts, wat betekende dat ze altijd weg waren met zijn tweeën. En toch, als ik terugdenk aan die eerste jaren van Londons leven, is het beeld van Vivian dat het sterkst naar voren komt een uitdrukking van pure blijdschap op haar gezicht, of ze London nu vasthield of toekeek hoe onze dochter beetje bij beetje de wereld ontdekte. Een keer, toen London een maand of acht oud was en in de kinderstoel zat, moest ze niezen. Om de een of andere reden vond London dat ontzettend grappig en begon te lachen; ik deed een nep-nies, en het lachen van London werd onbedaarlijk. Ik vond het een erg leuke ervaring, maar voor Vivian was het méér. De liefde die ze voor onze dochter voelde, overschaduwde al het andere, zelfs de liefde die ze voor mij voelde.

De allesverterende aard van het moederschap – of Vivians kijk erop, tenminste – stelde me niet alleen in staat om me op mijn carrière te concentreren, maar het betekende ook dat ik zelden in mijn eentje voor London hoefde te zorgen, zodat ik nooit echt leerde hoe moeilijk het kon zijn. Doordat Vivian het er gemakkelijk uit deed zien, dacht ik dat het ook gemakkelijk was voor haar, maar na verloop van tijd begon Vivian humeuriger en sneller geïrriteerd te worden. Normale huishoudelijke taken werden ook op een laag pitje gezet, en vaak kwam ik thuis in een kamer die helemaal vol lag met speelgoed en een aanrecht dat helemaal vol stond met vuile borden. De was stapelde zich op, er werd niet meer gestofzuigd, en omdat ik altijd een hekel heb gehad aan een rommelig huis besloot ik uiteindelijk om twee keer per week iemand te laten komen om schoon te maken. Tijdens de peuterjaren van London voegde ik er drie middagen per week een oppas aan toe om Vivian even rust te geven overdag, en ik begon op zaterdagochtend op London te passen, zodat Vivian haar Moment voor Zichzelf had. En zo hoopte ik dat ze weer meer energie zou krijgen voor ons als stel. Op mij kwam het over alsof mijn vrouw zichzelf was beginnen te zien als Vivian en als moeder, en dat we met zijn drieën een gezin vormden, maar dat het geleidelijk aan te veel voor haar was geworden om ook nog echtgenote en deel van een stel te zijn.

Toch maakte ik me meestal geen zorgen over onze relatie. Ik dacht dat we net zo waren als de meeste getrouwde stellen met jonge kinderen. 's Avonds praatten we meestal over het dagelijks leven: gesprekken over kinderen, werk of familie, of wat we zouden eten of waar we in het weekend naartoe zouden gaan, of wanneer de auto naar de garage moest voor een beurt. En het was niet zo dat ik me altijd achtergesteld voelde; Vivian en ik begonnen vrijdagavonden te reserveren als 'romantisch avondje'. Zelfs op mijn werk wisten mensen van onze romantische avondjes, en tenzij er een absoluut noodgeval was, ging ik op een schappelijke tijd weg, zette wat muziek op in de auto op weg naar huis en dan had ik een grote glimlach op mijn gezicht tegen de tijd dat ik thuiskwam. London en ik brachten wat tijd samen door terwijl Vivian zich mooi maakte, en als London naar bed was, voelde het bijna alsof Vivian en ik weer verkering hadden.

Vivian ontzag me ook als het werk extra stressvol was. Toen ik drieëndertig was, had ik erover gedacht om mijn 'fatsoenlijke' auto – de hybride – in te ruilen voor een Ford Mustang GT, ook al zou de inruilwaarde heel weinig van de aanschafprijs hebben gehaald. Op dat moment maakte dat niet uit; toen ik een testrit maakte met de enthousiaste verkoper, hoorde ik het schorre loeien van de motor en wist ik dat dit een auto was die jaloerse blikken zou uitlokken als ik ermee over de snelweg reed. De verkoper speelde het spelletje mee en toen ik Vivian er later over vertelde, plaagde ze me niet met het feit dat ik te jong was voor de midlife-malligheden, en ze begon ook niet hardop haar zorgen uit te spreken dat ik duidelijk iets anders wilde dan het leven dat ik had. In plaats daarvan liet ze me een tijdje zwelgen in de fantasie, en toen ik eindelijk bij zinnen kwam, kocht ik iets vergelijkbaars met wat ik al had: weer een hybride met vier deuren, extra bagageruimte in de kofferbak en een uitstekende score op het gebied van veiligheid in het tijdschrift *Consumer Reports*. En ik heb er nooit spijt van gehad.

Nou ja, misschien heb ik er een béétje spijt van gehad, maar daar gaat het niet om.

En al die tijd hield ik van Vivian, en nooit heb ik een seconde getwijfeld aan mijn overtuiging dat ik mijn leven met haar wilde delen. In mijn verlangen om dat te bewijzen, dacht ik altijd lang en diep na over wat ik voor haar moest kopen voor Kerstmis, onze trouwdagen, haar verjaardag, plus Valentijns- en Moederdag. Ik liet onverwacht bloemen voor haar bezorgen, stopte briefjes onder haar kussen voordat ik naar mijn werk ging, en soms verraste ik haar met een ontbijt op bed. In het begin waardeerde ze die gebaren; na een tijdje leken ze een beetje van hun glans te verliezen omdat ze erop begon te rekenen. Dus pijnigde ik mijn hersens op zoek naar een andere manier om het haar naar de zin te maken, iets waardoor ze wist hoeveel ze nog steeds voor me betekende.

En uiteindelijk kreeg Vivian, onder andere, de keuken die ze wilde, net zo een als in het tijdschrift.

Vivian was altijd van plan geweest om weer te gaan werken zodra London met school begon, een of andere parttimebaan waarbij ze nog steeds de middagen en avonden thuis zou kunnen doorbrengen. Vivian beweerde dat ze geen zin had om zo'n moeder te worden die permanent vrijwilligster was in de klas, of die de kantine versierde tijdens de kerstdagen. Ook wilde ze haar dagen niet doorbrengen in een huis dat verder helemaal leeg was; naast het feit dat ze een geweldige moeder is, is Vivian ook nog eens briljant. Ze was summa cum laude afgestudeerd van Georgetown University, en voordat ze moeder en huisvrouw werd, had ze gewerkt als succesvolle publiciteitsagente, niet alleen voor de talkshowpresentator in New York, maar ook bij het mediabedrijf waar ze werkte voordat London er was.

Wat mij betreft: ik had niet alleen ten volle gebruikgemaakt van elke bonus sinds ik bij het bureau was gaan werken, maar ik had ook promoties gemaakt, en in 2014 had ik de leiding over een paar van de belangrijkste opdrachten van het bureau. Vivian en ik waren zeven jaar getrouwd, London was pasgeleden vijf geworden, en ik was vierendertig jaar oud. We hadden niet alleen de keuken van ons huis verbouwd, maar we hadden ook plannen om de badkamer te laten verbouwen. De beurs was goed geweest voor onze investeringen – vooral Apple, onze grootste positie – en afgezien van de hypotheek hadden we geen schulden. Ik was dol op mijn vrouw en mijn kind, mijn ouders woonden in de buurt en mijn zus en Liz waren mijn beste vrienden in de hele wereld. Van buitenaf leek mijn leven gezegend te zijn, en dat zei ik ook tegen iedereen die ernaar vroeg.

En toch zou ik ergens, diep vanbinnen, ook hebben geweten dat ik loog.

Hoe goed het ook ging op mijn werk, als je onder Jesse Peters werkte, voelde je je nooit op je gemak of zeker van je baan. Peters had het reclamebureau twintig jaar eerder opgericht, en met kantoren in Charlotte, Atlanta, Tampa, Nashville en New York was het verreweg het meest toonaangevende reclamebureau dat zijn hoofdkantoor in het Zuidoosten had. Peters, met blauwe ogen en haar dat al toen hij in de twintig was zilvergrijs was geworden, was legendarisch om zijn sluwheid en zijn meedogenloosheid; zijn modus operandi was om andere reclamebureaus weg te concurreren door ofwel klanten af te pakken, óf door onder de kostprijs te werken; als die strategieën niet werkten, kocht hij zijn concurrenten gewoon uit. Zijn successen bliezen zijn toch al enorme ego nog eens op tot megalomane proporties, en zijn stijl van leidinggeven was een goede afspiegeling van zijn persoonlijkheid. Hij wist zeker dat zijn mening altijd de juiste was, en hij deed aan vriendjespolitiek onder zijn werknemers, waarbij hij vaak de ene leidinggevende opzette tegen de andere, met als gevolg dat iedereen voortdurend op zijn tenen liep. Hij kweekte een klimaat waarin de meeste werknemers probeerden meer eer op te strijken dan ze verdienden, terwijl ze tegelijkertijd door lieten schemeren dat alle eventuele mislukkingen of fouten de schuld van de ander waren. Het was een hardvochtige vorm van sociaal darwinisme, waarbij slechts een aantal uitverkorenen kans maakten op de lange duur te overleven.

Gelukkig waren de ergste politieke spelletjes, die wel meer dan één zenuwinzinking onder de leidinggevenden tot gevolg hadden gehad, me tien jaar lang relatief bespaard gebleven; in het begin doordat ik zo laag in de hiërarchie stond dat niemand zich iets van me aantrok, en later doordat ik cliënten binnenhaalde die tevreden waren over mijn werk en daar ook naar betaalden. In de loop van de tijd heb ik mezelf misschien wel wijsgemaakt dat omdat ik veel geld verdiende voor Peters, hij me te waardevol achtte om te kwellen. Peters zat me tenslotte lang niet zo erg op de huid als anderen in het bedrijf. Terwijl hij met mij vaak een praatje maakte op de gang, kwamen andere leidinggevenden – sommige met meer ervaring dan ik – vaak Peters' kantoor uit met een blik van totale ontzetting op hun gezicht. Wanneer ik hen zag, slaakte ik onwillekeurig een zucht van verlichting – en voelde ik me misschien ook wel een beetje zelfvoldaan – dat zoiets mij nog nooit was overkomen.

Maar in hoeverre een aanname klopt, hangt helemaal af van degene die hem doet, en ik had het zo ongeveer over alles bij het verkeerde eind. Mijn eerste grote promotie was ongeveer samengevallen met mijn huwelijk met Vivian; mijn tweede promotie kwam twee weken nadat Vivian op kantoor was langsgekomen om mijn auto af te leveren nadat hij naar de garage was geweest. Zo'n geval waarbij je vrouw langskomt op je werk kan faliekant verkeerd aflopen, maar in dit geval had het ervoor gezorgd dat mijn baas erbij kwam zitten in mijn kantoor en ons uiteindelijk mee uit lunchen nam. De derde promotie kwam minder dan een week nadat Peters en Vivian drie uur hadden zitten praten tijdens een etentje van een cliënt. Pas achteraf gezien werd duidelijk dat Peters niet zozeer geïnteresseerd was in mijn werkprestaties als wel in Vivian, en dat simpele feit was het enige wat hem er al die tijd van had weerhouden om zijn pijlen op mij te richten. Vivian, moet ik daarbij vermelden, leek als twee druppels water op allebei de exen van Peters, en Peters wilde, zo vermoedde ik, niets anders dan haar gelukkig houden... of, indien mogelijk, trouwen met echtgenote nummer drie, zelfs al zou dat mij mijn eigen huwelijk kosten.

Ik maak geen grapje. En ik overdrijf ook niet. Elke keer dat Peters met me praatte, vroeg hij hoe het met Vivian ging, of maakte hij een opmerking over hoe mooi ze toch was, of vroeg hij hoe het tussen óns ging. Bij etentjes van cliënten – drie of vier keer per jaar – wist Peters altijd wel een manier te vinden om naast mijn vrouw te gaan zitten, en bij elk kerstfeest hoorde het beeld van hen tweeën die met hun hoofden dicht bij elkaar in een hoek zaten. Ik had dat waarschijnlijk allemaal kunnen negeren als Vivian anders had gereageerd op het feit dat hij zich overduidelijk tot haar aangetrokken voelde. Hoewel ze niets deed om Peters aan te moedigen, deed ze ook niets om hem te óntmoedigen. Hoe vreselijk hij ook kon zijn als baas, tegen vrouwen kon Peters best charmant zijn, vooral mooie vrouwen als Vivian. Dan luisterde en lachte hij, en gaf hij precies op het juiste moment het juiste complimentje, en omdat hij ook nog zo rijk was als koning Midas, leek het me best mogelijk – en zelfs waarschijnlijk – dat Vivian gevleid was door zijn belangstelling. Dat hij zich tot haar aangetrokken voelde, was voor haar alleen maar vanzelfsprekend. Jongens hadden al om haar aandacht gewedijverd toen ze op de basisschool zat en ze was het gaan verwáchten; wat ze echter niet leuk vond, was dat het mij soms jaloers maakte.

In december 2014 – de maand voor het noodlottigste jaar van mijn leven – waren we ons aan het voorbereiden op het jaarlijkse kerstfeest van het bedrijf. Toen ik mijn zorg uitsprak over de situatie, slaakte ze een geërgerde zucht.

'Stel je niet zo aan,' zei ze, en ik draaide me om, me afvragend waarom mijn vrouw zo laatdunkend deed over mijn gevoelens.

Nog even iets meer over Vivian en mij:

Hoe dankbaar het moederschap ook was voor Vivian, haar huwelijk met mij leek zijn glans een beetje verloren te hebben. Ik kan me herinneren dat ik dacht dat Vivian was veranderd in de jaren dat we getrouwd waren, maar de laatste tijd ben ik tot de overtuiging gekomen dat Vivian niet zozeer was veranderd als wel dat ze zich gewoon verder ontwikkelde en nog meer de persoon werd die ze altijd was geweest: iemand die geleidelijk aan steeds meer een vreemde voor me begon te worden.

De verschuiving was zo subtiel dat het nauwelijks merkbaar was. In het eerste jaar van Londons leven accepteerde ik Vivians nu en dan voorkomende humeurigheid en irritatie als iets wat normaal en te verwachten was, een fase die wel weer over zou gaan. Ik kan niet zeggen dat ik het leuk vond, maar ik raakte eraan gewend, zelfs als het af en toe op het randje van minachting leek te zitten. Maar de fase leek wel nooit over te gaan. In de jaren erna leek Vivian steeds bozer te worden, steeds teleurgestelder en steeds laatdunkender over mijn bezorgdheden. Ze werd vaak boos over kleine dingetjes en wierp me dan beledigingen toe die ik niet eens hardop zou durven fluisteren. Haar agressie was snel en scherp, en gewoonlijk erop gericht om me me te laten verontschuldigen en mijn woorden terug te nemen. Gezien het feit dat ik iemand was die niet van conflicten hield, bereikte ik op een gegeven moment het punt dat ik bijna altijd al terugkrabbelde zodra ze haar stem verhief, wat voor grieven ik misschien ook had gehad.

De nasleep van haar woede was vaak nog erger dan de aanval zelf. Vergeving leek onhaalbaar, en in plaats van door te gaan met over de dingen te discussiëren of ze gewoon van zich af te zetten, trok Vivian zich terug. Dan zei ze weinig of helemaal niets meer tegen me, soms dagenlang, en beantwoordde ze vragen met een of twee woorden. In plaats daarvan richtte ze al haar aandacht op London en trok ze zich terug in de slaapkamer zodra onze dochter in bed lag, mij achterlatend in de woonkamer. Op die dagen straalde ze minachting uit, zodat ik me afvroeg of mijn vrouw überhaupt nog wel van me hield.

En toch zat er een zekere onvoorspelbaarheid aan al die dingen, waarbij regels plotseling veranderden en dan opnieuw veranderden. Vivian was dan weer openhartig in haar woede, dan weer passief-agressief, afhankelijk van wat er maar het beste leek aan te sluiten bij haar stemming. Haar verwachtingen van mij werden steeds minder duidelijk, en de helft van de tijd wist ik niet wat ik wel en wat ik niet moest doen. Dan liep ik alle gebeurtenissen in de nasleep van een uitbarsting nog eens na en probeerde ik erachter te komen wat ik kon hebben gedaan om haar zo op de kast te jagen. En ze vertelde het me ook niet; in plaats daarvan ontkende ze dat er iets was of beschuldigde ze me ervan dat ik overdreven reageerde. Ik had vaak het gevoel alsof ik door een mijnenveld liep, waarbij zowel mijn emotionele toestand als mijn huwelijk op het spel stond... en dan plotseling, om redenen die al even mysterieus voor me waren, keerde onze relatie weer terug naar iets wat in de buurt kwam van normaal. Dan vroeg ze hoe mijn dag was geweest en of ik iets speciaals wilde eten; en als London dan in bed lag, vreeën we met elkaar – het ultieme teken dat ze me had vergeven. Na afloop slaakte ik dan een zucht van verlichting, en hoopte dat alles eindelijk weer zo zou worden als vroeger.

Vivian ontkende mijn versie van deze gebeurtenissen altijd, of tenminste mijn interpretatie ervan. Op een boze manier. Of ze deed voorkomen alsof haar daden en gedrag een reactie waren op dingen die ik had gedaan. Dan zei ze dat ik een onrealistisch beeld had van het huwelijk, en dat ik op de een of andere manier verwachtte dat de wittebroodsweken eeuwig zouden duren, wat gewoon onmogelijk was. Ze beweerde dat ik werkstress mee naar huis nam, en dat ik degene was die humeurig was, niet zij; dat ik wrok koesterde over het feit dat zij thuis had kunnen blijven en dat ik mijn wrok vaak afreageerde op haar.

Welke versie van de gebeurtenissen ook feitelijk waar was, in mijn hart wilde ik niets anders dan dat Vivian gelukkig was. Of, om preciezer te zijn, gelukkig met *míj*. Ik hield tenslotte nog steeds van Vivian, en ik miste hoe ze vroeger altijd glimlachte en lachte als we samen waren; ik miste onze vrije gesprekken en hoe we altijd elkaars hand vasthielden. Ik miste de Vivian die me had doen geloven dat ik een man was die haar liefde waard was.

Maar met uitzondering van onze romantische avondjes op vrijdag, zette onze relatie zijn geleidelijke ontwikkeling door tot iets wat ik niet altijd meer herkende, en ook niet wilde. Vivians minachting begon me *píjn* te doen. De meeste van die jaren was ik teleurgesteld in mezelf dat ik haar altijd weer in de steek liet, en zwoer ik om zelfs nog meer mijn best te doen om het haar naar de zin te maken.

Ik spoel nu weer vooruit naar de avond van het kerstfeest.

'Stel je niet zo aan,' had ze tegen me gezegd, en de woorden bleven zich afspelen in mijn hoofd, zelfs nog terwijl ik me aankleedde. Ze was fel geweest, had mijn bezorgdheid van tafel geveegd en had totaal geen empathie getoond, maar evengoed is wat ik me het meest van die avond herinner het feit dat Vivian er zelfs nog oogverblindender uitzag dan gewoonlijk. Ze droeg een zwarte cocktailjurk, pumps en de diamanten halsketting die ik haar voor haar vorige verjaardag had gegeven. Haar haar hing los over haar schouders, en toen ze uit de badkamer kwam, kon ik alleen maar staren.

'Je ziet er prachtig uit,' zei ik.

'Dank je,' zei ze, haar handtasje vastpakkend.

In de auto was de sfeer nog steeds gespannen tussen ons. Met enige moeite praatten we over koetjes en kalfjes, en toen ze doorkreeg dat ik Peters niet weer ter sprake ging brengen, begon ze een beetje te ontdooien. Tegen de tijd dat we bij het feestje aankwamen, was het bijna alsof zij en ik een soort onuitgesproken afspraak hadden om net te doen alsof mijn opmerking en haar reactie nooit waren geuit.

Maar ze had me wel gehoord. Hoe geïrriteerd ze ook was geweest, Vivian bleef vrijwel de hele avond aan mijn zijde. Peters kwam drie afzonderlijke keren met ons kletsen en vroeg twee keer aan Vivian of ze iets wilde gaan drinken – het was duidelijk dat hij wilde dat ze met hem meeging naar de bar – en bij beide gelegenheden schudde ze haar hoofd en zei ze tegen hem dat ze al iets had besteld bij een van de obers. Ze was beleefd en vriendelijk toen ze het zei, en ik begon me af te vragen of ik eigenlijk toch niet te veel ophef had gemaakt over de hele situatie met Peters. Hij kon flirten met haar zoveel hij wilde, maar aan het einde van de avond zou ze met mij naar huis gaan, en daar ging het tenslotte om, toch?

Het feestje zelf was nauwelijks gedenkwaardig – het was niet beter of slechter of zelfs maar anders dan elk ander bedrijfskerstfeest – maar toen we thuiskwamen en onze tieneroppas naar huis hadden gestuurd, vroeg Vivian of ik een glas wijn voor haar in wilde schenken en om even bij London te gaan kijken. Tegen de tijd dat ik eindelijk de slaapkamer binnenkwam, waren er kaarsen aangestoken en had ze lingerie aan... en...

Dat was het rare aan Vivian: het had meestal geen enkele zin om te proberen te raden wat ze zou gaan doen; zelfs na zeven jaar kon ze me nog altijd versteld doen staan, soms op een heerlijk tedere manier.

Enorme blunder.

Dat is wel ongeveer hoe ik nu over die avond denk, ten minste wat mijn carrière bij het reclamebureau betreft.

Jesse Peters, zo bleek, was er niet blij mee dat Vivian hem had ontweken, en de week daarop begon er een merkbaar koelere wind te waaien vanuit zijn kantoor naar dat van mij. In het begin was het nog subtiel; toen ik hem op de maandag na het feest in de gang zag, liep hij langs me met een kort knikje, en een paar dagen later stelde hij tijdens een vergadering van het creatieve team aan iedereen vragen behalve aan mij. Dat soort subtiele kleineringen bleef doorgaan, maar omdat ik weer eens tot mijn nek in een complexe campagne zat – voor een bank die een campagne wilde die zich concentreerde op integriteit maar die ook níéuw aanvoelde – tilde ik er niet zwaar aan. Daarna kwamen de kerstdagen en omdat het altijd een beetje een gekkenhuis was op kantoor aan het begin van een nieuw jaar, drong het pas eind januari tot me door dat Jesse Peters in de afgelopen zes weken nauwelijks iets tegen me had gezegd. Vanaf dat moment begon ik bij zijn kantoor langs te gaan, maar dan deelde zijn assistente me mee dat hij aan de telefoon zat of het op een andere manier druk had. Wat me eindelijk deed inzien hoe diep zijn wrok tegen me zat, kwam ergens halverwege februari, toen hij eindelijk tijd vrij maakte om me te zien. Eigenlijk verzócht hij me, via zijn secretaresse en dan die van mij, om bij hem langs te komen, wat in feite betekende dat ik geen keus had. Het bureau was een grote cliënt kwijtgeraakt, een autodealer met acht vestigingen verspreid over heel Charlotte, en dat was mijn cliënt geweest. Nadat ik de redenen met hem had doorgenomen waarom ik dacht dat de cliënt voor een andere firma had gekozen, keek hij me zonder met zijn ogen te knipperen strak aan. Wat nog onheilspellender was, was dat hij Vivian niet noemde, noch vroeg hoe het met haar ging. Aan het eind van ons gesprek liep ik de deur uit met ongeveer hetzelfde gevoel als de leidinggevenden aan wie ik me altijd superieur had gevoeld, degenen die ik had zien balanceren op het randje van een zenuwinzinking. Ik had het benauwde gevoel dat mijn dagen bij de Peters Group plotseling geteld waren.

Wat het nog moeilijker te verdragen maakte, was het feit dat het niets te maken had met wat ik wel of niet had gedaan voor de autodealer – een man van achter in de zestig – waardoor hij had besloten om weg te gaan. Ik heb de gedrukte advertenties en de reclamefilmpjes gezien van het bureau dat de opdracht van ons overnam, en ik vind nog steeds dat onze ideeën creatiever en effectiever waren. Maar cliënten kunnen wispelturig zijn. Een omslag in de economie, een verandering van management, of gewoon het verlangen om op korte termijn op de uitgaven te bezuinigen kunnen leiden tot veranderingen die impact hebben op onze bedrijfstak, maar soms heeft het helemaal niets met zaken te maken. In dit geval lag de cliënt in scheiding en had hij geld nodig om te betalen voor de schikking; het komende half jaar bezuinigen op publiciteit zou hem tonnen besparen, en hij moest elke stuiver twee keer omdraaien, aangezien zijn vrouw een advocaat had ingehuurd die berucht was om zijn meedogenloosheid. Nu de kosten voor de rechtszaak opliepen en er een vervelende schikking in het vooruitzicht lag, moest de man beknibbelen op elke mogelijke uitgave, en dat wist Peters ook.

Een maand later, toen een andere cliënt de stop eruit trok – een keten van spoedeisende-zorgklinieken – was Peters' ontevredenheid over mij zelfs nog duidelijker. Het was geen grote cliënt – eerlijk gezegd gold het nauwelijks als een middelgrote cliënt – en het feit dat ik sinds het begin van het jaar drie nieuwe cliënten had binnengehaald leek hem niets te kunnen schelen. In plaats daarvan opperde hij, nadat hij me opnieuw bij zich had geroepen, hardop dat 'je het misschien verleerd bent' en dat 'cliënten misschien geen vertrouwen meer hebben in je oordeel'. Als laatste uitroepteken achter het gesprek riep hij Todd Henley binnen en kondigde hij aan dat we vanaf dat moment zouden 'samenwerken'. Henley was een aankomend talent – hij zat vijf jaar bij het bureau – en hoewel hij wel een beetje creatief was, lag zijn echte vaardigheid in het bevaren van de politieke wateren van het bedrijf. Ik wist wel dat hij het op mijn baan gemunt had; hij was niet de enige, maar wel de meest kruiperige van het hele stel. Toen hij plotseling meer tijd in Peters' kantoor begon door te brengen – ongetwijfeld om te proberen meer eer op te strijken dan hij verdiende voor een advertentiecampagne waar we aan werkten – en eruit kwam met een tevreden grijns, wist ik dat het tijd werd om plannen te gaan maken.

Mijn ervaring, positie en huidige salaris lieten niet veel opties open. Omdat Peters de reclamebranche in de wijde omtrek van Charlotte domineerde, zou ik mijn net verder moeten uitwerpen. In Atlanta was Peters de nummer twee op de markt en groeiende, door kleinere bureautjes op te peuzelen en nieuwe cliënten binnen te halen.

De huidige marktleider had net twee managementwisselingen doorgemaakt en nam nu even geen mensen aan. Daarna nam ik contact op met firma's in Washington DC, Richmond en Baltimore, met de gedachte dat als we dichter bij Vivians ouders zouden wonen, de verhuizing uit Charlotte beter te verteren zou zijn voor Vivian. Maar opnieuw lukte het me niet eens om voor een sollicitatiegesprek uitgenodigd te worden.

Er waren natuurlijk nog wel andere mogelijkheden, afhankelijk van hoe ver ik bereid was van Charlotte vandaan te verhuizen, en ik nam contact op met zeven of acht bureaus in het Zuidoosten en het Midwesten. Maar met elk telefoontje raakte ik er meer van overtuigd dat ik niet weg wilde. Mijn ouders waren hier, Marge en Liz waren hier; Charlotte was mijn thuis. En daarmee begon het idee om voor mezelf te beginnen – een exclusief reclamebureau – uit de as te verrijzen als de mythische feniks. Wat, besefte ik, toevallig ook een perfecte naam was...

Phoenix Agency. Waar uw bedrijf tot ongekende succesniveaus zal stijgen.

Zomaar ineens zag ik de slogan al op visitekaartjes staan; ik kon me inbeelden hoe ik met cliënten praatte, en toen ik bij mijn ouders op bezoek ging, vertelde ik mijn vader terloops over het idee. Hij zei ronduit tegen me dat het geen goed idee was; Vivian was er ook niet bepaald enthousiast over. Ik had haar op de hoogte gehouden van mijn zoektocht naar een baan, en toen ik mijn idee van de Phoenix Agency noemde, stelde ze voor dat ik zou gaan zoeken in New York en Chicago, twee steden die ik als kansloos had afgeschreven. Maar toch kon ik mijn droom niet van me afschudden, en de voordelen begonnen door mijn hoofd te tuimelen.

Als zzp'er zou ik weinig overheadkosten hebben.

Ik stond op goede voet met CEO's en andere leidinggevenden in heel Charlotte.

Ik was heel goed in mijn werk.

Ik zou een exclusieve firma zijn die maar voor een paar klanten zou werken.

Ik zou de klant minder in rekening kunnen brengen en meer verdienen.

Intussen begon ik op mijn werk te rekenen en ramingen te maken. Ik belde cliënten en vroeg hun of ze tevreden waren over de service en de prijs die ze bij de Peters Group kregen, en hun antwoorden versterkten mijn zekerheid dat het niet mis kon gaan. Intussen was Henley bezig mijn graf te graven elke keer dat hij Peters' kantoor binnenliep, en Peters begon zelfs kwaad naar me te kijken.

Dat was het moment dat ik wist dat Peters me zou ontslaan, wat betekende dat ik geen andere keuze had dan voor mezelf te beginnen.

Het enige wat ik nog moest doen, was het officieel aan Vivian vertellen.

Wat was er nu mooier dan mijn toekomstige succes te vieren op het romantische avondje?

Oké, ik had een andere avond kunnen kiezen, maar ik wilde mijn opwinding met haar delen. Ik wilde haar steun. Ik wilde haar over mijn plannen vertellen en wilde dat ze over de tafel heen mijn handen beetpakte en zei: *Ik heb zo lang gewacht tot je zoiets zou doen. Ik twijfel er niet aan dat het een succes zal worden. Ik heb altijd in je geloofd.*

Ongeveer een jaar later, toen ik aan Marge opbiechtte waar ik die avond op had gehoopt, begon ze gewoon hardop te lachen. 'Dus even voor de goede orde,' had ze tegen me gezegd. 'Je hebt in feite zo'n beetje haar hele gevoel van zekerheid onder haar voeten vandaan gehaald en tegen haar gezegd dat je op het punt stond jullie leven helemaal overhoop te halen... en je geloofde echt dat zij het een goed idee zou vinden? Jullie hadden nota bene een kind! En een hypotheek. En andere kosten. Ben je niet helemaal goed bij je hoofd?'

'Maar...'

'Er is geen maar,' zei ze. 'Je weet dat Vivian en ik het niet altijd met elkaar eens zijn, maar die avond had ze gelijk.'

Misschien had Marge wel een punt, maar achteraf praten is gemakkelijk. Op de avond in kwestie, nadat we London naar bed hadden gebracht, maakte ik gegrilde biefstuk klaar – ongeveer het enige wat ik goed kon klaarmaken – terwijl Vivian een salade maakte, wat broccoli stoomde en sperziebonen met amandelschaafsel bakte. Vivian, moet ik daarbij vertellen, at nóóit wat sommigen beschouwen als ongezonde koolhydraten – brood, roomijs, pasta, suiker of alles waar witte bloem in zat – wat ik allemaal juist lekker vond en waar ik me dan ook aan tegoed deed tijdens mijn lunch, wat waarschijnlijk mijn zwembandje verklaarde.

De sfeer tijdens het avondeten was echter al vanaf het begin gespannen. Mijn bedoeling om het allemaal luchtig en ontspannen te houden leek haar alleen maar ongeduriger te maken, alsof ze zich voorbereidde op wat er ging komen. Vivian had me altijd net zo gemakkelijk kunnen lezen als Mozes de Tien Geboden las, en haar groeiende onrust zorgde ervoor dat ik nog beter mijn best deed om het allemaal vrolijk te houden, waardoor zij alleen maar nog stijver op haar stoel ging zitten.

Ik wachtte tot we bijna klaar waren met ons eten. Ze had misschien de helft van haar biefstuk op en ik had haar glas wijn bijgevuld toen ik haar begon te vertellen over Henley en Peters en mijn vermoeden dat ik ontslagen zou worden. Ze knikte alleen maar, dus verzamelde ik moed en stak ik van wal over mijn plannen. Ik liep mijn ramingen door waarbij ik elke reden voor het besluit nog eens onderstreepte. Terwijl ik praatte, had zij wel uit marmer gehouwen kunnen zijn. Ze zat onbeweeglijker dan ik haar ooit had gezien en ze keek nog niet eens heel even naar haar glas wijn. Ook stelde ze geen vragen tot nadat ik uitgesproken was. Stilte vulde de kamer en echode van de muren.

'Weet je zeker dat dat een goed idee is?' vroeg ze uiteindelijk.

Het was niet de klinkende steunbetuiging waar ik op had gehoopt, maar ze stormde ook niet weg, wat ik opvatte als een goed teken. Sukkel die ik was.

'Eigenlijk,' gaf ik toe, 'vind ik het doodeng, maar als ik het nu niet doe, weet ik niet of ik het ooit nog zal doen.'

'Ben je niet een beetje jong om je eigen reclamebureau op te richten?'

'Ik ben vijfendertig. Peters was pas dertig toen hij zijn bureau oprichtte.'

Ze perste haar lippen op elkaar en ik kon de woorden zich bijna zien vormen in haar hoofd: *Maar jij bent Peters niet.* Gelukkig zei ze dat niet. In plaats daarvan trok ze haar wenkbrauwen naar elkaar toe, hoewel er geen rimpel zichtbaar werd. Die vrouw was echt een wonder wat veroudering betrof. 'Weet je eigenlijk wel hoe je zelf een reclamebureau moet oprichten?'

'Het is net als het oprichten van elk ander bedrijf, en mensen richten aan de lopende band bedrijven op. Waar het op neerkomt is dat je de juiste papieren invult bij de overheid, een goede advocaat en accountant inhuurt en een kantoor inricht.'

'Hoelang zou dat in beslag nemen?'

'Een maand, misschien? En als ik eenmaal een kantoor heb, begin ik met cliënten aannemen.'

'Als ze besluiten je in de arm te nemen.'

'Ik kan de cliënten wel krijgen, hoor,' zei ik. 'Daar maak ik me geen zorgen over. Peters is duur, en met sommige van die cliënten heb ik jaren gewerkt. Ik ben ervan overtuigd dat ze meteen overstappen als ze de kans krijgen.'

'Maar je zult nog altijd een tijdje niets verdienen.'

'We zullen gewoon een beetje moeten bezuinigen op een paar dingen. Zoals de werkster.'

'Je wilt dat ik het huis ga schoonmaken?'

'Ik kan helpen,' verzekerde ik haar.

'Uiteraard,' zei ze. 'Waar ga je het geld vandaan halen voor dit alles?'

'Ik was van plan om wat geld van onze belegging te gebruiken.'

'Onze beleggingen?' herhaalde ze.

'We hebben meer dan genoeg om een jaar van te leven.'

'Een jaar?' vroeg ze, me voor de tweede keer nazeggend.

'En dat is als er helemaal geen inkomen binnenkomt,' zei ik. 'Wat niet gaat gebeuren.'

Ze knikte. 'Geen inkomen.'

'Ik weet dat het nu eng klinkt, maar uiteindelijk zal het het allemaal waard zijn. En jouw leven gaat er niet door veranderen.'

'Afgezien van het feit dat je van me verwacht dat ik je dienstmeid word, bedoel je.'

'Dat heb ik niet gezegd...'

Ze kapte me af voordat ik uitgesproken was. 'Peters gaat niet gewoon achteroverleunen en zeggen hoe moedig je bent,' bracht ze naar voren. 'Als hij denkt dat je probeert zijn cliënten in te pikken, zal hij alles uit de kast halen om je te gronde te richten.'

'Hij mag het proberen,' zei ik, 'maar uiteindelijk wordt de wereld geregeerd door geld.'

'Daar heeft hij meer van.'

'Ik heb het over het geld van de cliënten.'

'En ik heb het over geld voor ons gezín,' zei ze. Er kwam een hard randje in haar stem. 'En wij dan? En ik dan? Verwacht je soms dat ik hier gewoon maar in meega? We hebben een kind, nota bene.'

'En ik moet maar gewoon mijn dromen opgeven?'

'Ga nou niet de martelaar uithangen, zeg. Daar heb ik zo'n hekel aan.'

'Ik hang niet de martelaar uit. Ik probeer een gesprek te voeren...'

'Dat probeer je helemaal niet!' zei ze, steeds harder pratend. 'Je zegt wat jíj wilt doen, ook al is dat misschien niet goed voor ons gezin!'

Ik blies langzaam mijn adem uit en concentreerde me erop om mijn stem kalm te houden. 'Ik heb je al verteld dat ik ervan overtuigd ben dat Peters me gaat ontslaan en er zijn geen andere banen in de buurt.'

'Heb je geprobeerd met hem te praten?'

'Natuurlijk heb ik geprobeerd met hem te praten.'

'Dat zeg je maar.'

'Geloof je me niet?'

'Voor een deel.'

'Welk deel?'

Ze sloeg met een klap haar servet op haar bord en stond op van tafel. 'Het deel waarin je gaat doen wat je wilt doen, zelfs al is dat rampzalig voor ons en voor ons kind.'

'Bedoel je soms dat ik niet om ons gezin geef?'

Maar intussen was ze de kamer al uit.

Die nacht sliep ik in de logeerkamer. En hoewel ze enigszins beleefd bleef en ze vragen beantwoordde met een of twee woorden, sprak Vivian de drie dagen daarna niet meer met me.

Hoe goed Marge er ook in was om me tijdens mijn jeugd in leven te houden en me parelen der wijsheid te geven waar het mijn tekortkomingen betrof, eigenlijk had ze geen zin om mijn oppas te zijn toen ze zelf een tiener werd. Ze begon buitensporig veel tijd aan de telefoon door te brengen, met als gevolg dat ik heel veel televisiekeek. Ik weet niet hoe het bij andere kinderen was, maar veel van wat ik over reclames en advertenties weet, heb ik geleerd door osmose. Ik heb het niet op de universiteit geleerd, en ik heb het ook niet van mijn oudere, meer ervaren kameraden bij het reclamebureau geleerd, aangezien de helft van hen hun creatieve energie besteedde aan proberen de carrières van de andere helft te saboteren, met dank aan Peters. Toen ik bij het bureau begon, werd ik meteen in het diepe gegooid, en omdat ik niet wist wat ik anders moest doen, luisterde ik naar de cliënten als ze beschreven wat ze wilden bereiken, boorde mijn goudmijn aan herinneringen aan, en kwam dan met een plan waarin ik een nieuwe draai aan een oud reclamefilmpje gaf.

Zo eenvoudig was het natuurlijk ook weer niet. De reclamewereld omvat heel wat meer dan alleen spotjes op televisie. In de loop der jaren heb ik pakkende slogans voor gedrukte advertenties of voor reclameborden verzonnen; ik heb scripts geschreven voor radioreclames en infomercials; ik heb meegeholpen met het aanpassen van websites en heb effectieve socialmediacampagnes opgezet; ik heb deel uitgemaakt van een team dat een prioriteit maakte van zoekopdrachten op internet en banneradvertenties die gericht waren op specifieke postcodes, inkomens en opleidingsniveaus, en voor één specifieke cliënt heb ik het gebruik van advertenties op bestelwagens bedacht en uitgevoerd. Bijna al dat werk werd bij Peters intern uitgevoerd door verschillende teams, maar als zelfstandige zou ik verantwoordelijk zijn voor alles waar de cliënt behoefte aan had, en ik was goed op sommige terreinen, maar minder goed op andere, vooral als het om technische zaken ging. Gelukkig zat ik al zo lang in de business dat ik genoeg mensen in de buurt kende die de diensten verleenden die ik nodig had, en een voor een legde ik contact met hen.

Ik had niet gelogen tegen Vivian toen ik zei dat ik me geen zorgen maakte dat ik geen cliënten binnen zou halen, maar helaas beging ik een fout, en wel een fout vol ironie. Ik vergat een reclamecampagne op te zetten voor mijn eigen bedrijf. Ik had meer geld moeten besteden aan het opzetten van een degelijke website en aan het creëren van promotiemateriaal dat weerspiegelde hoe het bedrijf dat ik uiteindelijk wilde hebben eruitzag, niet hoe het eruitzag in de opbouwfase. Ik had een paar goede directmailacties moeten inzetten die cliënten zouden aansporen om contact met me op te nemen.

Maar in plaats daarvan was ik in mei bezig ervoor te zorgen dat de infrastructuur aanwezig was om mijn succes mogelijk te maken. Ik nam vakantiedagen op om een advocaat en een accountant in te huren om de nodige papieren in orde te maken. Ik huurde een kantoor met een gezamenlijke receptioniste. Ik kocht kantoorartikelen, tekende leasecontracten voor nog meer kantoorbenodigdheden, en bevoorraadde mijn kantoor met de voorraden waarvan ik wist dat ik ze nodig zou hebben. Ik las boeken over hoe je een bedrijf opzet, en die benadrukten allemaal hoe belangrijk het is om een goede financiering te hebben, en half mei diende ik mijn ontslag in, met een opzegtermijn van twee weken. Als mijn opwinding al iets was afgenomen, dan lag dat waarschijnlijk aan het feit dat ik mijn opstartkosten had onderschat, terwijl de gewone rekeningen binnen bleven komen. Het jaar dat ik zonder inkomsten zou kunnen overbruggen, zoals ik tegen Vivian had gezegd, was gekrompen tot negen maanden.

Maar dat maakte niet uit. Het werd juni en toen was het tijd om de Phoenix Agency officieel te lanceren. Ik stuurde brieven naar cliënten met wie ik in het verleden had gewerkt, waarin ik uitlegde welke diensten ik bood met de belofte dat ze er flink geld mee konden besparen, en liet hun weten dat ik hoopte van hen te horen. Ik begon telefoontjes te plegen om afspraken te maken, en daarna leunde ik achterover in mijn stoel en wachtte tot de telefoon over zou gaan.

4

Mijn zomer van ongenoegen

Ik ben er de afgelopen tijd van overtuigd geraakt dat het krijgen van een kind ons gevoel voor tijd in de war schopt, waarbij heden en verleden door elkaar worden geroerd als bij een elektrische mixer. Telkens als ik naar London keek, werd het verleden vaak naar de voorgrond geslingerd en kregen de herinneringen vat op me.

'Waarom lach je, papa?' vroeg London me dan.

'Omdat ik aan jou denk,' antwoordde ik dan, en dan zag ik haar weer als baby in mijn armen slapen, of de openbaring van haar eerste glimlach, of zelfs de eerste keer dat ze zich omdraaide. Ze was nog niet veel ouder dan vijf maanden en ik had haar op haar buik gelegd om een dutje te doen terwijl Vivian naar yogales ging. Toen London wakker werd, stelde ik verbluft vast dat ze op haar rug lag en naar me glimlachte.

Andere keren dacht ik terug aan de tijd dat ze als dreumes heel voorzichtig kroop of de tafel vasthield voor steun terwijl ze leerde staan; ik weet nog dat ik haar handjes vasthield terwijl we de gang door liepen voordat ze zelf kon lopen.

Ik heb echter veel gemist, vooral wat eerste keren betreft. Zo heb ik haar eerste woordje gemist, en ik was de stad uit toen London haar eerste melktandje verloor. Ik miste de eerste keer dat ze babyvoedsel uit een potje at, en toch veranderde het niet veel aan mijn opwinding toen ik die dingen uiteindelijk zag. Tenslotte was het voor mij evengoed de eerste keer.

Maar helaas is er veel wat ik me niet kan herinneren. Niet alles kan worden teruggebracht tot een enkele gebeurtenis. Wanneer ging ze precies over van kruipen naar lopen? Of hoe ging ze over van dat eerste woordje naar korte zinnetjes zeggen? Die periodes van onafwendbare, geleidelijke ontwikkeling lijken nu in elkaar over te vloeien, en soms voelt het alsof ik heel even mijn rug naar haar toekeer en dat als ik weer kijk er een nieuwe versie van London de plaats van de oude heeft ingenomen.

Ook weet ik niet zeker wanneer haar kamer en haar speelgoed en spelletjes zijn veranderd. Ik kan me de kinderkamer in levendig detail voor de geest halen, tot aan de behangrand met afbeeldingen van eendjes erop. Maar wanneer zijn de blokken en de knuffeldieren in de vorm van rupsen in een doos gestopt die nu in de hoek staat? Wanneer verscheen de eerste Barbie op het toneel, en hoe begon London met het vormgeven van Barbies fantasieleven, dat ook bestond uit welke kleur kleding Barbie moest dragen als ze in de keuken staat? Wanneer begon London te veranderen van een dochter die London heette in London, mijn dochter?

Zo nu en dan merk ik dat ik hevig terugverlang naar de baby en de dreumes die ik ooit kende en van wie ik zoveel hield. Nu is ze vervangen door een meisje dat vaak een mening heeft over haar haar, haar moeder vraagt om haar nagels te lakken, en dat spoedig het grootste deel van haar dag op school zal doorbrengen, onder de hoede van een leerkracht die ik nog moet ontmoeten. Tegenwoordig wens ik dat ik de klok terug kon draaien zodat ik de eerste vijf jaar van London vollediger zou kunnen ervaren: ik zou minder uren werken, meer tijd doorbrengen met op de vloer met haar spelen, en me samen met haar verwonderen als ze zich concentreerde op de vliegroute van vlinders. Ik wilde dat London wist hoeveel blijdschap ze aan mijn leven heeft toegevoegd en ik wilde haar vertellen dat ik mijn best heb gedaan. Ik wilde dat ze begreep dat ook al was haar moeder altijd bij haar, ik net zoveel van haar hield als een vader maar van een dochter kon houden.

Waarom heb ik dan soms het gevoel dat dat niet genoeg is?

De telefoon ging niet over.

Niet in de eerste week, niet in de tweede, zelfs niet in de derde. Hoewel ik meer dan tien verschillende potentiële klanten had ontmoet en ze in eerste instantie allemaal belangstelling hadden getoond, bleef de telefoon in mijn kantoor stil. Nog erger was dat terwijl de maand op zijn einde liep, geen van hen tijd vrijmaakte om met me te spreken als ik contact met hen opnam. En hun secretaresses bereikten uiteindelijk het punt waarop ze me vroegen niet meer te bellen.

Peters.

Dit was overduidelijk zijn werk, en ik dacht weer aan de waarschuwing die Vivian me had gegeven. *Als hij denkt dat je probeert zijn cliënten in te pikken, zal hij alles uit de kast halen om je te gronde te richten.*

Begin juli was ik zowel gedeprimeerd als bezorgd, een situatie die nog werd verergerd door het meest recente afschrift van de creditcard. Vivian had blijkbaar goed in haar oren geknoopt wat ik had gezegd over dat haar leven niet zou veranderen; ze had als een gek 'inkopen gedaan', en aangezien ik de werkster had ontslagen, was het huis een regelrecht rampgebied geworden. Na mijn werk moest ik een uur lang opruimen in huis, de was doen, stofzuigen en de keuken schoonmaken. Ik had het gevoel dat Vivian het als een soort passende boetedoening beschouwde dat ik de huishoudelijke taken – en de rekening van de creditcard – op me nam.

Sinds ik met mijn bedrijf was begonnen, waren onze gesprekken oppervlakkig. Ik zei weinig over het werk; zij liet een keer tussen neus en lippen door vallen dat ze was begonnen haar voelhoorns uit te steken om parttime werk te vinden. We praatten over onze families en kletsten wat over vrienden en buren. Maar voor het overgrote deel praatten we over London, altijd een veilig onderwerp. We voelden allebei aan dat de minste belediging of een verkeerd vallend woord tot ruzie zou kunnen leiden.

4 juli, Onafhankelijkheidsdag, viel op een zaterdag, en ik wilde niets liever dan de dag doorbrengen met stoom afblazen. Ik wilde de zorgen over geld of rekeningen of cliënten die mijn telefoontjes negeerden, buitensluiten; ik wilde het stemmetje in mijn hoofd negeren dat zich was beginnen af te vragen of ik een baantje erbij moest zoeken of weer op zoek moest gaan naar werk in andere steden. Wat ik wilde, was voor één dag de volwassen wereld ontvluchten en dan het feestweekend afsluiten met een romantisch avondje met Vivian, omdat het me het gevoel zou geven dat ze nog steeds in me geloofde, ook al was haar geloof aan het wankelen.

Maar feestdag of niet, zaterdagochtend was Vivians Moment voor Zichzelf, en al snel nadat ze wakker was geworden, was ze de deur uit gegaan naar yogales, waarna ze naar de sportschool zou gaan. Ik gaf London wat muesli en we gingen met z'n tweeën naar het park; 's middags gingen we met zijn drieën naar een straatfeest in de buurt. Er waren spelletjes voor de kinderen, en Vivian stond met andere moeders te praten terwijl ik een biertje dronk met de vaders. Ik kende hen niet goed; ze maakten, net als ik tot voor kort, meestal lange dagen, en terwijl zij het daarover hadden, dwaalden mijn gedachten voortdurend af naar mijn dreigende financiële fiasco.

Toen later die avond het vuurwerk in de lucht boven het honkbalstadion uitwaaierde, bleef ik de spanning in mijn nek en schouders voelen.

Op zondag voelde ik me nog niet beter.

Opnieuw hoopte ik op een dag waarop ik me kon ontspannen, maar na het ontbijt zei Vivian tegen me dat ze 'inkopen moest doen' en het grootste gedeelte van de dag weg zou zijn. De toon waarop ze dat zei – zowel nonchalant als uitdagend – maakte duidelijk dat ze het grootste deel van de dag van huis zou zijn, en zich al schrap zette voor een ruzie als ik die wilde.

Die wilde ik niet. In plaats daarvan keek ik, met een knoop in mijn maag, hoe ze in de SUV sprong, en ik vroeg me niet alleen af hoe ik mezelf overeind ging houden, maar ook hoe ik London de hele dag bezig moest houden. Op dat moment herinnerde ik me echter een slogan die ik in het eerste jaar van mijn reclamecarrière had verzonnen.

Problemen? Je hebt iemand nodig die aan jouw kant staat…

Ik had het in een reclamespotje geschreven voor een letselschadeadvocaat en ook al werd die man tot de orde geroepen door de vereniging van advocaten en verloor hij uiteindelijk zijn beroepsvergunning, de advertentie had een toestroom van andere plaatselijke advocaten opgeleverd die reclame wilden maken via ons bureau. Ik was verantwoordelijk voor de meesten van hen; de man die ze moesten hebben als het ging om alle mogelijke vormen van juridische reclames, en het leverde Peters een hele hoop geld op. Een paar jaar later stond er een artikel in *The Charlotte Observer* waarin werd vermeld dat de Peters Group werd beschouwd als de lijkenpikkers van de reclamewereld. Een paar bank- en vastgoeddirecteuren waren er niet van gediend om daarmee geassocieerd te worden. Peters haalde met tegenzin de stekker uit diezelfde cliënten, ook al deed het hem pijn, en jaren later klaagde hij soms dat hij was gechanteerd door diezelfde banken die hijzelf zonder enige wroeging had uitgebuit, in elk geval waar het de tarieven betrof die hij bij ze in rekening bracht.

Maar toch... ik had problemen en had iemand nodig die aan mijn kant stond... en in een opwelling besloot ik op dat moment bij mijn ouders op bezoek te gaan.

Als die niet aan jouw kant staan, heb je echt een probleem.

Ik vind het moeilijk me mijn moeder zonder schort voor te stellen. Ze leek ervan overtuigd dat schorten net zo noodzakelijk waren als een beha en een slipje als het op vrouwenkleding aankwam, in elk geval als ze thuis was. Toen ik opgroeide, had ze er een aan als Marge en ik beneden kwamen voor het ontbijt; onmiddellijk als ze thuiskwam van haar werk trok ze er een aan en lang nadat de avondmaaltijd was afgelopen en de keuken was schoongemaakt bleef ze er een dragen. Als ik haar vroeg waarom, zei ze dat ze de zakken fijn vond, of dat het haar warm hield, of dat ze straks misschien een kopje cafeïnevrije koffie nam en dat niet op haar kleren wilde morsen.

Persoonlijk denk ik dat het gewoon een eigenaardig trekje was, maar het maakte het wel gemakkelijk om kerst- en verjaarscadeautjes voor haar te kopen, en in de loop der jaren had ze een flinke verzameling opgebouwd. Ze had schorten in allerlei kleuren, lengtes en stijlen; ze had schorten die bij de tijd van het jaar pasten, schorten met kreten erop, schorten die Marge en ik voor haar hadden gemaakt toen we kinderen waren, schorten met de naam GLADYS op de stof gedrukt, en een paar ervan hadden zelfs kant, hoewel ze die te gewaagd vond om te dragen. Ik wist dat er zeven dozen netjes opgevouwen schorten op zolder stonden, en er waren twee hele keukenkastjes gewijd aan haar verzameling. Voor mij en Marge was het altijd een beetje een raadsel geweest hoe onze moeder haar Schort van de Dag uitkoos, of zelfs hoe ze het schort dat ze wilde tussen alle andere kon vinden.

Nadat ze was gestopt met werken was er maar weinig veranderd aan haar gewoonte om schorten te dragen. Mijn moeder had niet gewerkt omdat ze haar baan prettig vond, maar omdat ons gezin het geld nodig had, en zodra ze ermee ophield, sloot ze zich aan bij een tuiniersclub, ging ze vrijwilligerswerk doen bij het bejaardencentrum en werd ze een actief lid van de Red Hat Society, een club vrouwen van boven de vijftig die rode hoeden en paarse jurken dragen, en bij elkaar komen om van het leven te genieten. Ze leek, net als Vivian en London, elke dag van de week wel iets in haar agenda te hebben staan, dingen waar ze gelukkig van werd, en ik had sterk de indruk dat de schorten die ze de afgelopen paar jaar had uitgekozen een vrolijker stemming uitstraalden. De eenvoudige schorten waren naar onder in de la verbannen; bovenop lagen schorten met dessins van bloemen en vogels, en zo nu en dan een kreet als: *Gepensioneerd: jong van geest maar ouder op andere plekken.*

Toen ik met London in mijn kielzog aankwam, droeg mijn moeder een rood met blauw geruit schort – zonder zakken, viel me op – en haar gezicht lichtte op bij het zien van mijn dochter. Na verloop van tijd was ze steeds minder gaan lijken op de moeder die ik kende en steeds meer op het soort oma dat de illustrator Norman Rockwell had kunnen creëren voor de omslag van *The Saturday Evening Post*. Ze had grijs haar, roze wangen en was zacht op precies de juiste plekken, en het sprak voor zich dat London het net zo heerlijk vond om haar te zien.

Wat nog beter was, was dat zowel Liz als Marge bij mijn ouders thuis waren. Na een snelle omhelzing en een kus van allemaal, verschoof hun aandacht volledig naar mijn dochter, en werd ik zo goed als onzichtbaar. Liz tilde London vrijwel meteen nadat ze door de voordeur was gerend op en opeens was London honderduit aan het praten. Marge en Liz hingen aan haar lippen en zodra ik het woord 'cupcakes' hoorde, wist ik dat London de komende paar uur beziggehouden zou worden. London vond het heerlijk om te bakken, wat vreemd was aangezien Vivian er niet bijzonder van hield, met al die witte bloem en die suiker.

'Hoe hebben jullie Onafhankelijkheidsdag gevierd?' vroeg ik aan mijn moeder. 'Hebben jij en papa het vuurwerk gezien?'

'We zijn thuisgebleven,' zei ze. 'De menigte en het verkeer zijn gewoon te veel tegenwoordig. En jij?'

'Zoals altijd. Straatfeest van de buurt, en daarna gingen we naar het stadion.'

'Wij ook,' zei Liz. 'Jullie hadden ons moeten bellen. Dan hadden we plannen kunnen maken om elkaar daar te zien.'

'Ik heb er niet aan gedacht. Sorry.'

'Vond jij het vuurwerk mooi, London?' vroeg Marge.

'Het was heel mooi. Maar soms waren er wel harde knallen.'

'Ja, hè?'

'Kunnen we nu met de cupcakes beginnen?'

'Tuurlijk, liefje.'

Vreemd genoeg ging mijn moeder niet met hen drieën mee. In plaats daarvan bleef ze om mij heen hangen, en wachtte ze tot ze in de keuken waren voordat ze eindelijk de voorkant van haar schort gladstreek. Dat deed ze altijd als ze zenuwachtig was.

'Gaat het wel goed met je, mama?'

'Je moet met hem gaan praten. Hij moet naar de dokter.'

'Waarom? Wat is er aan de hand?'

'Ik maak me zorgen dat hij "het" heeft.'

Mijn moeder zei nooit gewoon 'kanker'. Ze zei altijd 'het'. En ze was doodsbenauwd voor 'het'. Het had haar ouders hun leven gekost en ook dat van haar twee oudere broers. Sindsdien was 'het' een geregeld gespreksonderwerp geworden van mijn moeder, een boeman die wachtte tot hij zou toeslaan als je hem het minst verwachtte.

'Waarom denk je dat hij kanker heeft?'

'Omdat je het daar benauwd van krijgt. Dat is precies wat er met mijn broer is gebeurd. Eerst beneemt "het" je de adem, en daarna haalt het de rest weg.'

'Je broer rookte twee pakjes per dag.'

'Maar je vader niet. En laatst had hij moeite om op adem te komen.'

Voor het eerst merkte ik op dat de natuurlijke roze kleur in haar wangen was verbleekt.

'Waarom heb je me dat niet verteld? Wat is er gebeurd?'

'Ik zeg het nu toch?' zei ze. Ze haalde diep adem. 'Op donderdag, na het werk, zat hij op de veranda achter het huis. Ik was eten aan het koken en ook al was het bloedheet buiten, je vader kreeg het in zijn kop om de pot met de Japanse esdoorn erin van het ene eind van de veranda naar het andere te verplaatsen, zodat hij niet zoveel zon zou krijgen.'

'In z'n eentje?' Ik zou dat ding nooit een centimeter van zijn plek hebben kunnen krijgen. Dat ding moest wel tegen de honderd kilo wegen. Misschien nog wel meer.

'Natuurlijk,' antwoordde ze, alsof ik dom was dat ik het zelfs maar vroeg. 'En nadat hij hem had verplaatst, kostte het hem een paar minuten om op adem te komen. Hij moest erbij gaan zitten en alles.'

'Geen wonder. Iedereen zou buiten adem zijn na zoiets.'

'Maar je vader niet.'

Daar had ze wel een punt, dat moest ik toegeven. 'Hoe ging het daarna met hem?'

'Dat heb ik je net verteld.'

'Hoe lang had hij ervoor nodig om weer bij te komen?'

'Dat weet ik niet. Misschien een paar minuten.'

'Moest hij even op de bank gaan liggen of zoiets?'

'Nee. Hij gedroeg zich alsof er niets met hem aan de hand was. Haalde zelfs een biertje en zette voetbal aan op televisie.'

'Nou, als het goed met hem leek te gaan...'

'Hij moet naar de dokter.'

'Je weet dat hij niet van dokters houdt.'

'Daarom moet jíj het tegen hem zeggen. Hij luistert niet meer naar mij. Hij is zo koppig als een ezel en hij is al jaren niet meer naar de dokter geweest.'

'Hij luistert waarschijnlijk ook niet naar mij. Heb je tegen Marge gezegd dat ze het aan hem moest vragen?'

'Ze zei tegen me dat het jouw beurt was.'

Bedankt, Marge. 'Ik praat wel met hem, oké?'

Ze knikte, maar aan haar afwezige uitdrukking kon ik zien dat ze er nog steeds over aan het nadenken was.

'Waar is Vivian? Komt ze niet?'

'Het is alleen London en ik deze middag. Viv is aan het inkopen doen.'

'O,' zei mijn moeder. Ze wist wat inkopen doen inhield. 'Je vader zal nog wel in de garage zijn.'

Gelukkig bood de garage schaduw, zodat de temperatuur daar nog net draaglijk was voor een man als ik, die een kantoor met airconditioning gewend was. Mijn vader daarentegen merkte het waarschijnlijk niet eens, of als hij dat wel deed, klaagde hij niet. De garage was zijn toevluchtsoord, en toen ik er binnenstapte, verwonderde ik me over hoe georganiseerd en toch ook volgestouwd het was. Er hing gereedschap aan de muren, er waren dozen met metaaldraad en allerlei handigheidjes waar ik de naam niet van wist, en een zelfgemaakte werkbank met laden vol met elke soort spijker, schroef en bout die er bestond. Motoronderdelen, verlengsnoeren en tuingereedschap; het had allemaal een plek in het domein van mijn vader. Ik heb altijd geloofd dat mijn vader zich het meest op zijn gemak zou hebben gevoeld in de jaren vijftig, of zelfs als pionier.

Mijn vader was een grote man, met brede schouders, gespierde armen en een tatoeage van een zeemeermin op zijn onderarm, een overblijfsel van zijn tijd bij de marine. Toen ik klein was, had hij als een reus boven me uit getorend. Hoewel hij een loodgieter was die al bijna dertig jaar lang voor hetzelfde bedrijf werkte, leek het wel alsof hij alles kon repareren. Lekkende ramen of daken, grasmaaiermotoren, televisies, warmtepompen; het maakte hem niet uit; hij had een aangeboren kennis van exact welk onderdeel hij moest halen om wat er ook maar kapot was weer perfect te laten werken. Hij wist alles wat er te weten viel over auto's – zolang ze maar waren gebouwd voordat alles gecomputeriseerd werd – en bracht de middagen van zijn weekends door met het knutselen aan de Ford Mustang uit 1974 die hij twintig jaar geleden had gerestaureerd en waarin hij nog steeds naar zijn werk reed. Naast de werkbank had hij allerlei dingen in en rond het huis gebouwd: de veranda, de opslagschuur, een kaptafel voor mijn moeder en de kastjes van de keuken. Onder alle weersomstandigheden droeg hij een spijkerbroek en werkschoenen en had een kleurrijke stijl van vloeken. Het sprak voor zich dat hij weinig gaf om populaire cultuur en dat hij nog nooit een minuut had gekeken naar wat ook maar in de buurt kwam van realitytelevisie. Hij verwachtte dat stipt om zes uur het eten op tafel stond, waarna hij in de woonkamer een honkbalwedstrijd op televisie aanzette. In het weekend werkte hij in de tuin of in de garage en zorgde hij voor het gazon. Hij deed ook niet aan omhelzingen. Mijn vader schudde mensen de hand, zelfs mij, en ik was me altijd bewust van het eelt en de kracht van zijn greep.

Toen ik hem aantrof, lag hij half onder de Mustang en was alleen zijn onderste helft te zien. Praten met mijn vader in de garage leek vaak op praten met een onhandig weggezette etalagepop.

'Hé, pap.'

'Wie is daar?'

Mijn vader was halverwege de zestig en was begonnen zijn gehoor te verliezen.

'Ik ben het. Russ.'

'Russ? Wat doe jij hier in godsnaam?'

'Het leek me leuk om even langs te komen met London. Ze is binnen met mama, en Marge en Liz.'

'Leuk kind,' zei hij. Voor mijn vader was dat ongeveer het uitbundigste compliment dat hij ooit zou geven, ook al was hij dol op haar. Maar het was waar dat hij niets liever deed dan London bij hem op schoot laten zitten terwijl hij naar een honkbalwedstrijd keek.

'Mama zegt dat je laatst benauwd was. Ze vindt dat je naar de dokter moet.'

'Je moeder maakt zich te veel zorgen.'

'Wanneer ben je voor het laatst naar de dokter geweest?'

'Weet ik niet. Een jaar geleden, misschien? Hij zei dat ik zo gezond als een vis was.'

'Mama zegt dat het wel langer geleden was.'

'Misschien ook wel...'

Ik keek toe hoe zijn hand langs een reeks moersleutels aan zijn heup ging en toen onder de auto verdween. Het was een teken voor mij om het onderwerp met rust te laten, of op zijn minst om van onderwerp te veranderen. 'Wat is er met de wagen aan de hand?'

'Lekt een beetje olie. Probeer erachter te komen hoe dat komt. Ik denk dat het aan het filter ligt.'

'Dat zal jij wel weten.' Ik daarentegen zou het oliefilter niet eens hebben kunnen vinden. We verschilden nogal, mijn vader en ik.

'Hoe gaat het met het bedrijf?' vroeg hij.

'Niet zo goed,' gaf ik toe.

'Dat dacht ik al. Niet eenvoudig om je eigen bedrijf te starten.'

‘Heb je nog advies voor me?’

‘Nee. Ik weet nog steeds niet wat je nou precies doet.’

‘Daar hebben we het al honderd keer over gehad. Ik verzin reclamecampagnes, schrijf teksten voor reclamespotjes en ik ontwerp gedrukte en digitale advertenties.’

Uiteindelijk kwam hij van onder de auto gerold, zijn handen en nagels onder het smeer.

‘Ben jij degene die die autoreclames doet? Die waarbij die kerel altijd loopt te schreeuwen en te gillen over de nieuwste goeie deal?’

‘Nee.’ Die vraag had ik ook al eens beantwoord.

‘Ik haat die reclames. Ze zijn te lawaaiig. Dan zet ik het geluid uit.’

Het was een van de redenen waarom ik probeerde autodealers ervan te overtuigen hun stem niet te verheffen: de meeste kijkers zetten het geluid uit.

‘Dat weet ik. Dat heb je me verteld.’

Langzaam kwam hij overeind. Mijn vader zien opstaan was alsof je een berg opgestuwd zag worden door een botsing van tektonische platen.

‘Zei je dat London er was?’

‘Ze is binnen.’

‘Vivian ook, neem ik aan?’

‘Nee. Die moest andere dingen doen, vandaag.’

Hij bleef doorgaan met zijn handen afvegen. ‘Doet ze vrouwendingen?’

Ik glimlachte. Voor mijn vader – een ouderwetse seksist in hart en nieren – besloeg ‘vrouwendingen’ vrijwel alles wat mijn moeder dezer dagen deed, van koken en schoonmaken tot bonnen uitknippen en boodschappen doen.

‘Ja. Vrouwendingen.’

Hij knikte, in de veronderstelling dat dat volkomen vanzelfsprekend was, en ik schraapte mijn keel. ‘Heb ik je al verteld dat Vivian erover denkt weer aan het werk te gaan?’

‘Hmm.’

‘Dat is niet omdat we het geld nodig hebben. Ze heeft het hier al een tijdje over, weet je. Nu London met school begint, bedoel ik.’

'Hmm.'

'Ik denk dat het goed voor haar zal zijn. Iets gemakkelijks, parttime. Anders gaat ze zich vervelen.'

'Hmm.'

Ik aarzelde. 'Wat vind je daarvan?'

'Waarvan?'

'Dat Vivian overweegt weer te gaan werken. Van mijn nieuwe reclamebureau.'

Hij krabde aan zijn oor, om tijd te winnen. 'Heb je er ooit aan gedacht dat het misschien helemaal niet zo'n goed idee was om ontslag te nemen?'

Mijn vader, hoezeer hij ook een mannenman was, was niet iemand die risico's nam. Voor hem wogen de eventuele voordelen van het hebben van een eigen bedrijf lang niet op tegen het hebben van een vaste baan en een vast inkomen. Zeven jaar geleden had de voormalige eigenaar van het loodgietersbedrijf mijn vader aangeboden om het bedrijf van hem te kopen; mijn vader had het aanbod afgewezen en het bedrijf was gekocht door een andere, jongere werknemer met ondernemersdromen.

Eerlijk gezegd had ik niet verwacht dat hij me veel loopbaanadvies had kunnen geven. Dat was ook iets waar mijn vader niets mee te maken wilde hebben, maar dat verweet ik hem niet. Hij en ik hadden een ander leven geleid; ik was naar de universiteit gegaan, terwijl hij eindexamen had gedaan en daarna op een torpedobootjager in Vietnam had gediend. Hij was getrouwd toen hij negentien was en werd vader toen hij tweeëntwintig was; zijn ouders waren het jaar daarop omgekomen bij een auto-ongeluk. Hij werkte met zijn handen terwijl ik met mijn hersenen werkte, en hoewel zijn visie op de wereld – zwart-wit, goed en slecht – voor sommigen misschien simplistisch overkwam, bood het ook een routekaart voor hoe een echte man zijn leven zou moeten leiden. Ga trouwen. Hou van je vrouw en behandel haar met respect. Krijg kinderen en leer hun de waarde van hard werken. Doe je werk. Klaag niet. Denk eraan dat je familie – in tegenstelling tot de meeste mensen die je in het leven tegenkomt – altijd in de buurt zal zijn. Repareer wat gerepareerd kan worden of gooi het weg. Wees een goede buur. Hou van je kleinkinderen. Doe wat goed is.

Goede leefregels. Eigenlijk waren het gewéldige regels, en voor het overgrote deel bleven ze zijn hele leven intact. Eén was er echter afgevallen en stond niet meer op zijn lijst. Mijn vader was als baptist opgevoed, en Marge en ik waren onze hele jeugd zowel op woensdagavond als op zondag naar de dienst gegaan. Elke zomer gingen we in de vakantie naar de bijbelschool, en mijn ouders hadden nooit getwijfeld of ze wel of niet naar de kerk zouden gaan. Net als de andere regels werd eraan vastgehouden, en pas losgelaten vlak nadat Marge mijn ouders had verteld dat ze lesbisch was.

Ik kan me indenken hoe zenuwachtig Marge moet zijn geweest. We waren grootgebracht binnen een kerk die geloofde dat homoseksualiteit een zonde was, en mijn ouders volgden die leer; misschien zelfs nog meer omdat ze van een andere generatie waren. Mijn vader had uiteindelijk een gesprek met de predikant, echt zo'n hel-en-verdoemenisfiguur. De predikant zei tegen mijn vader dat Marge koos voor een zondig leven als ze toegaf aan haar aard en dat ze haar bij hem moesten brengen om te bidden, in de hoop dat ze de genade van God zouden vinden.

Je kon veel van mijn vader zeggen – soms was hij onbuigzaam, nors en grof in de mond – maar hij hield van zijn kinderen. Hij geloofde in zijn kinderen, en toen Marge hem had verteld dat ze niet voor deze leefwijze had gekozen – dat ze zo was geboren – knikte hij, zei hij tegen haar dat hij van haar hield, en vanaf die dag ging ons gezin niet meer naar de kerk.

Er zijn heel veel mensen op deze wereld, denk ik, die veel van mijn vader zouden kunnen leren.

'Je ziet er belabberd uit,' zei Marge tegen me. We hadden ons met een paar cupcakes op de veranda achter het huis teruggetrokken terwijl mama, Liz en London nog een lading gingen bakken. Mijn vader zat in de woonkamer en genoot van de cupcakes terwijl hij naar de Atlanta Braves keek, ongetwijfeld wachtend tot London bij hem kwam zitten.

'Jij weet altijd precies wat je tegen iemand moet zeggen om hem een goed gevoel te geven.'

'Ik ben eerlijk. Je ziet bleek.'

'Ik ben moe.'

'O,' zei ze. 'Dan heb ik het verkeerd. Ik ken je natuurlijk ook helemaal niet, en ik merk het niet als je liegt. Je bent gestrest.'

'Een beetje.'

'Gaat het niet goed met je nieuwe bedrijf?'

Ik schoof heen en weer op mijn stoel. 'Tja, ik had gedacht dat het wat gemakkelijker zou zijn geweest om klanten te werven. Of ten minste één klant.'

'Ze komen heus wel. Je moet het gewoon even de tijd geven.' Toen ik daar niet op reageerde, ging ze verder. 'Hoe gaat Vivian ermee om?'

'We hebben het er niet zo veel over.'

'Waarom niet? Ze is je vrouw.'

'Ik wil niet dat ze zich er druk om maakt. Ik denk dat ik er wel met haar over zal praten als ik haar iets gunstigs te vertellen heb.'

'Zie je nou? Daar heb je het mis. Vivian zou juist degene moeten zijn met wie je over alles kunt praten.'

'Tja, misschien wel.'

'Misschien wel? Jullie twee moeten echt eens aan je communicatieve vaardigheden gaan werken. Ga naar een psycholoog of zo.'

'Misschien moeten we een afspraak maken met Liz. Omdat ze therapeut is, bedoel ik.'

'Je zou haar niet kunnen betalen. Je verdient geen geld.'

'Daar voel ik me al veel beter door.'

'Had je liever gehad dat ik stroop om je mond zou smeren?'

'Hoe heerlijk dat ook klinkt: nee, bedankt.'

Ze lachte. 'Waar het om gaat is dat ik het al heel vaak heb zien gebeuren.'

'Wat heb je zien gebeuren?'

'De fouten die mensen altijd maken als ze een bedrijf beginnen,' zei ze, terwijl ze nog een hap nam. 'Te veel optimisme aan de inkomstenkant en niet genoeg pessimisme als het aankomt op bedrijfs- of huishoudelijke uitgaven. In jouw geval: creditcards.'

'Hoe weet jij dat nou?'

'Hallo? Vivian die steeds "inkopen doet"? De rekening die halverwege de maand wordt gepresenteerd? Dit is niet de eerste keer dat we dit gesprek hebben gehad.'

'De rekening was wel een beetje hoog,' gaf ik uiteindelijk toe.

'Neem dan maar wat advies aan van de zus met het accountantsdiploma. Zeg dat ding op. Of zet er op z'n minst een limiet op.'

'Dat kan ik niet.'

'Waarom niet?'

'Omdat ik haar heb verteld dat haar leven niet zou veranderen.'

'Waarom zou je in hemelsnaam zoiets zeggen?'

'Omdat er geen reden is waarom ze zou moeten lijden.'

'Je weet toch wel hoe idioot dat klinkt, hè? Minder winkelen is niet hetzelfde als lijden. En bovendien zouden jullie partners moeten zijn, met z'n tweeën in hetzelfde team zitten, vooral als het een tijdje moeilijk wordt.'

'We zitten ook in hetzelfde team. En ik hou van haar.'

'Ik weet dat je van haar houdt. Misschien hou je zelfs wel te veel van haar.'

'Dat bestaat niet.'

'Nou... ik wil alleen maar zeggen dat ze niet altijd de gemakkelijkste persoon is om mee getrouwd te zijn.'

'Dat komt doordat ze een vrouw is.'

'Moet ik je eraan herinneren met wie je zit te praten?'

Ik aarzelde. 'Denk je dat ik een fout heb gemaakt? Door voor mezelf te beginnen?'

'Ga jezelf nou niet zitten ondergraven. Tenzij je bereid zou zijn geweest naar de andere kant van het land te verhuizen, had je geen keuze. En bovendien heb ik het gevoel dat het allemaal wel op z'n pootjes terechtkomt.'

Dat was precies wat ik wilde horen. En toch, toen ze het zei, wenste ik onwillekeurig dat Vivian het had gezegd, niet mijn zus.

'Ik neem aan dat de kooklessen nog steeds goed gaan?' zei ik een half uur later tegen Liz. Vorig jaar had ik voor Kerstmis een paar lessen voor haar gekocht bij een zaak die Chef's Dream heette, maar ze had er zo van genoten dat ze er zelf mee was doorgegaan. Tegen die tijd was ik bezig met mijn tweede cupcake. 'Deze zijn geweldig.'

'Deze zijn aan je moeder te danken. We doen niet echt veel aan bakken. Op dit moment krijgen we les in de Franse kookkunst.'

'Zoals slakken en kikkerbilletjes?'

'Onder andere.'

'En die eet je?'

'Ze zijn lekkerder dan de cupcakes, gek genoeg.'

'Heb je Marge al overgehaald om mee te gaan?'

'Nee, maar dat geeft niet. En ik vind het leuk om dit in mijn eentje te doen. Bovendien is het maar één avond in de week. Het is niet zo belangrijk.'

'Nu we het toch over Marge hebben: ze vindt me een voetveeg.'

'Ze is gewoon bezorgd om je,' zei Liz. Met haar lange bruine haar, ovalen ogen met de kleur van koffie en haar relaxte manier van doen was ze eerder van het type 'stijlvolle secretaresse' dan 'aanvoerster van de cheerleaders', maar ik had altijd gevonden dat dat haar zelfs nog aantrekkelijker maakte. 'Ze weet dat je onder hoge druk staat en ze maakt zich zorgen om je. Hoe gaat het tegenwoordig met Vivian?'

'Goed, maar zij voelt de druk ook. Ik wil gewoon dat ze gelukkig met me is.'

'Hmm.'

'Is dat alles?'

'Wat moet ik dan zeggen?'

'Dat weet ik niet. Daag me eens uit? Geef me eens advies?'

'Waarom zou ik dat doen?'

'Omdat je onder andere bent opgeleid als therapeut.'

'Jij bent mijn patiënt niet. Maar zelfs dan weet ik niet zeker of ik wel zou kunnen helpen.'

'Waarom niet?'

'Omdat therapie niet is bedoeld om iemand anders te veranderen. Het gaat erom dat je probeert jezelf te veranderen.'

Op weg naar de auto hield ik Londons hand vast.

'Niet tegen mama zeggen dat ik twee cupcakes op heb, oké?'

'Waarom niet?'

'Omdat het niet goed voor me is en ik niet wil dat ze verdrietig is.'

'Oké,' zei ze. 'Ik zal het niet doen. Dat beloof ik.'

'Dank je wel, liefje.'

London en ik keerden om zes uur terug in een verlaten huis met een lading vanillecupcakes.

Toen ik Vivian een berichtje stuurde met de vraag waar ze was, antwoordde ze: *Moet nog wat dingen doen. Ben over een tijdje thuis.* Het voelde irritant cryptisch aan, maar voordat ik een berichtje terug kon sturen, trok London aan mijn mouw om me naar het twee verdiepingen hoge Barbie Dreamhouse mee te nemen dat ze in de hoek van de woonkamer had opgesteld.

London was dól op Barbie, was dolverlíéfd op Barbie. Ze had er zeven, twee roze Barbie-cabrioletten en een plastic ton die vol zat met meer kleertjes dan een volledig voorzien warenhuis. Dat elke pop dezelfde naam had, leek London helemaal niet uit te maken; wat me zelfs nog meer fascineerde, was dat elke keer dat Barbie van de ene kamer in het roze Dreamhouse van twee verdiepingen naar de andere ging of iets anders ging doen, London ervan overtuigd was dat ze zich moest omkleden. Dit gebeurde grofweg elke vijfendertig seconden, en het sprak voor zich dat het enige waar London meer van genoot dan Barbies outfit veranderen was om papa het voor haar te laten doen.

Het komende anderhalf uur bestond uit vier hele dagen Barbies outfits veranderen, de een na de ander.

Dat klinkt onlogisch, en ik moet toegeven dat het op mij ook niet echt logisch overkwam. Het heeft waarschijnlijk iets te maken met de relativiteitstheorie – dat tijd relatief is en zo – maar het leek London niet uit te maken of ik me wel of niet verveelde, zolang ik de outfits maar bleef wisselen. Ook leek het haar niet uit te maken of ik haar redenering begreep achter de specifieke outfit die ze wilde. Ergens rond de derde dag van die namiddag weet ik nog dat ik een groene broek pakte en dat London toen haar hoofd schudde.

'Nee, papa! Ik heb je toch gezegd dat ze een géle broek moet dragen als ze in de keuken staat?'

'Waarom?'

'Omdat ze in de kéúken staat.'

O.

Uiteindelijk hoorde ik Vivians SUV de oprit op rijden. In tegenstelling tot mijn Prius slurpte hij benzine, maar hij was groot en veilig, en Vivian was vastbesloten geweest dat ze nooit in een minibus zou rijden, ook al was die veel zuiniger.

'Je moeder is thuis, liefje,' zei ik, terwijl ik zuchtte van opluchting toen London naar de deur racete. Zodra ze die opendeed, hoorde ik haar 'Mama!' roepen. Ik ruimde de speelhoek op voordat ik achter haar aan liep. Tegen de tijd dat ik de voordeur had bereikt, had Vivian London al in haar armen genomen. De achterklep stond open en nu zag ik het pas goed. Haar haar was opvallend korter geworden. Het was nu op schouderlengte en leek meer op de stijl die ze had gehad toen ik haar voor het eerst had ontmoet.

Ze glimlachte naar me en kneep haar ogen dicht tegen het afnemende zomerzonlicht. 'Hé schat!' riep ze uit. 'Zou jij wat van die tassen willen meenemen?'

Ik liep het trapje bij de voordeur af terwijl ik luisterde hoe London honderduit babbelde en Vivian vertelde wat ze die dag allemaal had gedaan. Toen ik dicht bij haar was, liet Vivian London op de grond zakken. Aan haar uitdrukking zag ik dat ze op een reactie wachtte.

'Wauw,' zei ik, terwijl ik haar snel een kus gaf. 'Dat roept herinneringen bij me op.'

'Vind je het mooi?' vroeg ze.

'Je ziet er prachtig uit. Maar hoe heb je dat voor elkaar gekregen op zondag? Wat was er in hemelsnaam open?'

'In de binnenstad is een salon waar je op zondag een afspraak kunt maken. Ik heb goede dingen over gehoord over een van de kapsters en ik besloot haar eens te proberen.'

Ik had geen idee waarom ze dat die ochtend niet had gezegd. Ook merkte ik dat ze een manicure had gehad, en dat had ze ook niet gezegd.

'Ik vind het ook mooi, mama,' zei London, die mijn gedachten onderbrak.

'Dank je wel, liefje,' zei ze.

'Ik heb vandaag bij oma cupcakes gemaakt.'

'O ja?'

'En ze zijn zo lekker dat papa er twee heeft gegeten.'

'Echt waar?'

Mijn dochter knikte, haar belofte aan mij blijkbaar helemaal vergetend. 'En opa had er vier op!'

'Dan zijn ze vast heel lekker.' Vivian stak haar hand in de auto en trok er een paar van de lichtere tassen uit. 'Wil je me even helpen met de boodschappen?'

'Oké,' zei London, en ze stak haar hand ernaar uit. Terwijl London naar het trappetje liep, merkte ik een vleugje ondeugendheid bij Vivian op. Ze was duidelijk in een goed humeur.

'Twee cupcakes, hè?'

'Tja, wat zal ik zeggen?' Ik haalde mijn schouders op. 'Ze waren lekker.'

Ze begon nog meer tassen te pakken en gaf er vier aan mij. 'Het klinkt alsof jullie twee een leuke dag hebben gehad.'

'Het was leuk, ja,' zei ik instemmend.

'Hoe gaat het met je ouders?'

'Goed. Mama maakt zich weer zorgen dat papa "het" heeft. Ze zei dat hij laatst buiten adem was.'

'Dat klinkt niet goed.'

'Het is niet het hele verhaal, maar ik weet vrij zeker dat het niets is om je druk over te maken. Op mij kwam hij prima over. Maar mama heeft wel gelijk. Hij moet zich eens laten nakijken.'

'Laat me weten wanneer je het stel wilde paarden verzamelt dat je nodig hebt om hem erheen te slepen. Dan wil ik een foto maken.' Ze knipoogde voordat ze naar de voordeur keek, haar manier van flirten. 'Zou je de rest naar binnen willen brengen? Ik wil graag bij London zijn.'

'Natuurlijk,' zei ik.

Ze kuste me nog een keer en ik voelde haar tong tegen mijn lippen flitsen. Absoluut aan het flirten. 'Er liggen ook nog wat tassen op de achterbank.'

'Komt voor elkaar.'

Ik begon de boodschappentassen te pakken terwijl ze wegliep.

Afwezig naar de achterbank kijkend, verwachtte ik meer van hetzelfde te zien.

Maar het waren geen boodschappen. In plaats daarvan was de achterbank volgestouwd met tassen van allerlei dure warenhuizen en ik kreeg een hartverzakking. Geen wonder dat mijn vrouw in zo'n goed humeur was.

Ik deed mijn best het nare gevoel te negeren en moest drie keer heen en weer lopen om de SUV uit te laden. Ik zette de warenhuistassen op de eettafel en ik was bijna klaar met het wegzetten van de boodschappen toen Vivian de keuken in liep. Ze maakte een kast open, haalde er een paar glazen uit en pakte een fles uit de wijnkoelkast onder het keukenkastje.

'Ik neem aan dat jij zelfs nog meer behoefte hebt aan een glas dan ik,' zei ze terwijl ze inschonk. 'London vertelde me dat je samen met haar met de Barbies hebt gespeeld.'

'Zij speelde. Ik had de leiding over de garderobe.'

'Ik leef met je mee. Dat had ik gisteren.' Ze gaf me een glas en nam een slokje van dat van haar. 'Hoe gaat het met Marge en Liz?'

Hoewel de verandering van gesprek subtiel was, merkte ik evengoed een gebrek aan belangstelling op in haar vraag. Vivians gevoelens voor Marge waren het spiegelbeeld van die van Marge voor Vivian, wat een van de redenen was dat Vivian meestal beter met Liz overweg kon. Aan de andere kant, hoewel Vivian en Liz beleefd en beschaafd tegenover elkaar waren, waren ze ook niet echt close.

'Goed. London vindt het echt fijn om tijd met ze door te brengen.'

'Dat weet ik.'

Ik knikte naar de eettafel. 'Ik zie dat je inkopen hebt gedaan.'

'London had wat zomerjurkjes nodig.'

Mijn dochter zou, net als mijn vrouw, naar buiten gaan alsof ze uit een catalogus was komen lopen. 'Ik dacht dat je al zomerjurkjes voor haar had gekocht.'

Ze zuchtte. 'Doe dat alsjeblieft niet.'

'Wat niet?'

'Tegen me zeuren over het winkelen. Ik ben het zo zat.'

'Ik zeur niet tegen je.'

'Ben je mal?' vroeg ze, terwijl er een vleug frustratie aan de oppervlakte kwam. 'Je doet niet anders, zelfs als ik mijn slag sla in de uitverkoop. En bovendien moest ik ook een paar outfits kopen voor mijn sollicitatiegesprekken van deze week.'

Heel even wist ik niet zeker of ik haar wel goed had gehoord. 'Heb je deze week sollicitatiegesprekken?'

'Waarom denk je dat ik de hele dag als een gek heb rondgerend?' Ze schudde haar hoofd, schijnbaar verbijsterd dat ik dat niet had begrepen. 'En dat doet me eraan denken: jij kunt wel op London passen, hè? Op dinsdagmiddag en woensdagochtend? Misschien drie uur per dag of zo? Ik moet met een hele hoop verschillende leidinggevenden in gesprek bij het bedrijf.'

'Eh... ja, denk ik,' zei ik, terwijl ik nog steeds het woord 'sollicitatiegesprekken' probeerde te verwerken. 'Wanneer is dit gebeurd?'

'Ik ben er vandaag achter gekomen.'

'Op zóndag? Op een fééstdag?'

'Geloof me, ik was net zo verbaasd als jij. Ze waren vrijdag niet eens op kantoor. Ik was op weg naar mijn kappersafspraak toen ze het me lieten weten.'

'Waarom heb je me niet gebeld?'

'Omdat ik me daarna van daar naar hier heb gehaast en ik het zelf nauwelijks kon geloven. Is het niet ongelooflijk? Ik vind dat we het vanavond moeten vieren, maar zal ik je eerst laten zien wat ik heb gekocht?'

Zonder op een antwoord te wachten ging ze me voor naar de eetkamer, trok beide pakken – het ene grijs en het andere zwart – tevoorschijn en hing ze over de stoelen. 'Wat vind je ervan?'

'Ze zijn heel stijlvol,' zei ik. Ik probeerde de aanblik van het prijskaartje te vermijden maar ik kon er niets aan doen. Mijn maag draaide zich nog een keer om, en zonk toen weer. De dollartekens dansten door mijn hoofd.

'De stof is fantastisch en ik vind de snit heel mooi,' zei ze. 'En ik heb ook deze gevonden, om erbij te doen.' Ze pakte nog een andere tas, trok er vier blouses uit en hield die eerst bij het ene en toen bij het andere pak. 'De blouses passen bij allebei de pakken; ik heb zoveel mogelijk geprobeerd geld te besparen.'

Ik wist niet zeker wat ik daarop moest zeggen. In plaats daarvan zei ik: 'Ik begrijp nog steeds niet helemaal hoe je nou aan die sollicitatiegesprekken bent gekomen. De laatste keer dat je het erover had, zei je dat je je voelhoorns aan het uitsteken was.'

'Ik had geluk,' zei ze.

'Wat bedoel je?'

'Ik heb Rob een paar weken geleden gebeld en hem gezegd dat ik erover zat te denken om terug te keren naar het pr-gebeuren en hij beloofde me dat hij het zou laten weten als hij iets hoorde. Daarna heb ik mijn oude baas uit New York gebeld. Herinner je je die nog?'

Ik knikte, en ik vroeg me af waarom ze dat überhaupt vroeg. We zagen die kerel praktisch elke avond voordat we de televisie uitzetten.

'Hoe dan ook, hij zei dat hij zou kijken wat hij kon doen. Ik verwachtte er niet veel van, maar ik denk dat hij met zijn manager heeft gepraat en uiteindelijk heeft die manager me teruggebeld. En toevallig kende hij weer iemand anders, en ik denk dat mijn naam werd doorgegeven aan de juiste mensen omdat ik afgelopen maandag met een van de adjunct-directeuren in contact kwam over een baan en ze vroeg me om een cv en drie aanbevelingsbrieven op te sturen.'

'Heb je hier sinds maandag aan zitten werken? En je hebt het me niet verteld?'

'Ik dacht niet dat het ergens toe zou leiden.'

'Het klinkt anders alsof je wel een idee moet hebben gehad dat dit eraan zat te komen.'

'Ach, toe nou. Alsof ik hier iets van had kunnen voorspellen.' Ze begon de blouses over een van de stoelen te leggen. 'En bovendien was het nog niet eenvoudig om een derde aanbeveling te krijgen. Ik wilde een vooraanstaande figuur uit de omgeving, maar ik wist niet zeker of hij zich er wel voor zou lenen. Maar ja hoor, hij stemde ermee in en woensdag kreeg ik het papierwerk binnen.'

'En je zegt dat het een baan in de pr is?'

'Ik zou rechtstreeks voor de CEO werken, niet zozeer voor het bedrijf. Ik vermoed dat hij veel persconferenties en interviews doet. Veel van zijn bouwprojecten zijn aan de kust, en de milieuactivisten zijn altijd in de weer tegen hem. Bovendien heeft hij nu een superlobbygroep. Hij raakt steeds meer betrokken bij de politiek en wil zich ervan verzekeren dat hij precies de boodschap van de partij verwoordt.'

'Wie is die CEO?'

Ze zweeg even en streek met haar vingers over een van de pakken. 'Voordat ik het je vertel, moet je onthouden dat ik de baan nog niet eens aangeboden heb gekregen. En zelfs als ze me een positie aanbieden, weet ik nog niet of ik die wel zal aannemen. Ik ken alle details nog niet.'

'Waarom wil je het me niet vertellen?'

'Omdat ik niet wil dat je boos wordt.'

'Waarom zou ik boos worden?'

Ze begon de pakken weer in de tassen te laten glijden. 'Omdat je hem kent. Je hebt zelfs aan een aantal van de reclamecampagnes voor zijn bedrijf gewerkt.'

Ik verbond de puntjes bijna onmiddellijk met elkaar. 'Het is toch niet Walter Spannerman, hè?'

Ze keek bijna schaapachtig. 'Nou, eigenlijk wel.'

Ik dacht terug aan wat een rottijd ik had gehad dankzij hem; ook dacht ik terug aan zijn neiging om mooie vrouwen in te huren, dus het feit dat hij in Vivian was geïnteresseerd, choqueerde me niet in het minst. 'Je weet dat hij vreselijk is, toch? En zijn bedrijf ook.'

'Daarom wil hij ook een interne pr-persoon.'

'En je zou het geen punt vinden om voor een man als hij te werken?'

'Dat weet ik niet. Ik heb hem nog niet ontmoet. Ik hoop alleen maar dat ik een goede indruk op hem kan maken.'

Zoals je eruitziet, weet ik zeker dat je een goede indruk op hem maakt, dacht ik. 'Aan hoeveel uur per week zitten ze te denken?'

'Tja, dat is het hem,' antwoordde ze. 'Het is een fulltimebaan. En ik zal er waarschijnlijk ook wel voor moeten reizen.'

'Met overnachtingen?'

'Dat is meestal wel wat reizen inhoudt, hè?'

'En London dan?'

'Ik weet nog niets, oké? Dat zien we wel als het zover is. Als het zover kómt. Kunnen we voor nu gewoon plannen om het te vieren? Kun je dat voor me doen?'

'Natuurlijk,' zei ik, maar op het moment dat ik de woorden uitsprak, dacht ik aan Spannerman en zijn relatie met Peters en merkte ik dat ik me afvroeg wie Vivian precies had gebeld voor die laatste aanbeveling.

Maar zoiets zou ze nooit doen, toch?

5

Veranderingen

Toen London vier was, verscheen er een fietsje met zijwieltjes onder de kerstboom. Ik had erop gestaan dat ze een fiets zou krijgen; sommige van mijn favoriete jeugdherinneringen waren van dat ik hard op mijn Schwinn-fiets aan het rijden was, op zoek naar vrijheid op vochtige zomerdagen. Oké, de meeste van die herinneringen waren van toen ik tussen de acht en de dertien was, maar toen de kerstdagen naderden had ik het idee dat London eerst een jaar of twee zou leren fietsen voordat de zijwieltjes er eindelijk af zouden gaan, en dat ze na een paar jaar net zo goed zou kunnen fietsen als ik had gekund.

Vivian zag het idee echter niet zo zitten. Hoewel ze wel een fiets had gehad, had ze er niet dezelfde gelukkige associaties mee als ik. Ik weet nog dat ik haar in de weken voor kerst vroeg of ze het fietsje al had gekocht en dat ze me elke keer afwimpelde en zei dat ze geen tijd had gehad. Uiteindelijk had ik haar meegesleurd naar de winkel en het zelf gekocht, waarna ik uren bezig was om het in elkaar te zetten als een van de elfjes van de Kerstman, nadat Vivian al naar bed was gegaan.

Ik kon niet wachten tot London het zou proberen, en zodra ze het onder de boom zag staan, rende ze ernaartoe en hielp ik haar om erop te gaan zitten. Toen ik haar door de woonkamer begon te duwen, kwam Vivian tussenbeide en stelde ze voor dat we nog een paar van haar andere cadeautjes open zouden maken. Zoals altijd was mijn eerste gedachte dat ze te veel cadeaus had gekregen: kleren en speelgoed, vingerverfsets, een paspop (om aan te kleden), en een doos waarmee ze sieraden van kralen kon maken. Verder waren er talloze Barbie-spulletjes; het kostte me een uur om alle inpakpapier en linten die door de hele kamer verspreid lagen op te ruimen. Vivian was intussen bezig met London en haar speeltjes en kleren, en pas tegen de middag kon ik London eindelijk mee naar buiten nemen.

Vivian was ons gevolgd, maar het kwam op me over alsof ze het meer als een verplichting dan als een nieuw en spannend avontuur voor London zag. Ze bleef met haar armen over elkaar op het trapje naar de voordeur staan terwijl ik London op het zadel hielp. Terwijl ik toekeek hoe haar adem in kleine wolkjes naar buiten kwam, liep ik gebukt naast haar en hield ik het stuur voor haar vast. Ik moedigde London aan om te trappen terwijl we heen en weer reden door de straat, en na een kwartier zei ze dat ze er genoeg van had. Haar wangen waren roze en ik verzekerde haar dat ze het geweldig had gedaan. Ik weet niet precies waarom, maar ik ging ervanuit dat we nog twee of drie keer zouden gaan fietsen voordat de dag voorbij was.

In plaats daarvan speelde ze de rest van eerste kerstdag met haar Barbies en paste ze haar kleren terwijl Vivian stond te stralen; later ging ze vingerverven en maakte ze een paar kralenarmbanden. Ik liet me echter niet ontmoedigen; ik had deze week vrij, en ik nam me voor om haar minstens één keer per dag mee naar buiten te nemen om te fietsen. In de loop van de dagen daarna liet ik, toen ze wat gecoördineerder en minder wiebelig fietste, het stuur steeds langer los. London giechelde als ik net deed alsof ze zo hard ging dat ik haar niet kon bijhouden. Elke keer bleven we langer buiten, en als ze eindelijk verkondigde dat ze er genoeg van had, hield ik haar hand vast terwijl we naar de voordeur liepen. Ze kwebbelde er dan opgewonden op los tegen Vivian, en ik was ervan overtuigd dat ze hetzelfde fietsvirus had als ik en dat ze erop zou staan om elke dag te mogen fietsen wanneer ik naar mijn werk was.

Maar dat gebeurde niet. In plaats daarvan zei ze altijd wanneer ik uit mijn werk kwam en ik vroeg of ze nog gefietst had – tegen die tijd was het donker en had London vaak haar pyjama al aan – dat ze dat niet had gedaan. Elke keer had Vivian een reden waarom ze haar niet mee naar buiten had genomen: het regende, of ze moesten inkopen doen, of London begon verkouden te worden, of zelfs dat London het niet wilde. Maar toch, als ik na mijn werk de auto in de garage zette, zag ik steeds het fietsje dat mijn dochter aan het lachen had gemaakt en dat nu stof stond te verzamelen in een hoek. En elke keer weer voelde ik een lichte steek van pijn in mijn hart. Blijkbaar kende ik mijn dochter niet zo goed als ik dacht, of misschien vonden London en ik gewoon verschillende dingen leuk. En hoewel ik er niet trots op ben, betrapte ik me er soms op dat ik me afvroeg of Vivian misschien gewoon niet wilde dat London op haar fietsje reed omdat het iets was wat ik wilde dat London deed.

Achteraf gezien denk ik dat ik geloofde dat het feit dat ik mijn baan opzegde de belangrijkste gebeurtenis van 2015 zou zijn voor mijn vrouw en mij. Uiteindelijk zou blijken dat ik het helemaal bij het verkeerde eind had, uiteraard; dat ik voor mezelf begon was slechts de eerste dominosteen in een lange rij dominostenen die zouden beginnen om te vallen, met nog grotere stenen in het verschiet.

De week daarop kwam dominosteen nummer twee.

Omdat Vivian zich op maandag wilde voorbereiden voor haar sollicitatiegesprekken, kwam ik al om twaalf uur thuis van kantoor. Ik maakte het huis schoon en deed de was terwijl ik probeerde London bezig te houden, wat niet zo eenvoudig was als het klonk. Op dinsdagmiddag, terwijl Vivian een sollicitatiegesprek had, nam ik London mee voor een late lunch naar Chuck E. Cheese, een tent waar Vivian nooit voet in zou zetten. Na het eten speelde ze een paar spelletjes in de speelhal, en ze hoopte genoeg bonnetjes te winnen om ze in te ruilen voor een roze teddybeer. We haalden het bij lange na niet, en volgens mijn berekeningen had ik er wel drie kunnen kopen voor het geld dat ik aan speelfiches uitgaf.

Op woensdag koos ik voor onze gebruikelijke zaterdagochtendroutine van ontbijten en daarna naar het park, maar ik kon mijn groeiende ongerustheid over mijn werk maar niet negeren. Ik beeldde me de hele tijd in dat potentiële cliënten me probeerden te bereiken, of nog erger: voor een kantoor stonden dat duidelijk gesloten was, maar elke keer dat ik de receptioniste belde, kreeg ik te horen dat er geen berichten waren.

Nu mijn eerste lijst van potentiële cliënten niets had opgeleverd, begon ik bedrijven ongevraagd te benaderen per telefoon. Woensdagmiddag en de hele donderdag pleegde ik meer dan een paar honderd telefoontjes. Ik hoorde steeds weer de woorden 'geen interesse', maar bleef doorgaan en slaagde er uiteindelijk in om vijf gesprekken te regelen voor de week daarop. De bedrijven waren niet het soort cliënten waar de Peters Group zich gewoonlijk op richtte – een familierestaurant, een broodjeszaak, twee chiropractors en een wellnesscentrum – en de vergoedingen zouden waarschijnlijk laag zijn, maar het was beter dan niets.

Thuis zei Vivian weinig over haar sollicitatiegesprekken. Ze was bang dat dat ongeluk zou brengen, legde ze uit, maar ze leek vol vertrouwen, en toen ik haar vertelde dat ik de week daarop besprekingen zou hebben, was ze met haar gedachten duidelijk ergens anders. Nu ik erop terugkijk, had ik dat als een teken moeten opvatten.

Op vrijdagochtend was ik net de keuken in gelopen toen ik Vivians mobieltje hoorde overgaan. London zat al aan tafel te ontbijten. Vivian keek welk nummer het was en liep naar het terras achter het huis voordat ze opnam. Ik dacht dat het haar moeder was – haar moeder was de enige persoon van wie ik wist dat ze haar zo vroeg zou bellen – en schonk een kop koffie voor mezelf in.

'Hoi, liefje,' zei ik tegen London.

'Hoi, papa. Is nul een cijfer?'

'Ja,' antwoordde ik. 'Hoezo?'

'Nou, je weet dat ik vijf ben, hè? En daarvoor was ik toch vier?'

'Ja.'

'Wat was ik voordat ik één was?'

'Voordat je één was, hadden we het over maanden als we het hadden over hoe oud je was. Dat je bijvoorbeeld drie maanden was, of zes maanden. En voordat je een maand was, werd je leeftijd gemeten in weken. Of zelfs dagen.'

'En toen was ik nul, toch?'

'Ja, zo zou je het kunnen zeggen. Waarom vraag je dat allemaal?'

'Omdat ik in oktober zes word. Maar eigenlijk word ik zeven.'

'Je wordt zes, schatje.'

Ze stak haar handen omhoog en begon te tellen. En bij elk cijfer dat ze uitsprak, stak ze een duim of een vinger op. 'Nul. Een. Twee. Drie. Vier. Vijf. Zes.'

Intussen hield ze vijf vingers omhoog op de ene en twee op de andere hand. Zeven in totaal.

'Zo werkt dat niet,' zei ik.

'Maar jij zei dat ik nul was, en dat nul een cijfer was. Er zijn zeven cijfers. Dat betekent dat ik zeven word en niet zes.'

Het was te veel om te verwerken voordat ik mijn eerste kop koffie op had. 'Wanneer heb je dat allemaal bedacht?'

In plaats van antwoord te geven, haalde ze haar schouders op, en ik moest opnieuw denken aan hoeveel ze op haar moeder leek. Op dat moment stapte Vivian de keuken weer binnen, met een lichte blos op haar gezicht.

'Gaat het?' vroeg ik.

Eerst wist ik niet zeker of ze me had gehoord. 'Ja,' zei ze ten slotte, 'prima.'

'Alles goed met je moeder?'

'Ik denk het. Ik heb haar al een week niet gesproken. Waarom vraag je naar mijn moeder?'

'Was je dan niet met haar aan het praten?'

'Nee,' zei ze.

'Wie was er dan aan de telefoon?' vroeg ik uiteindelijk.

'Rachel Johnson.'

'Wie?'

'Ze is een van de adjunct-directeuren bij Spannerman. Ik heb woensdag een sollicitatiegesprek bij haar gehad.'

Verder zei ze niets. Ik wachtte. Nog steeds niets.

'En waar belde ze dan over?' hield ik vol.

'Ze bieden me de baan,' zei ze. 'Ze willen dat ik maandag begin. Om me te oriënteren.'

Ik wist niet goed of ik haar moest feliciteren, maar dat deed ik toch maar, en zelfs op dat moment had ik nog steeds geen flauw vermoeden dat mijn wereld op het punt stond helemaal op zijn kop gezet te worden.

Werken voelde die dag niet... normaal, en dat wilde wel iets zeggen, want werken voelde sowieso niet meer normaal sinds ik voor mezelf was begonnen. Ik begon powerpointpresentaties in elkaar te zetten voor de besprekingen die ik had ingepland. Daarin zou ik een overzicht geven van de verschillende reclamecampagnes waaraan ik had gewerkt, bespreken hoe waardevol reclame voor het specifieke bedrijf van de cliënt was, en een vooruitblik geven van het werk dat ik voor hem of haar zou doen. Als de potentiële cliënt interesse toonde, zou ik dat laten volgen door een meer toegespitst voorstel bij een tweede bespreking.

Hoewel ik flink vooruitgang boekte, bleven mijn gedachten af en toe afdwalen naar wat ik die ochtend te horen had gekregen.

Mijn vrouw zou maandag aan het werk gaan, voor Spannerman.

Mijn hemel.

Spannerman.

Maar ja, het was wel het romantische avondje en ik keek ernaar uit om de avond met Vivian door te brengen. Maar toen ik thuiskwam, had ik het gevoel alsof ik het verkeerde huis binnen was gestapt. De woonkamer, de eetkamer en de keuken waren een puinhoop, en London zat voor de televisie, iets wat ik nog nooit had gezien op dat uur van de avond. Vivian was nergens te bekennen, en ze gaf ook geen antwoord toen ik haar riep. Ik liep van de ene kamer naar de andere en vond haar uiteindelijk in de werkkamer. Ze zat achter de computer van alles over Spannerman op te zoeken, en voor het eerst sinds we getrouwd waren, leek ze wel een beetje dronken. Ze had een spijkerbroek en een T-shirt aan en haar haar zag eruit alsof ze er de hele dag mee om haar vingers had zitten draaien. Naast haar lag een dikke map – ze had een dik pak papier uitgeprint en met een stift gemarkeerd – en toen ze zich naar mij omdraaide, kon ik wel zien dat romantiek niet alleen uitgesloten was, maar dat het zelfs de hele dag niet in haar hoofd was opgekomen.

Ik verborg mijn teleurstelling, en na wat smalltalk stelde ik voor om Chinees eten te bestellen. We aten als een gezinnetje, maar Vivian bleef afgeleid, en zodra ze klaar was met eten ging ze terug naar de studeerkamer. Terwijl zij klikte en printte, maakte ik het huis schoon en hielp London om naar bed te gaan. Ik liet het bad vollopen – London had de leeftijd bereikt waarop ze zichzelf kon wassen – borstelde haar haar, ging naast haar in bed liggen en las haar een paar verhaaltjes voor. Vervolgens gaf Vivian voor het eerst onze dochter alleen maar een kusje voor het slapengaan, zonder nog een verhaaltje voor te lezen, en toen ik haar weer in de studeerkamer aantrof, zei ze dat ze nog een paar uur te gaan had. Ik keek een tijdje televisie en ging in m'n eentje naar bed; toen ik de volgende ochtend wakker werd, staarde ik naar Vivian en vroeg ik me af hoe laat ze uiteindelijk naar bed was gegaan.

Al snel nadat ze wakker was geworden, was ze weer in haar gewone doen, maar het was dan ook zaterdagochtend. Ze was precies op tijd de deur uit voor haar Momentje voor Zichzelf, en voor de vijfde keer in zeven dagen mocht ik weer moedertje spelen, zij het maar parttime. Op weg naar buiten vroeg Vivian of ik die dag voor London kon zorgen; ze zei dat ze nog niet helemaal klaar was met haar research van de afgelopen avond en dat ze ook nog wat dingetjes moest kopen voor haar werk.

'Geen probleem,' zei ik, met als resultaat dat London en ik op een gegeven moment opnieuw bij mijn ouders thuis waren. Marge en Liz waren een weekend naar Asheville, dus London had mijn moeder vrijwel de hele dag voor zichzelf. Toch vond mijn moeder nog de tijd om me toe te fluisteren dat aangezien het me niet was gelukt om mijn vader over te halen naar de huisarts te gaan, Marge hem er nu op maandag naartoe zou brengen.

'Het is fijn om te weten dat een van onze kinderen echt om hun vader geeft,' merkte mijn moeder op.

Bedankt, mam.

Mijn vader was zoals gewoonlijk in de garage. Toen ik binnenkwam, stak hij zijn hoofd om de motorkap.

'Daar ben je,' zei hij tegen me.

'Het leek me leuk om even langs te komen met London.'

'Weer geen Vivian?'

'Ze moet wat dingen doen voor haar werk. Ze heeft een baan gekregen en begint maandag.'

'O,' zei hij.

'Is dat alles?'

Hij pakte een zakdoek uit zijn achterzak en veegde zijn handen af. 'Het is waarschijnlijk maar het beste,' zei hij uiteindelijk. 'Er zal toch iemand in jullie gezin wat geld moeten verdienen.'

Bedankt, pap.

Na een tijdje met hem te hebben gepraat – en terwijl London lekker met oma aan het bakken was – ging ik op de bank in de woonkamer zitten, met een half oog naar een golftoernooi kijkend. Ik speel geen golf en kijk normaal gesproken niet naar golf op tv, maar onwillekeurig zat ik naar de logo's op golftassen en shirts te staren terwijl ik probeerde uit te rekenen hoeveel geld er naar de reclamebureaus was gegaan die met dat idee op de proppen waren gekomen.

Het hele gedoe deprimeerde me.

Intussen stuurde ik Vivian twee keer een berichtje en liet ik een voicemail achter, maar ik kreeg geen reactie. Ook de vaste telefoon bleef onbeantwoord. Omdat ik dacht dat ze blijkbaar op pad was, ging ik op weg naar huis vanaf mijn ouders langs bij de supermarkt, wat ik vrij zelden deed. Gewoonlijk ging ik alleen naar de winkel als er iets op was of wanneer ik zin had in iets specifieks om te eten; ik was het type dat een mandje gebruikte in plaats van een karretje, alsof ik meedeed aan een wedstrijd om te kijken hoe snel ik weer buiten kon staan. Voor London pakte ik een pak macaroni met kaas, plakjes kalkoenfilet en wat peren, wat niet zo heel gezond was maar ze toevallig wel heel lekker vond. Voor Vivian en mij koos ik een lendebiefstuk en een tonijnfilet die ik op de grill kon leggen, plus de ingrediënten voor een salade, maiskolven en een fles chardonnay.

Ik hoopte dat ik ons gemiste romantische avondje kon inhalen, maar ik wilde ook gewoon tijd doorbrengen met Vivian. Ik wilde naar haar luisteren, haar vasthouden en onze toekomst met haar bespreken. Ik wist dat er veranderingen zouden zijn in ons leven, obstakels zelfs, en ik wilde haar beloven dat we ons er als stel doorheen zouden slaan. Als Vivian zich op haar werk tevredener en nuttiger voelde, zou ze dat betere humeur misschien meenemen naar huis; als we het ouderschap eerlijker zouden verdelen, zouden we elkaar misschien gaan zien op manieren die onze relatie hechter zouden maken. Dan konden we 's avonds bijpraten over onze dag, genieten van ons succes en elkaar steunen als we het moeilijk hadden, en het extra geld zou alles ook gemakkelijker maken. Met andere woorden: het zou allemaal alleen maar beter worden voor Vivian en mij, en vanavond was de eerste stap in dat proces.

Dus waarom voelde ik me dan zo ontregeld?

Misschien kwam het doordat Vivian me niet terugbelde en geen berichtje terugstuurde, en ze was ook niet thuis toen London en ik terugkwamen.

Wat eerst alleen maar raar had geleken, begon nu verontrustend te worden, maar ik stuurde geen bericht en ik belde haar niet, omdat ik wist dat ik mijn ergernis niet zou kunnen verbergen, wat ongetwijfeld al een einde aan de avond zou maken voordat hij goed en wel was begonnen. In plaats daarvan liet ik de biefstuk marineren en legde hem in de koelkast voordat ik de komkommers en tomaten in blokjes begon te snijden voor de salade. London trok intussen de dekbladen van de maiskolven. Blij dat ze mocht meehelpen om het avondeten te maken voor het romantische avondje, trok ze ijverig aan de zijdeachtige draden en hield dan de maiskolf voor me omhoog zodat ik hem kon bekijken, waarna ze hem weglegde en aan de volgende begon. Ik maakte de macaroni met kaas klaar, schilde een peer en sneed hem in stukjes, legde de kalkoen erbij op haar bord en ging bij London zitten terwijl ze at. Omdat ik nog steeds geen bericht van Vivian had gekregen, zette ik een film op voor London en bleef bij haar zitten tot ik eindelijk de SUV op de oprit hoorde aankomen.

London liep de voordeur al uit zodra mijn vrouw uit de SUV stapte, en ik keek toe hoe Vivian haar optilde en haar een kus gaf. Ze kuste mij ook en vroeg of ik de tassen naar binnen wilde brengen. In de veronderstelling dat het boodschappen waren, maakte ik de achterklep open nadat Vivian en London naar binnen waren verdwenen, en zag een hele berg tassen van warenhuis Neiman Marcus en wel vijf of zes schoenendozen met Italiaanse namen.

Geen wonder dat ze niet had gebeld of had geantwoord. Vivian had het drúk gehad.

Net als de week ervoor moest ik een paar keer lopen om alle spullen die ze had gekocht uit te laden, en tegen de tijd dat ik klaar was, zat Vivian naast London op de bank, waarbij London tegen haar aan leunde.

Vivian glimlachte naar me en gebaarde toen woordeloos dat ze nog een paar minuutjes met London wilde. Ik knikte en herinnerde mezelf er opnieuw aan om geen spoortje van ergernis te laten zien. In de keuken schonk ik twee glazen wijn in en bracht een ervan naar Vivian, waarna ik terugging naar de veranda achter het huis en de grill aanzette. Omdat ik wist dat het een paar minuten zou duren voor hij heet genoeg was, ging ik terug naar binnen en nipte aan de wijn terwijl ik keek naar de eettafel waar ik haar spullen had opgestapeld. Na een tijdje gaf Vivian London een kus op haar hoofd en glipte toen weg. Ze gebaarde naar me om bij haar te komen bij alle spullen. Ze boog naar voren voor een vlugge kus toen ik dichterbij kwam.

'London zei dat ze een leuke dag met je had gehad.'

'Daar ben ik blij om,' zei ik. 'Jij hebt zeker ook wel een drukke dag gehad?'

'Nou en of. Toen ik klaar was met mijn research, sjeesde ik van de ene winkel naar de volgende. Uiteindelijk wilde ik alleen nog maar naar huis en relaxen.'

'Heb je honger? Ik heb verse tonijn voor je gekocht en ik heb de grill al aangezet.'

'Echt? Vanavond?'

'Waarom niet?'

'Omdat ik al heb gegeten.' Vivian moest mijn reactie hebben gezien en er kwam een verdedigend toontje in haar stem. 'Ik wist niet dat je van plan was eten te maken vanavond. Het enige wat ik wist, was dat ik geen ontbijt en geen lunch had gegeten, en ik had zo'n honger dat mijn handen begonnen te trillen. Uiteindelijk ben ik wat gaan eten in een eettentje toen ik het winkelcentrum uit kwam. Je had het me moeten laten weten, dan had ik alleen een snack genomen.'

'Ik heb gebeld en een berichtje gestuurd, maar je antwoordde niet.'

'Mijn telefoon zat in mijn tas en ik heb hem niet gehoord. Ik zag je berichtjes en je gemiste oproepen pas toen ik bijna thuis was.'

'Je had me toch kunnen bellen?'

'Ik zei toch al dat ik het de hele dag vreselijk druk heb gehad?'

'Zo druk dat je niet eens even op je telefoon kon kijken?'

'Doe nou niet net alsof ik expres heb geprobeerd je avond te verpesten,' zei ze met een zucht. 'Je kan de biefstuk nog altijd grillen. London heeft vast wel honger.'

'Ze heeft al gegeten,' zei ik, en ik bedacht dat het enige wat ik echt wilde, was dat mijn vrouw het net zo had gemist om met mij te praten als ik om met haar te praten.

'O,' zei ze. 'Wil je zien wat ik heb gekocht?'

'Ja, oké,' zei ik.

‘Zou je eerst nog een half glaasje wijn voor me willen inschenken? Ik wil mijn spullen eerst een beetje ordenen voordat ik ze aan je laat zien.’

Ik knikte en liep verdwaasd terug naar de keuken, nog steeds proberend op een rijtje te zetten wat er zojuist was gebeurd. Ze moest ervanuit zijn gegaan dat we samen zouden eten, dus waarom was ze dan ergens iets gaan eten? En waarom had ze niet op haar telefoon gekeken? Hoe kon het zijn dat mijn vrouw geen behoefte voelde om te kijken hoe het met haar gezin ging? Ik vulde haar glas bij en keerde terug naar de eetkamer. Ik wilde meer vragen stellen, maar intussen had Vivian al verschillende outfits ofwel over de tafel uitgespreid ofwel over de rugleuningen van de stoelen gehangen.

‘Dank je, schat,’ zei ze, en ze pakte het glas aan. Ze kuste me opnieuw en zette haar glas weg zonder een slok te nemen. ‘Ik heb ook een marineblauw pak gekocht. Het is prachtig, maar het was een beetje wijd bij de heupen, dus dat laat ik vermaken,’ zei ze, en toen begon ze de ene outfit na de andere te laten zien. Terwijl ze dat deed, viel mijn blik op een van de bonnetjes in de tassen en voelde ik mijn hart een slag overslaan. Het totale bedrag van dat ene bonnetje was meer dan de helft van de hypotheek.

‘Gaat het?’ vroeg ze toen ze eindelijk klaar was. ‘Je lijkt een beetje van streek.’

‘Ik vraag me gewoon af waarom je me niet hebt gebeld.’

‘Dat heb ik al gezegd. Ik had het druk.’

‘Dat weet ik, maar...’

‘Maar wat?’ vroeg ze, met ogen die vuurspuwden. ‘Alsof jij elke minuut belde en sms’te als je op je werk was.’

‘Je was aan het winkelen.’

‘Voor mijn wérk,’ zei ze. De boosheid in haar stem was nu overduidelijk. ‘Denk je soms dat ik het leuk vond om de halve nacht op te blijven en vervolgens de hele middag rond te sjezen? Maar je hebt me niet veel keus gelaten, of wel? Ik moet werken omdat jíj ontslag hebt genomen. En doe maar niet net alsof ik niet zag hoe je die bonnetjes bekeek, dus voordat je weer helemaal uit de hoogte begint te doen, moet je jezelf er misschien eerst even aan herinneren dat jouw avontuurtje heel wat meer heeft gekost dan wat ik vandaag heb uitgegeven, dus misschien moet je eens in de spiegel kijken.'

'Vivian...'

'Je moet eens ophouden net te doen alsof ik de slechterik ben. Jij bent ook niet bepaald perfect.'

'Dat heb ik ook nooit gezegd.'

'Hou dan eens op met alles wat ik doe af te keuren.'

'Dat doe ik...'

Maar toen was ze al uit de eetkamer verdwenen.

Het volgende half uur ontweken we elkaar. Of liever gezegd: zij ontweek mij. Daar was ze altijd beter in geweest dan ik. Dat weet ik doordat ik steeds even naar haar gluurde in de hoop dat haar humeur een beetje ontdooide, en ik vroeg me af waarom ze nooit leek te kunnen praten over waar ik mee zat zonder dat het op ruzie uitliep.

Ik grilde de tonijn en de biefstuk, en hoopte dat ze ten minste van het eten zou proeven, en dekte de tafel op de veranda achter het huis. Nadat ik het eten ernaartoe had gebracht, riep ik Vivian, maar ik zag dat ze al naar buiten kwam met London achter zich aan.

Ik legde kleine porties op allebei hun borden, en hoewel zowel Vivian als London een paar hapjes namen, bleef mijn vrouw stug zwijgen. Als er al iets positiefs was aan de maaltijd, dan was het dat London niets leek te merken, want zij en haar moeder zaten met elkaar te kletsen alsof ik er helemaal niet bij was.

Tegen de tijd dat we klaar waren met eten was ik net zo geïrriteerd over Vivian als zij over mij. Ik ging naar de werkkamer en startte mijn computer op, met het plan om aan mijn presentaties te gaan werken. Dat bleek echter zinloos, want ik bleef alleen maar in mijn hoofd afspelen wat er allemaal was gebeurd.

Ik wist me niet los te maken van een knagend gevoel van mislukking. Op de een of andere manier had ik het weer verknald, ook al wist ik niet precies wat ik dan zo verkeerd had gedaan. Intussen was Vivian al begonnen met het ritueel om London naar bed te brengen, en ik hoorde haar toen ze de trap af liep.

'Ze is klaar voor een verhaaltje,' zei ze. 'Maar geen lang verhaal, hoor. Ze is nu al aan het gapen.'

'Oké,' zei ik, en ik dacht dat ik in haar gezicht hetzelfde soort spijt zag als ik had over hoe de avond was verlopen. 'Hé,' zei ik, terwijl ik haar hand pakte. 'Het spijt me dat het allemaal zo gelopen is.'

Ze haalde haar schouders op. 'Het is voor ons allebei een stressvolle week geweest.'

Ik las London voor en gaf haar een kus voor het slapengaan; toen ik Vivian in de woonkamer aantrof, had ze haar pyjama al aan, zat ze met een tijdschrift open op haar schoot en stond de televisie op een of ander realityprogramma.

'Hé,' zei ze zodra ik naast haar ging zitten, schijnbaar meer geïnteresseerd in het tijdschrift dan in mij. 'Ik moest echt even die kleren uittrekken en iets comfortabelers aandoen. Ik ben helemaal kapot. Ik weet niet of ik het nog lang volhoud voordat ik naar bed ga.'

Ik begreep wat ze niet met zoveel woorden had gezegd: het was uitgesloten dat we later nog zouden vrijen.

'Ik ben ook moe.'

'Ik kan nauwelijks geloven dat ze volgende maand al naar school gaat. Het lijkt bijna onmogelijk.'

'Ik weet nog steeds niet waarom ze zo vroeg beginnen,' zei ik, de draad van het gesprek oppikkend. 'Begonnen wij niet altijd pas na de eerste maandag in september toen wij nog op school zaten? Ik bedoel: waarom 25 augustus?'

'Ik heb geen idee. Heeft te maken met het verplichte aantal schooldagen of zoiets, denk ik.'

Ik pakte de afstandsbediening. 'Vind je het goed als ik iets anders opzet om naar te kijken?'

Haar ogen schoten plotseling naar de tv. 'Daar zat ik naar te kijken. Ik wilde gewoon iets doms om me te helpen ontspannen.'

Ik legde de afstandsbediening neer. Een tijdje lang zeiden we allebei niets. Ten slotte vroeg ik: 'Wat wil je morgen doen?'

'Ik weet het nog niet. Ik weet dat ik het pak op moet halen dat vermaakt wordt, maar dat is het wel zo'n beetje. Hoezo? Waar denk je aan?'

'Wat je maar wilt. Je hebt het zo druk gehad deze week dat we niet veel tijd met elkaar hebben kunnen doorbrengen.'

'Ik weet het. Het is gewoon een gekkenhuis geweest.'

Misschien verbeeldde ik het me, maar het klonk alsof ze er niet zo erg mee zat als ik. 'En nog even over het eten vanavond...'

Ze schudde haar hoofd. 'Laten we het er niet over hebben, Russ. Ik wil me gewoon even ontspannen.'

'Ik probeerde je te vertellen dat ik me zorgen begon te maken toen ik niets van je hoorde...'

Ze liet het tijdschrift zakken.

'Meen je dat nou?'

'Wat?'

'Wil je dit echt nu doen? Ik heb je al verteld dat ik moe was. Ik heb al gezegd dat ik er niet over wilde praten.'

'Waarom word je nou weer boos?'

'Omdat ik weet wat je probeert te doen.'

'Wat probeer ik dan te doen?'

'Je probeert me zover te krijgen dat ik mijn verontschuldigingen aanbied, maar ik heb helemaal niets verkeerd gedaan. Wil je dat ik sorry zeg dat ik een goeie baan heb gekregen? Of dat ik mijn verontschuldigingen aanbied omdat ik me probeer te kleden als een zakenvrouw? Of omdat ik wat ben gaan eten omdat ik helemaal aan het trillen was? Is het wel eens in je opgekomen dat jij je misschien wel moet verontschuldigen omdat je überhaupt ruzie probeerde te zoeken?'

'Ik probeerde geen ruzie te zoeken.'

'Dat probeerde je wel,' me aankijkend alsof ik gek was. 'Je werd al boos zodra ik je vertelde dat ik al had gegeten, en je wilde zeker weten dat ik het wist. Dus probeerde ik lief te doen. Ik nodigde je uit om naar de eetkamer te komen om je te laten zien wat ik had gekocht. Ik heb je een kus gegeven. En meteen daarna begon je me aan te vallen, precies zoals je altijd doet.'

Ik wist dat er een kern van waarheid zat in wat ze zei. 'Oké, je hebt gelijk,' zei ik, waarbij ik probeerde mijn stem vlak te houden. 'Ik geef toe dat ik teleurgesteld was dat je al had gegeten voordat je thuiskwam...'

'O, werkelijk?' zei ze, me in de rede vallend. 'En zo gaat dat altijd met jou. Je gelooft het misschien niet, maar je bent niet de enige met gevoelens in dit huis, hoor. Heb je wel eens nagedacht over wat voor druk ik de laatste tijd voel? En wat doe jij? Je doet meteen vervelend zodra ik thuiskom, en zelfs nu kun je het nog niet laten rusten.' Ze stond op van de bank en bleef doorpraten terwijl ze de kamer uit begon te lopen. 'Ik wilde alleen maar naar mijn tv-programma kijken, mijn tijdschrift lezen en naast je zitten zonder ruzie te maken. Dat is alles. Was dat al te veel gevraagd?'

'Waar ga je naartoe?'

'Ik ga een tijdje in bed liggen, want ik wil me ontspannen. Je mag best bij me komen, maar als je liever weer ruzie gaat maken, doe dan maar geen moeite.'

En toen was ze weg. Ik zette de televisie uit en bleef het volgende uur in stilte zitten, terwijl ik probeerde te bedenken wat er was gebeurd tussen mijn vrouw en mij.

Of meer bepaald, hoe ik ervoor kon zorgen dat het weer beter ging tussen ons.

Zondag werd ik laat wakker in een leeg bed.

Ik trok een spijkerbroek aan en probeerde de merkwaardig gevormde lokken te temmen die me elke ochtend in de spiegel begroetten. Het was een teleurstellende poging zonder resultaat, die nog werd verergerd door het feit dat Vivans haar altijd al perfect in model zat als ze opstond.

Aangezien Vivian de vorige avond al sliep tegen de tijd dat ik naar bed ging, wist ik niet goed wat ik kon verwachten, maar toen ik naar de keuken liep, hoorde ik mijn vrouw en mijn dochter lachen.

'Goeiemorgen,' zei ik.

'Papa!' riep London.

Vivian draaide zich om en gaf me een knipoog. En ze glimlachte naar me alsof de vorige avond helemaal niet had plaatsgevonden. 'Perfecte timing,' zei ze. 'Ik ben net klaar met ontbijt maken.'

'Het ruikt geweldig.'

'Kom eens hier, knapperd,' zei ze.

Ik liep naar haar toe, in de veronderstelling dat ze mijn stemming probeerde te peilen, en toen ik dichtbij was, kuste ze me. 'Het spijt me van gisteravond. Alles goed met je?'

'Ja hoor, prima. En het spijt mij ook.'

'Zal ik een bord eten voor je maken? Ik heb de bacon extra knapperig gemaakt voor je.'

'Dat lijkt me heerlijk.'

'De koffie is ook klaar. De melk moet hier ergens staan.'

'Dank je,' zei ik. Ik schonk een kop in en nam hem mee naar de eettafel, waar ik naast London ging zitten. Ik kuste haar boven op haar hoofd terwijl zij de melk pakte.

'Hoe is het met jou, liefje? Heb je fijn gedroomd?'

'Weet ik niet meer,' zei ze. Ze nam een slok melk, waarbij er een snor van melk achterbleef.

Vivian bracht twee borden naar de tafel, met roerei, bacon en geroosterd brood, en zette ze voor ons neer. 'Willen jullie sap? Er is versgeperst sinaasappelsap.'

'Klinkt goed. Dank je.'

Die bracht Vivian ook naar ons toe, samen met haar eigen bord. Anders dan op die van ons lag daar alleen een beetje roerei van eiwit op en wat fruit.

Ik nam een hap bacon. 'Hoe laat ben je opgestaan?'

'Een uur geleden, misschien? Jij moet uitgeput zijn geweest. Volgens mij heb je me niet eens uit bed horen gaan.'

'Dat zal dan wel,' zei ik.

'Ik moet wel zeggen dat als je niet was opgestaan, ik net op het punt stond om London naar je toe te sturen om op je te springen.'

Ik draaide me om naar London, met open mond. 'Dat zou je niet hebben gedaan, toch? Als ik nog sliep?'

'Natuurlijk wel,' zei London giechelend. 'En weet je? Ik ga met mama naar het winkelcentrum om haar kleren op te halen, en dan gaan we naar de dierenwinkel.'

'Wat is er in de dierenwinkel?'

'Mama zei dat ik een hamster mocht. Ik ga haar Mrs. Sprinkles noemen.'

'Ik wist niet dat je een hamster wilde.'

'Ik wil al heel lang een hamster, papa.'

'Hoe komt het dat je me dat nooit hebt verteld, liefje?'

'Omdat mama zei dat jij er geen een zou willen.'

'Nou, ik weet het niet,' zei ik. 'Een hamster verzorgen is een heleboel werk.'

'Weet ik,' zei ze. 'Maar ze zijn zo lief.'

'Ze zijn wel lief,' gaf ik toe, en tijdens de rest van het ontbijt luisterde ik hoe London me ervan probeerde te overtuigen dat ze oud genoeg was om voor een hamster te zorgen.

Ik was mijn tweede kop koffie aan het drinken in de keuken terwijl Vivian de vaatwasser begon in te ruimen; in de woonkamer was London met haar Barbies aan het spelen.

'Ze is echt oud genoeg om een hamster te hebben, hoor,' merkte Vivian op. 'Al zal jij de kooi moeten verschonen.'

'Ik?'

'Natuurlijk,' zei ze. 'Jij bent de papa.'

'En volgens jou hoort mijn dochter helpen de kooi te verschonen bij mijn taakomschrijving?'

'Zie het maar als een goede manier om een band met haar te ontwikkelen.'

'Door hamsterpoep op te ruimen?'

'O, stil nou maar,' zei ze, me een duwtje gevend. 'Het zal goed voor haar zijn. Dan leert ze ergens verantwoordelijk voor te zijn. En bovendien is het een stuk gemakkelijker dan een puppy voor haar kopen. Ze is ook verliefd op het hondje van de buren, weet je dat? Dus je mag van geluk spreken. Heb je de nieuwsbrief van de sportclub gezien?'

'Ik geloof het niet.'

'Ze hebben een paar goede programma's voor kinderen, waaronder tennis. Het is drie dagen per week om negen uur 's ochtends, vier weken lang, dus het zou haar andere activiteiten niet in de weg zitten. Maandag, dinsdag en donderdag.'

Van waar ik stond, kon ik mijn dochter zien, en het viel me weer op hoeveel ze op haar moeder leek. 'Ik weet niet zeker of ze dat wel leuk zou vinden,' antwoordde ik. 'En over London gesproken. Ik wilde het al eerder vragen: wat had je in gedachten wat haar betreft?'

'Wat bedoel je?'

'Opvang,' zei ik. 'Vanaf morgen ga je werken. Wie gaat er voor haar zorgen?'

'Ik weet het, ik weet het.' Er zat een beetje stress in haar antwoord terwijl ze nog een bord afspoelde en in de vaatwasser zette. 'Ik was afgelopen week van plan geweest om een paar kinderopvanglocaties te onderzoeken, maar ik heb er gewoon geen tijd voor gehad. Ik kan nog maar net mijn hoofd boven water houden, en dan heb ik nog niet het idee dat ik goed voorbereid ben voor morgen. Het laatste wat ik wil, is dat Walter denkt dat ik een idioot ben als we zitten te lunchen.'

'Lunchen met Walter?'

'Mijn nieuwe baas? Walter Spannerman?'

'Ik weet wie het is. Ik wist alleen niet dat je morgen met hem ging lunchen.'

'Ik ook niet, tot vanochtend. Toen ik wakker werd, zag ik een e-mail met mijn rooster om me in te werken. Ze gaan me morgen de hele dag laten rennen; personeelszaken, de juridische afdeling, lunchen, ontmoetingen met verschillende adjunct-directeuren. Ik moet er om half acht 's ochtends zijn.'

'Vroeg,' zei ik. Ik wachtte en vroeg me af of ze nog terug zou komen op het onderwerp van wie er op London zou passen. Ze spoelde wat bestek af en zette het in de vaatwasser, zonder iets te zeggen. Ik schraapte mijn keel. 'En je zei dat je geen kinderopvang had weten te vinden voor London?'

'Nog niet. Ik heb een paar vriendinnen gebeld en die zeiden dat de kinderopvangcentra die zij gebruiken goed zijn, maar ik wil het evengoed zelf zien, snap je? Er even een keer doorheen lopen, het personeel ontmoeten en praten over wat voor programma's ze bieden. Ik wil zeker weten dat het de goede plek is voor haar.'

'Als je de namen hebt, kan ik wel even bellen en een afspraak voor ons maken.'

'Nou ja, dat is het nou juist. Ik heb geen idee hoeveel uur ik deze week zal moeten werken.'

'Ik denk dat ik wel een afspraak kan maken voor 's avonds.'

'Het is waarschijnlijk beter als ik het doe, denk je niet? Ik zou het vervelend vinden als ik het moest afzeggen.'

'Dus… wat is het plan voor morgen dan? Voor London?'

'Ik zou het niet prettig vinden om haar zomaar op een vreemde plek af te leveren. Jij wel? Ik wil alleen maar wat het beste is voor haar.'

'Ik ben ervan overtuigd dat als je een van de plekken kiest die je vriendinnen gebruiken, het wel goed komt.'

'Ze is al zenuwachtig genoeg dat ik weer aan het werk ga en ze was behoorlijk overstuur vanochtend. Daarom ontbeten we met het hele gezin en daarom stelde ik voor om een hamster te nemen. Ik wil haar niet het gevoel geven dat we haar in de steek laten deze week.'

'Wat wil je nou eigenlijk zeggen?'

Vivian deed de deur van de vaatwasser dicht. 'Ik hoopte dat jij deze week voor haar kon zorgen. Op die manier heeft London tijd om zich aan te passen.'

'Ik kan niet. Ik heb deze week elke dag besprekingen met cliënten.'

'Ik weet dat ik veel van je vraag en ik vind het heel vervelend dat ik je dit aan moet doen. Maar ik weet niet wat ik anders moet. Ik dacht zo dat je haar óf mee kon nemen naar je kantoor, óf dat je zelfs thuis kon werken. Wanneer je je besprekingen hebt, kun je haar bij je moeder langsbrengen. Het zou maar voor een week of twee zijn.'

Een week? Of twéé?

De woorden bleven nagalmen in mijn hoofd, zelfs nog terwijl ik antwoordde. 'Ik weet het niet. Ik zou eerst mijn moeder moeten bellen om te vragen of ze dat goed vindt.'

'Zou je dat willen doen? Ik ben al zo zenuwachtig over mijn nieuwe baan, en ik wil me niet ook nog zorgen hoeven maken over London. Zoals ik al zei, ze was helemaal overstuur vanochtend.'

Ik keek eens goed naar London; ze had tijdens het ontbijt helemaal niet overstuur geleken, en nu ook niet, maar aan de andere kant kende Vivian haar beter dan ik. 'Ja, oké. Ik bel haar wel.'

Vivian glimlachte voor ze naar me toe kwam en haar armen om mijn nek liet glijden.

'Het was lief van je dat je me probeerde te verrassen met het eten gisteravond. En ik zat te denken dat ik misschien wel zin heb in een glas wijn als London naar bed is.' Ze kuste mijn hals, haar adem warm op mijn huid. 'Denk je dat je daar ook wel zin in zult hebben?'

Ik kon het niet helpen: plotseling vroeg ik me af of de hele ochtend – haar uiterlijk, haar opgewekte humeur, het ontbijt – niet alleen maar deel had uitgemaakt van een plan om te krijgen wat ze wilde. Maar toen ze me nog een keer in mijn hals kuste, vergaf ik het haar.

Vivian en London waren tot na het middaguur weg. Terwijl zij weg waren, maakte ik de presentatie voor de chiropractor af, wat de eerste bespreking zou zijn. In de tussentijd ruimde ik ook het huis op en belde ik mijn moeder. Ik vertelde haar over de besprekingen met cliënten de komende week en vroeg haar of ik London maandag langs kon brengen.

'Natuurlijk,' zei ze.

Ik hing net op toen Vivian en London op de oprit aankwamen, en ik hoorde London me roepen nog voordat ik de deur uit was. 'Papa, papa, kom eens gauw!'

Ik liep op een drafje de trap af en keek hoe ze een doorzichtig plastic kooitje ophield. Van een afstandje was mijn eerste gedachte dat ik dubbel zag, want er leken twee hamsters te zijn, een zwartwitte en een bruine. London grijnsde van oor tot oor toen ik dichterbij kwam.

'Ik heb er twee, papa! Mrs. Sprinkles én Mr. Sprinkles.'

'Twee?'

'Ze kon niet kiezen,' zei Vivian, 'dus ik dacht: waarom niet? We moesten de kooi toch hebben.'

'En ik mocht Mr. Sprinkles de hele weg naar huis vasthouden!' voegde London eraan toe.

'Echt waar?'

'Hij is zo lief. Hij heeft gewoon de hele tijd in mijn hand gezeten. Hierna ga ik Mrs. Sprinkles vasthouden.'

'Dat is geweldig,' zei ik. 'Mooie kooi.'

'O, dit is alleen maar de kooi om ze in te vervoeren. Hun echte kooi staat achterin. Mama zei dat je me kon helpen om hem in elkaar te zetten. Hij is enorm groot!'

'Zei ze dat?' zei ik, en ik kreeg visioenen van de kerstdagen uit het verleden, toen ik uren bezig was geweest om allerlei... dingen – schildersezels, Barbies Droomhuis, de fiets – in elkaar te zetten. Laten we het erop houden dat ik het een stuk moeilijker vond dan mijn vader het waarschijnlijk zou hebben gevonden. Vivian moest precies hebben geweten wat ik dacht, want ik voelde haar een arm om me heen laten glijden.

'Maak je geen zorgen,' zei ze. 'Zo moeilijk zal het niet zijn. En ik zal je aanmoedigen.'

Later die avond, nadat we hadden gevreeën, lag ik op mijn zij en ging ik met mijn vinger over Vivians onderrug. Haar ogen waren dicht en haar lichaam was ontspannen, prachtig.

'Je hebt me nog steeds niet veel verteld over wat je baan precies inhoudt.'

'Er valt niet veel te vertellen. Het is hetzelfde soort werk als ik vroeger deed.' Ze klonk slaperig en ze zei het bijna mompelend.

'Weet je hoeveel je zult moeten reizen?'

'Nog niet,' antwoordde ze. 'Daar zal ik binnenkort wel achter komen.'

'Dat kan nog lastig worden met London.'

'Met London zal het wel goedkomen. Jij bent er.'

Om de een of andere reden verwachtte ik dat ze meer zou zeggen: hoe erg ze London zou missen, of dat ze een manier zou proberen te vinden om minder te hoeven reizen. Maar in plaats daarvan begon ze langzaam en regelmatig te ademen.

'Weet je al wat je salaris wordt?'

'Hoezo?'

'Ik probeer een schatting te maken van ons budget.'

'Nee,' zei ze. 'Ik weet het nog niet.'

'Hoe kan je dat nou nog niet weten?'

'Je hebt het basissalaris, bonussen en dan nog allerlei incentives. Winstdeling. Ik haakte een beetje af toen ze dat begonnen uit te leggen aan me.'

'Kun je niet even een grove schatting maken?'

Ze liet een hand op mijn arm ploffen. 'Moeten we dit echt nu doen? Je weet wat voor hekel ik eraan heb om over geld te praten.'

'Nee, natuurlijk niet.'

'Ik hou van je.'

'Ik ook van jou.'

'Dank je wel dat je op London gaat passen deze week.'

Of twee weken, dacht ik onmiddellijk, maar ik zei het niet. 'Graag gedaan.'

Ik kon niet in slaap komen, en nadat ik een uur naar het plafond had liggen staren, liet ik me uit bed glijden en liep ik zachtjes naar de keuken. Ik schonk een glaasje melk in en dronk het in één teug leeg, en bedacht dat nu ik toch op was ik net zo goed even bij London kon gaan kijken. Ik ging haar kamer binnen en kon de tredmolen van de hamsters horen piepen en zoeven, een hamsterfeestje midden in de nacht.

Gelukkig leek London het niet te merken. Ze was vast in slaap en haar ademhaling was diep en regelmatig. Ik kuste haar wang en trok de dekens over haar heen. Ze bewoog een beetje en terwijl ik naar haar keek, voelde ik een steekje in mijn hart, een mengeling van trots, liefde, bezorgdheid en angst, een mengeling die verbazend intens voelde.

Daarna ging ik buiten op de veranda zitten. De nacht was warm en het geluid van tsjirpende krekels vulde de lucht; ik herinnerde me vaag uit mijn jeugd dat mijn vader me had verteld dat de frequentie van het getsjirp ruwweg samenhing met de temperatuur, en ik vroeg me af of het waar was of dat het gewoon iets was wat vaders tegen hun zoon zeggen op een late zomeravond.

Nadenken over die vraag riep andere gedachten bij me op, en plotseling begreep ik waarom de slaap zo moeilijk te vatten leek.

Het had te maken met Vivian en het feit dat ze me niet had verteld wat haar salaris werd. Ik geloofde haar niet toen ze zei dat ze was afgehaakt toen het haar werd uitgelegd, en dat zat me ook dwars.

In alle jaren dat we getrouwd waren, had ik Vivian altijd verteld wat ik precies verdiende. Voor mij was het uitwisselen van dat soort informatie een voorwaarde voor het huwelijk; het laatste wat een getrouwd stel moest hebben was geheimhouding over financiële zaken. Geheimhouding kon ondermijnend werken, en had uiteindelijk zijn oorsprong in een verlangen naar controle. Maar misschien oordeelde ik te hard over haar. Misschien had ze alleen maar mijn gevoelens niet willen kwetsen omdat zij een inkomen zou hebben terwijl mijn eigen bedrijf voortsukkelde.

Ik kon er niet wijs uit worden. In de tussentijd was me de verantwoordelijkheid voor onze dochter in handen geschoven, en plotseling leek de werkelijke reden voor mijn slapeloosheid maar al te duidelijk.

Onze rollen in het huwelijk waren plotseling omgedraaid.

6

Moedertje spelen

Toen ik jong was, laadden mijn ouders elke zomer de camper vol en namen Marge en mij mee naar de Outer Banks. In het begin kampeerden we dicht bij Rodanthe; later verbleven we verder naar het noorden, dicht bij de regio waar de gebroeders Wright luchtvaartgeschiedenis hadden geschreven. Maar toen we ouder waren, werd Ocracoke onze lievelingsplek.

Ocracoke is niet veel meer dan een dorp, maar vergeleken met Rodanthe was het een metropool, met winkels die ijs en pizza per punt verkochten. Marge en ik brachten uren door met zwerven over de stranden en langs de winkeltjes, schelpen verzamelen en in de zon liggen bakken. 's Avonds maakte mijn moeder het eten, meestal hamburgers of hotdogs. Daarna vingen we vuurvliegjes in weckpotten, waarna we ten slotte in een tent in slaap vielen terwijl onze ouders in de camper sliepen, onder de sterren die de nachtelijke hemel verlichtten.

Dat waren nog eens mooie tijden. Een van de beste tijden van mijn leven. Natuurlijk herinnerde mijn vader zich het anders.

'Ik had een hekel aan die gezinsuitstapjes,' biechtte hij me op toen ik op de universiteit zat. 'Jij en Marge maakten vreselijk ruzie tijdens de hele rit erheen. Jij was al op de eerste dag verbrand en jankte de rest van de week als een klein kind. Marge bracht het grootste gedeelte van de week mokkend door omdat ze niet bij haar vriendinnen was, en alsof dat nog niet erg genoeg was, gooide je zodra je huid begon te vervellen de velletjes naar Marge, zodat ze begon te gillen. Jullie twee waren ontzettend irritant.'

'Waarom nam je ons dan elk jaar mee?'

'Omdat je moeder me ertoe dwong. Ik was liever op vakantie gegaan.'

'Maar we wáren op vakantie.'

'Nee,' zei hij, 'we waren met het gezin op stap, niet op vakantie.'

'Wat is het verschil?'

'Daar kom je nog wel achter.'

Tijdens de eerste drie jaar van Londons leven waren er D-Day-achtige voorbereidingen nodig voor een dagje uit buiten de stad, met luiers, flesjes, wandelwagens, snacks en babyshampoo en hele tassen vol speelgoed om haar bezig te houden. Tijdens die uitstapjes bezochten we plekken waarvan we dachten dat ze er plezier zou hebben – het aquarium, speeltuinen van McDonald's, het strand – en zeulden we de hele dag tot we doodop waren, met weinig tijd voor onszelf en nog minder om te ontspannen.

Maar twee weken voor Londons vierde verjaardag stuurde Peters me naar Miami voor een conferentie, en ik besloot aansluitend een paar vakantiedagen op te nemen. Ik regelde dat mijn ouders vier dagen op London pasten en hoewel Vivian in het begin nog had geaarzeld om onze dochter achter te laten, duurde het niet lang voordat we allebei begrepen hoeveel we het gewoon hadden gemist om... vrij te zijn. We lazen tijdschriften en boeken bij het zwembad, nipten aan pina colada's en deden 's middags een dutje. We kleedden ons om om uit eten te gaan, tafelden na met een glas wijn en bedreven elke dag de liefde, soms wel meer dan één keer. Op een avond gingen we naar een nachtclub en dansten we tot ver na middernacht. De volgende dag sliepen we uit. Tegen de tijd dat we in Charlotte terugkeerden, begreep ik eindelijk wat mijn vader had bedoeld.

Kinderen, bedoelde hij, veranderden alles.

Het zou denk ik toepasselijker zijn geweest als het vrijdag de dertiende zou zijn geweest in plaats van maandag de dertiende, want alles aan Vivians eerste werkdag leek op de een of andere manier verkeerd te gaan.

Om te beginnen sprong Vivian als eerste onder de douche, wat een ochtendschema in de war schopte dat al jarenlang vaste prik was. Omdat ik niet zo goed wist wat ik moest doen, maakte ik het bed op en ging ik naar de keuken om een pot koffie te zetten. Terwijl de koffie doorliep, besloot ik voor Vivian een ontbijt te maken van eiwitten, met bessen en schijfjes kanteloep erbij. Ik maakte hetzelfde voor mezelf, met de gedachte dat het geen kwaad kon om een paar pondjes kwijt te raken. Ik had gemerkt dat mijn broek was begonnen te knellen bij mijn taille.

Terwijl ik aan het bakken was, kwam London bij me in de keuken staan en ik maakte een kom muesli voor haar. Haar haar stond alle kanten op en zelfs ik kon zien dat ze moe was.

'Heb je wel goed geslapen?' vroeg ik.

'Mr. en Mrs. Sprinkles maakten me steeds wakker. Ze bleven maar de tredmolen op gaan en die piept.'

'Dat is niet zo mooi. Ik zal eens kijken of ik hem kan laten stoppen met piepen, oké?'

Ze knikte terwijl ik mijn eerste kop koffie inschonk. Pas bij mijn derde kop kwam Vivian eindelijk de keuken in. Ik keek mijn ogen uit.

'Wauw.' Ik glimlachte.

'Vind je het mooi?'

'Je ziet er fantastisch uit,' zei ik, en ik meende het. 'Ik heb een ontbijt voor je gemaakt.'

'Ik weet niet of ik wel kan eten. Ik ben zo zenuwachtig dat ik geen trek heb.'

Ik warmde de eiwitten op in de magnetron terwijl Vivian bij London ging zitten, luisterend terwijl London haar vertelde over de lawaaiige tredmolen.

'Ik had haar gezegd dat ik zou kijken of ik hem stiller kon maken,' zei ik, terwijl ik de borden naar de tafel bracht.

Vivian begon kleine hapjes van haar eten te nemen terwijl ik ging zitten. 'Je zult vanochtend de antiklitspray op Londons haar moeten gebruiken voordat je het gaat borstelen. Die staat naast de wastafel, in de groene fles.'

'Geen probleem,' zei ik, terwijl ik me vaag herinnerde dat ik het Vivian al eens eerder had zien doen. Ik schepte een vork vol ei op.

Ze richtte haar aandacht op London. 'En je vader gaat je vandaag inschrijven voor tennisles. Je zult het geweldig vinden.'

Ik aarzelde, en mijn vork bleef net boven het bord zweven. 'Wacht even...' zei ik. 'Wat?'

'Tenniskamp? We hebben het hier gisteren over gehad. Weet je het niet meer?'

'Ik weet nog dat je het hebt gezegd. Maar ik kan me niet herinneren dat we er een beslissing over hebben genomen.'

'De aanmelding voor de lessen is vandaag, en ze zijn er vrij zeker van dat het snel vol raakt, dus kun je maar het beste proberen er rond half negen te zijn. Vanaf negen uur gaan ze inschrijven. Haar beeldende-kunstles is om elf uur.'

'Ik moet mijn presentatie nog doornemen.'

'Het zal niet lang duren om haar in te schrijven, en je kunt die presentatie doornemen terwijl ze naar beeldende-kunstles is. Er zit een koffiebar een paar gebouwen verderop in hetzelfde complex. Het geeft niks als je er niet bij blijft; ik zet haar meestal af en ga dan naar de sportschool. Hoe laat is je bespreking?'

'Om twee uur.'

'Zie je wel? Dat is perfect. Haar les eindigt om half een, dus kun je haar daarna bij je moeder afzetten. Je weet wel waar het atelier is, toch? Op dat bedrijventerrein even voorbij het winkelcentrum met dat restaurant, TGI Fridays?'

Ik kende het bedrijventerrein waar ze het over had, maar mijn gedachten waren meer bij mijn zich rap uitbreidende to-dolijst.

'Kunnen we niet gewoon de club bellen en haar aanmelden?'

'Nee,' zei Vivian. 'Ze hebben een kopie van de verzekeringspas nodig, en je moet een afstandsverklaring ondertekenen.'

Mijn gedachten tolden maar door. 'Moet ze vandaag echt naar beeldende-kunstles?'

Vivian richtte zich tot London. 'Wil je vandaag naar beeldende-kunstles, lieveling?'

London knikte. 'Mijn vriend Bodhi is er,' zei ze, wat ze uitsprak als 'Bodie'. 'Zijn naam wordt gespeld als B-O-D-H-I en hij is heel aardig. Ik heb hem verteld dat ik vandaag Mr. en Mrs. Sprinkles mee zou nemen zodat hij ze kon zien.'

'O, dat doet me eraan denken. Je zult ook nog wat meer zaagsel bij de dierenwinkel moeten halen,' voegde Vivian eraan toe. 'En vergeet de dansles later vanmiddag niet. Die is om vijf uur, en de studio zit in hetzelfde winkelcentrum als de supermarkt.' Vivian stond op van de tafel en kuste London voordat ze haar een knuffel gaf. 'Mama komt weer thuis na haar werk, oké? Zorg ervoor dat je je vuile kleren in de mand doet.'

'Oké, mama. Hou van je.'

'Hou ook van jou.'

Ik liep met Vivian naar de deur en deed hem voor haar open voordat ik haar snel een kus gaf.

'Je pakt ze helemaal in,' zei ik.

'Dat hoop ik.' Ze raakte voorzichtig haar haar aan. Ze stak haar hand in haar tas en gaf me een opgevouwen stukje papier. 'Ik heb Londons schema opgeschreven om het gemakkelijker voor je te maken.'

Ik nam de lijst door. Beeldende-kunstles op maandag en vrijdag om elf uur, pianoles op dinsdag en donderdag om half tien. Dansles op maandag, woensdag en vrijdag om vijf uur. En vanaf volgende week tenniskamp, op maandag, dinsdag en donderdag om acht uur.

'Wauw,' zei ik. 'Dat is nogal een rooster. Vind je het niet wat veel?'

'Dat trekt ze best,' zei Vivian.

Om wat voor reden dan ook verwachtte ik een langer afscheid, misschien nog wat gebabbel over dat ze zenuwachtig was of zoiets, maar in plaats daarvan draaide ze zich om en liep ze kordaat naar haar auto.

Ze keek niet één keer meer om.

Vraag me niet hoe, maar op de een of andere manier kreeg ik het allemaal voor elkaar. Douchen, scheren en mijn werkkleren aantrekken: check. Antiklitspray voordat ik Londons haar borstelde en haar aankleedde: check. De keuken opruimen en de vaatwasser aanzetten: check. London inschrijven voor het tenniskamp en haar samen met Mr. en Mrs. Sprinkles naar beeldende-kunstles brengen: check en check. De presentatie doornemen, London bij mijn moeder afzetten en zelfs een paar minuten te vroeg voor de bespreking met de chiropractor aankomen: check, check en check.

De praktijk van de chiropractor was een rommelig ogend pand in een verloederd industriegebied, niet het soort plek waar iemand graag een gezondheidsprofessional zou bezoeken. Eén enkele blik maakte duidelijk dat mijn potentiële klant wanhopig behoefte had aan mijn diensten.

Helaas dacht de klant daar anders over. Hij was niet geïnteresseerd in de powerpointpresentatie die ik had voorbereid en ook niet in wat ik verder nog te zeggen had, vooral niet vergeleken met de belangstelling die hij toonde voor het broodje dat hij aan het eten was. Hij ergerde zich eraan dat er geen mosterd op zat. Dat weet ik omdat hij het wel drie keer tegen me zei, en toen ik aan het einde van mijn presentatie informeerde of hij nog vragen had, vroeg hij me of ik nog wat zakjes mosterd in mijn auto had liggen die ik kwijt wilde.

Ik was niet echt in een goed humeur toen ik London ophaalde bij mijn moeder, en nadat ik bij de dierenwinkel was langsgegaan, gingen we op weg naar huis. Ik dook weer achter de computer en werkte tot het tijd was voor dansles, maar het duurde een tijdje voordat ik Londons kleren vond, aangezien geen van ons beiden een idee had waar Vivian ze had neergelegd. We waren een paar minuten te laat van huis weggegaan en London begon zich druk te maken terwijl de klok doortikte.

'Juf Hamshaw wordt echt heel erg kwaad als je haar regels overtreedt.'

'Maak je maar geen zorgen. Ik zal haar gewoon vertellen dat het mijn schuld is.'

'Dat zal niet uitmaken.'

Het bleek dat London gelijk had. Pal om de hoek van de ingang zaten vijf vrouwen te zwijgen in een zithoekje; meteen daarachter was de dansvloer, en de twee gebieden werden gescheiden door een lage muur met een zwaaideur. Aan de rechterkant stonden kasten vol trofeeën; de muren waren versierd met vaantjes waarop allerlei leerlingen en teams als winnaars van landelijke wedstrijden waren uitgeroepen.

'Ga maar naar binnen,' drong ik aan.

'Ik kan de vloer niet op lopen tot ik te horen krijg dat ik verder mag komen.'

'Wat bedoel je daarmee?'

'Niet praten, papa. Ouders moeten stil zijn als juf Hamshaw aan het woord is. Anders kom ik nog meer in de problemen.'

Juf Hamshaw – een strenge vrouw met ijzerkleurig haar in een strakke knot getrokken – blafte instructies naar een groepje dat bestond uit zes- en vijfjarigen. Na verloop van tijd schreed ze naar ons toe.

'Het spijt me dat ik te laat was,' begon ik. 'Londons moeder is vandaag weer aan het werk gegaan en ik kon haar danskleding niet vinden.'

'Aha,' onderbrak Hamshaw me, terwijl ze me aankeek. Ze zei verder niets en seinde gewoon haar afkeuring over waarna ze uiteindelijk een hand op Londons rug legde. 'Je mag doorgaan naar de vloer.'

London schuifelde door de deur de studio in, met neergeslagen ogen.

Hamshaw zag haar 'doorgaan', waarna ze haar aandacht weer op mij richtte. 'Laat het alstublieft niet weer gebeuren. Leerlingen die te laat komen, verstoren de les en het is al moeilijk genoeg om mijn leerlingen gefocust te houden.'

Ik stapte naar buiten en belde mijn receptioniste, maar er waren geen berichten, en ik bracht de rest van het uur door met kijken naar London en de andere meisjes die hun best deden om juf Hamshaw een plezier te doen, die vrijwel niet te plezieren leek. Meer dan eens zag ik London op haar nagels bijten.

Toen de les voorbij was, bleef London een paar passen achter me treuzelen terwijl we naar de auto liepen, met hangende schouders. Ze zei helemaal niets tot we de parkeerplaats af reden.

'Papa?'

'Ja, lieveling?'

'Mag ik Lucky Charms hebben als we thuiskomen?'

'Dat is geen avondeten. Dat eet je als ontbijt. En je weet dat je mama niet wil dat je zoveel suikerhoudende dingen eet.'

'Bodhi's mama laat hem soms Lucky Charms eten als tussendoortje. En ik heb honger. Alsjeblieft, papa?'

'Alsjeblieft, papa' werd uitgesproken met een heel klaaglijk stemmetje. Hoe kon ik daar als vader nee op zeggen?

Ik ging naar de winkel en pakte de doos met ontbijtgranen, en kwam drie minuten later thuis dan ik anders zou zijn geweest.

Ik schonk een kom voor haar vol, stuurde Vivian een berichtje met de vraag hoe laat ze thuis zou komen en wist er nog wat werk uit te persen, met het gevoel alsof ik al sinds het moment dat ik mijn bed uit was gekropen heen en weer was gesleept. Ik moest de tijd zijn vergeten; toen Vivian eindelijk de oprit op reed, merkte ik dat het bijna acht uur was.

Ácht uur?

London was eerder bij de deur dan ik en ik keek toe hoe Vivian haar optilde en haar kuste waarna ze haar weer neerzette.

'Sorry dat ik zo laat ben. Er was een noodgeval op het werk.'

'Ik dacht dat je je nog aan het oriënteren was.'

'Dat was ook zo. Vrijwel de hele dag. En toen kwamen we er om vier uur achter dat een journalist van de *News & Observer* in Raleigh naar verluidt een "ontmaskering" van Walters bouwprojecten van plan is. Plotseling zaten we in de crisismodus. En dat gold ook voor mij.'

'Waarom voor jou? Het was toch je eerste dag?'

'Dat is waar ze me voor hebben aangenomen,' zei ze. 'En ik heb veel ervaring met crisismanagement. Mijn baas in New York had altijd problemen met de pers. Hoe dan ook, we moesten vergaderen en met een plan komen, en ik moest contact leggen met Spannermans externe publiciteitsagent. Het ging achter elkaar door. Ik hoop dat je nog wat eten voor me hebt overgehouden. Ik ben uitgehongerd. Het maakt me niet uit wat je hebt gemaakt.'

Oeps.

Ze moest de uitdrukking op mijn gezicht hebben gelezen, want haar schouders zakten een beetje af. 'Heb je niet gekookt?'

'Nee. Ik ging helemaal op in mijn werk...'

'Dus London heeft niet gegeten?'

'Ik mocht Lucky Charms van papa,' zei mijn dochter met een glimlach.

'Lucky Charms?'

'Het was gewoon een tussendoortje,' zei ik, en ik hoorde hoe defensief ik klonk.

Maar intussen luisterde Vivian al nauwelijks meer. 'Zullen we eens kijken wat we voor het avondeten bij elkaar kunnen scharrelen? Iets gezonds.'

'Oké, mama.'

'Hoe ging de dansles?'

'We waren te laat,' antwoordde London, 'en de juf was echt heel erg boos op papa.' Vivians gezicht was gespannen, haar ontevredenheid net zo duidelijk als die van Hamshaw was geweest.

'Hoe was de eerste dag op je werk, afgezien van het noodgeval?' vroeg ik haar later, toen we in bed lagen. Ik kon merken dat ze nog steeds boos op me was.

'Het was oké. Gewoon besprekingen en wennen aan de omgeving.'

'En je lunch met Spannerman?'

'Ik geloof dat het wel goed ging,' zei ze. Ze voegde er verder niets aan toe.

'Denk je dat je voor hem kunt werken?'

'Ik geloof niet dat ik problemen met hem zal hebben. De meeste leidinggevenden werken daar al jaren.'

Alleen als het vrouwen zijn, dacht ik. 'Laat het me weten als hij je ooit probeert te versieren, oké?'

Ze zuchtte. 'Het is gewoon een baan, Russ.'

Ik stond op bij zonsopgang en wist nog een paar uur achter de computer te werken voordat Vivian wakker werd; in de keuken voelde haar gesprek met mij niet zozeer persoonlijk als wel doelmatig. Ze gaf me een boodschappenlijst en herinnerde me eraan dat London pianoles had; ze vroeg me ook om te informeren of de pianoleraar bereid zou zijn op dinsdag en donderdag 's middags met London te werken als de school begonnen was. Op weg naar buiten draaide ze zich om om naar me te kijken.

'Zou je vandaag alsjeblieft wat zorgvuldiger willen proberen te zijn wat London betreft? Haar op tijd naar haar activiteiten brengen en ervoor zorgen dat ze goed eet? Het is nou niet alsof ik je vraag iets te doen wat ik zelf niet al jaren doe.'

Haar opmerking stak me, maar voordat ik erop kon reageren, deed ze de deur al achter zich dicht.

London kwam een paar minuten later op blote voeten de trap af en vroeg of ze Lucky Charms als ontbijt mocht hebben.

'Natuurlijk,' zei ik. Ik draaide nog steeds in mijn hoofd af wat Vivian had gezegd en er lag iets duidelijk passief-agressiefs in mijn snelle instemming. 'Wil je ook wat chocolademelk?'

'Ja!'

'Dat dacht ik al,' zei ik, me afvragend wat Vivian dáárvan zou vinden.

London at haar ontbijt en ging vervolgens met haar Barbies spelen; ik haalde haar haar uit de knoop, zorgde ervoor dat ze was aangekleed en bracht haar naar haar pianoles. Ik dacht eraan om de leraar te vragen haar lesrooster te wijzigen en daarna racete ik naar het huis van mijn ouders.

'O,' zei mijn moeder zodra ik de deur van mijn ouderlijk huis binnen stapte, 'daar ben je weer.' Toen ze London een kus gaf, merkte ik dat mijn moeder geen schort droeg. In plaats daarvan droeg ze een paarse jurk.

'Natuurlijk ben ik er weer,' zei ik. 'Maar ik kan maar een paar minuten blijven, want ik wil niet te laat komen.'

Ze klopte London op haar rug. 'London, lieveling? Wil je een van de koekjes proeven die we gisteren hebben gemaakt? Ze zitten in de koektrommel naast de broodrooster.'

'Ik weet waar ze zijn,' zei London. Mijn dochter huppelde praktisch de keuken binnen, alsof de suikerrijke ontbijtgranen nog niet genoeg waren geweest.

'Ik waardeer het heel erg dat je me helpt met London,' zei ik.

'Tja eh, zie je, dat is het hem nu juist.'

'Wat is het hem?'

'Ik ga vandaag lunchen met de Red Hat Society.' Ze wees naar haar hoed, die op de tafel naast de deur lag; hij was zo rood als clownslippenstift en was versierd met veren die naar ik vermoed van pauwen waren geplukt.

'Maar ik had je gezegd dat ik de hele week besprekingen had.'

'Dat weet ik nog. Maar je vroeg me alleen of ik maandag op London kon passen.'

'Ik ging er gewoon van uit dat je wist wat ik bedoelde. En London vindt het heerlijk om bij jou te zijn.'

Ze legde een hand op mijn arm. 'Luister, Russ... Je wéét hoeveel ik ook van haar hou, maar ik kan niet elke dag op London passen tot ze naar school gaat,' zei ze. 'Net als jij heb ik ook dingen te doen.'

'Het is maar tijdelijk,' protesteerde ik. 'Volgende week hoop ik dat het niet meer nodig is.'

'Morgen ben ik er niet. Mijn tuinclub geeft een tulpen- en narcissenworkshop, en ze hebben wat exotische bollen die we kunnen kopen. Ik hoop je vader het komende voorjaar te kunnen verrassen. Je weet dat hij nooit veel geluk heeft gehad met tulpen. En op donderdag en vrijdag doe ik vrijwilligerswerk.'

'O,' zei ik, terwijl mijn hoofd plotseling begon te tollen. Ik hoorde mijn moeder zuchten.

'Maar wat vandaag aangaat, en aangezien London toch al hier is... hoe laat ben je klaar met je bespreking?'

'Kwart voor twaalf misschien?'

'Mijn lunch is om twaalf uur, dus waarom kom je dan niet naar het restaurant om haar op te pikken? London kan wel bij mij en mijn vriendinnen zitten tot je daar aankomt.'

'Dat zou geweldig zijn,' zei ik enorm opgelucht. 'Waar is het?'

Ze noemde een zaak die ik toevallig kende, hoewel ik er nooit eerder was geweest.

'Hoe laat is je bespreking ook alweer?'

De bespreking. O, verdomme.

'Ik moet gaan, mam. Ik kan je niet zeggen hoezeer ik dit waardeer.'

'Dat meen je niet,' zei Marge. 'Ben je boos op mama omdat ze toevallig haar eigen leven heeft?'

Ik was over de snelweg aan het scheuren en praatte via mijn Bluetooth. 'Heb je me niet gehoord? Ik heb de hele week besprekingen. Wat moet ik doen?'

'Hallo? Kinderopvang? Een paar uur een oppas inhuren? Een van de buren vragen? Een speelafspraak maken en het kind dan dumpen?'

'Ik heb nog geen minuut de tijd gehad om iets dergelijks uit te zoeken.'

'Je hebt wel tijd om nu met mij te praten.'

Omdat ik hoop dat je morgen een paar uurtjes op London wilt passen.

'Vivian en ik hebben erover gepraat. London vindt het al zwaar genoeg nu Vivian weer aan het werk is.'

'Is dat zo?'

Afgezien van een blijkbare afkeer van dansles, heb ik dat niet gemerkt. Maar...

'Hoe dan ook, ik bel omdat ik hoopte dat...'

'O nee, ik pieker er niet over,' onderbrak Marge me op waarschuwende toon.

'Waarover?'

'Je gaat me vragen of ik morgen op London kan passen, aangezien mama nee heeft gezegd. Of donderdag of vrijdag. Of alle drie.'

Zoals ik al zei, is Marge wijs. 'Ik weet niet waar je het over hebt.'

Ik kon mijn zus bijna met haar ogen hóren draaien. 'Hou je niet van de domme en probeer het ook niet te ontkennen. Waarom zou je me anders bellen? Weet je wel hoe vaak je me de afgelopen vijf jaar op mijn werk hebt gebeld?'

'Niet zo een-twee-drie,' gaf ik toe.

'Nul keer.'

'Dat is niet waar.'

'Je hebt gelijk. Ik lieg het. Je belt me elke dag. We kletsen en giechelen urenlang als middelbareschoolmeisjes terwijl ik een beetje poppetjes zit te tekenen. Wacht even.'

Ik hoorde mijn zuster hoesten, met een diep, ruw geluid. 'Gaat het wel?' vroeg ik.

'Ik denk dat ik een virus heb opgepikt.'

'In de zomer?'

'Ik moest gisteren papa naar de huisarts brengen en de wachtkamer zat vol met ziekte en ellende. Het is een wonder dat ik er niet op een brancard ben uitgekomen.'

'Hoe gaat het met papa?'

'Het zal een paar dagen duren voordat de uitslagen binnenkomen, maar de stresstest en het hartfilmpje lieten zien dat zijn hart prima was. En zijn longen ook. De dokter leek onder de indruk, ondanks hoe nors papa was.'

'Dat klinkt wel als hem,' zei ik instemmend. Mijn gedachten gingen weer naar London. 'Wat moet ik nou met London aan als ik niemand kan vinden om op haar te passen?'

'Je bent slim. Je vindt er wel wat op.'

'Wat ben je toch een behulpzame zus.'

'Ik doe mijn best.'

De bespreking met de eigenaren van de broodjeswinkel ging ongeveer net zo goed als die met de chiropractor de dag ervoor. Niet omdat ze niet geïnteresseerd waren. De eigenaren, een getrouwd stel uit Griekenland, wisten dat reclame nuttig zou zijn voor hun bedrijf; het probleem was dat ze nauwelijks genoeg verdienden om de zaak open te houden en evengoed hun kosten te dekken. Ze zeiden me dat ik over een paar maanden terug moest komen, als ze een betere greep op dingen hadden, en boden me een broodje aan toen ik klaar was om te vertrekken.

'Het is heel lekker,' zei de echtgenoot. 'Al onze broodjes worden geserveerd met vers pitabrood dat we hier maken.'

'Het is het recept van mijn grootmoeder,' voegde de vrouw eraan toe.

Ik moest toegeven dat het brood zalig rook, en ik kon zien hoeveel zorg de echtgenoot besteedde aan het maken van het broodje. De vrouw vroeg of ik wat chips wilde en iets te drinken – waarom niet? – en ze overhandigden me mijn lunch, allebei met een grote glimlach.

Daarna presenteerden ze me de rekening.

Ik bereikte de lunchbijeenkomst van de Red Hat Society om kwart over twaalf. Ondanks het ongemak dat ik mijn moeder ongetwijfeld had bezorgd, had ik het gevoel dat mijn moeder iedereen vol trots haar kleindochter liet zien, die een beetje een nieuwtje was in die groep.

'Papa!' riep London zodra ze me zag. Ze schoot van haar stoel en rende naar me toe. 'Ze zeiden dat ik wanneer ik maar wilde naar een van hun lunches kon komen!'

Mijn moeder stond op van de tafel en gaf me een knuffel, een eindje weg van de groep.

'Dank je wel voor het oppassen, mam.'

'Graag gedaan,' zei ze. 'Ze was een groot succes.'

'Dat zag ik.'

'Maar morgen en de rest van de week...'

'Ik weet het,' zei ik. 'Tulpen. Vrijwilligerswerk.'

Op weg naar buiten pakte ik Londons hand. Die voelde klein aan in die van mij, en warm en troostend.

'Papa?' vroeg ze.

'Ja.'

'Ik heb honger.'

'Laten we naar huis gaan en een boterham met pindakaas en jam voor je maken.'

'Dat kan niet,' zei London.

'Waarom niet?'

'We hebben geen brood.'

We gingen naar de supermarkt, waar ik – voor het eerst – een karretje pakte.

Het uur daarop werkte ik me langzaam door Vivians lijst heen, meer dan eens teruglopend naar een eerder bezocht pad. Ik heb geen idee wat ik zou hebben gedaan als London er niet was geweest om me te helpen, aangezien ze een kennis van de merken had die heel uitgebreid was voor een vijfjarige. Ik had geen idee waar ik *spaghetti squash* moest vinden, en ook wist ik niet hoe ik erachter kon komen of een avocado rijp was door erin te knijpen, maar op de een of andere manier was ik in staat om met hulp van haar en een paar supermarktmedewerkers alles van de lijst af te strepen. Terwijl ik daar was, zag ik moeders met kinderen van alle leeftijden. De meesten leken net zo overweldigd als ik en ik voelde een vluchtige verwantschap met hen. Ik vroeg me af hoeveel van hen net als ik liever op kantoor zouden zijn geweest in plaats van op de vleesafdeling van de winkel, waar het me bijna vijf minuten kostte om de biologische scharrelkipfilets te vinden waar Vivian specifiek om had gevraagd.

Thuis bracht ik, nadat ik een boterham voor London had gemaakt en de boodschappen had opgeruimd, de rest van de middag door met nu weer werken, dan weer schoonmaken en ondertussen controleren of het goed ging met London. De hele tijd had ik het gevoel alsof ik tegen een nooit eindigende stroom op zwom. Vivian kwam thuis om half zeven en bracht een paar minuten met London door voordat ze bij me in de keuken kwam staan, waar ik een salade in elkaar was begonnen te draaien.

'Hoe staat het met de kip marsala?'

'Kip marsala?'

'Met spaghetti squash erbij?'

'Eh...'

Ze lachte. 'Ik maak maar een grapje. Ik doe het wel. Het duurt niet lang.'

'Hoe was het op je werk vandaag?'

'Druk,' zei ze. 'Ik heb het grootste gedeelte van de dag doorgebracht met dingen te weten komen over de journalist die ik gisteren heb genoemd en uit te zoeken welk standpunt hij in wil nemen voor het artikel. En natuurlijk hoe ik de schade van het verhaal kan beperken zodra het in de publiciteit komt en in plaats daarvan wat positieve berichtgeving te genereren.'

'Heb je een idee over wat voor soort verhaal het zou kunnen zijn?'

'Ik vermoed dat het de gebruikelijke nonsens is, vergelijkbaar met wat er eerder is geschreven. De journalist is een milieufanaat en hij heeft gepraat met mensen die beweren dat een van de appartementenontwikkelaars aan de kust een heleboel regels aan zijn laars heeft gelapt en niet alleen illegaal bezig was, maar tijdens de meest recente tropische storm ernstige stranderosie op een ander deel van het strand heeft veroorzaakt. In feite komt het er allemaal op neer dat je de rijke mensen de schuld geeft, elke keer als Moeder Natuur toeslaat.'

'Je weet wel dat Spannerman geen milieuvriendelijke man is, hè?'

Vivian was zichzelf intussen een glas wijn aan het inschenken. 'Zo is Walter niet meer. Hij is veel veranderd sinds je hem kende.'

Dat betwijfel ik, dacht ik. 'Het klinkt alsof je het goed in de hand hebt,' zei ik in plaats daarvan.

'Ik ben alleen maar blij dat het artikel niet deze week uitkomt.

Walter heeft dit weekend in Atlanta een groot liefdadigheidsevenement op het schema staan. Voor zijn lobbygroep.'

'Heeft hij nu een lobbygroep?'

'Dat heb ik je eerder al verteld,' zei ze. Ze zette een koekenpan op het vuur, deed de kip in de pan en begon in het kruidenkastje te rommelen. 'Hij is er een paar jaar geleden mee begonnen en heeft het zelf gefinancierd. Nu heeft hij besloten anderen uit te nodigen om het te steunen. En daar ga ik de komende drie dagen leiding aan geven. Hij heeft een evenementenbedrijf ingehuurd om het programma te verzorgen en hoewel ze goed werk hebben geleverd, wil hij dat het perfect is. Dat wordt mijn taak. Hij weet dat ik in de entertainmentbranche zat, en hij wil dat ik ga kijken of ik een muzikale act kan vinden. Iets groots.'

'Voor dit weekend? Dan heb je niet veel tijd.'

'Dat weet ik. En dat is ook precies wat ik hem heb gezegd. Ik heb mijn oude baas even gebeld en die heeft me wat namen van mensen gegeven om te bellen, dus we zullen zien. Wat wel positief is, is dat Walter bereid is te betalen wat het ook maar moet kosten, maar dat betekent wel dat ik waarschijnlijk de hele week tot laat moet werken. En ik zal naar Atlanta moeten.'

'Dat meen je niet,' zei ik. 'Het is nog maar de tweede dag op je werk.'

'Hou daar eens mee op,' zei ze terwijl ze de kip begon dicht te schroeien. 'Het is nou niet alsof hij me veel keus heeft gelaten in de zaak. Bijna iedere grote projectontwikkelaar van Texas tot Virginia komt, en alle leidinggevenden moeten gaan. En het duurt niet het hele weekend – ik vlieg er zaterdagochtend heen en ik kom zondag weer terug.'

Ik vond het niet leuk, maar wat kon ik eraan doen? 'Goed dan,' zei ik. 'Het klinkt alsof je nu al onmisbaar aan het worden bent.'

'Ik doe mijn best.' Ze glimlachte. 'Hoe ging het met London vandaag? Ging het goed bij de pianoles?'

'Het ging geweldig, maar ik weet niet of ze dat dansen wel zo leuk vindt. Ze was gisteren nogal stil na de les.'

'De juf was boos omdat je te laat kwam. Daarom was London ook boos.'

'De instructrice lijkt een beetje erg gedreven.'

'Dat is ze ook. En dat is de reden dat haar dansteams zoveel wedstrijden winnen.' Ze knikte naar London. 'Als ik het avondeten maak, wil jij London dan in bad doen?'

'Nu?'

'Op die manier kun je haar voorlezen nadat we hebben gegeten, en haar naar bed brengen. Ze is moe en zoals ik je heb verteld, heb ik een hele lading werk voor de boeg.'

'Tuurlijk,' zei ik, en ik besefte dat ik waarschijnlijk weer eens in mijn eentje naar bed zou gaan.

7

Twee aan twee

Toen London drieënhalf was, gingen we met zijn drieën picknicken bij Lake Norman. Dat deden we maar één keer. Vivian had een heerlijke lunch meegenomen. Op weg naar Lake Norman, ook omdat het nogal winderig was, stopten we bij een hobbywinkel langs de weg om een vlieger te kopen. Ik had het soort vlieger uitgekozen dat populair was toen ik klein was; eenvoudig en niet duur, heel anders dan het soort vliegers waar echt enthousiaste vliegeraars van zouden dromen.

Uiteindelijk bleek het de perfecte vlieger te zijn voor een kind. Het lukte me om hem in m'n eentje de lucht in te krijgen, en toen hij eenmaal hoog aan de hemel stond, leek het wel alsof hij daar was vastgebonden. Het maakte niet uit wat ik deed; ik kon op één plek blijven staan of rondlopen, en toen ik de haspel aan London gaf en aan haar pols vastmaakte, maakte het ook niet uit wat zij deed. Ze kon bloemen plukken of achter vlinders aan rennen; een aardig stel had een jonge cockerspaniël, en ze kon op de grond gaan zitten en de puppy over zich heen laten kruipen terwijl de vlieger vast aan de hemel bleef staan. Toen we eindelijk gingen lunchen, haakte ik het touw om een bankje in de buurt en de vlieger bleef gewoon boven ons zweven.

Vivian was in een uitgelaten stemming, en we bleven bijna de hele middag in het park. Ik weet nog dat ik op weg naar huis bedacht dat het om dit soort dingen ging in het leven, en dat ik mijn gezin nooit in de steek zou laten, wat er ook gebeurde.

Maar in het hier en nu was dat precies wat ik aan het doen was. Of tenminste, zo voelde het op dit moment. Het voelde alsof ik iedereen in de steek liet, inclusief mezelf.

Het was woensdag, de derde werkdag voor Vivian, en ik was alleen met London.

De héle dag.

Toen ik met London voor het kantoor van chiropractor nummer twee stond, had ik bijna het gevoel alsof ik mijn dochter wegstuurde naar een ander land. De gedachte dat ze in de wachtkamer zou zitten met vreemden gaf me een onprettig gevoel; de kranten en het journaal hadden moderne ouders doen geloven dat de kinderlokker altijd op de loer lag, klaar om toe te slaan.

Ik vroeg me af of mijn ouders zich ooit zo zorgen hadden gemaakt om Marge en mij, maar die gedachte duurde maar een fractie van een seconde. Natuurlijk niet. Mijn vader liet me altijd buiten op het bankje voor een oude taveerne zitten waar hij soms naartoe ging om met vrienden een biertje te drinken. En dat bankje stond op de hoek van een drukke straat, vlak bij een bushalte.

'Je weet dat dit een belangrijk gesprek wordt voor papa, hè?'

'Ja,' zei London.

'En ik wil dat je rustig blijft zitten.'

'En niet opstaan, rondlopen en met vreemde mensen praten. Dat heb je al gezegd.'

Vivian en ik moesten toch iets goed hebben gedaan, want London deed precies wat haar gezegd was. De receptioniste merkte op wat een welgemanierde jongedame ze was geweest tijdens de bespreking, wat mijn zorgen over wat ik had gedaan een beetje deed afnemen.

Helaas was de cliënt niet geïnteresseerd in mijn diensten. Op dat punt stond ik nu op nul van de drie. De volgende dag in het restaurant maakte ik daar nul van de vier van.

Ik dwong mezelf optimistisch te blijven, en had op vrijdagmiddag mijn beste presentatie tot dan toe. De eigenaresse van het wellnesscentrum, een blonde, snel pratende vrouw van in de vijftig, was enthousiast en hoewel ik het idee had dat het hun al voor de wind ging, wist ze wie ik was en kende ze zelfs een paar van mijn andere campagnes. Terwijl ik met haar praatte, voelde ik me ontspannen en zelfverzekerd, en toen ik klaar was, had ik het gevoel alsof ik het niet beter had kunnen doen. Maar ondanks dat alles zat het me niet mee.

Niet alleen was ik er niet in geslaagd een bespreking voor de week daarop te organiseren, ik was ook nog eens naar nul van de vijf gegaan.

Maar goed, het was wel het romantische avondje.

Als je geen reden hebt om te feesten, moet je gewoon evengoed feesten, toch?

Maar dat was niet helemaal waar. Hoewel ik geen enkel succes had gehad met mijn werk, leek Vivian absoluut een topper te zijn in haar nieuwe baan. Ze was er zelfs in geslaagd livemuziek te regelen, een band uit de jaren tachtig met een naam die ik herkende. Hoe ze dat voor elkaar had gekregen, wist ik niet. Ik had ook meer tijd alleen met London doorgebracht, en dat was absoluut een geweldige ontwikkeling.

Behalve... dat het helemaal niet zo geweldig voelde. Door het voortdurend heen en weer rennen van de ene afspraak naar de andere voelde het bijna alsof ik wérkte voor London in plaats van gezellig met haar optrok.

Was ik de enige die dat zo voelde? Hadden andere ouders dat gevoel ook?

Ik zou het niet weten, maar het romantische avondje was het romantische avondje, en terwijl London naar dansles was, reed ik langs de winkel en haalde ik wat zalm, biefstuk en een fles lekkere chardonnay. Vivians SUV stond op de oprit toen ik thuiskwam. London sprong uit de auto en riep haar moeder. Ik kwam achter haar aan met de plastic tas die de spullen voor het avondeten bevatte, en zag nog net hoe London de trap weer af stoof. Vivian was nergens te zien, maar ik hoorde haar roepen vanuit de slaapkamer.

London rende daarheen en ik hoorde Vivian zeggen: 'Daar ben je dan, lieveling! Heb je een leuke dag gehad?' Ik volgde de geluiden en zag Vivian en London bij het bed, waarop een openstaande koffer lag, al gepakt, samen met nog twee lege tassen van het warenhuis.

Inkopen.

'Ik zie dat je je al aan het voorbereiden bent voor morgen.'

'Eigenlijk moet ik vanavond al vertrekken.'

'Ga je weg?' barstte London uit voordat ik het kon doen.

Ik zag Vivian haar hand op Londons schouder leggen. 'Ik wil niet, maar ik moet wel. Het spijt me, lieveling.'

'Maar ik wil niet dat je weggaat,' zei London.

'Ik weet het, liefje. Maar als ik zondag thuiskom, maak ik het goed met je. Dan gaan we iets leuks doen, met zijn tweetjes.'

'Zoals wat?' vroeg London.

'Dat mag jij verzinnen.'

'Misschien...' Ik keek toe hoe London in gedachten de mogelijkheden doornam. 'Kunnen we naar de blauwebessenkwekerij? Waar je me eerder mee naartoe hebt genomen? En dan blauwe bessen plukken en de dieren aaien?'

'Geweldig idee!' zei Vivian. 'Laten we dat doen.'

'En we moeten ook nog de hamsterkooi schoonmaken.'

'Dat doet papa wel voor je als ik weg ben. Maar laten we nu iets gaan eten, oké? Volgens mij hebben we nog wat kip en rijst over dat ik kan opwarmen. Wil jij op mama in de keuken wachten terwijl ik even met papa praat?'

'Oké,' antwoordde London.

'Dus,' zei ik toen London ons alleen had gelaten, 'je gaat vanavond weg.'

'Ik moet over een half uur weg. Walter wil dat ik en een paar andere leidinggevenden het draaiboek alvast doornemen met de manager van het Ritz-Carlton, om er zeker van te zijn dat het zo wordt georganiseerd als Walter verwacht.'

'Het Ritz-Carlton?' vroeg ik. 'Ga je daar overnachten?'

Ze knikte. 'Ik weet dat je het waarschijnlijk niet leuk vindt. Het is maar dat je het weet, maar ik stond ook niet te juichen toen ik hoorde dat ik twee nachten weg zou zijn. Ik maak er gewoon maar het beste van.'

'Meer kun je niet doen,' zei ik met een geforceerde glimlach.

'Ik ga even naar London toe, oké? Volgens mij is ze een beetje overstuur.'

'Ja,' zei ik. 'Oké.'

Ze staarde me aan. 'Je bent boos op me.'

'Nee, dat is het niet. Ik wou alleen dat je niet weg hoefde. Ik bedoel, ik begrijp het, maar ik keek ernaar uit om met je alleen te zijn vanavond.'

'Ik weet het,' zei ze. 'Ik ook.' Ze boog zich naar me toe voor een vlugge kus. 'Aanstaande vrijdag halen we het in, oké?'

'Oké.'

'Wil je mijn tas voor me dichtritsen? Ik wil mijn nagels niet verpesten. Ik heb ze net laten doen.' Ze hield haar handen voor me op. 'Is de kleur oké?'

'Hartstikke mooi,' verzekerde ik haar. Ik maakte de koffer dicht en trok hem van het bed. 'Je zei dat je vanavond een bespreking had in het hotel?'

'Het is allemaal veranderd in iets heel groots.'

'Atlanta is vier uur hiervandaan.'

'Ik ga niet met de auto. Ik ga met het vliegtuig.'

'Hoe laat is je vlucht?'

'Half zeven.'

'Moet je dan niet al op weg zijn naar de luchthaven? Of al op de luchthaven zijn?'

'We gaan met het privévliegtuig van Walter.'

Walter. Ik begon een hekel te krijgen aan het horen van zijn naam, bijna net zo erg als aan het woord 'inkopen'.

'Wauw,' zei ik. 'Je bent behoorlijk aan het opklimmen in de wereld.'

'Het is niet mijn vliegtuig,' zei ze glimlachend, 'maar dat van hem.'

'Ik wist wel dat je het helemaal in je eentje zou redden,' zei Marge. 'Je mag trots zijn op jezelf.'

'Ik ben niet trots. Ik ben kapot.'

We waren op zaterdagochtend om elf uur bij mijn ouders en het was nu al bloedheet. Marge en Liz zaten tegenover me op de veranda achter het huis terwijl ik in geuren en kleuren vertelde over de hectische week die ik achter de rug had. London was mijn moeder aan het helpen boterhammen te maken; mijn vader was, zoals gewoonlijk, in de garage.

'Nou en? Je hebt zelf gezegd dat je eindelijk het gevoel had dat je er een beetje in begon te komen met die laatste presentatie.'

'En kijk eens wat het me heeft opgeleverd. En ik heb ook niks in de planning staan voor komende week.'

'Het positieve daaraan is,' zei Marge, 'dat het het een stuk gemakkelijker maakt om London naar al haar activiteiten te brengen, én dat je meer tijd hebt om te koken en schoon te maken.'

Toen ik haar vuil aankeek, begon Marge te lachen. 'O, doe eens wat vrolijker. Nu Vivian aan het werk is gegaan, wist je dat het sowieso een hectische week ging worden. En ken je het gezegde *als de nood het hoogst is, is de redding nabij*? Ik heb het gevoel dat de redding vlak in de buurt is.'

'Ik weet het niet,' zei ik. 'Toen ik vanochtend hierheen reed, zat ik te denken dat ik loodgieter had moeten worden zoals pap. Loodgieters hebben altijd werk.'

'Dat is waar,' zei Marge, 'maar aan de andere kant krijg je er vaak ook een hoop stront mee.'

Ondanks mijn slechte humeur moest ik toch een beetje lachen. 'Die is leuk.'

'Ach, wat zal ik zeggen? Ik breng vreugde en blijdschap aan iedereen om me heen. Zelfs aan zanikende broertjes.'

'Ik was niet aan het zaniken.'

'Echt wel. Je bent al aan het zaniken sinds je hier kwam zitten.'

'Liz?'

Ze plukte afwezig aan de armleuning voordat ze antwoord gaf. 'Misschien maar een beetje.'

Na de lunch werd het alleen maar warmer, en ik besloot London mee te nemen naar de film, een of andere tekenfilm. Marge en Liz gingen mee en leken er net zo van te genieten als London. Zelf wilde ik er wel van genieten, maar mijn gedachten dwaalden steeds weer af naar de afgelopen week, waardoor ik me ging afvragen wat er in hemelsnaam nog meer ging gebeuren.

Na de film had ik geen zin om naar huis te gaan. Marge en Liz leken het ook best te vinden om bij mijn ouders rond te hangen, en uiteindelijk maakte mijn moeder een eenpansgerecht met tonijn, wat London beschouwde als een feestmaal vanwege alle bloem in de pasta. Ze nam een grotere portie dan normaal en begon in te dommelen in de auto op weg naar huis; ik dacht erover haar in bad te doen, een paar verhaaltjes voor te lezen en de rest van de avond gedachteloos voor de televisie te hangen.

Maar het mocht niet zo zijn. Zodra ze binnen was, liep ze op een drafje naar de hamsters, en ik hoorde haar roepen van boven.

'Papa! Kom snel! Volgens mij is er iets mis met Mrs. Sprinkles!'

Ik ging naar haar kamer en tuurde in de kooi, naar een hamster die een poging leek te doen door het glas heen te duwen. Haar kamer rook als een stal. 'Volgens mij is er niets met haar aan de hand,' zei ik.

'Dat is Mr. Sprinkles. Mrs. Sprinkles beweegt niet.'

Ik kneep mijn ogen tot spleetjes. 'Ik denk dat ze slaapt, schat.'

'Maar als ze nou eens ziek is?'

Ik had geen idee wat ik moest doen als dat het geval was, en ik maakte het deksel open en pakte Mrs. Sprinkles op met mijn hand. Ze was warm, altijd een goed teken, en ik voelde dat ze begon te bewegen.

'Is alles goed met haar?'

'Volgens mij wel,' zei ik. 'Wil jij haar vasthouden?'

Ze knikte en maakte een kommetje van haar handen; ik zette de hamster erin. Ik keek toe hoe ze het schepseltje dichter naar haar gezicht bracht.

'Ik denk dat ik haar nog maar even vasthoud voor de zekerheid.'

'Oké,' zei ik, en kuste haar boven op haar hoofd. 'Maar niet te lang, oké? Het is al bijna bedtijd.'

'Papa?' vroeg ze.

'Ja?'

'Je moet hun kooi schoonmaken.'

'Ik doe het morgen, oké? Ik ben een beetje moe.'

'Mama zei dat je hem schoon zou maken.'

'Ga ik ook doen. Ik zei net dat ik hem morgen schoon zou maken.'

'Maar als Mrs. Sprinkles er nou ziek van wordt? Ik wil dat je hem nu schoonmaakt.' Niet alleen luisterde ze niet, maar haar stem ging ook omhoog, en ik was niet in de stemming om daarmee om te gaan.

'Ik kom zo terug om je naar bed te brengen. Doe je je vieze kleren in de wasmand?'

Het volgende half uur zapte ik door de kanalen, zonder ook maar iets te vinden om naar te kijken. Meer dan honderd kanalen en nog niks, maar ik was dan ook wel humeurig, én ik was moe. Morgen zou ik poep uit een hamsterkooi staan scheppen, mijn lijst van cliënten bleef op nul staan, en tenzij er een of ander wonder zou gebeuren, zou dat nog een week zo blijven. Intussen reisde mijn vrouw met privévliegtuigen en overnachtte ze in het Ritz-Carlton.

Na een tijdje stond ik op van mijn plek op de bank en ging ik terug naar Londons kamer. Tegen die tijd waren haar hamsters terug in de kooi en was ze aan het spelen met haar Barbies.

'Hee lieveling,' zei ik. 'Ben je klaar om in bad te gaan?'

Ze antwoordde zonder zich naar me om te draaien. 'Ik wil vanavond niet in bad.'

'Maar je bent vandaag helemaal zweterig geworden bij oma.'

'Nee.'

Ik knipperde met mijn ogen. 'Wat is er, lieveling?'

'Ik ben boos op je.'

'Waarom ben je boos op me?'

'Omdat je niks geeft om Mr. en Mrs. Sprinkles.'

'Natuurlijk geef ik wel om ze.' In de kooi waren ze nu allebei aan het bewegen, niet anders dan op andere avonden. 'En je weet dat je in bad moet.'

'Ik wil dat mama het doet.'

'Dat weet ik. Maar mama is er niet.'

'Dan ga ik niet in bad.'

'Wil je me even aankijken?'

'Nee.'

Ze klonk bijna net zoals Vivian toen ze dat zei, en ik wist niet wat ik moest doen. London bleef doorgaan met de Barbie door het Barbiehuis sleuren; het leek alsof de pop elk moment de meubels omver kon trappen.

'Zal ik vast het water in het bad laten lopen? Dan kunnen we erover praten. Ik zal er extra schuim in doen.'

Zoals beloofd deed ik extra schuim in het water, en toen het klaar was, draaide ik de kraan dicht. London had zich niet verroerd;

Barbie was nog steeds door het huis aan het razen, met Ken naast zich.

Ik kan geen ontbijt maken, hoorde ik hoe ze Barbie tegen Ken liet zeggen, *want ik moet naar mijn werk.*

Maar papa's horen te werken, zei Ken.

Misschien had je daaraan moeten denken voordat je ontslag nam.

Ik voelde mijn maag samentrekken, ervan overtuigd dat London Vivian en mij nadeed.

'Je bad is klaar,' zei ik.

'Ik zei toch dat ik niet in bad ging!'

'Kom nou maar...'

'NEE!!!' gilde ze. 'Ik ga niet in bad en je kunt me niet dwingen! Je hebt mama gedwongen een baan te nemen!'

'Ik heb mama niet gedwongen een baan te nemen...'

'JAWEL!' schreeuwde ze, en toen ze zich omdraaide, zag ik de tranen over haar wangen stromen. 'Ze zei dat ze een baan moest nemen omdat jij niet werkt!'

Een andere vader zou waarschijnlijk minder defensief zijn geweest, maar ik was doodmoe en haar woorden deden pijn, al was het alleen maar omdat ik me er zelf al schuldig genoeg over voelde.

'Ik werk wel!' zei ik, steeds harder pratend. 'En ik zorg voor jou en ik maak het huis schoon!'

'Ik wil mama!' gilde ze, en voor het eerst besefte ik dat Vivian vandaag niet had gebeld. En ik kon haar ook niet bellen; het evenement was op dit moment waarschijnlijk in volle gang.

Ik haalde diep adem. 'Morgen is ze hier en kunnen jullie met zijn tweeën naar de blauwebessenkwekerij, weet je nog? Je wilt toch helemaal schoon voor haar zijn?'

'NEE!' schreeuwde ze. 'Ik haat je!'

Het volgende moment beende ik door de kamer en greep ik London bij haar arm. Ze begon tegen te stribbelen en te gillen en ik sleurde haar naar de badkamer, als in een filmpje over slechte ouders op YouTube.

'Of je kleedt je zelf uit en gaat in bad, of ik kleed je uit. Ik maak geen grapje.'

'GA WEG!' gilde ze, en nadat ik haar pyjama op de wastafel had gelegd, deed ik de deur dicht. De volgende paar minuten hoorde ik haar afwisselend huilen en in zichzelf praten terwijl ik voor de deur wachtte.

'Ga in bad, London,' waarschuwde ik door de deur. 'Als je het niet doet, laat ik je de hamsterkooi helemaal in je eentje schoonmaken.'

Ik hoorde haar weer gillen; maar een minuut later hoorde ik haar in bad klimmen. Ik bleef wachten. Na een tijdje hoorde ik haar spelen met haar badspeeltjes zonder de boosheid die ik eerder had gehoord. Uiteindelijk ging de deur open; London was in haar pyjama en haar haar was nat.

'Kunnen we vanavond mijn haar drogen en het niet nat laten?'

Ik knarste met mijn tanden. 'Natuurlijk, lieveling.'

'Ik mis mama.'

Ik ging op mijn hurken zitten en nam haar in mijn armen, de heerlijk schone lucht van haar zeep en shampoo inademend. 'Dat weet ik,' zei ik, en ik hield haar tegen me aan, terwijl ik me afvroeg hoe een vader die zo in de war was als ik het voor elkaar had gekregen om te helpen zoiets prachtigs te maken. Intussen begon mijn kleine meisje te huilen.

Ik las haar het verhaal van Noach en de ark voor terwijl we samen in bed lagen. Haar favoriete deel, het deel dat ik twee keer moest lezen, was toen de ark af was en de dieren begonnen te komen.

'Twee aan twee,' las ik hardop, 'kwamen ze in paartjes, van over de hele wereld. Leeuwen, paarden, honden en olifanten, zebra's en giraffes...'

'En hamsters,' voegde London eraan toe.

'En hamsters,' beaamde ik, 'en twee aan twee gingen ze aan boord van de ark. Hoe moeten ze er allemaal in passen, vroegen de mensen zich af. Maar daar had God ook een plan voor. Ze gingen aan boord van de ark en er was genoeg ruimte, en alle dieren waren gelukkig. En twee aan twee bleven ze in de ark terwijl het begon te regenen.'

Toen ik bij het einde van het verhaal kwam, begon London in te dutten. Ik deed het licht uit en kuste haar op haar wang.

'Ik hou van je, London,' fluisterde ik.

'Ik ook van jou, papa,' mompelde ze, en ik sloop stilletjes de kamer uit.

Twee aan twee, dacht ik bij mezelf toen ik de trap af liep. London en ik, vader en dochter, en allebei doen we ons best.

Zelfs toen had ik nog het gevoel dat ik haar in de steek liet, dat ik in alles tekortschoot.

8

Nieuwe ervaringen

Afgelopen februari, toen het van kwaad tot erger ging bij het reclamebureau, kreeg London griep en niet zo'n beetje ook. Ze was bijna twee dagen lang onophoudelijk aan het overgeven, en we moesten haar naar het ziekenhuis brengen om het overgeven te laten ophouden en vloeistoffen toe te laten dienen.

Ik was bang. Vivian ook, hoewel ze veel meer zelfvertrouwen bij de artsen uitstraalde dan ik. Toen ze met hen sprak, was ze kalm en beheerst, en ze stelde de juiste vragen.

London hoefde niet een nachtje te blijven, en toen we haar naar huis brachten, bleef Vivian tot middernacht bij haar zitten. Omdat ze de avond ervoor bijna de hele nacht was wakker gebleven, nam ik het van haar over. Net als Vivian zat ik in de schommelstoel en hield ik mijn dochter vast. Ze was nog steeds koortsachtig en ik kan me herinneren hoe klein en breekbaar ze voelde, gewikkeld in een dunne deken en zwetend en rillend tegelijkertijd. Om de twintig minuten werd ze wakker. Ergens rond zessen legde ik haar uiteindelijk in bed en ging ik naar beneden om koffie te drinken. Een uur later, toen ik nog een kop aan het inschenken was, kwam London op blote voeten de keuken in en ging ze op een stoel aan tafel naast Vivian zitten. London bewoog traag en haar gezicht was bleek.

'Hé lieverd. Hoe voel je je?'

'Ik heb honger,' antwoordde London.

'Dat is een goed teken,' zei Vivian. Ze legde haar hand op Londons voorhoofd, hield hem daar even en glimlachte toen. 'Ik geloof dat je geen koorts meer hebt.'

'Ik voel me wat beter.'

'Russ, wil je wat Cheerios in een kom doen? Zonder melk?'

'Tuurlijk,' zei ik.

'Laten we ontbijtgranen zonder melk proberen, oké? Ik wil niet dat je buikje van slag raakt.'

Ik bracht de Cheerios naar de tafel, samen met mijn koffie, en ging op een stoel naast hen zitten.

'Je was behoorlijk ziek,' zei ik. 'Je mama en ik maakten ons echt zorgen om je.'

'En we gaan het vandaag rustig aan doen, oké?'

London knikte terwijl ze kauwde. Ik was blij om haar te zien eten.

'Dank je wel dat je me hebt vastgehouden toen ik ziek was, mama.'

'Natuurlijk, lieve schat. Ik hou je altijd vast als je ziek bent.'

'Dat weet ik,' zei London.

Ik nam een slok koffie en wachtte tot Vivian ging zeggen dat ik ook had geholpen.

Maar dat deed ze niet.

Kinderen zijn veerkrachtig. Dat weet ik omdat mijn vader en moeder die uitdrukking al zo lang als ik me kan herinneren gebruiken, vooral als ze hun eigen opvoedfilosofie aan Marge en mij beschrijven. *Waarom? Waarom hebben jullie ons dat soort dingen aangedaan?* vroegen we dan. *Och, maak je niet druk. Kinderen zijn veerkrachtig.*

Eerlijk gezegd zat er wel een kern van waarheid in wat ze zeiden. Toen London zondagochtend beneden kwam, leek ze haar driftbui van de avond ervoor volkomen te zijn vergeten. Ze was in een praatgrage bui en was zelfs nog blijer toen ik haar Lucky Charms liet eten terwijl ik naar boven ging om haar hamsterkooi schoon te maken. Ik vulde een plastic zak voor de helft met bevuild zaagsel – wat walgelijk was – en gooide het in de vuilnisbak. Helemaal in de hoek zag ik Londons fiets staan en hoewel het al heet werd buiten, wist ik wat zij en ik deze ochtend konden doen.

'Hé,' zei ik tegen London toen ik weer binnenkwam. 'Heb je zin om iets leuks te doen vanochtend?'

'Wat dan?' vroeg ze.

'Zullen we weer eens samen gaan fietsen? Misschien zonder de zijwieltjes.'

'Dan val ik,' zei ze.

'Ik beloof je dat je niet zult vallen. Ik blijf steeds naast je en dan hou ik het zadel vast.'

'Ik heb al heel lang niet meer gefietst.'

En nog nooit zonder zijwieltjes, dacht ik. 'Dat geeft niet. Als je het niet leuk vindt of als je bang wordt, stoppen we gewoon.'

'Ik ben niet bang,' zei ze. 'Maar mama zal het niet leuk vinden als ik helemaal zweterig word.'

'Als je zweterig wordt, ga je je gewoon wassen. Geen enkel punt. Wil je het proberen?'

Daar dacht ze over na. 'Misschien heel even,' zei ze ontwijkend. 'Wanneer komt mama thuis?'

Alsof mijn vrouw onze dochter van kilometers ver kon horen, ging mijn telefoon. Vivians naam verscheen op het scherm. 'Nou, laten we dat maar eens gaan uitzoeken. Het is je moeder,' zei ik terwijl ik de telefoon pakte. 'Ze dacht vast aan je.' Ik nam op en zette de telefoon op de luidspreker. 'Hé, schat. Hoe gaat het met je? Hoe ging het? Ik heb je op de luidspreker staan en London is hier ook.'

'Hé, meisje van me!' zei Vivian. 'Hoe gaat het met je? Het spijt me dat ik je gisteren niet heb gebeld. Ik ben als een gek aan het rondrennen geweest sinds ik hier ben geweest. Hoe gaat het met je? Hoe was het gisteren?'

'Het was zo leuk,' antwoordde London. 'Ik ging naar oma en daarna gingen papa en ik en tante Marge en tante Liz naar de film, en het was heel erg leuk...'

Terwijl Vivian met London kletste, schonk ik nog een kop koffie in en gebaarde ik dat ik weer naar de slaapkamer ging om me om te kleden. Ik trok een korte broek, een T-shirt en het paar schoenen aan dat ik altijd naar de sportschool had gedragen. Terug in de keuken vertelde London haar moeder over de hamsters en ten slotte vroeg Vivian naar mij.

Ik pakte de telefoon en zette de luidspreker uit.

'Hoi,' zei ik.

'Wat is ze vrolijk. Klinkt alsof jullie heel veel plezier met elkaar hebben gehad. Ik ben jaloers.'

Ik aarzelde, omdat ik aan gisteravond dacht. 'Het ging wel. Hoe ging het bij jou gisteravond?'

‘Wonderbaarlijk genoeg verliep alles gladjes. Walter was in zijn nopjes. De videopresentaties waren geweldig en dat gold ook voor de muziek. Mensen gingen uit hun dak.’

‘Ik ben blij dat het allemaal gelukt is.’

‘Nou en of. We hebben een hoop geld bij elkaar gekregen. Blijkt dat Walter niet de enige is die gefrustreerd is over de huidige regering en het Congres als het op projectontwikkeling aankomt. De regels beginnen nu belachelijk te worden. Projectontwikkelaars worden echt klemgezet, en het is bijna onmogelijk om nog winst te maken.’

Zoals blijkt uit Walters privévliegtuig, dacht ik. ‘Hoe laat ben je thuis?’

‘Ik hoop om een uur of een. Maar misschien gaan we wel lunchen met een projectontwikkelaar uit Mississippi. Als dat gebeurt, zal het eerder ergens rond drie uur worden.’

‘Wacht even,’ zei ik. Ik liep van de keuken naar de woonkamer. ‘En de blauwebessenkwekerij dan?’

‘Ik weet niet of we dat wel halen.’

‘Maar je hebt London beloofd dat je zou gaan.’

‘Ik heb het niet beloofd.’

‘Ik was erbij, Viv. Ik heb het je horen zeggen. En ik heb je gisteravond gesteund.’

‘Wat bedoel je daarmee?’

Ik vertelde wat er de avond ervoor was gebeurd.

‘Nou, mooi is dat,’ zei ze. ‘Je had haar er niet aan moeten herinneren.’

‘Wil je zeggen dat het mijn fout is?’

‘Ze raakt alleen maar nog meer teleurgesteld.’

‘Omdat jij hebt gezegd dat je haar er mee naartoe zou nemen.’

‘Hou gewoon op, Russ, oké? Ik ben bijna vierentwintig uur achter elkaar in de weer geweest en ik heb bijna niet geslapen. Praat gewoon met haar, oké? Leg het maar aan haar uit.’

‘Wat wil je dat ik haar vertel?’

‘Gebruik alsjeblieft niet dat toontje tegen me. Ik ben niet degene die de lunch heeft georganiseerd. Ik ben afhankelijk van Walter hier en er is een hele hoop geld mee gemoeid.’

'Spannerman hééft al een hele hoop geld. Hij is miljardair.'

Ik hoorde haar lang uitademen. 'Zoals ik je al heb gezegd,' zei ze met gespannen stem. 'Misschien haal ik het nog wel. Als de lunch niet doorgaat, ben ik om één uur thuis. Over een uur of twee weet ik meer.'

'Goed dan,' zei ik, denkend aan London. 'Hou me op de hoogte.'

Ik besloot London niets te vertellen totdat ik meer wist. Ze liep met me mee naar buiten en keek toe hoe ik alles klaarzette. Omdat de fiets onder het stof zat, nam ik de tuinslang mee naar buiten, spoelde ik de fiets af en wreef hem toen droog met een doek. Ik pompte de banden op en keek of er geen lekken in zaten. Daarna moest ik op zoek naar een moersleutel – waarom lijkt gereedschap altijd te verdwijnen? – en haalde de zijwieltjes ervan af. Omdat London was gegroeid, zette ik het zadel en het stuur hoger, en toen het eindelijk klaar was, volgde London me naar de straat en sprong ze erop.

'Weet je nog wat je moet doen?' vroeg ik, terwijl ik haar helm verstelde.

'Ik moet trappen,' zei ze. 'Maar je laat me niet los, hè?'

'Ik laat je pas los als je er klaar voor bent.'

'En als ik nu eens niet klaar ben?'

'Dan laat ik je niet los.'

London begon te trappen en wiebelde naar links en naar rechts terwijl ik het zadel vasthield, voorovergebogen joggend. Al snel was ik zwaar aan het ademhalen en begon het zweet te druppelen. Daarna te gutsen. We gingen ontelbare keren heen en weer en net toen ik het idee kreeg dat ik tegen haar moest zeggen dat ik even rust nodig had, begon haar evenwicht beter te worden, in elk geval op de rechte stukken. Stukje bij beetje kon ik het zadel minder vasthouden. Daarna hoefde ik alleen mijn vingers nog maar te gebruiken, net genoeg om haar te kunnen grijpen als ze overhelde.

En toen kon ik haar loslaten.

Eerst nog niet lang – maar een paar seconden – en de keer daarop was het ongeveer hetzelfde. En toen sprak ik, toen ik dacht dat ze er klaar voor was, het toverwoord.

'Ik ga je even loslaten,' zei ik hijgend.

'Nee, papa!'

'Je kunt het! Probeer het maar! Ik ben bij je om je op te vangen!' Ik liet het zadel los en begon harder te lopen, niet meer dan een seconde naast de fiets joggend. London zag me, met een gezicht vol verbazing, en toen nam ik mijn oorspronkelijke positie weer in en greep haar zadel weer vast.

'Ik heb gefietst, papa!' riep ze. 'Zonder jouw hulp!'

Ik hield het zadel vast terwijl we omkeerden aan het eind van de doodlopende steeg, en toen ze haar evenwicht had gevonden, liet ik haar weer los, deze keer vijf tot zes seconden. Daarna een periode van tien seconden. Vervolgens reed ze over het hele rechte stuk.

'Ik fiets, papa! Ik ben aan het fietsen!' riep ze jubelend, en hoewel ik flink zweette en buiten adem was en het gevoel had dat ik doodging, was ik op de een of andere manier in staat om terug te roepen: 'Ik zie het, lieverd! Je bent aan het fietsen!'

Tegen de tijd dat London klaar was om te stoppen deed mijn lichaam overal pijn en was mijn T-shirt doorweekt. Ik reed de fiets de garage in en liep achter London aan naar binnen; het blazen van de airconditioning was het bewijs dat God bestond.

'Papa heeft even pauze nodig,' zei ik, terwijl ik nog steeds bezig was op adem te komen.

'Oké, papa,' zei ze. Ik ging naar de badkamer en sprong onder de douche, met het water ergens tussen koel en koud. Ik bleef onder de straal staan totdat ik me eindelijk weer een beetje mens voelde, kleedde me toen weer aan en ging naar de keuken.

Er was een bericht van Vivian.

De lunch is afgezegd. Ik ben nu op weg naar de luchthaven. Zeg tegen London dat ik straks thuiskom.

Ik trof London aan in de woonkamer, waar ze met haar Barbies aan het spelen was.

'Je mama is op weg naar huis,' zei ik. 'Ze komt zo.'

'Oké,' zei London, en ze klonk merkwaardig onaangedaan.

Ik maakte een salade en grilde de zalm voor Vivian terwijl ik boterhammen maakte voor London en mij. Tegen de tijd dat Vivian binnenkwam, was de tafel gedekt en stond het eten op tafel.

Na een flink aantal knuffels en kussen voor London kwam ze naar de keuken en kuste ze mij ook.

'Wauw,' merkte ze op. 'Dat is vrij chic voor een lunch.'

'Ik had het eten toch in huis, dus dacht ik: waarom niet? Hoe was je vlucht?'

'Geweldig. Het is zo fijn om niet te hoeven parkeren, door de beveiliging te gaan en koffers in het bovenrek te proppen. Privévliegtuigen zijn fantastische vervoermiddelen.'

'Dat zal ik onthouden voor als ik miljoenen ga verdienen.'

'Wat hebben jij en Londen vanochtend gedaan?'

'Ik heb de fiets uit de garage gehaald.'

'O ja?' vroeg ze. 'Hoe deed ze het?'

'Ze begon vrij goed te worden op het laatst.'

'Liever jij dan ik,' zei ze. 'Het is vandaag heet buiten.'

'Vanochtend was het niet zo erg,' loog ik.

'Heb je eraan gedacht om haar in te smeren met zonnebrand?'

'Nee,' zei ik. 'Dat ben ik vergeten.'

'Je moet dat soort dingen proberen te onthouden. Je weet hoeveel schade de zon aan haar huid kan aanrichten.'

'Ik zal er de volgende keer aan denken.'

Ze kuste me weer en terwijl we lunchten, vertelde ze me over haar weekend en praatte ze met London over wat die de afgelopen week allemaal had gedaan. Daarna gingen Vivian en London naar de auto terwijl ik de keuken opruimde.

Voor de eerste keer sinds dinsdag was London niet bij me. Ik zou aan het werk zijn gegaan, maar er was niets te doen, en terwijl ik had verwacht dat ik van een rustige middag voor mezelf zou genieten, scharrelde ik maar een beetje door het huis en dacht aan London, verbaasd over hoezeer ik haar miste.

Vivian en London kwamen rond vijf uur weer thuis, en ze hadden warenhuistassen bij zich. Er zat geen vuiltje op mijn dochters handen of gezicht.

'Ben je naar de boerderij geweest?' vroeg ik.

'Nee,' antwoordde Vivian, terwijl ze de tassen op tafel zette. 'Het was daar veel te heet vanmiddag. Uiteindelijk gingen we naar het winkelcentrum. London had wat kleren voor school nodig.'

Ja hoor, natuurlijk had ze die nodig.

Voordat we het er verder over konden hebben, schoot Vivian langs me naar de keuken. Ik liep achter haar aan en probeerde met haar een gesprek aan te gaan, maar het was duidelijk dat Vivian prikkelbaar was en niet in de stemming om antwoorden van meer dan één woord te mompelen. Uiteindelijk maakte ze pasta met gebakken groenten voor London en mij, en een salade voor zichzelf, en de avondmaaltijd werd snel gegeten. Pas toen we de borden in de vaatwasser hadden geladen vroeg ik haar eindelijk wat er aan de hand was.

'Je hebt me niet verteld dat je vandaag de zijwieltjes van haar fiets hebt gehaald. En dat je met fietsen ook echt fietsen bedoelde.'

'Dat spijt me,' zei ik. 'Ik dacht dat je het wel begreep.'

'Hoe had ik moeten weten wat je bedoelde? Je was niet erg duidelijk.'

'Ben je kwaad?'

'Ja, ik ben kwaad. Waarom zou ik niet kwaad zijn?'

'Ik weet niet zo goed waarom je kwaad zou zijn.'

'Omdat ik er niet bij was. Heb je er ooit aan gedacht dat ik misschien wel had willen zien dat London voor het eerst fietste?'

'Ze is er nog maar net mee begonnen. Ze kan nog niet de bocht om zonder te vallen.'

'Ja, en? Waar het om gaat is dat je je gang maar ging en haar leerde fietsen zonder dat ik erbij was. Waarom wachtte je niet tot ik thuis was?'

'Ik heb er niet bij stilgestaan.'

Ze pakte een theedoek en begon haar handen af te drogen. 'Dat is precies jouw probleem, Russ. Dit doe je nou altijd. Ons hele leven draait altijd om wat jij wilt.'

'Dat is niet waar,' protesteerde ik. 'En hoe had ik moeten weten dat je zelfs maar wilde kijken? Je wilde die fiets niet eens.'

'Natuurlijk wilde ik dat London een fiets kreeg! Hoe kom je erbij? Ik ben degene die hem voor kerst voor haar heeft gekocht.'

Ik staarde naar haar en dacht: ik moest je naar de winkel slepen. Herinnerde ze het zich echt niet zo? Of werd ik nou gek?

Terwijl ik nadacht over die vraag, draaide ze zich om om weg te gaan. 'Waar ga je naartoe?' vroeg ik.

'London moet in bad,' zei ze. 'Je vindt het toch niet erg als ik wat tijd doorbreng met mijn dochter?'

Ze liep de keuken uit en wat ze had gezegd, bleef nagalmen in mijn hoofd.

Míjn dochter?

Toen London in bed lag, zaten Vivian en ik op de bank, met de televisie afgestemd op het Food Network. Vivian nipte aan een glas wijn. Ik dacht er opnieuw over om het onderwerp van het kinderdagverblijf aan te dragen, maar ik wist niet zeker of ze nog kwaad was over het incident van het fietsen. Haar ogen schoten naar me toe met een snelle glimlach en toen weer terug naar haar tijdschrift. Beter dan genegeerd worden, dacht ik.

'Hé Viv?' vroeg ik.

'Hm?'

'Het spijt me dat je Londons eerste fietsritje niet hebt gezien. Ik wist echt niet dat het zo belangrijk was.'

Ze leek na te denken over wat ik had gezegd en ik zag haar schouders een beetje zakken.

'Het is al goed. Ik wilde alleen dat ik erbij was geweest om het te zien. Ik vind het vreselijk dat ik er niet bij was.'

'Dat begrijp ik wel. Ik heb door de jaren heen ook veel eerste keren gemist.'

'Maar jij bent haar moeder niet. Het is anders voor moeders.'

'Misschien wel,' zei ik, niet helemaal zeker of dat echt zo was. Maar het had geen zin om daarop te wijzen.

'Misschien kun je het me morgenavond laten zien,' zei ze met zachte stem, en ik zag de Vivian waar ik al die jaren geleden voor was gevallen. Het was buitengewoon dat mijn vrouw niet ouder leek te worden.

'Ik ben blij dat je evenement zo vlot verliep. Ik wil wedden dat je baas nu al uit je hand eet.'

'Walter eet bij niemand uit de hand.'

'Hoe ziet de komende week eruit?'

'Daar kom ik morgen meer over te weten. Misschien moet ik woensdag wel nog een keer blijven overnachten.'

'Nog een fondsenwervingsevenement?'

'Nee. Deze keer wordt het een reisje naar Washington DC. En ik weet dat London weer boos zal zijn. Het geeft me het gevoel dat ik een afschuwelijke moeder ben.'

'Je bent niet afschuwelijk. En London weet dat je van haar houdt.'

'Maar het is haar laatste zomer voordat ze naar school gaat, en ze zal waarschijnlijk het gevoel hebben dat ik haar in de steek heb gelaten. Ze heeft stabiliteit nodig en die krijgt ze op het moment niet.'

'Ik doe mijn best.'

'Dat weet ik. Ze heeft tegen me gezegd dat ze het leuk vindt om tijd met je door te brengen, maar dat het raar is.'

'Heeft ze gezegd dat het ráár voor haar is?'

'Je weet wel wat ze bedoelt. Ze is gewoon gewend aan mij, dat is alles. Het is een grote verandering voor haar geweest. Dat weet je best.'

'Dan vind ik het woord "raar" nog steeds niet leuk.'

'Ze is een kind. Ze heeft geen grote woordenschat. Het maakt niet zoveel uit. Ben je er klaar voor om naar bed te gaan? We kunnen de tv aanzetten en relaxen.'

'Probeer je me te verleiden?'

'Misschien.'

'Betekent dat ja of nee?'

'Wat vind je ervan als ik eerst even mijn wijn opdrink?'

Ik glimlachte en even later, toen onze lichamen in elkaar waren verstrengeld, bedacht ik dat hoe zwaar de afgelopen week ook was geweest, hij op een absoluut perfecte manier was geëindigd.

9

Het verleden is nooit echt voorbij

Een paar jaar geleden, toen ik me nostalgisch voelde, dacht ik na over een paar van de meest betekenisvolle dagen van mijn leven. Ik dacht terug aan hoe ik mijn eindexamen had gehaald en was afgestudeerd, de dag dat ik mijn huwelijksaanzoek deed en mijn trouwdag, en natuurlijk de dag dat London werd geboren. Maar geen van die momenten was een verrassing geweest, want ik had geweten dat ze gingen komen.

Ik dacht ook terug aan de gedenkwaardige eerste ervaringen van mijn eigen leven, net zoals ik terugdacht aan die van London. Mijn eerste zoen, de eerste keer dat ik met een vrouw naar bed ging, mijn eerste biertje, en de eerste keer dat mijn vader me achter het stuur van een auto liet kruipen. Ik herinnerde me mijn eerste loonstrookje en het bijna eerbiedige gevoel dat ik had toen ik door het eerste huis liep dat ik had gekocht.

En toch waren er nog andere herinneringen die van onschatbare waarde waren, herinneringen die noch een eerste ervaring waren, noch verwacht waren, maar toch perfect vanwege de spontane vreugde ervan. Een keer toen ik nog klein was, schudde mijn vader me midden in de nacht wakker en nam hij me mee naar buiten om naar een meteorenregen te kijken. Hij had een handdoek op het gras gelegd, en terwijl we omhoog staarden naar de hemel en naar de witte sporen keken die langs de hemel schoten, voelde ik aan de enthousiaste manier waarop hij ze aanwees hoeveel liefde hij voor me voelde terwijl die hij vaak zo slecht kon uiten. Ik herinnerde me de keer dat Marge en ik de hele nacht op waren gebleven, lachend en giechelend terwijl we een hele zak chocoladekoekjes verorberden, de eerste nacht toen ik echt begreep dat zij en ik altijd elkaar zouden hebben. Ik dacht terug aan de avond toen mijn moeder na twee glazen wijn over haar eigen jeugd vertelde, op zo'n manier dat ik haar voor me zag als het kind dat ze ooit was geweest, iemand die een vriendin van me had kunnen zijn.

Die momenten zijn me altijd bijgebleven, deels vanwege hun eenvoud, maar ook omdat ze onthullend waren. Ook waren ze daarna nooit echt nog een keer voorgekomen, en ik kan de gedachte niet van me afschudden dat als ik ooit zou proberen ze te herhalen, de oorspronkelijke herinneringen als zand door mijn vingers zouden glippen waardoor de grip die ik er nu op heb, zou verslappen.

Op maandagochtend was Vivian om half acht de deur uit, met een weekendtas bij zich. 'Ik wil nog gauw even naar de sportschool als dat lukt,' zei ze. 'Ik heb het gevoel alsof ik met de minuut slapper word.'

London en ik volgden een paar minuten later, gekleed in korte broek en T-shirt. We gingen naar de club voor de eerste tennisles van mijn dochter, en toen ik mannen in stropdas op de weg naast me zag, had ik het gevoel alsof ik uit de enige club was getrapt waar ik ooit lid van had willen zijn. Zonder werk voelde ik me alsof ik een groot deel van mijn identiteit kwijt was geraakt, en dat als ik het tij niet wist te keren, ik mezelf helemaal zou verliezen.

Tijd om nog wat bedrijven telefonisch te benaderen.

Zodra ik de auto had geparkeerd, zag London een paar meisjes uit de buurt en huppelde naar hen toe en de baan op. Ik liep naar de tribune met een schrijfblok en typte de woorden 'plastisch chirurg' in de zoekmachine van mijn telefoon. Net als advocaten vormden zij een gebied dat Peters vermeed – hij beschouwde hen als prima donna's en gierigaards – maar mijn filosofie was dat artsen geld hadden en intelligent genoeg waren om te begrijpen hoe hun praktijk van reclame kon profiteren. Er was een aantal van hen in Charlotte en omgeving, verdeeld over verschillende kantoren – een goed teken – en ik begon te experimenteren met een paar openingszinnen, in de hoop dat ik precies de juiste woordencombinatie zou weten te vinden om de officemanager – of de arts zelf, als ik geluk had – lang genoeg aan de telefoon te houden om voldoende belangstelling te wekken om een afspraak te maken.

'Het is toch niet te geloven hoe heet het nu al is?' hoorde ik naast me, in een plat New Jersey-accent. 'Ik zweer bij God dat ik straks nog smelt.'

Toen ik me omdraaide, zag ik een man van misschien een paar jaar ouder dan ik, heel stevig gebouwd, met donker haar en een gebruinde huid. Boven zijn pak droeg hij een pilotenzonnebril met spiegelende glazen.

'Heb je het tegen mij?'

'Natuurlijk heb ik het tegen jou. Afgezien van jou en mij is het hier net een oestrogeen-congres. Wij zijn de enige kerels binnen honderd meter. Ik ben Joey the Bulldog Taglieri, trouwens.' Hij schoof dichterbij en stak zijn hand uit.

'Russell Green,' zei ik, terwijl ik zijn hand schudde. 'Bulldog?'

'Mascotte van de Universiteit van Georgia, waar ik heb gestudeerd, en ik heb een dikke nek. De bijnaam is blijven hangen. Aangenaam kennis te maken, Russ. En als ik hier een hartaanval of een beroerte krijg, doe me dan een lol en bel het alarmnummer. Adrian had me wel even kunnen waarschuwen dat er hier geen streepje schaduw zou zijn.'

'Adrian?'

'Mijn ex. Nummer drie, trouwens. Ze heeft me gisteren met deze verantwoordelijkheid opgezadeld omdat ze wist dat het belangrijk voor me was en ze is toch al niet erg toeschietelijk de laatste tijd. Ze weet dat ik om half tien in de rechtszaal moet zijn, maar kan dat haar iets schelen? Vraag me eens of het haar kan schelen? Het kan haar niet schelen. En het is nou niet zo dat ze haar moeder móést opzoeken. Wat maakt het uit dat haar moeder in het ziekenhuis ligt? Ze ligt om de week in het ziekenhuis, want ze is een hypochonder. Alsof de dokters ooit iets vinden wat haar mankeert. Die vrouw wordt waarschijnlijk honderd.' Hij gebaarde naar mijn schrijfblok. 'Ben je je openingszinnen aan het voorbereiden?'

'Openingszinnen?'

'Wat je tegen de jury zegt? Je bent toch advocaat? Volgens mij heb ik je bij de rechtbank gezien.'

'Nee,' zei ik. 'Je hebt de verkeerde voor je. Ik ben geen advocaat. Ik zit in de reclame.'

'O ja? Welk bureau?'

'Phoenix Agency,' zei ik. 'Het is mijn eigen firma.'

'Echt waar? De gasten die ik gebruik zijn een stelletje idioten als je het mij vraagt.'

Ik spitste mijn oren. 'Welke firma gebruik je?'

Hij noemde de naam en ik herkende hem als een landelijk bureau dat gespecialiseerd was in advocatuurreclames, wat betekende dat de reclamefilmpjes meestal tamelijk doorsnee waren, met steeds dezelfde beelden en alleen lichte variaties in het script. Voordat ik erop door kon gaan, veranderde hij van onderwerp.

'Hoe lang ben je al lid van de sportclub?'

'Iets van vier jaar?'

'Bevalt het? Ik ben net lid geworden.'

'Als je bedenkt dat ik niet golf, dan ja. Het eten is goed en het zwembad is een lekkere plek in de zomer om rond te hangen. Je kunt hier een heleboel interessante mensen ontmoeten.'

'Ik ben het helemaal met je eens over dat golfgebeuren. Heb het een jaar geprobeerd, heb het ervan in mijn rug gekregen en uiteindelijk heb ik de clubs aan mijn broer gegeven. Ik ben lid geworden voor het tennis. Ik weet dat ik er niet zo uitzie, maar ik ben er best goed in. Had een beurs voor de universiteit, droomde ervan om professional te worden, maar mijn service was niet zo hard vanwege mijn lengte. Ach ja, zo gaan die dingen. Dus nu dacht ik dat ik mijn dochter al jong zou laten beginnen zodat als ze een tiener is, we iets te doen zouden hebben wanneer ze een hekel aan me begint te krijgen. Zij is dat meisje daar met het turquoise hemdje, trouwens. Donker haar, lange benen. Welke is van jou?'

Ik wees London aan, die met een paar andere meisjes bij de achterlijn stond. 'Die daar,' zei ik. 'De tweede van links.'

'Die gaat ook lang worden. Dat is mooi.'

'We moeten nog maar zien of ze het wel leuk gaat vinden. Het is de eerste dag dat ze een racket vasthoudt. Zei je dat je advocaat was?'

'Ja. Letselschade, af en toe een groepsvordering. Ik weet wat je waarschijnlijk denkt over advocaten zoals ik, en het kan me geen moer schelen. Mensen houden niet van letselschadeadvocaten, tot ze er zelf een nodig hebben. En dan ben ik plotseling hun beste vriend en hun redder. En niet alleen omdat ik mijn cliënten bijna altijd het geld bezorg dat ze verdienen. Maar omdat ik luister. De helft van het vak bestaat uit luisteren. Dat heb ik geleerd toen ik familierecht deed, voordat echtgenote nummer één ervandoor ging met de buurman en ik erachter kwam dat ik veel meer geld moest verdienen. Familierecht zet geen zoden aan de dijk. Mag ik je een goede raad geven? Zorg er altijd voor dat je huwelijkse voorwaarden krijgt.'

'Goed om te weten.'

Hij gebaarde naar mijn schrijfblok. 'Plastisch chirurgen, hè?'

'Ik zat eraan te denken om uit te breiden in die richting.'

'Ja? Ik heb een fortuin vergaard aan een paar van hen. Het leek wel of ze een paar van mijn cliënten met een ijzerzaag te lijf waren gegaan. Wil je mijn advies horen over die gasten? Als iemand die in het verleden met ze te maken heeft gehad?'

'Ga je gang.'

'Ze denken allemaal dat ze God zijn, maar ze zijn vreselijk slecht in zakendoen, dus speel in op hun ego en beloof ze dan dat je ze rijk kunt maken. Geloof me. Dat trekt hun aandacht wel.'

'Ik zal het in gedachten houden.'

Hij wuifde naar de baan. 'Ik ben nog niet helemaal weg van die tennis-pro daar. Wat denk jij?'

'Ik weet er niet genoeg van om er ook maar iets over te zeggen.'

'Je kan wel zien dat hij gespeeld heeft, maar ik krijg niet de indruk dat hij al eerder met kleine kinderen heeft gewerkt. Die zijn wel even iets anders. Spanningsboog van een mug. De clou is dat je ze de hele tijd bezighoudt, anders worden ze onrustig.'

'Klinkt logisch. Misschien moet jij ze lesgeven.'

Hij begon te lachen. 'Dat zou me wat zijn, hè. Neuh, niks voor mij. Nooit je eigen kind lesgeven. Dat is een van mijn regels. Ze zou me waarschijnlijk nog meer gaan haten dan ze toch al gaat doen. En wat is jouw interesse hierin? Speel je zelf?'

'Nee,' zei ik. 'Dit was het idee van mijn vrouw.'

'En toch zit jij hier.'

'Ja, daar zit ik dan,' beaamde ik, en Joey richtte zijn aandacht weer op wat er op de baan gebeurde. Ik ging door met openingszinnen opschrijven maar ik wist dat ik nog veel meer research zou moeten doen voor ik klaar was voor een presentatie. Nu en dan maakte Joey een opmerking over voetenwerk of de juiste zwaai die je moest maken om een bal te slaan, en dan kletsten we weer een paar minuutjes.

Toen de sessie ten einde was, schudde Joey voor de tweede keer mijn hand.

'Ben je hier morgen weer?' Toen ik knikte, ging hij verder. 'Ik ook. Zie ik je dan.'

Ik liep de tribune af en ging naar London toe toen ze van de baan kwam. Haar gezicht was rood van de warmte.

'Vond je het leuk?' vroeg ik haar.

'Mama vindt echt dat ik moet tennissen. Dat zei ze vanochtend.'

'Dat weet ik. Ik vroeg wat jij ervan vond.'

'Het was warm. Met wie was je aan het praten?'

'Joey.'

'Is dat je vriend?'

'We hebben elkaar net leren kennen. Hoezo?'

'Omdat jullie deden alsof jullie vrienden waren.'

'Het is een aardige vent,' zei ik, en toen we naar de auto liepen, dacht ik na over wat hij had gezegd over dat zijn reclamebureau zo'n stelletje idioten was.

En natuurlijk over dat ik hem morgen weer zou zien.

Ik kocht een tussendoortje voor London, want ik wist dat ze eerst tot rust moest komen voordat ze naar beeldende-kunstles ging. Tegelijkertijd dwaalden mijn gedachten af naar de reclameopdrachten die ik voor advocaten had gedaan voordat Peters daar de stekker uit trok. Ik kon me herinneren dat ik reclamespotjes had gefilmd in kantoren met houten planken vol juridische boeken, en dat ik had aangeraden om ze gericht uit te zenden op de televisiekanalen tussen negen uur 's ochtends en twaalf uur 's middags, als de kans groot was dat mensen met letsel zouden kijken.

Tegenwoordig, nu de meeste reclamespotjes voor het hele land werden gemaakt door één landelijk reclamebureau, lag er een kans voor een niche in de markt, als ik die richting op wilde gaan. Ik vermoedde dat ik betere deals kon krijgen bij de televisiebedrijven omdat ik al langdurig had samengewerkt met de belangrijkste spelers, iets wat het landelijke bureau niet had. Op de lange duur zou het niet goed kunnen zijn voor mijn firma – het zou kunnen dat ik net zo moest doen als Peters en ze uiteindelijk moest opgeven – maar die dag was nog ver weg, en ik wilde er nog niet over denken. In plaats daarvan bleef ik focussen op het feit dat Taglieri er misschien – heel misschien – voor open zou staan om over te stappen.

Het duurde minder lang dan ik had verwacht tot London weer was bijgekomen, en ze praatte het grootste deel van de rit over Bodhi. Zodra ze het atelier binnen liep, draaide ze zich om en ik liet me op mijn hurken zakken. Ze sloeg haar armen om mijn nek en kneep me fijn.

'Ik hou van je, papa.'

'Ik ook van jou,' zei ik.

Toen ik opstond, zag ik haar naar een blond jongetje rennen, en toen ze bij elkaar waren, omhelsden ze elkaar ook.

Wat lief.

En toen, plotseling, fronste ik. Bij nader inzien wist ik niet zo zeker wat ik ervan moest denken dat mijn dochter nu al jongens omhelsde. Ik had geen idee wat normaal was in zulke situaties.

Ik wuifde snel naar de kunstlerares en ging op weg naar de koffiebar met mijn computer. Ik was van plan om te kijken wat de nieuwste trends in juridische reclame waren, en of er nog regels waren veranderd sinds mijn laatste reclamecampagne.

Ik bestelde een kop koffie, vond een plekje en deed mijn computer open. Ik opende wat inleidende informatie en was dat aan het doorlezen toen ik een stem naast me hoorde.

'Russ?'

Het was onmogelijk haar niet te herkennen. Haar kastanjebruine haar streek over haar schouders, in een stijl die haar van nature hoge jukbeenderen accentueerde, en haar groenbruine ogen waren nog net zo opvallend als vroeger.

'Emily?' vroeg ik.

Ze kwam naar de tafel toe, met een kop koffie in haar hand. 'Ik dacht al dat jij het was in het atelier,' zei ze. 'Hoe is het met je? Tijd niet gezien.'

'Met mij gaat het goed,' zei ik, terwijl ik van de tafel opstond. Tot mijn verrassing boog ze naar voren om me even te omhelzen, wat een stroom aan blije herinneringen opwekte. 'Wat doe jij hier? Waarom was je in het atelier?'

'Mijn zoon zit in de les,' zei ze. 'Lijkt op zijn moeder, blijkbaar.' Er zat echte warmte in haar glimlach. 'Je ziet er goed uit.'

'Dank je. Jij ook. Hoe is het met je?' Van dichtbij zag ik dat er gouden spikkeltjes in haar ogen zaten, en ik vroeg me af of ik dat ooit eerder had opgemerkt.

'Wel goed.'

'Wel goed?'

'Ach ja, je weet wel. Het leven.'

Ik begreep precies wat ze bedoelde en hoewel ze het probeerde te verbergen, dacht ik dat ik een zweempje droefheid in haar stem hoorde. Wat ik vervolgens vroeg, kwam er haast automatisch uit, hoewel ik tegelijkertijd besefte dat tijd doorbrengen met iemand van wie je ooit had gehouden en met wie je naar bed was geweest, ingewikkeld kan worden als je niet oppast. 'Wil je bij me komen zitten?'

'Weet je het zeker? Het lijkt erop dat je het druk hebt.'

'Ik doe alleen maar wat research. Niks belangrijks.'

'Dan graag,' zei ze. 'Maar ik kan maar een paar minuten blijven. Ik heb een paar dingen die ik naar mijn moeder wil versturen, en dat kan ontzettend lang duren, afhankelijk van de rij.'

Toen we zaten, keek ik naar haar, verbijsterd dat het bijna elf jaar geleden was dat we uit elkaar waren gegaan. Net als Vivian leek ze helemaal niet ouder te zijn geworden, maar ik zette die gedachte van me af en stuurde mezelf naar veiliger terrein. 'Hoe oud is je zoon?'

'Vijf,' antwoordde ze. 'In de herfst gaat hij voor het eerst naar school.'

'Mijn dochter ook,' zei ik. 'Waar gaat hij naartoe?'

Toen ze de naam van de school noemde, trok ik een wenkbrauw op. 'Wat een toeval. Daar gaat London ook naartoe.'

'Ik heb gehoord dat het een heel goede school is.'

En een dure, dacht ik. 'Dat heb ik ook gehoord, ja,' zei ik. 'Hoe is het met je vader en moeder?' vroeg ik. 'Ik heb ze in jaren niet meer gesproken.'

'Goed. Mijn vader gaat eindelijk met pensioen volgend jaar.'

'Van AT&T?'

'Yep. Heeft hij zijn hele leven gewerkt. Hij vertelde me dat hij een camper wil kopen en door het land wil reizen. Mijn moeder wil daar natuurlijk niets van weten, dus gaat ze blijven werken in de kerk tot mijn vaders bevlieging voorbij is.'

'St. Michael's?'

'Uiteraard. Mijn ouders hebben allebei hun hele leven op dezelfde plek gewerkt. Dat gebeurt tegenwoordig niet meer. En hoe zit het met jou? Werk je nog steeds voor de Peters Group?'

Ik trok een wenkbrauw op. 'Ik sta versteld dat je dat nog weet. Maar nee, ik ben er een paar maanden geleden weggegaan en voor mezelf begonnen.'

'En hoe gaat dat?'

'Het gaat,' draaide ik eromheen.

'Wat spannend. Ik weet nog dat je me vertelde dat je ondernemer wilde worden.'

'Toen was ik jong en naïef. Nu ben ik oud, maar nog steeds naïef.'

Ze lachte. 'Hoe is het met Vivian?'

'Goed. Ze is net weer gaan werken. En ik wist niet dat je haar kende.'

'Doe ik ook niet. Ik heb haar van de zomer een paar keer bij het atelier gezien, maar ze bleef nooit om te kijken. Ze was altijd in sportkleren.'

'Dat is net iets voor haar. Hoe is het met… je man?'

'Je bedoelt David?' Ze hield haar hoofd schuin.

'Tuurlijk,' zei ik. 'David.'

'We zijn gescheiden. Sinds afgelopen januari.'

'Dat spijt me.'

'Mij ook.'

'Hoelang zijn jullie getrouwd geweest?'

'Zeven jaar.'

'Mag ik vragen wat er is gebeurd?'

'Ik weet het niet,' zei ze. 'Het is moeilijk uit te leggen. Het klinkt als zo'n cliché om te zeggen dat we uit elkaar zijn gegroeid… Als mensen het de laatste tijd vragen, zeg ik gewoon dat het huwelijk werkte tot het niet meer werkte, maar dat is niet het antwoord wat de meeste mensen willen horen. Het is net alsof ze er later over willen kunnen roddelen, of willen kunnen samenvatten tot één enkele gebeurtenis.' Terwijl ze praatte, wreef ze met haar duim over haar wijsvinger. 'Hoe lang zijn jij en Vivian al samen?'

'Bijna negen jaar nu.'

'Kijk eens aan,' zei ze. 'Gefeliciteerd.'

'Dank je.'

'Dus Vivian is weer gaan werken?'

Ik knikte. 'Ze werkt voor een grote projectontwikkelaar hier in de stad. Pr. En jij? Werk jij?'

'Zo zou je het kunnen noemen. Ik schilder nog steeds.'

'Echt waar?'

'Daar was mijn ex goed in. Me aanmoedigen, bedoel ik. En het gaat goed. Ik bedoel, ik zal nooit een Rothko of een Pollock worden, maar ik word vertegenwoordigd door een van de galeries in het centrum en verkoop tien tot twaalf werken per jaar.'

'Dat is fantastisch,' zei ik, en ik meende het. 'Je hebt altijd heel veel talent gehad. Ik weet nog dat ik naar je keek terwijl je schilderde en dat ik me afvroeg hoe je wist wat je moest doen met de kleuren en de...' Mijn stem stierf weg terwijl ik op het juiste woord probeerde te komen.

'Compositie?'

'Ja. Doe je nog steeds moderne kunst?'

Ze knikte. 'Soort van. Ik werk met abstract realisme.'

'Je weet dat ik geen idee heb wat dat betekent, hè?'

'Het komt erop neer dat ik werk met realistische beelden als basis, maar dat ik me meestal laat leiden door de kwast... Ik voeg felle kleuren of geometrische vormen toe, of in het wilde weg spetters en krullen en druppels totdat ik het idee heb dat het af is. Een schilderij is natuurlijk nooit echt af; ik heb werken waar ik al jaren aan pruts omdat ze nog steeds niet helemaal goed zijn. Het probleem is dat ik niet altijd weet hoe ik ze helemaal goed moet maken.'

'Klinkt erg artistiekerig.' Ik grijnsde.

Ze lachte, en het klonk precies zoals ik me herinnerde.

'Zolang het goed zou staan aan de muur bij de meeste mensen en het mensen aan het denken zet, ben ik tevreden met het resultaat.'

'O, dat is alles?'

'Dat is wat de galeriehouder graag zegt als hij een van mijn werken probeert te verkopen, dus ja.'

'Ik zou het graag eens zien.'

'Je kunt langskomen in de galerie wanneer je maar wilt,' zei ze. Ze gaf me de naam en ik sloeg hem op in mijn geheugen. 'Hoe is het met Marge? Ik heb altijd een grote zus zoals zij gewild.'

'Goed. Nog steeds met Liz, uiteraard.'

'Dezelfde Liz die ik heb gezien toen wij iets met elkaar hadden?'

'Ja. Ze zijn sindsdien altijd samen geweest. Bijna elf jaar nu.'

'Wauw,' zei ze. 'Wat goed van ze. Wat is Liz voor iemand?'

'Vriendelijk, zorgzaam en behulpzaam. Ik heb geen idee wat ze in Marge ziet.'

Er was glimp van verwijt te zien in Emily's uitdrukking. 'Niet zo onaardig.'

'Je weet best dat ik een grapje maak. Ze zijn een fantastisch stel. Ik geloof niet dat ik ze ooit ruzie heb zien maken. Ze laten zich nooit gek maken.'

'Dat is mooi. En je ouders? Werken ze nog?'

'Mijn moeder is met pensioen, maar mijn vader is nog steeds fulltime bezig.'

'Werkt hij nog steeds aan zijn auto?'

'Elk weekend.'

'En je moeder?'

'Ze is nu lid van de Red Hat Society, en ze wil tulpen planten.' Toen Emily me fronsend aankeek, vertelde ik haar over de voorgaande week.

'Je weet best dat je niet boos op haar kan zijn vanwege dat. Ze heeft haar ouderlijke plicht al vervuld.'

'Dat zei Marge ook. Marge wilde me ook al niet helpen.'

'En toch heb je alles voor elkaar gekregen.'

'Dat zei Marge ook al.'

Ze blies een lange adem uit. 'Ongelooflijk waar het leven ons heeft gebracht, hè? Sinds we elkaar leerden kennen? Natuurlijk waren we toen nog maar kinderen.'

'We waren geen kinderen.'

Ze glimlachte. 'Ben je mal? Misschien dat we officieel oud genoeg waren om te stemmen, maar ik kan me absoluut wel wat gevallen van jeugdig enthousiasme van jou herinneren. Zoals die keer dat je besloot te kijken of je die monsterlijke biefstuk op zou krijgen, zodat je foto aan de muur van het restaurant zou komen te hangen. Hoe groot was die biefstuk ook al weer?'

De herinnering kwam in één keer bij me terug. We waren naar het meer geweest met een groepje vrienden, en ik had het uithangbord van het restaurant net naast de snelweg gezien waarop werd geadverteerd dat, naast het feit dat mijn foto aan de muur zou komen te hangen, het eten niet in rekening zou worden gebracht. 'Ruim twee kilo.'

'Je kreeg nog niet eens de helft op.'

'Ik had trek toen ik begon...'

'En je was ook dronken.'

'Misschien een beetje.'

'Dat was een mooie tijd.' Ze lachte. Ze bleef nog een tijdje plakken voordat ze uiteindelijk naar mijn computer wees. 'Maar ik kan helaas maar beter gaan, waarschijnlijk. Jij moet werken, en ik moet echt die spullen vandaag nog verstuurd zien te krijgen.'

Ik werd me bewust van het feit dat ik niet wilde dat ze wegging, ook al was het waarschijnlijk wel een goed idee. 'Daar zul je waarschijnlijk wel gelijk in hebben.'

Ze stond op. 'Het was leuk je weer te zien, Russ.'

'Jou ook,' zei ik. 'Het was leuk om bij te praten.'

'Ik zie je straks.'

'Straks?'

'Als de les afgelopen is?'

'Natuurlijk,' zei ik. 'Dat wist ik wel, hoor.'

Toen ze met haar schouder de deur opendeed, zag ik dat ze naar me omkeek en glimlachte voordat ze ten slotte uit het zicht verdween.

Het uur daarop bracht ik in de koffiebar door met zoeken op het internet, en ik slaagde erin twee reclamespotjes te vinden voor de advocatenpraktijk van Joey Taglieri, waarvan er een niet meer werd uitgezonden. Ze waren professioneel, informatief en, moest ik toegeven, haast hetzelfde als het soort juridische reclamespotjes dat ik vroeger zelf filmde. Ik bekeek ook filmpjes van een stuk of tien andere advocatenkantoren in de stad en kwam tot de conclusie dat de commercials van Taglieri niet beter of slechter waren dan de andere.

Waarom had Joey Taglieri dan gezegd dat het idioten waren?

Al waren de reclamespotjes helemaal niet zo slecht, toch vond ik niet dat Taglieri waar voor zijn geld kreeg als je naar de hele campagne keek. Zijn website was behoorlijk gedateerd en miste een beetje pit, en via een telefoontje naar een maat van me kwam ik te weten dat er niets werd gedaan qua internetreclame. Nog een paar telefoontjes brachten aan het licht dat hij ook niet adverteerde in de gedrukte media of op billboards. Ik vroeg me af of hij open zou staan voor dat soort ideeën, terwijl ik mijn best deed om niet al te enthousiast te worden.

Een telefoontje naar mijn kantoor hielp daarbij – er waren nul berichten, nada, noppes – en nadat ik de koffiebar had verlaten, ging ik London ophalen van beeldende-kunstles. Ze wees trots op een schaal die ze had gemaakt, en ik zwaaide naar Emily toen ik de deur uit liep. Ze glimlachte en stak haar hand op – ze was op dat moment met de lerares aan het praten – en nadat ik London naar huis had gebracht, wist ik niet goed wat ik de volgende paar uur moest doen tot haar dansles. Het was te warm om London mee naar buiten te nemen, en haar dag was al zo vol dat ik vermoedde dat ze het liefst een tijdje zou willen ontspannen en spelen.

Uiteindelijk besloot ik om avondeten te maken voor Vivian. Ik snuffelde door een paar kookboeken en moest erkennen dat veel van de recepten mijn culinaire capaciteiten te boven gingen. Er was echter wel een recept voor Chileense zeebaars, en een snelle zoektocht door de keukenkastjes wees uit dat ik de meeste ingrediënten in huis had. Perfect. Ik bracht London naar dansles, en terwijl de groep ongetwijfeld de norse juf Hamshaw teleurstelde, reed ik langs de supermarkt en haalde de rest. Het avondeten was al een eind op weg toen Vivian thuiskwam.

Met pilafrijst en sperzieboontjes met amandelschaafsel op het vuur kon ik niet weglopen.

'Ik ben in de keuken,' riep ik, en niet lang daarna hoorde ik Vivians voetstappen achter me.

'Wauw,' merkte ze op terwijl ze naar me toe liep. 'Het ruikt verrukkelijk hier. Wat ben je aan het maken?'

Toen ik het haar vertelde, boog ze zich over de pannen op het fornuis. 'Ter ere waarvan is dit?'

'Zomaar. Ik had gewoon zin om eens iets nieuws te proberen. En ik dacht dat we na het eten de fiets tevoorschijn konden halen zodat je London kon zien fietsen.'

Ze deed het kastje open en haalde er een glas uit, en toen de wijn uit de koelkast. 'Laten we dat morgen doen, oké? Ik ben moe en London heeft een drukke dag gehad. Ze lijkt nu al doodop.'

'Ook goed,' zei ik.

Ze schonk een glas voor zichzelf in. 'Hoe deed ze het op tenniskamp?'

'Ongeveer hetzelfde als alle anderen. De eerste dag: leren aan welke kant je het racket vast moet houden en dat soort basisbeginselen. Er waren een paar meisjes uit de buurt, dus ze leek het leuk te vinden om er te zijn.'

'Ik denk dat tennis goed voor haar zal zijn. Het is een goede sport om met anderen te leren omgaan.'

'En de meisjes zien er leuk uit in die korte broekjes, mag ik wel zeggen.'

'Ha, ha. En beeldende-kunstles? En dansles?'

'Ze heeft zich vermaakt op beeldende-kunstles, maar volgens mij vindt ze dansles niet erg leuk.'

'Je moet het de tijd geven. Als ze eenmaal aan wedstrijden mee gaat doen, gaat ze het wel leuk vinden.'

Ik vroeg me af wie Vivian in gedachten had om haar naar de wedstrijden te brengen, maar die gedachte hield ik voor me. 'Is het je nog gelukt om naar de sportschool te gaan?'

'Ik heb het even snel in de lunchpauze gedaan,' antwoordde ze. 'En het ging trouwens erg lekker. Ik voelde me de hele middag geweldig.'

'Mooi zo,' zei ik. 'En hoe was je dag verder?'

'Heel anders dan vorige week, dat is zeker. Het is allemaal een stuk rustiger op kantoor. Een paar minuten dacht ik zelfs dat ik even de tijd had om rustig achter mijn bureau te gaan zitten en adem te halen.'

Ik glimlachte. 'Ik heb best een interessante dag gehad.'

'O ja?'

'Heb je ooit gehoord van een vent die Joey Taglieri heet?'

Ze fronste. 'Bedoel je die advocaat?'

'Ja, die.'

'Ik heb zijn reclamespotjes gezien. Ze worden 's ochtends uitgezonden.'

'Wat vind je ervan?'

'Waarvan?'

'De reclamespotjes.'

'Ik kan me er niet veel van herinneren. Hoezo?'

Ik vertelde haar waar we over hadden gepraat en waar ik in de nasleep ervan aan had zitten denken.

'Weet je zeker dat je dat wilt doen?' vroeg ze sceptisch.

'Wat bedoel je?'

'Vind je dat niet een beetje ordinair? Reclamespotjes voor advocaten? Was Peters niet gestopt met advocaten aannemen als cliënt omdat andere cliënten het niet op prijs stelden?'

'Ja, maar het is nou niet zo dat ik andere cliënten heb waar ik me druk om hoef te maken. Ik wil gewoon iets op gang brengen, snap je? En het is duidelijk dat hij heel wat geld uitgeeft aan reclame.'

Ze knikte en nam een slok wijn. 'Ja, oké. Als je denkt dat dat het beste is.'

Niet bepaald een ronkende steunbetuiging, maar omdat ze in een beter humeur leek dan ze de laatste tijd was geweest, schraapte ik mijn keel. 'Heb je al een kinderopvang voor London gevonden?'

'Wanneer heb ik daar nou tijd voor gehad?'

'Wil je dat ik om wat aanbevelingen ga vragen?'

'Nee,' zei ze, een beetje geïrriteerd. 'Ik doe het wel. Het is alleen...'

'Alleen wat?'

'Moeten we haar echt nu opgeven? Ze zou pianoles, tenniskamp en beeldende kunst moeten opgeven, en jij hebt haar tot nu toe overal naartoe weten te brengen waar ze naartoe moest.'

‘Op de kinderopvang hebben ze ook activiteiten.’

‘Ik zeg alleen maar dat ik het niet zo’n goed idee vind, ook omdat ze zaterdag zo overstuur was. Over een paar weken begint de school toch al.’

‘Het is niet een paar weken,’ zei ik, een snel sommetje makend. ‘Het is nog víjf weken.’

‘En het gaat hier om onze dochter. Om wat het beste voor haar is. Als de school eenmaal begonnen is, heb je meer dan genoeg tijd om je op je bedrijf te concentreren. Blijf gewoon doen wat je doet en als je een bespreking met een cliënt hebt, breng je haar naar je moeder.’

‘Mijn moeder kan niet elke dag op London passen. Ze zei dat ze andere dingen te doen had.’

‘Zei ze dat? Waarom heb je me dat niet verteld?’

Omdat je me de hele week zo’n beetje hebt genegeerd. En je hebt ook helemaal niet naar mijn werk gevraagd. ‘Het gaat hier niet om mijn moeder, Vivian. Ik probeerde het met je over kinderopvang te hebben.’

‘Ik hóór je wel. Ik snáp het. Je denkt dat het een goed idee is om je dochter bij een stelletje vreemden achter te laten zodat jij lekker kunt doen waar je zin in hebt.’

‘Dat zei ik niet.’

‘Dat hoefde ook niet. Het komt op hetzelfde neer. Je bent egoïstisch bezig.’

‘Ik ben niet egoïstisch bezig.’

‘Natuurlijk wel. Ze is onze dochter. Ze heeft het moeilijk.’

‘Ze heeft één keer een woedeaanval gehad omdat jij er niet was.’

‘Nee. Ze was overstuur omdat haar hele wereld veranderd is, en nu wil je het nog erger maken. Ik begrijp niet waarom je denkt dat het zo’n goed idee is om haar ergens te dumpen. Vind je het niet leuk om met haar samen te zijn?’

Ik voelde hoe mijn kaak verstrakte en ik ademde langzaam uit. Ik probeerde mijn stem kalm te houden.

‘Natuurlijk wel. Maar je zei dat ik een week op haar zou moeten passen, twee op zijn hoogst.’

‘Wat ik ook zei, was dat ik het beste wilde voor onze dochter! Ik heb geen tijd gehad om de juiste plek voor haar te zoeken, en tegen de tijd dat ik er wel een heb gevonden en haar heb ingeschreven, staat de school op het punt van beginnen en wat is daar dan nog de zin van?'

'Ze zal nog altijd een plek moeten hebben om naartoe te gaan als ze uit school komt,' zei ik.

'Ik zal er met London over praten, oké?'

'Je gaat met London praten over kinderopvang?'

'Ik neem aan dat jij dat niet gedaan hebt. Ik heb geen idee wat zij ervan vindt.'

'Ze is vijf,' zei ik. 'Ze weet er niet genoeg van om een mening te hebben over kinderopvang.'

'Mama? Ik heb honger.'

Ik draaide me om en zag London in de deuropening van de keuken staan. Vivian keek me woest aan en ik wist dat we ons allebei afvroegen hoeveel ze had gehoord.

'Hé, lieveling,' zei Vivian, onmiddellijk een luchtigere stem opzettend. 'Het eten is over een paar minuutjes klaar. Wil je me helpen de tafel te dekken?'

'Oké,' zei London, en Vivian liep naar de kast. Zij en London dekten de tafel; ik schepte op en bracht het eten erheen.

Toen London een paar happen had genomen, glimlachte ze naar me.

'Het eten is heel lekker, papa.'

'Dank je, lieveling,' zei ik, en ik voelde hoe mijn hart een heel klein beetje warmer werd.

Mijn huwelijk met Vivian mocht dan op het ogenblik een beetje wankel zijn en mijn bedrijf stond volkomen stil, maar ik was tenminste wel aan het leren hoe ik moest koken, dacht ik bij mezelf.

Ik ging me er niet beter door voelen.

10

Verder gaan

Toen ik klein was, was de zomer de heerlijkste tijd van mijn leven. Omdat mijn ouders geloofden in een opvoeding van loslaten en vrijheid, was ik meestal voor tienen de deur uit en pas terug tegen het avondeten. Er waren geen mobiele telefoons om in de gaten te houden waar ik naartoe ging en telkens als mijn moeder een buurvrouw belde om te vragen waar ik was, had die buurvrouw vaak net zomin een idee waar haar eigen kind was. In feite gold er voor zover ik kon zien maar één regel: ik moest om kwart over vijf thuis zijn, omdat mijn ouders 's avonds graag met het hele gezin aten.

Ik kan me niet precies herinneren wat ik op zo'n dag allemaal deed. Mijn herinneringen hebben de vorm van kiekjes: forten bouwen, blikkie trap of achter een voetbal aan lopen terwijl ik probeerde te scoren. Ik weet ook nog dat ik in het bos speelde. In die tijd werd ons huis omgeven door onbebouwd land, en mijn vrienden en ik gooiden kluiten naar elkaar of speelden vlaggenroof; toen we luchtbuksen kregen, waren we urenlang op blikjes en zo nu en dan ook op elkaar aan het schieten. Ik bracht uren door met verkenningstochten op de fiets, en er gingen hele weken voorbij waarin ik elke ochtend wakker werd zonder dat ik die dag iets hoefde te doen.

Natuurlijk waren er kinderen in de buurt die niet zo'n zorgeloos bestaan hadden. Zij gingen naar zomerkamp of namen deel aan zomercompetities in allerlei sporten, maar in die tijd waren zulke kinderen in de minderheid. Tegenwoordig hebben kinderen een agenda die van de ochtend tot de avond volgeboekt is, en London is daar geen uitzondering op, omdat ouders dat eisen.

Maar hoe is dat zo gekomen? En waarom? Wat heeft het perspectief van de ouders van mijn generatie veranderd? Druk van de omgeving? Een plaatsvervangend leven via het succes van je kind? Het opbouwen van een cv voor de universiteit? Of is het gewoon angst dat als hun kinderen de wereld in hun eentje mogen ontdekken, daar niets goeds van kan komen?

Ik weet het niet.

Ik ben echter wel van mening dat daar onderweg iets verloren is gegaan: het eenvoudige plezier van 's ochtends wakker worden en totaal niets hoeven doen.

'Wat het probleem is met die reclamespotjes?' vroeg Joey Taglieri, mijn vraag aan hem herhalend. Het was dinsdagochtend, tennisles nummer twee. Vivian was nog steeds boos op me vanwege de avond ervoor en ze was die ochtend vertrokken zonder iets tegen me te zeggen.

'Het probleem is dat ze saai zijn,' zei hij. 'Je ziet alleen maar mij tegen de camera praten in een overvol kantoor. Godsamme, ik val in slaap als ik ernaar kijk en ze kosten me een fortuin.'

'Hoe zou je ze anders willen maken?'

'Toen ik klein was, woonden we een paar jaar in Zuid-Californië toen mijn vader nog bij de mariniers zat. Ik vond het daar vreselijk, trouwens. Mijn moeder ook. Zodra hij met pensioen ging, verhuisde het gezin terug naar New Jersey. Allebei mijn ouders kwamen er vandaan. Ben je ooit in New Jersey geweest?'

'Ik denk dat ik een paar keer met het vliegtuig vanuit Newark ben vertrokken.'

'Dat telt niet. En je moet ook die zooi die je op reality-tv ziet over New Jersey niet geloven. Het is er geweldig. Ik zou mijn dochter daar grootbrengen als ik kon, maar haar moeder is hier, en ook al is ze een harteloze trut, ze is vrij goed als moeder. Maar goed, terug naar Zuid-Californië. Er was daar een autodealer die Cal Worthington heette. Heb je ooit van hem gehoord?'

'Nee, niet echt.'

'De ouwe Cal Worthington had de geweldigste reclamespotjes aller tijden. In elk spotje zag je aan het begin hem en zijn hond Spot – behalve dan dat Spot helemaal geen hond was. Hij was misschien een aap of een leeuw of een olifant of wat dan ook. Er was zelfs een keer een orka. De ouwe Cal had een aanstekelijke jingle die gegarandeerd bleef hangen, met een refrein dat zo ging: *Ga naar Cal, ga naar Cal, ga naar Cal.* Jezus, ik was acht jaar en auto's konden me geen moer schelen, maar ik wilde naar die autohandel, alleen maar om die kerel te ontmoeten en misschien een paar exotische dieren te zien. Dát is het soort commercial dat ik wil.'

'Dus je wilt olifanten in je commercials? En orka's?'

'Natuurlijk niet. Maar ik wil wel iets wat mensen onthouden, iets waarvan een gewonde kerel in een relaxfauteuil recht overeind komt zitten en tegen zichzelf zegt: "Ik moet naar díé man toe. Ik wil dat híj me vertegenwoordigt."'

'Het probleem is dat juridische commercials wettelijk voorgeschreven worden door de orde der advocaten.'

'Denk je dat ik dat niet weet? Ik weet ook dat North Carolina in het algemeen vrije reclame voorstaat als het op wettelijke bepalingen aankomt. Als je in de reclamewereld zit, weet je dat ook.'

'Dat weet ik, ja,' zei ik. 'Maar er is een verschil tussen overkomen als een professionele en competente advocaat die je kunt vertrouwen, en een ordinaire lijkenpikker.'

'Dat is precies wat ik heb gezegd tegen de idioten die de reclamespot hebben gemaakt. En toch kwamen ze met iets aanzetten wat het beste kan worden omschreven als "laten we de kijkers in een coma brengen". Heb je ze ooit weleens gezien?'

'Natuurlijk. En ze zijn eigenlijk niet eens zo slecht.'

'O ja? Wat is dan het telefoonnummer van het kantoor?'

'Wat zeg je?'

'Het telefoonnummer van het kantoor. Het staat de hele tijd op het scherm. Als de commercials zo geweldig waren, wat is het nummer dan?'

'Dat weet ik niet.'

'Bingo. En dat is het probleem.'

'Ze onthouden waarschijnlijk wel je naam.'

'Ja. En dat is een ander probleem. Taglieri is nou niet bepaald een heel zuidelijke naam, weet je, en dat zou sommige mensen wel eens kunnen afschrikken.'

'Je kunt niet veel doen aan je naam.'

'Begrijp me niet verkeerd. Ik ben trots op mijn achternaam. Maar er zit teveel van mijn naam in en niet genoeg telefoonnummer.'

'Ik snap het,' zei ik. 'Wat vind je van andere vormen van reclame? Zoals billboards, websites, internetreclames, radioreclames?'

'Weet ik niet,' zei hij. 'Ik heb er niet veel over nagedacht. En ik heb maar weinig budget.'

'Dat begrijp ik,' zei ik, met het vermoeden dat verder vragen waarschijnlijk meer kwaad dan goed zou doen. Ik keek naar London die op de baan met een ander meisje probeerde over te slaan, maar er was meer sprake van achter ballen aan rennen dan van daadwerkelijk overslaan.

'Wat doet je vrouw?' vroeg Joey na een tijdje stilte.

'Ze werkt in de pr,' zei ik. 'Ze is net begonnen aan een nieuwe baan voor een van de grote projectontwikkelaars hier.'

'Mijn vrouwen werkten allemaal nooit. Uiteraard werk ik weer te veel. Tegenpolen die elkaar aantrekken en zo. Heb ik al gezegd dat je altijd huwelijkse voorwaarden moet opstellen?'

'Ja.'

'Dan krijg je niet van die financiële lijdenswegen die het schone geslacht zo graag veroorzaakt.'

'Het klinkt alsof je zwaar in ze teleurgesteld bent.'

'Integendeel. Ik ben dol op vrouwen.'

'Denk je dat je ooit weer gaat trouwen?'

'Natuurlijk. Ik geloof heel erg in het huwelijk.'

'Echt waar?'

'Wat zal ik zeggen? Ik ben een romanticus.'

'Hoe komt dat?'

'Ik heb de neiging om verliefd te worden op gestoorde types, vandaar.'

Ik lachte. 'Ik ben blij dat ik dat probleem niet heb.'

'Denk je? Ze is toch ook een vrouw?'

'Ja, en?'

Ik had het idee dat Joey aan het proberen was me te doorgronden. 'Hé,' zei hij uiteindelijk, 'zolang jij gelukkig bent, ben ik blij voor jou.'

Op woensdagavond, na dansles, was London somber toen ze de auto in kroop, zoals te verwachten viel.

'Wat vind je ervan als we pizza eten vanavond, nu mama er niet is?'

‘Pizza is niet goed voor je.’

‘Zolang je het maar niet elke dag eet, is het goed. Wanneer heb je voor het laatst pizza gekregen?’

Ze dacht erover na. ‘Dat kan ik me niet herinneren. Wanneer komt mama weer naar huis?’

‘Ze komt morgen weer thuis, liefje.’

‘Kunnen we haar bellen?’

‘Ik weet niet of ze het druk heeft, maar ik zal haar een bericht sturen, oké?’

‘Oké,’ zei ze. Op de achterbank leek ze kleiner dan gebruikelijk.

‘Wat vind je ervan als we evengoed ergens pizza gaan eten, jij en ik? En als we daarna ergens stoppen om een ijsje te eten?’

Hoewel ze geen ja zei, zei ze ook geen nee, en uiteindelijk belandden we in een tent waar ze een aardige pizza met dunne korst maakten. Terwijl we zaten te wachten, belde Vivian via FaceTime, en daarna begon Londons stemming te verbeteren. Tegen de tijd dat we bij de ijssalon aankwamen, was ze vrolijk aan het kwebbelen. Ze bracht het grootste deel van de rit naar huis door met praten over haar vriendje Bodhi en zijn hond Noodle, en dat hij haar bij hem thuis had uitgenodigd zodat hij haar zijn lichtzwaard kon laten zien.

Mijn eerste gedachte was dat mijn dochter veel te jong was om het lichtzwaard van een jongen te zien te krijgen; maar de volgende gedachte, die onmiddellijk daarop volgde, was dat het waarschijnlijk zo’n speelafspraakje was waarvan Marge me had voorgesteld om die te regelen, en dat het lichtzwaard geen metafoor was, maar een echt speelgoedzwaard geïnspireerd op de *Star Wars*-films.

Toen we thuiskwamen, rende London de trap op om Mr. en Mrs. Sprinkles te begroeten en hoewel ik verwachtte dat ze wel een tijdje boven zou blijven, verscheen ze een paar minuten later in de woonkamer.

‘Papa?’

‘Ja, lieverd?’

‘Kunnen we weer gaan fietsen?’

Ik onderdrukte een kreun. Ik was moe en wilde niets liever dan op de bank blijven plakken.

'Natuurlijk kunnen we dat,' zei ik in plaats daarvan, en toen ik opstond, herinnerde ik me plotseling dat Vivian had gezegd dat ze London had willen zien fietsen de avond ervoor, maar dat moest ze vergeten zijn.

Ja toch?

London maakte drie bochten in haar eentje. Het ging wiebelend, maar ze wist haar evenwicht weer te vinden, en zelfs tijdens de andere bochten hoefde ik minder te helpen dan ik eerder had gedaan. Op de rechte stukken had ik haar fiets nauwelijks aangeraakt. Omdat ze steeds zelfverzekerder werd, reed ze sneller, en tegen het einde van onze sessie was ik aan het hijgen en zweten, met een doorweekt T-shirt.

'Wat vind je ervan als jij boven in bad gaat terwijl ik beneden onder de douche ga?' stelde ik voor. Ik wist niet zeker wat ik moest verwachten. De laatste keer dat Vivian niet thuis sliep, was het niet zo goed gegaan.

Deze avond knikte ze gewoon. 'Oké, papa.'

Ik ging douchen en tegen de tijd dat ik haar kamer bereikte, zat London op bed in haar pyjama, met de borstel en de fles antiklitspray naast zich. Nadat de antiklit zijn toverkunsten had gedaan en ik klaar was met haar haar, ging ik tegen het hoofdeind zitten.

Ik las *Two by Two,* samen met nog een paar andere verhaaltjes. Ik kuste London welterusten, en toen ik op het punt stond het licht uit te knippen, hoorde ik haar stem weer.

'Papa?'

'Ja?'

'Wat is kinderopvang? Ik hoorde jou en mama erover praten.'

'Kinderopvang is een plek waar kinderen heen gaan als hun vader en moeder werken, zodat grote mensen ervoor kunnen zorgen dat je veilig blijft.'

'Zoals een huis?'

'Soms. Maar andere keren is het in een gebouw. Ze hebben er speelgoed, spelletjes en activiteiten, en veel kinderen vinden het erg fijn omdat er altijd leuke dingen te doen zijn.'

'Maar ik vind het fijn om bij jou en mama te zijn.'

'Dat weet ik. En wij vinden het ook fijn om bij jou te zijn.'

'Mama niet. Niet meer.'

'Natuurlijk wel. Ze houdt heel veel van je. Ze moet gewoon werken.'

'Waarom moet ze werken?'

'Omdat we geld nodig hebben om van te leven. Zonder geld zouden we geen eten, kleren of speelgoed, en ook geen Mr. en Mrs. Sprinkles kunnen kopen.'

Daar leek ze over na te denken. 'Als ik ze teruggeef aan de dierenwinkel, kan mama dan ophouden met werken?'

'Nee, lieveling. Zo werkt het niet.' Ik aarzelde. 'Gaat het wel goed met je, liefje? Je lijkt een beetje verdrietig.'

'Mama is weer weg. Ik vind het niet leuk als ze weg is.'

'Dat weet ik, maar ik weet ook dat ze liever hier bij jou zou zijn.'

'Toen jij aan het werk was, kwam je altijd weer naar huis.'

'Ons werk is heel anders. Zij moet soms in verschillende steden werken.'

'Dat vind ik niet leuk.'

Ik ook niet, dacht ik. Maar ik kon er niet veel aan doen. Ik veranderde het onderwerp en sloeg mijn arm om haar heen. 'Wat heb je goed gefietst vandaag.'

'Ik ging supersnel.'

'Nou en of.'

'Je kon me nauwelijks bijhouden.'

'Papa zou eens wat meer moeten bewegen. Maar ik ben blij dat je het leuk vond.'

'Het is leuk om snel te gaan.'

'Is het leuker dan… pianoles?' vroeg ik haar, en ik wiebelde haar een beetje heen en weer terwijl ik dat laatste woord zei.

Ze giechelde. 'Ja.'

'Is het leuker dan… tennis?'

'Ja.'

'Is het leuker dan… dansen?'

'Ja.'

'Is het leuker dan… schilderen?'

'Ja,' giechelde ze. 'Maar het is niet leuker dan Bodhi.'

'Bodhi! Fietsen is VEEEEL leuker dan Bodhi.'

'Nietes. Bodhi is VEEEEL leuker.'

'Nee, nee, nee.'

'Ja, ja, ja.' Ze giechelde. 'En ik wil naar zijn huis!'

Intussen was ik ook aan het giechelen. 'O, nee,' zei ik. 'Ik vind je VEEEEL te klein om naar Bodhi's huis te gaan.'

'Nietes. Ik ben GROOT!'

'Ik weet het niet...'

'Wel, wel, wel. Ik ben groot genoeg om naar Bodhi's huis te gaan.'

'Oké,' zei ik, 'ik zou zijn moeder er eens naar kunnen vragen.'

Ze glunderde en sloeg toen haar armen om mijn nek.

'Ik hou van je, papa.'

'Ik hou ook van jou, kleine meid van me.'

'Ik ben geen kleine meid.'

Ik drukte haar stevig tegen me aan. 'Je zult altijd mijn kleine meid zijn.'

Nadat ik de lichten bij haar had uitgedaan en besloot dat ik het punt had bereikt waarop ik London niet meer kon bijhouden, ging ik naar de garage en haalde ik mijn fiets tevoorschijn. Ik had hem al jaren, en net als die van London was hij eerder verwaarloosd dan kapot. Ik maakte hem schoon en oliede hem, deed wat WD-40 in de tandraderen en pompte lucht in de banden waarna ik een proefrit maakte.

Goed genoeg, vond ik, en toen ging ik naar binnen en zette mijn computer op de keukentafel. Ik ging naar YouTube en keek naar een stuk of tien verschillende Cal Worthington-spotjes, en ik bedacht dat Taglieri gelijk had: de jingle was pakkend en de oude Cal had altijd zijn hond Spot bij zich, die steeds een ander exotisch dier was. De spotjes waren gedenkwaardig, maar het hele geval kwam over als ordinaire volksverlakkerij. Geen wonder dat je als kind die autodealer wel wilde zien, maar ik was er niet zo zeker van dat het het vertrouwen zou wekken dat nodig was om als advocaat cliënten te trekken.

Ik keek weer naar Taglieri's commercials. Daarna zette ik het nummer op een stukje papier, en verbond de nummers aan letters. Ik vroeg me af of ik een woord of twee zou kunnen verzinnen om het telefoonnummer beter te kunnen onthouden. Niets schoot me zo een-twee-drie te binnen met het nummer dat hij had, maar als hij nog een tweede gratis nummer nam, kon ik daar misschien iets mee doen. Ik dacht er eerst over gewoon zijn achternaam te spellen, maar er waren acht letters en zeven nummers, dus dat zou niet werken, zelfs niet als mensen konden onthouden hoe ze Taglieri moesten spellen, wat twijfelachtig was. Ik kon misschien iets doen als W-I-N-4-J-O-U of T-A-G-I-S-H-E-T, of misschien zelfs B-U-L-L-D-O-G, maar die leken geen van allen precies goed. Ik hoopte dat me iets beters te binnen zou schieten.

Hoewel ik wist dat Taglieri's bedrijf baat zou hebben bij andere vormen van reclame, richtte ik me eerst op de spotjes, omdat ik wist dat het een taal was die hij zou begrijpen. Hoe moest ik ze dan beter – en anders genoeg – maken om hem te verleiden de overstap te maken? Ik bracht de uren daarna door met het opschrijven van allerlei ideeën totdat ze vaste vorm begonnen te krijgen: weg met het kantoor en het pak, en laten we Taglieri buiten de rechtszaal tonen, met een trui aan, als een vriendelijke buurman, als iemand die echt ergens om geeft. Vergelijkbaar script, maar... vertrouwder en informeler van sfeer en toon.

Absoluut anders, maar aan de andere kant wist ik ook weer niet of het wel echt voldeed aan het niveau van Cal Worthington. Misschien kwam het doordat ik moe was, maar ook al bleef ik doorgaan met knutselen aan allerlei leuzen en ideeën voor imago's, mijn gedachten bleven naar het belachelijke neigen. Dus je wilt doodordinaire volksverlakkerij? Wat vind je er dan van om je te verkleden in een superheldenpak en deuren in te beuken om de boosaardige leidinggevenden van verzekeringsmaatschappijen te bestrijden? Of wat vind je ervan als ik je je laat hullen in de Amerikaanse vlag, met wat plaatjes van Amerikaanse zeearenden erbij, om te laten zien hoe betrouwbaar je bent? Of misschien laat ik je toffe dingen doen, zoals blokken hout doormidden slaan als een karate-expert, om te laten zien dat je er alles voor over hebt om te winnen.

Terwijl de beelden door mijn hoofd rolden, moest ik er af en toe om lachen, ook al kon ik me niet voorstellen dat ik ze ooit zou gebruiken. Creativiteit en originaliteit waren prima, maar mensen die gewond waren, wilden geen slapstick. Ze wilden ervaring, vasthoudendheid en vertrouwen, en ik werd gegrepen door het idee dat in plaats van te proberen dat allemaal in één enkele commercial te doen, het misschien mogelijk was om die ideeën stuk voor stuk in een reeks commercials te verpakken...

Ik had het gevoel dat ik op de juiste weg was, en ik voelde mijn hart in mijn borst bonzen. Ik vroeg me af of Taglieri in zoiets geïnteresseerd zou zijn. En als ik hem kon overhalen om te gaan zitten voor een pitch, wist ik dat ik het idee voor ten minste twee of drie commercials zou moeten voorleggen. Het eerste zou doen denken aan wat hij nu deed, maar het tweede en het derde?

Die moesten anders zijn en terwijl het ene kort zou zijn, zou het andere als een speciale gebeurtenis moeten aanvoelen, het soort commercial dat maar eens in de zoveel tijd voorbij zou komen, het soort dat bijna een verhaal vertelt...

Ik kon het raderwerk horen draaien, het begin van een idee, en ik ging de volgende paar uur door met het ontwikkelen ervan, en er kwamen stukjes en beetjes samen.

Het idee voor de derde commercial – een korte, waarin humor werd gebruikt en de aandacht uitging naar één enkel thema – schoot me te binnen net op het moment dat ik de computer sloot. Als bij toverslag was ik getroffen door nog een idee, een paar minuten daarna, en de creativiteit begon te stromen.

Met een goed gevoel over mezelf deed ik een uur later het licht uit. En hoewel het even duurde voordat ik in slaap viel, sliep ik, toen ik eenmaal vertrokken was, beter dan ik in weken had geslapen.

'Dus je wilt zeggen dat je je pitch wilt uittesten, en dat ik de sukkel ben die je daarvoor hebt uitgekozen?'

Het was donderdagochtend; Joey was vandaag informeel gekleed, in korte broek en een T-shirt, net als ik. En toch was hij aan het zweten door zijn T-shirt heen.

'Zo zou ik het niet omschrijven.'

'Je weet dat ik het druk heb, hè? Ik weet niet of ik nog meer opdrachten aankan.'

Dat was een nieuwe reden voor een afwijzing en ik wist niet zo goed wat ik daarop moest zeggen. Hij moest mijn uitdrukking hebben gezien, want hij lachte.

'Ik maak maar een grapje. Ik moet zoveel mogelijk mensen mijn kantoor in zien te krijgen zodat ik die juweeltjes kan vinden die ook echt de rekening betalen. Ik heb drie partners en drie paralegals, en dat betekent dat de rekeningen hoog zijn. Mijn specifieke juridische gebied is tegenwoordig een massabedrijf, al betekent dat wel dat ik onder alle gekken op zoek moet naar een gegarandeerde winnaar. Ik heb mensen nodig die het kantoor bellen en door die deur komen lopen.'

'Daarom zit ik met je te praten. Daar kan ik je bij helpen.'

'Hoelang zou het je kosten om iets in elkaar te zetten?'

'Ik heb al wat algemene ideeën,' onthulde ik. 'Het zou helemaal niet lang duren om alles af te maken.'

Hij bekeek me eens goed. 'Goed dan. Maandagmiddag. Eén uur. De rest van de week ben ik in de rechtszaal, en de week daarna ook.'

Ik kon me niet voorstellen dat ik zo lang moest wachten, ook al betekende het dat ik de komende drie dagen tot over mijn oren in het werk zou zitten.

'Afgesproken. Eén uur,' zei ik instemmend.

'Maar denk er wel om.'

'Waarom?'

'Niet mijn tijd verspillen. Ik haat het als mensen mijn tijd verspillen.'

Die middag ging ik al aan het werk, omdat ik wist dat de presentatie zo informatief mogelijk moest zijn, met veel meer specifieke details dan die ik de week ervoor had gedaan. Hoewel ik een plan ging presenteren dat een brede campagne via allerlei verschillende media bood, begon ik met de commercials, omdat Taglieri voornamelijk daar belangstelling voor leek te hebben. Mijn eerste stap was met het script te beginnen en nadat de eerste kladversies klaar waren, begon ik algemene beelden te knippen en te plakken die ik op internet had gevonden, zodat Taglieri de flow van de commercials kon volgen op de manier die ik voor ogen had. Terwijl ik aan het werk was, zat London tevreden met haar Barbies te spelen, maar ik werkte aan de keukentafel, zodat ik een oogje op haar kon houden.

Vivian kwam even na vijven binnenzetten. Ik gaf haar een snelle samenvatting van mijn dag voordat ze wat tijd met London doorbracht en het eten klaarmaakte. Pas toen London in bed lag, hadden Vivian en ik wat tijd met z'n tweeën. Ik trof haar aan op de bank, waar ze door een tijdschrift bladerde, met een bijna leeg glas wijn op het bijzettafeltje naast zich.

'Ging ze gemakkelijk slapen?'

'Ze was moe. Maar een paar verhaaltjes vanavond.'

'Hoe gaat het met je werk?'

'Ik heb nog een eind te gaan, maar het lukt me wel.'

'Toen ik de auto binnen zette, zag ik dat je je fiets hebt opgeknapt.'

'Ik wil met London kunnen fietsen.'

'Ze zei dat jullie twee weer hebben gefietst.'

'Zij fietste. Ik rende en ging bijna dood. Vandaar dat ik mijn fiets heb gerepareerd. Ze wordt er vrij goed in. Ik kan haar niet meer bijhouden.'

'Ze heeft heel veel energie.'

'Nou en of.'

Ze sloeg een bladzijde om. 'Ik heb vandaag wat rond kunnen bellen terwijl ik de stad uit was.'

'Echt?' vroeg ik met een mengeling van verbazing en opluchting, samen met een steek van schuldgevoel die ik niet had verwacht. Onze eerdere discussie over het onderwerp had ertoe geleid dat ik ervan overtuigd was dat ze nooit zou bellen. 'Wanneer had je er tijd voor?'

Ze knikte. 'Toen Walter een bespreking had met senator Thurman. Maar het was alleen een voorlopig telefoongesprek, hoor. Ik heb geen afspraken ingepland omdat ik niet zeker wist wat volgende week mijn reisschema zou zijn.'

'Ga je volgende week ook op reis?'

'Ik denk het wel. Maar ik weet nog niet zeker welke dagen.'

'Wanneer denk je dat je dat te weten komt?'

'Ik hoop morgen, maar wie weet? Ik zal het je laten weten zodra ik het weet.'

Ik wist niet hoe Spannerman ervan overtuigd kon zijn dat het eerlijk tegenover werknemers was om op het laatste moment overnachtingen in te plannen, maar aan de andere kant wist ik door mijn ervaring met hem dat het hem waarschijnlijk niet kon schelen.

'Wat zeiden de kinderopvangcentra?'

'Ik heb niet lang met ze gesproken. Ik wilde gewoon een indruk krijgen van de activiteiten die ze aanboden, hoeveel kinderen er waren, dergelijke dingen.'

'Had je er een goed gevoel bij?'

'Ze leken wel oké. De mensen met wie ik heb gepraat waren consciëntieus, maar zelfs zij vertelden me dat we geen goede indruk van de plek konden krijgen tenzij we er ook daadwerkelijk langsgingen.'

'Klinkt logisch,' zei ik. 'Hoe was je tripje, trouwens?'

'Productief. Behalve de senator heeft Spannerman twee verschillende vertegenwoordigers ontmoet, en onze lobbyist. Nu de lobbygroep meer geld heeft, is het veel gemakkelijker om de mensen te ontmoeten die we nodig hebben.'

'Dat is geen wonder.'

Ze haalde haar schouders op. 'Dus jullie aten pizza gisteravond, hè? En ijs?'

'Ik dacht dat ze daar wel van zou genieten. Ze was niet in zo'n beste stemming na het dansen.'

'Ze zal het wel leuker gaan vinden zodra ze aan wedstrijden mee gaat doen. Dat is het moment waarop ik het ook leuk begon te vinden.'

'Heb jij ook gedanst?'

'Dat heb ik je al eens verteld.'

Niet dat ik me kan herinneren. 'Hoelang heb je gedanst?'

Ze bleef door het tijdschrift bladeren. 'Dat weet ik niet. Twee of drie jaar? Wat maakt het uit?'

'Niets. Ik was gewoon benieuwd.'

'Het doet er niet echt toe. Mijn lerares was bij lange na niet zo goed als die van London. Ik wilde dat ze dat wel was geweest. Dan zou ik het waarschijnlijk langer zijn blijven doen.' Ze pakte haar glas. 'Zou je nog een half glas wijn voor me willen inschenken? Ik ben doodop en ik wil vanavond echt kunnen slapen. Vooral omdat ik heb beloofd het romantische avondje goed te maken.'

'Ja,' zei ik, blij dat ze het zich herinnerde. 'Tuurlijk.'

Ik stond op van de bank en ging naar de keuken, vanwaar ik terugkwam met een half glas. Tegen de tijd dat ik er aankwam, had Vivian de televisie op een realityprogramma gezet, en hoewel we nog een uur samen op de bank zaten, hulde ze zich weer in stilzwijgen en vond ze het prima om naar haar programma te kijken en door het tijdschrift te bladeren alsof ik er helemaal niet was.

Het was vrijdagochtend, en zodra ik wakker werd, flitsten mijn gedachten naar de presentatie. Een paar minuten later was ik mijn bed uit, en net zoals ik de dag daarvoor had gedaan, werkte ik aan de keukentafel tot het tijd was om naar beeldende-kunstles te gaan. Terwijl London aan het schilderen was, parkeerde ik mezelf in de koffiebar en omdat ik in gedachten verzonken was, merkte ik niet dat de tijd verstreek. Voordat ik er erg in had, was Londons les afgelopen.

Oeps.

Ik pakte mijn spullen en liep snel naar het atelier, en ik voelde me opgelucht toen ik London en Bodhi in de hoek zag, met hun hoofden bij elkaar. Ik stond op het punt naar haar te roepen toen ik Emily naar me zag kijken, met een geamuseerde uitdrukking op haar gezicht.

'Hoi Russ.'

'O hé, Emily. Ben je hier nog?'

Ze glimlachte en zag er relaxt uit. 'Ik zag je een paar minuten geleden in de koffiebar en je leek heel diep verzonken in waar je mee bezig was. Toen je niet kwam opdagen, bedacht ik dat ik zou wachten tot je hier was, om ervoor te zorgen dat London oké was.'

'Dat had je niet hoeven doen,' zei ik.

'Geen punt, hoor. Geloof me, mijn zoon vond het geweldig dat je te laat was.'

'Waar is hij?'

‘Mijn zoon?’ Ze gebaarde in de richting van London. ‘Hij is met je dochter aan het praten.’

Misschien had ik de gelijkenis moeten zien; nu ik het wist, zag ik het duidelijk. ‘Bodhi is je zoon?’

‘Wat is de wereld toch klein, hè?’ Terwijl we naar hen keken, ging ze verder. ‘Wat zijn ze toch schattig op deze leeftijd, hè? Ze zijn gewoon zo... onschuldig, vind je niet?’

‘Ik zat precies hetzelfde te denken.’

‘Geen hamsters vandaag?’

‘Had ik ze moeten meenemen?’

Ze lachte. ‘Niet dat ik weet. Maar Bodhi is dol op Mr. en Mrs. Sprinkles. Al vanaf het moment dat ze ze heeft meegebracht, blijft hij me vragen of wij ook hamsters kunnen nemen.’

‘Sorry. Als het je een beter gevoel geeft: London wil met Noodle spelen. En Bodhi’s lichtzwaard zien.’

‘Praat me niet van dat lichtzwaard. Bodhi neemt dat ding overal mee naartoe. Hij begon te huilen toen hij het niet mee naar de kerk mocht nemen afgelopen weekend. Hoe gaat het met je werk?’

‘Het gaat goed. Ik hoop het af te maken dit weekend. Hoe gaat het met je schilderijen?’

‘Het is moeilijk om weer in het ritme te komen. Een paar zware jaren achter de rug, denk ik.’

‘Klinkt logisch,’ zei ik instemmend. ‘Ik ben er nog niet aan toe gekomen om bij de galerie langs te gaan om je werk te zien.’

‘Dat verwachtte ik ook niet van je. Ik vermoed dat je, met je werk en London, vrijwel elke dag druk bezig bent. Londons agenda zit vol. Dansles, pianoles, beeldende kunst en nu nog tennis ook.’ Toen ze de uitdrukking op mijn gezicht zag, ging ze verder. ‘Tja, wat zal ik zeggen? Bodhi heeft het de hele tijd over haar. Hij wil een speelafspraakje.’

‘Dat wil London ook, maar eerlijk gezegd weet ik niet eens zeker hoe ik zoiets moet aanpakken.’

Ik merkte dat ze geamuseerd was. ‘Zo moeilijk is het niet, Russ,’ zei ze. ‘We hebben het erover. Dat gaat zo van: hoe ziet jouw agenda eruit? Heb je tijd op maandagmiddag? Kan London dan langskomen?’

Zodra ze het had gezegd, wist ik dat het perfect zou zijn. Maar...

Toen ik geen antwoord gaf, ging ze door. 'Had je andere plannen?'

'Nee,' antwoordde ik, 'dat is het niet. Eigenlijk zou ik om één uur een presentatie moeten hebben.'

'Dan is het perfect. Ik kan haar hier ophalen en haar mee naar huis nemen. Ik geef haar een boterham en laat ze met elkaar spelen tot jij langskomt om haar op te halen.'

'Is dat dan niet bijna zoals oppassen? Aangezien ik dan aan het werk ben?'

'Dat noem je een gelukkig toeval. Laten we dat afspreken, goed?'

'Weet je het zeker? Het voelt alsof ik gebruik van je maak.'

Ze lachte. 'Je bent niet veel veranderd, hè?'

'Wat bedoel je daarmee?'

'Je maakt je te druk om dingen waar je je niet druk om zou moeten maken. Denk je niet dat als ik iets te doen had, ik niet iemand zou zoeken om op Bodhi te passen?'

'Dank je wel,' zei ik. 'Dit helpt me heel erg uit de brand.'

'Ik vind het prima om te doen, en Bodhi vindt het fantastisch. Natuurlijk, hij zal het er het hele weekend over hebben, dus daar zal ik wel iets mee moeten. En als je het over de duivel hebt: daar komen ze aan.'

Ik keek hoe de twee naar ons toe kwamen hollen.

'Mam?' vroeg Bodhi. 'Kunnen we naar Chick-fil-A tussen de middag?'

'Tuurlijk,' antwoordde Emily.

Ik voelde London aan mijn mouw trekken. 'Papa? Kunnen wij er ook heen gaan?'

'Wil je naar Chick-fil-A?'

'Alsjeblieft?' vroeg ze smekend.

Ik voelde dat Emily op antwoord wachtte, maar ik kon niet zien of ze het wel of niet leuk vond dat ik me misschien bij hen voegde.

'Ja,' zei ik. 'Dat kunnen we wel doen.'

Het was heel druk in Chick-fil-A. London en Bodhi renden naar de klimspeelplek terwijl Emily en ik wat kletsten in de rij. Nadat we onze bestelling hadden afgehaald, riepen we de kinderen. Ze schrokten hun eten naar binnen, waarna ze weer snel naar de klimplek liepen.

'Ik vind het fijn om hier te komen omdat het Bodhi helpt wat van zijn energie kwijt te raken. Hij is een beetje recalcitrant sinds zijn vader is vertrokken. Zijn vader is er niet vaak en daar heeft hij het moeilijk mee.'

'Het spijt me dat te horen,' zei ik.

'Het is wat het is. Ik kan er niet veel aan doen.'

'Kun je je ex niet overhalen meer tijd met hem door te brengen?'

'Ik zou niet weten hoe. Hij is afgelopen april terugverhuisd naar Australië. Natuurlijk, hij komt wel over twee weken hier en dan is hij tot de derde of vierde week van september in de stad. Een of ander groot project, en hij zei dat hij Bodhi zo vaak mogelijk wilde zien. Dat is geweldig, maar het zal Bodhi's schema tot die tijd overhoopgooien, en daarna weet ik niet wanneer hij weer terugkomt. Ik heb geen idee hoe Bodhi zal reageren als zijn vader weer vertrekt.' Ze schudde haar hoofd. 'Het spijt me. Ik had gezworen dat ik niet een van die vrouwen zou zijn die voortdurend over hun ex praten.'

'Soms is dat niet eenvoudig, vooral als het om de kinderen gaat.'

'Ik weet dat je gelijk hebt, maar het blijft vervelend. Godsamme, ik verveel me zelf al door mezelf erover te horen praten.' Ze vouwde haar handen voor zich op tafel. 'Vertel jij mij eens waar je nou precies aan aan het werken bent. Je ging er helemaal in op toen ik je zag.'

'Het is een presentatie voor een toekomstige cliënt. Een advocaat, en het is best belangrijk voor me. Mijn bedrijf is niet bepaald van de grond gekomen zoals ik het wilde.'

'Ik weet zeker dat hij je ideeën geweldig zal vinden.'

'Hoe weet je dat?'

'Omdat je slim en creatief bent. Dat ben je altijd geweest. Dat zijn jouw talenten.'

'Ik dacht altijd dat jij de creatiefste was.'

'Daarom konden we het zo goed met elkaar vinden.' Ze haalde haar schouders op. 'Nou ja, tot op het laatst dan.'

'Hoe gaat dat schilderen in zijn werk?'

'Bedoel je als beroep? Of hoe ik ermee ben begonnen?'

'Allebei. Ik weet dat je een passie had voor schilderen, maar je had me verteld dat je uiteindelijk je master zou halen en ergens zou gaan lesgeven.'

'Ik heb gewoon geluk gehad. Nadat jij en ik uit elkaar waren gegaan, was ik een tijdje helemaal doorgedraaid en toen heb ik alleen maar geschilderd. Ik pakte alle pijn en onzekerheid die ik voelde en kreeg die op de een of andere manier op allerlei doeken. Uiteindelijk stonden ze opgeslagen in de garage van mijn ouders, en ik had geen idee wat ik er allemaal mee zou doen. Ik wist niet eens zeker of de schilderijen wel goed waren. Kort daarna kwam ik David tegen en pakte ik mijn leven weer op. Uiteindelijk hoorde ik over een kunstfestival in Greensboro. In een impuls besloot ik een stalletje te huren en nog voordat ik klaar was met alles opzetten, ontmoette ik een galeriehouder. Hij bestudeerde al mijn werk en stemde er ter plekke mee in om er wat van op te hangen. Binnen een maand was het allemaal verkocht.'

'Dat is fantastisch,' zei ik.

'Zoals ik al zei: ik had geluk.'

'Het is wel meer dan geluk. Maar ik voel me er schuldig door.'

'Waarom?'

'Omdat ik de oorzaak van al die pijn en onzekerheid was. Wat ik je heb aangedaan is nog steeds een van de dingen waar ik het meest spijt van heb en daar wil ik me voor verontschuldigen.'

'Daar heb je je lang geleden al voor verontschuldigd,' antwoordde ze.

'Dat weet ik. Maar toch.'

'Schuldgevoel is een verspilde emotie, Russ. Dat zegt mijn moeder tenminste. Bovendien had ik het waarschijnlijk ook wel beter kunnen aanpakken.'

'Je pakte het prima aan.'

'Als jij het zegt. Ik moet bekennen dat mijn carrière niet zou zijn waar hij is zonder die ervaring. En mijn huwelijk zou ook niet zo lang hebben geduurd. Laten we gewoon maar zeggen dat ik moest leren te vergeven.'

'Had David dan een affaire?'

'Niet één. Meerdere.'

'Waarom ben je gebleven?'

Ze knikte naar Bodhi. 'Vanwege hem. David mag dan een vreselijke echtgenoot zijn geweest, maar hij was ook Bodhi's held. En dat is hij vast nog steeds.' Ze was even stil en schudde daarna haar hoofd. 'En daar ga ik weer: praten over mijn ex.'

'Het geeft niet.'

Ze was even stil. 'Weet je wat het moeilijkste is aan gescheiden zijn? Dat ik niet eens weet hoe het is om een alleenstaande, onafhankelijke volwassene te zijn. Ik stapte eigenlijk zo goed als over van jou naar David, en nu zit ik hier zonder enig idee wat ik eigenlijk moet doen. Naast mijn werk en Bodhi heb ik niet bepaald tijd om naar de kroeg of naar feestjes te gaan. En eerlijk gezegd is dat toch nooit mijn stijl geweest. Het is gewoon dat...' Ik kon een vleugje droefheid in haar uitdrukking zien terwijl ze naar de juiste woorden zocht. 'Het is niet het leven dat ik me ooit had voorgesteld. De helft van de tijd voel ik me als een vreemdeling in mijn eigen huid.'

'Ik kan me niet voorstellen hoe het zou zijn om single te zijn.'

'Ik vind het niet fijn. Maar geloof me, de andere optie is soms nog erger.'

Ik knikte, want ik wist niet goed wat ik moest zeggen.

Na enige tijd zuchtte ze en ging ze verder. 'Ik ben gewoon blij dat ik vanuit huis kan werken. Anders zou het nog moeilijker zijn voor Bodhi dan het al is.'

'Hij lijkt me een gelukkig kind.'

'Het grootste deel van de tijd is hij dat ook. Maar zo nu en dan ontploft hij.'

'Ik denk dat dat voor ieder kind geldt. Zelfs London kan een gemene driftbui krijgen.'

'O ja?'

Ik vertelde haar over het vorige weekend. Toen ik klaar was, keek Emily te aarzelen.

'Wacht eens even. Toen Vivian thuiskwam, ging ze niet met London naar de blauwebessenkwekerij?' vroeg ze.

'Ze zei dat het te heet was en in plaats daarvan gingen ze naar het winkelcentrum. London leek het niet erg te vinden. Ik denk dat ze al blij was dat haar moeder thuis was. Ze moet nog steeds wennen aan het feit dat Vivian werkt terwijl ik voor haar zorg.'

'Van wat ik eruit kan afleiden, doe je het goed met haar.'

'Ik weet het niet zo zeker. De helft van de tijd heb ik het gevoel dat ik het aan het faken ben.'

'Dat heb ik ook. Dat is normaal.'

'O ja?'

'Tuurlijk. Ik hou van Bodhi, maar het is nou niet zo dat ik 's ochtends enthousiast wakker word omdat ik hem naar de tandarts ga brengen of hem ga helpen zijn kamer op te ruimen of hem overal heen ga brengen. Dat is normaal. Zo werkt ouderschap.'

'Ik heb nog steeds het gevoel dat ik niet genoeg doe. Gisteren en vanochtend heb ik gewerkt en heb ik haar vrijwel aan haar lot overgelaten. Ik bedoel: ik was er wel en ik hield haar in de gaten, maar het is nou ook niet zo dat ik bewust tijd met haar doorbracht.'

'Wees niet zo streng voor jezelf. Ik weet zeker dat ze het prima vond. En je wordt wel beter in het hele werk-ouderschap-balansgebeuren. Kijk maar naar vandaag. Je hebt met succes je eerste speelafspraak gepland.'

Dat heb ik zeker. 'Dank je wel,' zei ik. 'Ik haal haar bij je op zodra ik klaar ben.'

'Dat lijkt me prima,' zei ze. 'Natuurlijk vergeet je wel iets.'

'Wat dan?'

'Je zult mijn adres nodig hebben, toch? En mijn telefoonnummer?' Ze pakte haar telefoon. 'Geef me je nummer en dan stuur ik je een berichtje met de info.'

Ik gaf het aan haar net op het moment dat de kinderen bij de tafel kwamen staan.

'Hoi mam. We zijn klaar,' zei Bodhi.

'Was het leuk?'

'We zijn helemaal naar boven geklommen.'

'Dat zag ik. Je bent een geweldige klimmer. En weet je wat? London komt maandag op bezoek om kennis te maken met Noodle.'

Ze begonnen allebei te glunderen. 'Echt waar? Dank je wel, mam! Mag ze Mr. en Mrs. Sprinkles meenemen?'

Toen Emily naar mij keek, hief ik mijn handen op. 'Jij mag het zeggen. Maar ze hebben een reiskooi.'

'Waarom niet?' antwoordde Emily. 'Ik weet zeker dat Noodle dat gewoon geweldig zal vinden.'

Ik lachte voordat we afscheid van elkaar namen, en toen London en ik naar de auto liepen, voelde ik een steekje van ongemak bij de gedachte dat ik met Emily had geluncht, iets wat ik in lange tijd niet met Vivian had gedaan, en dat het gesprek verre van geforceerd was geweest.

Maar ik maakte er waarschijnlijk een veel te groot punt van. Toch?

11

En toen was er nog maar één

Emily had tegen me gezegd dat schuldgevoel een verspilde emotie was, maar dat weet ik nog zo net niet. Ik begreep wel wat ze bedoelde – dat het niets aan het verleden verandert – maar schuldgevoel was een instrument dat mijn moeder effectief gebruikte toen ze Marge en mij opvoedde. 'Eet je bord leeg, er gaan mensen dood van de honger in de wereld' was een vaak gebruikte uitdrukking, vooral wanneer mam haar kliekjes-verrassingsschotel opdiende, wat een accurate omschrijving van het gerecht was. Wat er ook maar over was in de koelkast aan het einde van de week werd ofwel bij elkaar gegooid in een eenpansgerecht of bedekt met lasagnebladen, en Marge en ik vroegen ons altijd weer af hoe je teriyaki-rundvlees en kip fettuccini bij elkaar kon doen op een manier dat we er niet van moesten kokhalzen. Andere veelgebruikte uitdrukkingen – 'Als je echt om dit gezin gaf, zou je de vuilniszakken buiten zetten' en: 'Misschien zul je ooit zoveel van je moeder houden dat je de veranda gaat vegen' – hadden allemaal als resultaat dat ik mijn schouders liet hangen en me ging afvragen waarom ik toch zo'n afschuwelijk kind was.

Mijn moeder had geen enkel schuldgevoel over het inzetten van schuldgevoel als hulpmiddel om ons in toom te houden, en soms zou ik willen dat ik meer kon zijn zoals zij. Ik zou willen dat ik mezelf gewoon kon vergeven en verdergaan met mijn leven, maar aan de andere kant: als ik echt wilde veranderen, waarom deed ik het dan niet? Een keer toen London nog maar een peuter was, nam ik haar mee naar een paadje net buiten het park. We liepen niet lang of ver, maar halverwege merkte ik dat ze moe begon te worden, en ik wees een boomstronk aan waar ze op kon gaan zitten uitrusten.

Een paar tellen later hoorde ik haar schreeuwen, en toen was ze plotseling aan het gillen van de pijn. Ik tilde haar op in mijn armen, wild van paniek, en probeerde erachter te komen wat er in hemelsnaam aan de hand was, toen ik een paar mieren op haar been zag.

Maar het waren geen gewone mieren, het waren vuurmieren, mieren met zowel kaken als angels, en zeer agressief. Ze krioelden over haar heen, bijtend en stekend en bulten achterlatend, en terwijl ik naar de mieren sloeg, doken er steeds meer op. Ze zaten in haar kleren, in haar sokken, zelfs in haar schoenen. Op dat moment zette ik haar neer en begon ik zo snel mogelijk de kleren van haar lijf te rukken, zelfs haar luier. Ik sloeg en veegde, waarbij ik zelf ontelbare keren werd gestoken, en rende zo snel als ik kon met mijn gillende kind naar de auto.

Ik wist niet wat ik moest doen. Dit was, zoals met zoveel dingen, het gebied waarop Vivian de expert was, en ik reed als een dolle het stukje van vijf minuten naar huis. Ik droeg London het huis in en Vivian nam het meteen van me over. Tegen mij was haar toon scherp, maar tegen London was ze lief. Ze bracht London naar de badkamer en begon ontsmettingsalcohol op de nu al opzwellende plekken waar ze gestoken was te smeren, gaf haar antihistamine en begon koude washandjes op het aangedane gebied te leggen.

Misschien waren het de doelmatigheid en het vertrouwen dat ze uitstraalde waardoor Londons hysterie uiteindelijk stopte. Intussen voelde ik me als een toevallige voorbijganger op straat na een vreselijk ongeluk, stomverbaasd dat Vivian precies had geweten wat ze moest doen.

Uiteindelijk was er geen blijvende schade. Ik ging terug naar het park en gooide Londons kleren in de vuilnisbak, want de mieren krioelden er nog steeds overheen. De zwellingen bleven nog een dag of twee maar London was al snel weer de oude. Ze kan zich de gebeurtenis niet herinneren – ik heb het haar gevraagd – en hoewel dat me een beter gevoel geeft, heb ik nog steeds een schuldgevoel als ik terugdenk aan die afschuwelijke dag. En schuldgevoel dient om me een lesje te leren. Ik kijk nu goed uit waar London gaat zitten als we in het bos of in het park zijn, en dat is alleen maar goed. Ze is nooit meer aangevallen door vuurmieren.

Met andere woorden: schuldgevoel is niet altijd verspilling. Het kan ervoor zorgen dat we dezelfde fout niet nog eens maken.

Na de lunch bij Chick-fil-A met Emily bracht ik de middag door met werken. Ik wilde een idee krijgen hoeveel Taglieri uitgaf, dus sprak ik een vriend die op de verkoopafdeling van het televisiebedrijf werkte. Het bleek dat Taglieri het hoogste tarief betaalde en dat zijn spotjes veel te vaak op ongunstige tijden werden uitgezonden, wat vervelend was voor hem maar een geschenk uit de hemel voor mij. Daarna had ik even contact met de baas van de filmploeg die ik van plan was te gebruiken. We hadden in het verleden samengewerkt, en we namen door wat voor soort shots ik wilde, en ook wat het ongeveer zou gaan kosten. Al die informatie schreef ik op zodat ik het gemakkelijk terug kon vinden als ik het aan de presentatie wilde toevoegen. Daarna ging ik verder met het perfectioneren van de scripts en knutselde ik nog wat aan de algemene beelden die ik had verzameld; tegen die tijd was mijn ontwerp voor twee van de reclamespotjes bijna af.

Ik was in een goede stemming toen het romantische avondje dichterbij kwam, ondanks dat ik London naar dansles bij de kwaadaardige juf Hamshaw moest brengen. Vivian was op een vrij schappelijke tijd thuis, en nadat we London naar bed hadden gebracht, aten we bij kaarslicht en belandden uiteindelijk in de slaapkamer. En toch was er minder magie dan ik had gehoopt; pas toen Vivian aan haar derde glas wijn begon, begon ze zich een beetje te ontspannen, en ik weet dan wel dat de wittebroodsweken in elk huwelijk op een gegeven moment ten einde komen, maar ik geloof dat ik altijd het idee heb gehad dat ze zouden worden vervangen door iets diepers, een gevoel van 'wij tweeën tegen de rest van de wereld' of zelfs oprechte wederzijdse waardering. Om wat voor reden dan ook – misschien omdat ik het gevoel had dat de afstand tussen ons nog steeds groter werd – hield ik een licht gevoel van teleurstelling over aan het eind.

Op zaterdagochtend maakte Vivian gebruik van haar Momentje voor Zichzelf, waarna ze de rest van de dag met London doorbracht. Het gaf mij de kans om in alle rust te focussen op andere onderdelen van de presentatie: een ge-updatete website, internetreclame, billboards en heel af en toe periodes van reclamespotjes op de radio. Ik voegde er de geraamde kosten voor een jaar lang al die dingen aan toe, inclusief de vergoedingen voor de verkopers en die van mezelf, plus een plaatje waarop werd getoond hoeveel Taglieri zou kunnen besparen.

Zondag werkte ik ook, en op zondagmiddag was ik klaar en wilde ik het doornemen met Vivian. Maar om wat voor reden dan ook was ze niet in de stemming om naar me te luisteren of zelfs maar met me te praten, en de rest van de avond ontwikkelde zich op dezelfde gekunstelde manier als tegenwoordig wel de norm leek te worden. Ik begreep wel dat onze levens sinds kort richtingen op waren gegaan die we allebei niet hadden kunnen voorzien, maar ik begon me toch af te vragen, niet zozeer of Vivian eigenlijk nog van me hield, maar of ze me zelfs nog wel mocht.

Op maandagochtend, voordat London wakker was, liep ik de badkamer binnen terwijl Vivian mascara aan het aanbrengen was.

'Heb je heel eventjes?'

'Tuurlijk. Wat is er?'

'Ben je boos op me? Je leek een beetje geïrriteerd gisteravond.'

'Echt? Wil je dit echt nu doen?'

'Ik weet dat het misschien niet zo'n goed moment is...'

'Nee, het is geen goed moment. Ik moet over vijftien minuten naar mijn werk. Waarom doe je dit toch altijd?'

'Wat?'

'Me het gevoel proberen te geven alsof ik de slechterik ben.'

'Ik probeer je niet het gevoel te geven dat je de slechterik bent. Nadat ik klaar was met de presentatie heb je bijna geen woord tegen me gezegd.'

Haar ogen schoten vuur. 'Bedoel je omdat jij mij en London zo'n beetje het hele weekend had genegeerd?'

'Ik negeerde jullie niet. Ik was aan het werk.'

'Geen smoesjes verzinnen. Je had best af en toe een pauze kunnen nemen, maar nee hoor, je deed waar je zelf zin in had. Precies zoals altijd.'

'Ik probeer alleen maar te zeggen dat het lijkt alsof je al een tijdje boos op me bent. Donderdagavond heb je ook nauwelijks iets tegen me gezegd.'

'O, godsamme. Ik was moe! Ga me daar nou niet een schuldgevoel voor aanpraten, zeg. Ben je soms helemaal vergeten hoe het op het romantische avondje ging? Vrijdagavond was ik ook moe, maar toch heb ik me helemaal opgedirkt en hebben we seks gehad omdat ik wist dat jij dat wilde. Ik ben het zat om steeds maar het gevoel te krijgen alsof ik het nooit goed doe.'

'Vivian...'

'Waarom moet je alles altijd zo persoonlijk opvatten?' vroeg ze op hoge toon, mij in de rede vallend. 'Waarom kun je niet gewoon gelukkig met me zijn? Het is nou niet zo dat jij zo perfect bent, maar mij zie je niet binnenkomen en klagen dat je je eigen gezin niet eens meer kunt onderhouden.'

Bij haar woorden kromp ik ineen. Wat dacht ze eigenlijk dat ik het hele weekend had proberen te doen? Maar ze wilde helemaal geen antwoord. In plaats daarvan liep ze zonder een woord te zeggen langs me, greep ze haar tas met sportkleren en stormde het huis uit, waarbij de voordeur met een klap achter haar dichtsloeg.

Het geluid moest London hebben gewekt, want een paar minuten later kwam ze de trap af en trof mij zittend aan de keukentafel aan. Ze was nog in haar pyjama en haar haar stond aan één kant uit.

'Hadden jij en mama ruzie?'

'We waren gewoon aan het praten,' zei ik. Ik was nog niet bekomen van Vivians uitbarsting en voelde me misselijk. 'Het spijt me als de deur te hard dichtsloeg.'

Ze wreef langs haar neus en keek in het rond. Zelfs als ze duf was van de slaap, vond ik haar nog het mooiste meisje ter wereld. 'Waar is ze?' vroeg ze uiteindelijk.

'Ze moest naar haar werk, liefje.'

'O,' zei ze. 'Heb ik vanochtend tenniskamp?'

'Ja,' zei ik. 'En beeldende kunst met Bodhi. We moeten eraan denken dat we je hamsters meenemen.'

'Oké,' zei ze.

'Wat dacht je van een knuffel, kleine meid van me?'

Ze liep naar me toe, sloeg haar armen om me heen en gaf me een knuffel.

'Papa?'

'Ja?'

'Mag ik Lucky Charms?'

Ik hield mijn dochter tegen me aan en bedacht hoe erg ik had verlangd naar een knuffel. 'Natuurlijk mag je dat.'

Taglieri zat die ochtend niet op de tribune; op zijn plek zag ik een vrouw van wie ik aannam dat ze ex nummer drie was, want ze liep langs me met Taglieri's dochter. Ik weet niet precies wat ik had verwacht – geblondeerd haar, misschien – maar ze leek goed bij de andere moeders te passen.

Ik had mijn computer bij me met het plan om mijn presentatie te oefenen, maar ik had moeite om me te concentreren. Mijn gedachten bleven terugkeren naar de grievende woorden die Vivian had gesproken, en ook al had ik dan het hele weekend gewerkt, haar reactie leek me buiten elke proportie en volkomen oneerlijk. Ik wilde opnieuw dat ik haar gelukkig kon maken, maar dat kon ik niet, en de uitdrukking op haar gezicht toen ik voor haar had gestaan, had dat wel duidelijk gemaakt.

Ik had tenslotte niet alleen gezien dat ze boos op me was.

Wat ik ook had gezien, en gehoord, was haar minachting.

'Is alles goed met je?' vroeg Emily.

Ik was het beeldende-kunstatelier binnengekomen en London liep regelrecht naar Bodhi, met Mr. en Mrs. Sprinkles bij zich in hun draagkooi. Terwijl ik naar haar keek, moest Emily iets hebben gezien in mijn gezicht, maar ik wilde haar niet vertellen over Vivian en mij. Het leek me op de een of andere manier verkeerd.

'Ja hoor, prima. Het was een beetje een zware ochtend.'

'Dat zie ik,' zei ze. 'Hoe kunnen we ervoor zorgen dat die frons verandert in een lach?'

'Ik heb geen idee,' antwoordde ik. 'Een miljoen dollar zou misschien wel helpen.'

'Dat lukt niet,' zei ze, 'maar wat dacht je van een Tic Tac? Volgens mij heb ik er een paar in mijn tasje.'

Ondanks mijn slechte humeur grijnsde ik. 'Ik hoef niet. Maar bedankt.'

'Het gaat toch nog steeds door vandaag, hè? Bodhi praat er al over sinds hij wakker is.'

'Ja, het gaat door.'

'Ben je klaar voor je presentatie?'

'Ik hoop het,' zei ik. Ik pakte de laptop met mijn andere hand vast, omdat hij vreemd zwaar aanvoelde. 'Eigenlijk ben ik zenuwachtiger dan ik had verwacht. Taglieri zou mijn eerste cliënt worden, en ik heb nog niet eens de kans gehad om mijn verkooppraatje te oefenen. Toen ik nog bij Peters werkte, was er altijd wel iemand die wilde luisteren.'

'Zou het helpen als je het met mij doorliep? Ik weet dat ik niet in de reclamewereld zit, maar ik wil graag naar je luisteren.'

'Dat kan ik niet van je vragen.'

'Dat deed je ook niet. Ik bied me vrijwillig aan. Ik heb wat tijd over. En bovendien: ik heb nog nooit een reclame-verkooppraatje gehoord. Het zou een nieuwe ervaring voor me worden.'

Ik wist wel dat ze gewoon aardig wilde zijn, maar ik had echt de behoefte om het een keer door te nemen, al was het maar zodat ik de ruzie niet steeds in mijn hoofd bleef afspelen.

'Dank je,' zei ik. 'Dan sta ik wel bij je in het krijt.'

'Dat sta je toch al. Speelafspraakje, weet je nog wel? Niet dat ik de stand bijhoud.'

'Natuurlijk niet.'

We slenterden naar de koffiebar, bestelden onze drankjes en gingen aan een tafeltje zitten. Eerst nam ik met Emily een paar dia's van de powerpointpresentatie door die inspeelden op de kracht van reclame, een paar andere dia's met analyses van de verdeling van waar de reclamedollars in de juridische wereld naartoe gingen, en verder nog een paar waarin de andere advocatenfirma's in Charlotte geschetst werden, plus hun geraamde omzet. Vanaf daar legde de presentatie de nadruk op de kracht van een bredere reclamestrategie, verdeeld over meerdere platforms, om de bewustwording te vergroten. Ik liet een dummy zien van een gebruikersvriendelijke en moderne website die veel effectiever zou zijn. Daarna liet ik een selectie van verschillende juridische reclamespotjes zien, naast die van Taglieri, om te laten zien hoe weinig ze van elkaar verschilden. Ten slotte liet ik de dia's zien waarin ik liet zien hoe ik niet alleen een allesomvattende reclamecampagne kon opzetten – en drie reclamespotjes kon laten filmen – maar hem ook geld kon besparen.

Ze wees op de computer. 'Steek je er altijd zoveel werk in van tevoren?'

'Nee,' zei ik. 'Maar ik denk dat dit de enige kans is die ik zal krijgen bij deze vent.'

'Ik zou je inhuren.'

'Je hebt de reclamespotjes nog niet gezien.'

'Je lijkt me nu al meer dan voldoende bekwaam. Maar oké, laat maar zien.'

Ik haalde diep adem en liet haar de grove schets voor de twee reclamespotjes zien die ik aan de man zou proberen te brengen, waarvan de eerste vrij vergelijkbaar was met wat hij al deed.

Mijn idee was om te openen met twee foto's van auto-ongelukken, een foto van een bouwplaats, en nog een van een magazijn. De stem van Taglieri zegt intussen: *Als u gewond bent geraakt bij een ongeluk of op uw werk, heeft u hulp nodig van een expert.* Vervolgens verschijnt Taglieri, die langzaam voor het gebouw van de rechtbank loopt, gekleed in een vest, en rechtstreeks in de camera spreekt.

> 'Mijn naam is Joey Taglieri en mijn specialiteit is mensen helpen die gewond zijn. Dat is waar ik het beste in ben, en ik sta aan uw kant. Consulten zijn gratis en er zijn geen kosten aan verbonden tot ik u het geld bezorg dat u verdient. Ik heb miljoenen dollars voor mijn cliënten verdiend, en nu wil ik u helpen uw leven terug te krijgen. Laat mij voor u vechten. Bel...'

Er verscheen een gratis telefoonnummer gevolgd door G-E-W-O-N-D, en Emily begon te fronsen. 'Ik vind het mooi dat hij buiten staat en niet in een kantoor,' zei ze.

'Dat maakt hem toegankelijker, vind je niet? En ik wilde er ook voor zorgen dat het telefoonnummer gemakkelijk te onthouden was.'

'En je zei dat je nog een reclamespotje had?'

Ik knikte. 'Deze heeft een andere sfeer,' zei ik.

Het opende met alledaagse beelden van Charlotte – zowel plekken als mensen – begeleid door de kalme stem van Taglieri.

> 'Welkom bij weer een nieuwe dag in de *Queen City*. Toeristen komen hier om de bezienswaardigheden, de geluiden en de geu-

ren mee te maken, maar onze beste attracties zijn niet onze barbecue, ons racecircuit, onze sportteams, onze meren en wandelpaden of onze skyline. Het zijn onze mensen. Onze gemeenschap. Onze vrienden, families, collega's en buren die ervoor zorgen dat deze plek voelt als thuis. En als een van hen gewond is geraakt op het werk, zal een of andere onbekende bij een verzekeringsmaatschappij, misschien wel iemand die Charlotte niet eens op de kaart kan aanwijzen, alles in het werk stellen om te vermijden het dekkingsbedrag uit te hoeven keren, zelfs als daarbij levens geruïneerd worden. In mijn ogen is dat gewoon totaal onrechtvaardig.'

Vanaf dat moment draait de camera naar Taglieri, die een overhemd en een stropdas draagt, maar geen jasje.

'Ik ben Joey Taglieri, en als u gewond bent geraakt en hulp nodig heeft, bel me dan. We zijn tenslotte buren. Ik sta aan uw kant en we doen dit samen.'

Toen het afgelopen was, tikte ik op het toetsenbord om het scherm uit te zetten. 'Wat vind je ervan?'

'Erg volks.'

'Te volks?'

'Helemaal niet,' zei ze. 'En het is absoluut origineel.'

'Is dat goed of slecht?'

'Hij zal helemaal versteld staan.'

'Ik wil zijn tijd gewoon niet verspillen. Hij heeft er een hekel aan als mensen zijn tijd verspillen.'

'Zei hij dat?'

'Ja.'

'Hij is tenminste wel eerlijk. Daar hou ik van.'

Toen ik het advocatenkantoor van Joey Taglieri binnenkwam, had ik nog steeds de zenuwen en moest ik mijn handen dwingen om niet te trillen. Ik had net het grootste deel van de presentatie en het eerste reclamespotje met hem doorgenomen – het tweede reclamespotje en de financiële gegevens hield ik nog achter de hand – en toen ik klaar was, wachtte ik tot Joey iets zou zeggen. Iets, wat dan ook. In plaats daarvan bleef hij naar het laatste beeld staren.

'Is dat telefoonnummer beschikbaar?'

'Afgelopen vrijdag nog wel. En het is het soort nummer dat mensen zullen onthouden.'

Taglieri knikte. 'Dat nummer bevalt me wel, dus dat deel is alvast zeker. En ik snap ook dat de andere soorten reclame me zullen helpen. Maar ik kan niet zeggen dat ik echt gegrepen word door het reclamespotje.'

Ik knikte, omdat ik had geweten dat hij dat zou vinden. 'Na wat ik je had horen zeggen over Cal Worthington gaat mijn concept niet zozeer over één reclamespotje, maar over een serie reclamespotjes. Tegelijkertijd wilde ik er ook weer niet te veel mee afwijken. De reden dat letselschadeadvocaten dit soort spotjes gebruiken, is dat ze werken.'

'Een serie reclamespotjes? Wordt dat niet duur?'

Ik haalde de dia's tevoorschijn met de raming van de kosten die ik had berekend.

'Vooraf zullen er zeker extra kosten zijn, maar in de loop van een jaar zul je niet alleen geld besparen maar er ook veel meer voor terugkrijgen. Niet alleen meer reclamespotjes, maar ook intensievere reclame, op verschillende manieren.'

Hij focuste op de regel waar werd aangegeven hoeveel hij uitgaf en wees ernaar. 'Hoe wist je hoeveel ik betaalde?'

'Ik ben goed in mijn werk,' zei ik.

Ik wist niet precies wat hij van mijn antwoord vond. In de stilte die viel, zat hij met een pen op zijn bureau te spelen. 'Wat zou jouw plan dan zijn? Waar zou je mee beginnen?'

'Ik zou aan het werk gaan met de website en de internetreclame, vooral op zoekplatforms, zodat je daar meer zichtbaarheid krijgt. En tegelijkertijd zouden we de opnames voor de eerste twee reclamespotjes inplannen. Dan doen we ook de voice-over. Ik weet haast zeker dat ik ervoor kan zorgen dat de eerste kan worden uitgezonden in oktober, wanneer de nieuwe website klaar is. Dat sluit qua timing perfect aan op de internetreclame en de zoekfunctie-optimalisatie. Het tweede spotje zal klaar zijn voor de kerstdagen, en ik ben ervan overtuigd dat het iets zal worden wat mensen bij zal blijven. Maar daar mag je zelf over oordelen.'

'Oké. Laat je idee maar eens zien.'

Ik liet het hem zien. Na afloop leunde hij achterover in zijn stoel en wreef hij over zijn kaak. 'Ik weet niet wat ik ervan moet denken,' zei hij. 'Ik heb nog nooit zoiets gezien.'

'Daar gaat het ook juist om. Het dwingt je het te onthouden omdat het je aan het denken zet.'

'Er zit niet echt een verkooppraatje in.'

'Nee, inderdaad, maar het zorgt ervoor dat je naam blijft hangen. Mijn idee is om het te laten volgen door een paar billboards in januari. Rond die tijd komen er twee fantastische plekken beschikbaar, en die zou ik graag willen vastleggen als je het ermee eens bent. En dan heb je natuurlijk nog het derde en het vierde spotje. Net als het eerste spotje zullen ze het hele jaar door worden uitgezonden, waarbij er een in oktober of november begint afhankelijk van het filmschema, en het andere in januari, en daarna in een wisselend uitzendschema. Ze zijn korter, ze hebben maar één thema en ze zijn grappig.'

'Laat maar zien wat je hebt.'

'Ik heb daar nog geen dia's voor gemaakt.'

'Waarom niet?'

'Omdat je nog geen cliënt van me bent.'

Daar leek hij over na te denken. 'Kun je me niet een hint geven?'

'Het zou focussen op hoeveel ervaring je hebt.'

Ik had het idee dat het gesprek belangrijker voor hem was geworden dan hij had verwacht, altijd een goed teken.

'Ik zal iets meer moeten horen dan dat.'

'Oké,' zei ik, 'maar slechts voor één ervan. Stel je een klein meisje voor, rond een jaar of acht, dat aan het bureau van een advocaat zit, omgeven door juridische boeken, waaronder een waarop staat "Letselschade". Ze zit te schrijven op een geelgekleurd juridisch schrijfblok en ze ziet er gejaagd uit. Dan pakt ze de telefoon en zegt in de luidspreker: "Dolores? Wil je me nog een chocomel brengen?" Op dat punt wordt het scherm zwart en verschijnen er woorden alsof ze op het scherm getypt worden.'

'Als je op het werk gewond bent geraakt en hulp nodig hebt met je doktersrekeningen, wil je geen advocaat die nieuw is in haar vak. Je wilt een advocaat met ervaring. Je wilt iemand die miljoenen dollars voor zijn cliënten in de wacht heeft weten te slepen. Dan wil je Joey Taglieri.'

Toen ik klaar was, begon Joey te grijnzen. 'Niet slecht.'

Ik knikte zonder antwoord te geven. Ik had in de loop der jaren geleerd dat het vaak het beste was om niets te zeggen in het geval een cliënt aan het overwegen was om het startschot te geven.

Ongetwijfeld wist Joey dat ook, want hij leunde weer achterover in zijn stoel. 'Je moet weten dat ik onderzoek heb gedaan naar je achtergrond,' zei hij. 'Nadat je me had overgehaald om deze bespreking te hebben, heb ik met je vroegere baas gebeld.'

Ik voelde mijn borst samentrekken. 'O,' zei ik.

'Hij was nogal vaag, zoals bazen altijd zijn, maar hij zei dat je een paar maanden geleden voor jezelf was begonnen. Je had me verteld dat je je eigen firma had, maar je zei er niet bij dat je nog maar net begonnen was.'

Ik voelde mijn mond droog worden. 'Mijn firma is dan misschien nieuw, maar ik zit al dertien jaar in het reclamevak.'

'Hij suggereerde ook dat in plaats van met hem te praten, het waarschijnlijk beter zou zijn als ik een paar van je huidige cliënten zou bellen om hun aanbevelingen of meningen te horen.'

'O,' zei ik weer.

'Denk je dat ik dat kan doen? Contact opnemen met een paar van je andere cliënten?'

'Eh... nou...'

'Ik dacht wel dat je dat zou zeggen. Mag ik raden? Volgens mij heb je nog geen andere cliënten. Dus toen ik met je baas had gesproken, ben ik dit weekend even langs je kantoor gereden. Bleek dat ik de plek herkende. Een voormalige cliënt van me is er eigenaar van. Het is nou niet bepaald het soort kantoor dat vertrouwen inboezemt.'

Ik dwong mezelf mijn stem vlak te houden. 'Over het algemeen ontmoet ik mijn cliënten op hun werk. En als je met eerdere cliënten wilt praten, kan ik je waarschijnlijk wel een paar namen bezorgen. Ik heb met tientallen cliënten in de omgeving van Charlotte gewerkt.'

'Dat weet ik ook,' zei hij, zijn hand opstekend. 'Ik heb er al een paar van gebeld. Drie, om precies te zijn. Ze zitten nog steeds bij Peters en ze stonden niet te springen om met me te praten tot ik hun vertelde dat ik niet van plan was om Peters er iets over te vertellen.'

'Hoe wist je...?'

Toen ik niet verderging, maakte hij de zin voor me af. 'Met wie ik contact moest opnemen? Jij bent goed in jouw werk en ik ben goed in mijn werk. Maar hoe dan ook: ze zeiden allemaal dat je geweldig was. Heel creatief, werkt heel hard en heel goed in wat je doet.'

'Waarom vertel je me dit?'

'Omdat ik wil dat je weet dat hoewel ik niet sta te springen om je eerste, en enige, cliënt te zijn, ik heb geprobeerd mezelf ervan te overtuigen dat het waarschijnlijk betekent dat je meer tijd zult hebben om aan mijn campagne te werken. Eerlijk gezegd weet ik nog niet zeker of ik al zo ver ben. Maar nu ik heb gezien wat je hebt gedaan, moet ik toegeven dat ik onder de indruk ben van het denkwerk dat je hierin hebt gestopt.'

Toen zweeg hij, en ik haalde diep adem.

'Wat wil je precies zeggen?'

Mijn hoofd tolde toen ik na het gesprek met Taglieri naar Emily's huis reed. Als ik geen navigatiesysteem op mijn telefoon had gehad, had ik het nooit kunnen vinden. Hoewel het niet ver van mijn eigen huis was, had ik nog nooit een omweg gemaakt door die bepaalde wijk, en de belangrijkste toegangsweg erheen was niet erg goed bewegwijzerd. De percelen waren dicht bebost en de huizen waren ontworpen in Midcentury-modern-stijl, met grote ramen en zijmuurbekleding van cederhout, terwijl het niveau van de begane grond dan weer hoog, dan weer laag was, afhankelijk van de specifieke situatie op die plek.

Nadat ik de oprit was opgereden, volgde ik een bochtig planken pad dat over een vijver met koikarpers liep en naar de voordeur leidde. Toen Emily de deur opendeed, werd ik weer getroffen door de warmte van haar glimlach.

'Ik had je nog niet verwacht,' zei ze. 'Om de een of andere reden dacht ik dat je presentatie langer zou duren. Kom binnen.'

De ruzie met Vivian had het al moeilijk gemaakt om me te concentreren en mijn hoofd tolde na de ontmoeting met Taglieri, maar dat ik het huis binnenstapte van de pas gescheiden vrouw met wie ik ooit het bed had gedeeld, maakte mijn dag nog surrealistischer. Ergens voelde het verkeerd en ongepast, en ik herinnerde mezelf eraan dat ik alleen maar was langsgekomen om mijn dochter op te halen. Het was niet anders dan wanneer ik haar bij mijn moeder ophaalde, maar toch werd het gevoel dat ik iets ongeoorloofds aan het doen was alleen maar sterker toen Emily in de richting van de trap gebaarde.

'De kinderen zijn boven in de speelkamer met Noodle. Ze waren een half uur geleden klaar met lunchen, dus ze zijn nog niet zo heel lang boven.'

Ik knikte en zorgde ervoor dat er een afstandje tussen ons in bleef. 'Hebben ze zich vermaakt?'

'Ze hebben het super gehad,' zei ze. 'Ze hebben heel veel gelachen. Volgens mij is je dochter verliefd op de hond.'

'Dat verbaast me helemaal niet,' zei ik. 'Hoe ging Noodle met de hamsters om?'

'Hij snuffelde een paar tellen aan de kooi en dat was het wel zo'n beetje.'

'Mooi.' Ik stak mijn handen in mijn zakken, terwijl de stem in mijn hoofd bleef fluisteren dat ik hier niet hoorde te zijn, dat mijn aanwezigheid in Emily's huis ongepast was. Ik draaide me om van Emily en bekeek de kamer. Met de grote open ruimte en het gedempte zonlicht dat door de grote ramen aan de achterkant van het huis scheen, was het comfortabel en eclectisch, met allerlei snuisterijen verspreid door de kamer, echt het huis van een kunstenaar. Aan de muren zag ik een handjevol grote schilderijen waarvan ik aannam dat zij ze had gemaakt.

'Je hebt een prachtig huis,' zei ik, in een poging het gesprek onschuldig te houden.

'Dank je,' zei ze. Ze klonk veel meer op haar gemak dan ik me voelde. 'Eigenlijk heb ik erover zitten te denken om het te verkopen. Het vergt te veel onderhoud, en een paar kamers moeten echt gerenoveerd worden. Nou zeg ik dat natuurlijk wel al sinds David weg is gegaan. Sorry dat het zo'n rommel is.'

'Niks van gemerkt,' zei ik. 'Zijn dat schilderijen van jou?'

Ze kwam dichter bij me staan, niet té dichtbij, maar wel zo dichtbij dat ik een vleugje kon opvangen van de kamperfoelieshampoo die ze gebruikte. 'Wat van mijn oudere werk. Ik wil een paar ervan al een tijdje omruilen voor wat recenter werk, maar dat staat ook op een laag pitje.'

'Ik begrijp wel waarom de galeriehouder dol is op je werk.'

'Ze doen me denken aan toen ik zwanger was van Bodhi. Ze zijn donkerder en met minder textuur dan veel van wat ik nu doe. Somberder ook. Ik was toen ik zwanger was maandenlang natuurlijk ook wel zo ziek als een hond, dus misschien heeft dat er iets mee te maken. Wacht even.' Ze liep naar de trap. 'Bodhi? London?' riep ze. 'Gaat alles nog goed?'

Ik hoorde hoe ze in koor antwoordden: 'Ja!'

'Je vader is er, London.'

We hoorden boven voetstappen bonken en ik kreeg mijn dochter in het oog die door de spijlen tuurde. 'Papa? Mag ik langer blijven? Bodhi heeft een extra lichtzwaard en die is rood! En we zijn met Noodle aan het spelen!'

Ik keek naar Emily. 'Ik vind het prima,' zei ze schouderophalend. 'Ze houdt Bodhi bezig en blij, en dat maakt mijn leven alleen maar makkelijker.'

'Misschien nog een paar minuten,' riep ik omhoog. 'Maar we kunnen niet lang blijven. Denk eraan dat je vanavond dansles hebt.'

'Bij juf Hamshaw?' vroeg Emily. Toen ik knikte, ging Emily verder. 'Ik heb een paar interessante dingen over haar gehoord. En met "interessant" bedoel ik niet per se goed.'

'Ik weet ook niet of London het wel zo leuk vindt,' gaf ik toe.

'Haal haar er dan van af.'

Met Vivian zijn zulke dingen niet altijd zo eenvoudig, dacht ik bij mezelf. In de stilte haakte Emily een duim over haar schouder in de richting van de keuken. 'Wil je wat ijsthee terwijl je wacht? Ik heb net een kan gemaakt.'

Ik hoorde de stem in mijn hoofd weer, en deze keer zei hij dat ik beleefd af moest slaan, maar toch hoorde ik mezelf zeggen: 'Klinkt goed.'

Ik volgde haar naar de ontbijttafel in de keuken; de hamsterkooi stond op de grond voor de tuindeuren die toegang gaven naar de achtertuin. Aan de zijkant zag ik nog een kamer, blijkbaar haar atelier. Er stonden schilderijen langs de muren en nog een schilderij op een ezel; er hing een schort over het gebutste bureau, naast honderden verftubes.

'Is dat waar je werkt?'

'Mijn atelier,' zei ze, de kan thee tevoorschijn halend. 'Vroeger was het een overdekte veranda, maar we hebben hem beglaasd toen we het huis kochten. Het licht is er 's ochtends perfect.'

'Is het moeilijk om thuis te werken?'

'Niet echt. Maar ik heb altijd thuis geschilderd dus ik weet niet beter.'

'Hoe gaat dat in zijn werk met Bodhi?'

Ze schonk thee in de glazen, voegde er ijs aan toe en bracht ze naar de tafel. 'Ik werk 's ochtends voordat we echt aan de dag beginnen, maar zelfs daarna is het niet al te erg. Als ik de aandrang krijg om te schilderen, gaat hij naar boven om te spelen of televisie te kijken. Hij is er intussen aan gewend.'

Ze ging zitten en ik volgde haar voorbeeld. Ik voelde me nog steeds niet helemaal op mijn gemak. Als Emily het ook voelde, liet ze het niet merken.

'Hoe ging het met Taglieri?'

'Goed,' zei ik. 'Hij heeft me ingehuurd. Voor de hele campagne die ik had voorgesteld.'

'Dat is geweldig!' riep ze. 'Gefeliciteerd! Ik wist wel dat het je zou lukken. Je zult wel in de wolken zijn.'

'Ik denk dat ik nog geen tijd heb gehad om het helemaal te verwerken.'

'Het zal gauw genoeg tot je doordringen, daar ben ik van overtuigd. Gaan jullie het vieren vanavond?'

Ik herinnerde me Vivians gedrag die ochtend. 'We zullen zien.'

'Hij is je eerste cliënt. Jullie moeten het vieren. Maar voordat het zover is, wil ik horen hoe het ging. Vertel me alles.'

Door de gebeurtenissen terug te halen, werd mijn ongemak naar de achtergrond gedrongen, en toen ik vertelde dat Taglieri Peters had gebeld en wat hij had gezegd, legde ze haar hand op haar mond, met grote ogen.

'O, wat vreselijk! Kroop je niet helemaal in je schulp?'

'Het was niet aangenaam, dat is zeker.'

'Ik denk dat ik duizend doden was gestorven.'

'Zo voelde ik me ook wel ongeveer. Ik denk dat hij me gewoon wilde zien kronkelen.'

'Zo zijn advocaten wel,' beaamde ze. 'Maar toch, het is geweldig. Ik ben zo blij voor je.'

'Dat waardeer ik. Het voelt alsof er een enorme last van mijn schouders is gevallen, snap je dat?'

'Ik weet precies hoe je je voelt. Ik kan me de eerste keer nog herinneren dat ik erachter kwam dat een van mijn schilderijen verkocht was in de galerie. In die tijd was ik ervan overtuigd dat ik nooit van mijn kunst zou kunnen leven, en ik bleef verwachten dat de eigenaar me zou bellen en me vertellen dat er een fout was gemaakt, en toen hij uiteindelijk belde met goed nieuws, was ik zo bang voor wat hij zou zeggen dat ik hem naar mijn voicemail liet gaan.'

Toen ik begon te lachen, ging ze verder. 'En hoe gaat het nu verder? Hoe werkt dat in jouw wereld?'

'Ik ga hem een contract sturen, en zodra hij dat heeft getekend, ga ik aan het werk. Ik moet op zoek gaan naar locaties, een planning opstellen, vergunningen aanvragen en ik moet met mijn technische mannetje aan de website werken. Camera- en geluidploegen bellen, castingbureaus, repetities... filmen is altijd een grote onderneming.'

'Kun je dat allemaal doen terwijl je op London past?'

Ik had er nog helemaal niet aan gedacht, maar antwoordde: 'Ik zal wel moeten. Maar we proberen goede kinderopvang te vinden.'

'Ik weet het. London vertelde het tijdens de lunch. Ze wil er niet heen. Ze zei dat het zinloos was omdat ze toch binnenkort naar school zou gaan.'

Zinloos? Dat klonk meer als iets wat Vivian zou zeggen dan mijn dochter. 'Zei ze dat?'

'Het verbaasde mij ook. Maar ja, ze lijkt dan ook een stuk volwassener dan Bodhi.'

Ik nam een grote slok van mijn glas en vroeg me af wat Vivian nog meer tegen London had gezegd over de kinderopvang. 'Maar afgezien daarvan was alles oké met London?'

'Ze was perfect. Je dochter is heel lief. Ze is trouwens dol op Noodle. Ze wil haar mee naar huis nemen. Ik zei tegen haar dat ik dat eerst aan jou moest vragen.'

'We hebben wel genoeg aan de hamsters.' Ik hield een hand omhoog. 'Ik zou er niet ook nog een hond bij kunnen hebben naast al het andere. Ik zit erover te denken om voorlopig maar even niet meer te slapen.'

Ze glimlachte en keek bijna weemoedig. 'London zei dat je haar hebt leren fietsen.'

'Dat klopt.'

'Ik wil dat steeds ook met Bodhi doen, maar ik ben bang dat ik hem niet zal kunnen bijhouden als hij eenmaal de smaak te pakken krijgt. Ik denk dat ik eerst naar de sportschool zal moeten om mijn conditie op te vijzelen. In al mijn vrije tijd, bedoel ik.'

'Kinderen nemen absoluut veel tijd in beslag.'

'Nou en of,' zei ze. 'Maar ik zou absoluut niet willen ruilen.'

Ze had helemaal gelijk, dacht ik terwijl ik mijn glas leegdronk.

'Bedankt voor de ijsthee. Ik wil niet nog meer van je tijd opeisen en we moeten echt maar eens gaan.'

'Ik ben blij dat London is komen spelen. Nu heb ik Bodhi's beste vriendinnetje een beetje beter leren kennen.'

Ik stond op van tafel, pakte de hamsterkooi en liep achter Emily aan naar de deur. Toen ik London riep, kwamen zij en Bodhi de trap af, gevolg door een poedeltje.

'Noodle de poedel?' vroeg ik.

'Bodhi heeft zijn naam verzonnen,' zei ze.

'Ik ben klaar,' kondigde London aan. 'Noodle is zooooo schattig, vind je ook niet, papa? Kunnen we naar de dierenwinkel? Ik wil kijken of ze een hondje zoals Noodle hebben.'

'Vandaag niet,' zei ik. 'Helaas moet papa aan het werk. Zeg je even gedag tegen de mama van Bodhi?'

Ze omhelsde Emily. Mijn dochter omhelsde iedereen spontaan; ik had haar de postbode zien omhelzen en oude vrouwtjes in het park. Ze omhelsde Bodhi ook, en toen we naar de auto liepen, voelde ik hoe ze haar hand in die van mij liet glijden.

'De mama van Bodhi is heel lief. Ik mocht marshmallowcrème op mijn boterham met pindakaas doen.'

'Dat klinkt lekker. Ik ben blij dat je het leuk vond.'

'Zeker. Mag Bodhi de volgende keer bij mij komen?'

Ik vroeg me af wat Vivian daarvan zou denken.

'Alsjeblieft?'

'We moeten eerst kijken of het van zijn mama mag, oké?'

'Oké. En weet je?'

'Wat?'

'Dank je dat ik bij Bodhi mocht spelen. Ik hou van je, papa.'

Vivians irritatie was nog steeds zichtbaar toen ze uit haar werk kwam, in elk geval waar het mij betrof, maar ik kan niet zeggen dat ik er nog door werd verrast. Pas later die avond, toen ik naast haar op de bank zat, zag ik eindelijk een flits van een glimlach. Hij verdween weer net zo snel als hij was gekomen, maar ik kende haar lang genoeg om te begrijpen dat haar humeur, dat zo ijzig was geweest als de noordpool, inmiddels een klein beetje ontdooid was.

'Ik heb goed nieuws,' zei ik.

'Ja?'

'Ik heb vandaag mijn eerste cliënt binnengehaald. Ik ga morgen het contract langsbrengen.'

'Bij die advocaat over wie je had verteld?'

'Ja, die. Ik weet dat je niet zo happig was op het idee dat ik met advocaten zou werken, maar ik heb er zin in. We gaan vier verschillende reclamefilmpjes opnemen en er komen ook nog een heleboel andere media.'

'Gefeliciteerd,' zei ze. 'Wanneer gaat dat allemaal beginnen?'

'Zodra hij heeft getekend. Ik heb een mannetje dat meteen kan beginnen aan de website en het internet-gedoe, maar voordat we kunnen filmen moet er een heleboel voorbereidend werk worden gedaan. We zullen waarschijnlijk niet voor eind augustus gaan filmen.'

'Dat is perfect,' zei ze.

'Waarom is het perfect?'

'Omdat London dan op school zit.'

'En?'

'En ik heb de kinderopvangcentra vandaag weer gebeld, en ik denk niet dat het gaat werken. Mijn eerste twee keuzes,' zei ze, en ze noemde de namen ervan, 'hebben pas plek als de school is begonnen. En de derde optie, waar ze heel misschien eerder naartoe kan, weet dat volgende week pas zeker. En daarna vergt de toelatingsprocedure minstens een paar weken voordat ze er echt heen kan. Tegen die tijd is het halverwege augustus, maar het betekent ook dat ze er maar ongeveer een week zou zijn voordat de school begint.'

'Waarom zou het in vredesnaam zo lang duren?'

'Omdat alle centra een gesprek willen en een krediet- en een achtergrondcheck doen, wat precies het soort beveiliging is wat ik zou eisen om me er gerust bij te voelen.'

'Wil je dat ik bel? Kijken of ze iets kunnen doen om het proces te versnellen?'

'Dat kun je doen,' zei ze schouderophalend. 'Maar ik denk niet dat ze veel kunnen doen aan wachtlijsten.'

'Misschien moeten we een oppas zoeken.'

'Dat zou nog altijd minstens een paar weken kosten, en ze zijn nog duur ook. En wat moeten we dan doen als de school begint? Haar ontslaan?'

Ik wist het niet zo goed. Wat ik wel wist, was dat als ze op zoek was gegaan naar kinderopvang toen ze de baan kreeg, het een heel ander verhaal had kunnen zijn.

'Ik neem aan dat je bedoelt dat ik op London zal moeten blijven passen, hè?'

'Ik kan het in ieder geval niet doen, en bovendien, je hebt het tot nu toe ook gedaan. Het heeft je er niet van weerhouden om je eerste cliënt in de wacht te slepen.'

'Ik zal een heleboel voorbereidend werk moeten doen.'

'Ik weet niet wat we anders zouden moeten doen. Vooral met wat er op mijn werk aan de hand is.'

'Het reizen, bedoel je?'

'Dat is niet het enige. En dat doet me eraan denken... Ik moet donderdag naar Atlanta en kom vrijdagavond pas terug.'

'Daar gaat het romantische avondje.'

Ze rolde met haar ogen. 'Ik heb al gezegd dat ik deze week zou moeten reizen, dus maak het nou niet erger dan het is. Maar, aangezien het duidelijk belangrijk voor je is, ik hoop dat ik op een redelijk tijdstip thuis zal zijn, zodat we evengoed ons romantische avondje kunnen hebben, oké?'

'Deal,' zei ik.

'Mannen,' zei ze, haar hoofd schuddend. 'Hoe dan ook: wat ik probeerde te zeggen was dat er iets anders gaande is op mijn werk. Iets groots. Afgezien van de leidinggevenden weet niemand in het bedrijf iets. Dus niets zeggen.'

'Aan wie zou ik het nou moeten vertellen?'

'Ik weet het niet. Als je een beetje zit te kletsen met je cliënten? Marge? Je ouders?' Ze zuchtte. 'In ieder geval, de reden dat ik naar Atlanta ga, is omdat Walter van plan is ons hoofdkantoor naar zijn kantoren daar te verhuizen. Hij wil dat ik toezicht houd op het proces.'

'Je maakt een geintje.'

'Hij heeft er al met me over gesproken sinds ik er ben begonnen, maar hij heeft eindelijk de knoop doorgehakt. Hij gaat het de andere werknemers volgende week vertellen.'

'Waarom gaat hij verhuizen?'

'Hij zegt dat de richtlijnen voor bouwen aan de kust in North Carolina belachelijk zijn geworden, dus heeft hij besloten om te focussen op bouwprojecten in Georgia en Florida. Wat ook wel logisch is, als je erover nadenkt. En hij heeft er ook over zitten denken om zich ooit een keer verkiesbaar te stellen, en dat doet hij liever in Georgia. Daar komt zijn familie vandaan, en zijn vader was er vroeger afgevaardigde.'

Wat kunnen mij die Walter en zijn plannen nou schelen, dacht ik. 'Wat betekent dat voor je baan?'

'Dat komt wel goed. Hij heeft al gezegd dat ik me geen zorgen hoefde te maken.'

'Dus je blijft in het kantoor in Charlotte werken?'

'Weet ik niet,' zei ze. 'Walter en ik hebben een beetje zitten brainstormen, maar zoals ik al zei: hij heeft nog geen besluit genomen.'

'Je denkt toch niet dat we zullen moeten verhuizen?'

'Ik hoop het niet.'

Ik hoop het niet? Dat beviel me helemaal niet.

'Ik wil niet verhuizen,' antwoordde ik.

'Weet ik. We denken dat ik mijn tijd zal kunnen verdelen tussen hier en daar.'

Tijd verdelen? 'Wat wil dat zeggen?'

'Ik weet het niet, Russ,' zei ze, en er begon ergernis in haar toon te kruipen. 'Tot de verhuizing denk ik dat Walter en ik twee of drie dagen per week in Atlanta zullen moeten zijn. Wie weet hoe het daarna zal gaan?'

'Alleen jij en Walter?'

'Waarom zouden de andere leidinggevenden moeten gaan?'

Ik wist niet zeker of haar antwoord me beviel.

Nee, schrap dat maar. Haar antwoord beviel me absolúút niet.

'En verder zul je ook nog moeten reizen?'

'Waarschijnlijk.'

'Ik zou je bijna nooit zien. London zou je niet zien.'

'Dat is niet waar en dat weet je best,' zei ze plotseling fel. 'Het is nou niet zo dat ik zes maanden aan één stuk in het buitenland te werk word gesteld. Er zijn een heleboel stellen die te maken hebben met forenzen tussen twee steden. Trouwens, Walter is de baas, niet ik. Wat moet ik dan doen?'

'Je zou altijd ontslag kunnen nemen,' opperde ik. 'En misschien een parttime baantje nemen?'

'Ik wil geen ontslag nemen. Ik vind wat ik doe heel leuk en Walter is een geweldige baas. Om nog maar te zwijgen van het feit dat we het ons niet kunnen veroorloven om mijn salaris op te geven, of wel soms? Aangezien jij maar één cliënt hebt?'

De manier waarop ze benadrukte dat het mijn schuld was dat we überhaupt in dit lastige parket zaten, irriteerde me. En misschien was het mijn schuld ook wel, wat mijn irritatie alleen maar verergerde. 'En wanneer moet dit allemaal gaan gebeuren?'

'Ergens in september. Daarom gaan we deze week naar Atlanta. Om er zeker van te zijn dat het kantoor op tijd klaar zal zijn.'

September was nog zes weken weg. 'Ik zie niet in hoe het mogelijk is om iedereen zo snel te verhuizen.'

'In feite zullen alleen de leidinggevenden moeten verhuizen. Er zullen wel ontslagen vallen in Charlotte, maar het is nou niet zo dat iedereen wordt ontslagen. We hebben nog steeds veel bouwprojecten in North Carolina in verschillende stadia van ontwikkeling. Wat Atlanta betreft, daar gaat het vooral om het aannemen van meer mensen. Voor zover ik heb gehoord, hebben de kantoren nu al meer dan voldoende ruimte.'

'Ik weet niet wat ik moet zeggen.'

'Er valt niet veel te zeggen totdat ik meer weet.'

'Ik begrijp niet waarom je dit nu pas allemaal vertelt.'

'Ik heb er niets over gezegd omdat er tot vandaag nog niets zeker was.'

Als iemand me van tevoren had verteld dat op de dag dat ik mijn eerste cliënt binnenhaalde, Vivian met nieuws van haar werk zou komen dat een zelfs nog grotere impact op ons leven kon hebben, dan had ik hem voor gek verklaard. Wat maar weer bewijst hoe weinig ik weet.

'Goed dan,' zei ik. 'Hou me op de hoogte.'

'Doe ik altijd,' zei ze. 'Even over iets anders: London zei dat ze een speelafspraakje had met Bodhi vandaag?'

'Terwijl ik mijn presentatie deed,' zei ik. 'Ze heeft zich goed vermaakt. Ze heeft de hele middag over Noodle de poedel gepraat.'

'Bodhi is de zoon van je ex-vriendin, toch? Emily?'

'Ja, die.'

'Ik heb mensen bij beeldende-kunstles over haar horen praten. Ze zeiden dat ze behoorlijk verbitterd was over haar scheiding.'

'Scheiden kan vervelend zijn,' zei ik, me op de vlakte houdend.

'London zei ook dat je vorige week met haar hebt geluncht.'

'Ik heb London meegenomen naar de Chick-fil-A. Maar inderdaad, Emily was er ook.'

'Je kunt misschien maar beter niet meer met haar gaan lunchen. Of naar haar huis gaan, zelfs niet voor een speelafspraakje. Zo ontstaan er geruchten.'

'Wat voor geruchten?'

'Je weet heel goed over wat voor geruchten ik het heb. Zij is gescheiden en jij bent getrouwd, en daarbovenop is ze ook nog eens een ex-vriendinnetje van je? Je hoeft geen Einstein te zijn om te bedenken wat mensen zullen gaan zeggen.'

Ja, dacht ik, ik wist het precies, en terwijl ik naast mijn vrouw zat, vroeg ik me af hoe zo'n fantastische dag kon eindigen met zo'n rotgevoel.

'Zo zo, Emily, hè?' vroeg Marge een paar dagen later tijdens de lunch. We waren bij mij thuis; Vivian was eerder die ochtend naar Atlanta vertrokken, en ik had het getekende contract – en mijn eerste cheque als bedrijfseigenaar! – meteen na Londons pianoles bij Taglieri opgehaald. Ik had ook het telefoonnummer vastgelegd, wat cruciaal was. Marge had echter geen interesse om over dat soort dingen te praten. 'Hoe gaat het met onze lieve Emily?'

Op de veranda achter het huis zat London te kliederen met de vingerverf die Marge had meegenomen.

'Maak er nou niet meer van dan het is. London had een speelafspraakje.'

'Dat jullie met zijn tweeën hadden gemaakt tijdens een eerder afspraakje in de Chick-fil-A.'

'Het was geen afspraakje.'

'Misschien moet je voor een spiegel gaan staan als je dat zegt. Maar je hebt mijn vraag niet beantwoord.'

'Ik heb het je al verteld. Ze moet er nog steeds aan wennen om gescheiden te zijn, maar afgezien daarvan gaat het goed met haar.'

'Ik heb haar altijd gemogen.'

'Weet ik. Dat heb je wel vaker gezegd.'

'En ik vind het ongelooflijk dat je Vivian erover hebt verteld.'

'Heb ik niet. London heeft het verteld.'

'Dus je was niet van plan om het haar te vertellen?'

'Natuurlijk wel. Ik heb niets te verbergen.'

'Jammer. Iedereen heeft behoefte aan een beetje spanning zo nu en dan.'

Toen ze mijn uitdrukking zag, barstte ze in lachen uit, wat uitliep in een hoestaanval. Ik keek toe hoe ze een inhalator tevoorschijn haalde en een pufje nam.

'Wat is dat?'

'Mijn huisarts denkt dat ik astma heb, dus heeft hij dit voorgeschreven. Ik moet nu twee keer per dag een trek nemen van dit stomme ding.' Ze liet de inhalator weer in haar zak glijden.

'Heeft hij ook een bril met hoornen montuur en een pennenzakje voorgeschreven?'

'Ha, ha. Astma kan best ernstig zijn, weet je.'

'Ik maakte een grapje,' zei ik. 'Misschien weet je het niet meer, maar ik had het als kind. Allergisch. Zodra ik in de buurt van een kat kwam, ging mijn borstkas op slot als in een bankschroef.'

'Ik weet het nog, maar je verandert van onderwerp. Wat ik aan het zeggen was, was dat ik weet hoeveel je van Vivian houdt. En ik ben ervan overtuigd dat je je lesje al hebt geleerd waar het de valkuilen van overspel betreft. Met wie was dat ook al weer? O ja, nu weet ik het weer. Emily. Die natuurlijk het onderwerp van gesprek is.'

'Zit je soms welbewust van tevoren dit soort gesprekken uit te werken? Zodat je zoveel mogelijk kan genieten ten koste van mij?'

'Het gaat allemaal vanzelf,' zei ze. 'Graag gedaan.'

Ik lachte. 'Voordat ik het vergeet: niets tegen Vivian zeggen over dat je weet dat het hoofdkantoor naar Atlanta gaat verhuizen. Ik mocht het aan niemand vertellen.'

'Ik ben je zus. Ik tel niet mee.'

'Ze heeft je met name genoemd.'

'Dat geloof ik best. Maar oké, nu we toch geheimen aan het uitwisselen zijn, is het mijn beurt. Liz en ik denken erover om een kindje te krijgen.'

Ik begon te grijnzen. 'Echt waar?'

'We zijn al lang genoeg samen. Het wordt tijd.'

'Zijn jullie van plan te adopteren of...'

'We hopen dat een van ons zwanger zal kunnen worden. Ik weet dat ik al wat ouder begin te worden, dus ik denk dat het Liz zal worden, maar wie weet? Ze is natuurlijk maar twee jaar jonger dan ik. Hoe dan ook: we hebben een afspraak bij een specialist en ik neem aan dat we van top tot teen onderzocht zullen worden om te kijken of het überhaupt mogelijk is. Zo niet, dan gaan we nadenken over adoptie, of ons misschien zelfs aanmelden als pleegouders.'

'Wauw,' zei ik. 'Dat is serieus. Wanneer gaan jullie beginnen met het hele proces?'

'In november pas. Er is een wachtlijst voor deze specialist. Het schijnt dat hij een van de besten in het land is en het lijkt erop dat iedereen van onze leeftijd, of die problemen heeft, een afspraak met hem wil.' Toen ze mijn wazige grijns zag, vroeg ze: 'Wat is er?'

'Ik zat alleen maar te denken dat je een geweldige moeder zou zijn. En Liz ook.'

'We hebben er zin in.'

'Wanneer is dit zo plotseling ontstaan?'

'We zitten er al een tijd aan te denken.'

'En jullie hebben er niets over tegen mij gezegd?'

'Het is nou niet zo dat we al een beslissing hadden genomen. Het was gewoon iets wat af en toe boven kwam drijven. Maar die biologische klok bleef doortikken, en de laatste tijd klonk dat behoorlijk luid voor ons allebei. Laatst werd ik 's ochtends wakker van het gebeier.'

'Heb je het al aan papa en mama verteld?'

'Nog niet. En waag het niet om het ze te vertellen. Ik wil liever eerst uitzoeken of het wel mogelijk is voor een van ons om zwanger te worden, of dat we kiezen voor adopteren. Ik zie steeds maar een dokter voor me die me vertelt dat mijn baarmoeder vol spinnenwebben zit.'

Ik lachte. 'Dat zal wel meevallen.'

'Dat komt doordat ik, anders dan jij, aan sport doe. Het hoesten maakt het er natuurlijk niet makkelijker op, maar ik dwing mezelf naar de sportschool te gaan.'

'Moet je nog steeds hoesten?'

'Heel erg. Het schijnt dat, zelfs als de verkoudheid over is, het zes weken duurt voor je longen geheeld zijn.'

'Dat wist ik niet.'

'Ik ook niet. Maar het punt is dat ik, anders dan jij, nog steeds aandacht besteed aan mijn gezondheid.'

'Ik heb geen tijd om naar de sportschool te gaan.'

'Natuurlijk heb je wel tijd. Je kunt 's ochtends vroeg gaan. Dan gaan alle moeders.'

'Ik ben geen moeder.'

'Het komt misschien als een schok voor je, maar weet je? De laatste tijd ben je dat wel een beetje.'

'Je weet altijd precies wat je moet zeggen om me op te beuren.'

'Ik zeg gewoon waar het op staat. En we weten allebei dat een beetje lichaamsbeweging je geen kwaad zou doen. Je ziet er een beetje slapjes uit de laatste tijd.'

'Ik ben wel in vorm.'

'Natuurlijk. Als rond een vorm is, bedoel ik.'

'Je bent echt een schatje, weet je dat?'

Op vrijdagochtend stond ik voor de spiegel en bedacht dat Marge misschien wel een punt had over dat ik weer eens moest gaan sporten. Maar helaas, vandaag niet.

Ik had dingen te doen, en terwijl ik op London paste en haar naar beeldende-kunstles bracht, besteedde ik de rest van mijn tijd met het opstellen van een tijdlijn voor Taglieri's campagne, met in gedachten dat kinderopvang hoogstwaarschijnlijk van tafel was.

Veel ervan kon ik thuis doen; de vergunningen bemachtigen, locaties scouten en de benodigde rechtsoverdrachten krijgen betekende dat ik veel de auto in- en uit moest stappen en veel moest rijden. Zolang ik het uitspreidde over een periode van een aantal dagen dacht ik dat London er niet al te veel last van zou hebben.

Toen ik Vivian sprak, had ik dat ook tegen haar gezegd. Ik kon de opluchting in haar stem horen, en voor het eerst in jaren brachten we meer dan een half uur aan de telefoon door met gewoon alleen maar praten. Dat had ik gemist, en ik had het idee dat zij het ook had gemist, en ook al kwam ze uiteindelijk iets later thuis dan ze had gewild, toch lachte ze en was ze vrolijk. Ze flirtte zelfs met me, en in de slaapkamer was ze zowel sexy als vol hartstocht, iets waarnaar ik had gehunkerd en waardoor ik zeker wist dat ze nog steeds om me gaf.

De volgende ochtend duurde haar goede humeur voort. Voordat ze naar yoga ging, maakte ze ontbijt voor London en mij en vroeg ze of we van plan waren naar mijn ouders te gaan.

'Als jullie gaan, kunnen jullie dan op mij wachten? Ik wil ook mee.'

Toen ik haar verzekerde dat we zouden wachten, gaf ze me een kus bij het weggaan, en ik voelde heel even haar tong tegen mijn lippen. Het gevoel van opwinding dat het teweegbracht – en de herinnering aan de nacht ervoor – namen mijn twijfel weg over waarom ik sowieso met haar getrouwd was.

Terwijl we wachtten tot Vivian terug zou komen, gingen London en ik naar het park, waar we een bospaadje volgden dat naar de golfbaan leidde. Jaren geleden had een padvinder als verplicht dienstverleningsproject bij allerlei bomen bordjes neergezet waarop zowel hun gewone als hun wetenschappelijke naam stond. Bij elk ervan las ik de informatie voor aan London en wees ik op de schors of de bladeren, waarbij ik net deed alsof ik veel meer wist dan het geval was. Ze herhaalde dan de woorden – *Quercus virginiana* of *Eucalyptus viminalis* – en hoewel ik wist dat ik het grotendeels alweer zou zijn vergeten tegen de tijd dat ik terugkwam bij de auto, voelde ik me zolang we op het paadje waren toch iets slimmer dan gewoonlijk.

Maar London blééf slim. Thuis maakte ik boterhammen, en terwijl we op de veranda zaten te eten wees ze op een enorme boom in de achtertuin. 'Dat is een *Carya ovata*!' riep ze uit.

'Die daar?' vroeg ik, terwijl ik totaal geen moeite deed om mijn verbazing te verbergen.

Ze knikte. 'Een bitternoot.'

'Hoe weet je dat?'

'Omdat je het me hebt laten zien,' zei ze, naar me omhoogkijkend. 'Weet je nog wel?'

Absoluut niet, dacht ik. Voor mij was het gewoon weer een boom geworden. 'Ik denk dat je gelijk hebt.'

'Ik heb ook gelijk.'
'Ik geloof je.'
Ze nam een slok melk. 'Hoe laat komt mama thuis?'
Ik keek op mijn horloge. 'Zometeen.'
'En dan gaan we naar opa en oma?'
'Dat is wel het plan.'
'Ik wil vandaag bakken. Weer cupcakes.'
'Ik weet zeker dat oma dat heel leuk zal vinden.'
'Komen tante Marge en tante Liz ook?'
'Dat hoop ik.'
'Oké. Ik kan maar beter Mr. en Mrs. Sprinkles meenemen. Ze willen vast gedag zeggen.'
'Vast.'
Ze kauwde op haar boterham. 'Papa?'
'Ja?'
'Ik ben blij dat ik bij jou kan blijven.'
'Wat bedoel je?'
'Mama zei dat ik niet naar de kinderopvang ga. Ze zei dat jij tegelijkertijd kon werken en voor mij zorgen.'
'Zei ze dat?'
Ze knikte. 'Vanochtend.'
'Ze heeft gelijk, maar je moet misschien wel met me mee in de auto terwijl ik dingen regel.'
'Mag ik dan mijn Barbies meenemen? Of Mr. en Mrs. Sprinkles?'
'Natuurlijk,' zei ik.
'Oké. Dan is het nog steeds leuk.'
Ik glimlachte. 'Daar ben ik blij om.'
'Toen jij klein was, ging jij toen naar de kinderopvang?'
'Nee. Tante Marge paste op me.'
'En tante Liz?'
'Nee. Tante Liz was er toen nog niet.'
'O,' zei ze. Ze nam nog een paar happen van haar boterham, waarbij ze haar hoofd heen en weer draaide alsof ze de wereld in zich opnam met één zintuig tegelijk. Ik keek naar haar en bedacht hoe mooi ze was. Het kon me niet schelen dat ik bevooroordeeld was.
'Papa! Er zit een enorme vogel in de boom!' riep ze. Toen ze

wees, zag ik de vogel. Hij was chocoladebruin met witte kopveren die glansden in het zonlicht. Terwijl ik keek, spreidde hij zijn vleugels en vouwde ze vervolgens weer op.

'Dat is een Amerikaanse zeearend,' vertelde ik haar verbijsterd. In alle jaren dat ik in Charlotte woonde, had ik er maar twee keer een gezien. Ik werd getroffen door een gevoel van verwondering, een steeds terugkerend thema tijdens de weken die we met elkaar doorbrachten. Starend naar mijn dochter begreep ik plotseling hoeveel er was veranderd tussen London en mij. Doordat ik me op mijn gemak was gaan voelen in mijn rol als belangrijkste verzorger, was London zich meer op haar gemak gaan voelen met mij, en plotseling veroorzaakte de gedachte dat ze uren aaneen van me gescheiden zou zijn zodra de school was begonnen, een pijn in mijn hart die ik niet had verwacht. Dat ik van London hield, daar had ik nooit aan getwijfeld; maar wat ik nu besefte, was dat ik haar ook leuk vond, niet alleen als mijn dochter maar ook als het meisje dat ik pas sinds kort had leren kennen.

Misschien was het die gedachte, of misschien had het te maken met hoe de week was verlopen, maar wat de reden ook was, ik voelde me ongewoon rustig, bijna volkomen vredig. Ik had in de put gezeten en nu was ik er weer uit aan het klimmen, en hoewel ik erkende dat het gevoel misschien tijdelijk was – ik was oud genoeg om dat te weten – was het toch zo echt als het maar kon zijn. Ik keek naar Londons verrukte gezicht terwijl ze naar de adelaar keek en ik vroeg me af of ze zich deze ervaring zou herinneren, en of ze wist wat ik vond van het feit dat we sinds kort zo close waren. Maar het maakte niet echt uit. Het was genoeg dat ik het zelf voelde. En toen de adelaar wegvloog, bleef het beeld bij me en ik wist dat het voor altijd bij me zou blijven.

12

Slecht weer op komst

In februari 2004 – ik was al bijna twee jaar afgestudeerd en had al bijna net zo lang een relatie met Emily – ging ik in het weekend op bezoek bij mijn ouders. De gewoonte om bij hen op bezoek te gaan was tegen die tijd al flink gevestigd. Normaal gesproken ging Emily met me mee, maar om redenen die gaandeweg verloren zijn gegaan, lukte het haar dat weekend niet om mee te gaan en dus was ik in mijn eentje.

Toen ik aankwam, was mijn vader aan het werk aan mijn moeders auto, niet aan de Mustang. Hij had zijn hoofd onder de motorkap gestoken en ik zag dat hij een blik olie toevoegde.

'Fijn om te zien dat je voor de auto van je wederhelft zorgt,' zei ik half voor de grap, waarop mijn vader knikte.

'Moet wel. Het gaat deze week sneeuwen. Ik heb het winteroverlevingspakket al op de achterbank staan. Ik zou niet willen dat je moeder hem uit de kofferbak moet halen voor het geval ze onderweg ingesneeuwd raakt.'

'Het gaat niet sneeuwen,' zei ik. De temperatuur was al lenteachtig; ik droeg een T-shirt en had zelfs overwogen een korte broek aan te trekken naar hun huis.

Hij kneep zijn ogen naar me dicht van onder de motorkap. 'Heb je naar het weerbericht gekeken?'

'Ik heb er iets over gehoord op de radio, maar je weet hoe het gaat met die weermannen. Ze hebben het vaker bij het verkeerde dan bij het rechte eind.'

'Mijn knieën zeggen ook dat het gaat sneeuwen.'

'Het is twintig graden!'

'Dan niet. Ik zal wat hulp nodig hebben om de pijpleidingen in te pakken nadat ik hiermee klaar ben. Ben je er dan nog om me even te helpen, net als vroeger?'

Ik moet even vermelden dat mijn vader altijd al zo'n soort man was geweest. Als er werd voorspeld dat er een orkaan de kust van North Carolina zou teisteren, was mijn vader dagenlang bezig met het weghalen van puin van het erf, met dingen naar de garage brengen en met de luiken sluiten, ondanks het feit dat Charlotte ongeveer driehonderd kilometer van de kust lag. 'Jullie waren er niet bij toen Hugo toesloeg in 1989,' zei hij altijd tegen Marge en mij. 'Charlotte had net zo goed de boerderij van Dorothy kunnen zijn. De hele stad werd praktisch weggeblazen.'

'Ja, ik blijf nog wel even,' zei ik tegen hem. 'Maar je verspilt je tijd. Het gaat niet sneeuwen.'

Ik ging naar binnen en kletste een tijdje met mijn moeder; toen mijn vader een uur later binnenkwam en naar me gebaarde, wist ik wat hij verwachtte. Ik hielp zonder te klagen, maar zelfs toen ik hem aan zijn eigen auto zag beginnen te werken nam ik zijn waarschuwingen niet ter harte. En zelfs als ik dat wel had gedaan, dan nog zou ik geen flauw idee hebben gehad wat er in een winteroverlevingspakket zou hebben gezeten. Of dat is tenminste wat ik mezelf later wijsmaakte, maar de werkelijke reden dat ik niet was voorbereid op wat er vervolgens gebeurde, was dat ik op die leeftijd dacht dat ik slimmer was dan hij.

Aan het einde van dinsdagmiddag bereikte de temperatuur nog steeds de vijftien graden; op woensdag was het, ondanks dat er wolken kwamen overdrijven, nog bijna tien graden en ik was mijn vaders waarschuwing volkomen vergeten. Maar op donderdag viel de sneeuwstorm woest Charlotte binnen: het begon te sneeuwen, eerst nog licht, en daarna zwaarder. Tegen de tijd dat ik naar mijn werk reed, was de sneeuw zich op de snelwegen aan het ophopen. Scholen werden voor die dag gesloten en slechts de helft van de medewerkers kwam naar het reclamebureau. De sneeuw bleef maar vallen en toen ik halverwege de middag van mijn werk wegging, waren de wegen bijna onbegaanbaar. Honderden automobilisten raakten van de weg af, onder wie ikzelf, onder een pak sneeuw van meer dan dertig centimeter in een stad die maar enkele sneeuwschuivers tot zijn beschikking had. Toen het avond werd, was de stad Charlotte tot stilstand gekomen.

Het duurde bijna vijf uur voordat er een sleepwagen kwam die me eruit trok. Hoewel ik geen gevaar had gelopen – ik had een jasje meegenomen, had nog een halve tank benzine en mijn verwarming deed het – bleef het verschil tussen mijn vader en mij me bezighouden.

Terwijl ik vrolijk op het beste hoopte, was mijn vader het soort man dat altijd het ergste verwachtte en zich daarop voorbereidde.

Augustus bracht zinderende temperaturen en een hoge luchtvochtigheid, onderbroken door zo nu en dan een onweersbui in de middag, maar de weken die voorafgingen aan Londons eerste schooldag voelden volkomen anders dan de weken ervoor, al was het alleen maar omdat ik echt een inkomen verdiende.

Ondanks dat elke minuut van mijn dag volgepland was, voelde ik me minder gestrest dan ooit sinds ik mijn bedrijf was begonnen. Ik werkte samen met de techniekman in alles wat met techniek te maken had, ging op zoek naar geschikte locaties en kreeg de rechtsoverdrachten die ik nodig had, praatte met de leiders van de film- en de geluidscrew, haalde de vergunningen op, praatte met een agent van het plaatselijke castingbureau, ondertekende een contract voor de billboards en haalde een geweldige deal voor de televisiereclame binnen. En daarnaast nog het afspreken van de repetitie, het opnamerooster voor de eerste twee commercials en de supervisie op de castingsessie voor de derde commercial, wat allemaal plaats zou vinden in dezelfde week dat London op school begon.

Ondanks die dingen wist ik London evengoed naar haar activiteiten te brengen en weer op te halen, ging ik fietsen, kreeg ik wel duizend knuffels en kusjes en lukte het me zelfs voor elkaar te krijgen dat haar piano- en schilderlessen op een andere tijd werden gezet zodra de school begon. Het tenniskamp was afgelopen precies rond de tijd dat we een open dag op de school bezochten, waar London de kans kreeg om haar nieuwe juf te ontmoeten. Daar kwam ze erachter dat Bodhi ook bij haar in de klas zou komen, en ik kon even een praatje maken met Emily. Sinds haar ex in de stad was, was haar schema onvoorspelbaar en had ik haar niet veel gezien sinds onze speelafspraak. Ik stelde haar voor aan Vivian – de houding van mijn vrouw kon het best worden omschreven als afstandelijk maar met een waarschuwende ondertoon – en ik begreep dat ik zulke bezoekjes aan Emily maar beter tot een minimum kon beperken of anders zouden er problemen komen.

Vivian bracht twee tot drie nachten per week door in Atlanta, en als ze thuis was, was ze nog steeds afwisselend warm en koel. Dat was beter dan het heet en koud dat ik had meegemaakt, maar de spanning van het romantische avondje van eind juli werd niet herhaald, en de eindeloos wisselende temperatuur van de stemmingen van mijn vrouw maakte dat ik zowel enthousiast als zenuwachtig was om haar te zien telkens als de SUV de oprit op reed.

Als er nog een andere verandering in mijn dagelijkse gewoonten was tijdens die periode, had dat te maken met lichaamsbeweging. Op de dag nadat ik eens goed naar mezelf in de spiegel had gekeken, nam ik Marge' advies ter harte en op de eerste maandag van de maand zette ik de wekker veertig minuten vroeger. Ik trok een hardloopshort aan en begon langzaam door de buurt te sjokken, waarbij ik werd ingehaald door iedere joggende moeder, van wie er twee ook nog eens kinderwagens voortduwden. Jaren geleden was ik in staat geweest om acht tot tien kilometer te joggen en me verfrist te voelen als ik klaar was: na tweeënhalve kilometer op de eerste dag van mijn nieuwe regime stortte ik bijna in op de schommelstoel op de veranda voor het huis. Ik had meer dan een uur nodig om weer tot mezelf te komen. Evengoed deed ik het de volgende ochtend en de ochtend daarna weer, een reeks die sindsdien nooit meer is onderbroken. Tegen de tweede week van augustus voegde ik push-ups en sit-ups toe aan mijn routine, en mijn broek werd gestaag losser naarmate de maand verstreek.

London was voldoende vooruitgegaan op haar fiets om me naast zich te laten rijden, en op de dag na de open dag op school reden we samen de hele buurt door, waarbij we zelfs een hele straat lang een race hielden. Ik liet haar natuurlijk winnen. Nadat we onze fietsen weer in de garage hadden gezet, gaf ik haar een high five, en ten slotte dronken we limonade op de veranda achter het huis, waar we hoopten nog een Amerikaanse zeearend te zien terwijl de zon begon onder te gaan.

Maar ook al zagen we er niet een, ik vermoedde dat ik me die dag nog lang zou herinneren, al was het alleen maar omdat hij, op zijn eigen manier, ook perfect was.

'Vind je niet dat ze al genoeg kleren voor school heeft?' vroeg ik aan Vivian. Het was de zaterdag voordat de school zou beginnen, en omdat Vivian de avond ervoor laat thuis was gekomen uit Atlanta, hadden we afgesproken dat we ons romantische avondje tot vanavond zouden uitstellen.

'Ik ga geen kleding kopen,' zei Vivian terwijl ze zich nog aan het aankleden was in de badkamer. Ze was al naar yoga en de sportschool geweest, en ze had gedoucht; het was een van die ochtenden waarop ze de hele tijd in de weer was. 'Ik ga schoolspullen kopen. Rugzak, potloden, gummen en nog wat andere dingen. Heb je niet eens op de schoolwebsite gekeken?'

Dat had ik niet. Eerlijk gezegd was het niet eens bij me opgekomen. Maar ik had wel de rekening voor het schoolgeld van het eerste semester ontvangen en betaald, wat nog een deuk in het spaargeld had geslagen.

'Ik dacht dat we naar mijn ouders gingen.'

'Dat gaan we ook,' antwoordde Vivian. 'Dit gaat niet zo lang duren. Waarom ga je er niet alvast heen? Dan zien we je daar wel.'

'Goed plan,' zei ik. 'Ben je deze week weer in Atlanta?'

Het was een vraag die ik geregeld was beginnen te stellen.

'Ik vertrek op woensdag en er is een diner op vrijdagavond dat ik niet kan overslaan, maar daarna vliegen we terug. Ik vind het echt vreselijk dat ik het grootste gedeelte van Londons eerste week op school moet missen.'

'Kun je er echt niet onderuit?'

'Nee,' zei ze. 'Ik wilde dat ik dat kon, maar het gaat niet. Denk je dat ze kwaad op me zal zijn?'

'Als je haar eerste dag miste, was het misschien anders, maar ik denk dat ze het niet erg vindt.' Daar was ik niet helemaal zeker van, maar ik wist dat het was wat Vivian wilde horen.

'Ik hoop dat je gelijk hebt.'

'Over school gesproken,' ging ik verder, 'de rekening voor het schoolgeld is gekomen en ik wilde je vragen over je loonstrookjes.'

'Wat is er met mijn loonstrookjes?'

'Heb je die al ontvangen?'

Ze sloeg haar handtas over haar schouder. 'Natuurlijk heb ik mijn loonstrookjes ontvangen. Ik werk niet voor niets.'

'Ik heb geen overmakingen op onze betaal- of spaarrekening gezien.'

'Ik heb een andere rekening geopend,' zei ze.

Ik wist niet zeker of ik haar wel goed had gehoord. 'Een andere rekening? Waarom?'

'Dat leek me gewoon eenvoudiger. Zodat we ons budget en jouw bedrijfskosten goed uit elkaar konden houden.'

'En dat heb je me niet verteld?'

'Maak er nou geen groter punt van dan het is.'

Maar het is wél een groot punt, dacht ik, terwijl ik nog steeds probeerde het te bevatten. 'Er staat niet meer zoveel op onze spaarrekening,' zei ik.

'Dat regel ik wel, oké?' Ze boog zich naar me toe en gaf me een snelle kus. 'Maar laat ik nu maar op pad gaan met London zodat we op een redelijke tijd bij je ouders aankomen, goed?'

'Ja,' zei ik, me afvragend of mijn vrouw expres mijn hoofd had willen laten tollen. 'Oké.'

'Dat valt absoluut in de "dat is heel interessant"-categorie,' zei Marge.

'Ik begrijp gewoon niet waarom ze het niet eens heeft gezegd.'

'Hallo? Dat is nogal eenvoudig. Dat was omdat ze niet wilde dat je het wist.'

'Hoe had ik daar niet achter kunnen komen? Ik ben degene die de rekeningen betaalt.'

'O, ze wist wel dat je erachter zou komen. Uiteindelijk. En dat als je dat deed, je er even de tijd voor zou moeten nemen om te proberen het te bevatten.'

'Waarom zou ze dat willen doen?'

'Omdat dat is wat ze doet. Ze houdt ervan om je te laten raden. Zo is ze altijd al geweest.'

'Nee, niet waar,' zei ik.

'Liz?' vroeg Marge.

'Ik wil hier liever niet bij betrokken raken,' zei Liz, terwijl ze haar hand opstak. 'Ik ben niet in functie. Maar als je een heerlijk Italiaans marinararecept wilt horen, of als je wat ideeën over safari's hebt, ben ik van de partij.'

'Dat is fijn, Liz. Ik heb gehoord dat er in Botswana heel indrukwekkende safari's zijn.'

'Daar zou ik graag een keer heen gaan. Dat is mijn droomreis.'

'Kunnen we alsjeblieft weer teruggaan naar het onderwerp?' vroeg Marge. 'Er is hier iets heel interessánts aan de hand.'

'Neushoorns zijn interessant,' zei ik. 'Olifanten ook.'

Liz legde een hand op Marge' knie. 'We moeten echt proberen de komende paar jaar een safari te plannen. Zou dat niet geweldig zijn?'

'Ik hou er niet van als je partij kiest voor hem als hij van onderwerp probeert te veranderen.'

'Hij heeft het niet alleen geprobeerd, ik vind dat het hem vrij aardig is gelukt. Ik zag een advertentie voor een plek die Camp Mombo heet. Het zag er fantastisch uit.'

'Ik vind dat jullie echt moeten proberen om erheen te gaan,' zei ik. 'Het is een van die dingen die je maar één keer in je leven doet.'

'Zouden jullie allebei alsjeblieft naar het onderwerp van gesprek willen terugkeren?'

Liz giechelde om Marge' duidelijke frustratie. 'Elk stel heeft zijn eigen stijl van communiceren en ze spreken vaak in afkortingen. Tenzij ik de onderliggende tekst ken, zou ik niet weten wat ik ervan moest vinden.'

'Zie je wel?' zei Marge. 'Ze is het met me eens dat het verdacht is.'

'Nee, dat is ze niet. Ze heeft er geen uitspraak over gedaan.'

'Dat komt gewoon omdat je haar onderliggende tekst niet kon lezen.'

'Even serieus,' zei ik later tegen Liz, 'waarom denk je dat Vivian me niet heeft verteld dat ze nog een bankrekening heeft geopend? Ik weet dat je niet in functie bent, maar ik zou graag willen begrijpen wat hier gaande is.'

'Ik weet niet of ik je wel kan vertellen wat er gaande is. Ik weet het net zomin als jij.'

'Maar als je eens een gooi deed?'

Ze leek na te denken over wat ze moest zeggen. 'Dan zou ik zeggen dat het precies zo was als ze had gezegd en dat het niet zo belangrijk was. Misschien wil ze gewoon haar eigen rekening zodat ze precies kan zien hoeveel ze bijdraagt en dat dat haar een beter gevoel geeft over zichzelf.'

Daar dacht ik even over na. 'Heb je wel cliënten gehad die zulke dingen deden? Andere echtgenotes?'

Liz knikte. 'Een paar keer.'

'En?'

'Zoals ik al heb gezegd: het kan allerlei dingen betekenen.'

'Ik weet dat je nu probeert diplomatiek te zijn, maar ik heb geen idee. Kun je me er iets meer over vertellen?'

Liz nam even de tijd voordat ze antwoord gaf. 'Als er één gemeenschappelijke lijn is die onder situaties als deze ligt, is het in het algemeen woede.'

'Denk je dat Vivian kwaad op me is?'

'Ik breng niet heel veel tijd door met Vivian, en als ik dat doe, is het meestal als we hier met de hele familie zijn. Je kunt maar beperkt iets te weten komen in zo'n situatie. Maar als mensen kwaad zijn, gedragen ze zich vaak op manieren die worden ingegeven door die emotie. Dan kunnen ze dingen doen die ze normaal gesproken niet zouden doen.'

'Zoals een geheime bankrekening openen?'

'Het is geen geheim, Russ. Ze heeft je erover verteld.'

'Dus ze is... niet kwaad?'

'Ik denk,' zei ze, 'dat jij in een betere positie bent om daar antwoord op te geven dan ik.'

Er ging weer een uur voorbij en er was nog steeds geen teken van Vivian of London. Marge en Liz waren een ommetje gaan maken terwijl mijn vader voor de televisie was gaan zitten om naar een honkbalwedstrijd te kijken. Ik trof mijn moeder aan in de keuken, waar ze aardappelen in stukken sneed terwijl er een flinke stoofpot op het fornuis stond te sudderen. Het rook al heel verleidelijk. Ze droeg een feloranje schort waarvan ik me vaag kon herinneren dat ik het voor haar had gekocht.

'Daar ben je,' zei ze. 'Ik vroeg me al af wanneer je er eindelijk eens aan zou toekomen om een praatje te maken met je oude moeder.'

'Sorry,' zei ik, terwijl ik me naar haar toe boog om haar te omhelzen. 'Ik wilde je niet beledigen.'

'Och, kom. Ik maakte een grapje. Hoe gaat het met je? Je ziet eruit alsof je bent afgevallen.'

Ik vond het fijn dat het haar opviel. 'Misschien een beetje.'

'Eet je wel genoeg?'

'Ik ben weer begonnen met joggen.'

'Jakkes,' zei ze. 'Ik begrijp niet hoe iemand joggen leuk kan vinden.'

'Wat ben je aan het maken? Het ruikt hier heerlijk.'

'Het is een Franse boerenstoofpot. Joanne heeft me het recept gegeven en ik dacht: laat ik het eens proberen.'

'Liz heeft waarschijnlijk ook een geweldig recept.'

'Dat geloof ik graag. Maar Joanne was haar voor.'

'Ken ik Joanne?'

'Van de Red Hat Society. Je hebt haar waarschijnlijk gezien toen je London die dag ophaalde bij de lunch.'

'Was zij degene met die rode hoed? En die paarse blouse?'

'Ha, ha.'

'Hoe gaat het met die vriendelijke dames met rode hoeden?'

'Het gaat fantastisch, en we hebben zoveel lol met elkaar. Vorige week zijn we na de lunch met een aantal van ons naar een lezing door een astronoom op de universiteit geweest. Wist je dat ze onlangs een planeet met de afmetingen van de aarde hebben ontdekt die rond een andere zon draait? En dat die planeet op dezelfde afstand van die zon staat als de aarde? Dat betekent dat er echt leven op die planeet zou kunnen zijn.'

'Dat wist ik niet.'

'We hebben erover gepraat bij onze bijeenkomst erna.'

'Omdat je de eerste groep wilt zijn die de buitenaardse wezens met rode hoeden verwelkomt als ze hier ooit op bezoek komen?'

'Waarom zit je me te plagen? Dat is niet aardig.'

Ik grinnikte. 'Het spijt me, mam. Ik kon het niet laten.'

Ze schudde haar hoofd. 'Ik weet niet waar je het idee vandaan hebt gehaald dat moeders plagen een goed idee is. Dat heb je in elk geval niet van mij geleerd.'

'Dat is waar,' zei ik. Ik gebaarde naar de ui die naast het hakblok lag. 'Wil je dat ik je daarmee help?'

'Meld je je aan als vrijwilliger voor de keuken?'

'Ik heb de laatste tijd veel gekookt.'

'Wat, macaroni met tomatensaus uit blik?'

'Wie is er nu wie aan het plagen?'

Haar ogen schitterden. 'Ik probeer mijn kinderen gewoon bij te houden. Maar nee, ik heb geen hulp nodig. Maar evengoed bedankt. Zit je vader naar de wedstrijd te kijken, of is hij nog in de garage?'

In de woonkamer zag ik een televisiescherm flikkeren.

'De wedstrijd,' antwoordde ik.

'Ik droomde een paar dagen geleden over hem. Of tenminste, ik denk dat het over hem ging. Het was zo'n droom waarin alles mistig is, zodat ik het niet goed kon zien. Maar hij lag in het ziekenhuis omdat hij "het" had.'

'Hm.'

'Hoe dan ook: er waren allemaal van die bliepende machines om hem heen en *Judge Judy* was op de televisie. De dokter kwam uit India geloof ik, en er lag een reusachtig knuffeldier op het bed naast je vader. Een groot paars varken.'

'Hm,' zei ik weer.

'Wat denk je dat het betekent? Het paarse varken, bedoel ik?'

'Ik zou het je echt niet kunnen vertellen.'

'Wist je dat mijn oma helderziend was? Ze had ook altijd voorgevoelens.'

'Ik dacht dat je zei dat het een droom was.'

'Waar het om gaat, is dat ik me zorgen maak om hem.'

'Dat weet ik. Maar de dokter heeft gezegd dat hij prima in orde was. Hij is toch niet meer buiten adem geweest?'

'Niet dat ik heb gemerkt. En als het zo was, zou hij het me absoluut niet vertellen.'

'Ik zal het hem vragen, oké?'

'Dank je wel,' zei ze. 'Waar zijn Vivian en London?'

'Ze zijn op het laatste moment nog wat schoolspullen aan het kopen. Ze zullen hier zometeen wel zijn. Londons eerste dag is dinsdag, trouwens. Ik weet niet of je zou willen komen, maar je bent welkom.'

'Je vader en ik zullen er allebei zijn,' zei ze. 'Het is een belangrijke dag voor haar.'

'Dat is waar,' gaf ik toe.

Mijn moeder glimlachte. 'Ik kan me jouw eerste schooldag nog herinneren. Je was zo enthousiast, maar nadat ik je naar de klas had gebracht, weet ik nog dat ik huilend terugliep naar mijn auto.'

'Waarom moest je huilen?'

'Omdat het betekende dat je groot werd. En je was zo anders dan Marge. Je was altijd veel gevoeliger dan zij. Ik maakte me zorgen om je.'

Ik wist niet zeker of ik er wel blij mee was dat ik werd omschreven als gevoeliger dan mijn zus, maar ik vermoedde dat mijn moeder er waarschijnlijk niet helemaal ongelijk in had.

'Het is allemaal goed gekomen. Je weet dat ik school altijd leuk heb gevonden. Ik hoop alleen dat London dat ook zal vinden. We gingen naar de open dag en ze heeft haar juf ontmoet. Dat leek goed te gaan.'

'Het komt wel goed met haar. Ze is slim, ze is eraan toe en ze is heel lief. Al ben ik natuurlijk wel bevooroordeeld.'

'Dat is niet erg.'

'Ik ben gewoon blij dat je niet boos op me bent.'

'Waarom zou ik boos op je zijn?'

'Omdat ik niet op London kon passen toen je dat nodig had.'

'Je had gelijk,' zei ik. 'Het was jouw verantwoordelijkheid niet. Maar laten we het er maar op houden dat ik intussen heel veel respect voor alleenstaande moeders heb ontwikkeld.'

'Voor London is het ook goed geweest. Ze is veel veranderd deze zomer.'

'Vind je?'

'Ja, natuurlijk is dat zo. Je staat er gewoon te dichtbij om het te zien.'

'Hoe is ze dan veranderd?'

'De manier waarop ze ten eerste over jou praat. En hoeveel ze over jou praat.'

'Praat ze over mij?'

'De afgelopen tijd praat ze de hele tijd over jou. Zo van: "Ik en papa gingen fietsen," of: "Papa heeft met mij met de Barbies gespeeld," of: "Papa is met me naar het park geweest." Dat deed ze vroeger nooit.'

'Het is ook bijna mijn hele leven op dit ogenblik.'

'Voor jou is het ook goed geweest. Ik heb altijd gevonden dat je vader er baat bij zou hebben gehad om het eens van de andere kant te bekijken.'

'Maar dan zou hij niet de grote, norse kerel zijn geweest waar Marge en ik bang voor waren geworden.'

'Stil toch,' zei ze. 'Je weet dat hij van jullie allebei houdt.'

'Dat weet ik,' zei ik. 'Zolang ik maar niet te veel tegen hem praat terwijl er een wedstrijd aan de gang is. Natuurlijk mogen Marge en London de hele tijd praten en dan is het geen probleem.'

'Dat komt doordat Marge het spel beter kent dan jij, en London van zijn schoot opstaat en een biertje voor hem haalt. Waarom probeer jij dat niet eens?'

'Ik ben te groot om bij hem op schoot te zitten.'

'Wat ben je toch een komediant vandaag. Er staan een paar biertjes in de koelkast. Waarom pak je er niet twee en kijk je eens wat er gebeurt? Hij vindt het leuk om een praatje met je te maken.'

'Ik weet al precies wat er gaat gebeuren.'

'O, laat je toch niet bang maken door hem. Denk eraan: hij kan je angst ruiken.'

Ik lachte terwijl ik naar de koelkast liep, ervan overtuigd dat ik de beste moeder van de wereld had.

'Hoe gaat het met je, pap?'

Ik hield een geopend flesje bier voor hem uit. 'Voor jou,' zei ik. Gelukkig had ik het precies getimed op het moment van een commercial waarvan hij het geluid al had uitgezet.

'Wat doe je?'

'Ik heb een biertje voor je gehaald.'

'Waarom?'

'Waarom? Omdat ik dacht dat je er misschien een wilde?'

'Je gaat me toch niet vragen of je wat geld van me kunt lenen, hè?'

'Nee.'

'Mooi. Want het antwoord is nee. Het is niet mijn fout dat je ontslag hebt genomen.'

Mijn vader, de man die de botheid tot kunst had verheven. Ik ging naast hem op de bank zitten.

'Hoe gaat de wedstrijd?'

'De Braves zijn aan het verliezen.'

Ik zette mijn handen op elkaar en vroeg me af wat ik verder zou zeggen. 'Hoe gaat het, pap? Alles goed met het loodgietersbedrijf?'

'Waarom zou dat niet zo zijn?'

Ik weet het niet, dacht ik. Omdat je me soms zenuwachtig maakt? Ik nam een slok bier. 'Ik heb je toch verteld dat ik mijn eerste cliënt heb binnengehaald, hè?'

'Ja. De advocaat. Italiaan.'

'Ik ga volgende week een paar commercials filmen. Ik moet ook een paar jeugdige acteurs ontmoeten, zodat ik ook nog een derde commercial kan laten filmen.'

'Ik hou niet van advocatenreclames.'

'Jij houdt helemaal niet van reclames, pap,' zei ik. 'Daarom zet je het geluid ervan uit.'

Hij knikte instemmend terwijl de stilte tussen ons toenam, zodat het enige geluid dat van mijn moeders geneurie in de keuken was. Hij krabde aan een hoekje van het etiket van de fles, waarschijnlijk denkend dat het beleefd was om een vraag te stellen. 'Hoe gaat het met Vivian?'

'Goed,' zei ik.

'Mooi,' zei hij. Op dat moment begon de wedstrijd weer en mijn vader pakte de afstandsbediening. Het geluid ging weer aan en een blik op het scoreblokje liet zien dat de Braves drie runs achterstonden met nog vier innings te gaan.

'We moeten eens naar een wedstrijd van de Braves gaan. Jij en ik.'

Hij keek me vuil aan. 'Blijf je nou de hele dag praten of laat je me in alle rust van de wedstrijd genieten?'

'Ik denk dat je hem hebt afgeschrikt, pap,' zei Marge, die op de bank naast mijn vader neerstortte. Zij en Liz waren van hun ommetje teruggekeerd.

'Waar heb je het over?'

Marge wees naar mij. 'Hij zit daar alsof hij bang is om een spier te vertrekken.'

Mijn vader haalde zijn schouders op. 'Hij zat maar te praten, als zo'n opwindpop.'

'Dat doet hij vaak,' zei Marge instemmend. Ze knikte naar de televisie. 'Hoeveel staat het?'

'Vier vier nu, begin van de achtste. De Braves zijn aan het terugkomen.'

'Hebben ze hun reservewerper al ingebracht?'

'In de zevende inning.'

'Wie is het?'

Mijn vader noemde een naam die ik niet kende. 'Dat is een goede keuze,' merkte Marge op. 'Ik hou heel erg van zijn slider, maar zijn change-up is ook goed. Hoe doet hij het tot nu toe?'

'Veel worpen. Hij moet er hard voor werken.'

'Weet je die tijd nog dat we Maddux, Smoltz en Glavine hadden?'

'Wie niet? Dat was een van de beste combinaties van werpers ooit, maar dit jaar...'

'Nou, hè? Slap jaar. Maar het zijn tenminste niet de Cubs.'

'Kun je het je voorstellen? Meer dan honderd jaar sinds ze de World Series hebben gewonnen. Doet de Vloek van de Bambino belachelijk lijken, zeker als je naar de afgelopen jaren kijkt.'

'Wie denk je dat de World Series gaan winnen?'

'Kan me niet schelen, zolang het de Yankees maar niet zijn.'

'Ik denk dat het de Mets nog weleens zou kunnen lukken.'

'Je weet het maar nooit,' zei hij instemmend. 'Ze spelen goed. De Royals ook, en hun aanval is dit jaar erg goed.'

Terwijl hij antwoordde, stuurde Marge een luie knipoog in mijn richting.

Uiteindelijk gingen Marge en ik op de veranda achter het huis zitten. Vanuit de woonkamer dreven er geluiden van de wedstrijd naar buiten.

'Ik ben nooit fan van honkbal geweest,' zei ik tegen mijn zus. 'Ik deed aan hardlopen op de middelbare school.'

'En nu ben je aan het joggen met de mama's. Laat niemand je ooit vertellen dat je je pure atletische vermogen te grabbel hebt gegooid.'

Ik richtte me tot Liz. 'Praat ze tegen jou ook zo?'

'Nee,' antwoordde Liz. 'Ze weet dat als ze dat doet, ik geen eten voor haar maak. Bovendien ben je een gemakkelijk doelwit.'

'Ik probeerde gewoon te zeggen dat ik niet denk dat papa met me zou hebben willen praten, ook niet als ik net zoveel over honkbal wist als jij.'

'Maak je er niet druk om,' zei Marge schouderophalend. 'Je weet misschien niets over honkbal, maar ik weet zeker dat papa ook niet elke Barbie-accessoire kan opnoemen, dus dat voordeel heb jij dan weer.'

'Daar ga ik me zoveel beter van voelen.'

'O, wees toch niet zo snel op je teentjes getrapt. Papa praat niet tegen me als hij in de garage is. Dat is jouw plek, niet die van mij.'

'Echt?'

'Waarom denk je dat ik de moeite heb genomen om iets te weten te komen over de Braves? Hij zou waarschijnlijk helemaal niet tegen me praten tenzij hij me vroeg om de aardappelpuree aan te geven als we aan tafel zaten.'

'Denk je dat hij en mama nog steeds praten zoals ze vroeger deden?'

'Na bijna vijftig jaar? Dat betwijfel ik. Er is waarschijnlijk niet veel meer om over te praten. Maar hé: voor hen werkt het blijkbaar.'

'Papa!' hoorde ik uit de keuken, en ik zag dat London naar me toe kwam huppelen. Ze droeg een jurk die op de rode loper niet had misstaan en hield een zachte lunchtrommel vast met een plaatje van Barbie erop. Nog een item om toe te voegen aan mijn immense kennis over Barbie-accessoires, zal Marge ongetwijfeld hebben gedacht. 'Kijk eens wat ik heb gekregen!' zei London, terwijl ze het ophield om het aan mij te laten zien. 'En hij past ook nog in mijn Barbie-rugzak!'

'Dat is geweldig, lieveling. Hij is echt mooi.'

Ze omhelsde ons alle drie terwijl we om beurten haar lunchtrommel bewonderden.

'Heb je er zin in om naar school te gaan?' vroeg Marge.

London knikte. 'Ik begin dinsdag.'

'Dat weet ik,' zei Marge. 'Dat heeft je vader me verteld. Hij zei dat je ook je juf hebt ontmoet.'

'Ze heet juf Brinson,' zei London. 'Ze is heel aardig. Ze zei dat ik Mr. en Mrs. Sprinkles misschien mocht meenemen om in de kring over te vertellen.'

'Dat zou geweldig zijn,' zei Marge. 'Ik weet zeker dat de andere kinderen ze fantastisch zullen vinden. Waar zijn ze nu? Heb je ze meegenomen?'

'Nee. Ze zijn thuis. Mama zei dat het te heet was om ze in de auto te laten terwijl we aan het winkelen waren.'

'Ze heeft waarschijnlijk gelijk. Het is vrij heet vandaag.'

'Heb je trek?' vroeg ik London.

'Mama en ik hebben net geluncht.'

Dus daar waren jullie. 'Heb je oma al gedag gezegd in de keuken?'

'Ze zegt dat we zometeen "pudding-in-de-wolken" gaan maken. Maar het is een tussendoortje, dus het zal mijn eetlust voor het avondeten niet bederven. En daarna gaan we wat bloemen planten.'

'Dat klinkt leuk. En opa?'

'Ik heb al even bij hem op schoot gezeten. Zijn snor kriebelde toen hij me een kus gaf. Hij vond mijn lunchtrommel ook mooi.'

'Dat wil ik wedden. Heb je met hem naar de wedstrijd gekeken?'

'Niet echt. We hebben over Mr. en Mrs. Sprinkles gepraat en hij zei dat hij ze miste. En daarna hebben we over school gepraat en over mijn fiets, en hij zei dat hij me er een keer op wilde zien fietsen. Toen zei hij tegen mij dat toen hij klein was, hij altijd aan het fietsen was. Hij vertelde dat hij ooit helemaal naar Lake Norman was gereden en weer terug.'

'Dat is heel ver,' zei ik, en ik twijfelde er geen seconde aan. Het klonk inderdaad als iets wat mijn vader zou hebben gedaan. Precies op dat moment kwam Vivian het huis uit lopen.

Ik stond op en gaf mijn vrouw een kus; Marge en Liz omhelsden haar, waarna ze weer gingen zitten. Ook Vivian ging zitten.

Vivian streek Londons jurk recht. 'Ik geloof dat oma in de keuken staat te wachten tot je haar komt helpen, liefje.'

'Oké,' zei London, die wegholde en naar binnen verdween. Toen de deur achter haar dichtging, draaide ik me naar Vivian toe. Ik was me ervan bewust dat haar aparte bankrekening me nog steeds dwarszat, maar het was nu niet het moment of de plaats om haar te laten weten wat ik ervan vond. Ik dwong mezelf te glimlachen en te doen alsof er niets aan de hand was.

'Hoe ging het vandaag?'

'Je zult niet geloven wat een gedoe het was.' Vivian zuchtte. 'Het duurde eeuwen voordat ik de juiste rugzak vond. Ze waren bijna overal uitverkocht, maar eindelijk hadden we geluk bij de laatste zaak waar we naartoe gingen. Het spreekt voor zich dat het bomvol was in de winkels. Het was net alsof iedereen in Charlotte hetzelfde idee had en tot het laatste moment had gewacht om schoolspullen te gaan halen. En dat betekende natuurlijk dat ik met London ergens iets moest gaan eten, omdat ze uitgehongerd was tegen de tijd dat we eindelijk klaar waren.'

'Winkelen is niet voor mensen met een zwak hart,' merkte Marge op.

'Het is tenminste gebeurd,' zei Vivian. Ze draaide zich van Marge naar Liz en focuste ergens tussen hen in. 'Hoe gaat het met jullie twee? Nog reisjes in het vooruitzicht?'

Marge en Liz hielden allebei van reizen; in de jaren dat ze bij elkaar waren, hadden ze al meer dan vijftien verschillende landen bezocht.

'Volgend weekend gaan we naar Houston om mijn ouders te bezoeken,' antwoordde Liz. 'In oktober gaan we naar Costa Rica. Net na Londons verjaardag.'

'Wauw… wat is er in Costa Rica?'

'Het is meer een avontuurlijke reis. Door het oerwoud met een tokkelbaan, raften, door het nevelwoud trekken, en we gaan naar de Arenal-vulkaan.'

'Klinkt leuk.'

'Dat hoop ik. En dan begin december gaan we naar New York. We willen een paar voorstellingen zien, en ik heb gehoord dat het 9/11 Memorial Museum heel aangrijpend is.'

'Ik hou van New York rond de kerstdagen. Ik had nooit gedacht dat ik het zou missen toen ik er wegging, maar zo nu en dan vraag ik me af waarom ik überhaupt ben vertrokken.'

We zijn vertrokken omdat we gingen trouwen. Dat zei ik niet, maar Liz – omdat ze Liz is – voelde waarschijnlijk mijn onrust aan en wilde net als ik de sfeer goed houden. 'Het is een unieke stad, hè?' zei ze. 'We vinden het altijd fijn om erheen te gaan.'

'Als je hulp nodig hebt om ergens een reservering voor een diner te krijgen, laat het me dan weten. Dan bel ik mijn oude baas en ik weet zeker dat hij wat kan regelen.'

'Dank je wel. Dat zullen we onthouden. Hoe gaat het met de verhuizing van het bedrijf naar Atlanta?'

'Gaat wel. Om de een of andere reden ben ik als hoofd logistiek aangesteld en het is veel meer werk dan ik me ervan had voorgesteld. Ik moet aan het eind van de week een paar dagen in Atlanta zijn.'

'Maar je bent wel op school voor Londons eerste dag?'

'Dat zou ik niet willen missen.'

'Ik weet zeker dat London daar heel blij van wordt. Is er al een officiële verhuisdatum vastgesteld? Voor Atlanta, bedoel ik?'

'Ergens halverwege september, denk ik. Het gaat echt een ongelooflijk kantoor worden. Het is pal aan Peachtree Street, met een fantastisch uitzicht. En Walter heeft voor een paar leidinggevenden tijdelijke bedrijfsappartementen geregeld, dus dat heeft alles ook wat gemakkelijker gemaakt.'

'Ga je een van die appartementen gebruiken?'

'Ik denk dat het ervan afhangt hoeveel tijd ik er daadwerkelijk moet doorbrengen.'

Dat hangt ervan af?

Voordat ik erachter kon komen wat dát betekende, ging Liz verder. 'Maar je zult toch voornamelijk vanuit Charlotte kunnen werken?'

'Dat hoop ik, maar wie zal het zeggen? Deze week ben ik drie dagen in Atlanta, maar Walter speelt met het idee om zich uiteindelijk voor het gouverneurschap verkiesbaar te stellen. Niet volgend jaar, maar in 2020. Maar met zijn vastgoedprojecten en zijn lobbygroep en nu dit, moet je niet raar opkijken als ik er vier dagen per week moet zijn.'

'Dat is een hele hoop nachten in een hotel.'

'Als ik daar zo veel ben, denk ik dat ik waarschijnlijk op Walters aanbod inga om een bedrijfsappartement te nemen.'

'Meen je dat echt?' gooide ik er ten slotte tussendoor, omdat ik het echt niet kon helpen.

'Wat kan ik zeggen? Liz heeft gelijk over wonen in een hotel.'

'Ik heb liever niet dat je een appartement in Atlanta neemt,' zei ik, terwijl ik me afvroeg waarom me dat hier werd verteld, in plaats van thuis.

'Dat weet ik,' zei ze. 'Denk je dat ik dat wil?'

Ik gaf geen antwoord, omdat ik er niet zeker van was of ik het antwoord wist.

'Waarom zou hij gouverneur willen worden?' vroeg Marge, waarmee ze mijn gedachten onderbrak. 'Hij heeft al alle geld en macht die hij nodig heeft.'

'Waarom niet? Hij heeft succes gehad bij alles wat hij heeft gedaan. Hij zou waarschijnlijk een geweldige gouverneur zijn.'

Terwijl Vivian erover aan het praten was, dacht ik nog steeds na over de bankrekening en het appartement. Marge zat dat waarschijnlijk ook te doen, aan haar uitdrukking te zien. Liz was er ondertussen een meester in om het gesprek op neutraal terrein te houden. 'Het klinkt alsof hij je de komende paar jaar flink bezig zal houden,' zei Liz.

'Ik ben al de hele dag, elke dag druk bezig.'

'En dat vind je leuk,' zei Liz.

'Ja. Ik heb het echt gemist om te werken, en het is een spannende werkplek. Ik heb het gevoel alsof ik eindelijk weer bij mijn echte ik ben, als je je daar iets bij kunt voorstellen.'

'Dat kan ik me heel goed voorstellen,' zei Liz instemmend. 'Ik zeg altijd tegen mijn cliënten dat betekenisvol werk essentieel is voor een goede geestelijke gezondheid.'

'Thuismoeder zijn is ook betekenisvol,' wierp ik tegen.

'Dat is absoluut zo,' zei Liz. 'Ik denk dat iedereen het ermee eens zal zijn dat thuisblijven om een kind op te voeden betekenisvol en belangrijk is.' Daarna zei ze tegen Vivian: 'Is het moeilijk geweest om van London gescheiden te zijn?'

'Ik weet dat ze me mist,' antwoordde Vivian. 'Maar ik geloof dat het belangrijk is dat ze me buitenshuis ziet werken. Ik wil absoluut niet dat ze denkt dat vrouwen als levensdoel moeten hebben om op blote voeten zwanger in de keuken staan.'

'Wanneer heb je ooit op blote voeten zwanger in de keuken gestaan?' wierp ik ertussen.

'Het is maar een uitdrukking, Russ,' zei ze. 'Je weet wat ik bedoel. En eerlijk gezegd is het voor Russ ook goed geweest. Ik denk dat hij veel meer respect heeft voor hoe mijn leven vijf jaar lang is geweest.'

'Ik heb altijd respect gehad voor wat je deed,' zei ik, moe van het gevoel dat ik me voortdurend moest verdedigen. 'En inderdaad: je hebt gelijk dat het veel energie kost om op London te passen. Maar ik ben ook nog aan het werk, en proberen beide in evenwicht te brengen was het moeilijkst.'

Vivian kneep even haar ogen tot spleetjes, duidelijk niet blij met mijn opmerking. Ze richtte haar aandacht weer op Marge. 'Hoe gaat het met jou? Gaat het goed op je werk?'

Het was het soort onschuldige vraag die hun relatie weergaf: een vraag die niets betekende en het gesprek oppervlakkig hield.

'Zoals ze zeggen: altijd als we het kantoor een beetje willen verlevendigen, nodigen we een paar begrafenisondernemers uit.'

Ondanks alles moest ik glimlachen. Vivian niet.

'Ik weet niet hoe je het doet,' zei Vivian. 'Ik moet er niet aan denken dat je de hele dag naar cijfers zit te staren en met de Belastingdienst moet omgaan.'

'Het is niet iedereen gegeven, maar ik ben altijd goed in cijfers geweest. En ik vind het fijn om mijn cliënten te helpen.'

'Dat is mooi,' zei Vivian. Verder zei ze niets meer en met z'n vieren gleden we weg in de stilte. Marge pulkte aan haar nagel terwijl Liz aan de zoom van haar korte broek trok. Je hoefde geen genie te zijn om te begrijpen dat de luchtigheid die er de hele middag was geweest, was verdampt zodra Vivian op de veranda was komen zitten. Zelfs Vivian leek niet te weten wat ze moest zeggen. Ze staarde naar niets in het bijzonder voordat ze uiteindelijk, bijna met tegenzin, weer op Marge focuste. 'Hoe laat zijn jullie twee hier vandaag aangekomen?'

'Half een of zo,' antwoordde Marge. 'We kwamen een paar minuten na Russ aan.'

'Nog iets spannends gebeurd?'

'Niet echt. Het is gewoon een typische zaterdag. Mama heeft de hele dag in de keuken gestaan, wij hebben een ommetje gemaakt, papa was in de garage totdat de wedstrijd begon. En natuurlijk heb ik je echtgenoot een tijdje zitten plagen.'

'Goed zo. Hij heeft iemand nodig die hem in het gareel houdt. Hij is de laatste tijd een beetje humeurig. Thuis lijkt het alsof ik de laatste tijd niets goed kan doen.'

Ik keerde me naar haar toe, te geschrokken om nóg een keer iets te zeggen, en ik vroeg me af: heb je het nou over mij of over jou?

Aparte bankrekening. Bedrijfsappartement. Mogelijk tot vier nachten per week in Atlanta doorbrengen.

Hoe meer ik nadacht over Vivians verrassingen, hoe meer ik begon te vermoeden dat ze het allemaal hier ter sprake bracht omdat ze wist dat ik geen ruzie zou maken als er andere mensen bij waren. Zodra we thuiskwamen, zou ze natuurlijk zeggen dat we het al hadden besproken, dus dat er geen reden was om het er nog een keer over te hebben; als ik het toch zou proberen, deed ik dat omdat ik ruzie wilde maken. Het was een win-winsituatie voor haar en ik zat klem, maar wat me nog meer dwarszat dan haar schaamteloze manipulatie was het feit dat Vivian het vooruitzicht dat we meer dagen gescheiden dan bij elkaar zouden doorbrengen geen punt leek te vinden. Wat zou dat voor ons betekenen? Wat zou dat voor London betekenen?

Ik wist het niet zeker. Ik had niet de wens om uit Charlotte weg te gaan, maar als het nodig was, zou ik het doen. Mijn huwelijk was belangrijk voor me – mijn gezín was belangrijk voor me – en ik zou doen wat er maar voor nodig was om ons bij elkaar te houden. Wat betreft mijn bedrijf: het was nou niet zo dat ik stevig geworteld was in Charlotte. Als er een verhuizing in het verschiet lag, zou ik misschien net zo goed in Atlanta naar cliënten op zoek kunnen gaan, ervan uitgaande dat ik enig idee had van wat Vivians aankomende schema zou zijn. Het hele gebeuren was echter nog steeds zo vaag, zo onzeker.

En toch... als ik zou voorstellen dat we met het hele gezin zouden verhuizen, wist ik niet zeker hoe Vivian zou reageren. Zou ze dat eigenlijk wel willen? Ik had het gevoel dat Vivian en ik op ijs in tegengestelde richtingen aan het glijden waren, en hoe meer ik probeerde me aan haar vast te houden, hoe meer ze vastbesloten leek om zich van me los te maken. Ze had een verlangen naar heimelijkheid dat aan me knaagde en terwijl ik ervan uitging dat we elkaar zouden steunen bij de problemen met ons werk, kon ik het gevoel niet van me afschudden dat Vivian weinig trek had in dat soort wederzijdse ondersteuning. In plaats van zij en ik tegen de rest van de wereld voelde het alsof Vivian tegen mij was.

Aan de andere kant maakte ik misschien een te groot punt van dit alles; misschien maakte ik inderdaad te veel ruzie en focuste ik te veel op haar tekortkomingen in plaats van haar sterke punten. Zodra London op school zat en we ons aan onze respectievelijke werkschema's hadden aangepast, zag het er misschien niet zo somber uit, en zou ons leven weer beter gaan worden.

Of misschien ook niet.

Ondertussen, terwijl ik over die dingen nadacht, was Vivian met Marge en Liz over allerlei voorstellingen in New York aan het praten. Ze raadde hun aan om naar een bar op een dak op 57th Street te gaan met uitzicht op Central Park, dat bij weinig mensen bekend was; ik kon me herinneren dat ik Vivian er op luie zondagmiddagen mee naartoe nam, in de tijd dat ik nog steeds geloofde dat ik het middelpunt van haar wereld was. Wat leek dat plotseling lang geleden.

Net op dat moment kwam London naar buiten lopen met twee porties pudding-in-de-wolken, waarvan ze er een aan Liz en een aan Marge gaf; daarna kwam ze met een portie voor Vivian en voor mij. Ondanks de onrust die ik vanbinnen voelde, moest ik wel glimlachen bij de aanblik van Londons enthousiasme.

'Dit ziet er heerlijk uit, lieveling,' zei ik. 'Wat zit erin?'

'Chocoladepudding en nepslagroom,' antwoordde London. 'Het lijkt op een zacht Oreo-koekje en ik heb oma geholpen om het te maken. Ze zei dat het mijn eetlust niet bederft omdat het maar een tussendoortje is. Ik ga die van mij bij opa opeten, oké?'

'Ik weet zeker dat hij dat heerlijk zal vinden.' Ik nam snel een hap en zei: 'Heel lekker. Je bent een geweldige kok.'

'Dank je wel, papa,' zei ze. Tot mijn grote vreugde boog ze naar me toe voor een snelle knuffel voordat ze weer het huis in liep, ongetwijfeld op weg naar mijn vaders schoot met nog twee toetjes.

Vivian had gezien dat London me knuffelde en hoewel ze reageerde met een vriendelijke glimlach, wist ik niet zeker wat ze ervan vond dat ze werd overgeslagen, als ze er al iets bij voelde. Zodra London de deur had dichtgedaan, zette Vivian haar toetje op tafel, omdat suiker de vijand was en zo. Dat gold niet voor mij, Marge of Liz. Marge nam nog een hap en sprak weer.

'Je hebt een drukke week voor de boeg. London gaat voor het eerst naar school, Vivian gaat op reis en jij gaat commercials filmen, hè? Wanneer begint dat?'

'We hebben een repetitie op woensdagmiddag, we gaan filmen op donderdag en vrijdag, en dan volgende week nog een paar dagen. En verder heb ik volgende week nog een castingsessie.'

'Druk, druk, druk.'

'Het zal wel gaan,' zei ik, en ik besefte dat ik dat ook echt meende. Als London op school zat, had ik acht vrije uren om te werken. Dat leek wel alle tijd van de wereld vergeleken met het leven dat ik nu leidde. Ik nam nog een hap van het toetje en voelde dat Vivian naar me keek.

'Wat is er?' vroeg ik haar.

'Je gaat dat toch niet allemaal opeten, hè?' vroeg Vivian.

'Waarom niet?'

'Omdat we over een uur gaan eten. Het is niet goed voor je. En niet voor je lijn.'

'Ik denk dat ik het wel kan hebben,' zei ik. 'Ik ben deze maand bijna drie kilo afgevallen.'

'Waarom probeer je het er dan weer aan te krijgen?' vroeg Vivian.

Toen ik daar geen antwoord op gaf, schraapte Liz haar keel. 'En jij, Vivian? Ga jij nog steeds naar de sportschool en doe je nog steeds yoga bij die zaak in de binnenstad?'

'Alleen op zaterdag. Maar ik doe twee tot drie keer per week een work-out op de sportschool op het werk.'

Ik knipperde met mijn ogen. 'Is er een sportschool op je werk?'

'Dat weet je best. Je hebt me mijn sporttas mee naar het werk zien nemen. Anders zou ik er geen tijd voor hebben. Natuurlijk draait het soms uit op een werksessie, afhankelijk van welke leidinggevende er is.'

Hoewel ze geen naam noemde, had ik een donkerbruin vermoeden dat mijn vrouw eigenlijk Walter bedoelde, wat me als de wreedste verrassing van allemaal voorkwam, als het waar was.

Tegen die tijd was ik al helemaal somber. Vivian en Marge gingen door met hun oppervlakkige gesprek, maar ik sloot me er vrijwel helemaal voor af, terwijl mijn gedachten als vuurwerk tussen mijn oren ontploften.

London en mijn moeder kwamen uit het huis gelopen, allebei met tuinhandschoenen aan. London had duidelijk een paar van mijn moeder geleend, want ze leken zo'n drie maten te groot.

'Hé liefje!' riep ik uit. 'Tijd om iets te planten?'

'Ik heb handschoenen, papa! En oma en ik gaan het bloembed zooo mooi maken!'

'Goed zo.'

Ik keek toe hoe mijn moeder een ondiepe plastic kuip optilde met daarin twaalf kleinere plastic potjes, met goudsbloemen die al in bloei waren. London pakte twee schepjes, en mijn moeder luisterde oplettend terwijl London onophoudelijk kwetterde op weg naar het bloembed.

'Heb je weleens gemerkt hoe goed mama met London kan omgaan?' vroeg Marge. 'Ze is geduldig, vrolijk en gezellig.'

'Je klinkt een beetje bitter als je dat zegt,' merkte Liz op.

'Dat ben ik ook,' zei ze. 'Alsof mama ooit met mij bloemen heeft geplant. Of me heeft laten zien hoe je pudding-in-de-wolken maakt. En ook was ze over het algemeen niet geduldig, vrolijk en gezellig. Als ze iets tegen me zei, was dat omdat ze wilde dat ik wat klusjes deed.'

'Sta je open voor het idee dat je geheugen misschien selectief is?' vroeg Liz.

'Nee.'

Liz lachte. 'Dan moet je misschien gewoon het idee accepteren dat ze London leuker vindt dan ze jou of Russ ooit heeft gevonden.'

'Au,' zei Marge. 'Dat is niet erg therapeutisch.'

'Ik zou willen dat London mijn ouders wat vaker zag,' merkte Vivian op. 'Ik word er verdrietig van dat ze niet hetzelfde soort relatie met hen heeft. Dat ze niet de kans krijgt mijn familie te leren kennen.'

'Wanneer waren ze hier voor het laatst?' vroeg Liz.

'Thanksgiving,' zei Vivian.

'Waarom komen ze deze zomer niet op bezoek?'

'Het bedrijf van mijn vader is betrokken geweest bij een enorme fusie en mijn moeder houdt er niet van om zonder hem te reizen. Ik zou London natuurlijk ook naar hen kunnen brengen, maar wanneer heb ik daar tegenwoordig de tijd voor?'

'Misschien verandert dat wel als alles een beetje tot rust komt,' droeg Liz aan.

'Misschien,' zei Vivian, en er verscheen plotseling een frons toen ze keek hoe London aan het graven was terwijl mijn moeder de bloemen in de grond zette. 'Als ik had geweten dat London bloemen zou gaan planten, had ik schone kleren meegenomen. Haar jurk is praktisch nieuw, en ze zal overstuur zijn als ze hem niet nog een keer kan dragen.'

Ik betwijfelde of dat London net zoveel kon schelen als Vivian. London kon zich waarschijnlijk niet eens de helft van de jurken die ze bezat herinneren, maar mijn gedachten werden verstoord door een plotselinge, doordringende gil van London, het geluid van pijn en angst…

'Au, au, au!!! Het doet PIJN! PAPA!!!!'

Onmiddellijk versplinterde de wereld tot niet bij elkaar passende beelden; ik voelde mezelf opstaan, mijn stoel schoot naar achteren... Liz en Marge draaiden hun hoofd om, met een uitdrukking van shock op hun gezicht... Vivians mond vormde een O... mijn moeder stak haar armen naar London uit... London was vuurrood aangelopen en in huilen uitgebarsten, en schudde met verwrongen gezicht haar hand...

'HET DOET PIJN, PAPA!!!'

Ik stormde van de veranda af naar haar toe, met adrenaline die door mijn systeem gierde. Zodra ik haar had bereikt, schepte ik haar op in mijn armen.

'Wat is er aan de hand? Wat is er gebeurd?'

London was te hard aan het snikken om antwoord te geven. Ze gilde zo hard dat ze me geen antwoord kon geven, en ze hield haar hand weg van haar lichaam.

'Wat is er aan de hand? Heb je je hand pijn gedaan?'

Mama's gezicht was wit. 'Ze is door een bij gestoken!' riep ze uit. 'Ze probeerde hem van haar hand te slaan...' Vivian, Liz en Marge stonden ook naast ons. Zelfs mijn vader was in de deuropening verschenen en haastte zich naar ons toe.

'Was het een bij?' vroeg ik. 'Heeft een bij je gestoken?' Ik probeerde Londons hand te pakken, maar ze was er als een bezetene mee aan het wapperen, ervan overtuigd dat de bij er nog aan vast zat.

Vivian greep Londons arm snel beet, ook al bleef London doorgillen. Ze draaide hem om en focuste uiteindelijk op de rug van Londons hand.

'Ik zie de angel!' schreeuwde ze naar London. London bleef met haar armen maaien en schonk er geen aandacht aan, terwijl Vivian verderging. 'Ik moet hem eruit halen, oké?'

Vivian greep Londons arm steviger vast. 'Hou stil!' beval ze. Met haar nagels moest ze het een paar keer proberen voordat ze de angel kon losmaken, maar daarna was de angel er met een snelle ruk uit. 'Hij is eruit, lieveling,' kondigde ze aan. 'Ik weet dat het pijn doet,' zei ze sussend, 'maar nu komt het goed.'

Niet meer dan vijftien seconden waren er verstreken sinds ik London voor het eerst had horen beginnen te gillen, maar het leek veel langer. London was nog steeds aan het huilen, maar ze verzette zich minder en haar gegil was minder geworden terwijl ik haar vasthield. Haar tranen maakten mijn wang nat terwijl iedereen om haar heen kwam staan om haar te proberen te troosten.

'Sst...' fluisterde ik. 'Ik heb je vast.'

'Gaat het?' vroeg Marge, terwijl ze London over haar rug streelde.

'Dat deed vast pijn, arm kind...' zei Liz.

'Ik ga het zuiveringszout halen...' kondigde mijn moeder aan.

'Kom hier, schatje,' zei Vivian, die haar armen naar London uitstak. 'Laat mama je vasthouden...'

Vivian wikkelde haar armen om London, maar plotseling duwde London haar gezicht tegen mijn hals.

'Ik wil papa!' zei London, en toen Vivian haar begon op te tillen, voelde ik London zelfs nog harder knijpen zodat ze me bijna wurgde, tot Vivian eindelijk losliet.

Ik droeg London terug naar mijn stoel en ging zitten. Ik luisterde naar hoe haar gehuil langzamerhand minder werd. Tegen die tijd had mijn moeder zuiveringszout met water gemengd tot een pasta en het op tafel gezet, samen met een lepel.

'Dit zal helpen tegen de zwelling en wat van de jeuk wegnemen,' zei ze. 'Wil je kijken hoe ik het erop doe, London?'

London maakte zich los van mijn hals en keek toe hoe mijn moeder de pasta op haar huid aanbracht.

'Gaat het prikken?'

'Helemaal niet,' antwoordde mijn moeder. 'Zie je?'

London was intussen alleen nog maar aan het snuffen en toen mijn moeder klaar was, bracht London haar hand dichterbij. 'Het doet nog steeds pijn,' zei ze.

'Dat weet ik, maar dit zorgt ervoor dat het beter gaat voelen, oké?'

London knikte en onderzocht haar hand nog steeds. Ik veegde haar tranen weg met mijn vinger en voelde het vocht op mijn huid.

We zaten een tijdje aan tafel te babbelen in een poging om London af te leiden en ondertussen op te letten of er een allergische reactie zou volgen. Geen van ons verwachtte dat – noch Vivian noch ik was allergisch, en London had niet allergisch op de vuurmieren gereageerd – maar aangezien het de eerste keer was dat ze door een bij was gestoken, wist niemand het zeker. Londons ademhaling leek normaal en de zwelling werd niet erger; toen we het onderwerp van Mr. en Mrs. Sprinkles aansneden, leek London haar pijn zelfs tijdelijk te vergeten, al was het maar een paar seconden.

Zodra we wisten dat London in orde was, besefte ik dat alle volwassenen overdreven hadden gereageerd. Onze paniek, onze haast om te sussen en de manier waarop we in de nasleep om haar heen hadden lopen moederen kwam me een beetje belachelijk voor. Het was tenslotte nou niet zo dat ze een arm had gebroken of door een auto was aangereden. Haar gegil van de pijn was echt geweest, maar toch... ze was gestoken door een bij. Als kind was ik waarschijnlijk een stuk of vijf keer gestoken en toen het de eerste keer was gebeurd, had mijn moeder geen pasta van zuiveringszout met water gemaakt, en ook had ze me niet in haar armen genomen om me te troosten. Als ik het me goed herinner, had mijn moeder me gewoon gezegd dat ik de angel eruit moest wassen, en had mijn vader iets gezegd in de trant van: 'Stop met janken als een klein kind.'

Toen mijn moeder uiteindelijk vroeg of London nog een lepel chocoladepudding wilde, sprong ze van mijn schoot af en gaf ze me een kus voordat ze mijn moeder de keuken in volgde. Ze hield haar hand voor zich uit als een chirurg die zich zojuist heeft klaargemaakt voor een operatie. Dat zei ik ook hardop, wat een lach aan Marge en Liz ontlokte.

Vivian moest echter helemaal niet lachen. In plaats daarvan leek haar toegeknepen blik me te beschuldigen van een misdaad: verraad.

13

Misdaad en straf

Ik was twaalf en Marge was zeventien toen ze uit de kast kwam, of wat de politiek correcte term ervoor tegenwoordig ook is. Marge was zich er in die tijd niet van bewust dat ze politiek correct was; het gebeurde gewoon zo'n beetje. We zaten een beetje te niksen in haar slaapkamer en het onderwerp van de reünie van de middelbare school kwam ter sprake. Toen ik vroeg waarom ze er niet heen ging, draaide ze zich naar me om.

'Omdat ik meisjes leuk vind,' zei ze plompverloren.

'O,' weet ik nog dat ik zei. 'Ik vind meisjes ook leuk.' Ik denk dat ik ergens wel had vermoed dat Marge misschien homoseksueel was, maar op die leeftijd kwam alles wat ik over seksualiteit en seks wist zo'n beetje van gemompelde gesprekken in de schoolgangen of van de paar films voor boven de zestien die ik had gezien. Als ze het me een jaar later had verteld, toen ik vrijwel elke dag mijn slaapkamerdeur met een schoen als wig dichtklemde om wat privacy te hebben, weet ik niet hoe ik zou hebben gereageerd, al vermoed ik dat ik er veel meer moeite mee zou hebben gehad. Op je dertiende – aan het begin van de middelbare school – wordt alles wat anders is beschouwd als Echt Heel Erg, en dat geldt ook voor zussen.

'Vind je dat vervelend?' vroeg ze, plotseling heel geconcentreerd aan haar nagelriem pulkend.

Pas toen ik naar haar keek – echt keek – begreep ik hoe zenuwachtig ze was om het aan me te vertellen. 'Ik geloof het niet. Weten papa en mama het?'

'Nee. En je mag niks tegen ze zeggen. Anders flippen ze helemaal.'

'Oké,' zei ik, en dat meende ik. Het was een geheim dat tussen ons bleef tot Marge het jaar daarna met mijn ouders om de eettafel ging zitten en het hun zelf vertelde.

Het betekent niet dat ik edelmoedig was, en je moet er ook niet veel over mijn karakter uit concluderen. Ook al had ik gemerkt dat ze zenuwachtig was, ik was niet volwassen genoeg om het volle gewicht van wat ze had verteld te bevatten. Toen we klein waren, was het allemaal anders. Homoseksueel zijn was raar, homoseksueel zijn was verkeerd, homoseksueel zijn was een zonde. Ik had geen idee van de innerlijke strubbelingen waar Marge mee te maken zou krijgen, of van wat mensen uiteindelijk allemaal achter haar rug – en soms zelfs tegen haarzelf – zouden zeggen. En ik ben niet zo arrogant dat ik geloof dat ik het nu helemaal begrijp. Voor mijn twaalf jaar oude brein was de wereld eenvoudiger en of mijn zus van meisjes of van jongens hield, maakte me eerlijk gezegd helemaal niet uit. Ik vond haar om andere redenen wel of niet aardig. Ik vond het bijvoorbeeld niet leuk als ze me op mijn rug tegen de grond drukte, met haar knieën op mijn armen, terwijl ze met haar knokkels heen en weer ging over mijn borstbeen; ik vond het niet leuk wanneer Peggy Simons, een meisje dat ik leuk vond, aan de deur kwam en ze tegen haar zei dat 'hij niet naar de deur kan komen, want hij zit op de wc, en daar zit hij al heel, heel lang,' waarna ze aan Peggy vroeg: 'Heb je toevallig lucifers bij je?'

Mijn zus. Die altijd zo aardig voor me was.

Wat ik wel leuk aan haar vond, was nogal eenvoudig. Zolang ze niet iets deed wat niet leuk was, vond ik haar maar al te graag wel leuk. Zoals alle jongere broertjes of zusjes had ik wel een beetje heldenverering richting Marge, en haar onthulling veranderde daar helemaal niets aan. Zoals ik het zag, behandelden mijn ouders haar als een jongvolwassene terwijl ze mij behandelden als een kind, zowel voor- als nadat ze het me had verteld. Ze verwachtten meer van haar, zowel in en om het huis als wat op mij passen betrof. Ik moet ook toegeven dat Marge mijn eigen weg naar de volwassenheid gemakkelijker maakte dan het anders geweest zou zijn, omdat mijn ouders altijd alles al hadden meegemaakt met Marge. Verrassingen en teleurstellingen gaan tenslotte vaak hand in hand waar het het opvoeden van kinderen betreft, en minder verrassingen betekenden gewoonlijk minder teleurstellingen.

Toen ik een keer 's nachts het huis uit sloop en stiekem met de auto wegreed? Marge had het jaren eerder al gedaan.

Toen ik te veel had gedronken op een feestje op de middelbare school? Welkom bij de club.

Toen ik de watertoren bij ons in de buurt beklom, een populaire plek om rond te hangen onder tieners? Dat was al Marge' favoriete plek.

Toen ik een wispelturige tiener was die nauwelijks tegen mijn vader of mijn moeder praatte? Marge had hun geleerd om ook dat te verwachten.

Marge liet me uiteraard nooit vergeten hoeveel gemakkelijker ik het had, maar om eerlijk te zijn kreeg ik daardoor wel vaak het gevoel dat ik er maar een beetje bij hing in het gezin, wat ook niet eenvoudig was. We voelden ons allebei op onze eigen manier een beetje tekortgedaan, maar bij onze afzonderlijke worstelingen gingen we elk jaar steeds meer op elkaar leunen.

Als we het er tegenwoordig over hebben – over wat ze heeft moeten doorstaan – bagatelliseert ze hoe moeilijk het was om uit de kast te komen bij andere mensen, en daardoor bewonder ik haar des te meer. Het is nooit gemakkelijk om anders te zijn, en het feit dat ze op die manier anders was, in het Zuiden, in een christelijk gezin, leek haar vastberadenheid om onkwetsbaar te lijken nog groter te maken. Als volwassene leeft ze in een wereld die wordt beheerst door getallen, spreadsheets en berekeningen. Als ze met anderen praat, probeert ze zich te verschuilen achter gevatheid en sarcasme. Ze gaat intimiteit met de meeste mensen uit de weg, en hoewel we close zijn, vraag ik me af of mijn zus het soms nodig heeft om haar emotionele kant te verbergen, zelfs voor mij. Ik weet dat als ik het zou vragen, ze het zou ontkennen; ze zou zeggen dat als ik op zoek was naar fijngevoeligheid, ik God om een andere zus had moeten vragen, het soort zus dat altijd een tissue bij zich had voor het geval er een droevig liedje op de radio zou komen.

De laatste tijd merk ik dat ik zou willen dat ik haar beter had laten weten dat ik haar zag zoals ze echt was en dat ik het altijd geweldig heb gevonden wie ze was. Maar hoe close we ook zijn, onze gesprekken gaan bijna nooit zo diep. We praten, net zoals de meeste mensen denk ik, over de meest recente gebeurtenissen in ons leven en verbergen onze angsten als een schildpad die zijn kop in zijn schild terugtrekt.

Maar ik heb Marge ook gezien toen ze volkomen in de put zat.

Het had te maken met een meisje dat Tracey heette, haar kamergenote. Marge was derdejaarsstudente op de University of Carolina in Charlotte, en hoewel ze haar seksualiteit niet verborg, liep ze er ook niet mee te koop. Tracey wist het vanaf het begin, maar het leek nooit een probleem te zijn. Omdat ze zo vaak samen waren, ontstond er een hechte en natuurlijke vriendschap, zoals zo vaak gebeurt bij kamergenoten op de universiteit.

Tracey had thuis een vriendje, en nadat het uit was gegaan, stond Marge voor haar klaar om het te verwerken. Uiteindelijk merkte Tracey dat Marge zich tot haar aangetrokken voelde, en ze ontmoedigde haar niet; ze speculeerde zelfs dat ze misschien wel biseksueel was maar dat ze het niet zeker wist. En toen, op een avond, gebeurde het. Marge werd 's ochtends wakker met het gevoel dat ze het deel van zichzelf dat ze altijd had gemist, had gevonden; toen Tracey wakker werd, was ze zelfs nog meer in de war, maar bereid om het te proberen. Op aandringen van Tracey waren ze discreet, maar dat vond Marge prima, en in de loop van de volgende paar maanden werd Marge zelfs nog verliefder. Maar Tracey begon zich steeds meer terug te trekken, en toen ze terug naar huis was geweest voor de voorjaarsvakantie dat jaar, vertelde ze Marge dat zij en haar vriendje het hadden bijgelegd en dat ze niet zeker wist of zij en Marge vriendinnen konden blijven. Ze vertelde haar dat ze ging verhuizen naar een appartement dat haar ouders hadden gehuurd, en dat wat zij en Marge met elkaar hadden gehad niets meer was geweest dan experimenteren. Voor haar was het niet belangrijk geweest.

Marge belde me even voor middernacht. Ze was aan het drinken en aan het wauwelen, en vertelde me flarden van het verhaal waarbij ze met dubbele tong zei dat ze dood wilde. Ik had net mijn rijbewijs gehaald, en op de een of andere manier wist ik precies waar ik haar kon vinden. Ik racete naar de watertoren en zag haar auto eronder geparkeerd staan. Ik klom naar boven en zag mijn zus daar op de rand zitten, met haar benen omlaag bungelend. Er stond een open fles rum naast haar, en het was meteen duidelijk dat ze stomdronken was en dat er vrijwel geen zinnig woord meer uit haar kwam. Toen ze me zag, schoof ze dichter naar de rand.

Rustig pratend wist ik haar ervan te overtuigen om me dichterbij te laten komen; toen ik eindelijk bij haar was, legde ik mijn arm om haar heen en wist ik haar centimeter voor centimeter bij de rand vandaan te bewegen. Ik hield haar vast terwijl ze zat te snikken, en we bleven boven op de watertoren tot het bijna licht werd. Ze smeekte me om het niet aan onze ouders te vertellen, en nadat ik dat had beloofd, reed ik haar terug naar haar studentenkamer en stopte ik haar in bed. Toen ik thuiskwam, waren mijn ouders witheet; ik was zestien en was de hele nacht weggeweest. Ze gaven me een maand huisarrest en ik mocht nog drie maanden niet meer autorijden.

Maar ik heb hun nooit verteld waar ik was geweest, hoe erg mijn zus er die nacht aan toe was geweest of wat er met haar had kunnen gebeuren als ik niet was gekomen. Het was genoeg om te weten dat ik er voor haar was geweest, dat ik haar in mijn armen had gehouden toen ze dat het hardst nodig had gehad, precies zoals ik wist dat zij voor mij zou doen.

Het hoeft geen betoog dat mijn uitgestelde romantische avondje, na het etentje bij mijn ouders, niet meer doorging. Vivian was in geen al te best humeur tegen de tijd dat we thuiskwamen. Ik zelf ook niet.

Zondagochtend begon lui, met een derde kop koffie nadat ik acht kilometer had hardgelopen, het verste wat ik had gerend in bijna tien jaar. London zat een film te kijken in de woonkamer en ik zat de krant te lezen op de veranda achter het huis toen Vivian naar buiten kwam.

'Ik geloof dat London en ik een "Mama en ik"-dag nodig hebben,' kondigde Vivian aan.

'Een wat?'

'Je weet wel, meiden onder elkaar. We gaan ons mooi aankleden en een manicure en een pedicure nemen, misschien haar haar laten doen, dat soort dingen. Een soort mini-viering voordat ze voor het eerst naar school gaat, waarbij we niet als gekken rond hoeven te sjezen zoals gisteren.'

'Zijn die zaken wel open op zondag?'

'We vinden wel iets,' zei ze. 'Ik kan zelf ook wel een goede mani-pedi gebruiken.'

'Weet London eigenlijk wel wat een mani-pedi is?'

'Natuurlijk weet ze dat. En het zal goed zijn om wat tijd met haar alleen door te brengen, weet je? Ik heb de laatste tijd zoveel gewerkt. En dan heb jij ook even de tijd om te doen wat je wilt. Rondlummelen, werken, wat dan ook.'

'Wanneer lummel ik ooit maar wat rond?'

'Je weet best wat ik bedoel,' zei ze. 'Maar goed, ik moet haar gaan helpen wat kleren uit te zoeken. Ik wil helemaal mooi aangekleed zijn en er een speciale dag van maken.'

'Dat klinkt inderdaad als een echte meidendag,' beaamde ik. 'Ik hoop dat jullie een leuke dag zullen hebben.'

'Ongetwijfeld.'

'Hoelang denk je dat jullie wegblijven?'

'O, dat weet ik niet. Hangt ervan af. Misschien komen we pas tegen het avondeten terug als London ergens wil lunchen. Ik wil dat het allemaal heel ontspannen gaat. Wie weet? Misschien wil ze wel naar de film.'

Drie kwartier later gingen ze de deur uit en had ik het huis voor mezelf. De laatste tijd kwam dat niet vaak voor, maar ik was er zo aan gewend geraakt om me van hot naar her te haasten dat ik niet eens goed wist wat ik moest doen. Alles was wel zo'n beetje geregeld met Taglieri, dus qua werk kon ik niet veel doen, en afgezien van een paar borden die in de vaatwasser gezet moesten worden, was het huis opgeruimd. Ik had al gesport en de krant al uit en ik was bijna de hele dag ervoor bij mijn ouders geweest, zodat ik binnen een uur in mijn eentje maar een beetje doelloos door het huis dwaalde. Ik miste iets – of liever gezegd: iemand – en ik realiseerde me dat wat ik echt zou willen doen als ik mocht kiezen, was door de buurt fietsen met London, met zijn tweetjes samen op een heerlijke luie zondagmiddag.

Vivian en London kwamen pas tegen zevenen thuis en ik at zowel 's middags als 's avonds alleen.

Ik zou heel graag het soort man zijn geweest dat naar de sportschool was gegaan of was gaan mediteren, of de middag had doorgebracht met het lezen van een biografie van Teddy Roosevelt, maar de slappe dag had tot een slap energieniveau geleid, zonder ook maar een greintje ambitie om aan mezelf te werken. Uiteindelijk bracht ik de dag door met surfen op internet, waarbij de ene klik tot de andere leidde, en ik bekeek alles wat toevallig mijn belangstelling wekte. Ik las over een enorme kwal die was aangespoeld op de stranden van Australië, de voortdurende beproevingen van allerlei landen in het Midden-Oosten, het dreigende uitsterven van gorilla's in centraal-Afrika, en de 'Tien beste voedingsstoffen om snel buikvet te verminderen!'.

Als er al iets was aan het surfen waar ik trots op kon zijn, was het dat ik niet één item over een beroemdheid las. Het was niet genoeg om naast mijn schoenen te gaan lopen, maar het was tenminste iets, toch?

Vivian en London waren allebei moe toen ze thuiskwamen, maar wel op een prettige manier moe. London liet me haar vinger- en teennagels zien en vertelde me dat ze naar de bioscoop waren geweest en hadden gewinkeld, en ook nog uit eten waren geweest. Nadat ze in bad was geweest, las ik haar zoals gewoonlijk voor, maar ze was al stevig aan het gapen voordat ik de laatste bladzijde had omgeslagen. Ik kuste haar en snoof de geur van de babyshampoo op die ze nog steeds het liefst gebruikte.

Tegen de tijd dat ik beneden kwam, zat Vivian in haar pyjama in de woonkamer, met een glas wijn in haar hand. De televisie stond aan – een of ander programma over huisvrouwen, van wie de meeste emotioneel labiel leken – maar Vivian was opgewekter dan gewoonlijk. Ze kletste over hoe haar dag was geweest, gaf me een kokette blik toen ik een suggestieve opmerking maakte, en uiteindelijk belandden we in bed.

Het was niet bepaald een gepland romantisch avondje, maar toch was ik er blij mee.

Op dinsdagochtend, Londons eerste schooldag, liepen Vivian en ik met haar over de parkeerplaats naar het gebouw van haar school. Toen ik vroeg of ze wilde dat ik haar hand vasthield, haakte ze haar duimen onder de banden van haar rugzak.

'Ik ben geen klein meisje meer,' zei ze.

Gisteren hadden Vivian en ik een e-mail van de juf ontvangen waarin stond dat de eerste dag traumatisch kon zijn voor sommige kinderen en dat het het beste was om niet al te uitgebreid afscheid te nemen. Een vlugge kus of een klopje op de rug, en laat de juf of de meester het kind de klas in leiden, instrueerde de e-mail. Ze raadde ons af om bij de deur te blijven staan kijken, of te lang door de ramen te blijven turen. We werden gewaarschuwd dat we onze kinderen ons niet moesten laten zien huilen, hoe emotioneel we ons misschien ook voelden, omdat dat de onrust van ons kind nog zou kunnen vergroten. We hadden de telefoonnummers van de schoolzuster gekregen, en er was ons verteld dat er een begeleider van school beschikbaar zou zijn in de hal, als er ouders waren die erover wilden praten dat hun kind nu naar school ging. Ik vroeg me af of mijn ouders ooit zo'n brief hadden gekregen toen Marge of ik voor het eerst naar school was gegaan en moest hardop lachen bij de gedachte.

'Waar lach je om?' vroeg Vivian.

'Dat zeg ik later wel. Niks belangrijks.'

Voor ons uit zag ik mijn vader en moeder bij de auto staan wachten. Mijn vader had zijn loodgieterskleding aan, die bestond uit een blauw overhemd met korte mouwen met het bedrijfslogo, een spijkerbroek en werkschoenen. Mijn moeder had goddank geen schort aan en ook geen rode hoed op; ze zag er onopvallend uit, wat ik waardeerde, ook al kon het London niets schelen.

London zag hen en begon te rennen. Mijn vader tilde haar op toen ze sprong. Hij noemde haar 'snoes', wat ik nog niet eerder had gehoord. Ik vroeg me af of het nieuw was of dat het gewoon volledig langs me heen was gegaan.

'Vandaag is de grote dag,' zei mijn moeder. 'Vind je het spannend?'

'Het wordt leuk,' zei London.

'Ik weet zeker dat je het geweldig zult vinden,' verzekerde mijn moeder haar.

Mijn vader kuste London op haar wang toen hij haar liet zakken.

'Wil je mijn hand vasthouden, opa?' vroeg London.

'Natuurlijk, snoes.'

London liep met mijn vader vooruit terwijl Vivian mijn moeder vertelde over de e-mail die we van de leraar hadden gekregen. Mijn moeder fronste verward.

'Hebben ze een begeleider voor de óúders?'

'Ze werkt voor de school,' legde Vivian uit. 'Sommige ouders zijn misschien zenuwachtig of van slag. Ik neem aan dat ze gaat zitten knikken en zeggen dat het wel goed komt. Het heeft niet veel om het lijf.'

'Ben jij zenuwachtig?'

'Nee. Ik voel me een heel klein beetje verdrietig, alsof het het einde van een tijdperk is, maar dat gaat vast wel weer over.'

'Nou, eh... mooi zo.'

We gingen het lage schoolgebouw binnen, en terwijl ik moeders en hun kinderen twee aan twee het klaslokaal zag binnengaan, moest ik aan het verhaal van de ark van Noach denken, Londons lievelingsboek. Ik verwachtte Emily en Bodhi te zien, maar ik kon hen nergens vinden; ik vroeg me af of ze al geweest was of dat ze er nog niet was.

Niet dat het ertoe deed, natuurlijk. We stonden in de rij met andere ouders en kinderen die op weg waren naar de kleutergroep; stelletjes voor en achter ons, twee aan twee. De rij bewoog snel, en toen we bij de deur kwamen, nam Vivian het voortouw en ging ze naar mijn vader en London toe.

'Oké, liefje. Geef opa en oma een kus, oké? En daarna is het mijn beurt.'

London deed wat haar gezegd was en kuste mijn beide ouders, waarna ze Vivian kuste.

'Je papa komt je ophalen, maar ik wil alles horen over school als je thuiskomt. En denk eraan: je hebt vandaag om vier uur pianoles, oké? Ik hou van je.'

'Ik hou ook van jou, mama.'

De onderwijzeres stond te glimlachen. 'Zo, hallo London. Leuk je weer te zien. Ben je klaar voor een leuke dag?'

'Ja, mevrouw,' antwoordde London, en met een zachte hand op haar rug duwde Vivian London naar voren terwijl de juf ruimte voor haar maakte zodat ze erlangs kon. Zoals ons was aangeraden bleven we niet hangen bij de deur of de ramen, al lukte het me wel om London te zien staan bij een laag tafeltje bedekt met vilt in verschillende vormen en afmetingen. Kinderen waren ze aan het opstapelen om er iets van te gaan maken. Nog steeds geen teken van Bodhi, maar het leek London niet te ontmoedigen.

Pas toen we terugliepen naar de auto drong het tot me door wat er was gebeurd.

'Ik heb geen kans gehad om haar een afscheidskus te geven.'

'Dat geeft niet. Je ziet haar na school weer.' Vivian haalde haar schouders op.

'Wil je door de hal lopen om de begeleider te spreken?'

'Echt niet,' zei ze. 'Ik ben nu al laat voor mijn werk. Walter loopt waarschijnlijk door zijn kantoor te ijsberen, omdat hij op me wacht.'

Terwijl London op school zat, bevestigde ik alle aspecten van het filmen nogmaals voordat ik een ontmoeting had met het hoofd van de cameraploeg. We namen het rooster door, plus de hoeveelheid film die we nodig hadden – vooral voor het langere spotje, waar meer dan tien verschillende shots in zaten en waar drie dagen voor nodig zouden zijn – en verzekerden ons ervan dat we het overal over eens waren. Daarna benaderde ik nog telefonisch een stuk of vijf plastisch chirurgen en maakte twee afspraken voor een bespreking in de volgende week.

Niet slecht voor een dag werken, en toen ik London ging ophalen, moest ik in een rij staan wachten die door de hele straat liep. In tegenstelling tot het wegbrengen was het ophalen chaotisch en kostte het veel tijd, en het duurde twintig minuten voordat London eindelijk in de auto zat.

'Hoe was je eerste dag op school?' vroeg ik haar, terwijl ik langzaam optrok en in de achteruitkijkspiegel naar haar keek.

'Leuk,' zei ze. 'De juf liet me haar helpen om *Go, Dog. Go!* voor te lezen tijdens voorleesuur. Sommige kinderen kennen de letters nog geeneens.'

'Dat halen ze wel in,' zei ik. 'Volgens mij kon ik ook nog niet lezen toen ik naar de kleuterschool ging.'

'Waarom niet?'

'Mijn ouders lazen me niet zo vaak voor. Ze gingen er waarschijnlijk vanuit dat ik wel zou leren lezen als ik naar school ging.'

'Waarom lazen ze je niet voor?'

'Ik weet het niet. Misschien waren ze te moe.'

'Mama leest me wel voor als ze moe is. En jij leest me ook voor als je moe bent.'

'Niet iedereen is hetzelfde, denk ik. Hé, is Bodhi trouwens nog gekomen?'

'Ja en we mogen aan dezelfde tafel zitten. Hij kan heel goed kleuren.'

'Dat is geweldig. Het is fijn om naast iemand te zitten die je al kent.'

Intussen verdween de school langzaam in de verte. 'Papa?'

'Ja?'

'Kunnen we naar de ijssalon gaan voordat ik naar pianoles moet? Omdat ik vandaag naar school ben geweest?'

Ik keek naar de klok en maakte snel een rekensommetje. 'Ik denk dat we daar nog net tijd voor hebben.'

Doordat we naar de ijssalon waren gegaan, kwamen we maar een paar minuten voor tijd bij het huis van de pianoleraar aan. London was al acht uur aan één stuk in touw, negen tegen de tijd dat de les voorbij was, en daarbij was de tijd die het had gekost om haar klaar te maken voor school niet meegerekend. Ze zou doodop zijn tegen de tijd dat we thuiskwamen.

Terwijl London oefende, maakte ik een wandeling door de buurt. Mijn knieën deden een beetje pijn van het geregeld hardlopen, maar niet al te erg. Ik was net op weg toen ik mijn telefoon hoorde overgaan. Marge.

'Hoe heeft London het gedaan op haar eerste dag?' vroeg Marge zonder inleiding.

'Ze vond het leuk,' antwoordde ik. 'Haar vriendje Bodhi was er ook.'

'Ja? En Bodhi's mama?'

'Ik heb haar niet gezien,' zei ik. 'We waren al weg tegen de tijd dat zij en Bodhi aankwamen.'

'Goddank,' zei ze. 'Anders zou die arme Emily misschien nog zijn gesmolten door Vivians dodelijke laserblikken.'

'Hoor jij niet aan het werk te zijn in plaats van te zitten afgeven op mijn vrouw?'

'Ik ben niet op haar aan het afgeven. Ik sta juist aan haar kant. Ik bedoel, als Liz begon om te gaan met haar ex, die toevallig ook nog een geweldige, prachtige, pas gescheiden vrouw was, zou ik haar ook proberen te vernietigen met mijn laserogen.'

'Wat is dat toch met vrouwen?'

'O, alsjeblieft zeg. Ga nou niet zo beginnen. Je maakt een geintje, zeker? Ik neem aan dat jij het gewoon heerlijk vindt om haar in elk gesprek "Walter" te horen noemen. Zelfs ik begon het beu te worden om zijn naam te horen.'

'Ze werkt voor hem,' zei ik, in een poging het te bagatelliseren. 'Dat is normaal.'

'Ja? Hoe heet mijn baas?' Toen ik geen antwoord gaf, ging ze verder. 'En wat kan jou het schelen dat ze samen werken, samen sporten, samen reizen en samen in een privévliegtuig vliegen, toch? En wat maakt het uit dat ze de naam van haar baas die ook nog eens miljardair is vaker noemt dan die van jou? Je bent zo ver ontwikkeld dat je boven zelfs maar het allerkleinste steekje jaloezie verheven bent.'

'Probeer je me op stang te jagen?'

'Helemaal niet,' zei ze. 'Maar ik wil wel weten hoe de rest van je weekend is gegaan, nadat je bij mama was weggegaan. Ik neem aan dat je de dingen als de nieuwe bankrekening of het appartement in Atlanta niet ter sprake hebt gebracht?'

'Nee. Zaterdagavond verliep uiteindelijk vrij rustig. We gingen vroeg naar bed. We waren allemaal moe. En op zondag had ik eigenlijk een mazzeltje.' Ik vertelde haar over de dag van Vivian en London.

'Alsof ik die niet zag aankomen,' zei Marge.

'Waar heb je het over?'

'Heb je gezien hoe ze naar je keek nadat London door de bij was gestoken?'

Ik wist het nog precies maar ik wilde het niet zeggen. In plaats daarvan zei ik: 'Ze was gewoon van streek dat London pijn had.'

'Nee. Ze was van streek omdat London naar jou en niet naar haar toe rende om haar te troosten. Liz zag het ook.'

Ik herinnerde me dat ik hetzelfde had gedacht, en zei niets.

'Dus wat doet ze?' ging Marge verder. 'Ze brengt de hele zondag samen met London door, en dan stuurt ze London haastig de klas in voordat jij de kans hebt gehad om haar een afscheidskus te geven.'

'Hoe wist je dat?'

'Omdat mama me heeft gebeld en het heeft verteld. Ze vond het maar raar.'

'Je bent gek,' zei ik, me plotseling in de verdediging gedrukt voelend. 'Je hecht er veel te veel betekenis aan.'

'Misschien,' gaf ze toe. 'Ik hoop het.'

'En hou op met zo over Vivian praten. Jullie moeten allemaal ophouden alles wat ze doet te ontleden. Ze staat de afgelopen weken onder een enorme druk.'

'Je hebt gelijk,' zei ze. 'Ik ging te ver. Sorry.' Ze was even stil. 'Wat ben je nu aan het doen?'

'Probeer je van onderwerp te veranderen?'

'Ik doe mijn best. Ik heb al sorry gezegd.'

'London is naar pianoles. Ik maak een wandeling. Ik wilde nog even wat calorieën verbranden voor het avondeten.'

'Goed zo,' zei ze. 'Je lijkt trouwens een dunner gezicht te hebben gekregen.'

'Je kan het nog niet echt zien.'

'O jawel. Afgelopen weekend had ik echt iets van... wauw.'

'Je probeert gewoon een beetje stroop te smeren zodat ik niet meer boos op je blijf.'

'Jij blijft nooit boos op me. Je wilt het iedereen altijd zo graag naar de zin maken dat je als je hebt opgehangen, waarschijnlijk bang bent dat je me hebt gekwetst omdat je tegen me in bent gegaan.'

Ik begon te lachen. 'Tot ziens, Marge.'

Het probleem was: hoe ongelukkig ik ook was met Marge' beoordeling van Vivian, ik kon het idee niet van me afschudden dat er misschien wel meer dan een kern van waarheid in zat. De enige gebeurtenis die niet te rijmen leek met Marge' theorieën was onze liefdevolle zondagavond, maar zelfs Vivians onverwachte warmte kon worden verklaard door het gevoel dat ze haar onbetwiste eerste plaats in het leven van London weer had bevestigd.

Aan de andere kant was dat belachelijk. Wat maakte het nou uit dat London naar mij was gerend nadat ze door een bij was gestoken? Ik zou me niet gekwetst hebben gevoeld als ze naar Vivian was gerend in plaats van naar mij; mensen in gezonde huwelijken vielen niet ten prooi aan zulke kleinzielige machtsspelletjes. Vivian en ik waren een team.

Toch?

Ik voelde meteen dat Vivian niet in een aangename bui was toen ze uit haar werk thuiskwam, en toen ik vroeg hoe haar dag was geweest, stak ze van wal over hoe de financieel directeur zojuist haar ontslag had ingediend, waardoor het bedrijf plotseling in rep en roer was.

'Walter was laaiend,' zei ze op weg naar de slaapkamer. Ze liep de inloopkast in en begon haar werkkleding uit te trekken. 'En ik kan hem geen ongelijk geven. Afgelopen week was ze nog formeel akkoord gegaan met een verhuizing naar Atlanta. Ze had het zelfs gebruikt om er een verhuisbonus uit te slepen – die ze al heeft ontvangen – en nu informeert ze ons plotseling dat ze een nieuwe baan heeft aangenomen? Mensen proberen altijd misbruik te maken van Walter, en ik zie het de hele tijd gebeuren. Ik ben het helemaal zat.'

Daar was die naam weer, en ik herinnerde me het geplaag van Marge. Niet één, maar twee keer.

'Ze doet vast wat zij denkt dat het beste is voor haar gezin.'

'Je laat me niet uitpraten,' bitste Vivian. Met alleen een beha en slipje aan wriemelde ze zich in een spijkerbroek. 'Het blijkt dat ze ook andere leidinggevenden heeft geworven om haar naar het nieuwe bedrijf te volgen, en er gaan geruchten dat een paar andere leidinggevenden het serieus overwegen. Weet je hoeveel schade dat aan Walters bedrijf zou berokkenen?'

Driemaal is scheepsrecht. 'Klinkt als een rotdag.'

'Het was afschuwelijk,' zei ze, terwijl ze een wit T-shirt pakte. Het viel me onwillekeurig weer op hoe stijlvol Vivian was, zelfs als ze iets gemakkelijks aantrok. 'Dat betekent voor mij uiteraard dat ik, vanwege deze nieuwe hobbel, waarschijnlijk nog meer tijd moet doorbrengen in Atlanta, voor een tijdje tenminste.'

Dat deel hoorde ik heel duidelijk. 'Meer dan vier dagen?'

Ze hield haar handen omhoog en haalde diep adem. 'Maak een toch al afschuwelijke dag niet nog erger. Ik weet dat je boos bent. Ik ben ook boos. Laat me gewoon even iets met London gaan doen en dan praten we er later over. Ik wil horen hoe haar eerste dag is gegaan, me ontspannen en misschien een glas wijn nemen, oké?'

Tegen die tijd was ze al op weg naar London.

Terwijl zij in de woonkamer waren, maakte ik snel wat avondeten: kip, rijst, geglaceerde worteltjes en een salade. Toen het klaar was, kwamen ze aan tafel. Vivian was nog steeds afwezig en gespannen. London bleef intussen zonder ophouden doorkletsen; over dat zij en Bodhi hadden gehinkeld in de pauze, dat Bodhi heel goed kon springen, en talloze andere details over haar spannende dag op school.

Na het eten maakte ik de keuken schoon terwijl Vivian naar boven ging met London. Ondanks het late uur belde ik Taglieri om met hem te praten over de repetitie van morgen en om te controleren of hij het script had doorgelezen. Eén ding had ik wel geleerd van cliënten, en dat was dat hoe vertrouwder ze waren met het script, des te beter ze andere aanwijzingen konden opvolgen.

Tegen de tijd dat ik ophing, hoorde ik geschreeuw boven. Ik haastte me de trap op en bleef staan in de deuropening van Londons slaapkamer. Vivian hield een vochtige handdoek vast; London, die in haar pyjama was, had nat haar en de tranen stroomden over haar wangen.

'Hoe vaak heb ik je gezegd dat je de natte handdoeken níét in de wasmand moet doen?' vroeg Vivian op hoge toon. 'En deze jurk had al helemaal niet in de wasmand gemoeten!'

'Ik zei toch sorry!' schreeuwde London terug. 'Ik deed het niet expres!'

'Nu gaat alles muf ruiken en sommige vlekken gaan er waarschijnlijk niet meer uit.'

'Het spijt me!'

'Wat is er aan de hand?' vroeg ik.

Vivian draaide zich naar mij om, met een woedende uitdrukking op haar gezicht. 'Wat er aan de hand is, is dat je dochters nieuwe jurk waarschijnlijk naar de maan is. De jurk die ze zondag aanhad.'

'Ik heb het niet expres gedaan!' zei London, en haar gezichtje trok helemaal samen. Vivian hield haar hand op, met haar lippen tot een grimmig streepje geperst.

'Dat weet ik. Daar gaat het niet om. Waar het om gaat is dat je een vieze jurk in de wasmand hebt gedaan bij je nieuwe jurk, en dat je er daarna natte hánddoeken bovenop hebt gelegd. Hoe vaak heb ik je niet gezegd dat je de handdoeken moet laten drogen op de rand van het bad voordat je ze in de wasmand stopt?'

'Ik was het vergeten!' huilde London. 'Het spijt me!'

'Het was mijn schuld,' kwam ik tussenbeide. De natte-handdoekenregel was duidelijk nieuw voor me. Ik had Vivian en London nog nooit zo tegen elkaar tekeer zien gaan. Het bracht herinneringen boven aan de avond dat London en ik ruzie hadden gehad. 'Ik zeg tegen haar dat ze gewoon alles wat vies is in de wasmand moet stoppen.'

'De waarheid is dat ze weet wat ze moet doen!' snauwde Vivian voordat ze haar aandacht weer op London richtte. 'Toch?'

'Het spijt me, mama,' zei ze.

'Ik zal ze morgen naar de stomerij brengen,' bood ik aan. 'Ik weet zeker dat we de vlekken er wel uit krijgen.'

'Daar gaat het niet om, Russ! Ze heeft geen respect voor de dingen die ik voor haar heb gekocht, hoe vaak ik het ook tegen haar zeg!'

'Ik heb toch SORRY gezegd!' gilde London.

Eén ding wist ik zeker: Vivian was veel te boos en London veel te moe hiervoor, dus dit moest ophouden.

'Zal ik het hier afmaken?' bood ik aan. 'Ik kan haar wel naar bed brengen.'

'Waarom? Zodat je tegen haar kunt zeggen dat ik veel te overdreven reageer?'

'Nee, natuurlijk niet...'

'O, kom op zeg. Je bent me al aan het ondermijnen sinds ik weer ben gaan werken,' zei ze, 'maar oké, prima. Ik zal jullie twee alleen laten.' Ze wilde op weg gaan naar onze slaapkamer toen ze zich weer omdraaide naar London. 'Ik ben erg in je teleurgesteld dat je niet genoeg om me geeft om naar me te luisteren,' zei ze.

Ik zag de schrik op Londons gezicht zodra Vivian weg was, en mijn eerste gedachte was om te proberen te begrijpen waarom Vivian zo wreed had geklonken. Ik had moeten reageren, maar Vivian was al de trap af en London was aan het huilen, dus stapte ik verder de kamer binnen en ging op het bed zitten. Ik deed mijn armen wijd. 'Kom eens hier, meisje van me,' fluisterde ik, en London kwam naar me toe. Ik sloeg mijn armen om haar heen en trok haar tegen me aan, en voelde hoe haar lijfje nog steeds beefde.

'Het was niet mijn bedoeling om mijn jurk te verpesten,' jammerde ze.
'Dat weet ik. Laten we ons daar nu niet druk om maken.'
'Maar mama is boos op me.'
'Dat komt straks wel weer goed. Ze had een rotdag op haar werk en ze is heel trots op je dat je het zo goed hebt gedaan op school vandaag.'
Haar gehuil werd geleidelijk minder tot het alleen nog maar gesnotter was. Ik veegde haar tranen weg met mijn vinger.
'Ik ben ook trots op je, snoes.'
'Zo noemt opa me, jij niet.'
'Misschien kan ik je ook zo noemen.'
'Nee,' zei ze.
Ondanks haar verdriet glimlachte ik. 'Oké. Misschien noem ik je dan... ezeltje.'
'Nee.'
'Kadetje?'
'Nee,' zei ze. 'Je moet me London noemen.'
'Niet eens meisje van me? Of liefje?'
'Oké,' knikte ze, waarbij haar hoofd langs mijn borst schoof. 'Mama houdt niet meer van me.'
'Natuurlijk wel. Ze zal altijd van je blijven houden.'
'Waarom gaat ze dan verhuizen?'
'Ze gaat niet verhuizen,' zei ik. 'Ze moet gewoon soms in Atlanta werken. Ik weet dat je haar zult missen.' Terwijl ik mijn dochter vasthield, deed mijn hart pijn om het kleine meisje dat ongetwijfeld net zo in de war was als ik door wat er allemaal met ons gezin gebeurde.

Er waren meer verhaaltjes nodig dan gebruikelijk voordat London zich eindelijk genoeg kon ontspannen om te gaan slapen. Nadat ik haar een kus op haar wang had gegeven, ging ik naar beneden en zag ik dat Vivian dingen uit de kast aan het trekken was.
'Ze is klaar voor een kus als je naar boven wilt gaan.'
Vivian pakte haar telefoon en liep langs me, waarbij ze de kleren die ze uit de kast had gehaald op het bed in onze slaapkamer legde.

Er lagen twee open koffers, allebei al half ingepakt, en er zaten veel meer kleren in dan ze nodig had voor een trip van drie dagen. Er waren zakelijke pakken en sportkleren, vrijetijdskleding en jurken die meer pasten bij diners in een restaurant. Ik wist niet goed waarom ze zoveel inpakte. Was ze niet van plan naar huis te komen dit weekend? Dat zou ze toch wel al gezegd hebben... maar toen besefte ik dat er geen reden was om dat te geloven. Ik zou erachter komen wat er ging gebeuren wanneer zij wilde dat ik het wist. Terwijl ik naar de half-ingepakte koffers keek, schoot de term 'bedrijfsappartementen' me weer te binnen. Hoewel ik me zo-even nog, toen ik bij London was, leeg had gevoeld, was de leegte nu vervangen door een beklemd gevoel.

Ik kon het niet verdragen om nog langer naar de kleren te kijken, dus ging ik naar de keuken. Ik twijfelde even of ik een drankje voor mezelf in zou schenken, voordat ik besloot om het niet te doen. In plaats daarvan stond ik voor de gootsteen en staarde afwezig naar de achtertuin. De zon was net onder gegaan, de lucht hield de laatste spoortjes daglicht nog vast en de maan was nog niet op. De hemel die daar het resultaat van was – een snel vervagende schemering – kwam vreemd onheilspellend op me over.

Ik voelde langzaam een besef doordringen, naast een binnensluipend gevoel van angst. Hoe meer ik over mijn vrouw nadacht, hoe meer ik moest erkennen dat ik geen idee meer had wat ze dacht. Over London, over mij. Over ons. Op de een of andere manier was ze, ondanks alle jaren dat we samen waren geweest, een vreemde voor me geworden. Hoewel we maar twee nachten eerder nog met elkaar hadden gevreeën, vroeg ik me af of het was omdat ze van me hield of omdat het een gewoonte was, een overblijfsel van de jaren die we samen hadden doorgebracht, meer lichamelijk dan emotioneel. Maar die optie, hoe hartverscheurend ze ook aanvoelde, was beter dan het alternatief: dat ze met me had gevreeën als afleiding, omdat ze iets nog ergers aan het doen of aan het plannen was, iets wat ik me niet eens voor de geest wilde halen.

Ik zei tegen mezelf dat het niet waar was en dat ze, zelfs al was ze onzeker over haar gevoelens voor mij, altijd zou willen wat het beste was voor ons gezin.

Toch?

Ik wist het niet, maar toen hoorde ik Vivian met zachte stem praten terwijl ze de trap af liep. Ik hoorde haar de naam 'Walter' zeggen en ze zei tegen hem dat hij even moest blijven hangen; ik wist dat ze niet wilde dat ik wist dat ze aan de telefoon was. Ik hoorde de voordeur open en dicht gaan. Hoewel ik het niet had moeten doen, sloop ik naar de woonkamer. De gordijnen waren dicht, de woonkamer was al donker, en ik ging achter de gordijnen staan en tuurde door de ruimte tussen de stof en het glas door. Ik was mijn vrouw aan het bespioneren, iets waarvan ik nooit eerder had kunnen denken dat ik het zou doen, maar de steeds groter wordende angst gaf me het gevoel alsof mijn vrije wil verdwenen was. Ik wist dat het verkeerd was, maar toch strekte ik mijn nek en verschoof ik het gordijn – en tegen die tijd was het te laat om ermee op te houden.

Ik kon niet veel horen totdat Vivian lachte, een vrolijk geluid, een geluid dat ik in jaren niet had gehoord, zo leek het. Maar het was niet alleen het lachen waardoor ik versteld stond; het was ook hoe ze glimlachte en het licht in haar ogen, de uitbundigheid die ze uitstraalde. Verdwenen was de Vivian die chagrijnig uit haar werk was gekomen en London had afgesnauwd; de ziedende Vivian die in de slaapkamer was geweest, was nergens te bekennen.

Ik had die uitdrukking op Vivians gezicht eerder gezien op momenten van puur geluk, die vaak te maken hadden met London. Maar ik had haar ook weleens gezien als we alleen waren, toen ik jonger en nog single was, en een vrouw het hof maakte die ik had ontmoet op een cocktailfeestje in New York.

Vivian zag eruit alsof ze verliefd was.

Tegen de tijd dat Vivian weer het huis in kwam, was ik in de werkkamer. Bang voor wat ik misschien zou zeggen, ging ik haar uit de weg om niet met haar te hoeven praten. Ik wilde niet bij haar in de buurt zijn en dwong mezelf Taglieri's script door te nemen. De woorden betekenden helemaal niets voor me tijdens het lezen.

Ik voelde haar achter me bewegen, maar dat was maar voor heel even. Ik hoorde haar voetstappen verdwijnen naar de slaapkamer, waar ik wist dat ze van plan was allebei de koffers vol te stouwen tot ze bijna bol stonden.

Ik bleef een uur in de werkkamer, toen nog een uur, en ten slotte nog een derde uur. Toen kwam Vivian eindelijk terug om te kijken wat ik aan het doen was. Ik denk dat ze op het verkeerde been was gezet door het feit dat ik haar niet had opgezocht. Het laatste wat ze wist, was dat ik een huilende London aan het troosten was geweest, en aangezien ze me kende, nam ze aan dat ik het incident zou proberen te bespreken.

Nu had ik haar echter, zoals zij zo vaak bij mij had gedaan, in het ongewisse gelaten over wat er aan de hand was.

'Kom je naar bed?'

'Over een tijdje,' antwoordde ik zonder me om te draaien. 'Ik heb nog wat werk te doen.'

'Het begint laat te worden.'

'Weet ik,' zei ik.

'Ik had niet zo tegen London moeten schreeuwen. Ik heb sorry gezegd toen ik haar instopte.'

'Daar ben ik blij om,' zei ik. 'Ze was helemaal van streek.'

Ze wachtte. Ik draaide me nog steeds niet om. Ze bleef wachten maar ik zei verder niets meer.

'Oké, ook goed,' zei ze uiteindelijk met een zucht. 'Welterusten.'

'Welterusten,' fluisterde ik, maar nog terwijl ik het zei, begon ik me af te vragen of het eigenlijk vaarwel betekende.

Er gingen dertien dagen voorbij voordat ik achter de waarheid kwam.

De volgende dag ging ik naar het castingbureau en vond de perfecte jeugdige actrice voor het reclamefilmpje dat ik voor me zag; dat filmpje zou eind september worden opgenomen, zodra er een flink deel van de montage van de eerste twee af was. Ik repeteerde met Taglieri en de volgende dag schoten we het reclamefilmpje aan de voorkant van het rechtbankgebouw, en maakten de voice-over voor het tweede filmpje af. We schoten het tweede filmpje en de week daarop deed ik de presentaties voor de twee plastisch chirurgen. Uit een van die besprekingen kwam ik naar buiten met het idee dat ik een kans had om mijn tweede cliënt binnen te halen, en begon te werken aan een gedetailleerder voorstel.

Als eerste stap verdiepte ik me in de website van de arts en bestudeerde de direct mails die hij in het verleden had gedaan. Ze waren ontworpen door zijn officemanager en ze schoten alle kanten op wat de thema's betrof die we hadden besproken – veiligheid, professionalisme, verbeterd zelfbeeld en de korte herstelperiode – en ik twijfelde er niet aan dat ik een samenhangender campagne kon ontwerpen. Daarna bekeek ik een tiental websites voor plastisch chirurgen door het hele land en nam ik contact op met mijn technische mannetje om een ruwe inschatting van de kosten te krijgen.

Van daaruit ging ik van start, en ik was twee volle dagen bezig om mijn ideeën over te zetten in het soort presentatie waarvan ik dacht dat het nodig was voor zijn bedrijf.

De uren dat ik niet werkte, waren gewijd aan London en aan het huishouden. En de was. En de tuin. En de hamsters. Ik bracht London naar school, naar pianoles, naar dansles – Vivian bracht haar op zaterdag naar beeldende-kunstles – en we gingen op zes afzonderlijke dagen fietsen. Tegen die tijd had London genoeg zelfvertrouwen tijdens de laatste keer fietsen om een paar tellen lang het stuur los te laten op een vlak en recht stuk weg.

We vierden het met limonade op de veranda terwijl we weer keken of we een arend zouden zien.

Wat Vivian betrof: die kwam vrijdagavond naar huis en bracht het grootste deel van het weekend met London door. Ze was beleefd tegen me, maar leek erop gebrand om afstand tussen ons te bewaren. Ik ging in mijn eentje bij mijn ouders op bezoek, en toen ze maandagochtend vertrok, nam ze nog twee uitpuilende koffers mee. Tegen die tijd waren de enige kleren die nog in de kast hingen dingen die ze zelden aanhad. Ze zei tegen me dat ze een van de bedrijfsappartementen zou gebruiken, maar tegen die tijd had ik al verwacht dat ze precies dat zou zeggen.

Ze bleef de hele week weg. Elke avond om zes uur facetimede ze met London en probeerde af en toe mij tot een gesprek te bewegen. Ik kon het niet. Dinsdag en donderdag werd ze er boos om, en hing op toen ik nog steeds niet toehapte.

Vrijdagmiddag kwam ze thuis, aan het begin van het weekend voor Labor Day, de eerste maandag in september, waarmee ze me een beetje verraste. Eigenlijk was ik ergens een beetje geschokt dat ik haar überhaupt zag, al wilde ik dat niet toegeven aan mezelf. London was verrukt. Vivian haalde haar op van school en bracht haar naar dansles, en bracht haar uiteindelijk naar bed. Ze zei het tegen me toen het mijn beurt was om naar boven te gaan, en ik las vier verhaaltjes voor en bleef langer boven dan nodig, omdat ik bang was om alleen met Vivian te zijn.

Maar ze zei niets om bang van te worden. Hoewel het romantische avondje uitgesloten was – zelfs ik was niet in de stemming – was Vivian merkwaardig aangenaam gezelschap. Ze probeerde een gezellig gesprek te beginnen, maar ook daar was ik niet voor in de stemming.

Zaterdag en zondag waren rustige dagen. Vivian bracht bijna al haar tijd door met London – met zijn tweetjes – terwijl ik sportte, het huis schoonmaakte, de ruwe opnames voor de reclamefilmpjes bekeek en wat aantekeningen maakte, en op bezoek ging bij mijn ouders. Ik ontweek Vivian omdat ik intussen bang was geworden voor wat ze zou zeggen.

Op maandag, Labor Day, hielden Marge en Liz een barbecue bij hen thuis. Vivian, London en ik brachten het grootste deel van de middag daar door. Ik wilde niet naar huis omdat ik wist wat er zou gebeuren zodra we er waren.

Uiteindelijk bleek ik gelijk te hebben gehad. Nadat ik London had voorgelezen en het licht uit had gedaan, zat Vivian aan de eettafel. 'We moeten praten,' begon ze. Wat ze precies heeft gezegd weet ik zelfs nu nog grotendeels niet meer, maar de belangrijkste punten kwamen over. Het gebeurde gewoon, zei ze; het was niet haar bedoeling geweest. Ze was verliefd geworden op Walter. Ze ging naar Atlanta verhuizen. We konden volgende week praten, maar ze moest naar Florida en naar Washington DC, en bovendien had ik waarschijnlijk tijd nodig om op een rijtje te zetten wat ze allemaal had verteld. Ze zag het nut er niet van in om er ruzie over te maken; het had niets met mij te maken; die dingen gebeuren nu eenmaal. En vanavond ging ze weg. Ze had tegen London gezegd dat ze weer buiten de stad zou werken, maar ze had nog niet tegen London gezegd dat ze bij mij wegging. Dat was voorlopig maar het makkelijkste, maar we zouden het over London gaan hebben als de emoties niet zo heftig waren. En, voegde ze eraan toe, ze bleef niet slapen.

Het privévliegtuig, zei ze, stond te wachten.

14

Shock

Toen ik studeerde, ging ik met mijn vrienden altijd uit in het weekend, dat meestal op donderdag rond een uur of drie begon en eindigde als ik zondagochtend laat wakker werd. Een van de jongens met wie ik het meest omging – een jongen die Danny Jackson heette – deed hetzelfde hoofdvak als ik en we volgden veel van dezelfde lessen. Met de aanzienlijke hoeveelheid studenten van NC *State University leek het mij dat de lesroostergoden moesten hebben besloten dat we elkaar vaker zouden tegenkomen.*

Danny was een van de meest relaxte jongens die ik ooit heb ontmoet. Hij was geboren en getogen in Mobile, Alabama, hij had een heel knappe oudere zus die een relatie had met de punter *van de Auburn Tigers, het universiteits-footballteam, en hij sprak nooit een kwaad woord over zijn ouders. Hij leek te impliceren dat ze vrij cool waren, voor ouders, en ze moesten dat aan hem hebben overgedragen, want ik had hetzelfde gevoel bij hem. Wat ik ook wilde doen – om twee uur 's nachts een burger gaan eten, bij een studentencorpsfeest langsgaan of bij de plaatselijke sportbar naar een wedstrijd kijken – Danny was overal voor in. Telkens als we afspraken, pakten we de draad van het gesprek weer op waar we waren gebleven, zelfs als het weken geleden was sinds we elkaar voor het laatst hadden gezien. Hij dronk Pabst Blue Ribbon – hij zwoer dat het het beste bier van de wereld was, wat zou blijken uit het blauwe lint – en terwijl hij er meestal genoeg van dronk om aangeschoten te worden, had hij een automatische vertragingsknop in zijn hoofd die hem er vrijwel voor behoedde om ooit dronken te worden. Wat nogal een contrast vormde met de rest van de studentenbevolking: voor hen leek stomdronken worden het enige doel van drinken.*

Op een zaterdagavond waren Danny en ik uit met een paar andere jongens in een van de drukkere studentenbars. Nu de tentamens ons boven het hoofd hingen, waren de meesten van ons een beetje zenuwachtig, wat we uiteraard probeerden te ontkennen. In plaats daarvan dronken we zoals we meestal deden – een beetje verder dan tot we aangeschoten waren – iedereen behalve Danny, bij wie de vertragingsknop in de 'aan'-positie stond.

Hij kreeg het telefoontje even na elven; ik heb geen idee hoe hij het had gehoord boven het lawaai in de bar uit. Maar hij hoorde het, en nadat hij naar het schermpje had gekeken, stond hij op van de tafel en liep naar buiten. We letten er verder niet meer op. Waarom zouden we? Ook vonden we niet dat er iets aan de hand was toen hij langs onze tafel liep nadat hij weer binnen was gekomen en recht naar de bar liep.

Ik zag hem zich tussen wat mensen wringen en worstelen om de aandacht van de barman. Het duurde even totdat hij zijn drankje kreeg, maar toen hij zich omdraaide, zag ik dat hij een cocktail had besteld: een heel hoog glas met iets goudbruins erin. Hij liep weg naar een ander deel van de bar, alsof hij ons volkomen vergeten was.

Van iedereen die er was, was ik waarschijnlijk zijn beste vriend, dus liep ik achter hem aan. Tegen die tijd stond hij tegen de muur bij de toiletten geleund. Toen ik dichterbij kwam, nam hij een enorme slok van zijn glas, waarmee hij bijna een derde van de inhoud ervan leegde.

'Wat heb je daar?' vroeg ik.

'Bourbonwhisky.'

'Wauw. Dat is best een groot glas.'

'Ik heb ze gevraagd om het helemaal vol te schenken,' zei hij.

'Heb ik de wedstrijd gemist waar Pabst op de tweede plaats eindigde, en niet op de eerste?'

Het was niet echt grappig en ik wist niet waarom ik het zei, behalve dan dat ik zenuwachtig werd van hoe hij zich gedroeg.

'Het is wat mijn vader drinkt,' zei hij.

Voor het eerst merkte ik dat hij een uitdrukking van shock op zijn gezicht had. Dat kwam niet door de alcohol, maar door iets anders.

'Gaat het wel goed met je?' vroeg ik.

Hij nam nog een grote slok. Op dat moment was het glas halfleeg. Het moesten ten minste vier, misschien vijf shots zijn. Danny zou dronken worden, misschien wel heel erg dronken, binnen heel korte tijd.

'Nee,' zei hij. 'Het gaat niet goed met me.'

'Wat is er gebeurd? Wie heeft er gebeld?'

'Mijn moeder,' zei hij. 'Het was mijn moeder die belde.' Hij kneep in de brug van zijn neus. 'Ze heeft me net verteld dat mijn vader is overleden.'

'Je vader?'

'Hij heeft een auto-ongeluk gehad. Ze heeft het net een paar minuten geleden gehoord. Er kwam iemand van de verkeerspolitie langs.'

'Dat is… afschuwelijk,' zei ik, echt niet wetend wat ik moest zeggen. 'Kan ik… kan ik iets voor je doen? Zal ik je naar huis brengen?'

'Ze zorgt voor een ticket zodat ik morgen naar huis kan vliegen. Maar dan weet ik niet wat ik met mijn tentamens moet doen. Zullen ze me volgende week een herexamen laten doen?'

'Dat weet ik niet, maar daar moet je je nu absoluut niet mee bezig houden. Gaat het wel met je moeder?'

Het duurde heel lang voordat hij antwoord gaf. In plaats daarvan leek hij in de verte te staren.

'Nee,' zei hij. Hij nam nog een slok en leegde het glas. 'Het gaat niet. Ik moet even zitten.'

'Tuurlijk,' zei ik. 'Laten we gaan.'

Ik leidde hem terug naar de tafel. Ondanks de alcohol die hij had genomen, leek hij helemaal niet onder de invloed. In plaats daarvan zat hij heel rustig en voegde hij niets toe aan het gesprek. Hij meldde het overlijden van zijn vader aan niemand anders aan tafel, en een uur later bracht ik hem terug naar zijn appartement.

Hij ging zondag naar huis, precies zoals hij me had verteld. En hoewel we vrienden waren, heb ik hem nooit meer gezien of van hem gehoord.

'Wacht even,' zei Marge. Nadat ik London naar school had gebracht op dinsdagochtend was ze meteen naar mijn huis toegekomen en daar zaten we aan de keukentafel. 'Dus ze is gewoon… vertrokken?'

'Gisteravond,' zei ik.

'Heeft ze op z'n minst nog sorry gezegd?'

'Dat kan ik me niet herinneren.' Ik schudde mijn hoofd. 'Ik kan niet eens… eh… ik bedoel… ik…'

Ik kon mijn gedachten niet op een rijtje krijgen; mijn tollende emoties – shock en angst, ongeloof en woede – lieten me van het ene naar het andere uiterste schieten. Hoewel ik wist dat ik het had gedaan, kon ik me niet herinneren dat ik London nog maar een paar minuten eerder naar school had gebracht; de rit was in het niets verdwenen.

'Je handen trillen,' zei Marge.

'Ja... het gaat wel.' Mijn stem stierf weg en ik haalde heel diep adem. 'Moet je niet naar je werk? Ik kan wel wat roerei maken.'

Marge zou me later vertellen dat ik van de tafel opstond en naar de koelkast liep; zodra ik die opendeed, moest ik hebben besloten dat ik in plaats daarvan koffie moest pakken. Ik ging naar de kast met de koffie en besefte toen dat ik waarschijnlijk het beste eerst kopjes voor mij en Marge kon pakken. Maar ik moest hebben gedacht dat ik evengoed nog de koffie nodig had, dus zette ik de kopjes naast het koffieapparaat. Ze keek toe hoe ik naar de koelkast liep en de eieren eruit haalde waarna ik ze weer naar dezelfde plek terugbracht. Ze zei dat ik daarna naar de voorraadkast liep en naar buiten kwam met een kom en...

'Zal ik anders het ontbijt maken?' stelde ze voor terwijl ze van tafel opstond.

'Hè?'

'Ga maar zitten.'

'Moet je niet naar je werk?'

'Ik heb besloten dat ik een dag vrij neem.' Ze pakte haar telefoon. 'Ga zitten. Ik ben zo terug. Ik moet het alleen even tegen mijn baas zeggen.'

Toen ik ging zitten, werd ik opnieuw getroffen door het besef dat Vivian me had verlaten. Dat ze verliefd was op haar baas. Ze was vertrokken. Ik zag Marge de deur naar het terras opendoen.

'Waar ga je naartoe?'

'Ik ga mijn baas bellen.'

'Waarom bel je je baas?'

Marge bleef de hele dag bij me. Ze haalde London van school en bracht haar ook naar pianoles en haalde haar daar op. Liz kwam langs na haar laatste afspraak, en met elkaar maakten ze niet alleen het eten klaar, maar hielden ze London bezig en hielpen haar met naar bed te gaan. Het gebeurde niet vaak dat haar tantes langskwamen om te spelen, en London was in haar nopjes door de extra aandacht.

Alweer was het Marge die me dit zou vertellen. Net als de rit naar school kon ik het me niet meer herinneren. Het enige wat ik me echt herinnerde was dat ik naar de klok keek en wachtte tot Vivian zou bellen, wat ze niet deed.

De volgende ochtend, nadat ik minder dan drie uur had geslapen, kroop ik uit bed met bijna het gevoel alsof ik een kater had, met al mijn zenuwen onder hoogspanning. Het kostte een monumentale inspanning om te douchen en me te scheren, iets wat ik de dag ervoor niet had gedaan. Ook had ik niet veel gegeten – slechts een paar happen bij het ontbijt en het avondeten – maar alleen de gedachte aan eten al was onvoorstelbaar.

Marge gaf me een kop koffie zodra ik de keuken binnenkwam en begon toen een bord vol te laden. 'Ga zitten,' zei ze. 'Je moet iets in je maag hebben.'

'Wat doe je hier?'

'Wat denk je? Ik ben hier vanochtend gekomen om ervoor te zorgen dat je iets ging eten.'

'Ik heb je niet horen kloppen.'

'Dat heb ik ook niet gedaan,' zei ze. 'Nadat je naar bed was gegaan, heb ik je huissleutel geleend. Ik hoop dat je het niet erg vindt.'

'Het is prima,' zei ik. Ik hief de mok op en nam een slok, maar de koffie smaakte niet, alsof hij op de een of andere manier niet goed meer was. Ondanks de verleidelijke geuren bleef er een knoop in mijn maag zitten. Toch trok ik mijn stoel onder de tafel vandaan en plofte erop neer. Ze zette een bord voor me neer met een flinke berg eieren, spek en toast erop.

'Ik geloof niet dat ik kan eten,' zei ik.

'Jammer dan,' zei ze. 'Je gaat eten, al moet ik je vastbinden aan je stoel en je zelf voeren.'

Te moe om ertegenin te gaan schoof ik een paar happen naar binnen; gek genoeg ging elke volgende hap gemakkelijker erin dan de vorige, maar toch at ik nog niet eens de helft op.

'Ze heeft me verlaten.'

'Ik weet het,' zei Marge.

'Ze wilde niet proberen er samen uit te komen.'

'Ik weet het.'
'Waarom? Wat heb ik verkeerd gedaan?'
Marge nam een pufje van haar inhalator om tijd te rekken, zich er heel erg van bewust dat als ze Vivian de schuld gaf of haar bekritiseerde, mijn emotionele draaikolk alleen maar groter zou worden.
'Ik denk niet dat je iets verkeerd hebt gedaan. Relaties zijn gewoon moeilijk, en mensen moeten allebei bereid zijn ze te laten werken.'
Hoe waar die bewering ook was, ik voelde geen opluchting toen ze het zei.

'Weet je zeker dat je niet wilt dat ik vandaag bij je blijf?' vroeg Marge.
'Ik kan niet van je vragen dat je nog een dag vrij neemt,' zei ik. Het eten leek een beetje een stabiliserend effect op mijn emotionele toestand te hebben gehad. Maar ik voelde me nog steeds niet goed. Bij lange na niet. De emotionele golven waren dan misschien niet de vloedgolven van de dag ervoor, maar ze waren nog steeds van de categorie monstergolf, het soort dat de Andrea Gail had doen zinken in de film *The Perfect Storm*. Ik voelde me volkomen uit het lood geslagen, maar ik hoopte dat ik de basisdingen nog wel aan zou kunnen. London naar school brengen en ophalen. Dansles. Pizza bestellen voor het avondeten. Ik wist dat ik niet de geestelijke of emotionele energie voor iets anders zou hebben; zelfs de krant lezen of stofzuigen waren te veel voor me. Mijn doel was gewoon om overeind te blijven en voor mijn dochter te zorgen.
Marge leek niet overtuigd. 'Ik ga je vandaag bellen om te kijken hoe het met je gaat. Een paar keer.'
'Oké,' zei ik instemmend, maar ik wist dat ik ergens ook bang was om alleen te zijn. Stel nou dat ik helemaal instortte zodra ze vertrok? Of uit elkaar spatte, zoals de rest van mijn wereld?
Vivian had me verlaten.
Ze was verliefd op iemand anders.
Ik was een vreselijke echtgenoot, waardeloos, en ik had gefaald.
Ik had haar net iets te vaak teleurgesteld, en nu was ik alleen.

O mijn god, dacht ik zodra Marge de deur achter zich dichtdeed. Ik ben alleen.

Ik ga alleen sterven.

Terwijl London op school zat, liep ik. Ik ijsbeerde van de ene kant van het huis naar de andere en weer terug; ik liep urenlang door de straten van mijn buurt. Vragen over Vivian beukten op elkaar in als ontelbare stormrammen. Was ze in Atlanta of in een andere stad? Had ze de dag vrij genomen om het appartement in te richten of was ze op haar werk? Ik vroeg me af wat ze aan het doen was; ik stelde me voor dat ze een oortje gebruikte terwijl ze in een hoekkantoor aan de telefoon zat, of door de hal rende met een stapel papieren bij zich, en het kantoor dat ik me voorstelde, veranderde van glad en modern in muf en formeel. Ik vroeg me af of Spannerman bij haar was; ik vroeg me af of ze naast hem stond te lachen of aan haar bureau zat met haar hoofd in haar handen. Ik keek voortdurend op mijn telefoon in de hoop van haar te horen en keek of ik berichtjes had of telefoontjes had gemist. Ik wilde haar stem horen zeggen dat ze een vergissing had gemaakt en dat ze naar huis wilde komen. Ik wilde dat ze zei dat ze nog steeds van me hield. Ik wilde dat ze me vroeg haar te vergeven en in mijn hart wist ik dat ik dat zonder aarzelen zou doen. Ik hield nog steeds van haar; de gedachte aan een leven zonder haar was niet te bevatten.

Al die tijd bleef ik me afvragen wat ik verkeerd had gedaan. Kwam het doordat ik ontslag had genomen? Kwam het doordat ik een beetje was aangekomen? Kwam het doordat ik te hard had gewerkt voordat ik mijn baan had opgezegd? En wanneer was het verkeerd begonnen te gaan? Op welk moment was ik een wegwerpartikel geworden? Hoe kon ze ons verlaten? Hoe kon ze London verlaten? Was Vivian van plan haar mee te nemen naar Atlanta?

De laatste vraag was de ergste van allemaal, te erg om over na te denken, en toen ik ten slotte weer thuiskwam, was ik uitgeput. Ik wist dat ik een dutje zou moeten doen, maar zodra ik ging liggen, begonnen mijn gedachten te tollen. Marge had drie keer gebeld en ik besefte dat ik mijn ouders nog moest vertellen wat er was gebeurd, maar ik wilde het nog steeds niet geloven.

Ik wilde dat dit een droom was.

In de middag haalde ik London op terwijl mijn storm vanbinnen bleef razen. Ze vroeg om een ijsje en hoewel het verzoek onmogelijk belastend aanvoelde, lukte het me op de een of andere manier om naar de ijssalon te gaan. Ook wist ik haar op de een of andere manier op tijd bij haar dansles te krijgen.

Ik ging een eindje lopen terwijl London in de les zat. Ik ben geen sterke man. Ik liep naar het einde van het bedrijventerrein. Toen ik dat had bereikt was mijn zicht wazig van de tranen, en plotseling stond ik daar in mijn eentje met schokkende schouders en mijn gezicht in mijn handen.

'Wanneer komt mama thuis?' vroeg London me. Er stond een pizzadoos op tafel en ik schoof mijn stuk pizza opzij. Ik had er de helft van opgegeten. 'Ik weet het niet, lieveling. Ik heb haar niet gesproken,' zei ik. 'Maar zodra ik erachter kom, zal ik het je laten weten.'

Misschien vond ze mijn antwoord vreemd, maar ze liet niets merken. 'Heb ik je al verteld dat Bodhi en ik in de pauze een babyschildpadje hebben gevonden?'

'Een babyschildpadje?'

'We waren tikkertje aan het spelen en ik vond hem bij het hek en hij was zo schattig. En daarna kwam Bodhi eraan en hij vond hem ook heel schattig. We probeerden hem gras te voeren, maar hij had geen honger, en toen kwamen alle andere kinderen eraan en de juf kwam ook. En we vroegen of we hem in een doosje mochten doen en hem naar de klas brengen en de juf zei ja!'

'Dat klinkt spannend.'

'Dat was het ook! Ze pakte een potlodendoos en ze deed het schildpadje erin, en daarna liepen we allemaal met haar mee terwijl ze hem mee de klas in nam. Ik denk dat de schildpad bang was, want hij bleef proberen eruit te komen, maar dat kon hij niet omdat de doos te glad was aan de zijkanten. En toen wilden we hem een naam geven, maar de juf zei dat we dat waarschijnlijk niet moesten doen omdat ze hem ging vrijlaten.'

'Wilde ze hem niet houden?'

'Ze zei dat hij waarschijnlijk zijn mama miste.'

Ik voelde een brok in mijn keel. 'Ja. Dat lijkt me logisch.'

'Maar Bodhi en ik hebben hem toch een naam gegeven. We hebben besloten hem Ed te noemen.'

'Ed de schildpad?'

'We hebben er ook over gedacht om hem Marco te noemen.'

'Hoe weet je dat het een jongensschildpad is?'

'Dat weten we gewoon.'

'O,' zei ik en ondanks de kwellingen van de afgelopen dagen merkte ik dat ik moest glimlachen.

Dat duurde niet lang.

Terwijl ik de resten van de pizza in ziploczakjes deed, belde Vivian. Toen ik haar foto op het scherm van mijn telefoon zag, bonsde mijn hart plotseling in mijn borst. London zat in de woonkamer televisie te kijken en ik stapte naar buiten door de keukendeur het terras aan de achterkant op. Ik zette me schrap voordat ik het telefoontje aannam.

'Hoi,' zei ik, en ik probeerde te klinken alsof alles normaal was tussen ons, terwijl er eigenlijk helemaal niets normaal was. 'Hoe gaat het?'

Ze aarzelde. 'Met mij goed. Hoe gaat het met jou?'

'Het is een beetje vreemd geweest hier,' zei ik. 'Maar het gaat. Waar ben je nu?'

Ze leek te twijfelen of ze wel of niet antwoord zou geven. 'Ik ben in Tampa,' gaf ze uiteindelijk toe. 'Is London er ook? Of zit ze al in bad?'

'Nee, nog niet. Ze zit in de woonkamer.'

'Mag ik met haar praten?'

Ik liet mijn ademhaling rustig worden. 'Voordat ik haar aan de telefoon laat komen, vind je niet dat we moeten praten?'

'Ik weet niet of dat wel een goed idee is, Russ.'

'Waarom niet?'

'Omdat ik niet weet wat je wilt dat ik zeg.'

'Wat ik wil dat je zegt?' herhaalde ik. 'Ik wil dat je ons nog een kans geeft, Vivian.' Ik negeerde de oorverdovende stilte aan haar kant. 'Ik heb nog steeds het gevoel dat ik niet weet wat er eigenlijk aan de hand is. Hoe kunnen we hier uitkomen? We kunnen in therapie gaan.'

Haar stem was afgemeten. 'Alsjeblieft, Russ. Mag ik gewoon met London praten? Ik mis haar.'

Mis je mij niet? Of ben je nu bij Walter?

De gedachte kwam zomaar uit het niets en bracht het beeld met zich mee dat mijn vrouw vanuit een hotelsuite belde, terwijl Walter in een aangrenzende ruimte televisiekeek, en met de grootste moeite stapte ik het huis weer binnen om mijn dochter te roepen.

'Je mama is aan de telefoon, London. Ze wil je gedag zeggen.'

Ik kon het niet helpen dat ik hoorde wat er gezegd werd, ook al liep London weg naar de woonkamer. Ik hoorde haar Vivian over haar dag vertellen – ook aan Vivian vertelde ze over het schildpadje – en 'Ik hou van jou' zeggen; ik hoorde haar vragen wanneer Vivian naar huis kwam. Hoewel ik het antwoord niet hoorde, kon ik aan Londons uitdrukking merken dat ze het antwoord niet heel leuk vond. 'Oké, mama,' zei ze uiteindelijk. 'Ik mis jou ook. We kunnen morgen weer praten.'

Vivian wist dat ik meestal mijn telefoon op vliegtuigstand zette als ik naar bed ging, en omdat oude gewoontes moeilijk slijten, deed ik dat die avond ook. De volgende ochtend, nadat ik hem weer had aangezet, zag ik dat Vivian twee voicemails had achtergelaten.

'Ik weet dat je wilde praten en dat gaan we ook doen, maar alleen als we er allebei klaar voor zijn. Ik weet niet wat ik je nog meer kan vertellen. Ik wil dat je weet dat ik dit allemaal niet had gepland, en ik weet hoeveel pijn ik je heb gedaan. Ik wilde dat het niet zo was gegaan, maar ik wil ook niet tegen je liegen.'

'Ik bel voornamelijk over London. Op dit moment is het idioot druk op het werk met de verhuizing en Walters lobbygroep en al het reizen. We moeten nog naar Washington, en we vliegen dit weekend naar New York. En aangezien ik zoveel reis, is het waarschijnlijk het beste als London een tijdje bij jou blijft. Ik wil me eerst hier vestigen en haar kamer in orde maken, maar ik heb voor geen van beide de tijd gehad om er een begin mee te maken. Hoe dan ook denk ik dat het belangrijk is dat je London nog niet vertelt wat er aan de hand is. Ze is al gestrest door school en ik weet dat ze uitgeput moet zijn. Bovendien denk ik dat dit iets is wat we samen moeten doen. Wacht even. Ik bel je zometeen terug. Ik wil niet dat je voicemail me afkapt.'

De tweede voicemail ging verder waar de vorige was geëindigd.

'Ik sprak vandaag met een therapeut over de beste manier om het London te vertellen, en ze zei dat we zouden moeten benadrukken dat we vinden dat het het beste is als we gewoon een tijdje apart wonen, zonder het over scheiden te hebben. En uiteraard zouden we allebei moeten benadrukken dat het niets met haar te maken heeft en dat we allebei van haar houden. Nou ja, we kunnen er verder over praten als we elkaar zien, maar ik wilde je laten weten dat ik probeer te doen wat het beste is voor London. We moeten het er ook over hebben wanneer het misschien een goed moment is voor haar om naar Atlanta te komen.' Ze was even stil. 'Oké, ik geloof dat dat het is. Ik wens je een prettige dag.'

Ik wens je een prettige dag?

Maakte ze een grapje? Ik zat op de rand van het bed en speelde de voicemails een aantal keren opnieuw af. Ik denk dat ik ergens naar op zoek was – wat dan ook – waaruit bleek dat ze nog steeds een beetje om me gaf, maar als het er al was, hoorde ik het niet. Ik hoorde heel veel van wat zij wilde, verhuld in termen die ogenschijnlijk allemaal over het welzijn van London gingen, en die drogredenen maakten me woedend. Terwijl ik erover aan het nadenken was, ging mijn telefoon.

'Hoi,' zei Marge op meelevende toon. 'Ik bel even om te kijken hoe het met je gaat.'

'Het is nog niet eens zeven uur 's ochtends.'

'Dat weet ik, maar ik zat aan je te denken.'

'Ik ben... eigenlijk best wel kwaad.'

'Ja?'

'Vivian heeft wat berichten achtergelaten,' zei ik. Ik vertelde zo goed mogelijk na wat ze had gezegd.

'Jemig. En daar werd je mee wakker? Niet bepaald een lekker

kopje koffie, hè? Over koffie gesproken, ik ben bij je in de straat en sta op het punt je oprit op te rijden. Haal de voordeur van het slot.'

Ik liep op blote voeten de slaapkamer uit naar beneden. Tegen de tijd dat ik de deur opendeed, kwam Marge de auto al uit met twee plastic bekertjes.

Terwijl ik haar de oprit op zag lopen, merkte ik dat ze al gekleed was voor haar werk. 'Ik kan hier ook koffie maken,' zei ik.

'Dat weet ik. Maar ik wilde je even zien. Heb je vannacht wel geslapen?'

'Misschien vier of vijf uur.'

'Ik heb ook niet veel geslapen.'

'Heeft Liz je tot laat wakker gehouden?'

'Nee,' zei ze. 'Ik maak me gewoon zorgen om jou. Laten we naar binnen gaan. Is London al op?'

'Nog niet.'

'Wat vind je ervan als ik haar aankleed terwijl jij van je koffie geniet?'

'Ik ben niet incompetent.'

'Dat weet ik,' zei ze. 'Je bent zelfs het tegenovergestelde. Je houdt het veel beter vol dan ik in jouw schoenen zou doen.'

'Dat betwijfel ik.'

Ze verraste me door haar hand uit te steken en mijn wang aan te raken, iets waarvan ik me niet kon herinneren dat ze dat ooit eerder had gedaan. 'Ik heb je niet van een watertoren af hoeven praten, toch?'

Dankzij de koffie en de hulp van Marge op de vroege ochtend, voelde ik me een beetje beter toen ik London naar school bracht dan de dag ervoor. Ze kletste een eind weg op de achterbank over haar droom – iets over een kikker die elke keer dat hij sprong van kleur veranderde – en haar onschuldige vrolijkheid was precies wat ik nodig had.

Toen ik weer thuis was, dwong ik mezelf mijn hardloopspullen aan te trekken. Ik had niet gerend sinds Vivians aankondiging – de eerste dagen die ik had overgeslagen sinds ik er weer mee was begonnen – en ik hoopte dat de lichamelijke inspanning me meer mezelf zou doen voelen. Tijdens het hardlopen voelde ik me goed, ondanks het feit dat ik een paar extra kilometers toevoegde, maar tegen de tijd dat ik klaar was met douchen, dacht ik weer aan Vivian. De woede die ik eerder had gevoeld was vervangen door een overweldigende droefheid.

Het was bijna te veel om te verdragen, en omdat ik wist dat ik niet nog eens zo'n dag aankon als de twee die ik zojuist had doorstaan, moest ik iets doen. Wat dan ook. Ik had totaal geen zin om te werken, maar ik dwong mezelf om naar mijn werkkamer te gaan. Zodra ik aan het bureau ging zitten en een foto van Vivian zag, wist ik dat thuisblijven niet ging werken. Er waren hier te veel herinneringen; te veel redenen voor de emotionele trein om weer op stoom te komen.

Het was tijd, vond ik, om mijn kantoor op te zoeken.

Ik stopte mijn computer in een tas en ging naar het kantoor dat ik had gehuurd. De gemeenschappelijke receptioniste schrok toen ze me zag, maar vertelde als gewoonlijk dat er geen berichten voor me waren. Voor de eerste keer kon het me oprecht niet schelen.

Ik haalde mijn kantoor van het slot. Er was niets veranderd sinds ik er voor het laatst was geweest – dat was weken geleden – en er lag een dun laagje stof op mijn bureau. Ik zette mijn computer er evengoed op en opende mijn e-mail.

Tientallen berichten, de meeste ervan ontvangstbewijzen voor automatische overschrijvingen of spam. Ik wiste er zoveel als ik kon en archiveerde de rekeningen in de juiste mappen, tot ik alleen nog de e-mails over had die links bevatten naar de beelden voor de commercials. Nu de presentatie voor de plastisch chirurg al was afgerond, was het Taglieri's beurt. Ik bekeek de aantekeningen die ik het weekend ervoor had gemaakt; van de zes takes die we voor de rechtszaal hadden gemaakt, waren er drie absoluut ongeschikt. De drie die wel werkbaar waren, bracht ik uiteindelijk terug tot twee. Daarvan vond ik dat hij in de tweede take beter was in het begin, en in de eerste take beter aan het eind. Met een beetje monteren – ik had eenvoudige software op mijn computer – zou ik die twee stukken samen kunnen voegen. Er gaat niets boven de magie van film.

Wat nog mooier was, was dat ik hem zelfs sympathiék vond in de beelden die we hadden opgenomen, en ik wist zeker dat anderen dat ook zouden vinden. Hij kwam precies zo over als ik hoopte – eerlijk, competent en vriendelijk – maar bovenal zag hij er goed uit voor de camera. Misschien was het de natuurlijke belichting, maar het was een enorme verbetering ten opzichte van zijn eerdere commercials.

De beelden voor de tweede commercial waren veel gecompliceerder. Er waren heel veel verschillende scènes vanuit allerlei standpunten geschoten – en een bijzonder prachtige scène van een weiland met grazende paarden – plus een heleboel verschillende mensen, en dat maakte het aantal mogelijkheden wat het uiteindelijke effect van de commercial zou zijn, veel groter. Omdat ik wist dat er meer tijd en energie voor nodig was dan ik zou kunnen oproepen, besloot ik om gewoon aan de eerste commercial te werken.

De software die ik gebruikte, was niet van heel hoge kwaliteit, maar dat gaf niet; ik had al gesproken met de beste freelance editor van de stad, en langzaam maar zeker ging ik aan het werk. Tegen de lunch moest ik mezelf dwingen een kom soep leeg te eten die ik bij de delicatessenzaak had gehaald, en ging toen weer verder met editen tot het tijd was om London van school te halen.

Het was geen gemakkelijke dag geweest. Telkens als mijn concentratie wegzakte – al was het maar een seconde – kwamen de emotionele onrust en de vragen terug. Dan stond ik op van mijn bureau en begon ik te ijsberen; op andere momenten stond ik bij het raam en voelde ik me alsof mijn borst zich samentrok en mijn handen begonnen te beven in wat een kantoor zonder zuurstof leek. Ik voelde – echt heel diep vanbinnen – mijn eigen verlies op een manier die me deed geloven dat er geen reden was om nog door te gaan.

Maar omdat afleiding mijn enige hoop op verlossing was, ging ik elke keer toch weer terug naar mijn bureau en probeerde ik op te gaan in het werk voor Taglieri.

'Wat je voelt, is normaal,' verzekerde Liz me die avond op het terras achter het huis, nadat ik haar had verteld wat ik had doorgemaakt.

Zij en Marge waren na hun werk alweer bij me langsgekomen. Marge had Play-Doh meegenomen en zat met London op de vloer allerlei dingen te boetseren.

'Je hebt een intense shock ondergaan. Daar zou iedereen van overstuur zijn geraakt.'

'Het is erger dan overstuur zijn,' zei ik. 'Ik functioneer nauwelijks.'

Hoewel Liz en ik al honderden keren met elkaar hadden gepraat, voelde ik nu voor het eerst dat ik met haar móést praten. Ik was uitgeput door mijn dag. Ik wilde niets liever dan weglopen of een donker, stil plekje vinden om me te verstoppen, maar met London kon ik dat niet doen. Bovendien dacht ik niet dat dat zou helpen; overal waar ik heen ging, zou ik tenslotte mijn gedachten met me meenemen.

'Maar je vertelde me dat je aan het werk bent gegaan,' zei ze. 'Je hebt London naar school en naar pianoles gebracht en weer opgehaald. En ze heeft gegeten.'

'Ik ben langs de snackbar gegaan op weg naar huis.'

'Dat geeft niet. Je moet leren mild te zijn voor jezelf. Je gaat hier zo goed mee om als maar mogelijk is. In het bijzonder de manier waarop je met de emoties omgaat.'

'Heb je dan niets gehoord van wat ik je heb verteld?'

'Natuurlijk wel. En ik weet dat het ondraaglijk voelt, maar geloof het of niet: het feit dat je jezelf de emoties laat voelen in plaats van ze te onderdrukken is goed. Er is een oud gezegde dat luidt: "De enige uitweg is erdoorheen." Begrijp je wat ik daarmee bedoel?'

'Niet echt. Maar aan de andere kant: mijn hersenen lijken niet zo goed te werken. De volgende keer dat ik naar de commercial kijk die ik in elkaar heb ge-edit, raak ik vast helemaal gedeprimeerd omdat ik het zo slecht heb gedaan.'

'Als het zo slecht is, ga je het toch gewoon herstellen?'

Ik knikte. Ik moest het wel herstellen. Omdat Vivian haar eigen bankrekening had geopend, was het aan mij om alle rekeningen te betalen, waaronder ook, zo nam ik aan, de hypotheek.

'Mooi. En dat zal weer een stap vooruit zijn. En wat betreft wat ik eerder bedoelde: te veel mensen denken dat het onderdrukken van emoties – of ze ontlopen – gezond is. En soms kan het dat ook zijn, in het bijzonder na verloop van tijd. Maar in de onmiddellijke nasleep van een traumatiserende gebeurtenis is het vaak beter om de gevoelens gewoon naar boven te laten komen en ze volledig te ervaren, terwijl je jezelf eraan herinnert dat het gevoel voorbij zal gaan. Herinner jezelf eraan dat je niet je emoties bént.'

'Ik heb geen idee wat dat betekent.'

'Nu ben je verdrietig, maar je bent geen verdrietig persoon en je zult niet altijd verdrietig zijn. Nu ben je kwaad, maar je bent geen kwaad iemand, en je zult ook niet eeuwig kwaad zijn.'

Ik dacht na over wat ze had gezegd en schudde toen mijn hoofd. 'Ik wil gewoon dat ik ervoor kan zorgen dat de emoties niet meer zo intens zijn. Hoe doe ik dat?'

'Blijf doen wat je doet. Lichaamsbeweging, werken, voor London zorgen. Uiteindelijk kost het alleen maar tijd.'

'Hoeveel tijd?'

'Dat is voor iedereen weer anders. Maar elke dag voel je je een beetje minder kwetsbaar, een beetje sterker of meer vastberaden. Als je vandaag om de vijf minuten aan Vivian hebt gedacht, zul je volgende week misschien elke tien minuten aan haar denken.'

'Ik wilde dat ik in mijn vingers kon knippen en dat het dan voorbij was.'

'Dat geldt voor iedereen die zoiets als dit meemaakt.'

Later die avond, nadat London met haar moeder had gefacetimed en naar bed was gegaan, bleef ik zitten met Marge en Liz. Marge vond het prima om vrijwel alleen te luisteren en zei niet veel.

'Uitgaande van jouw ervaring,' vroeg ik, 'denk je dan dat ze terug zal komen?'

'Ik heb eerlijk gezegd beide situaties meegemaakt,' antwoordde Liz. 'Soms is dat waarvan iemand denkt dat het liefde is gewoon een bevlieging en als de glans ervan af is, concludeert hij of zij dat hij of zij een vergissing heeft gemaakt. Andere keren is het wel liefde en is het blijvend. En nog weer andere keren komt die persoon, zelfs als het maar een verliefdheid was, tot de conclusie dat de liefde die hij of zij voor de eerste persoon voelde, er niet meer is.'

'Wat moet ik doen? Ze praat niet eens tegen me.'

'Ik weet niet of er iets is wat je kunt doen. Hoezeer je dat ook zou willen, je kunt iemand anders niet beheersen.'

Ik wilde iets drinken, ik wilde vergeten en gewoon nergens om geven, al was het maar even, maar ook al stond er bier in de koelkast, ik hield mezelf tegen omdat ik bang was dat zodra ik begon te drinken, ik niet zou stoppen tot de koelkast leeg was.

'Ik wil haar niet beheersen. Ik wil gewoon dat ze terugkomt.'

'Dat weet ik,' zei Liz. 'Het is duidelijk dat je nog steeds van haar houdt.'

'Denk je dat ze nog steeds van mij houdt?'

'Ja,' zei Liz. 'Maar op dit moment is het niet hetzelfde soort liefde.'

Ik keerde me naar Marge. 'Wat gebeurt er als ze wil dat London met haar mee verhuist naar Atlanta?'

'Dan vecht je dat aan. Neem een advocaat en bepleit dat ze bij jou moet blijven.'

'En als London wil gaan?' Ik voelde de druk van tranen die zich begonnen te vormen. 'Als ze liever bij haar moeder wil zijn?'

Daar zeiden Marge en Liz niets op.

Op vrijdag bracht ik London naar school en dansles en haalde ik haar weer op, maar voor de rest begroef ik me in het werk, net als de dag ervoor. Ik kwam de dag door, maar daar was dan ook alles mee gezegd. Ik herinnerde me dat veertien jaar eerder, op een afschuwelijke dag die ik nooit zou vergeten, de Twin Towers waren ingestort.

Toen kwam het weekend. Liz' raadgevingen waren een mantra geworden: lichaamsbeweging, werken en voor London zorgen. En hoewel ik niet naar kantoor zou gaan, wilde ik evengoed haar advies volgen.

Ik werd vroeg wakker en rende elf kilometer, verder dan ik in jaren had gelopen. Ik dwong mezelf te ontbijten en maakte toen ontbijt voor London. Terwijl zij relaxte, maakte ik mijn edits van de eerste commercial af en begon ik te werken aan de tweede. Ik bracht London naar beeldende-kunstles, ging verder met editen terwijl ze daar was en zag dat ze een vaas had gemaakt. Ze droeg hem voorzichtig naar de auto en zorgde ervoor dat hij nergens tegenaan stootte.

'We moeten hem volgende week weer mee terugbrengen zodat ik hem kan beschilderen,' zei London tegen me. 'Ik wil er gele bloemen op schilderen. En er misschien wat gatjes in maken.'

'Gatjes?'

'Zodat de hamsters erin kunnen.'

Ik had geen idee waarom dat zou moeten, maar wat weet ik ervan?

'Oké. Bloemen en gatjes,' zei ik.

'Ronde gatjes.'

'Nog beter,' zei ik instemmend. 'Ben je er klaar voor om naar oma te gaan?'

Ik hielp haar de auto in te klimmen en besefte dat het tijd was mijn ouders te vertellen dat Vivian me had verlaten. Omdat Marge erbij wilde zijn terwijl ik het nieuws vertelde, nam Liz het op zich om met London een ommetje te maken. Ik riep mijn vader uit de garage en hij ging naast mijn moeder zitten.

Ik flapte het er allemaal uit in één grote stroom woorden. Toen ik klaar was, was het mijn vader die het eerst reageerde. 'Ze kan niet weggaan.' Hij fronste. 'Ze heeft een kind.'

'Ik zal haar bellen,' zei mijn moeder. 'Ze gaat waarschijnlijk door een fase.'

'Het is geen fase. Ze heeft me verteld dat ze verliefd is op hem. Ze heeft nu haar eigen woning.'

'Wanneer komt ze terug?' vroeg mijn moeder. 'Als ze volgend weekend komt, zijn je vader en ik er niet. We gaan op bezoek bij je oom Joe in Winston-Salem. Dan is hij jarig.'

Mijn vaders paar jaar jongere broer Joe was een monteur die nooit was getrouwd maar in de loop der jaren de ene langdurige relatie na de andere had gehad. Toen ik opgroeide, was hij de coole oom, en ik weet nog dat ik me afvroeg waarom hij nooit was getrouwd. Nu vermoedde ik dat hij misschien iets wist wat ik niet wist.

'Ik heb geen idee wanneer ze terugkomt,' antwoordde ik.

'Het werk moet te stressvol zijn geweest,' zei mijn moeder. 'Ze kan niet goed meer nadenken.'

'Hoe moet ze London dan zien?' vroeg mijn vader.

'Ik weet het niet, pap.'

'Wil ze London dan niet zien?' drong mijn vader aan.

'Ik moet haar echt gaan bellen,' zei mijn moeder bezorgd.

'Je gaat haar niet bellen, mam,' zei Marge. 'Dit is iets tussen hen. Ik weet zeker dat Vivian terugkomt om London te zien. En ook al heeft ze Russ niet verteld wanneer dat zal zijn, ik denk dat het in de loop van volgende week zal zijn of zo. Ondertussen is het waarschijnlijk niet het beste moment om Russ met heel veel vragen te bestoken of plannen te gaan maken. Zoals je je kunt voorstellen is het een vrij zware week voor hem geweest.'

'Je hebt gelijk,' zei mijn moeder plotseling. 'Het spijt me. Het is gewoon zo'n schok, weet je?'

'Het geeft niet, mam,' zei ik. Ik zag mijn vader van de bank opstaan en naar de keuken lopen.

'Hoe gaat het nu met je?' vroeg mijn moeder.

Ik streek door mijn haar. 'Ik doe mijn uiterste best.'

'Kan ik iets voor je doen? Heb je hulp nodig met London?'

'Nee,' zei ik. 'Dat lukt me wel. Het is niet zo moeilijk nu ze op school zit.'

'Zal ik dan wat eten voor de komende week brengen? Zou dat helpen?'

Ik wist dat ze het gevoel had dat ze iets moest doen. 'Dat zou geweldig zijn,' zei ik. 'London vindt dat jij veel lekkerder kookt dan ik.'

Ik voelde een tik van koud glas tegen mijn schouder. Mijn vader had in elke hand een biertje en hield er een voor me uit. 'Hier,' zei hij. 'Ik ben in de garage als je met me wilt praten.'

Toen ik twintig minuten later naar de garage liep, gebaarde mijn vader naar me om op een kruk te gaan zitten terwijl hij op een gereedschapskist ging zitten. Ik had voor ons allebei nog een biertje meegenomen; er zat me iets dwars – iets wat ik niet tegen Marge of Liz had gezegd – en ik wilde zijn visie erop.

'Ik weet niet of ik dit wel kan,' zei ik.

'Of je wat kan?'

'Alleenstaande vader zijn. Voor London zorgen. Misschien zou het beter zijn als London bij Vivian in Atlanta zou gaan wonen.'

Hij trok het biertje open dat ik naar hem toe had gebracht. 'Ik neem aan dat je wilt dat ik het met je eens ben.'

'Ik weet niet wat ik wil.'

'Dat is niet je echte probleem. Je echte probleem is dat je bang bent.'

'Natuurlijk ben ik bang.'

'Dat gebeurt nou eenmaal als je een kind hebt. Je doet je best terwijl je doodsbenauwd bent dat je het allemaal verpest. Kinderen kunnen je sneller grijze haren bezorgen dan wat dan ook, als je het mij vraagt.'

'Jij en mama waren niet bang.'

'Natuurlijk wel. We hebben het gewoon nooit laten merken.'

Ik vroeg me af of dat waar was. 'Denk je dat ik voor London moet vechten zoals Marge zegt? Als het zover komt?'

Mijn vader krabde aan de spijkerbroek die hij droeg, en liet een veeg smeer achter. 'Ik vind dat je een verdomd goede vader bent, Russ. Beter dan ik ooit was, dat is zeker. En ik denk dat London je nodig heeft.'

'Maar ze heeft haar moeder ook nodig.'

'Misschien. Maar zoals jij voor haar hebt gezorgd? Ik weet dat het niet eenvoudig was, maar je hebt het gewoon gedaan, en ze is een vrolijk meisje. En dat is waar het vader zijn allemaal om draait. Je doet wat nodig is en houdt van je kind op de beste manier waarop je dat kunt. Dat heb je gedaan en ik ben echt trots op je.' Hij was even stil. 'Nou ja, zo denk ik er tenminste over.'

Ik probeerde me te herinneren of hij ooit eerder zoiets tegen me had gezegd, maar ik wist dat dat niet zo was.

'Dank je wel, pap.'

'Je gaat toch niet huilen, hè?'

Ondanks alles moest ik lachen. 'Ik weet het niet, pap.'

'Waarom huil je nou?'

Ik veegde een traan weg waarvan ik niet wist dat die er was. 'Daar is tegenwoordig niet veel voor nodig.'

15

Eén dag tegelijk

Anders dan mijn vriend Danny heb ik mijn moeders radeloosheid van dichtbij meegemaakt toen ze een voor een de gezinsleden met wie ze was opgegroeid verloor. Ik was dertien toen mijn opa overleed, achttien toen mijn oma overleed, eenentwintig toen de eerste van haar broers overleed, en achtentwintig toen de laatste deze wereld voor de volgende verwisselde.

In al die gevallen droeg mijn moeder de zwaarste last. Alle vier waren het langdurige stervensprocessen, met frequente bezoekjes aan het ziekenhuis waar er vergif werd toegediend in de hoop dat het de kanker zou doden voordat het hen zou doden. Er trad haaruitval en misselijkheid op, zwakte en geheugenverlies. En pijn. Er was altijd te veel pijn. Tegen het einde werden er soms een paar dagen en nachten op de intensive care doorgebracht, waarbij mijn familieleden het soms uitschreeuwden van de pijn. Mijn moeder was er altijd bij. Elke avond ging ze na haar werk naar hun huis of naar het ziekenhuis, en dan bleef ze uren bij hen. Ze depte hun gezicht met vochtige doekjes en voerde hen met een rietje; in drie verschillende ziekenhuizen leerde ze de artsen en verpleegkundigen bij hun voornaam kennen. Als het zover was, was zij het die hielp de begrafenis te regelen, en ik wist altijd dat ze zich, ondanks dat wij erbij waren, heel erg alleen voelde.

In de weken en maanden na die vierde begrafenis ging ik er waarschijnlijk vanuit dat ze weer de oude zou worden, net zoals ze de vorige keren had gedaan. Oppervlakkig gezien was ze niet veranderd. Ze droeg nog steeds een schort en bracht het grootste deel van haar tijd door in de keuken als Vivian en ik op bezoek kwamen, maar ze was stiller dan ik me herinnerde, en zo nu en dan betrapte ik haar erop dat ze uit het raam boven het aanrecht stond te staren, afgesloten van de geluiden van ons die vlak bij haar waren. Ik dacht dat het te maken had met het meest recente verlies; het was

Vivian die uiteindelijk aangaf dat mijn moeders verdriet zich had opgestapeld, en haar opmerking trof me als helemaal juist.

Hoe zou het zijn om je ouders en je broers te verliezen? Ik snap wel dat het onvermijdelijk is in elk gezin – er is er tenslotte altijd een die als laatste overblijft – maar Vivians opmerking zorgde ervoor dat ik met mijn moeder te doen had, elke keer dat ik haar zag. Ik had het gevoel alsof haar verlies mijn verlies was geworden, en ik begon vaker langs te komen. Ik kwam twee of drie keer per week na mijn werk even aanwippen en bracht dan tijd met mijn moeder door, en ook al praatten we niet over wat ze – en ik ook – doormaakte, toch was het altijd bij ons, een allesomvattende droefheid.

Op een avond, een paar maanden sinds ik vaker was begonnen langs te komen, kwam ik bij hun huis aan en zag ik mijn vader de heg snoeien terwijl mijn moeder op de veranda wachtte. Mijn vader deed net alsof hij niet had gezien dat ik was gekomen en draaide zich niet om.

'Laten we een eindje gaan rijden,' zei mijn moeder. 'En daarmee bedoel ik dat jij rijdt.'

Ze beende naar mijn auto en nadat ze het portier aan de passagierskant had geopend, ging ze zitten en deed ze het portier achter zich dicht.

'Wat is er aan de hand, pap?'

Hij stopte met snoeien maar draaide zich niet om. 'Stap nou maar in. Het is belangrijk voor je moeder.'

Ik deed wat me gezegd was en toen ik vroeg waar we naartoe gingen, zei mijn moeder dat ik in de richting van de brandweerkazerne moest rijden.

Ik begreep er nog steeds niets van, maar ik deed wat ze zei, en toen we in de buurt kwamen, zei ze plotseling dat ik rechts af moest slaan. Twee straten verderop instrueerde ze me om links af te slaan. Inmiddels wist zelfs ik waar ze me heen stuurde, en we stopten naast een poort die aan beide kanten was omgeven door beboste percelen. Voor ons stond de watertoren, en toen mijn moeder de auto uit stapte, volgde ik haar.

Een tijdje lang zei ze niets tegen me.

'Waarom zijn we hier, mam?'

Ze hield haar hoofd schuin en haar ogen leken de ladder te volgen die naar het platform vlak onder de top leidde.

'Ik weet wat er is gebeurd,' zei ze. 'Toen het uitging tussen Tracey en Marge. Ik weet dat ze liefdesverdriet had en dat je haar hier hebt aan-

getroffen. Je was nog maar een kind, maar op de een of andere manier heb je haar naar beneden weten te praten en teruggebracht naar de studentenflat.'

Ik slikte mijn ontkenningen in, iets wat makkelijker gezegd was dan gedaan. Het zou niet uitmaken wat ik zei; dit was mijn moeders voorstelling.

'Weet je hoe het voelt om te bedenken dat mijn dochter hier dood had kunnen gaan? Ik weet nog dat toen ze het me vertelde, ik me afvroeg waarom ze mij of je vader niet had gebeld. Maar daar weet ik het antwoord ook op. Jullie twee hebben iets fantastisch samen, en ik kan je niet zeggen hoe trots ik daarop ben. We zijn misschien niet de allerbeste ouders geweest, maar we hebben jullie allebei tenminste goed opgevoed.'

Ze bleef staan staren naar de watertoren. 'Je kreeg enorm op je donder, maar je hebt nooit iets tegen ons gezegd. Over waar je die avond was geweest. Ik wilde tegen je zeggen dat het me speet.'

'Het is al goed,' zei ik.

Ik zag een diepe droefheid op haar gezicht toen ze zich naar me omdraaide. 'Jij hebt een gave,' zei ze. 'Je voelt de dingen zo diep en je geeft zo veel om anderen. En dat is iets geweldigs. Daardoor wist je precies wat je moest doen met Marge. Je nam haar pijn en maakte er je eigen pijn van, en nu probeer je hetzelfde te doen met mij.'

Hoewel haar stem wegstierf, wist ik dat er nog meer zou komen.

'Ik weet dat je denkt dat je me helpt, maar wat je ook doet, je kunt mijn verdriet niet wegnemen. Maar ondertussen maak je jezelf ongelukkig. En dat breekt mijn hart en ik wil niet dat je het doet. Ik sla me hier doorheen, één dag tegelijk, maar ik heb de kracht niet om me ook nog zorgen te maken om jou.'

'Ik weet niet of ik wel kan ophouden met me zorgen maken om jou.'

Ze raakte mijn wang aan. 'Dat weet ik. Maar ik wil dat je het probeert. Onthoud maar dat ik me tot nu toe door honderd procent van de ergste dagen van mijn leven heb geslagen. Net als je vader en Marge. En jij natuurlijk ook. En dat doen we met één dag tegelijk.'

Later die avond dacht ik na over wat mijn moeder tegen me had gezegd. Ze had natuurlijk gelijk, maar wat ik niet wist, was dat hoe zwaar mijn leven soms ook geweest was, de ergste dagen nog moesten komen, en dat zouden de ergste van allemaal zijn.

Negenduizend driehonderdzestig minuten.

Zo lang was het geleden – nou ja, ongeveer dan – sinds mijn wereld op zijn kop was gezet, en het voelde alsof ik me hyperbewust was geweest van het verstrijken van elke afzonderlijke minuut ervan. Elke afzonderlijke minuut van de afgelopen week was met een martelende traagheid verstreken, en het leek wel of ik ze ervoer met elke cel in mijn lichaam, elke tik van de klok.

Het was maandag 14 september. Een week geleden was Vivian bij me weggegaan. Ik dacht nog steeds obsessief veel aan haar, en de afgelopen nacht had ik moeite gehad om in slaap te komen. Een eindje hardlopen had geholpen, maar tegen de tijd dat ik terugkwam, was mijn eetlust verdwenen. In de afgelopen week was ik nog eens drie kilo afgevallen.

Stress. Het ultieme dieet.

Ik denk dat ik terwijl ik belde, al wist wat ik ging doen. Ik maakte mezelf wijs dat ik alleen maar wilde weten waar Vivian naartoe zou reizen deze week, maar dat was niet waar. Toen de receptioniste bij Spannerman opnam, vroeg ik om doorverbonden te worden met Vivian, en kreeg ik een vrouw aan de lijn die Melanie heette en zich voorstelde als Vivians assistente. Ik wist niet eens dat mijn vrouw een assistente had, maar er was blijkbaar een heleboel dat ik niet over haar wist, of misschien had ik het wel nooit geweten.

Ik kreeg te horen dat Vivian in een bespreking zat en toen Melanie mijn naam vroeg, loog ik. Ik zei tegen haar dat ik een plaatselijke journalist was en wilde weten of ze deze week op kantoor zou zijn zodat ik met haar kon spreken. Melanie informeerde me dat Vivian er vandaag en morgen zou zijn, maar dat ze de dagen daarna niet op kantoor zou zijn.

Daarna belde ik Marge en vroeg ik haar of ze London van school op kon halen en haar later naar dansles kon brengen. Ik zei tegen haar dat ik mijn vrouw ging opzoeken, maar dat ik later die avond thuis zou zijn.

Atlanta was vier uur rijden.

Ik weet niet zeker hoe ik me mijn verrassingsbezoek had voorgesteld. In de auto volgde de ene voorspelling op de andere. Het enige wat ik wist, was dat ik Vivian moest zien; ergens hoopte ik nog dat de harde buitenkant die ze me aan de telefoon liet zien weg zou smelten in mijn aanwezigheid en dat we een manier zouden vinden om onze relatie te redden, ons gezin en het leven dat ik nog steeds wilde leiden.

Er kwam een knoop in mijn maag terwijl ik reed, het bewijs van een sluimerende nervositeit die het rijden moeilijker maakte dan het had hoeven zijn. Gelukkig was het betrekkelijk rustig op de weg, en om kwart voor twaalf bereikte ik de buitenwijken van Atlanta. Een kwartier later vond ik het nieuwe kantoorgebouw van Spannerman en reed de parkeerplaats op. De zenuwen gierden door mijn keel.

Ik vond een plekje op de parkeerplekken voor bezoekers, maar aarzelde voordat ik uitstapte. Ik wist niet wat ik zou doen. Moest ik haar bellen en zeggen dat ik beneden was? Moest ik het gebouw binnengaan en naar de receptie gaan? Of langs de receptie stormen en haar confronteren in haar kantoor? De ontelbare variaties van ons gesprek waarover ik had gefantaseerd tijdens het rijden begonnen altijd met dat ik tegenover haar zat aan een tafel in een restaurant, niet met de stappen die daaraan voorafgingen.

Mijn hersenen waren de afgelopen tijd niet helemaal in topvorm, wist ik.

Vivian zou er ongetwijfeld de voorkeur aan geven dat ik zou bellen; op die manier kon ze me misschien helemaal afpoeieren. Om die reden leek het beter om me binnen aan haar te vertonen, maar stel nou dat ze in een bespreking zat? Zou ik melden dat ik er was en in de wachtkamer gaan zitten, als een kind dat binnengeroepen was voor een gesprek met het hoofd van de school? Ik wilde meteen naar haar kantoor toe lopen, maar ik had geen idee waar het was, en zoiets zou een hoop stampij veroorzaken, wat misschien nog erger zou zijn.

Ik dwong mezelf uit de auto te stappen terwijl ik doorging met nadenken over mijn keuzes. Het enige wat ik zeker wist, was dat ik mijn benen moest strekken en naar de wc moest. Ik zag een koffiebar aan de overkant van de straat en stak tussen het stilstaande verkeer door de straat over. Toen ik de koffiebar uit kwam en de straat weer overstak, nam ik het besluit om Vivian te bellen vanuit de hal van het gebouw. En toen zag ik hen: Spannerman en Vivian in een bruine Bentley die op het punt stond de parkeerplaats af te rijden, de straat op. Ik wilde niet dat ze me zagen, dus ging ik dichter bij het gebouw staan en boog ik mijn hoofd. Ik hoorde het gebrul van de motor toen hij eindelijk wegreed en zich stapvoets in het verkeer mengde.

Al had ik sowieso niet bepaald een echt plan gehad, het beetje plan dat ik had gehad ging nu in rook op. Ondanks dat ik geen trek had, bedacht ik dat ik wel iets kon gaan eten en over een uur of zo kon proberen haar te ontmoeten. Dat leek aangenamer dan te blijven wachten, en ik begon naar mijn auto terug te lopen.

Toen ik de parkeerplaats af reed, merkte ik dat het verkeer nauwelijks was opgeschoten en dat ik de Bentley een stuk of acht auto's voor me kon zien. Ik zag dat er verderop bouwwerkzaamheden waren; een grote vrachtwagen met oplegger geladen met stalen liggers was achteruit een bouwplaats op aan het rijden en het verkeer in de straat was tot stilstand gekomen.

Toen de vrachtwagen de weg vrij had gemaakt, begon het verkeer weer in beweging te komen. Ik liet me met de stroom meevoeren, de Bentley voor me in de gaten houdend, en zag hoe hij rechts afsloeg. Ik voelde me net een spion – of beter gezegd: een enge privédetective – toen ik daar ook rechts afsloeg, maar ik maakte mezelf wijs dat, aangezien ik niet van plan was de confrontatie met hen aan te gaan tijdens de lunch of gekke dingen te doen, het niet veel uitmaakte. Ik wilde gewoon weten waar ze gingen eten – ik wilde iets weten over het nieuwe leven dat mijn vrouw leidde – en dat was normaal, iets wat iedereen zou doen.

Toch?

Toch voelde ik dat ik steeds kwader werd. Nu was er nog maar één auto tussen ons, en ik kon hen voor me zien. Ik beeldde me in dat Walter praatte en dat Vivian reageerde; ik zag voor me hoe ze dezelfde blije uitdrukking had als die ze had gehad toen ze met hem belde na haar ruzie met London, en mijn boosheid veranderde in gevoelens van teleurstelling en verdriet over alles wat ik had verloren.

Waarom hield ze niet van me?

Ze bleven niet lang op straat. Ze sloegen linksaf, en reden toen snel een parkeergarage in onder een opzichtige torenflat die de Belmont Tower heette. Er stond een portier voor de deur, van het soort dat je ook in New York ziet, en ik reed verder en stopte uiteindelijk op de parkeerplaats van een restaurant even verderop in de straat.

Ik zette de motor af en vroeg me af of er een restaurant in de torenflat zat. Ik vroeg me af of het de locatie van de bedrijfsappartementen was. Ik vroeg me af of het de plek was waar Walter Spannerman woonde.

Met behulp van mijn telefoon vond ik de informatie: Belmont Tower was een Spannerman-project, en er was ook een link met een filmpje. Ik klikte erop en zag Walter Spannerman opscheppen over de voorzieningen in het gebouw; als laatste verkoopargument verkondigde hij trots aan de kijkers dat hij ervoor had gekozen op de bovenste verdieping te gaan wonen.

Ik zette het filmpje stil, maar net als een man die ervoor kiest om zonder begeleiding naar zijn eigen executie te lopen, stapte ik de auto uit en liep naar de Belmont Tower. Ik gebaarde naar de portier toen ik er dichtbij was, en hij liep naar me toe.

'Wat een mooi gebouw,' zei ik.

'Ja, meneer. Dat is het zeker.'

'Ik vroeg me af of er een restaurant in het gebouw zat. Of een eetzaal voor de bewoners?' vroeg ik.

'Nee, dat is er niet. Maar het gebouw heeft wel betrekkingen met La Cerna ernaast. Dat is een vijfsterrenrestaurant.'

'Zijn er ook appartementen te huur?'

'Nee, meneer.'

Ik stopte een hand in mijn zak. 'Oké,' zei ik. 'Bedankt voor de hulp.'

Een paar minuten later, beduusd door het idee dat Vivian hoogstwaarschijnlijk met Spannerman naar zijn penthouse was gegaan, zat ik in mijn auto en was ik op weg terug naar Charlotte.

Ik arriveerde een half uur nadat London uit school was gekomen en toen ik de deur opendeed, kwam ze op me af gerend.

'Papa! Waar was je?'

'Ik moest werken,' zei ik. 'Het spijt me dat ik je niet kon ophalen.'

'Dat geeft niet. Tante Marge was er. Ze heeft me naar huis gebracht.' Ze sloeg haar armen om me heen. 'Ik miste je.'

'Ik jou ook, schatje.'

'Ik hou van jou.'

'Insgelijks,' zei ik.

'Wat betekent "insgelijks"?'

'Je zegt "insgelijks" als je hetzelfde wilt zeggen. Jij zei: "ik hou van jou", dus zei ik: "insgelijks", wat betekent dat ik ook van jou hou.'

'Dat is cool,' zei ze. 'Ik wist niet dat dat kon.'

'Het is een rare wereld, vind je niet? Heb je iets leuks geleerd op school?'

'Ik heb geleerd dat spinnen geen insecten zijn. Ze worden achtpoters genoemd.'

'Bedoel je achtpotigen?'

'Nee, papa. Achtpoters. Zo heet dat.'

Ik was er vrij zeker van dat ze ongelijk had, maar daar zou ze uiteindelijk wel achter komen. 'Dat is gaaf.'

'Het is omdat insecten zes poten hebben en spinnen acht.'

'Wauw... jij bent best slim, weet je dat?'

'Maar ik vind spinnen nog steeds niet leuk. En bijen ook niet meer. Ook al maken ze honing. Maar vlinders zijn mooi.'

'Net als jij. Jij bent ook mooi. Mooier dan een vlinder,' zei ik. 'Mag ik even gedag zeggen tegen tante Marge?'

'Oké. Ik moet even bij Mr. en Mrs. Sprinkles gaan kijken. Heb je eraan gedacht om ze water te geven?'

Oeps.

'Nee, niet aan gedacht. Maar gisteren hebben ze een heleboel gehad. Het gaat vast wel goed met ze.'

'Ik ga voor de zekerheid even kijken.'

Ik kuste haar op haar wang en zette haar neer. Ze rende naar de trap en verdween uit het zicht. Marge had naar ons staan kijken vanuit de keuken, zag ik.

'Je bent een goede vader, weet je dat?' zei ze toen ik bij haar kwam.

'Ik doe mijn best. Hoe was het met haar?'

'Je bedoelt in het uur dat ik haar bij me had? Ik moest haar naar huis brengen én een ijsje voor haar kopen. En toen verscheen mam met een karrevracht aan eten en daar moest ik ook nog iets mee. Ik heb wat in de koelkast en wat in de vriezer gezet, trouwens. Laten we het er maar op houden dat je bij me in het krijt staat. Ik ben kapot. Wat een dag! Ik weet niet of ik nog meer aankan.'

Mijn zus had duidelijk aanleg voor sarcastisch melodrama. 'Ik had niet gedacht dat ik zo snel terug zou zijn.'

'Ik ook niet. En ik dacht dat wanneer je thuiskwam, je eruit zou zien als een hoopje aardappelpuree. Wat is er gebeurd? Was ze er eigenlijk wel?'

'Ik heb haar gezien,' zei ik. 'Nou ja, min of meer.' Ik vertelde haar wat er gebeurd was. Terwijl ik praatte, schonk ze twee glazen ijswater in en gaf er een aan mij.

'Mag ik iets vragen?'

'Ga je gang.'

'Waarom heb je niet gewoon op haar gewacht?'

'Toen ze naar het appartement van Spannerman waren gegaan, besefte ik dat ik haar daarna niet meer wilde zien.'

'Omdat?'

'Ze met... hem was. Waarschijnlijk in zijn penthouse of wat dan ook. En...'

'En wat? Ze is bij je weggegaan. Ze heeft tegen je gezegd dat ze verliefd op hem was. Je weet toch wel dat ze met hem naar bed gaat, hè?'

'Dat weet ik,' zei ik. 'Ik vind het alleen niet fijn om eraan te denken... ik *wíl* er niet aan denken.'

Marge keek met medeleven naar me. 'Dat is volkomen normaal.'

Ik aarzelde en besefte dat ik volkomen uitgeput was. 'Wat moet ik nou doen?'

'Je moet voor jezelf zorgen. En je moet een goede vader voor London blijven.'

'Ik bedoel met betrekking tot Vivian.'

'Laten we ons voorlopig maar alleen druk maken om jou en je dochter, oké?'

Ik had nooit naar Atlanta moeten gaan.

Op dinsdag probeerde ik mezelf te begraven in mijn werk aan Taglieri's reclamespotje, maar het was moeilijk om geconcentreerd te blijven en ik dacht de hele tijd aan Vivian. Dan zag ik haar in de Bentley, met Spannerman naast zich; elke keer dat ik me de uitdrukking op haar gezicht inbeeldde, was die hetzelfde als die ik op het terras had gezien.

Die beelden achtervolgden me en gaven met het gevoel dat ik tekort was geschoten. Dat ik minderwaardig was. Ik was niet gewoon alleen maar afgewezen; ik was ingeruild voor iemand die rijker en machtiger was, iemand die Vivian kon laten lachen zoals ik dat niet kon.

Ze was bij me weggegaan, niet om redenen die met haar te maken hadden, maar vanwege mij.

Iets dergelijks zei ik de dag daarna ook aan de telefoon tegen Marge, en toen ze er niet in slaagde me uit mijn dip te praten, verschenen zij en Liz na het werk bij mij thuis. Het was dinsdagavond en ik had London een van de maaltijden die mijn moeder had gemaakt voorgezet; zodra ze binnenkwamen, liepen Marge en London naar de woonkamer om een film te kijken terwijl Liz en ik op het terras achter het huis gingen zitten.

Ik vertelde alles wat er was gebeurd en hoe ik me had gevoeld. Toen ik klaar was, legde Liz haar handen tegen elkaar.

'Wat denk je dat er gebeurd zou zijn als je met Vivian had gepraat?'

'Ik denk dat ik hoopte dat ze zou besluiten om terug te komen. Of dat we het er op zijn allerminst over zouden hebben hoe we hier uit konden komen.'

'Waarom? Heeft ze enige aanwijzing gegeven dat ze terug wil komen? Of wil proberen eruit te komen?'

'Nee,' gaf ik toe. 'Maar ze is mijn vrouw. We hebben elkaar nauwelijks gesproken sinds ze is weggegaan.'

'Ik ben ervan overtuigd dat jullie wel een keer met elkaar om de tafel gaan zitten als zij er klaar voor is. Maar ik kan je niet beloven dat je het leuk zult vinden wat ze gaat zeggen.'

Het was niet moeilijk om tussen de regels door te lezen. 'Je denkt dat ze niet terug zal komen, hè?'

'Ik weet niet of ik dat beter kan zeggen dan ieder ander. Of dat dat er eigenlijk toe doet.'

'Je hebt gelijk. Het doet er niet toe. Maar je hebt dit soort situaties vaker gezien, en je kent Vivian. Ik wil nog evengoed weten wat je denkt.'

Ze blies haar adem uit. 'Nee,' zei ze ten slotte. 'Ik denk niet dat ze terugkomt.'

Ik wilde verdoofd zijn; ik wilde niet voelen of aan Vivian denken, maar het leek wel of ik alleen maar vergetelheid kon bereiken in de uren dat London op school was, en ik me in mijn werk kon begraven. Op woensdag bleef ik in Taglieri's tweede spotje duiken, tot ik het uiteindelijk naar de editor stuurde om het bij te werken en definitief te maken. Daarna werkte ik op donderdagmiddag aan de presentatie voor de chirurg. Ik stelde een andere campagne voor dan bij Taglieri – een veel grotere zichtbaarheid op internet en een gebruiksvriendelijke website, een zware nadruk op patiëntengetuigenissen op filmpjes, direct mail, sociale media en billboards – en hoewel ik bepaald niet honderd procent was tijdens de presentatie, verliet ik de volgende dag de bespreking met een mondelinge overeenkomst, in de wetenschap dat ik mijn tweede cliënt had binnengehaald. Net als Taglieri had hij zich voor een jaar vastgelegd.

Met die twee cliënten had ik bijna de helft van mijn vorige salaris opgehaald, afgezien van de bonussen, besefte ik. Het was genoeg om, met een paar besparingen hier en daar, mijn maandelijkse lasten te dekken, en het maakte het een stuk eenvoudiger toen ik de telefoon pakte en onze gezamenlijke creditcards opzegde.

Ik liet het Vivian via een berichtje weten.

Vivian belde me later die avond. Sinds mijn onbezonnen avontuur in Atlanta van maandag had ik London toestemming gegeven om de telefoon op te nemen zodra ik Vivians beeltenis op het scherm zag verschijnen. London liet me weten dat Vivian me later nog terug zou bellen. Terwijl ze de trap op liep om naar bed te gaan, vroeg ik me af of ze al had gemerkt dat er iets veranderd was tussen haar moeder en mij, of dat we geen gezin meer met elkaar zouden vormen.

Terwijl ik op haar telefoontje wachtte, probeerde ik niet te veel hoop te krijgen, maar ik kon er niets aan doen. Ik fantaseerde over hoe ik haar zich zou horen verontschuldigen of zeggen dat ze naar huis kwam, maar dan werden die gedachten weer, net als mijn stormachtige emoties, vervangen door de herinnering aan wat Liz tegen me had gezegd, of dat de enige reden dat Vivian belde, was omdat ik de creditcards had opgezegd en ze me wilde laten weten hoe boos ze was.

Ik raakte uitgeput van het heen en weer geslingerd raken, en toen de telefoon eindelijk daadwerkelijk overging, had ik nog maar weinig emotionele energie over, wat ze ook zou zeggen.

Ik liet de telefoon vier keer overgaan voordat ik eindelijk opnam.

'Hoi,' zei ik. 'London zei al dat je zou bellen.'

'Hoi, Russ,' zei ze. Haar stem was kalm, alsof er helemaal niets was veranderd tussen ons. 'Hoe gaat het met je?'

Ik vroeg me af of het haar echt kon schelen of dat ze alleen maar beleefd deed; ik vroeg me af waarom ik de behoefte voelde om haar te begrijpen, in plaats van het gesprek zich gewoon te laten ontwikkelen.

'Prima,' zei ik. 'Jij?'

'Oké,' zei ze. 'London klinkt alsof ze misschien verkouden wordt.'

'Ze heeft niets tegen me gezegd.'

'Tegen mij ook niet. Maar ik hoorde het aan haar stem. Zorg ervoor dat ze haar vitaminepillen inneemt en misschien moet je haar wat sinaasappelsap geven 's ochtends. Ze heeft waarschijnlijk ook wat van dat middel tegen verkoudheid bij kinderen nodig.'

'Hoe kan ze nou verkouden worden? Het is dertig graden buiten.'

'Ze zit op school. Nieuwe kinderen, nieuwe bacteriën. Het gebeurt in elke school aan het begin van het jaar.'

'Oké,' zei ik. 'Ik zal eropuit moeten om sinaasappelsap en dat middel te kopen, maar ze neemt nog altijd haar vitaminepillen.'

'Niet vergeten,' zei ze. 'En ik belde trouwens om een aantal redenen. Ten eerste: ik kom dit weekend naar Charlotte. Ik mis London heel erg en als je het goed vindt, wil ik wat langere tijd met haar doorbrengen.'

Maar niet met mij.

'Natuurlijk,' zei ik. 'Dat zou ze geweldig vinden. Ze mist jou ook.'

'Mooi. Dank je.' Ik kon haar opluchting horen en vroeg me af waarom ze een andere reactie had verwacht. 'Maar het zit zo. Ik denk niet dat het een goed idee is als ik in een hotel blijf slapen. Ik denk dat dat heel raar zou zijn voor haar.'

Ik fronste mijn voorhoofd. 'Waarom zou je in een hotel gaan slapen? Je kunt in huis slapen. We hebben een logeerkamer.'

'Ik denk dat ze het zou merken als ik in de logeerkamer zou slapen. En zelfs als ze het niet zou merken, denk ik niet dat we haar in een situatie moeten brengen waarin ze vraagt of we iets met zijn drieën kunnen gaan doen. Ik zou heel graag willen dat we alleen met zijn tweetjes zijn, voor haar bestwil. Zodat ze niet in de war raakt.'

'Wat wil je daarmee zeggen?'

'Zou je het erg vinden om bij je ouders te gaan logeren? Of misschien bij Marge en Liz? Op vrijdag en zaterdag?'

Ik voelde hoe mijn bloeddruk omhoogschoot. 'Je maakt een grapje, toch?'

'Nee, Russ, ik maak geen grapje. Alsjeblieft. Ik weet dat het veelgevraagd is, maar ik wil het niet nog moeilijker voor London maken dan het al is.'

Of misschien, dacht ik, wil je het jezelf liever niet moeilijker maken.

Ik liet de stilte tussen ons knetteren.

'Ja,' zei ik uiteindelijk. 'Ik denk dat ik het Marge wel kan vragen. Mijn ouders zijn dit weekend weg.'

'Dat zou ik fijn vinden.'

'Denk eraan dat London op vrijdag naar dansles moet, en daarna beeldende kunst op zaterdagochtend, dus je zult waarschijnlijk geen tijd hebben om yoga te doen.'

'Mijn dochter komt altijd op de eerste plaats, Russ. Dat weet je best.'

'Je bent een geweldige moeder geweest,' gaf ik toe. 'O, voor beeldende kunst moet je de vaas meenemen die ze vorige week heeft gemaakt. Dit weekend gaat ze hem schilderen.'

'Waar is hij?'

'Ik heb hem in de voorraadkast gezet. Bovenste plank, aan de rechterkant.'

'Begrepen,' zei ze. 'O, nog één dingetje.'

'Ja?'

'Ik vroeg me af of je tijd had voor een late lunch morgen. Rond half twee? We moeten even praten voordat ik London van school moet ophalen.'

Ondanks alles voelde ik hoe mijn hart oversloeg bij de gedachte tegenover haar aan tafel te zitten. Of haar te zien.

'Natuurlijk,' zei ik. 'Waar?'

Ze noemde een plek die we allebei kenden, een plek waar we vele malen eerder hadden gegeten. Waaronder, één keer, op de viering van onze trouwdag.

Ik hing op, me afvragend of het een voorteken was.

'Natuurlijk kun je bij ons logeren,' zei Marge in de hoorn. Ik was net terug van de supermarkt en was het sinaasappelsap in de koelkast aan het zetten en daarna belde ik haar. 'Maar je moet wel beloven dat je niet in je flodderige ondergoed gaat rondlopen of aan tafel koffie gaat drinken zonder shirt aan. Sterker nog, pak maar helemaal geen flodderig ondergoed in, oké?'

'Ken je mij eigenlijk wel?'

'Natuurlijk. Waarom denk je dat ik je op dit soort dingen wijs?'

'Ik beloof het.'

'Maar op zaterdag zijn we er niet. Dan ben je alleen. Een vriendin van ons geeft een housewarming.'

Geen vrouw, geen London, geen ouders, en nu ook nog geen zus die het weekend thuis is. Ik vroeg me af wanneer de laatste keer was dat ik helemaal in mijn eentje was geweest, en bedacht dat het jaren geleden was geweest sinds zoiets was gebeurd.

'Geeft niks. Ik heb mijn werk.'

'Maar ik ga je wel bellen om te kijken of alles goed met je gaat. Maar weer even terug naar Vivian. Weet je zeker dat lunchen een goed idee is?'

'Waarom niet?'

'Als iemand zegt: "We moeten praten", belooft dat nooit veel goeds.'

'Geloof me, mijn verwachtingen zijn niet hooggespannen.'

'Daar ben ik blij om,' zei ze. 'Je weet nog wat Liz heeft gezegd, hè? Ze gaat niet tegen je zeggen dat ze terug wil komen.'

'Heeft Liz je verteld waarover we hebben gepraat?'

'Natuurlijk niet,' zei ze. 'Maar ik ken jou, en het is niet al te moeilijk om te bedenken wat je aan haar zou vragen. En omdat ik haar ken, weet ik ook al wat ze tegen jou heeft gezegd. Het is nou niet zo dat we het er niet al duizend keer over hebben gehad. Het is een geliefd thema bij ons thuis de laatste tijd.'

'Jullie twee hebben wel betere dingen om over te praten dan over mijn huwelijk.'

'En negenennegentig procent van de tijd zou je gelijk hebben,' zei ze. 'Maar weet je? De laatste tijd zitten we in die rottige één procent.'

'Wat zeggen jullie nog meer tegen elkaar?'

'We praten over hoeveel pijn het je doet, en dat we niet weten wat we moeten doen of zeggen om je je beter te laten voelen. Je bent zo'n goede man, zo'n goede vader. Het is niet eerlijk.'

Ik schoot ongewild een beetje vol. 'Je hoeft je geen zorgen over me te maken.'

'Natuurlijk wel. Ik ben je oudere zus, weet je nog wel?'

Ik aarzelde. 'Denk je dat Vivian het moeilijk heeft?'

'Vast wel. Je kunt niet doen wat zij heeft gedaan en niet op zijn minst een beetje schuldgevoel hebben. Maar ik weet niet zo zeker of ze zo stilstaat bij haar gevoelens als jij. Ik heb het gevoel dat jullie gewoon anders in elkaar zitten.'

Dat klonk wel logisch. Maar… 'Ik geef nog steeds om haar,' zei ik. 'Ze is een geweldige echtgenote geweest.'

Marge ademde in de hoorn. 'Weet je dat wel zeker?'

Vivian had gelijk over London; toen ze vrijdagochtend wakker werd, zat er een schor randje aan haar stem en toen we de deur uit gingen, begon ze haar neus af te vegen. Ik vroeg me af hoelang het zou duren voordat het middeltje begon te werken.

Nadat ik haar naar school had gebracht, gooide ik wat kleren in een weekendtas en reed ik naar mijn kantoor. Nog altijd geen telefoontjes voor de Phoenix Agency, maar een pluspunt was dat de receptioniste aan mijn aanwezigheid gewend begon te raken en zelfs was begonnen om 'Goedemorgen, meneer Green' tegen me te zeggen.

Het grootste deel van de ochtend werkte ik samen met mijn technische mannetje. Samen bespraken we het plan in grote lijnen en namen we er beslissingen over, en gingen toen verder met discussies over prioriteit krijgen op internet, gerichte banneradvertenties en een socialmediacampagne. We waren bijna drie uur met elkaar bezig en aan het eind daarvan had ik het idee dat hij meer dan genoeg werk had om hem een aantal weken bezig te houden, en ikzelf ook.

Toen dat eenmaal gebeurd was, stuurde ik bevestigende e-mails aangaande het derde reclamespotje dat ik de vrijdag erna voor Taglieri zou filmen, en liet toen een bericht achter voor de chirurg waarin ik hem vroeg om namen van patiënten die misschien bereid zouden zijn om voor de camera een aanbeveling te doen.

Terwijl ik aan het werk was, merkte ik dat de spanning in mijn rug en schouders leek toe te nemen, en het drong tot me door dat ik zenuwachtig was door de gedachte dat ik Vivian zou zien. Ondanks dat ze me had bedrogen, ondanks dat ze me had gevraagd om me het hele weekend uit de voeten te maken, vroeg ik me toch af of ik een Vivian zou zien die bereid was te proberen een oplossing te vinden. Ik wist wel dat Marge en Liz probeerden me in de realiteit verankerd te houden met betrekking tot wat ik kon verwachten, maar het hart wil nu eenmaal wat het wil. Doordat ik nog hoop had, zou het kunnen dat ik uiteindelijk nog erger in de put kwam te zitten, maar alle hoop verliezen leek op de een of andere manier nog erger.

Uiteindelijk verliet ik het kantoor om half een, en ik kwam een kwartier te vroeg in het restaurant aan. Ik had gereserveerd en de ober leidde me naar een tafel bij het raam. De meeste andere tafels waren al bezet. Ik bestelde een cocktail, in de hoop dat ik er rustig van zou worden. Ik wilde de lunch op dezelfde manier benaderen als het telefoontje, maar zodra Vivian het restaurant binnenkwam, hield ik mijn adem in en ik liet hem pas ontsnappen toen ze bij de tafel aankwam.

Gekleed in spijkerbroek en een rode blouse die haar figuur accentueerde, zag ze er net zo moeiteloos chic uit als altijd. Ze zette haar zonnebril boven op haar hoofd en gaf een snel glimlachje toen ik opstond. Toen ze dichtbij was, vroeg ik me af of ik haar wel of niet op haar wang zou kussen, maar ze gaf me niet de gelegenheid.

'Sorry dat ik zo laat ben,' zei ze terwijl ze ging zitten. 'Ik had moeite om een parkeerplek te vinden.'

'Op vrijdag tijdens de lunch is het hier altijd druk. Ik denk dat een hoop mensen alvast aan het weekend beginnen.'

'Vast,' zei ze. Ze wees op mijn cocktail, die ik bijna op had. 'Ik zie dat jij hetzelfde doet.'

'Waarom niet? Ik ben dit weekend een vrij man.'

'Misschien, maar je moet nog wel rijden.'

'Ik weet het.'

Ze vouwde bedachtzaam haar servet open, nam de tijd en ontweek mijn blik. 'Hoe gaat het op je werk?'

'Beter. Ik heb nog een cliënt binnengehaald. Plastisch chirurg.'

'Ik ben blij dat het je gelukt is. O, voor ik het vergeet. Heb je eraan gedacht om London haar medicijn te geven?'

'Ja. En sinaasappelsap.'

'En ze weet dat ik haar vandaag kom ophalen, hè?'

'Ja,' zei ik. 'En de logeerkamer is ook klaar voor gebruik.'

'Zou je het erg vinden als ik in onze slaapkamer sliep? Ik zal natuurlijk eerst de lakens verschonen.'

'Nee hoor, ik vind het niet erg. We zijn nog steeds getrouwd.'

Ik dacht dat ik een flits van ergernis zag, maar die was weer net zo snel weg als hij was gekomen.

'Dank je,' zei ze. 'Ik wil alleen maar dat London een leuk weekend heeft.'

'Dat heeft ze vast.'

Ze draaide zich om naar het raam en keek naar de straat, en toen leek ze zich iets te herinneren. Ze pakte haar handtas, haalde haar telefoon eruit en typte de code in. Ze drukte op een knop, gebruikte haar vinger om te scrollen, en drukte toen nog een paar keer op een andere knop. Ze scrolde nog wat. In de stilte nam ik nog een slok zodat de cocktail op was. Uiteindelijk legde ze de telefoon weg en bood me een zuinig glimlachje.

'Sorry. Gewoon even mijn werk checken. Ik ben bijna de hele rit naar Charlotte aan de telefoon geweest.'

'Hoe was de reis?'

'Met het weekend voor de boeg was het druk op de weg. En we zijn gisteravond pas laat thuisgekomen. We waren met het vliegtuig uit Houston gekomen, en de avond ervoor waren we in Savannah. Ik ben zo blij dat ik een relaxt weekend voor de boeg heb.'

Ik probeerde het woordje 'we' te negeren. Het was beter dan 'Walter', maar toch stak het. Ik zei niets en Vivian pakte de menukaart. Ik kon me geen gesprek met Vivian herinneren dat zo gekunsteld aanvoelde.

'Heb je al besloten wat je neemt?' vroeg ze.

'Ik denk dat ik gewoon wat soep bestel. Ik heb niet zo'n honger.'

Ze keek op, en voor het eerst leek ze me ook echt te zien. 'Je bent afgevallen,' merkte ze op. 'Ga je nog steeds hardlopen?'

'Elke ochtend. En ik ben bijna zeven kilo kwijt.' Ik zei er niet bij dat een groot deel van het gewichtsverlies van de afgelopen tijd was en dankzij haar, aangezien mijn eetlust vrijwel verdwenen was.

'Ik zie het aan je gezicht,' zei ze. 'Je begon een beetje een onderkin te krijgen, maar nu is het bijna weg.'

Het was vreemd, dacht ik, hoe ze een compliment kon geven terwijl ze evengoed tegelijkertijd een steek onder water uitdeelde. Ik vroeg me af of ze nog samen met Spannerman naar de sportschool ging, en of ze ooit tegen hem zei dat hij een onderkin had. Waarschijnlijk niet.

'Heb je al besloten wat je dit weekend met London gaat doen?' vroeg ik.

'Niet echt. De keuze is een beetje aan haar, uiteraard. Ik wil een heleboel tijd doorbrengen met doen wat zij wil doen.' Ze bestudeerde de menukaart. Het duurde niet lang; zelfs ik wist dat ze een salade ging bestellen, en de enige vraag was welke ze wilde. Al gauw nadat ze de kaart opzij had gelegd, verscheen de ober aan tafel. Ze bestelde een ongezoete ijsthee en een Aziatische salade, ik bestelde een kom van de rundergroentesoep. Toen de ober weg was, nam Vivian een slok van haar water en trok toen met haar vinger een spoor door de condens. Net als ik leek ze niet te weten wat ze moest zeggen, nu we allebei vermeden het echte probleem ter sprake te brengen.

'Dus,' zei ik uiteindelijk, 'je zei dat je met me moest praten?'

'Het gaat voornamelijk over London,' zei ze. 'Ik maak me zorgen om haar. Ze is er niet aan gewend dat ik zo veel weg ben. Ik weet dat het moeilijk voor haar is geweest.'

'Het gaat best met haar.'

'Ze vertelt jou niet alles. Ik zou gewoon willen dat er een manier was waarop ik vaker bij haar kon zijn.'

Ik had erop kunnen wijzen dat ze naar huis kon komen, maar dat wist ze waarschijnlijk al. 'Dat kan ik me voorstellen,' zei ik.

'Ik heb met Walter gepraat, en gezien het aantal keren dat ik de komende maanden op reis moet, is het gewoon onmogelijk dat ik haar al naar Atlanta kan halen. Ik ben nog steeds drie of vier nachten per week niet thuis en ik heb nog niet eens tijd gehad om haar kamer in te richten of zelfs maar op zoek te gaan naar een oppas.'

Ik voelde een golf van opluchting, maar wilde zeker weten dat ik haar goed had begrepen. 'Dus je bedoelt dat het je het beste lijkt als London bij mij blijft?'

'Alleen voorlopig. Ik ga mijn dochter niet in de steek laten. En we weten allebei dat dochters hun moeder nodig hebben.'

'Hun vader ook.'

'Je zult haar nog altijd kunnen zien. Ik zou niet willen dat mijn kind haar vader niet kan zien. En we weten allebei dat ik degene was die haar heeft opgevoed. Ze is aan mij gewend.'

Mijn kind. Niet, zo merkte ik op, óns kind.

'Het is nu anders. Zij zit op school en jij werkt.'

'Dat kan wel zijn,' zei ze, 'maar ik wilde met je praten over wat er nu aan de hand is, oké? En ook al reis ik veel, toch wil ik in staat zijn haar zo vaak mogelijk te zien. Ik wilde zeker weten dat je daar geen problemen mee hebt.'

'Natuurlijk niet. Waarom zou ik daar een probleem mee moeten hebben?'

'Omdat je boos en gekwetst bent, en je mij misschien terug wilt kwetsen. Ik bedoel, je hebt me niet eens gebeld over dat je de creditcards hebt opgezegd. Je hebt het gewoon gedaan. Je weet dat je eerst had moeten bellen, hè? Zodat we het konden bespreken?'

Ik knipperde met mijn ogen, denkend aan de geheime bankrekening die ze had genomen.

'Meen je dat nou serieus?'

'Ik zeg alleen maar dat je het beter aan had kunnen pakken.'

Haar brutaliteit was schaamteloos en ik kon haar alleen maar aanstaren. De ober kwam met haar ijsthee, en toen hij die op tafel zette, ging haar telefoon. Ze keek op het scherm en stond op van tafel.

'Ik moet dit opnemen.'

Ik keek hoe ze van tafel wegliep en naar buiten ging; vanuit mijn stoel kon ik haar zien, hoewel ik mezelf dwong om weg te kijken. Ik knabbelde op een paar ijsblokjes tot de ober met een mandje brood en wat boter kwam. Daar nam ik een beetje van, afwezig luisterend naar het geroezemoes van de gesprekken om me heen. Na een tijdje kwam Vivian terug naar de tafel.

'Sorry,' zei ze. 'Dat was mijn werk.'

Het zal wel, dacht ik. Ik nam niet de moeite antwoord te geven.

De ober bracht ons eten, en ze maakte haar salade aan waarna ze hem in hapklare porties begon te snijden. Het aroma van de soep was om van te watertanden, maar mijn maag was op slot gegaan. Het kleine beetje brood had alle ruimte ingenomen. Toch dwong ik mezelf een hap te nemen.

'Er is nog iets waarvan ik vind dat we het erover moeten hebben,' zei ze uiteindelijk.

'Wat dan?'

'Wat we tegen London gaan zeggen. Ik dacht dat we misschien zondag met haar om de tafel konden gaan zitten, voordat ik vertrek.'

'Waarom?'

'Omdat ze moet weten wat er aan de hand is, maar wel op zo'n manier dat zij het kan begrijpen. We moeten het zo eenvoudig mogelijk houden.'

'Ik heb geen idee wat je daarmee bedoelt.'

Ze zuchtte. 'We zullen zeggen dat ik vanwege mijn baan in Atlanta moet wonen en dat ze een tijdje bij jou zal blijven wonen. We leggen uit dat we, wat er ook gebeurt, allebei van haar houden. Het is niet echt nodig om het uitgebreid uit te leggen, en ik denk sowieso niet dat dat een goed idee is.'

Je bedoelt zoals uitleggen dat je verliefd bent op een andere man?

'Ik kan eens met Liz gaan praten. Misschien kan zij ons wat tips geven over wat we wel en niet moeten doen.'

'Dat is prima, maar wees voorzichtig.'

'Hoezo?'

'Ze is niet je therapeut. Ze is de partner van je zus. Ik neem aan dat ze jouw kant heeft gekozen in dit alles, en je wil laten geloven dat ik de slechterik ben.'

Maar je bent ook de slechterik!

'Dat zou ze nooit doen.'

'Pas nou maar goed op,' waarschuwde ze. 'Ik denk ook dat het geen goed idee is om haar te vertellen wat er gaande is tussen jou en mij. Het zou beter zijn als ze eerst gewend raakt aan het idee dat we gescheiden van elkaar wonen. Dan komt het niet als zo'n schok wanneer we het haar wel vertellen.'

'Wat vertellen?'

'Dat we gaan scheiden.'

Ik legde mijn lepel weg. Hoewel ik had vermoed dat ze het woord uiteindelijk een keer zou zeggen, kwam het in het hier en nu toch als een schok om het hardop te horen.

'Denk je niet dat het, voordat we het over een scheiding gaan hebben, een goed idee zou kunnen zijn om eens met zijn tweeën met een therapeut te gaan praten? Om te kijken of er een manier is om te redden wat we hebben?'

'Praat niet zo hard. Dit is niet de tijd noch de plek om het hierover te hebben.'

'Ik praat niet hard,' zei ik.

'Dat doe je wel. Je kunt jezelf niet horen als je boos bent. Dan praat je altijd hard.'

Ik kneep in de brug van mijn neus en haalde diep adem. 'Oké,' zei ik, mezelf dwingend om nog zachter te praten. 'Wil je dan niet eens proberen of we eruit kunnen komen?' Ik kon mezelf nauwelijks horen boven het lawaai van het lunchpubliek uit.

'Je hoeft niet te fluisteren,' antwoordde ze vinnig. 'Ik vroeg alleen maar of je niet zo hard wilde praten. De mensen konden je horen.'

'Nou weet ik het wel,' zei ik. 'Hou op met van onderwerp veranderen.'

'Russ...'

'Ik hou nog steeds van je. Ik zal altijd van je blijven houden.'

'En ik heb net tegen je gezegd dat dit noch de tijd noch de plek hiervoor is! Op dit moment zijn we hier om over London te praten en waarom ze waarschijnlijk voorlopig hier moet blijven en wat we zondagavond tegen haar gaan zeggen. We zijn hier niet om over ons te praten.'

'Wil je niet over ons praten?'

'Ik zie wel dat het geen goed idee was om te proberen een normaal gesprek met je te hebben. Waarom kunnen we dingen niet gewoon als volwassenen met elkaar bespreken?'

'Ik probéér juist met je te praten.'

Ze nam een hap van haar salade – tot dat moment had ze nauwelijks nog iets gegeten – en legde toen haar servet op tafel. 'Maar je luistert nooit! Hoe vaak moet ik tegen je zeggen dat dit niet de tijd of de plek is om over jou en mij te praten? Ik heb het vriendelijk gezegd, ik dacht dat ik mezelf duidelijk had gemaakt, maar blijkbaar had jij andere ideeën. Dus denk ik dat het waarschijnlijk maar het beste is dat ik wegga voordat je tegen me begint te schreeuwen, oké? Ik wil alleen maar een aangenaam weekend met mijn dochter hebben.'

'Alsjeblieft,' zei ik. 'Je hoeft niet weg te gaan. Het spijt me. Ik wilde je niet boos maken.'

'Ik ben niet degene die boos is,' zei ze. 'Dat ben jij.'

En daarmee stond Vivian op van tafel en beende naar de uitgang. Toen ze weg was, bleef ik een paar minuten in shock zitten voordat ik uiteindelijk de ober wenkte om de rekening te brengen. Het gesprek in gedachten nog eens nalopend, vroeg ik me af of ik werkelijk te hard had gepraat, of dat het een gemakkelijk excuus was geweest voor Vivian om de lunch tot een voortijdig einde te brengen.

Er was tenslotte geen reden voor haar om nog langer te blijven.

Niet alleen was ze verliefd op een andere man, maar wat het weekend betrof had ze ook alles gekregen wat ze van me wilde.

16

En de zon gaat op

Ik vond Liz meteen leuk zodra ik haar ontmoette, maar ik moet toegeven dat ik verbaasd was dat mijn ouders dat ook vonden. Hoewel ze accepteerden dat Marge homoseksueel was, had ik vaak het gevoel dat ze zich niet echt op hun gemak voelden bij de vrouwen met wie Marge een relatie had. Het was een generatiekwestie – ze waren allebei opgegroeid in een tijd waarin alternatieve leefstijlen meestal verborgen bleven – maar het had ook te maken met het soort vrouwen waar Marge in eerste instantie op leek te vallen. Ze kwamen een beetje grof op me over en gebruikten vaak schuttingwoorden in alledaagse gesprekken, wat zowel mijn vader als mijn moeder vaak rood aan deed lopen.

Marge vertelde me dat ze Liz op haar werk had ontmoet. Accountancykantoren zijn, en ik denk dat de meeste mensen het daarmee eens zullen zijn, geen gebruikelijke oppikplekken, maar Liz had zich onlangs bij een nieuwe praktijk aangesloten en had een accountant nodig. Marge had toevallig een gaatje in haar agenda die middag, en tegen de tijd dat Liz het kantoor verliet, hadden ze afgesproken om samen een glas wijn te drinken voordat ze naar een opening van een expositie in Asheville gingen.

'Ga je naar een galerie?' weet ik nog dat ik Marge vroeg. We hadden na het werk in een bar afgesproken, zo'n tent met neon bieruithangborden en de beetje ranzige geur van te veel gemorste drankjes. In die tijd was het een van Marge' lievelingskroegen.

'Waarom zou ik niet naar een galerie gaan?'

'Misschien omdat je niet van kunst houdt?'

'Wie zegt dat ik niet van kunst houd?'

'Jij. Toen ik je wat foto's van Emily's schilderijen liet zien, zei je – en ik citeer – "Ik hou niet van kunst."'

'Misschien ben ik de afgelopen jaren rijper geworden.'

'Of misschien heeft Liz je gewoon het hoofd op hol gebracht.'

'Ze is interessant,' gaf Marge toe. 'En heel slim ook.'

'Is ze knap?'

'Wat maakt dat uit?'

'Ik ben gewoon benieuwd.'

'Ja. Ze is erg knap.'

'Laat me raden. Die opening van de tentoonstelling was haar idee.'

'Toevallig wel, ja.'

'Rijdt ze motor? En houdt ze van leren jassen?'

'Hoe moet ik dat weten?'

'Wat doet ze?'

'Ze is huwelijks- en gezinstherapeute.'

'Je houdt ook niet van therapeuten.'

'Ik hield niet van mijn therapeuten. Nou ja, de laatste was wel oké, maar ik vond de anderen niet geweldig. Natuurlijk was ik een aantal jaar nogal kwaad, en ik weet niet zeker of er überhaupt een therapeut zou zijn geweest die ik had gemogen.'

'Heb je Liz al verteld over je problemen met woede?'

'Dat ligt allemaal in het verleden. Zo ben ik niet meer.'

'Goed om te weten. Wanneer kan ik haar ontmoeten?'

'Daar is het nog een beetje vroeg voor, vind je niet? We zijn nog niet eens met elkaar uit geweest.'

'Goed dan. Dus nadat je wel uit bent geweest, wanneer kan ik haar dan ontmoeten?'

Uiteindelijk duurde dat iets minder dan twee weken. Ik nodigde hen allebei uit in mijn appartement en grilde een paar steaks op mijn terras dat de afmeting had van een postzegel. Liz had het dessert meegenomen en met z'n drieën dronken we een fles wijn op. Het duurde maar een halve minuut voordat ik me op mijn gemak voelde bij Liz, en het was duidelijk dat ze al heel veel om mijn zus gaf. Ik kon het zien aan de aandachtige manier waarop ze luisterde als Marge aan het woord was, hoe gemakkelijk ze lachte en hoe ze afgestemd leek te zijn op Marge' verborgen emotionele kant. Toen het uiteindelijk tijd was voor hen om te vertrekken, nam Marge me even apart.

'Wat vind je van haar?'

'Ik vind haar fantastisch.'

'Te fantastisch voor mij?'

'Waar heb je het over?'

'Ik begrijp niet helemaal wat ze in mij ziet.'

'Ben je gek? Je bent geweldig. Je hebt haar de hele avond aan het lachen gemaakt.'

Marge leek niet overtuigd, maar toch knikte ze. 'Dank je wel dat je ons hebt uitgenodigd. Ook al heb je de steaks laten aanbranden.'

'Ze waren met opzet geblakerd,' legde ik uit. 'Ze zeggen dat dat er smaak aan geeft.'

'O, dat deed het ook. Topkoks zijn vaak op zoek naar die verbrande smaak.'

'Dag Marge,' zei ik. 'En graag gedaan, hoor.'

'Ik hou van je.'

'Dat komt alleen maar doordat ik zoveel van je slik.'

Pas een maand later stelde Marge Liz aan mijn ouders voor. Het was op een zaterdagmiddag en binnen enkele minuten nadat ze was aangekomen, verdween Liz de keuken in om mijn moeder te helpen, en ze kletsten met z'n tweeën alsof ze al heel lang vriendinnen waren. Mijn vader ging met Marge een honkbalwedstrijd zitten kijken. Ik ging ook bij hen zitten, niet dat een van hen het in de gaten leek te hebben.

'Wat vind je, pap?' vroeg Marge tijdens een van de reclames.

'Waarvan?'

'Liz,' zei Marge.

'Ze lijkt het vrij goed met je moeder te kunnen vinden.'

'Vind je haar leuk?'

Mijn vader nam een slok bier. 'Het doet er niet toe wat ik vind.'

'Vind je haar niet leuk?'

'Dat heb ik niet gezegd. Wat ik zei is dat het er niet toe doet wat ik van haar vind. Het enige wat er echt toe doet is wat jij van haar vindt. Als je weet waarom je haar graag mag en als ze goed genoeg voor je is, dan is ze goed genoeg voor je moeder en mij.'

Toen begon de wedstrijd weer, en mijn vader zweeg verder. Het enige waar ik aan kon denken was dat mijn vader een van de slimste mannen was die ik ooit had gekend, en dat zou altijd zo blijven.

Na mijn lunch met Vivian ging ik weer aan het werk, maar mijn gedachten waren een warboel en ik voelde me geïrriteerd. Het gevoel werd intenser toen het drie uur werd en ik het gemis van Londons gezelschap begon te voelen. Hoe belangrijk het ook was voor London om tijd door te brengen met Vivian, ik was er niet van overtuigd dat het nodig was dat ik het hele weekend onzichtbaar was om hun tijd met elkaar betekenisvol te laten zijn. Ik vroeg me af waarom ik niet feller had geprotesteerd toen Vivian het had voorgesteld, maar diep vanbinnen was ik zelf het probleem. Ik wist dat ik het haar nog steeds naar de zin wilde maken, en al wees dat al op een tekortkoming in mijn karakter, die tekortkoming werd nog eens verergerd door wat overduidelijk was: als ik het haar eerder al niet naar de zin had weten te maken, waarom zou ik dan in hemelsnaam denken dat ik dat nu kon?

Het was, denk ik, de eerste keer dat ik besefte hoe diep dat specifieke probleem ging. Zelfs ik had moeite om het te bevatten. Als ik er logisch over nadacht, wist ik dat het zowel belachelijk als onwaarschijnlijk was… dus waarom bleef ik het dan steeds maar weer proberen?

Ik wilde dat ik iemand anders kon zijn. Of nog beter: ik wilde dat ik een sterkere versie van mezelf kon zijn en ik vroeg me af of ik professionele hulp nodig had. Ik vroeg me af of professionele hulp daar wel iets aan kon veranderen. Mij kennende zou ik uiteindelijk waarschijnlijk mijn therapeut het naar de zin proberen te maken.

Er wordt wel gezegd dat ouders altijd hun kinderen verpesten en aangezien ik al zo lang als ik me kon herinneren het mensen voortdurend naar de zin wilde maken, vloeide daar logisch uit voort dat het allemaal de schuld van mijn ouders was. Waarom dan, vroeg ik me af, voelde ik de behoefte om hen zo geregeld op te zoeken? Waarom probeerde ik tijdens honkbalwedstrijden een praatje te maken met mijn vader, of mijn moeder te vertellen dat haar maaltijden heerlijk waren?

Omdat, zo dacht ik bij mezelf, ik het hun ook naar de zin wil maken.

Uiteindelijk verliet ik even na vijven het kantoor en reed ik naar het huis van Marge. Ik zei tegen mezelf dat ik zo min mogelijk over Vivian zou praten – zelfs ik was haar helemaal zat –, een doel dat maar twaalf seconden overeind bleef. Ik zat de hele avondmaaltijd lang te jammeren en Marge en Liz waren als altijd begripvol. Als ik al in herhaling viel, deden zij het zelf ook, en terwijl ze me steeds weer verzekerden dat het goed zou komen met me, wist ik evengoed nog niet zeker of ik hen moest geloven.

Ze sleepten me mee naar een film en er was meer dan genoeg keuze uit de kassuccessen van de nazomer die nog in de bioscopen draaiden. We kozen iets humoristisch uit – zo'n verhaal over een held met veel tekortkomingen die ten strijde trok tegen intens gemene slechteriken die de planeet wilden vernietigen, en heel veel actie – maar evengoed vond ik het moeilijk om me te ontspannen en ervan te genieten. Ik merkte dat mijn gedachten afdwaalden naar hoe Vivian en London de middag hadden doorgebracht en wat ze hadden gegeten; ik vroeg me af of mijn vrouw in de woonkamer door een tijdschrift zat te bladeren nadat London naar bed was gegaan. Ik vroeg me af of ze Spannerman had gebeld en zo ja, hoe lang ze hadden gepraat.

Na de film probeerde ik wat te lezen. Mijn zus had een paar boeken in de logeerkamer liggen, maar het was onmogelijk om me te verliezen in een roman. Ik gaf het op en deed het licht uit en lag uren te draaien en te woelen voordat ik eindelijk in slaap viel.

Ik werd twee uur voordat het licht werd wakker.

Om kwart voor elf op zaterdagochtend ging mijn mobiele telefoon. Ik had al gejogd, gedoucht, koffiegedronken met Marge en Liz, en was begonnen de vragen samen te stellen voor de aanbevelingen van de patiënten. Het is gemakkelijk om een hele hoop te doen als je wakker wordt in wat aanvoelt als midden in de nacht.

Toen ik de telefoon uit mijn zak haalde, zag ik dat het Vivian was en ik drukte op de magische knop.

'Hallo?'

'Hoi Russ. Heb je het druk?'

'Niet echt,' zei ik. 'Ik ben bij mijn zus. Wat is er aan de hand? Gaat het goed met London?'

'Het gaat prima met haar. Maar ik ben vergeten de vaas naar beeldende-kunstles te brengen, en ik vroeg me af of je even langs het huis kon rijden en hem hierheen brengen. Ik ben bijna bij het atelier en als ik omkeer en terugga, zal ze echt te laat komen.'

'Ja,' zei ik. 'Geen probleem. Ik ben er zo snel mogelijk.'

Ik hing op en pakte mijn sleutels. Ik had ze in een mandje op de tafel bij de deur gelegd.

Achter me hoorde ik Marge roepen: 'Waar ga je naartoe?'

'Vivian belde. Ik moet London de vaas van klei brengen die ze vorige week heeft gemaakt.'

'Schiet dan maar op, zeeleeuwtje.'

'Zeeleeuwtje?'

'Zij geeft een bevel en jij gehoorzaamt. Als je geluk hebt, gooit ze je misschien een visje toe.'

'Het is voor London, niet voor Vivian,' snauwde ik.

'Blijf het jezelf maar wijsmaken.'

Hoewel ik geërgerd was door haar opmerking, ging dat voorbij door de haast om naar huis en daarna naar Londons les te gaan. Marge woonde er tien minuten vandaan; als ik meer groene verkeerslichten tegenkwam dan rode, zou ik er zijn vlak nadat de les was begonnen.

Ik vroeg me afwezig af of London Vivian over de gele bloemen en de ronde gatjes had verteld. Ik glimlachte. *Gatjes*. Het had zo schattig geklonken toen ze het zei dat ik gewoon niet het hart had om haar te verbeteren. Ik wilde mijn dochter zien, al was het maar voor een paar seconden. Hoewel het maar een dag geleden was, miste ik haar.

Ik kwam thuis, pakte de vaas en had geluk dat ik het ene groene stoplicht na het andere kreeg. De Man Daarboven begreep blijkbaar hoe dringend mijn missie was.

Ik reed het parkeerterrein op en zag Vivian buiten het atelier staan. Toen ik parkeerde, kwam ze al naar mijn auto toe gelopen en gebaarde ze dat ik het raampje omlaag moest draaien.

Dat deed ik en ik gaf de vaas aan haar.

'Dank je wel,' zei ze. 'Ik ga meteen weer naar binnen.'

Ik voelde mezelf leeglopen als een oude ballon. 'Voordat je gaat: hebben jullie het leuk gehad gisteren met z'n tweeën?'

Ze liep al achteruit. 'We hebben het geweldig gehad. Ik zal je morgen bellen om je te laten weten hoe laat je weer naar huis moet komen.'

'Kun je London naar buiten sturen zodat ik gedag kan zeggen?'

'Dat kan niet,' zei ze. 'Ze zijn al begonnen met schilderen,' zei ze. Ze draaide zich om en verdween zonder nog een woord te zeggen het atelier in en ik bedacht dat zeeleeuwen eigenlijk nog geluk hadden.

Zij kregen tenminste nog een traktatie.

Ik wilde niet meteen weer terugkeren naar het huis van Marge. Vivians houding had me in een slechte bui gebracht, wat nog intenser werd gemaakt door het feit dat ik niet veel had geslapen. Cafeïne, dacht ik. Ik had cafeïne nodig, en ik zette de auto een paar deuren van het atelier neer en parkeerde voor de koffiebar. Ongetwijfeld zou Vivian liever hebben gehad dat ik ergens anders heen ging voor een ijsthee vanwege de kleine kans dat London me misschien zou zien! Maar deze keer zei ik tegen mezelf dat het me niet kon schelen of ze wel of niet kwaad werd. Ik wilde zelfs dat ze kwaad op me werd.

Misschien, dacht ik, was dat de eerste stap in het corrigeren van mijn behoefte aan Vivians goedkeuring. Marge had tenslotte gelijk gehad over mijn redenen om vlak daarvoor naar het atelier te racen; zelfs na de lunch van gisteren wilde ik nog steeds Vivians goedkeuring, niet die van London. Als er al iets positiefs uit was voortgekomen, was het dat ik besefte dat Vivian het me gemakkelijker maakte om níét te streven naar haar goedkeuring; waarom zou je het proberen als het gewoon niet mogelijk was? En als ze die goedkeuring toevallig wel gaf, betwijfelde ik of het iets zou veranderen.

Ik duwde de deur open en vroeg me af of dit de eerste stap was in het repareren van deze specifieke tekortkoming in mijn karakter toen ik mijn naam hoorde roepen.

'Russ?'

Ik herkende de stem en zag Emily vanaf een tafeltje zwaaien, met een krant voor zich uitgespreid en een glas thee op tafel. Met haar weelderige haar krullend van de hitte, een informeel, laag uitgesneden T-shirt in haar verbleekte korte spijkerbroek gestopt en op haar sandalen, was ze beeldschoon op een aardse, natuurlijke manier. Toen ik haar zo zag, smolt mijn irritatie, en ik besefte dat ze precies de persoon was die ik wilde zien, ook al was ik me er niet bewust van geweest. 'O, hoi Emily,' antwoordde ik, niet in staat om een glimlach te onderdrukken. In plaats van in de rij te gaan staan, liep ik naar haar tafeltje toe, bijna op de automatische piloot. 'Dat is lang geleden. Hoe gaat het?'

'Met mij goed,' zei ze met een oprechte glimlach. 'Het is een gekkenhuis geweest de afgelopen weken.'

Bij mij ook, dacht ik. 'Wat was er allemaal aan de hand?'

'Ik moest wat doeken afmaken voor de galerie, maar David was er ook. En dat betekende een hele hoop heen-en-weergedoe.'

'Je had al gezegd dat hij er zou zijn. Hoe lang blijft hij nog?'

'Dit is zijn laatste weekend. Hij vliegt dinsdag terug naar Sydney.'

Terwijl ze sprak, zag ik de glinstering van weerkaatst licht in haar groenbruine ogen, en dat riep herinneringen op die me jaren terugvoerden. Ik liep naar de toonbank en voordat ik me kon inhouden flapte ik eruit: 'Ben je hier nog een paar minuten? Ik zat erover te denken om wat ijsthee te halen.'

'Ik ben er nog wel even,' zei ze. 'De frambozenthee is fantastisch.'

Ik ging naar de bar en bestelde; ik nam haar advies ter harte en toen het klaar was, bracht ik mijn glas naar de tafel. Ze was net klaar met het opvouwen van de krant en maakte ruimte toen ik ging zitten.

'Nog iets interessants in de krant?'

'Heel veel slecht nieuws. Het wordt afgezaagd. Ik wilde dat er meer verhalen waren over goede dingen.'

'Daarom hebben ze het sportkatern.'

'Dat zal dan wel. Maar alleen als je team wint, toch?'

'Als ze verliezen, sla ik het sportkatern over.'

Zo grappig was het niet, maar ze lachte evengoed. Dat vond ik leuk. 'Hoe is het met jou gegaan?' vroeg ze. 'Ik heb je al eeuwen niet meer gezien.'

'Ik zou niet eens weten waar ik moest beginnen.'

'Heb je die commercials gefilmd zoals je wilde? Voor de advocaat?'

'Ja. Ze worden nu afgemaakt in de montagekamer, en de eerste gaan waarschijnlijk over ongeveer twee weken de lucht in. Volgende week ga ik er nog een voor hem filmen. En ik heb ook een plastisch chirurg als cliënt gestrikt.'

'Is hij een beetje goed? Voor het geval ik zijn diensten nodig heb?'

'Dat hoop ik,' zei ik. 'Maar jij hebt hem helemaal niet nodig.'

'Goed geantwoord,' zei ze, 'ook al is het niet waar. En gefeliciteerd met je nieuwe klant. Ik wist dat je je zorgen maakte en ik ben blij dat het goed uitpakt voor je.'

'Ik zal nog wel een paar klanten nodig hebben voordat ik een zucht van verlichting kan slaken, maar ik heb wel het gevoel alsof ik eindelijk op de juiste weg ben.'

'En je bent ook afgevallen, zie ik.'

'Bijna zeven kilo.'

'Wilde je ook afvallen? Want ik vond niet dat je het nodig had.'

Ik kon het niet helpen haar reactie te vergelijken met die van Vivian, die het over mijn onderkin had gehad.

'Ik ben nog enkele kilo's van mijn doel verwijderd. Ik ben weer gaan hardlopen, push-ups aan het doen, al dat soort goede zaken.'

'Goed zo. Ik zie dat het werkt. Je ziet er geweldig uit.'

'Jij ook,' zei ik. 'En... wat heb jij allemaal gedaan? Je zei dat je wat doeken voor de galerie aan het afronden was?'

'Ik ben voortdurend aan het werk geweest. Om de een of andere reden zijn al mijn doeken de afgelopen maand binnen een paar dagen bij de galerie verkocht. Andere kopers, andere staten. Ik weet niet waarom. Misschien heeft het iets te maken met de maancyclus of zo, maar de galeriehouder belde me en vroeg of ik nog meer werk had om op te hangen. Om een lang verhaal kort te maken: ik had nog een stel onafgemaakte schilderijen staan en ik besloot ze te proberen af te maken. Ik heb er acht voltooid, maar de andere... die hebben meer tijd nodig. Ik heb er lang naar staan staren, sommige overgeschilderd of er andere media aan toegevoegd... het is alsof ze me proberen te vertellen hoe ze afgemaakt moeten worden, maar om de een of andere reden kan ik ze niet allemaal horen.'

'Ze doen tegenwoordig wonderen met hoortoestellen.'

'Echt waar?' zei ze, zogenaamd verwonderd. 'Dat wist ik niet. Misschien is dat de oplossing.'

'Dat is het enige waar ik je mee kan helpen. Ik ben geen kunstenaar.'

Ze lachte. 'Hoe ging het met London vanochtend? Bodhi kon niet wachten om haar te zien. Ik zou haast zeggen dat hij smoorverliefd op haar is, maar daar is hij nog te jong voor.'

Het zou gemakkelijk zijn geweest om te liegen en iets onschuldigs te zeggen, maar nu ik zo tegenover Emily zat, wilde ik dat niet.

'Ik weet eigenlijk niet hoe het met haar ging. Ze was deze ochtend bij Vivian.'

'Wat doe jij hier dan?'

'Vivian was vergeten de vaas mee te nemen die ze moest beschilderen. Die moest ik naar haar toe brengen.'

'Ja,' zei Emily knikkend. 'Ik hoorde over dat project zodra ik hier aankwam. We waren er vorige week niet, dus ik denk dat Bodhi zijn vaas vandaag gaat maken. Hij is nu daarbinnen met David en ze trekken nogal samen op.'

'Dan denk ik dat ik beter kan vragen waarom jij hier bent.'

'Ik heb Bodhi gebracht. We hebben hier met David afgesproken. Hij logeert in van die extended stay-hotels sinds hij hier is. Voor hem is dat prima, maar Bodhi slaapt daar niet goed, dus slaapt Bodhi elke nacht bij mij thuis. En dat houdt een hoop heen-en-weergedoe in sinds David er is. Het voordeel is dat ik heel veel tijd heb gehad om te werken, aangezien David heel veel tijd met hem doorbrengt. Hij probeert zoveel mogelijk herinneringen te maken, denk ik. Zoals vandaag: ze gaan karten zodra ze hier klaar zijn.'

'Dat is toch goed?'

'Natuurlijk,' zei ze, met minder enthousiasme dan ik had verwacht. 'Wat David niet begrijpt, is dat het juist veel moeilijker wordt voor Bodhi als hij weer weggaat. Bodhi was er eindelijk aan gewend dat hij niet meer in de buurt was en ik zal hem moeten helpen om de scherven op te rapen.'

'Heb je hem dat verteld?'

'Hoe kan ik dat nou doen? Ook al paste hij niet goed bij mij, hij is toch best een lieve vader. En hij is ook geen slecht mens. Hij heeft het voor ons mogelijk gemaakt om in het huis te blijven wonen en ervoor gezorgd dat Bodhi naar de juiste school gaat. Hij was heel royaal in ons echtscheidingsconvenant.'

Toen ze het woord 'scheiding' zei, dacht ik aan het gesprek dat Vivian en ik tijdens de lunch hadden gehad en ik moet mijn gezicht hebben vertrokken.

'Het spijt me,' zei Emily snel. 'Ik probeer echt mijn best te doen niet over David te praten. Ik weet niet waarom zijn naam bij elk gesprek tevoorschijn lijkt te komen.'

'Dat is het niet,' zei ik. Ik greep mijn glas ijsthee met beide handen vast. 'Vivian heeft me verlaten.'

Emily's mond verwijdde zich tot een o. 'O mijn god,' zei ze ten slotte. 'Dat is afschuwelijk. Ik weet niet wat ik daar verder op moet zeggen.'

'Er valt niet veel op te zeggen.'

'Weet je zeker dat jullie niet gewoon even wat tijd apart moeten doorbrengen? Dat jullie een tijdje uit elkaar gaan?'

'Ik denk het niet. Gisteren zei ze bij de lunch dat we gaan scheiden. En ze wil dat we het morgenavond samen aan London gaan vertellen.'

'Wat is er gebeurd? Ik bedoel: vind je het niet erg dat ik ernaar vraag? Je hoeft het me natuurlijk niet te vertellen.'

'Ze is verliefd op haar baas, Walter Spannerman. En nu woont ze in Atlanta.'

'Och jeetje.'

Dat was nog eens zacht uitgedrukt. 'Ja.'

'Hoe gaat het met je?'

'Soms oké, andere keren niet zo goed.'

Ze knikte, met een tedere uitdrukking op haar gezicht. 'Ik begrijp precies wat je bedoelt. Wanneer is dit allemaal gebeurd? En wederom: je hoeft het me niet te vertellen als je dat liever niet wilt.'

Ik dacht erover na voordat ik een slok thee nam. Hoewel ik er eindeloos met Marge en Liz over had gepraat, voelde ik nog steeds de behoefte om het verbaal te verwerken. Ik weet niet zeker waarom, behalve dan dat mensen er op verschillende manieren mee omgaan, en voor mij gold dat ik moest praten. Herhalen. Vragen stellen. Me dingen afvragen. Jammeren. Herhalen. Herhalen. Herhalen. Mijn zus had heel veel geduld met me gehad sinds Vivian was vertrokken, maar ik voelde me schuldig dat ik mijn verhaal zo vaak aan haar kwijt moest. Hetzelfde gold voor Liz. En toch voelde ik nog steeds de behoefte om dingen te verwerken; ik voelde een overweldigend verlangen om er nog een keer helemaal doorheen te gaan.

'Ik zou je er graag over willen vertellen, maar ik weet niet eens waar ik moet beginnen,' zei ik. Ik staarde uit het raam. Emily leunde over de tafel.

'Wat doe je vanmiddag?' vroeg ze.

'Dan heb ik niets,' zei ik.

'Wil je een stuk gaan wandelen? Of in elk geval hier weg?'

'Een wandeling klinkt geweldig.'

Ik reed achter Emily aan, ook al wist ik niet zeker waar ze naartoe ging, behalve dan dat het globaal in de richting was van waar ze woonde. Op een gegeven moment reed ze naar een privéoprit die naar een besloten countryclub leidde, met een lidmaatschapsgeld dat voor mij een beetje te hoog gegrepen was. Ze zette de auto neer op een schaduwrijke plek, niet ver van de oefenbaan, en ik parkeerde naast haar.

'Is dit goed?'

'Een golfbaan?'

'Het is een heel mooie wandeling. Ik kom hier drie tot vier keer per week. Meestal 's ochtends.'

'Ik neem aan dat je lid bent.'

'David was dol op golfen,' zei ze.

We stapten het golfcartweggetje op en begonnen over een van de malse groene gazons te lopen. Terwijl ik mijn omgeving in me opnam, besefte ik dat Emily gelijk had gehad. De fairways en de greens waren smetteloos en rijk voorzien van kornoeljes, magnolia's en altijdgroene eiken. Er waren keurig gesnoeide azaleabosjes en vijvers die onder de blauwe hemel schitterden; een gestaag briesje hield de temperatuur draaglijk.

'Wat is er gebeurd?' vroeg ze, en in de tijd die het ons kostte om de negen of tien holes te lopen, vertelde ik haar alles. Misschien had ik dat niet moeten doen; misschien had ik terughoudender moeten zijn, maar zodra de woorden begonnen te stromen, leek ik niet meer te kunnen stoppen. Ik praatte maar door en beantwoordde Emily's vragen zodra ze opkwamen. Ik vertelde haar over ons huwelijk en de eerste jaren met London, ik vertelde haar hoe belangrijk het voor me was geweest om Vivian gelukkig te maken, mijn niet aflatende wens om het haar naar de zin te maken. Ik vertelde over het afgelopen jaar, en trad in detail over wat een emotionele idioot ik was geweest sinds Vivian de deur was uitgelopen. Terwijl ik praatte, was ik dan weer verward en verdrietig, dan weer kwaad en gefrustreerd, maar voornamelijk begreep ik er nog steeds niets van. Ik voelde me als iemand die dacht dat hij de regels van het spel kende dat hij had gespeeld, om erachter te komen dat iemand de verkeerde spelregels in het doosje had gestopt.

'Ik waardeer het dat je luistert,' zei ik toen ik aan het eind van mijn zielige verhaal was gekomen.

'Ik ben blij dat ik het heb gehoord,' zei ze. 'Ik heb het ook meegemaakt. En ik snap het. Geloof me. Het jaar waarin David verhuisde, was het zwaarste jaar van mijn leven,' zei ze. 'En ja: de eerste paar maanden waren een hel. Elke dag vroeg ik me de hele dag af of ik er goed aan had gedaan om hem te zeggen dat hij moest vertrekken. En ik zal niet zeggen dat ik daarna net zo doortastend was als Mary Poppins. Het heeft me waarschijnlijk vier tot vijf maanden gekost voordat ik me een deel van de tijd weer een beetje mijn oude zelf voelde. Maar tegen die tijd wist ik ook min of meer dat Bodhi en ik het wel zouden redden.'

'Hoe gaat het nu met je?'

'Beter,' zei ze. Er verscheen een wrang glimlachje. 'Nou ja, het grootste deel van de tijd dan. Het is vreemd, maar hoe meer tijd er verstrijkt, hoe minder ik me de nare dingen kan herinneren, terwijl de goede herinneringen nog steeds blijven. Voordat we Bodhi hadden, lagen we zondagochtend altijd in bed koffie te drinken en de krant te lezen. We praatten niet eens zoveel, maar ik kan me nog steeds herinneren hoe prettig die ochtenden voelden. En zoals ik al zei: David is altijd een goede vader geweest. Het zou zoveel gemakkelijker zijn als ik in plaats daarvan de leuke dingen vergat.'

'Het klinkt alsof het echt moeilijk was.'

'Het kan vreselijk zijn. Ruzie maken over geld is vaak het ergste ervan. Als er geld bij komt kijken, kan het er echt gemeen aan toe gaan.'

'Was dat bij jou ook zo?'

'Nee, goddank niet. David is heel gul met de alimentatie, zowel voor Bodhi als voor mij, en we zouden het niet redden als hij dat niet was. Het scheelt dat zijn familie stinkend rijk is en hij heel veel verdient, maar ik denk ook dat hij zich schuldig voelde. Het is niet dat hij een slechterik is, hij is gewoon niet echt een goede echtgenoot, tenzij je er geen bezwaar tegen hebt dat hij voortdurend achter de vrouwen aan zit.'

'Ik kan begrijpen dat dat voor sommige mensen misschien een probleem is.'

Ik voelde haar ogen naar mij zwerven. 'Ze komt misschien wel terug, weet je. Soms doen ze dat.'

Ik dacht weer terug aan de lunch van vrijdag, en de manier waarop ze zich had gedragen toen ik haar de vaas had gegeven. Ik wist nog wat Liz me had verteld.

'Dat denk ik niet.'

'Zelfs niet als ze beseft dat ze een vergissing heeft gemaakt?'

'Dan weet ik nog niet of ze terug zou willen komen. Ik krijg het gevoel dat ze al een heel lange tijd ongelukkig met me was. Ik probeerde de beste echtgenoot en vader te zijn die ik kon zijn en het leek nooit genoeg.'

'Je klinkt alsof je er niet van overtuigd bent dat ik je wel zal geloven.'

'Geloof je me dan?'

'Natuurlijk. Waarom niet?'

'Omdat ze me heeft verlaten.'

'Dat was haar beslissing. En het zegt meer over haar dan over jou.'

'Ik voel me evengoed een mislukkeling.'

'Dat kan ik begrijpen. Ik voelde me ook zo. Ik denk dat de meeste mensen dat voelen.'

'Ik weet niet zeker of dat wel voor Vivian geldt. Het lijkt haar helemaal niet te kunnen schelen.'

'Het kan haar heus wel schelen,' zei Emily. 'En zij heeft er ook verdriet van. Weglopen van een huwelijk is voor niemand makkelijk. Maar ze is ook verliefd op iemand anders, en dat is een enorme afleiding. Ze denkt niet zo veel over jullie twee na als jij. En dat betekent dat ze er niet zo vaak last van heeft als jij.'

'Ik denk dat ik een afleiding nodig heb.'

'O, ja hoor, dat is precies wat je nodig hebt. Misschien iets halverwege de twintig, beetje een cheerleadertype, niet? Of een aerobicslerares? Of misschien een danseres.' Toen ik een wenkbrauw optrok, haalde ze haar schouders op en ging ze verder. 'Dat waren Davids voorkeuren. Uiteraard, als puntje bij paaltje kwam, maakte het niet uit met wie hij het bed in dook.'

'Het spijt me.'

'Mij niet. Hij is mijn probleem niet meer,' zei ze. 'Hij heeft een relatie met iemand in Sydney. Hij heeft me verteld dat hij er zelfs over denkt om te gaan trouwen.'

'Nu al?'

'Het is zijn leven,' zei ze schouderophalend. 'Als hij het me zou vragen, zou ik tegen hem zeggen dat hij het waarschijnlijk meer tijd zou moeten geven, maar dat heeft hij niet gedaan, dus heb ik niets gezegd. En bovendien zijn we gescheiden. Hij kan doen wat hij wil.'

Ik stopte een hand in mijn zak terwijl ik naast haar liep. 'Hoe doe je dat? Dat het je niet kan schelen, bedoel ik. Als ik aan Vivian en Walter denk, word ik heel kwaad en doet het pijn. Ik kan het maar niet loslaten.'

'Het is nog te vers,' zei ze. 'Maar hoe stoer ik ook klonk en hoezeer ik ook meende wat ik over David zei, het deed evengoed pijn toen hij het me vertelde. Niemand vindt het leuk om het idee te hebben dat hij of zij gemakkelijk wordt ingewisseld. Een hele tijd wilde ik, ook al zei ik tegen mensen dat ik wilde dat David gelukkig werd nadat we waren gescheiden, eigenlijk liever dat hij als een kluizenaar thuis zou zitten, dat hij zichzelf vreselijk zou vinden en zou treuren om alles wat hij had verloren.'

Ik stelde me Vivian op die manier voor. 'Dat klinkt goed. Hoe kunnen we ze overhalen om dat te doen?'

Ze lachte. 'Was het maar zo makkelijk, hè? Exen zijn nooit makkelijk. Vorig weekend probeerde hij me zelfs te verleiden.'

'Meen je dat? En zijn vriendinnetje dan?'

'Die kwam niet ter sprake. En ik zal toegeven dat er een minuut was of zo waarin ik overwoog om erop in te gaan. Hij is knap, en we hadden het ooit leuk samen.'

'Hoe gebeurde het?'

'Alcohol,' zei ze, en ik begon te lachen.

'Hoe dan ook: hij was de hele dag op stap geweest met Bodhi en toen hij Bodhi thuisbracht, ging Bodhi meteen naar bed. Ik was een glas wijn aan het drinken en ik bood hem er een aan. Het ene glas leidde tot het andere, hij was zijn gebruikelijke charmante zelf, en voor ik het wist, lag zijn hand op mijn knie. Ik wist wat hij wilde en...'

Ik wachtte terwijl ze haar gedachten bij elkaar raapte. Ze keek naar mij.

'Ik wist dat het een heel slecht idee was, maar ik vond het evengoed fijn wat voor gevoel hij me gaf. Het is gek, maar zo was het. Het is lang geleden dat ik me begeerd en aantrekkelijk heb gevoeld. Dat is gedeeltelijk mijn eigen schuld, natuurlijk. Het is nou niet zo dat ik het afgelopen anderhalf jaar echt naar buiten ben getreden. Ik heb wat gedatet en de mannen waren aardig, maar ik kwam er al vrij snel achter dat ik er niet klaar voor was om nog een relatie te beginnen. En dat betekende dat als ze nog een keer belden, ik ze altijd afwees. Soms wilde ik dat ik het type persoon was die zomaar met mensen naar bed kon gaan zonder me schuldig of een slet te voelen, maar zo zit ik niet in elkaar. Ik heb nog nooit een onenightstand gehad.'

'Wacht eens, er was toch een keer op de universiteit een jongen...'

'Dat geldt niet,' zei ze met een luchtig wuifgebaar. 'Ik heb die avond uit mijn geheugen gewist, dus dat is nooit gebeurd.'

'Aha,' zei ik.

'Hoe dan ook: David begon mijn hals te kussen en ergens dacht ik: o, waarom in godsnaam ook niet? Gelukkig vond ik mijn verstand weer. Het mooie ervan was dat hij de afwijzing elegant opnam. Geen driftbui, geen ruzie. Hij haalde alleen zijn schouders op en zuchtte, alsof ik eigenlijk degene was die iets misliep.' Ze schudde haar hoofd. 'En ik kan niet geloven dat ik je dat zojuist allemaal heb verteld.'

'Het geeft niet. Als het je een beter gevoel geeft: ik zal het waarschijnlijk niet onthouden. De wervelstorm van emoties waarin ik leef, verpest mijn geheugen.'

'Mag ik je een vraag stellen?'

'Ga je gang.'

'Wat gaat er met London gebeuren?'

'Dat is wat ingewikkelder,' gaf ik toe. 'Voorlopig vindt Vivian het het beste dat London bij mij blijft, aangezien ze zo veel reist en geen tijd heeft gehad om haar woning in te richten. Maar ze was vrij duidelijk dat ze daarna wil dat London naar Atlanta verhuist.'

'Wat vind je daarvan?'

'Ik wil niet dat ze gaat... maar ik weet ook dat ze haar moeder nodig heeft.'

'Wat houdt dat in?'

'Dat weet ik niet. Ik denk dat het iets is waarover we het zullen hebben. Om eerlijk te zijn weet ik niets van dit hele proces.'

'Heb je al met een advocaat gesproken?'

'Nee,' zei ik. 'Ze had het gisteren pas over scheiden. En voor die tijd was ik niet echt in een toestand om veel te doen.'

Intussen kon ik het clubhuis in de verte zien. Ik wist niet zeker hoe ver we hadden gelopen, maar we waren meer dan een uur op pad geweest. Mijn maag knorde.

Emily moest het hebben gehoord. 'Heb je trek? Waarom gaan we niet wat eten?'

'Ik geloof niet dat we gekleed zijn op de countryclub.'

'Dan gaan we in de barruimte zitten. Die is informeel. Daar gaan de golfers zitten als ze hun rondes hebben afgewerkt.'

Hoezeer ik de wandeling met Emily ook nodig had gehad, lunchen – met alleen wij tweeën, in het clubhuis – gaf me het gevoel alsof ik een soort grens overstak. Ik was nog steeds getrouwd. Vivian en ik waren niet eens officieel uit elkaar. En dus was dit verkeerd.

En toch…

De andere kant van de medaille was zelfs mij overduidelijk. Wat zou Vivian zeggen als ze erachter kwam? Dat ik een grens overschreed? Dat er geroddeld zou worden?

Ik schraapte mijn keel. 'Lunchen klinkt heel goed.'

De countryclub was statig en een beetje saai aan de buitenkant, maar het interieur was onlangs gerenoveerd, en lichter en luchtiger dan ik had verwacht. In twee van de muren zaten ramen, die een spectaculair uitzicht op de achttiende hole boden. Ik zag een viertal mensen op weg gaan naar de green terwijl Emily naar een tafeltje in de hoek wees, een van de weinige die nog niet bezet waren.

'Wat vind je van hier?' vroeg ze.

'Prima.'

Ik liep achter haar aan naar de tafel en mijn ogen dwaalden omlaag naar de ooit vertrouwde contouren van haar benen. Ik was blij dat ze een korte broek droeg. Haar benen waren gebruind en slank, het soort dat altijd mijn aandacht trok.

Nadat we waren gaan zitten, leunde ze over de tafel. 'Ik zei je toch dat we niet te informeel gekleed zouden zijn? Die groep is net van de tennisbaan binnengekomen.'

'Dat had ik niet gemerkt,' zei ik. 'Maar goed om te weten.'

'Heb je hier ooit gegeten?'

'Eén keertje, in de eetzaal. Jesse Peters is hier lid en we hadden een bespreking met een cliënt.'

'Ik zie hem zo nu en dan. Of vroeger tenminste. Dan betrapte ik hem erop dat hij naar me zat te staren.'

'Dat verbaast me niks.'

'O, als je het wilt weten: de hamburgers zijn hier geweldig goed,' zei ze. 'De kok won er zelfs een burgerwedstrijd mee bij een van die programma's op het Food Network. Je krijgt er fantastische friet van zoete aardappelen bij.'

'Ik heb al heel lang geen hamburger meer gehad,' zei ik. 'Neem jij er een?'

'Uiteraard.'

Onwillekeurig bedacht ik dat Vivian nooit een hamburger zou

hebben besteld, en ze zou het ook niet goed hebben gevonden als ik er een bestelde.

De serveerster kwam langs met de menukaarten, maar Emily schudde haar hoofd. ‘We nemen allebei de burgers,’ zei ze. ‘En ik wil graag een glas chardonnay.’

‘Ik ook,’ zei ik, tot mijn eigen verbazing. Natuurlijk was de hele middag tot op dat moment verwarrend geweest, maar wel op een aangename manier. Ik merkte dat Emily uit het raam aan het staren was naar de green voordat ze zich weer tot mij richtte.

‘Ik denk dat onze kinderen nu wel klaar zullen zijn met beeldende kunst. Wat denk je dat London nu aan het doen is?’

‘Vivian heeft haar waarschijnlijk mee uit lunchen genomen. En wat er daarna gebeurt: ik heb geen idee.’

‘Heeft ze je dat niet verteld?’

‘Nee,’ zei ik. ‘Onze lunch op vrijdag was een beetje gespannen, dus we kwamen er niet echt aan toe om hun plannen te bespreken.’

‘Het was ook heel lang gespannen met David. Het is gewoon zwaar en afschuwelijk voor iemand om door te maken, ook al moet het gebeuren. En alleen mensen die het hebben doorgemaakt kunnen begrijpen hoe vreselijk het echt is.’

‘Dat is niet heel bemoedigend,’ zei ik.

‘Maar het is wel waar. Ik had het nooit kunnen redden zonder de steun van een paar echt goede vrienden. Ik heb waarschijnlijk twee tot drie uur per week met zowel Marguerite als Grace aan de telefoon zitten praten – in het begin misschien nog wel langer. En het gekke was dat ik voor mijn scheiding met alle twee helemaal niet bijzonder hecht was. Maar uiteindelijk kon ik op hen steunen, en ze stonden altijd klaar om me op te vangen als ik dat nodig had.’

‘Ze klinken als reddende engelen.’

‘Dat zijn ze ook. Tot op de dag van vandaag weet ik nog niet goed waarom ze er op die manier voor me waren. En ik vermoed dat jij hetzelfde nodig hebt: twee of drie mensen met wie je echt kunt praten. Het was vreemd: ik dacht dat mijn zus Jess of Dianne, die op dat moment waarschijnlijk mijn beste vriendin was, mijn rots in de branding zou zijn. Maar zo liep het niet.’

‘Wat bedoel je daarmee?’

'Het is moeilijk te omschrijven, maar Marguerite en Grace wisten altijd hoe ze precies op het juiste moment moesten zeggen wat ik nodig had, op precies de juiste manier. Jess en Dianne wisten dat niet. Soms gaven ze me advies dat ik niet wilde horen, of ze vroegen zich af of ik ergens wel goed aan deed terwijl ik eigenlijk geruststelling nodig had.'

Ik dacht hierover na en vroeg me af op wie ik zou steunen. Marge en Liz, uiteraard, maar die telden min of meer als één persoon. Ik wist al dat mijn moeder te emotioneel zou worden, en mijn vader zou niet weten wat hij moest zeggen. Wat vrienden betreft: het drong tot me door dat ik die niet echt had. Door mijn werk en mijn gezin had ik de meeste vriendschappen laten verpieteren in de jaren nadat London was geboren.

'Marge en Liz zijn geweldig geweest,' zei ik.

'Dat verwachtte ik ook wel. Ik heb Marge altijd gemogen.'

Dat is wederzijds, dacht ik.

De serveerster bracht twee glazen wijn. Emily pakte haar glas. 'We moeten een toost uitbrengen,' zei ze. 'Op Marge, Liz, Marguerite, Grace, Bodhi en London.'

'De kinderen ook?'

'Bodhi was de echte reden dat ik niet helemaal ben ingestort. Omwille van hem kon ik dat niet doen. Dat zal ook voor London gelden.'

Ik wist dat ze gelijk had zodra ze het zei. 'Goed dan. Maar dan heb ik het idee dat ik ook jou eraan toe wil voegen. Je hebt me tot nu toe echt gesteund.'

'En je mag me altijd bellen.'

Vervolgens vervielen we in smalltalk. Ik vertelde haar over London, terwijl zij over Bodhi praatte; ze vertelde me over de plekken waar ze op vakantie was geweest in de jaren nadat we elkaar voor het laatst hadden gezien. Misschien kwam het doordat we al uitgebreid over Vivian en David hadden gesproken dat hun namen niet meer voorbijkwamen, en voor het eerst sinds Vivian de deur uit was gelopen, leek de angst die ik had gevoeld helemaal te verdwijnen.

Uiteindelijk kwamen de burgers en we bestelden allebei nog een glas wijn. De burger, zoals ze al had voorspeld, was een van de beste die ik ooit had gehad. Hij was gevuld met kaas en erbovenop een gebakken ei, maar doordat mijn recente gebrek aan eetlust mijn maag had laten krimpen, kon ik er niet meer dan de helft van op.

Onze borden werden weggenomen, maar we bleven aan tafel zitten en dronken onze wijn op. Ze vertelde me dat Bodhi een keer zijn eigen haar had geknipt, en lachte hardop toen ze me de foto ervan op haar telefoon liet zien. Hij had bijna tot op de haarwortels een pluk haar van twee centimeter breed afgeknipt in wat eerst zijn pony was. Zijn voorhoofd was te zien door wat wel een spleet tussen de tanden leek, maar wat de foto zo onbetaalbaar maakte, was zijn grijns.

'Die is geweldig,' lachte ik. 'Wat vond jij ervan?'

'In eerste instantie was ik boos, niet alleen vanwege zijn haar maar ook omdat hij de schaar te pakken had gekregen. Maar toen ik zag hoe trots hij op zichzelf was, begon ik te lachen. En voordat ik het wist, zaten we samen te lachen. Toen pakte ik mijn telefoon. Nu heb ik deze foto ingelijst en staat-ie op mijn nachtkastje.'

'Ik weet niet hoe ik gereageerd zou hebben als London dat had gedaan. En één ding kan ik zeker zeggen: Vivian zou er niet om hebben gelachen.'

'Nee?'

'Ze lachte niet zoveel.' Eigenlijk kon ik me niet herinneren wanneer ik haar voor het laatst had horen lachen.

'Zelfs niet met Marge? Ik lag altijd in een deuk om Marge.'

'Vooral niet met Marge. Ze kunnen eigenlijk helemaal niet zo goed met elkaar opschieten.'

'Hoe kan dat nou? Plaagt ze je nog steeds?'

'Meedogenloos.'

Emily moest weer lachen en ik herinnerde me hoe leuk ik het geluid van haar lach altijd vond: melodieus en tegelijkertijd oprecht.

'Weet je wat?' zei ze. 'Deze dag is veel leuker geworden dan ik had gedacht. Als ik jou niet was tegengekomen, weet ik niet wat ik had gedaan. Waarschijnlijk gefrustreerd naar mijn schilderijen kijken. Of het huis opruimen.'

'Ik zou waarschijnlijk hebben gewerkt.'

'Dit is veel beter.'

'Daar ben ik het mee eens. Wil je nog een glas?'

'Natuurlijk,' zei ze. 'Maar ik doe het niet. Ik moet nog rijden. Maar neem er nog een als je wilt.'

'Ik heb ook genoeg. Wat ga je vanavond doen?'

'Net als jij ben ik bij mijn zus. Ken je Jess nog? Zij en Brian hebben me te eten gevraagd.'

'Dat klinkt gezellig.'

'Mmm... dat weet ik nog niet. Ik vraag me soms af of Brian denkt dat ik Jess op ideeën breng. Zoals een scheiding.'

'Hebben ze problemen?'

'Alle getrouwde stellen hebben zo nu en dan problemen. Dat hoort min of meer bij het instituut zelf.'

'Waarom is het zo moeilijk om getrouwd te zijn?'

'Wie weet? Ik denk dat het waarschijnlijk komt doordat mensen gaan trouwen zonder dat ze eigenlijk weten wie ze zelf zijn. Of hoe gestoord ze zijn.'

'Ben jij ook gestoord?'

'Tuurlijk. En ik bedoel niet echt gestoord. Ik bedoel op de manier waarop iedereen dat is. De ene persoon is misschien te gevoelig voor vermeende kritiek, een ander wordt misschien echt kwaad als hij zijn zin niet krijgt. Weer een ander slaat dicht of blijft wekenlang wrokkig. Daar heb ik het over. We doen allemaal dingen die ongezond zijn in relaties, maar ik weet niet of mensen dat wel herkennen, tenzij ze zich echt bewust zijn van zichzelf. En als je bedenkt dat iedere partner zijn of haar eigen reeks problemen meebrengt, is het een wonder dat er huwelijken zijn die voortbestaan.'

'Dat is wel wat pessimistisch, vind je niet? Jouw ouders zijn al eeuwen getrouwd. Die van mij ook.'

'Maar zijn ze gelukkig met elkaar? Of blijven ze bij elkaar uit gewoonte? Of omdat ze bang zijn om alleen te zijn? Eerder op de dag zat ik in de koffiebar te kijken naar een ouder stel een paar tafeltjes verderop. Die waren misschien vijftig jaar bij elkaar, maar ik geloof niet dat ze één woord tegen elkaar hebben gezegd.'

Ik dacht na over mijn ouders, en herinnerde me dat Marge en ik ons hetzelfde hadden afgevraagd.

'Denk je dat je ooit weer gaat trouwen?'

'Ik weet het niet,' zei ze. 'Soms denk ik dat ik het wel wil, maar andere keren denk ik dat ik het ook prima vind om alleen te zijn. En met Bodhi is het nou niet zo dat ik heel veel energie over heb om een nieuwe levenspartner te vinden. Wat ik wel kan zeggen is dat ik veel helderder voor ogen heb wat voor soort persoon ik wil als het ooit zover zou komen. Ik heb besloten heel kieskeurig te zijn.'

Ik was stil, plotseling terugkerend naar Vivian, die een bijna tastbaar gewicht met zich meebracht. 'Ik weet niet wat er met Vivian gaat gebeuren. En ik weet nog steeds niet waarom ze zo ongelukkig met me was.'

'Misschien was ze gewoon ongelukkig. En misschien denkt ze gewoon dat ze gelukkiger zal zijn met iemand anders, maar blijvend geluk is niet iets wat iemand anders kan leveren. Dat komt van binnenuit. Daarom zijn er antidepressiva; dat is wat mensen hopelijk in therapie leren.'

'Dat klinkt heel erg zen.'

'Het heeft een tijdje geduurd voordat ik uiteindelijk accepteerde dat het feit dat David achter de vrouwen aanging, niets met mij te maken had, of met dat ik niet knap of niet lief genoeg was. Het had te maken met Davids behoefte om zichzelf te bewijzen dat hij begeerlijk en machtig was; en de manier waarop hij dat deed, was door met andere vrouwen naar bed te gaan. Uiteindelijk weet ik dat ik mijn best deed om ons huwelijk te laten werken, en ik weet dat dat het enige is wat ik van mezelf kan vragen.' Ze reikte over de tafel heen en legde haar hand op mijn arm. 'Dat geldt ook voor jou, Russ.'

Toen ze haar hand weghaalde, bleven de warmte en de troost van haar aanraking achter, een tastbare bevestiging van wat ze had gezegd.

'Dank je wel,' zei ik met enige moeite.

'Graag gedaan. En ik meen het. Je bent een goede man.'

'Je kent me eigenlijk helemaal niet meer zo goed.'

'Eigenlijk denk ik van wel. Je bent nog vrijwel dezelfde man als vroeger.'

'En ik heb het bij jou verpest.'

'Je hebt een vergissing gemaakt. Ik weet dat je het niet hebt gedaan om mij te kwetsen. En nogmaals: ik heb het je vergeven. Jij moet jezelf nog steeds vergeven.'

'Ik ben ermee bezig. Maar je maakt het best moeilijk, als je er zo aardig over doet.'

'Had je liever dat ik wreed en wraakzuchtig was?'

'Als je dat was, zou ik waarschijnlijk helemaal verschrompelen.'

'Nee hoor. Je bent sterker dan je denkt.'

We hadden onze wijn op, en alsof we het hadden afgesproken stonden we van tafel op. Met een blik op mijn horloge zag ik dat we bijna drie uur met elkaar hadden doorgebracht, wat onmogelijk leek.

We liepen naar de uitgang en naar onze auto's. 'Onthoud wat ik heb gezegd over het vinden van een paar goede vrienden om op te steunen. Die ga je waarschijnlijk nodig hebben.'

'Bied je je aan als vrijwilliger?'

'Dat heb ik al gedaan, weet je nog? En ik vind het vreselijk om dit tegen je te moeten zeggen, maar als mijn ervaring enige leidraad is, gaat het waarschijnlijk eerst erger worden voordat het beter wordt.'

'Ik kan me niet voorstellen dat het nog erger wordt.'

'Ik hoop voor jou dat het niet zo is.'

Ik pakte haar portier vast en hield het voor haar open. 'Ik ook.'

'Ga eens terug en begin nog eens opnieuw,' zei Marge. 'Je hebt een flink eind gewandeld en daarna heb je geluncht met Emily? En je hebt wijn gedronken?'

Zij en Liz waren een paar minuten geleden thuisgekomen. Onderweg hadden ze gebeld en gevraagd wat ik die avond wilde eten. Ze waren van plan Mexicaans eten te halen en toen ik haar vertelde dat ik geen trek had, zei Marge dat ze evengoed iets voor me ging halen. In de afhaaldoos zat een burrito zo groot als een softbal, met rijst en gebakken bonen. Marge en Liz hadden allebei tacosalades besteld, en we gingen aan tafel zitten.

'Ja,' zei ik. 'Nou en?'

Marge was even stil en nam een pufje uit haar inhalator voordat ze grijnsde. 'Laten we gewoon zeggen dat het een verwikkeling in het tweede bedrijf is die ik niet heb zien aankomen.'

'Echt niet?' vroeg Liz tussen twee happen door. 'Ze hadden die date bij Chick-fil-A, weet je nog?'

'Willen jullie eens ophouden met dat gepraat over daten? We hebben gewandeld. We hebben zitten praten. We hebben geluncht.'

'Dat heet een date. Maar ik vind het best, hoor. Mijn vraag is of je denkt dat je haar nog een keer gaat bellen.'

'Haar zoon Bodhi is Londons beste vriend. Als we een speelafspraakje moeten maken, zal ik haar misschien moeten bellen.'

'Dat bedoelde ik niet.'

'Ik weet heus wel wat je bedoelde,' zei ik. 'Ik heb geen belangstelling voor daten. Op dit moment kan ik me niet voorstellen dat ik ooit weer zal willen daten.'

Wat ik niet zei, was dat ook al wilde ik niet daten, ik het ook geen prettig idee vond om alleen te zijn. Wat ik wilde was dat Vivian en ik weer teruggingen naar wat we hadden. Ik wilde terugspoelen en opnieuw beginnen.

Marge leek mijn gedachten te lezen. 'Heb je nog iets van Vivian gehoord? Over hoe laat je morgen naar huis terug mag?'

'Nog niet. Ik ga London straks bellen. Ik denk dat ze het me dan wel zal vertellen.'

Marge wees naar de burrito. 'Je eet niets.'

'Ik zou dit nog niet helemaal kunnen opeten als ik een maand lang op een onbewoond eiland was gestrand.'

'Waarom probeer je niet gewoon een hap?'

Ik deed zoals ze me vroeg; hoewel het lekker was, zat ik nog steeds vol van de hamburger, en ik richtte me tot Liz. 'Heb je ook Mexicaanse recepten geleerd bij kookles?'

Liz knikte terwijl ze in haar salade prikte. 'Een paar. Ik had iets voor je kunnen maken, maar ik was een beetje lui. En dan had ik boodschappen moeten gaan doen.'

'Heb je wat gemakkelijke en gezonde recepten? Maaltijden die London lekker zou vinden?'

'Meer dan genoeg. Zal ik een paar favorieten uitkiezen?'

'Zou je dat willen doen? Ik zou alles het liefst normaal willen houden, maar ik ben niet zo ervaren in de keuken. Maar ik wil London wel op een goed eetpatroon houden. En daar valt het avondeten ook onder.'

'Morgen heb ik wat recepten voor je.'

'Dat waardeer ik,' zei ik. 'Hoe was de housewarming?'

'Dat was erg leuk,' zei Liz. 'Het huis is heel stijlvol. Onze vriendinnen waren nog maar net verhuisd, maar ze hadden al hun schilderijen laten ophangen. Het was best indrukwekkend, eigenlijk.'

Automatisch vroeg ik me af of ze iets van Emily bezaten. Ik vroeg me ook af hoe Emily's avond met haar zus Jess verliep. Onder het toeziend oog van Marge nam ik nog een hap van de burrito.

'Vandaag was de eerste dag dat ik niet elk moment aan Vivian dacht.'

Marge gaf me een bedachtzame uitdrukking. 'Hoe was dat?'

'Vreemd,' zei ik. 'Maar ik denk dat het goed voor me was. Ik voel me nu niet meer zo bezorgd.'

'Je begint al te helen, Russ,' zei Marge tegen me. 'Je bent sterker dan je denkt.'

Ik glimlachte, omdat ik eraan moest denken dat Emily precies hetzelfde had gezegd.

Na het eten belde ik Vivian via FaceTime, en ze nam na twee keer overgaan op.

'Hoi,' zei ze. 'London en ik liggen op de bank een film te kijken. Mag ze je over een tijdje terugbellen?'

'Hoi papa!' hoorde ik London roepen. 'Nemo en Dory zijn bij de haaien!'

'Ja, tuurlijk,' zei ik. 'Hebben jullie twee een leuke dag gehad vandaag?'

'We hebben veel plezier gehad,' zei Vivian. 'Ze belt je terug, oké?'

'Ik hou van je, papa!' riep London. 'Ik mis je!'

Het geluid van haar stem deed pijn aan mijn hart.

'Dat is prima,' zei ik. 'Ik wacht op je.'

Ik nam mijn telefoon met me mee terwijl ik Marge en Liz in de keuken hielp; ik liet hem op de tafel naast me liggen toen Marge het scrabblebord pakte. Liz, zo merkte ik, nam het spel serieus, en ze was er goed in. Op het laatst had ze meer punten dan ik en mijn zus bij elkaar, maar het spel was veel leuker dan ik me herinnerde.

Het was zelfs bijna zo leuk dat het me deed vergeten dat London me niet terugbelde.

Bijna, maar niet helemaal.

De volgende ochtend ontving ik een berichtje van Vivian. *Kun je om half zeven komen? Laat me weten of dat jou uitkomt.*

Het kwam me voor als nogal laat, vooral aangezien ze nog terug moest rijden, maar daar zou ik haar niet op wijzen. Ze probeerde zoveel mogelijk tijd met London door te brengen, maar omdat ik nog steeds geërgerd was dat ik niet de kans had gekregen om met London te praten, legde ik mijn telefoon neer zonder te antwoorden. Ik stuurde haar pas een berichtje terug toen het bijna twee uur 's middags was.

Mijn hardlooprondje van die ochtend was twaalf kilometer en toen ik weer thuiskwam, deed ik honderd push-ups. Pas toen ik had gedoucht begon mijn ergernis weg te zakken.

Liz stelde een receptenboekje samen van ongeveer vijftien recepten, waarvan de meeste niet meer dan zes verschillende ingrediënten bevatten. Daarna liet ze me zien hoe je een maaltijdplan maakt, en we gingen naar de supermarkt om een voorraad aan te leggen van alles wat ik nodig zou hebben.

Hoewel Marge en Liz het er niet mee eens zouden zijn, voelde ik me toch een beetje het derde wiel aan de wagen, en na de lunch sprong ik in de auto en reed ik naar de boekwinkel. Ik was nooit een fervent lezer geweest, maar toch belandde ik bij de relatieafdeling van de boekwinkel. Er waren een paar planken met boeken over omgaan met een scheiding en ik bladerde ze allemaal door, waarna ik er uiteindelijk een paar uitkoos. Toen ik afrekende, was ik ervan overtuigd dat de medewerker de titels zou lezen en daarna met medelijden naar me zou kijken, maar het tienermeisje met het roze haar achter de kassa scande de boeken gewoon, waarna ze ze in een tas stopte en vroeg of ik contant of met creditcard wilde betalen.

Daarna besloot ik naar het park te gaan, vanwege de kleine kans dat London daar zou zijn. Als ze er was, wist ik niet zeker of ik me zou opdringen, maar ik wilde haar zien. Ik besefte dat ik me gedroeg als een verslaafde die last had van ontwenningsverschijnselen, maar het kon me niet schelen.

Toen ik bij het park aankwam, was er geen teken van Vivian en London. Ik reed evengoed naar binnen. Nu de temperaturen wat lager werden dit weekend, waren er meer kinderen dan gebruikelijk. Ik ging op een bankje zitten en sloeg een van de boeken open. Ik begon te lezen, in eerste instantie omdat ik vond dat dat moest, maar na een half uur omdat ik het ook wilde.

Ik kwam erachter dat Marge, Liz en Emily gelijk hadden gehad. Hoewel het niet zo voelde, was wat ik meemaakte niet uniek. De emotionele wisselingen, het zelfverwijt, de steeds weer terugkerende vragen en het gevoel gefaald te hebben waren bij de meeste scheidingen te verwachten. Maar door erover te lezen in tegenstelling tot er alleen maar over te horen, werd het op de een of andere manier echter, en tegen de tijd dat ik het boek dichtsloeg, voelde ik me iets beter. Ik overwoog naar het huis van Marge terug te keren, maar in plaats daarvan zag ik een jongen die op Bodhi leek en ik pakte mijn telefoon.

Toen Emily opnam, stond ik op, onverklaarbaar zenuwachtig. Ik liep naar het hek dat om het terrein heen stond.

'Hallo?'

'Hoi,' zei ik. 'Ik ben het, Russ.'

'Wat is er aan de hand? Gaat het goed met je?'

'Ja, prima,' zei ik. 'Ik mis London gewoon en ik moest het huis uit. Hoe gaat het met jou?'

'Ongeveer hetzelfde. David en Bodhi zijn nu in de bioscoop. Ik denk dat ze later een pizza gaan eten. En dat betekent dat ik weer naar mijn schilderijen heb lopen staren.'

'Heb je het gefluister al ontcijferd?'

'Ben ermee bezig. Wat heb jij vandaag gedaan?'

'Ik heb twaalf kilometer gerend. En dat voelde best goed. Ik ben bij Marge en Liz geweest, ben naar de boekwinkel gegaan. Nu ben ik gewoon de tijd aan het doden en ik bedacht dat ik zou bellen om je te bedanken voor gisteren.'

'Graag gedaan. Ik heb me goed vermaakt,' zei ze.

Daar voelde ik een merkwaardig gevoel van opluchting bij. 'Hoe was het etentje met je zus gisteravond?'

'Zij en haar man hadden ruzie gehad voordat ik kwam. Hoewel ze zich grotendeels inhielden, zag ik toch een hoop boze blikken en hoorde ik ze een stuk of vijf keer diep zuchten. Het deed me een beetje denken aan hoe David en ik vroeger bezig waren.'

Ik lachte. 'Dat klinkt vreselijk.'

'Het was niet leuk, nee. Maar Jess belde vanochtend om zich te verontschuldigen. En meteen daarna stak ze van wal met nog een verhaal over hoe Brian haar met opzet tegen de haren in leek te strijken.'

We bleven kletsen terwijl ik rondjes door het park liep en meer dan eens betrapte ik me erop dat ik moest glimlachen. Ik was vergeten hoe prettig het was om met Emily te praten, hoe aandachtig ze luisterde, en hoe openlijk ze informatie over zichzelf gaf. Ze leek het nooit allemaal te serieus te nemen, een trekje dat ze altijd had gehad, maar dat nu versterkt leek door rijpheid. Het zorgde ervoor dat ik wenste dat ik meer als zij kon zijn.

Na veertig minuten maakten we eindelijk een eind aan het telefoontje. Net als gisteren leek de tijd moeiteloos te verstrijken. Terwijl ik naar mijn auto terugliep, vroeg ik me af waarom Vivian en ik niet met hetzelfde gemak leken te kunnen praten, en door haar naam weer in mijn bewustzijn te laten verschijnen voelde ik weer een uitbarsting van frustratie dat ik niet met London had kunnen spreken. Mijn dochter ervan weerhouden dat ze met haar moeder praatte, was iets wat ik nooit had gedaan, niet sinds Vivian de deur uit was gelopen. Emily, zo dacht ik bij mezelf, zou zoiets nooit doen, en terwijl ik in de auto gleed, dacht ik eraan hoe mooi Emily was, op een natuurlijke manier: geen make-up die een huid maskeerde met een beetje olijfkleurige ondertoon, geen dure highlights of collageenfillers.

Ze was nu nog mooier, dacht ik, dan ze was toen we iets met elkaar hadden.

Het klonk alsof Emily blij was dat ze van me hoorde, zo besefte ik, en ik kon niet ontkennen dat ik me daardoor beter voelde. Het mensen naar de zin maken is het leukst als het gemakkelijk gaat tenslotte, en waar ik voortdurend het gevoel had dat ik moest worstelen om het Vivian naar de zin te maken, leek het erop dat ik bij Emily alleen maar mezelf hoefde te zijn en dat dat meer dan genoeg was.

En toch, hoeveel afleiding Emily ook was geweest, ik had niet gelogen tegen Marge of Liz. Als vroegere vriendin – en nog een aantrekkelijke ook – was het begrijpelijk dat ik het fijn zou vinden om tijd met Emily door te brengen en het was waarschijnlijk volkomen logisch dat ik haar had gebeld. Ik voelde me op m'n gemak bij haar, zoals ik altijd al had gedaan. Wat het niet betekende, was dat ik klaar was voor – of zelfs geïnteresseerd in – een relatie. Tenslotte vereisten gezonde relaties twee goed aangepaste mensen, en op het ogenblik was ik dat niet genoeg voor haar.

Ik vertelde iets dergelijks aan Marge voordat ik naar huis ging, maar ze schudde alleen haar hoofd.

'Dat is Vivians stem die je in je hoofd hoort,' zei ze tegen me. 'Als je jezelf zou zien zoals alle anderen je zien, zou je weten wat een aanwinst je werkelijk bent.'

Ik kwam thuis om half zeven en aarzelde bij de deur, me afvragend of ik zou kloppen. Dat was natuurlijk belachelijk, en het feit dat ik me zo voelde, leidde tot een steeds groter gevoel van frustratie, dat meer op mezelf was gericht dan op Vivian. Waarom kon het me nog steeds zoveel schelen wat ze vond?

Gewoonte, hoorde ik mezelf in stilte antwoorden, en ik wist dat het heel lang duurde om met gewoonten te breken.

Ik deed de deur open en stapte naar binnen, maar er was geen teken van London of Vivian. Ik hoorde geluiden van boven komen en ik liep naar de trap toen ik Vivian zag, die een glas wijn vasthield. Ze wenkte naar me en ik volgde haar de keuken in. Ik keek om me heen en zag pannen en borden opgestapeld in de gootsteen, en noch het fornuis, noch de werkbladen waren afgenomen. Er stond nog een half glas melk en er lag nog een placemat op tafel, en op dat moment wist ik dat ze niet van plan was de keuken schoon te maken voordat ze vertrok.

Ik had het gevoel alsof ik haar niet meer kende, als ik dat ooit al had gedaan.

'London zit boven in bad,' zei ze zonder enige verdere begroeting. 'Ik heb haar gezegd dat ik haar over een paar minuten zou komen halen omdat we met haar moeten praten. Maar ik vond dat we eerst het eens moesten worden.'

'Daar hebben we het vrijdag toch al over gehad?'

'Ja, maar ik wilde er zeker van zijn dat je het nog wist.'

Haar opmerking voelde aan als een belediging. 'Ik weet het nog.'

'Mooi,' zei ze. 'Ik denk ook dat het gemakkelijker zal zijn voor London als ik het voortouw neem.'

Omdat je niet wilt dat ze over Walter te weten komt, hè?

'Het is jouw voorstelling,' zei ik.

'Wat bedoel je daar nou weer mee?'

'Precies wat ik bedoel,' zei ik. 'Jij neemt alle beslissingen. Je hebt me nog niet gevraagd wat ik wil.'

'Waarom ben je in zo'n rothumeur?'

Meende ze dat nou? 'Waarom liet je London me niet terugbellen gisteravond?'

'Omdat ze in slaap viel. Nog geen tien minuten nadat je had gebeld, lag ze diep in slaap op de bank. Wat had ik dan moeten doen? Haar wakker maken? Jij ziet haar elke dag. Ik niet.'

'Daar heb jij voor gekozen. Jij bent degene die is weggegaan.'

Haar ogen vernauwden zich en ik dacht ik dat ik er niet alleen gewoon woede maar ook haat in zag liggen. Haar stem bleef beheerst. 'Ik had gehoopt dat we ons vanavond als volwassenen zouden gedragen, maar het lijkt me vrij duidelijk dat je andere plannen hebt.'

'Probeer je nou mij overal de schuld van te geven?'

'Ik wil alleen maar dat je je beheerst terwijl we met onze dochter praten. De andere optie is om het zo pijnlijk mogelijk voor haar te maken. Waar geef je de voorkeur aan?'

'Ik doe dit liever helemaal niet. Ik geef er de voorkeur aan dat jij en ik een eerlijk gesprek hebben over hoe we ons huwelijk kunnen redden.'

Ze keerde zich af. 'Er valt nergens over te praten. Het is voorbij. Deze week krijg je waarschijnlijk het echtscheidingsconvenant.'

'Echtscheidingsconvenant?'

'Dat heb ik door mijn advocaat laten opstellen. Het is vrij standaard.'

Met 'standaard' wist ik vrij zeker dat ze bedoelde dat London bij haar in Atlanta ging wonen, en ik voelde mijn maag omdraaien. Plotseling wilde ik dit niet meer doen; ik wilde hier niet zijn. Ik wilde mijn vrouw en dochter niet verliezen, ik wilde niet alles verliezen, maar ik was alleen maar een toeschouwer die zijn leven uit elkaar zag vallen op manieren die volkomen buiten mijn bereik lagen. Ik was uitgeput en toen de misselijkheid uiteindelijk voorbijging, voelde mijn lichaam alsof het misschien zou oplossen.

'Laten we het maar gewoon snel doen dan.'

London ging er beter mee om dan ik had gedacht, maar aan de andere kant was het dan ook duidelijk dat ze zo uitgeput was dat haar aandacht er niet bij was. Voeg daar haar loopneus aan toe en ik had het gevoel dat ze eigenlijk nog het liefst naar bed wilde.

Zoals ik had verwacht, liet Vivian veel van de waarheid achterwege en hield ze het gesprek zo kort dat ik merkte dat ik me afvroeg waarom ze het überhaupt zo belangrijk had gevonden. Tegen het einde vermoedde ik dat London geen idee had dat er eigenlijk iets aan het veranderen was tussen Vivian en mij; ze was er al net zo aan gewend dat Vivian op reis ging als ik. Het enige moment waarop ze overstuur raakte was toen het tijd werd dat Vivian vertrok. Zowel zij als Vivian waren in tranen toen ze elkaar omhelsden op de oprit, en Londons gesnik werd erger toen Vivian zich ten slotte losmaakte.

Ik droeg haar naar binnen en mijn overhemd kreeg vochtige plekken van haar tranen. Haar slaapkamer rook als een boerderij; naast de keuken zou ik ook de hamsterkooi moeten schoonmaken. Ik gaf London nog wat van het middel tegen de verkoudheid en stopte haar in bed. Ze schoof dichter tegen me aan en ik liet mijn arm om haar heen glijden.

'Ik wilde dat mama niet weg hoefde,' zei ze.

'Ik weet dat het moeilijk is,' zei ik. 'Heb je het leuk gehad dit weekend?'

Toen ze knikte, ging ik verder. 'Wat hebben jullie gedaan?'

'We zijn gaan winkelen en hebben films gekeken. We gingen ook naar de kinderboerderij. Ze hadden heel schattige geitjes die op hun zij vallen als ze bang zijn, maar ik heb ze niet bang gemaakt.'

'Ben je nog naar het park geweest? Of heb je gefietst?'

'Nee. Ik ben wel in de draaimolen geweest in het winkelcentrum. Ik heb op een eenhoorn gezeten.'

'Dat klinkt leuk.'

Ze knikte weer. 'Mama zei dat je niet moest vergeten om de hamsterkooi schoon te maken.'

'Dat weet ik,' zei ik. 'De kooi stinkt nogal vanavond.'

'Ja,' zei ze. 'Mama wilde Mr. of Mrs. Sprinkles niet vasthouden omdat zij ook stonken. Ik denk dat ze in bad moeten.'

'Ik weet niet of hamsters wel in bad mogen. Dat ga ik uitzoeken.'

'Op de computer?'

'Ja.'

'De computer weet heel veel dingen,' zei ze.

'Dat doet-ie zeker.'

'Hé, papa?'

'Ja?'

'Kunnen we gaan fietsen?'

'Wat vind je ervan om een paar dagen te wachten tot je je beter voelt? Je moet ook nog naar dansles, weet je nog?'

'Ja, dat weet ik nog,' zei ze zonder enthousiasme.

Om te voorkomen dat haar enigszins verbeterde stemming weer wegzakte, zette ik een vrolijk gezicht op. 'Heb je Bodhi dit weekend nog gezien?'

'Hij was bij beeldende kunst. Ik heb mijn vaas geschilderd.'

'Met gele bloemen? En ronde gatjes? Mag ik hem zien?'

'Mama heeft hem meegenomen. Ze zei dat hij heel schattig was.'

'Dat geloof ik,' zei ik, terwijl ik mijn teleurstelling probeerde te verbergen. 'Ik wilde dat ik hem had kunnen zien.'

'Wil je dat ik er een voor jou maak? Dat kan ik wel. En ik denk dat ik mijn gatjes dan zelfs nog ronder kan maken.'

'Dat zou ik heerlijk vinden, liefje.'

Ik maakte de hamsterkooi en de keuken schoon; ik had het eerst niet gemerkt, maar ik moest ook de woonkamer opruimen. Overal lagen Barbies en hun accessoires, de dekens moesten worden opgevouwen en weer in de juiste kist worden gestopt, en een half opgegeten schaal popcorn moest worden weggegooid, waarna ik de kom afwaste en droogde. Ik herinnerde me dat ik de maaltijden nog had die mijn moeder had bereid, en ik haalde een paar Tupperwaredozen uit de vriezer naar de koelkast. Ook haalde ik de boodschappen die ik eerder met Liz en Marge had gekocht uit de auto.

Toen ik later in bed kroop, rook ik de geur van parfum, waarvan ik wist dat Vivian het op had gehad. Het was licht en bloemig maar mij verder niet bekend, en ik wist dat ik er niet van zou slapen. Ik haalde het beddengoed af en legde schone lakens op het bed. Ik vroeg me af of ze de bedoeling had gehad een boodschap te geven door vuile lakens of een rommelig huis achter te laten. Het zou woede kunnen zijn geweest, maar dat dacht ik niet. Mijn intuïtie vertelde me dat het haar niet meer kon schelen wat ik ervan vond omdat ze helemaal niets meer om mij gaf.

17

Eén stap vooruit, twee stappen terug

Toen ik een relatie had met Emily – voordat ik iets stoms deed – brachten we de eerste week van juli door in Atlantic Beach, North Carolina. Met twee andere stellen hadden we een huis gehuurd dat zo dicht bij het water stond dat we de golven konden horen breken in een niet aflatend ritme. Hoewel we de huur in drieën hadden gedeeld, was het toch voor ons allemaal een rib uit ons lijf, dus hadden we koelboxen meegenomen vol met voedsel dat we in de supermarkt hadden gekocht. We waren van plan te koken in plaats van naar restaurants te gaan, en zodra de zon onder begon te gaan, zetten we de grill aan en begonnen we aan ons feestmaal. 's Avonds dronken we bier op de veranda met de radio aan, en ik kan me herinneren dat ik dacht dat het de eerste van vele vakanties zou zijn die Emily en ik samen zouden houden.

Onafhankelijkheidsdag was helemaal speciaal. Emily en ik werden eerder wakker dan de anderen en maakten een wandeling over het strand terwijl de zon begon op te komen. Tegen de tijd dat iedereen uit bed kwam, hadden we ons plekje op het strand al ingericht, compleet met een stoompan die ik had gehuurd om de sint-jakobsschelpen en de garnalen te koken die een paar uur eerder in de haven waren uitgeladen. We vulden de zeevruchten aan met maiskolven en aardappelsalade, en zetten een goedkoop volleybalnet op. Toen onze vrienden er eindelijk ook bij kwamen, brachten we de rest van de dag door in de zon, relaxend, door de branding wadend en ons insmerend met zonnebrandcrème.

Er was die week een kermis in het stadje, op het grote verkeersplein vlak bij het strand, ongeveer vijfhonderd meter van ons huisje. Het was zo'n rondreizende kermis, met gammele wagentjes, veel te dure kaartjes en spelletjes die je vrijwel onmogelijk kon winnen. Er was echter ook een reuzenrad, en een half uur voor het vuurwerk zou beginnen, lieten Emily en ik de groep achter en klommen aan boord van een gondel. Ik dacht dat we meer dan genoeg tijd zouden hebben om ons later weer bij onze vrienden te voegen, maar het lot besliste anders en de attractie hield ermee op precies toen Emily en ik het hoogste punt bereikten.

Terwijl we bovenin vastzaten, zag ik werklui prutsen aan de motor of de generator; later zag ik iemand wegrennen om weer terug te komen met een grote en duidelijk zware gereedschapskist. De uitbater van de attractie schreeuwde naar ons omhoog dat hij ons zo weer in beweging zou hebben, maar waarschuwde dat we niet moesten schommelen met de gondels.

Hoewel het een bloedhete dag was geweest, stond er een vlagerige wind, en ik sloeg mijn arm om Emily heen terwijl ze tegen me aan leunde. Ze was niet bang, en ik ook niet; zelfs als de motor helemaal was doorgebrand, was ik ervan overtuigd dat er wel een of andere met de hand aangedreven slinger was die ze konden gebruiken om uiteindelijk iedereen uit te laten stappen. Vanaf ons uitzichtpunt hoog in de lucht keken we hoe mensen tussen de kermisstalletjes door liepen, en staarden naar het tapijt van lichtjes in huizen en lantaarns dat zich kilometers ver leek uit te strekken. Na een tijdje hoorde ik het vertrouwde geknal van vuurwerk dat vanaf een schuit in het water werd gelanceerd, vlak voordat fonkelende vingers van goud, groen en rood zich over de hemel uitstrekten. Wauw, fluisterde Emily, en dat bleef ze de volle anderhalf uur dat we in het reuzenrad vastzaten herhalen. De wind blies de geur van buskruit over het strand, en ik weet nog dat ik dacht, terwijl ik Emily dichter tegen me aan trok, dat ik haar nog voordat het jaar om was een aanzoek zou doen.

Ongeveer op dat moment kregen onze vrienden ons eindelijk in de gaten. Ze stonden op het strand, miniatuurmensjes, en toen ze doorkregen dat we vastzaten, begonnen ze te joelen en te wijzen. Een van de meisjes riep omhoog naar ons dat als we van plan waren daar de nacht door te brengen, we maar beter pizza konden bestellen.

Emily giechelde, en werd toen stil.

'Ik ga net doen alsof je de werklui daarbeneden hebt betaald om het reuzenrad expres stil te zetten,' zei ze uiteindelijk.

'Waarom?'

'Omdat,' zei ze, 'ik denk dat er mijn hele leven geen Onafhankelijkheidsdag meer zal komen die aan deze kan tippen.'

Op maandagochtend werd London wakker met een rode neus en was ze de hele tijd aan het snotteren. Hoewel ze niet hoestte, twijfelde ik of ik haar wel naar school zou laten gaan, maar toen ik dat tegen haar zei, begon ze tegen te sputteren.

'De juf neemt vandaag haar goudvis mee en ik mag hem voeren! En bovendien is het kleurdag!'

Ik wist niet zeker wat kleurdag inhield, maar het was duidelijk heel belangrijk voor haar. Ik gaf haar wat verkoudheidsmiddel bij het ontbijt, en ze huppelde naar de les. Ik merkte bij het wegbrengen dat de juf ook verkouden was, wat me een beter gevoel gaf over mijn beslissing.

Op weg terug naar mijn auto betrapte ik me erop dat ik me afvroeg wat Vivian aan het doen was, en zette die gedachte meteen van me af. *Wat maakt mij het uit?* herinnerde ik mezelf eraan, maar wat belangrijker was: ik moest later die week nog een reclamespotje filmen en een goede indruk maken op een andere cliënt.

Op kantoor werd ik overstelpt met werk. Ik bevestigde alles wat nodig was om vrijdag Taglieri's derde spotje te kunnen filmen. Ik nam contact op met mijn mannetje van de techniek in verband met de plastisch chirurg, en slaagde er zelfs in een ontmoeting te hebben met een dierentrainer die beweerde dat hij precies de juiste hond had voor het vierde reclamespotje voor Taglieri. We spraken af om de week daarna op donderdag te gaan filmen.

Wat gelukkig betekende dat ik bijna geen tijd had om aan Vivian te denken.

Het echtscheidingsconvenant werd op dinsdagmiddag met een koerier bezorgd. Het kwam ook via de e-mail, maar ik kon me er niet toe zetten om een van de twee versies te lezen. In plaats daarvan belde ik Joey Taglieri en ik vroeg of hij ernaar wilde kijken. We spraken af elkaar de dag daarop te ontmoeten in een Italiaans restaurant niet ver van zijn kantoor.

Ik trof hem aan in een zitje in de hoek. Op tafel lag een rood-wit geruit tafelkleed, en er lag een bruine map op zijn geelgekleurd juridisch schrijfblok. Hij dronk een glas mineraalwater, en toen ik ging zitten, schoof hij een vel papier naar me toe, samen met een pen. 'Voordat we hiermee doorgaan, wil ik dat je een overeenkomst tekent. Ik heb je al verteld dat ik geen familierecht meer doe, maar voor jou kan ik wel een uitzondering maken. Ik kan je ook een paar advocaten aanbevelen, onder wie de vent die mijn tweede scheiding heeft behandeld, maar ik weet niet zeker of ze je veel zullen kunnen helpen, om redenen waar ik zometeen op kom. Waar het om gaat is: wie je ook kiest, alles wat je me vertelt, valt onder de vertrouwensrelatie tussen advocaat en cliënt, zelfs als je uiteindelijk besluit met iemand anders in zee te gaan.'

Ik tekende de overeenkomst en schoof die terug naar hem. Tevredengesteld leunde hij achterover. 'Wil je me vertellen wat er gebeurd is?'

Ik vertelde hetzelfde verhaal als ik aan Marge en Liz, aan mijn ouders en aan Emily had verteld. Ik had inmiddels het gevoel alsof ik het verhaal al honderd keer had verteld. Ondertussen maakte Taglieri aantekeningen. Toen ik klaar was, leunde hij naar achteren en zei hij: 'Oké, ik geloof dat ik alles heb. Ik heb ook het document bekeken, en het eerste wat je waarschijnlijk moet weten is dat ze van plan is een scheiding aan te vragen in Georgia, niet in North Carolina.'

'Waarom zou ze dat doen?'

'Georgia en North Carolina hebben verschillende wetten. In North Carolina moet een stel een jaar gescheiden van elkaar hebben geleefd voordat er een scheiding kan worden toegekend. Dat betekent niet dat je apart van elkaar hoeft te wonen, maar jullie moeten onderling hebben afgesproken dat jullie uit elkaar zijn. Als het jaar om is, kan een van jullie een scheiding aanvragen. De andere partij heeft dan dertig dagen de tijd om bezwaar aan te tekenen, maar dat kan een beetje versneld worden, en vanaf dat moment word je op de rol geplaatst. Als je dan aan de beurt bent, wordt de scheiding toegekend. In Georgia is er geen vereiste dat je een jaar gescheiden moet hebben geleefd. Er is echter wel een zogenaamde 'vereiste van woonachtigheid'. Vivian kan pas een scheiding aanvragen als ze een half jaar in die staat woont, maar daarna kan de scheiding dan ook binnen dertig dagen worden toegekend, ervan uitgaande dat alles is opgelost tussen jullie tweeën. Het komt erop neer dat, omdat ze sinds 8 september in Atlanta woont – of misschien al eerder – ze komende maart of april al een scheiding kan hebben bemachtigd, in plaats van volgend jaar rond deze tijd. Met andere woorden: ze heeft zes maanden van het proces afgehaald. Er zijn nog een paar andere verschillen aangaande schuld en geen schuld waarvan ik betwijfel of ze op jullie van toepassing zijn. Ik gok erop dat ze zal gaan voor een scheiding zonder schuldvraag, wat er in feite op neerkomt dat het huwelijk gestrand is.'

'Dus ze heeft haast om van me af te komen, hè?'

'Geen commentaar,' zei hij met een grimas. 'Maar hoe het ook zij: dat is een van de redenen waarom ik heb besloten je mijn diensten aan te bieden als je ze wilt accepteren. Ik heb zowel in Georgia als in North Carolina mijn examen gehaald, en de advocaten die ik heb gebruikt voor mijn scheiding, hebben dat niet. Met andere woorden: óf je gaat met mij in zee, óf je zoekt een advocaat in Georgia. Ik heb ook een paar telefoontjes gepleegd vanmorgen... het schijnt dat Vivians advocate geen aangename dame is. Ik heb nooit met haar te maken gehad, maar ze heeft de reputatie dat ze een ontzettende bijter is die ervan houdt om de andere partij uit te putten tot die gewoon maar de handdoek in de ring gooit. Ze is ook heel selectief wat haar cliënten betreft, dus ik gok erop dat Spannerman wat kruiwagens heeft ingezet om haar ermee te laten instemmen je vrouw te vertegenwoordigen.'

'Wat moet ik doen? Ik heb geen idee waar ik moet beginnen.'

'Gewoon wat je nu aan het doen bent; je hebt een advocaat in dienst genomen. En geloof me, niemand weet in eerste instantie wat hij moet doen tenzij hij het al eens eerder heeft meegemaakt. Om een lang verhaal kort te maken: in Georgia zullen er documenten ingediend moeten worden, van openbaarmakingsverklaringen en schikkingsovereenkomsten tot een attest aangaande de voogdij. Haar advocaat zal er waarschijnlijk op aandringen dat alles klaar is voordat het half jaar om is, dus dat wordt veel heen-en-weergedoe tussen de advocaten.'

'Hoe zit het met het echtscheidingsconvenant dat ze heeft gestuurd?'

'Dat is in wezen een overeenkomst tussen jullie twee. Daarin wordt de alimentatie en de verdeling van eigendommen en dat soort dingen geregeld.'

'En hoe zit het met London?'

'Op dat punt kan het lastig worden. De rechtbanken houden zich het recht voor beslissingen te nemen over de voogdij, bezoekrecht en alimentatie voor het kind. Nou kúnnen jullie tot een vergelijk komen en dan zal de rechtbank dat meenemen in de overweging, maar de rechter is er niet aan gebonden. Maar als het redelijk is, zal de rechtbank gewoonlijk meegaan in wat jullie tweeën besluiten. Omdat London zo jong is, zal zij er vrijwel niets over te zeggen hebben. Wat waarschijnlijk ook maar het beste is.'

Ik vermoedde dat hij dit allemaal nog een keer zou moeten uitleggen. 'Wat wilde Vivian?'

Taglieri haalde de overeenkomst uit de map. Hij begon erin te bladeren. 'Wat de verdeling van eigendommen betreft, wil ze over het algemeen de helft. Dat is de helft van de waarde van het huis, de helft van het geld op jullie bank- en beleggingsrekeningen, de helft van je pensioen. Ze wil de SUV en de helft van de waarde van de inboedel van het huis, in contanten. Ze wil ook nog een extra hoeveelheid geld, waarvan ik vermoed dat het de helft is van het totaal dat je in je bedrijf hebt geïnvesteerd.'

Ik voelde me plotseling alsof ik net een week lang bloed had gedoneerd. 'Is dat alles?'

'Nou, dan heb je nog de alimentatie.'

'Alimentatie? Ze verdient meer dan ik op dit moment en ze heeft een relatie met een miljardair.'

'Ik zeg niet dat ze het zal krijgen. Ik vermoed dat ze het zal gebruiken, naast de rest van de voorgestelde eigendommenverdeling, als pressiemiddel om te krijgen wat ze echt wil hebben.'

'London.'

'Ja,' zei hij. 'London.'

Na mijn ontmoeting met Taglieri was er geen tijd meer om naar kantoor terug te gaan. In plaats daarvan reed ik naar de school en kwam ik er vroeg aan; ik stond vooraan in de rij auto's. Ik nam het echtscheidingsconvenant door – alle andere gedachten werden erdoor op de achtergrond gedrongen – toen ik hoorde dat er op mijn raampje werd getikt.

Emily.

Ze had een strakke gebleekte spijkerbroek met scheuren op de knieën aan, plus een strak stretchhemdje, en ik werd wat vrolijker toen ik haar zag. Ik deed het portier open en stapte naar buiten het zonlicht in.

'Hoi,' zei ik. 'Hoe gaat het?'

'Ik heb het gevoel dat ik dat aan jou moet vragen. Ik heb de afgelopen dagen aan je gedacht en ik vroeg me af hoe het zondag was gegaan.'

'Zo goed en zo kwaad als dat soort dingen nu eenmaal gaan, denk ik. Vivian was voornamelijk aan het woord.'

'Hoe gaat het met London?'

'Wel oké, lijkt het. Afgezien van het feit dat ze nog steeds verkouden is.'

'Bodhi ook. Hij kreeg het gisteren. Volgens mij is meer dan de helft van de klas op dit moment ziek. Het is net een quarantaine-afdeling daarbinnen.' Ze leek me even te bestuderen. 'Maar hoe gaat het verder met je?'

'Gaat wel,' gaf ik toe. 'Ik had vandaag een gesprek met een advocaat.'

'O, bah,' zei ze. 'Dat deel haatte ik.'

'Het was niet heel leuk,' zei ik. 'Het voelt nog steeds als een droom, alsof het niet echt gebeurt. Ook al weet ik dat het wel echt is.'

Ze keek me recht aan, en terwijl ze me aankeek, viel het me op hoe lang haar wimpers waren. Waren ze altijd al zo lang geweest? Ik merkte dat ik moeite had om het me te herinneren.

'Zijn al je vragen beantwoord?' vroeg ze.

'Ik wist niet eens wat voor vragen ik moest stellen. Dat was ik aan het bekijken in de auto. Vivian heeft een voorstel voor een echtscheidingsconvenant gestuurd.'

'Ik ben geen advocaat, maar als je vragen hebt, mag je bellen. Ik kan ze natuurlijk misschien niet allemaal beantwoorden.'

'Dat waardeer ik,' zei ik. Ik zag meer auto's in de rij gaan staan.

Voor zover ik kon zien was ik de enige man in de ophaalrij. Toen ik me weer naar Emily omdraaide, hoorde ik plotseling Vivians stem in mijn hoofd – *geruchten!* – en vroeg ik me af of er moeders in de rij auto's naar ons keken. Automatisch zette ik een stapje achteruit en liet ik mijn hand in mijn zak glijden. 'Is David weer naar Australië vertrokken?'

Ze knikte. 'Gisteravond.'

'Was Bodhi van streek?'

'Heel erg. En daarna wordt hij natuurlijk ook nog eens doodziek wakker.'

'En geen woord over wanneer hij terugkomt?'

'Hij zei dat hij misschien rond kerst een paar dagen kon komen.'

'Dat is mooi.'

'Tuurlijk. Als hij ook echt op komt dagen. Vorig jaar zei hij hetzelfde. Hij is goed in dingen zeggen. Het probleem is dat hij niet altijd zo goed is in het ook waarmaken.'

Ik vroeg me af waar London zou zijn deze kerst. Ik vroeg me af waar ik zou zijn.

'O jee,' zei ze, haar hoofd schuin houdend. 'Ik heb iets verkeerds gezegd, hè? Je was even helemaal weg.'

'Sorry. Ik dacht gewoon aan een paar dingen die de advocaat vandaag tegen me zei. Het ziet ernaar uit dat ik het huis zal moeten verkopen.'

'O nee. Echt?'

'Ik weet niet of er wel een andere mogelijkheid is. Het is nou niet bepaald zo dat ik genoeg cash voorhanden heb om Vivian gewoon maar uit te kopen.'

Dat was nog zacht uitgedrukt; als ik met al haar eisen instemde, zou ik platzak zijn. Voeg daar de alimentatie en kinderalimentatie aan toe, en ik wist niet eens zeker of ik me een appartement met twee slaapkamers zou kunnen veroorloven.

'Het komt allemaal wel goed,' zei ze. 'Ik weet dat het soms moeilijk te geloven is, maar het komt goed.'

'Ik hoop het. Op dit moment wil ik alleen maar... weg, begrijp je wat ik bedoel?'

'Je moet hier even helemaal uit,' zei ze, terwijl ze haar handen op haar heupen zette. 'Waarom gaan jullie zaterdag niet met Bodhi en mij mee naar de dierentuin in Ashboro?'

'En kunstles dan?'

'Ach, kom zeg.' Ze gooide een lok van haar dikke haar over haar schouder. 'De kinderen kunnen wel een keertje overslaan. En ik weet dat Bodhi het geweldig zou vinden. Is London er weleens geweest?'

'Nee,' zei ik.

De directheid van haar aanbod was ontwapenend en ik wist niet goed hoe ik erop moest reageren. Vroeg ze me nou uit op een date? Of had dit meer te maken met Bodhi en London?

'Dank je,' zei ik. 'Ik laat het je nog weten.' Inmiddels kon ik de juffen zien samenkomen bij de deur en de leerlingen zich per klas zien verzamelen. Emily zag het ook.

'Ik moet terug naar mijn auto,' zei ze. 'Ik wil de rij niet ophouden. Het duurt altijd al lang genoeg. Leuk je te zien, Russ.' Ze zwaaide.

'Jou ook, Emily.'

Ik keek haar na en probeerde de betekenis van haar uitnodiging te ontcijferen, maar terwijl ze steeds verder wegliep, voelde ik een duidelijke drang om haar vaker te zien. Misschien was ik er nog niet klaar voor en misschien was het te vroeg, maar plotseling wilde ik dat liever dan wat ook.

'Hé, Emily,' riep ik.

Ze draaide zich om.

'Hoe laat wilde je vertrekken?'

Toen we thuiskwamen, voelde London zich iets beter, dus gingen we een eindje fietsen. Ik liet haar voorop gaan en volgde haar terwijl we de straten van de buurt doorkruisten. Met elke keer fietsen ging het beter. Ik moest haar nog steeds waarschuwen om naar de kant van de weg te gaan als er een auto aankwam, maar kinderen op fietsen waren een normaal verschijnsel in onze buurt, en de meeste bestuurders reden met een grote boog om ons heen.

We fietsten een uur lang. Toen we thuiskwamen, at ze een tussendoortje en ging ze naar boven om zich om te kleden voor dansles. Dat leek wel uren te duren, en na een tijdje ging ik naar boven om te kijken waar ze bleef. Ik trof haar zittend op bed aan, nog steeds in dezelfde kleren die ze eerst aanhad.

Ik ging naast haar zitten. 'Wat is er aan de hand, liefje?'

'Ik wil vanavond niet naar dansles,' zei ze. 'Ik ben ziek.'

Haar verkoudheid had geen invloed gehad op het fietsen, dus ik wist dat er iets anders aan de hand was. Namelijk dat ze dansles of juf Hamshaw niet leuk vond. En geef haar eens ongelijk.

'Als je te moe bent of je nog steeds ziek voelt, hoef je niet te gaan.'

'Echt niet?'

'Natuurlijk niet.'

'Mama wordt misschien boos.'

Je moeder is bij ons weggegaan, dacht ik. Maar ik zei het niet.

'Ik praat wel met haar. Als je ziek bent, ben je ziek. Maar is er nog iets anders aan de hand?'

'Nee.'

'Want als dat wel zo is, kun je dat best aan me vertellen.'

Toen ze verder niets meer zei, sloeg ik mijn arm om haar heen. 'Vind je dansles leuk?'

'Het is belangrijk,' zei ze, alsof ze een plechtige regel opzegde. 'Mama danste vroeger ook.'

'Dat vroeg ik niet. Ik vroeg of je het leuk vond.'

'Ik wil geen boom zijn.'

Ik fronste. 'Schatje, kun je iets meer vertellen over wat er aan de hand is?'

'Er zijn twee groepen in mijn klas. Eén groep gaat weg om in de wedstrijd te dansen. Dat zijn de goede dansers. Ik zit in de ándere groep. Wij moeten ook dansen, maar alleen voor onze ouders. En ik moet een boom zijn in de dans die we doen.'

'O,' zei ik. 'En is dat stom?'

'Ja, dat is stom. Ik moet alleen maar met mijn armen bewegen als de bladeren groeien en afvallen.'

'Kun je het voordoen?'

Met een zucht stond ze op van het bed. Ze bracht haar armen in een cirkelbeweging boven haar hoofd en zette daar haar vingertoppen tegen elkaar. Toen deed ze haar armen van elkaar en wiebelde ze met haar vingers terwijl ze haar handen langs haar zijden liet zakken. Toen ze klaar was, ging ze weer naast me op bed zitten. Ik wist niet goed wat ik moest zeggen.

'Ik weet niet of je er iets aan hebt, maar je was een heel goede boom,' zei ik uiteindelijk.

'Het is voor de slechte dansers, papa. Omdat ik niet goed genoeg ben om de kikker of de vlinder of de zwaan of de vis te spelen.'

Ik probeerde me voor te stellen wat die dieren zouden doen en hoe de dans zich zou ontwikkelen, maar wat had het voor nut? Ik nam aan dat ik het snel genoeg zou zien.

'Hoeveel andere meisjes zijn bomen?'

'Alleen ik en Alexandra. Ik wilde de vlinder zijn, ik heb heel hard geoefend en ik ken alle bewegingen, maar juf Hamshaw zei dat Molly de vlinder mag zijn.'

In de wereld van een vijfjarige was dat vast heel belangrijk.

'Wanneer is de opvoering?'

'Ik weet het niet. Ze heeft het gezegd maar ik ben het vergeten.'

Ik maakte een aantekening in mijn hoofd dat ik het aan juf Hamshaw moest vragen. Voor of na de les, uiteraard, zodat ik haar niet beledigde of haar les verstoorde.

'Wil je dit weekend naar de dierentuin? Met mij en Bodhi en Emily?'

'Wat?'

'De dierentuin. Emily en Bodhi gaan erheen. Ze heeft ons uitgenodigd, maar ik wil niet gaan als jij liever niet gaat.'

'Een echte dierentuin?'

'Met leeuwen en tijgers en beren. Hemeltje.'

Ze fronste haar wenkbrauwtjes.

'Waarom zei je "Hemeltje"?' vroeg ze uiteindelijk.

'Dat komt uit een film die *De tovenaar van Oz* heet.'

'Heb ik die gezien?'

'Nee,' zei ik.

'Waar gaat hij over?'

'Hij gaat over een meisje dat Dorothy heet. Haar huis wordt opgezogen door een wervelstorm en ze landt op een plek die Oz heet.

Ze ontmoet een leeuw, een blikken man en een vogelverschrikker, en ze proberen de tovenaar te vinden zodat ze terug naar huis kan.'

'Komen er ook een beer en een tijger in de film voor?'

'Niet dat ik me kan herinneren.'

'Waarom zegt dat meisje dat dan?'

Goeie vraag. 'Ik weet het niet. Misschien omdat ze bang was dat ze ze tegen zou komen.'

'Ik ben niet bang voor beren. Maar tijgers zijn eng. Die kunnen heel gemeen zijn.'

'O ja?'

'Dat heb ik geleerd toen ik naar *Jungle Boek* keek.'

'Aha,' zei ik.

'Gaat mama ook mee naar de dierentuin?'

'Nee,' zei ik. 'Ze moet werken.'

Daar leek ze even over na te denken. 'Oké,' zei ze. 'Als Bodhi gaat, kunnen wij ook gaan.'

Toen Vivian later die avond facetimede, zag ik dat ze gekleed was alsof ze op het punt stond uit eten te gaan, ongetwijfeld met Spannerman. Ik zei er niets over tegen haar, maar terwijl ze met London zat te praten, bleef de gedachte in mijn achterhoofd doorpruttelen.

Uiteindelijk kwam London naar me toe lopen, met de telefoon voor zich uit. 'Mama wil met je praten.'

'Oké, liefje,' zei ik, terwijl ik de telefoon van haar aannam. Ik wachtte tot ze weg was voordat ik het scherm omhoog deed.

'Wat is er?' vroeg ik.

'Ik wilde je laten weten dat ik dit weekend niet in de stad ben en dat het misschien moeilijk zal zijn om me te bereiken.'

Elke vezel van me wilde de details weten, maar ik dwong mezelf het niet te vragen. 'Oké.'

Ze had blijkbaar verwacht dat ik zou aandringen op meer informatie, want mijn korte antwoord leek haar uit haar evenwicht te brengen. 'Goed dan,' ging ze verder na een ongemakkelijke stilte. 'Hoe dan ook, het is nu zeker dat ik volgend weekend in Charlotte zal zijn om haar te zien, en dan zou ik graag weer in het huis willen slapen.'

'Zonder mij,' zei ik. Ik deed mijn best om niet gekwetst te klinken.

'Het gaat me hierbij om London, dus ja, zonder jou. En haar verjaardag is natuurlijk twee weekends daarna, en dan zou ik graag hetzelfde willen doen. In het huis slapen, bedoel ik. Haar verjaardag is op een vrijdag, maar ik wil op zaterdag een feestje geven met haar vriendjes en vriendinnetjes. Je moet natuurlijk wel op haar feestje komen, maar daarna zou het waarschijnlijk het beste zijn als je ons het weekend met ons tweeën liet zijn.'

'Het is het weekend van haar verjaardag,' protesteerde ik. 'Ik wil ook tijd met haar doorbrengen.'

'Jij bent de hele tijd met haar samen, Russ,' zei ze, haar kin heffend.

'Ze zit op school. En ze gaat naar haar activiteiten. Je denkt misschien dat ik veel vrije tijd met haar doorbreng, maar dat is niet zo.'

Ze zuchtte geërgerd. 'Jij kunt haar elke avond zien. Jij kunt haar voorlezen. Jij kunt haar elke ochtend weer zien. Ik niet.'

'Omdat je weg bent gegaan,' zei ik, langzaam articulerend. 'Omdat je naar Atlanta bent verhuisd.'

'En dus wou je me verhinderen mijn dochter te zien? Wat ben jij voor vader? En als we het daar toch over hebben, je had haar haar dansles niet moeten laten overslaan.'

'Ze is verkouden,' zei ik. 'Ze was moe.'

'Hoe moet ze nou beter worden als je haar steeds lessen laat overslaan?'

Mijn rug verstijfde bij de beschuldigende toon.

'Dit is de eerste keer dat ze een les heeft gemist. Het is niet het einde van de wereld. Bovendien vindt ze dansles volgens mij niet eens leuk.'

'Je snapt het niet helemaal,' zei Vivian, en ze kneep haar ogen tot spleetjes. 'Als ze een grotere rol wil hebben de volgende keer dat ze een uitvoering hebben, mag ze geen lessen missen. Jij zorgt ervoor dat ze weer teleurgesteld raakt.'

'En mijn punt was dat ik niet denk dat het haar iets zal kunnen schelen, aangezien ze dansles sowieso niet leuk vindt.'

Ik kon zien hoe haar borst op en neer ging en er een blos omhoogkroop voorbij de halslijn van haar zwarte cocktailjurk. 'Waarom doe je dit?'

'Wat doe ik nou weer?'

'Wat je altijd doet! Kritiek hebben, ruzie zoeken.'

'En hoe komt het dan dat als ik je vertel wat ik vind of als ik een andere mening verkondig dan die van jou, je me ervan beschuldigt dat ik ruzie zoek?'

'O, godsamme. Ik ben dat gelul van jou wel zo zat, dat kan ik niet eens onder woorden brengen.'

En daarmee verbrak ze de verbinding. Ik zat er meer mee dan zou moeten, maar ik merkte met grimmige tevredenheid dat ik er minder mee zat dan als we nog bij elkaar waren geweest. Eigenlijk zat ik er al minder mee dan gisteren het geval zou zijn geweest. Misschien was dat wel vooruitgang.

De twee dagen daarna rende ik voor mijn werk van het ene project naar het andere, net als eerder die week. Ik legde contact met de patiënten die de plastisch chirurg had aangeraden en maakte afspraken voor 6 oktober om hen te filmen; dat zou een lange dag gaan worden.

Op vrijdag filmde ik het derde reclamespotje, waarbij ik ervoor zorgde dat de camera lager dan het bureau werd opgesteld zodat we de jeugdige actrice van onderen konden filmen. Op die manier werd haar leeftijd benadrukt, wat een komisch effect gaf.

De takes waren zo goed dat zelfs leden van de filmploeg erom moesten lachen. Perfect.

Die avond bracht ik London zoals gewoonlijk naar dansles.

Ondanks een duidelijk gebrek aan enthousiasme was ze beneden gekomen in haar tenue en herinnerde ze me eraan dat we niet te laat moesten komen.

Ik vroeg niet nog eens of ze het echt wel wilde doen; ik was ervan overtuigd dat Vivian London een standje had gegeven, net zoals ze bij mij had gedaan, en ik had geen zin om London in een lastig parket te brengen. Ik wist beter dan wie ook hoe schuldig Vivian je je kon laten voelen.

Toen ik haar met gebogen schoudertjes op de bank in de woonkamer zag zitten, ging ik naast haar zitten.

‘Wat wil je na dansles doen?’ vroeg ik.

‘Ik weet het niet,’ mompelde ze.

‘Want ik zat te denken dat we misschien, heel misschien, samen konden…’

Ik stopte. Er gingen een paar tellen voorbij voordat ze naar me keek. ‘Wat zouden we kunnen doen?’

‘O, niks,’ zei ik. ‘Laat maar.’

‘Wat?’

‘Nou ja, het zit zo, misschien wil je het wel niet…’ Ik deed net of ik niet meer geïnteresseerd was.

‘Zeg nou!’ drong ze aan.

Ik blies geforceerd mijn adem uit. ‘Ik zat te denken dat omdat mama er niet is, jij en ik misschien samen een romantisch avondje konden hebben.’

London was volkomen op de hoogte van onze romantische avondjes, al was ze zich dan niet bewust van alles wat er dan plaatsvond tussen Vivian en mij.

Uit haar gezichtsuitdrukking sprak verwondering. ‘Een romantisch avondje? Alleen jij en ik?’

‘Dat dacht ik. Na dansles kunnen we ons mooi aankleden, samen gaan koken en dan kunnen we daarna gaan kleuren of vingerverven of misschien zelfs een film kijken. Maar alleen als jij dat wilt,’ zei ik.

‘Dat wil ik.’

‘O ja? Wat wil je eten?’

Ze zette een vinger tegen haar kin. ‘Ik geloof dat ik kip wil eten,’ zei ze, en ik knikte.

‘Dat klinkt heerlijk. Dat is precies wat ik ook wilde eten.’

‘Maar ik wil niet vingerverven. Dan komt het misschien op mijn jurk.’

‘En kleuren? Ik ben er niet erg goed in, maar ik kan het proberen.’

Ze straalde. ‘Het geeft niet als je er niet zo goed in bent, papa. Dan kun je oefenen.’

‘Wat een geweldig idee.’

Voor het eerst sinds ik London naar haar activiteiten was gaan brengen, was ze in een goed humeur op weg naar dansles, al had dat niets met de les te maken. In plaats daarvan luisterde ik naar een constante stroom ideeën over wat ze die avond kon aantrekken. Ze twijfelde welke jurk ze aan zou trekken, en of ze hem zou combineren met een glinsterende haarspeld of een strik, en welke schoenen er het beste bij zouden passen.

Toen ze binnen was, gebaarde juf Hamshaw dat ze mocht doorlopen naar de vloer, maar plotseling draaide ze zich om en rende ze terug om me een knuffel te geven, waarna ze naar de deur snelde. Juf Hamshaw liet geen reactie blijken, wat waarschijnlijk het beste was waartoe ze in staat was qua vriendelijkheid.

Terwijl London les had, ging ik naar de supermarkt en haalde ik de boodschappen voor het avondeten. Omdat ik wist dat we de volgende dag vroeg op moesten – we hadden om acht uur bij Emily afgesproken – koos ik voor een gegrilde kip van de delicatessenafdeling, een blik mais, partjes peer, een pot appelmoes en helder druivensap. Als we om half zeven met eten begonnen, kon ze nog altijd omstreeks haar normale bedtijd in bed liggen.

Wat ik niet had meegerekend, was het feit dat vijfjarigen er erg lang over kunnen doen om zich aan te kleden voor een romantisch avondje met hun vader. Toen we na dansles thuiskwamen, rende London de trap op en mocht ik haar niet helpen. Ik ging naar mijn klerenkast en kleedde me ook mooi aan, waarbij ik zelfs een jasje aantrok. Ik maakte het eten klaar, wat wel vijf minuten kostte, en dekte toen de tafel, waarbij ik het mooie servies gebruikte. Kaarsen maakten het plaatje af toen ik het druivensap in wijnglazen schonk. Toen ging ik tegen het aanrecht geleund staan wachten.

Ten slotte liep ik naar de tafel en ging ik zitten.

Daarna ging ik naar de woonkamer en zette ik de sportzender op.

Af en toe liep ik de trap op en riep ik haar; dan stond ze erop dat ik beneden zou blijven en verzekerde ze me dat ze bijna klaar was.

Toen ze eindelijk de trap af kwam, voelde ik de tranen achter mijn ogen prikken. Ze had gekozen voor een blauwe rok met een blauwwit geruite blouse, witte kousen en schoenen, en een bijpassende blauwe haarband. Als sieraad had ze een imitatieparelketting omgedaan. Wat ik ook voor bedenkingen had bij Vivians frequente shop-uitstapjes met onze dochter, zelfs London wist dat ze indruk op me had gemaakt.

'Je ziet er prachtig uit,' zei ik terwijl ik van de bank kwam. Ik zette de televisie uit.

'Dank je, papa,' zei ze terwijl ze voorzichtig naar de eettafel liep. 'De tafel ziet er heel mooi uit.'

Haar poging om zich een zo volwassen mogelijke houding te geven was bijna ondraaglijk aandoenlijk.

'Daar ben ik blij om, liefje. Zullen we gaan eten?'

'Ja, graag.'

Ik liep om de tafel heen en trok haar stoel naar achteren. Toen ze zat, pakte ze haar glas druivensap en nam ze een slokje. 'Dit is erg lekker,' zei ze.

Ik diende op en bracht de borden naar de tafel. London spreidde zorgvuldig haar servet op haar schoot en ik deed hetzelfde.

'Hoe was het vandaag op school?' vroeg ik.

'Leuk,' zei ze. 'Bodhi zei dat hij morgen in de dierentuin de leeuwen wilde zien.'

'Ik ook. Ik hou van leeuwen. Maar ik hoop dat er geen gemene bij zitten zoals Scar.' Ik doelde natuurlijk op de schurk in de film *The Lion King*.

'Ze hebben heus geen leeuwen zoals Scar, papa. Dat is maar een tekenfilmfiguur.'

'O ja,' zei ik. 'Dat is ook zo.'

'Je bent een beetje dom.'

Ik glimlachte terwijl ze bevallig haar vork oppakte. 'Dat hoorde ik.'

Na het eten gingen we kleuren. London had toevallig een kleurboek met dierentuindieren, en we zaten een uur aan de keukentafel dieren te maken die alleen maar hadden kunnen bestaan in regenboogwerelden.

Hoewel ze pas een paar weken op school zat, merkte ik dat ze al beter was gaan kleuren. Het lukte haar om binnen de lijntjes te blijven, en ze was zelfs begonnen om verschillende delen van de tekening schaduw te geven. Verdwenen waren de vlekken en krabbels van nog maar een jaar geleden.

Mijn kleine meid was langzaam maar zeker groot aan het worden, wat me op de een of andere manier hartzeer bezorgde op plekken waarvan ik niet eens wist dat ze bestonden.

18

Het is geen date

Een maand nadat ik was afgestudeerd, was ik te gast op de bruiloft van een voormalig corpslid genaamd Tom Gregory, in Chapel Hill. Tom was de zoon van twee huisartsen, en zijn aanstaande, een tengere brunette die Claire DeVane heette, had een vader die zesenvijftig Bojangles-restaurants bezat, fastfoodzaken die zich specialiseerden in gefrituurde kip met de voor North Carolina zo typerende biscuits. De zaken hadden misschien niet het elitaire aura dat geassocieerd werd met investeringsbanken, maar het bracht geld op, en als huwelijkscadeau had Claires vader het stel al een minilandhuis gegeven, naast een Mercedes-cabriolet.

De bruiloft was uiteraard in avondkleding. Ik was net begonnen te werken voor de Peters Group en moest mijn eerste salaris nog krijgen; het sprak vanzelf dat ik meestal blut was. Hoewel ik genoeg geld had om een smoking te huren, moest ik blijven slapen bij een ander corpslid thuis. Hij heette Liam Robertson en hij stond op het punt rechten te gaan studeren aan de University of North Carolina. Hoewel hij ook uit Charlotte kwam, waren we nooit bijzonder dik met elkaar geweest – hij was het soort kerel die het leuk vond om aspirant-leden te mishandelen en Jell-O-shots met pure graanalcohol erin aan eerstejaarsmeisjes te voeren – maar Alfa-Gamma-Rho's zijn trouw aan elkaar.

Tot op dat moment had ik maar één keer in mijn leven een smoking gedragen. Ik had een marineblauwe smoking gehuurd voor mijn eindexamenbal en de foto van mij en mijn date van die avond stond op de schoorsteenmantel in mijn ouderlijk huis totdat ik ging trouwen. Maar die smoking had een vlinderdas gehad die je erop klemde, terwijl de smoking die ik voor de bruiloft had gehuurd er een had die ik echt moest strikken.

Helaas had Liam Robertson net zomin een idee van hoe ik het ding moest strikken als ik, en toen het bijna tijd was om te vertrekken, had ik het al een stuk of vijf keer geprobeerd, maar het was niet gelukt. Op dat moment vloog de voordeur van Liams huis open en liep Emily naar binnen.

Ik had haar wel eerder gezien, maar was nog nooit aan haar voorgesteld. Zij en Liam waren in dezelfde buurt opgegroeid en zouden volgens de berichten alleen vrienden zijn. Toch ging ze naar de bruiloft als Liams date: 'zodat ze een goed woordje voor me kan doen in het geval ik iemand ontmoet'. Zodra ik haar zag, was ik verbluft.

Het was niet de Emily die ik eerder in Liams gezelschap had gezien, het bohemienmeisje met de lange rokken en de Birkenstocks, meestal zonder make-up. In plaats daarvan was de vrouw die voor me stond gekleed in een cocktailjurk met een diep uitgesneden decolleté en zwarte pumps met hoge hakken, een elegante look geaccentueerd door smaakvolle diamanten knopjes in beide oren. De mascara die ze op had, vestigde de aandacht op haar opvallende oogkleur, en haar lippen, geaccentueerd met rode lippenstift, waren prachtig vol. Haar haar viel in golven tot even over haar schouders.

'Hé Emily,' hoorde ik Liam roepen. 'Russ heeft hulp nodig bij het aankleden!'

'Ook leuk om jou te zien, Liam,' zei ze spottend. 'En ja, dank je wel. Ik waardeer het compliment.'

'Je ziet er geweldig uit, trouwens,' voegde Liam eraan toe.

'Te laat,' mompelde ze zacht, bijna tegen zichzelf. 'Ik neem aan dat jij Russ bent?'

Ik knikte en probeerde niet naar haar te staren.

'Ik ben Emily,' zei ze. 'Strikt genomen ben ik Liams date, maar niet echt. Hij is eerder een soort jonger broertje voor me dat alleen maar met zichzelf bezig is.'

'Dat hoorde ik!' riep Liam.

'Uiteraard. Maar alleen omdat ik het over jou had.'

De vertrouwde manier waarop ze met elkaar omgingen, gaf me het gevoel dat ik een toeschouwer was, ondanks het feit dat onze gezichten maar centimeters van elkaar verwijderd waren.

'Wat hebben we hier?' vroeg ze, terwijl ze het strikje loswrikte waarna ze hem weer om mijn nek legde. Ik merkte dat ze maar een klein stukje kleiner was dan ik en dat ze een zware bloemengeur op had.

'Ik waardeer dit,' zei ik. 'Hoe komt het dat je weet hoe je dit moet doen?'

'Ik moest mijn vader helpen toen ik opgroeide,' zei ze. 'Hij is er ook nooit echt goed in geweest. Het zat uiteindelijk altijd scheef.'

Ze trok aan het strikje en stelde het bij, en haar lange vingers deden raadselachtige dingen buiten mijn blikveld. Onze gezichten waren zo dicht bij elkaar dat ik het gevoel kreeg alsof ik op het punt stond haar te kussen, en ik bedacht opnieuw hoe mooi ze was. Mijn ogen werden aangetrokken tot haar lippen en daarna tot haar halslijn. Haar jurk was laag uitgesneden van voren, waardoor ik een kanten strikje aan de voorkant van haar beha kon zien.

'Kun je het zien?' vroeg ze plagend.

Ik voelde mezelf blozen en keek snel recht voor me uit, alsof ik een cadet was die op wacht stond. Ze glimlachte.

'Mannen,' zei ze. 'Jullie zijn ook allemaal hetzelfde.'

Ik bleef in het gelid staan, en zweeg toen ze klaar was. Toen klopte ze zacht met beide handen op mijn borst en gaf me een knipoog, waarna ze zei: 'Maar aangezien je wel leuk bent, vergeef ik het je.'

Toen ik de volgende ochtend bij Emily's huis de oprit op reed, zag ik haar meteen, terwijl ze een kleine koelbox in haar SUV aan het laden was.

London klom de auto uit, holde naar haar toe en gaf haar een knuffel.

'Waar is Bodhi?' hoorde ik mijn dochter vragen.

'Hij is in zijn kamer,' zei Emily. 'Hij zoekt een paar films uit om onderweg naar te kijken. Wil je naar boven gaan om hem te helpen?'

'Ja, mevrouw,' zei London, en ze racete naar de voordeur en verdween naar binnen.

Emily keek haar na en draaide zich vervolgens naar mij toe. Ze had een korte broek en een mouwloos hemdje aan, en ze had haar haar tot een paardenstaart getemd. Ondanks de informele mama-in-het-park-outfit leek ze te stralen van gezondheid en vitaliteit. Ik kon niet ophouden met naar haar dikke haar en gave huid te staren.

'Mevrouw?' vroeg ze, verwijzend naar London, toen ik dicht bij haar kwam staan.

'Ze is erg beleefd,' zei ik, en ik hoopte dat het niet al te veel opviel dat ik haar zo onderzoekend had bekeken.

'Dat bevalt me wel,' zei ze. 'Ik heb dat met Bodhi geprobeerd, maar het lijkt niet echt aangeslagen te zijn.' Nu de kinderen in huis waren, leek ze net zo jeugdig als het meisje dat ik ooit had gekend, waardoor ik vanbinnen een verwarrend gevoel kreeg alsof de tijd verstoord was geraakt.

'Het wordt vast leuk vandaag,' zei ik. 'London heeft er veel zin in.'

'Bodhi ook,' zei ze. 'Hij wil dat London bij ons in de auto meerijdt.'

'Dat is prima,' zei ik. 'Dan volg ik wel.'

'Jij rijdt ook bij ons in de auto, sufferd. We hoeven niet allebei te rijden en ik wil echt niet met die twee in een ruimte opgesloten zitten zonder dat ik hulp heb. Bovendien duurt het twee uur voordat we er zijn, en dit schatje,' zei ze knikkend naar de SUV, 'kan dvd's voor de kinderen afspelen.'

Haar speelse plagerijen deden me weer denken aan de eerste keer dat ik ooit tegen haar had gesproken, en hoe zenuwachtig ik was geweest.

'Wil je dat ik rijd?' bood ik aan.

'Tenzij je liever de tussendoortjes wilt regelen. Wat natuurlijk inhoudt dat je elke paar minuten moet bukken, je in allerlei bochten moet wringen en eten moet uitpakken.'

Ik herinnerde me mijn vaders opmerkingen over gezinsuitjes.

'Nee, dat hoeft niet,' zei ik. 'Het is waarschijnlijk beter als ik rijd.'

Nog voordat we de buurt hadden verlaten, vroeg Bodhi al of ze *Madagascar 3* mochten kijken.

'Laten we even wachten tot we op de snelweg zijn,' zei Emily over haar schouder.

'Mag ik een tussendoortje?' vroeg Bodhi.

'Je hebt net ontbeten.'

'Maar ik heb honger.'

'Wat wil je dan eten?'

'Goudvis,' zei hij.

Vivian had die bepaalde traktatie nooit in ons huis toegestaan, maar toen ik zelf klein was, had ik het vaak gekregen.

'Wat is een goudvis?' vroeg London.

'Het is een kaascracker in de vorm van een vis,' zei Emily. 'Het is erg lekker.'

'Mag ik er een, papa?'

Mijn ogen schoten naar de achteruitkijkspiegel en ik vroeg me af wat London zou denken van het feit dat ik voorin zat met Emily en niet met haar moeder, en of het haar überhaupt iets kon schelen.

'Tuurlijk mag je dat.'

De rit naar de dierentuin was snel voorbij. Op de achterbank werden de kinderen vrolijk in beslag genomen door de film, maar aangezien ze binnen gehoorsafstand waren, spraken we niet over Vivian of David. Ook hadden Emily en ik het niet over het verleden dat we deelden. In plaats daarvan vertelde ik haar wat ik op mijn werk had gedaan, en zij praatte over haar schilderijen en het feit dat ze half november een opening van een tentoonstelling op de agenda had staan, wat betekende dat ze het tot die tijd drukker dan gebruikelijk zou hebben; ook praatten we elkaar bij over onze respectievelijke families, en we praatten en lachten ongedwongen alsof we elkaar nooit uit het oog waren verloren.

Maar ondanks onze vertrouwdheid met elkaar voelde het uitstapje evengoed nieuw en een beetje vreemd aan. Het was geen date, maar het was iets wat ik me een maand geleden nooit had kunnen voorstellen. Ik was in de auto op weg met Emily, met de kinderen erbij, en hoewel ik in eerste instantie een vaag schuldgevoel verwachtte te hebben, was dat niet zo. In plaats daarvan betrapte ik me erop dat ik op rustige momenten naar haar keek en me afvroeg hoe David zo stom had kunnen zijn.

En natuurlijk waarom ik zelf zo stom was geweest, lang geleden.

'Straks zijn ze uitgeput,' voorspelde Emily, kort nadat we bij de dierentuin waren aangekomen. Sinds we hadden geparkeerd, hadden ze een wedstrijdje met elkaar gedaan van het parkeerterrein naar het kaartjesloket, en zodra ze binnen waren naar de fontein en weer terug, en toen schoten ze weer naar het cadeauwinkeltje. London, zo merkte ik vol trots, moest wat van die hardloopgenen hebben geërfd, want in mijn ogen renden ze nek aan nek. London en Bodhi waren de rekken van het winkeltje aan het bestuderen terwijl wij naar hen toe wandelden.

'Ik ben nu al uitgeput, alleen al als ik naar ze kijk.'

'Heb je vanochtend gerend?'

'Maar heel kort. Een kilometer of zes.'

'Beter dan ik. Hier rond lopen slenteren zal mijn lichaamsbeweging voor vandaag zijn.'

'Hoe blijf je zo fit?'

'Paaldansen,' zei ze. Ze moest lachen om mijn verschrikte uitdrukking.

'Dat zou je wel leuk vinden, hè?' Ze gaf me een duw tegen mijn schouder. 'Ik maak maar een grapje, sukkel. Maar je had je gezicht eens moeten zien! Dat was onbetaalbaar. Ik probeer een paar keer per week naar de sportschool te gaan, maar voornamelijk heb ik geluk met mijn goede genen en ik let goed op wat ik eet. Dat is gemakkelijker dan de hele tijd aan lichaamsbeweging te moeten doen.'

'Voor jou misschien. Ik hou van eten.'

London huppelde naar me toe toen we het winkeltje binnen stapten.

'Papa, kijk! Vlindervleugels!' riep ze, en ze hield een paar kantachtige, half doorzichtige vleugels omhoog, die groot genoeg voor haar waren om te dragen.

'Erg mooi,' zei ik.

'Kunnen we die kopen? Voor als ik de vlinder mag zijn bij het dansen?'

Voor juf Hamshaw, met de kinderen die niet goed genoeg waren voor de wedstrijd. De opvoering waarin London een boom moest voorstellen.

'Ik weet het niet, liefje...' zei ik.

'Alsjeblieft? Ze zijn zo mooi. En ook al ben ik de vlinder niet, ik kan ze vandaag dragen en de dieren blij maken. En ik kan ze aan Mr. en Mrs. Sprinkles laten zien als ik thuiskom.'

Daar was ik niet zo zeker van, maar ik keek wat ze kostten en ik was opgelucht dat het niet buitensporig veel was. 'Wil je ze echt vandaag dragen?'

'Ja!' smeekte ze, terwijl ze op en neer sprong. 'En Bodhi wil de libellenvleugels.'

Ik voelde Emily naar me kijken en ik draaide me naar haar toe. 'Zo wordt het misschien gemakkelijker om ze te vinden als ze wegrennen,' wees ze erop.

'Goed dan,' zei ik, 'maar alleen de vleugels, oké?'

'En alleen als je zonnebrand op doet,' voegde Emily eraan toe.

In tegenstelling tot mij had ze eraan gedacht om die mee te nemen. Oeps.

Nadat ik had betaald, hielp ik London de vleugels aan te trekken. Emily deed hetzelfde bij Bodhi. Ze smeerde genoeg lotion op hun huid om hen door smalle buizen te laten glijden en we keken hen na terwijl ze weer wegrenden, met uitgestrekte armen.

De dierentuin was verdeeld in twee hoofdgebieden: Noord-Amerika en Afrika. Eerst bezochten we Noord-Amerika. We wandelden langs allerlei attracties en verwonderden ons over alles, van gewone zeehonden en slechtvalken tot alligators, muskusratten, bevers, een poema en zelfs een zwarte beer. Telkens bereikten de kinderen de dieren voordat wij dat deden en tegen de tijd dat Emily en ik aan kwamen lopen, wilden zij meestal alweer doorlopen. Gelukkig was het niet druk, ondanks het heerlijke weer. Het was zacht, en voor het eerst in maanden voelde de vochtigheid niet beklemmend. Maar dat weerhield de kinderen er niet van om om ijsjes en frisdrank te vragen.

'Wat is er eigenlijk van Liam geworden?' vroeg ik aan Emily. 'Ik heb al tien jaar niets meer van hem gehoord. Het laatste wat ik van hem hoorde, is dat hij advocaat was in Asheville en dat hij al voor de tweede keer was getrouwd.'

'Hij is nog steeds advocaat,' zei ze, 'maar zijn tweede huwelijk heeft het ook niet overleefd.'

'Ze was ook een cocktailserveerster, hè? Toen ze elkaar ontmoetten?'

'Hij heeft een bepaald type,' zei ze glimlachend. 'Geen twijfel mogelijk.'

'Wanneer heb je voor het laatst van hem gehoord?'

'Misschien zeven of acht maanden geleden? Hij had gehoord dat ik ging scheiden en hij vroeg me mee uit.'

'Hij was niet een van die leuke mannen die je nooit een tweede keer hebt gebeld?'

'Liam? O god, nee. We kenden elkaar toen we opgroeiden, maar ach, weet je... hij is altijd iets teveel met zichzelf bezig geweest naar mijn smaak. En op de universiteit gingen we meer uit gewoonte met elkaar om dan uit daadwerkelijke vriendschap. En uit gewoonte bedoel ik dat hij me ten minste één keer per semester probeerde te versieren, meestal als hij aan het drinken was.'

'Ik vroeg me altijd af waarom je hem duldde,' mijmerde ik.

'Omdat mijn ouders bevriend waren met zijn ouders en tegenover elkaar woonden. Mijn vader dacht dat hij zijn zaakjes voor elkaar had, maar mijn moeder had al die tijd dwars door hem heen gekeken, goddank. Waar het op neerkomt, is dat het meer te maken had met het feit dat hij er altijd was. Op de campus, thuis. In die tijd had ik nog niet het vermogen ontwikkeld om mensen gewoon af te stoten. Ook al waren het eikels.'

'Maar toch, als hij er niet was geweest, hadden wij elkaar nooit ontmoet.'

Ze glimlachte weemoedig. 'Weet je nog dat je me ten dans vroeg? Op de bruiloft?'

'Dat weet ik nog,' zei ik. Het had me meer dan een uur gekost om de moed te vatten, ook al was Liam tegen die tijd op een vrouw afgestapt die later echtgenote nummer een zou worden.

'Je was bang voor me,' zei ze met een veelbetekenende grijns.

Ik was me acuut bewust van hoe dichtbij ze was; een eindje voor ons uit liepen London en Bodhi ook naast elkaar en ineens kwam het boek dat ik elke avond aan London voorlas, me voor de geest. Wij vieren, twee aan twee lopend, omdat niemand alleen zou moeten hoeven lopen.

'Ik was niet bang,' verduidelijkte ik. 'Ik schaamde me omdat je me erop had betrapt dat ik aan het staren was toen je me met mijn strikje hielp.'

'Ach, hou toch op... ik was gevleid en dat weet je best. We hebben het hier al eens eerder over gehad: ik had Liam over jou gevraagd, weet je nog? Hij zei dat je te nerdachtig voor me was. En niet knap genoeg. En niet rijk genoeg. En toen probeerde hij me weer te versieren.'

Ik lachte. 'Nu weet ik het weer.'

'Heb jij nog contact met vrienden van de universiteit?' Ze kneep haar ogen een beetje dicht alsof ze zich gezichten probeerde te herinneren. 'We zagen je maatjes vrij geregeld toen we samen waren.'

'Niet echt,' zei ik. 'Zodra ik trouwde en London kwam, ben ik het contact met de meesten zo'n beetje kwijtgeraakt. En jij?'

'Ik heb een paar vrienden van de universiteit en een handjevol dat ik ken van toen ik opgroeide. We hebben nog steeds contact en we zoeken elkaar op, maar waarschijnlijk niet zoveel als we zouden moeten. Net als bij jou werd mijn leven gewoon te druk.'

Ik zag dat ze heel lichte sproetjes op haar wangen en neus had, zo vaag dat het onzichtbaar was behalve in perfect gericht herfstzonlicht. Ik kon me niet herinneren dat ze die vijftien jaar geleden had gehad; ze waren nog weer een verrassende eigenschap van deze ooit vertrouwde Emily. Heel even vroeg ik me af wat Vivian ervan zou denken als ze Emily en mij op dit moment samen zag.

Opeens kwam de hele situatie me onwerkelijk voor: ik met Emily in de dierentuin met de kinderen, Vivian ergens anders in de armen van Spannerman. Hoe had het zover kunnen komen? En waar had mijn leven deze onvoorziene U-bocht genomen?

Emily's hand op mijn arm deed me opschrikken uit mijn gemijmer.

'Gaat het wel goed met je?' Ze keek me onderzoekend aan. 'Je was even heel ergens anders.'

'Ja, sorry.' Ik probeerde te glimlachen. 'Soms overvalt het me op willekeurige momenten... hoe vreemd en onverklaarbaar het allemaal is, bedoel ik.'

Ze was even stil en liet haar hand zakken. 'Zo zal het wel een tijdje blijven,' zei ze zacht. 'Maar als je kunt, laat dan maar gewoon toe wat er komt, en laat wat blijft, gewoon blijven. En wat er weggaat, laat dat maar weggaan.'

'Dat kan ik op dit moment niet.'

'En "op dit moment" is waar het om gaat. Het komt wel.'

Toen voelde ik plotseling een doffe pijn omdat ik Vivian miste, maar die bleef niet hangen. Het was even een klap, maar dan zonder de kracht van een uppercut, en ik begreep dat dat door Emily kwam. Als ik moest kiezen, besefte ik dat het beter was om de dag door te brengen met een leuke en meelevende vriendin dan met een echtgenote die me leek te verachten.

'Het is lang geleden dat ik zoiets als dit heb gedaan,' zei Emily peinzend. Toen ik vragend naar haar keek, ging ze verder. 'Omgaan met een vriend van het andere geslacht, bedoel ik... het was vóór David, dat is het enige wat ik weet. Het zou zelfs weleens kunnen zijn dat het was voordat jij en ik samen waren. Hoe komt dat?'

'Omdat we getrouwd waren.'

'Maar ik ken andere getrouwde mensen die vrienden hebben van het andere geslacht.'

'Ik zeg niet dat het niet mogelijk is,' gaf ik toe. 'Het is gewoon zo dat het verraderlijk kan zijn en ik denk dat de meeste mensen dat weten. De menselijke aard is nu eenmaal zo, en als je bedenkt hoe moeilijk het huwelijk is, is het laatste wat een echtgenoot wil dat er een aantrekkelijk alternatief is. Dat kan de andere partij er slecht doen uitkomen.'

Ze trok een zuur gezicht. 'Is dat wat ik aan het doen ben?' vroeg ze. 'Nee, geef maar geen antwoord. Dat was niet gepast.' Ze streek wat verdwaalde haren in haar paardenstaart. 'Het is niet mijn bedoeling om het erger te maken tussen jou en Vivian.'

'Dat weet ik,' zei ik. 'Aan de andere kant weet ik niet of je het wel erger kunt maken. Ze zou net zo goed nu in Parijs kunnen zitten met die vent.'

'Weet je dat niet?'

'De enige keer dat we elkaar deze week hebben gesproken was toen ze me vertelde dat ze London twee van de komende drie weekends wilde zien, waaronder het weekend waarin ze jarig is, en toen tegen me begon te schreeuwen omdat ik London haar dansles had laten overslaan. Ze zei ook dat ze "moeilijk te bereiken" zou zijn, wat dat ook mag betekenen. En dat ik bij Marge of bij mijn ouders moest slapen als zij er is, omdat ze het huis wil. O, en dat ze mijn gelul zat is.'

Emily's gezicht vertrok.

'Het was niet mijn leukste telefoontje,' gaf ik toe.

'Maar je weet toch dat ze London niet elk weekend te zien zou moeten krijgen. En ook zou je het huis niet moeten hoeven verlaten.'

'Ze zegt dat ze het gemakkelijker wil maken voor London.'

'Op mij komt het over alsof ze gewoon wil wat ze wil.'

'Dat ook,' zei ik. 'Maar tegelijkertijd kan ik me ook wel vinden in haar argument. Het zou ontwrichtend zijn voor London om in een hotel te slapen als haar moeder in de stad is.'

'Haar leven is al ontwricht,' wees Emily erop. 'Waarom kan ze niet gewoon in de logeerkamer slapen?'

'Ze denkt dat dat verwarrend is voor London.'

'Nou, stel dan voor dat ze naar bed gaat nadat London naar bed is gegaan en dat ze dan de wekker zet zodat ze vóór London opstaat. Als je samen bent, wees dan gewoon vriendelijk naar elkaar. Ik weet dat het moeilijk is als de emoties hoog oplopen, maar het is niet onmogelijk. En het is beter dan dat je elke keer je huis uit wordt gezet als ze op bezoek komt. Dat is gewoon verkeerd en je verdient het niet om op die manier behandeld te worden.'

'Je hebt gelijk,' erkende ik, maar ik zag nu al op tegen de ruzie die er onvermijdelijk van zou komen. Meer dan wie ook wist Vivian hoe ze me moest kwetsen als ze haar zin niet kreeg.

'Toen we elkaar die eerste keer in de koffiebar tegenkwamen, vertelde ik je dat ik je London had zien afzetten, weet je nog?'

'Dat weet ik nog, ja.'

'Wat ik niet heb gezegd, is dat ik eerst een tijdje naar je heb gekeken. Ik zag hoe je met haar omgaat, hoe ze je knuffelde en tegen je zei dat ze van je hield. Het is voor iedereen duidelijk dat ze enorm dol op je is.'

Om onverklaarbare reden voelde ik dat ik bloosde van plezier. 'Nou ja, ik ben dan ook zo'n beetje de enige ouder die ze nu heeft...'

'Het is meer dan dat, Russ,' onderbrak ze me. 'Voor kleine meisjes zou hun eerste liefde altijd hun vader moeten zijn, maar dat is niet altijd het geval. Toen ik jullie twee die dag afscheid van elkaar zag nemen, werd ik getroffen door hoe liefdevol en hecht jullie overkwamen. Toen zag ik dat jij het was, en ik wist gewoon dat ik je moest begroeten. Dus volgde ik je.'

'Kom op zeg...'

'Ik zweer het,' zei Emily en ze maakte het padvindersteken. 'Je kent me. Ik leef volgens mijn intuïtie. Kunstenaar. Weet je nog?'

Ik lachte. 'Ja,' zei ik. Ik beantwoordde haar vastberaden blik en voelde me gevleid, hoewel ik niet precies wist waarom. 'Ik ben blij dat je dat hebt gedaan. Ik weet niet in wat voor toestand ik nu was geweest als je dat niet had gedaan. Je hebt me heel erg geholpen.'

'Ja, dat is wat ik doe,' zei ze met een speelse 'o, doe niet zo mal'-grijns.

'Weet je wat raar is?'

'Nou?'

'Ik heb geen enkele herinnering aan hoe je was als je kwaad was. Ik kan me niet eens echt serieuze ruzies tussen ons herinneren. Dus vertel eens: word je weleens kwaad?'

'Ja, natuurlijk! En ik kan heel eng zijn, hoor,' waarschuwde ze.

'Ik geloof je niet.'

'Probeer het dan maar nooit uit. Ik ben net een grizzlybeer, een jakhals en een witte haai ineen.' Ze gebaarde naar onze omgeving. 'Ik dacht dat dierenmetaforen wel gepast waren. Aangezien we hier in de dierentuin zijn, bedoel ik.'

Nadat we de dieren van Noord-Amerika en de vogels hadden gezien, gingen we met z'n vieren lunchen. Ondanks de gestage stroom tussendoortjes van de afgelopen vier uur, presteerde Bodhi het om een bord kipnuggets met patat en een chocolademilkshake weg te werken. London at ongeveer een derde zoveel, maar voor haar was dat veel. Emily en ik hadden geen trek en we kozen allebei voor een fles water.

'Kunnen we nu naar de leeuwen gaan kijken?' vroeg Bodhi.

'Pas als we nog meer zonnebrand hebben opgebracht,' antwoordde Emily, en de kinderen stonden op van hun stoelen. En weer smeerde Emily hen in.

'Je bent er heel goed in om daaraan te denken. Ik vergeet het elke keer.'

'Je hebt Davids familie nooit gezien. Ze woonden in de outback – je weet wel, in de outback van de outback – en hun rimpels zijn zo diep dat je ze met een houten liniaal zou kunnen meten. Hier krijgen ook veel mensen te veel zon, maar toen ik die familieleden bij onze bruiloft zag, maakte dat diepe indruk op me. Tegenwoordig verlaat ik nauwelijks nog zonder zonnebrand het huis.'

'Dus dat is de reden dat je de huid van een twintigjarige hebt.'

'Ha! Leuk geprobeerd! Maar evengoed heel aardig van je.'

Ik stond in de verleiding om uit te leggen dat ik het oprecht meende, maar koos er in plaats daarvan voor om onze dienbladen te verzamelen.

'Wie wil er mee naar Afrika?' vroeg ik.

Ik moet toegeven dat ik het Afrika-deel van de dierentuin leuker vond. Toen ik klein was, had ik alligators gezien in de Cape Fear-rivier, muskusratten, bevers, allerlei soorten vogels – waaronder die majestueuze Amerikaanse zeearend – en zelfs een beer. Toen ik als kind in Charlotte woonde, was er aan de overkant van de straat van mijn basisschool een beer gezien die de straat overstak en uiteindelijk terechtkwam in de takken van een eik. Het was een jonge beer en hoewel het absoluut ongewoon was dat je er een zag, wist iedereen dat beren eigenlijk helemaal niet zo zeldzaam waren in North Carolina. Sterker nog: de grootste zwarte beer ooit werd gedood in Craven County, aan de kust. Kortom: de dieren van Noord-Amerika die we eerder hadden gezien kwamen me niet vreselijk exotisch voor.

Maar ik had nog nooit een zebra, een giraffe of een chimpansee gezien; ik had nog nooit oog in oog gestaan met bavianen, en ook niet met olifanten. Misschien had ik ze in het circus gezien – elk jaar als het circus in de stad was, ging ik erheen met mijn ouders en mijn zus – maar om de dieren te zien in een omgeving die min of meer deed denken aan de wildernis van Afrika was genoeg om zelfs de kinderen te laten stilstaan en er een tijdje naar te kijken. Ik gaf London mijn telefoon en ze maakte meer dan honderd foto's, waar ze nog enthousiaster van werd.

Omdat we er de tijd voor namen, waren we pas laat klaar in de dierentuin. Tegen de tijd dat we terugliepen naar de auto, strompelden de kinderen achter ons aan.

'Het lijkt wel de schildpad en de haas,' zei ik tegen Emily.

'Behalve dan dat die hazen daar waarschijnlijk drie keer zo ver hebben gerend als wij hebben gelopen.'

'Nou ja, in elk geval zullen ze goed slapen.'

'Ik hoop alleen dat Bodhi niet in de auto in slaap valt. Als hij twee uur lang een dutje doet, is hij tot middernacht wakker.'

'Daar had ik niet aan gedacht,' zei ik, plotseling ook bezorgd om Londons ritme. 'Dat is een beetje zoals eraan denken dat je zonnebrand meeneemt. Of tussendoortjes meenemen voor de reis. Ik ben duidelijk een werk in uitvoering waar het gaat om mijn kind in m'n eentje opvoeden.'

'We zijn allemaal een werk in uitvoering,' zei ze. 'Dat is de definitie van een ouder zijn.'

'Jij lijkt wel te weten wat je doet.'

'Soms,' zei ze. 'Niet altijd. Deze week, toen Bodhi ziek was, kon ik maar niet besluiten of ik hem moest vertroetelen of zijn verkoudheid als iets heel alledaags behandelen.'

'Ik weet wel hoe mijn ouders zouden hebben gereageerd,' zei ik. 'Tenzij ik overvloedig bloedde of er gebroken botten uit mijn vel staken of ik zo'n hoge koorts had dat mijn hersenen gingen koken, zouden ze hun schouders hebben opgehaald en tegen me hebben gezegd dat ik me erdoorheen moest slaan.'

'En toch is het helemaal goed gekomen met je. En dat betekent dat ik misschien te mild was voor Bodhi. Misschien leert hij wel dat het leuk is om ziek te zijn omdat het hem een speciale behandeling oplevert.'

'Waarom is het zo moeilijk om een heel goede ouder te zijn?'

'Je hoeft geen heel goede ouder te zijn,' zei ze. 'Je hoeft alleen maar goed genoeg te zijn.'

Terwijl ik nadacht over wat ze had gezegd, besefte ik waarom mijn ouders en Marge Emily zo leuk hadden gevonden. Net als zij was Emily wijs.

19

Mijn eigen weg

Het was de bruiloft in Chapel Hill die mijn voornemen om Emily nog eens te zien vaste vorm deed aannemen. Tegen de tijd dat de taart gesneden was en het boeket over de schouder was gegooid, hadden Emily en ik op meer nummers gedanst dan ik kon bijhouden. Toen de band even pauze nam, stapten we naar buiten het balkon op voor wat frisse lucht. Boven ons hing een grote oranje maan laag aan de hemel, en ik zag dat Emily er met eenzelfde gevoel van verwondering naar keek als ik.

'Ik vraag me af waarom hij oranje is,' mijmerde ik hardop. Tot mijn verrassing hoorde ik Emily antwoorden.

'Als de maan laag aan de hemel staat, wordt het licht verstrooid omdat het door meer lagen van de atmosfeer heen moet dan wanneer hij hoog aan de hemel staat. Tegen de tijd dat het licht onze ogen bereikt, zijn de blauwe, groene en paarse delen van het spectrum verstrooid, waardoor alleen het geel, oranje en rood zichtbaar blijven voor ons.'

'Hoe weet je dat?' vroeg ik verbijsterd, en draaide me naar haar om.

'Mijn vader legde het elke keer uit als we er zo een zagen,' zei ze, met haar hoofd gebarend naar de gloeiende bol die boven de horizon hing. 'Ik denk dat het na verloop van tijd gewoon is blijven hangen.'

'Toch ben ik onder de indruk.'

'Hoeft niet. Als je me iets anders vraagt over de nachthemel, afgezien van waar de Grote Beer staat, zou ik je niet kunnen helpen. Ik weet bijvoorbeeld dat een of twee van die sterren daar waarschijnlijk planeten zijn, maar ik zou je niet kunnen zeggen welke het waren.'

De lucht afzoekend, wees ik. 'Die daar, vlak boven de boom? Dat is Venus.'

'Hoe weet je dat?'

'Omdat hij helderder is dan de sterren.'

Ze kneep haar ogen tot spleetjes. 'Weet je het zeker?'

'Nee,' gaf ik toe en ze begon te lachen. 'Maar dat heeft mijn vader me verteld. Hij maakte me altijd midden in de nacht wakker zodat we naar meteorenregens konden kijken met zijn tweeën.'

Er verscheen een nostalgische glimlach op haar gezicht. 'Dat deed mijn vader ook bij mij,' zei ze. 'En altijd als we gingen kamperen, bleef hij urenlang op met Jess en mij, en dan keken we of we vallende sterren zagen.'

'Jess?'

'Mijn oudere zus. Heb jij broers of zussen?'

'Ik heb ook een oudere zus. Marge.' Ik probeerde me Emily voor te stellen als klein meisje, met haar ouders en haar zus. 'Ik kan me bijna niet voorstellen dat jij zou kamperen.'

Ze fronste haar wenkbrauwen. 'Hoezo?'

'Ik weet het niet,' zei ik. 'Misschien omdat je meer als een stadsmeisje op me overkomt.'

'Wat wil je daarmee zeggen?'

'Je weet wel... koffiebars, poëzieavonden, kunstgaleries, meelopen in demonstraties, op linkse partijen stemmen.'

Ze begon te lachen. 'Eén ding is zeker: je kent me helemaal niet.'

'Nou,' zei ik, mijn moed verzamelend, 'ik zou je graag beter willen kennen. Wat vind je leuk om te doen?'

'Vraag je me mee uit?'

Ik werd een beetje verlegen van haar blik. 'Als skydiven of appels van mijn hoofd schieten met pijl en boog je ding is, vraag ik het alleen maar om het gesprek op gang te houden.'

'Maar als het uit eten en de film is...' Ze trok een wenkbrauw op.

'Dat is meer mijn stijl.'

Ze bracht een hand naar haar kin en schudde langzaam haar hoofd. 'Nee... uit eten en naar de film is gewoon te... clichématig,' zei ze uiteindelijk. 'Wat dacht je van een trektocht?'

'Een trektocht?' Ik keek naar haar naaldhakken en vond het moeilijk om me haar in de wildernis voor te stellen, zich één voelend met de natuur.

'Ja,' zei ze. 'Wat dacht je van Crowders Mountain? We kunnen de Rocktop Trail volgen.'

'Ik ben er nog nooit geweest,' zei ik. Sterker nog, ik had er nog nooit van gehoord.

'Dat is dan afgesproken,' zei ze. 'Wat dacht je van aanstaande zaterdag?'

Ik keek haar aan en vroeg me plotseling af of ik haar had uit gevraagd of zij mij, en of het er eigenlijk iets toe deed. Want ik wist nu al dat Emily bijzonder was, en ik wist zonder enige twijfel dat ik haar beter wilde leren kennen.

Op zondag, toen ik wat tijd over had, werkte ik aan het derde reclamefilmpje en stuurde het op naar de editor, wat minder tijd in beslag nam dan ik had gedacht. Het moest ook wel weinig tijd in beslag nemen, want de rest van de dag bracht ik samen met London door.

Het is misschien niet politiek correct om het te zeggen, maar het feit dat London op school zat, maakte mijn leven ook beter. Al hield ik nog zo veel van mijn dochter, de zondag putte me uit en ik keek ernaar uit om naar mijn werk te gaan, al was het alleen maar omdat het op de een of andere manier gemakkelijker leek dan de hele dag een meisje van vijf bezighouden.

Mijn goede humeur eindigde echter al voordat ik op maandagochtend op kantoor aankwam. Ik had net London naar school gebracht toen ik een telefoontje kreeg van Taglieri die vroeg of ik bij hem langs kon komen in zijn kantoor.

Een half uur later zat ik tegenover hem. Hij had zijn jasje uitgetrokken en zijn mouwen waren opgestroopt; op zijn bureau lagen rommelige stapels van wat naar ik aannam lopende zaken waren.

'Bedankt dat je tijd vrij wilde maken vanochtend,' zei hij. 'Ik heb vrijdag contact gelegd met Vivians advocate. Ik wilde een beetje een idee krijgen met wie ik te maken zou hebben en kijken of er een manier was om dit zo soepel mogelijk te laten verlopen.'

'En?'

'Helaas was ze precies zo als me was verteld. Nadat ik had opgehangen ging ik naar de website van haar firma omdat ik moest weten hoe ze eruitzag. Tijdens ons gesprek bleef ik maar een beeld voor me zien van een ijssculptuur in plaats van een echte persoon. Ik bedoel, ze was echt zo koud als de noordpool.'

Zijn beschrijving deed een aantal scenario's in mijn hoofd ontstaan, geen van alle bijzonder gunstig voor mij. 'Wat betekent dat?'

'Het betekent dat het waarschijnlijk moeilijker voor je wordt dan zou moeten, afhankelijk van hoe hard je van plan bent te vechten.'

'Ik geef niet zoveel om geld als ik om London geef. Ik wil de gedeelde voogdij.'

'Oké, oké,' zei hij, zijn hand opstekend. 'Ik weet wel dat je dat wilt. Maar ik weet eigenlijk niet waar dat op neer zou komen. Vivian woont in Atlanta en omdat ze ingezetene van Georgia wil worden, gaat ze niet hier terugkomen. Mijn vraag aan jou is of je bereid bent naar Atlanta te verhuizen.'

'Waarom moet ik verhuizen? Mijn huis is hier. Mijn familie is hier. Mijn baan is hier.'

'Dat is het punt dat ik probeer te maken. Zelfs als je de gedeelde voogdij zou krijgen, hoe zou dat dan in zijn werk gaan? Je zou niet de kans krijgen om London al te vaak te zien. Wat ook, neem ik aan, de reden is dat Vivian volledige voogdij aanvraagt, alsmede de dagelijkse zorg. Ze is bereid je bezoekrecht toe te staan...'

'Nee,' zei ik, hem in de rede vallend. 'Dat gaat niet gebeuren. Ik ben haar vader. Ik heb rechten.'

'Ja, dat klopt. Maar we weten allebei dat rechtbanken ertoe neigen om vrouwen te bevoordelen. En Vivians advocate vertelt me dat Vivian de voornaamste verzorger was tot slechts een paar maanden geleden.'

'Ik werkte zodat zij thuis kon blijven!'

Joey stak zijn handen omhoog en zijn stem nam een sussende toon aan. 'Dat weet ik,' zei hij, 'en ik vind het ook niet eerlijk. Maar in gevechten om de voogdij zijn vaders zwaar in het nadeel. Vooral in situaties zoals deze.'

'Zij is degene die verhuisd is. Zij heeft ons verlaten!'

'Volgens Vivians advocate was dat omdat je haar geen andere keus liet. Je kon het gezin niet meer onderhouden en je had een grote hap uit de spaarrekening genomen. Ze was gedwongen een baan te nemen.'

'Dat is niet waar! Vivian nam de baan omdat ze dat wilde. Ik heb haar nergens toe gedwongen...'

Taglieri keek naar me met een meevoelende blik. 'Ik geloof je. Ik sta aan jouw kant, Russ. Ik geef alleen een paar dingen door die

Vivians advocate tegen me heeft gezegd. Overigens, die vrouw mag dan misschien een ijskoningin en een bijter zijn, maar ik ben niet bang om het tegen haar op te nemen. Ze heeft nog nooit tegenover de Bulldog gestaan, en ik ben goed in mijn werk. Ik wilde je alleen maar persoonlijk inlichten en je voorbereiden op wat er komen gaat. Het is nu al niet fraai, en het gaat de komende maanden waarschijnlijk nog een stuk onplezieriger worden.'

'Wat wil je dat ik doe?'

'Voorlopig niets. Het is nog vroeg. Wat het echtscheidingsconvenant betreft dat ze heeft gestuurd: gewoon net doen alsof dat niet bestaat. Ik zal een reactie opstellen die je kunt doornemen en daar heb ik al een paar ideetjes voor. Dat gezegd hebbende: mijn rechtbankagenda zit de komende weken vol, dus je zult niet meteen iets van me zien. Je hoeft je geen zorgen te maken als je niets van me hoort. Mensen hebben in dit soort situaties altijd de neiging om alles zo snel mogelijk te regelen, maar over het algemeen werkt het niet zo. Wat ik wel wil, is contact met haar opnemen en wat langer met haar praten, maar zelfs dan is er nog geen reden om te haasten. Op dit moment woont London nog steeds bij jou. Dat is goed, en hoe langer het duurt, des te beter het is voor jou. Hou ook in gedachten dat Vivian pas volgend jaar maart op zijn vroegst een scheiding kan aanvragen, dus we hebben nog steeds tijd om een regeling overeen te komen die voor beide partijen bevredigend is. Tot die tijd kun je misschien proberen uit te zoeken of jij en Vivian iets kunnen uitwerken wat voor jullie allebei aanvaardbaar is. Ik zeg niet dat ze het zal doen – ik betwijfel het eigenlijk – maar het is het proberen waard.'

'En als ze geen oplossing wil zoeken?'

'Dan blijf je gewoon doen wat je al doet met London. Een goede vader zijn, dingen doen met London, ervoor zorgen dat London naar school gaat en goed eet en slaapt. Ik kan niet genoeg benadrukken hoe belangrijk dat is. Hou in gedachten dat we er altijd nog een psycholoog bij kunnen halen om met London te praten en verslag uit te brengen in de rechtszaal...'

'Nee,' zei ik, hem onderbrekend. 'Ik ga London daar niet mee belasten. Ze gaat niet hoeven kiezen tussen haar vader en haar moeder.'

Hij sloeg zijn ogen neer. 'Jij denkt misschien dat dat geen goed idee is, maar het kan zijn dat Vivian erop aandringt in de hoop dat het haar zaak goed zal doen.'

'Dat zou ze niet doen,' zei ik. 'Ze houdt zielsveel van London.'

'Precies omdat ze zielsveel van London houdt,' zei hij, 'moet je niet verbaasd staan over waar ze allemaal niet toe bereid is om de voogdij toegewezen te krijgen.'

Na het gesprek met Taglieri was ik bozer en banger dan ooit sinds Vivian was vertrokken. Op mijn werk op kantoor zat ik te koken van woede. Ik belde Marge en herhaalde wat Taglieri had gezegd; Marge was al net zo woest als ik. Toen ze naar Vivian verwees met een term die synoniem is aan een vrouwtjeshond, was ik het hartgrondig met haar eens.

Maar praten met Marge hielp weinig om me me beter te laten voelen, en uiteindelijk belde ik Emily en vroeg ik of ze met me wilde afspreken om te lunchen.

Omdat ik zo kwaad was, wilde ik een restaurant maar liever vermijden. In plaats daarvan vroeg ik haar om met me af te spreken in een park dicht bij huis, waar overal verspreid picknicktafels stonden. Ik wist niet wat ze zou willen eten, dus bestelde ik twee sandwiches bij de delicatessenafdeling, plus twee verschillende soorten soep. Ik deed er wat zakken chips bij, en nog twee flesjes ijsthee.

Emily zat al aan een van de tafels toen ik de met grind bedekte parkeerplaats op reed. Ik parkeerde naast haar auto, pakte het eten en liep naar de tafel.

Ik moest er boos hebben uitgezien toen ik op haar af liep, want ze stond op en omhelsde me even. Ze droeg een korte broek, een boerenblouse en sandalen, net zoals ze aan had gehad toen we samen over de golfbaan hadden gelopen.

'Ik kan je wel vragen hoe het met je gaat, maar het is vrij duidelijk dat je geen fijne dag hebt, hè?'

'Een ontzettende rotdag,' gaf ik toe. Het gevoel van haar lichaam tegen dat van mij deed me meer dan ik wilde toegeven. 'Bedankt dat je met me wilde afspreken.'

'Natuurlijk.' Ze ging zitten terwijl ik het eten op tafel legde en tegenover haar ging zitten. Achter ons waren peuters over een houten bouwsel met lage glijbanen, bruggen en schommels aan het klauteren. Moeders stonden in de buurt of zaten op bankjes, en sommige waren druk bezig met hun telefoon.

'Wat is er aan de hand?'

Ik gaf een verslag van het gesprek dat ik met Taglieri had gehad. Ze luisterde met een geconcentreerde frons, en aan het eind zoog ze haar adem in en kneep haar ogen ongelovig tot spleetjes.

'Zou ze dat echt doen? London betrekken bij een ruzie tussen jullie twee?'

'Taglieri leek te denken dat het niet alleen mogelijk was, hij gelooft dat het waarschijnlijk is.'

'O jemig,' zei ze. 'Dat is afschuwelijk. Geen wonder dat je boos bent. Ik zou razend zijn.'

'Dat is zacht uitgedrukt. Op dit moment wil ik niet eens aan haar denken. Wat wel vreemd is, want sinds ze weg is gegaan leek het wel of ik haar voortdurend maar wilde zien.'

'Het is heel moeilijk,' zei ze. 'En totdat je het zelf meemaakt, kun je onmogelijk weten hoe het is.'

'David deed niet zo, toch? Je zei dat hij vrijgevig was wat geld betrof en je hebt de voogdij over Bodhi gekregen.'

'Het was nog altijd vreselijk. Toen hij vertrok, had hij een relatie met een ander, en de maand erna hoorde ik steeds van mensen die ik kende dat ze hem ergens hadden gezien met die vrouw, en dat hij zich gedroeg alsof er geen vuiltje aan de lucht was. Het was ontzettend deprimerend, een bewijs dat het einde van ons huwelijk en het feit dat hij me kwijt was hem helemaal niets deden. En hoewel hij aan het eind vrijgevig was, was hij dat in het begin niet. In eerste instantie had hij het erover dat hij Bodhi mee wilde nemen naar Australië.'

'Dat kon hij niet maken, toch?'

'Waarschijnlijk niet. Bodhi is Amerikaans staatsburger, maar alleen het dreigement al bezorgde me wekenlang slapeloze nachten. Ik moest er niet aan denken dat ik mijn zoon niet meer zou kunnen zien.'

Het was een gevoel waar ik helemaal in mee kon gaan.

Na de lunch ging ik terug naar huis in plaats van terug naar kantoor. Op de schoorsteenmantel en aan de muren hingen tientallen foto's, de meeste van London. Wat ik niet had opgemerkt in alle jaren dat ik hier had gewoond, was op hoeveel foto's van London Vivian ook stond – bijna allemaal op professionele manier genomen – terwijl er maar een paar spontane foto's van London en mij in ons huis stonden.

Terwijl ik ernaar stond te staren, vroeg ik me af hoelang Vivian me al zo onbelangrijk vond voor mijn dochters bestaan. Misschien las ik er te veel in – terwijl Vivian met London samen was, was ik op mijn werk geweest, dus uiteraard waren er van hen meer foto's – maar waarom had ze het niet opgemerkt en de situatie rechtgezet? Waarom had ze niet geprobeerd meer momenten met ons drieën te vereeuwigen, zodat London zelf kon zien dat ik net zoveel van haar hield als Vivian?

Ik wist het niet. Wat ik wel wist, was dat ik niet de hele tijd aan Vivian herinnerd wilde worden, wat betekende dat er een paar dingen moesten veranderen. Met nieuwe vastberadenheid liep ik door het huis en haalde alle foto's weg waar Vivian op stond. Ik was niet van plan ze weg te gooien; ik zette er een aantal in Londons kamer terwijl ik andere in een doos legde die Vivian mee kon nemen naar Atlanta, en zette de doos in de gangkast. Daarna kleedde ik me om in een T-shirt en een korte broek. Ik liep naar de woonkamer en begon de meubels te verplaatsen. Banken, stoelen, lampen – ik verplaatste zelfs een schilderij van de werkkamer naar de woonkamer en omgekeerd. Tegen de tijd dat ik klaar was, kon ik niet beweren dat het er beter uitzag – Vivian had absoluut gevoel voor het inrichten van een huis – maar het zag er in elk geval anders uit. Ik deed hetzelfde in de werkkamer, door het bureau tegen een andere muur te zetten, de boekenplank te verplaatsen en de plek van twee schilderijen te verwisselen. In onze slaapkamer liet ik het bed op dezelfde plaats staan, maar verplaatste al het andere meubilair dat ik kon verplaatsen, en verving toen het dekbed op het bed door een ander dat ik in de linnenkast vond, en dat jaren niet meer was gebruikt.

In een andere kast vond ik allerlei huishoudelijke spullen, en ik was een paar minuten bezig met het omruilen van vazen en lampen, naast wat decoratieve schalen. Misschien was één voordeel van al het gewinkel van Vivian in de loop der jaren wel dat er in mijn propvolle kasten het equivalent van een heel warenhuis te vinden was.

Zodra London thuiskwam uit school, nam ze haar omgeving met grote ogen in zich op.

'Het lijkt wel een nieuw huis, papa.'

'Een beetje,' gaf ik toe. 'Vind je het leuk?'

'Heel leuk!' riep ze uit. Hoewel haar goedkeuring me een goed gevoel gaf, vermoedde ik dat het niet eens in London was opgekomen om het niet leuk te vinden. Met uitzondering van dansles leek London alles leuk te vinden.

'Daar ben ik blij om,' zei ik. 'Ik heb in jouw kamer niets verplaatst.'

'Je had de hamsterkooi mogen verplaatsen als je dat wilde.'

'Wil je dat ik dat doe?'

'Ze maken nog steeds een beetje veel lawaai 's nachts. Ze beginnen in die tredmolen te rennen zodra het donker wordt.'

'Dat is omdat het nachtdieren zijn.'

Ze keek me aan alsof ik gek was. 'Natuurlijk zijn het geen natte dieren. Ze hebben geeneens een douche in hun kooi.'

'Náchtdieren,' zei ik, langzaam articulerend. 'Dat betekent dat ze ervan houden om overdag te slapen.'

'Je bedoelt zodat ze me niet missen als ik naar school ben?'

Ik glimlachte. 'Precies.'

Ze was even stil. 'Hé, papa?'

Ik vond het heerlijk hoe ze dat zei wanneer ze op het punt stond me iets te vragen, en ik vroeg me af hoe oud ze zou zijn als ze daar eindelijk mee ophield. En of ik het tegen die tijd nog wel op zou merken.

'Ja, liefje?'

'Zullen we gaan fietsen?'

Met het hardlopen van die ochtend en het gesjouw met meubels was ik nu al doodop, maar 'Hé, papa' gaf de doorslag, zoals gewoonlijk.

Voor het eerst dacht ik eraan om mijn dochter in te smeren met zonnebrandcrème.

Het was echter al eind september en tamelijk laat in de middag, dus viel het waarschijnlijk in de categorie 'leuk geprobeerd, maar te laat'.

London zette haar helm op en zodra ik haar op weg had geholpen – dat deel kon ze nog steeds niet zelf – sprong ik op mijn fiets en trapte ik hard om haar in te halen.

De straten bij ons in de buurt waren prachtige vlakke, lange rechte stukken, maar de straten aan de andere kant van de wijk liepen over heuvels. Geen grote heuvels, begrijp me goed; in mijn jeugd zou ik ze waarschijnlijk saai hebben gevonden. Ik hield ervan om van de steilste heuvels af te racen, van het soort waarbij ik de handvaten zo strak vastgreep dat ik het gevoel in mijn vingers verloor, maar in dat opzicht verschilden London en ik van elkaar. London werd zenuwachtig bij het idee om steeds harder te gaan zonder te trappen, en tot nog toe hadden we de heuvelachtige wegen vermeden.

Dat was ook maar het beste, vooral in het begin, maar ik had het idee dat ze op het punt was gekomen dat ze wel een niet al te steile helling naar beneden aankon, en we reden die richting op.

Helaas waren de muggen in groten getale aanwezig, en ik keek hoe London een klap gaf op haar arm. Haar fiets wiebelde een beetje toen ze even haar greep op de handvaten verminderde, maar er leek geen gevaar te zijn dat ze zou vallen. Mijn kleine meid was met grote stappen vooruitgegaan sinds die eerste keer fietsen, en ik versnelde en ging naast haar fietsen.

'Je kunt al zo goed fietsen!' riep ik.

'Dank je,' zei ze.

'Misschien kunnen we Bodhi een keer meenemen om te gaan fietsen.'

'Hij kan het nog niet. Hij gebruikt nog steeds zijwieltjes.'

Zodra ze het zei, herinnerde ik me weer dat Emily dat ook had gezegd.

'Denk je dat je er klaar voor bent om wat heuvels te proberen?'

'Ik weet het niet,' zei ze, van opzij naar me kijkend. 'Ze zijn wel een beetje eng.'

'Zo eng zijn ze niet,' zei ik. 'En het is best leuk om nog sneller te gaan.'

Ze liet het handvat weer los om op haar arm te krabben. Opnieuw wiebelde het fietsje.

'Volgens mij ben ik gestoken door een mug.'

'Dat zou goed kunnen,' zei ik. 'Maar muggen bijten, ze steken niet.'

'Het jeukt.'

'Ik weet het. Als we thuis zijn, doe ik wat zalf op je arm, oké?'

Uiteindelijk bereikten we het meer heuvelachtige gedeelte van de wijk en fietsten we een flauwe helling op. De andere kant was korter en iets steiler, en toen we bij de top waren, remde London tot ze stilstond en zette haar voet op de grond.

'Wat denk je?' vroeg ik.

'Het is best een grote heuvel,' zei ze, met een angstige trilling in haar stem.

'Volgens mij kun je het,' zei ik aanmoedigend. 'Zullen we het proberen?'

Als kind zou ik de helling nauwelijks een heuvel hebben genoemd. Natuurlijk herinnerde ik me iets van meer dan een kwart eeuw geleden, en voor mijn gevoel had ik altijd al kunnen fietsen. Misschien was ik de onzekerheden van het beginner-zijn vergeten.

Dat zeg ik nu vanwege wat er daarna gebeurde; ik moet ook zeggen dat als er niet een specifieke keten van onvoorspelbare gebeurtenissen was geweest, waarbij de ene gebeurtenis via een domino-effect tot de andere leidde, alles hoogstwaarschijnlijk goed was gegaan. Maar dat ging het niet.

Zodra London de fiets weer in beweging zette, begon ze te wiebelen en zwenkte ze van het midden van de weg naar de linkerkant. Het was een grotere wiebel en een grotere zwenking dan ik sinds lang had gezien en ze zou zich waarschijnlijk wel weer hebben weten te corrigeren, ware het niet dat er twintig meter verderop een auto achteruit een oprit was begonnen uit te rijden. Ik betwijfelde of de bestuurder ons had gezien; de tuin was omgeven door heggen en London was maar klein. Bovendien leek de bestuurder haast te hebben, te oordelen aan zijn snelheid, zelfs achteruitrijdend. London hield haar blik gericht op de auto en zwenkte verder naar links; tegelijkertijd sloeg ze naar weer een mug. Recht voor haar doemde een brievenbus met een stevige sokkel op.

Haar voorwiel raakte de berm waar het asfalt en het grind elkaar ontmoetten.

'Kijk uit!' schreeuwde ik, terwijl het fietsje heftig begon te wiebelen. London probeerde haar andere hand weer op het handvat te krijgen maar hij gleed eraf. Tegen die tijd wist ik al wat er zou gaan gebeuren, en ik keek met afgrijzen toe hoe het voorwiel plotseling met een ruk omdraaide. London werd over het stuur gekatapulteerd en haar hoofd en bovenlichaam smakten met een weerzinwekkende bons tegen de brievenbus.

Ik was meteen van mijn fiets af en rende naar haar toe. Ik schreeuwde haar naam terwijl haar voorwiel nog door bleef draaien. Vaag drong de verbaasde blik van de bestuurder tot me door voordat ik naast Londons bewegingloze lichaam hurkte.

Ze lag met haar gezicht naar beneden, bewegingloos, volkomen stil. Paniek stroomde door al mijn zenuwen toen ik haar voorzichtig omdraaide.

Zo veel bloed.

O god, o god, o god...

Ik weet niet of ik de woorden hardop zei of dat ik ze in mijn hoofd hoorde, want vanbinnen was ik helemaal slap geworden. Haar ogen waren dicht; haar arm was gewoon op de grond gevallen waar ik haar had omgerold, alsof ze sliep.

Maar ze sliep niet.

En haar pols zag eruit alsof iemand een halve citroen onder haar huid had gepropt.

Op dat moment was ik meer in de greep van de angst dan ik ooit had meegemaakt. Ik bad om een teken dat ze nog leefde, maar het leek wel een eeuwigheid te duren voordat er iets gebeurde. Eindelijk begonnen haar oogleden te bewegen en hoorde ik een scherpe ademteug. De gil die volgde, was oorverdovend.

Intussen was de bestuurder verdwenen, en ik betwijfelde of hij zelfs wel had gezien wat er was gebeurd. Ik had mijn telefoon niet bij me, dus ik kon het alarmnummer niet bellen. Ik dacht erover om naar een huis te rennen – welk huis dan ook – om hun telefoon te gebruiken om een ambulance te bellen, maar ik wilde niet weggaan bij mijn dochter. Die gedachten snelden in een oogwenk door mijn hoofd en zij moest naar het ziekenhuis.

Het ziekenhuis...

Ik schepte haar op in mijn armen en begon te rennen, met mijn gewonde dochter in mijn armen.

Ik racete door de buurt zonder mijn armen of benen te voelen, alleen maar vooruitsnellend, met één doel voor ogen.

Zodra ik thuiskwam, deed ik de deur van de auto open en legde London op de achterbank. Het bloed bleef uit een gapende wond op haar hoofd stromen, en het doordrenkte haar hemdje alsof het in rode verf was gedoopt.

Ik rende het huis in om mijn sleutels en portemonnee te pakken en haastte me terug naar de auto, waarbij ik de voordeur zo hard dichttrok dat de ramen kletterden. Ik sprong achter het stuur en draaide het sleuteltje om, en scheurde met piepende banden weg.

Op de achterbank bewoog London niet meer en haar ogen waren weer dicht.

Mijn zintuigen waren extra scherp door de adrenaline, en ik was me nog nooit zo bewust geweest van mijn omgeving terwijl ik het gaspedaal dieper intrapte. Ik vloog langs huizen en rolde langs een stopbord waarna ik het gaspedaal weer intrapte.

Toen ik bij de hoofdweg kwam, haalde ik rechts en links auto's in. Bij een rood stoplicht stopte ik en reed toen door, het geluid van claxons negerend.

London lag zonder geluid te maken en angstwekkend bewegingloos.

Ik deed de rit van een kwartier in minder dan zeven minuten en stopte recht voor de eerste hulp. Opnieuw nam ik mijn dochter in mijn armen en droeg haar de halfvolle wachtruimte binnen.

De opnameverpleegkundige zag meteen dat het een noodgeval was en stond al op terwijl ze riep: 'Deze kant op!' en me door de dubbele deuren wees.

Ik bracht mijn dochter snel naar een onderzoekskamer en legde haar op de tafel terwijl er een verpleegkundige haastig binnenliep, een moment later gevolgd door een arts.

Ik probeerde zo goed en zo kwaad als het ging uit te leggen wat er was gebeurd terwijl de dokter haar oogleden optilde en licht in haar pupillen scheen. Zijn bewegingen waren efficiënt terwijl hij bevelen blafte tegen de verpleegkundigen.

'Volgens mij was ze bewusteloos,' zei ik, met een hulpeloos gevoel, waarop de dokter kortaf antwoordde met wat medisch jargon dat ik met geen mogelijkheid kon begrijpen. Het bloed werd van Londons gezicht geveegd en haar pols werd kort onderzocht.

'Komt alles weer goed met haar?' vroeg ik uiteindelijk.

'Ze moet een CT-scan hebben,' antwoordde hij, 'maar eerst moet ik het bloeden stelpen.' De tijd leek te vertragen terwijl ik toekeek hoe de verpleegkundige Londons gezicht wat grondiger schoonmaakte met een ontsmettingsdoekje, waardoor er een snee van een centimeter zichtbaar werd boven haar wenkbrauw. 'We kunnen dit hechten, maar ik zou aanraden om een plastisch chirurg erbij te halen om zo min mogelijk littekens over te houden. Ik zal kijken wie er beschikbaar is tenzij u een chirurg wilt bellen die u kent.'

Mijn nieuwe cliënt.

Ik noemde de naam van de arts en de eerstehulparts knikte. 'Die is heel goed,' zei hij, waarna hij zich naar een van de verpleegkundigen omdraaide. 'Ga kijken of hij op tijd hier kan zijn. Zo niet, dan moet je uitzoeken wie er beschikbaar is.'

Toen er nog twee verpleegkundigen binnenkwamen met een brancard, bewoog London en begon ze te jammeren. In een oogwenk was ik bij haar en begon ik zacht tegen haar te praten, maar haar blik leek niet gefocust en ze leek niet te weten waar ze was. Alles gebeurde zo snel...

Terwijl de dokter haar vriendelijk vragen begon te stellen, was het enige waar ik aan kon denken dat ik haar had overgehaald de heuvel af te rijden.

Wat voor vader was ik?

Wat voor vader haalde zijn kind nou over om zoiets riskants te doen?

Ik was ervan overtuigd dat de dokter zich dezelfde vragen stelde toen hij naar me keek. Ik keek toe hoe er verbandgaasjes en pleisters op mijn dochters hoofd werden geplakt.

'We zullen haar nu mee moeten nemen,' zei hij, en zonder mijn reactie af te wachten werd London de kamer uit gereden.

Ik vulde de verzekeringspapieren in en gebruikte de ziekenhuistelefoon om Marge te bellen. Ze stemde toe om langs mijn huis te rijden en mijn telefoon op te halen voordat ze naar het ziekenhuis kwam; ze zei ook dat ze Liz en mijn ouders zou bellen.

In de wachtkamer zat ik met mijn handen tegen elkaar gevouwen en mijn hoofd gebogen voor het eerst in jaren te bidden. Ik bad dat mijn kleine meisje erbovenop zou komen en ik haatte mezelf om wat ik had gedaan.

Mijn vader was de eerste die aankwam; hij was maar een paar straten verderop aan het werk geweest, en hij beende de wachtkamer binnen, met een bezorgde uitdrukking op zijn gezicht. Toen ik hem in het kort vertelde wat er was gebeurd, bood hij geen omhelzing aan en verwachtte er ook geen; in plaats daarvan ging hij op de stoel naast me zitten. Of liever gezegd, hij viel er bijna op neer. Ik keek hoe hij zijn ogen dichtdeed en toen hij ze eindelijk weer opende, kon hij me niet aankijken.

Toen besefte ik dat hij net zo bang was als ik.

De volgende die aankwam was Liz, toen mijn moeder, en als laatste Marge, die er bleker uitzag dan gewoonlijk. Anders dan mijn vader hadden ze er allemaal behoefte aan om vastgehouden te worden nadat ik had verteld wat ik wist. Mijn moeder huilde. Liz hield haar handen tegen elkaar, alsof ze aan het bidden was. Marge haalde piepend adem, hoestte en nam een trek aan haar inhalator.

Ten slotte sprak mijn vader.

'Het komt wel goed met haar,' zei hij.

Maar ik wist dat hij het zei omdat hij het wilde geloven, niet omdat hij echt dacht dat het waar was.

Mijn cliënt, de plastisch chirurg, kwam niet lang daarna aan en ik stond op uit mijn stoel.

'Bedankt dat u gekomen bent,' zei ik. 'U weet niet hoeveel dat voor me betekent.'

'Graag gedaan. Ik heb ook kinderen, dus ik begrijp het. Ik zal erheen gaan om te kijken wat ik kan doen.'

Hij verdween door de dubbele deuren.

We wachtten.

Toen wachtten we nog wat langer, al die tijd in kwellende onzekerheid verkerend.

Na een hele tijd verschenen de dokters eindelijk.

Ik probeerde hun uitdrukking te lezen, maar dat lukte me niet. Ze gebaarden naar ons om hen mee terug te volgen. Ze leidden ons een van de patiëntenkamers binnen en deden de deur achter ons dicht.

'Ik ben er vrij zeker van dat alles goed komt met haar,' zei de eerstehulparts zonder inleidende opmerking. 'In de CT-scan zijn er geen tekenen van subdurale hematomen of andere hersenschade te zien. London is nu volledig bij bewustzijn en was in staat vragen te beantwoorden. Ze wist waar ze was en wat er met haar was gebeurd. Dat is alles bij elkaar een goed teken.'

Het was net alsof mijn hele lichaam een ademteug liet ontsnappen waarvan ik niet eens wist dat het hem had vastgehouden. 'Dat gezegd hebbende is ze wel een tijdje bewusteloos geweest, dus we gaan haar deze nacht hier houden voor observatie. Het is maar een voorzorgsmaatregel. In zeldzame gevallen kan er later een zwelling optreden, maar dat verwacht ik niet. We willen het gewoon zeker weten. En ze zal het natuurlijk de komende dagen heel rustig aan moeten doen. Ze kan woensdag waarschijnlijk weer naar school, maar minstens een week lang geen lichamelijke activiteiten.'

'En hoe zit het met de snee op haar hoofd?'

Mijn cliënt antwoordde. 'Het was een keurige snee. Ik heb hem aan de binnenkant en aan de buitenkant gehecht. Er zal een flauw litteken overblijven dat nog een paar jaar zichtbaar blijft, maar dat zou na verloop van tijd moeten verdwijnen.'

Ik knikte. 'En haar arm?'

'Het was haar pols,' antwoordde de eerstehulparts. 'Op de röntgenfoto was geen breuk te zien, maar er zit zo'n grote zwelling dat we het niet helemaal zeker weten. Er zitten een aantal kleine botjes in de pols, dus kunnen we nu nog niet zeggen of er iets gebroken is. Op dit moment denken we dat het alleen een nare verstuiking is, maar u zult haar over een week of twee nog een keer moeten brengen voor een tweede röntgenfoto om daar zeker van te zijn. Tot die tijd is de spalk afdoende.'

Bewusteloos. Littekens. Een pols die verstuikt is of misschien erger. Alle informatie gaf me een gevoel alsof ik helemaal leeg was.

'Kan ik haar zien?'

'Natuurlijk,' zei hij. 'Ze krijgt op dit moment een spalk op haar pols en zal naar een privékamer overgebracht worden, maar dat zal niet lang duren. Al met al heeft ze geluk gehad, als je bedenkt wat er is gebeurd. Het is maar goed dat ze een helm op had. Het had een stuk erger kunnen zijn.'

Goddank had Vivian erop gestaan dat ik London een helm liet dragen, dacht ik.

Vivian.

Ik was helemaal vergeten haar te bellen.

'Hoe voel je je, lieveling?' vroeg ik.

London zag er beter uit dan toen ik haar de eerste hulp had binnengebracht, maar ze was zeker niet het meisje dat eerder die middag op haar fietsje was gesprongen. Een groot wit verband onttrok haar voorhoofd aan het zicht en haar pols zag er minuscuul uit in de enorme spalk. Ze zag er bleek en breekbaar uit, alsof ze door haar bed werd opgeslokt.

Mijn vader en moeder, plus Liz en Marge, waren ook allemaal in de kamer komen staan, en na de knuffels en kusjes en verhalen over hoe bezorgd ze waren, was ik op het bed naast London gaan zitten. Ik stak mijn hand naar haar uit en voelde haar erin knijpen.

'Mijn hoofd doet pijn,' zei ze. 'En mijn pols doet ook pijn.'

'Ik weet het,' zei ik. 'Het spijt me, meisje van me.'

'Ik hou niet van zonnebrandcrème,' protesteerde ze met een zwak stemmetje. 'Daardoor werden mijn handvaten glibberig.'

In een flits zag ik het beeld weer voor me van hoe ze had gekrabd aan de muggenbeten op haar armen. 'Daar had ik niet aan gedacht,' zei ik. 'We hebben trouwens waarschijnlijk toch niet zo veel zonnebrandcrème meer nodig nu de zomer voorbij is.'

'Is mijn fiets nog heel?'

Het drong tot me door dat ik allebei de fietsen had laten liggen waar ze lagen. Ik vroeg me af of iemand die van mij van de weg had gehaald, en vermoedde van wel. Misschien de bestuurder zelfs wel. Ik was er ook vrij zeker van dat de fietsen er nog zouden zijn totdat ik ze kwam ophalen; zo'n soort buurt was het wel.

'Vast wel, maar zo niet, dan kunnen we hem wel maken. Of een nieuwe kopen.'

'Komt mama?'

Ik moet echt, echt eens gaan bellen, dacht ik.

'Dat ga ik uitzoeken, oké? Ik weet zeker dat ze met je wil praten.'

'Oké, papa.'

Ik kuste haar boven op haar hoofd. 'Ik kom zo terug, oké?'

De rest van mijn familie verdrong zich om het bed terwijl ik de gang in stapte. Ik liep naar de liften, op zoek naar privacy. Wat ik niet wilde, was dat iemand van mijn familie, vooral London niet, meeluisterde bij een gesprek waar ik tegenop zag. Toen ik op mijn telefoon keek, zag ik dat Vivian al twee keer had gebeld, ongetwijfeld omdat ze met London wilde praten. Ik belde en voelde hoe mijn maag samen begon te trekken.

'London?' vroeg ze bij het opnemen.

'Nee, ik ben het, Russ,' zei ik. 'Ik wilde je meteen vertellen dat het goed gaat met London. Ik zal de telefoon zometeen aan haar geven, maar je moet eerst weten dat alles oké is met haar.'

'Hoezo? Wat is er gebeurd?' Vivians angst kwam door als een elektrische stroom.

'We waren aan het fietsen en ze is gevallen. Ze heeft haar pols verstuikt en een snee in haar voorhoofd, en ik moest haar naar het ziekenhuis brengen...'

'Het ziekenhuis?'

'Ja,' zei ik. 'Laat me even uitpraten, oké?' Ik haalde diep adem en begon te vertellen wat er was gebeurd. Tot mijn verbazing onderbrak ze me niet, en ze ging ook niet harder praten. Maar haar ademhaling kwam haperend en onregelmatig, en toen ik klaar was, kon ik horen dat ze was begonnen te huilen.

'Weet je zeker dat het goed met haar is? Je zegt het niet gewoon maar om me gerust te stellen?'

'Ik beloof het. Zoals ik al zei, ik zal haar zo aan je geven. Ik ben de kamer uitgegaan om je te bellen.'

'Waarom heb je me niet eerder gebeld?'

'Dat had ik moeten doen en het spijt me. Ik was zo in paniek dat ik niet goed na kon denken.'

'Nee, ik snap het. Ik... eh...' Ze aarzelde. 'Blijf even een tel hangen, oké?'

Het was wel meer dan een tel; ik moest bijna een minuut wachten voordat ze eindelijk weer aan de lijn kwam. 'Ik ben nu op weg naar de luchthaven. Ik wil vanavond bij haar zijn.'

Ik stond op het punt tegen haar te zeggen dat het niet nodig was dat ze kwam, maar als het andersom was geweest, had ik bergen verzet om bij London te komen, dat wist ik.

'Kan ik nu met haar praten?'

'Natuurlijk,' zei ik. Ik liep terug door de gang en ging Londons kamer binnen. Toen ik de telefoon aan haar gaf, zag ik dat London hem dicht tegen haar oor drukte, maar toch kon ik horen wat Vivian zei.

Ze noemde me niet één keer; haar focus was totaal op London gericht. Tegen het einde hoorde ik Vivian vragen om weer met mij te mogen praten. Deze keer had ik niet de behoefte om de kamer te verlaten.

'Hallo,' zei ik.

'Ze klinkt goed,' zei Vivian met tastbare opluchting. 'Bedankt dat ik met haar mocht praten. Ik zit nu in de auto en zou er binnen een paar uur moeten zijn.'

Dankzij Spannermans privévliegtuig, ongetwijfeld. Wat ongetwijfeld de reden was dat ze me zojuist in de wacht had gezet. Zodat ze het aan hem kon vragen.

'Ik ben hier. Laat het me weten als je geland bent.'

'Doe ik.'

Vivian stuurde een berichtje toen ze landde. Heel even twijfelde ik of mijn familie wel moest blijven, maar toen berispte ik mezelf. London lag in het ziekenhuis, en ze zouden blijven tot het bezoekuur voorbij was. Want dat was wat familie hoorde te doen. Einde discussie.

Ik vermoedde echter dat mijn familie een begrijpelijke nieuwsgierigheid koesterde jegens Vivian. Mijn ouders hadden haar al meer dan een maand niet gezien – sinds de dag dat London voor het eerst naar school ging – en voor Marge en Liz was het zelfs nog langer. Ik was ervan overtuigd dat ze zich afvroegen of de nieuwe Vivian anders was dan de Vivian die ze jaren hadden gekend. En natuurlijk hoe we allemaal met elkaar om zouden gaan.

Er kwam een verpleegkundige binnen om te controleren hoe het met London ging; daarna kwam de arts London weer vragen stellen. Hoewel mijn dochters stem zwak was, beantwoordde ze ze correct. Hij zei tegen ons dat hij haar toestand de komende paar uur regelmatig in de gaten zou blijven houden. Toen hij weg was, vond ik een zender op de tv waarop *Scooby-Doo* te zien was. Hoewel London ernaar keek, zag ze eruit alsof ze elk moment in slaap kon vallen.

Een paar minuten later kwam Vivian aan. In een gebleekte spijkerbroek die op de knieën gescheurd was, zwarte sandalen en een dunne zwarte trui was ze haar gewoonlijke chique zelf, al zag ze er een beetje gejaagd uit.

'Hallo allemaal,' zei ze. Ze klonk buiten adem en verward. 'Ik ben zo snel mogelijk gekomen.'

'Mama!'

Ze snelde naar London toe en overstelpte haar met kussen. 'O liefje... je hebt een ongeluk gehad, hè?'

'Ik heb een snee in mijn voorhoofd.'

Vivian ging naast London zitten, en haar ogen glansden van de ingehouden tranen. 'Ik weet het. Je papa heeft het me verteld. Ik ben blij dat je je helm op had.'

'Ik ook,' zei ze.

Vivian drukte nog een kus boven op haar hoofd. 'Ik ga even iedereen gedag zeggen, oké? En dan wil ik een tijdje bij je zitten.'

'Oké, mama.'

Ze stond op van het bed en liep naar mijn ouders. Meteen omhelsde ze hen, en Marge en Liz ook. Later realiseerde ik me dat ik haar Marge en Liz maar een paar keer in mijn leven had zien aanraken. Tot mijn verbijstering hield ze mij ook heel even vast.

'Dank jullie wel dat jullie gekomen zijn,' zei ze. 'Ik weet zeker dat London zich veel beter voelde toen jullie er allemaal waren.'

'Natuurlijk,' antwoordde mijn moeder.

'Ze is een taaie kleine meid,' verklaarde mijn vader.

'Het bezoekuur is bijna voorbij,' zei Marge. 'Dus Liz en ik gaan ervandoor. We zullen jullie drieën een tijdje laten praten.'

'Wij ook,' knikte mijn vader. 'We zullen jullie alleen laten.'

Ik keek toe hoe ze hun spullen pakten en volgde hen toen naar de gang. Net als Vivian omhelsde ik hen en bedankte hen dat ze waren gekomen. In hun ogen zag ik de vragen die ze wilden stellen maar ze deden het niet. Zelfs al hadden ze ze gesteld, dan betwijfel ik of ik er een antwoord op had gehad.

Toen ik terugkwam in de kamer, zag ik dat Vivian naast London op het bed zat. London was aan het vertellen over de auto die achteruitreed en dat de zonnebrandcrème de handvaten glibberig had gemaakt.

'Dat zal wel eng geweest zijn.'

'Het was heel eng. Maar daarna herinner ik me niets meer.'

'Je was heel dapper.'

'Ja, dat ben ik ook.' Ik moest glimlachen om haar nuchterheid. Toen: 'Ik ben blij dat je er bent, mama.'

'Ik ook. Ik moest wel komen want ik hou zoveel van je.'

'Ik hou ook van jou.'

Vivian ging naast London op het bed liggen en sloeg haar arm om haar heen, en samen keken ze naar *Scooby-Doo*. Ik ging in de stoel zitten en keek naar hen, op een of andere manier opgelucht dat Vivian was gekomen. Niet alleen omwille van London, maar ook omdat ik ergens nog steeds wilde geloven in Vivians goedheid, ondanks alles wat ze me had aangedaan.

Terwijl ik naar die twee zat te kijken, geloofde ik echt in die goedheid, en ik zag ook Vivians wanhopige uitdrukking op haar gezicht en herkende hoe moeilijk het voor haar was om gescheiden te zijn van London. Ik voelde hoeveel pijn het haar deed dat ze zo ver weg was geweest toen het ongeluk gebeurde, ondanks hoe snel ze in staat was geweest hierheen te komen.

Ik zag hoe Londons ogen begonnen dicht te vallen, en ik stond op uit de stoel en deed het licht uit. Vivian gaf me een heel zwak glimlachje, en ik werd getroffen door de melancholische gedachte dat de laatste keer dat we met zijn drieën alleen in een ziekenhuiskamer waren geweest, London nog geen dag oud was geweest. Op die dag zou ik op mijn leven hebben gezworen dat wij drieën altijd verenigd zouden blijven in de liefde die we voor elkaar voelden. Toen waren we een gezinnetje, met zijn drieën samen. Maar nu was het anders, en ik zat in het donker en vroeg me af of Vivian het verlies net zo diep voelde als ik.

De volgende dag werd London halverwege de ochtend uit het ziekenhuis ontslagen. Ik had de school en de pianoleraar al gebeld om uit te leggen waarom ze niet zou komen en om haar lessen voor die week af te zeggen. Ik had Londons juf ook laten weten dat ze tijdens de pauze niet actief mocht zijn als ze eenmaal terug was op school. Gelukkig hadden de verpleegkundigen me wat desinfecterende doekjes gegeven om de achterbank van de auto schoon te vegen, want ik wilde niet dat London de bloederige bende zag.

Terwijl ik de ziekenhuispapieren tekende, keek ik even naar Vivian en zag ik hoe moe ze eruitzag. We hadden allebei niet veel geslapen; de hele nacht waren de verpleegkundigen en de arts binnengekomen om te controleren hoe het met London ging, waarbij ze ons steeds alle drie wakker maakten. London zou het grootste deel van de dag slapen, nam ik aan.

'Ik vroeg me af,' zei Vivian, onkarakteristiek aarzelend klinkend, 'of ik een tijdje bij jullie in huis mocht blijven. Zodat ik meer tijd met London kan doorbrengen. Zou je dat erg vinden?'

'Helemaal niet,' zei ik. 'Ik weet zeker dat London dat fijn zou vinden.'

'Ik zal waarschijnlijk ook even moeten slapen en moeten douchen.'

'Dat is prima,' zei ik. 'Wanneer moet je teruggaan?'

'Ik vlieg vanavond terug. Walter en ik moeten morgen in Washington zijn. Nog meer lobbyen.'

'Druk, druk, druk,' merkte ik op.

'Te druk, soms.'

Ik analyseerde haar opmerking op de rit terug naar huis, me verwonderend over het vleugje vermoeidheid in haar toon. Was ze gewoon moe, of begon de jetsetlevensstijl iets van zijn glans te verliezen?

Het was een vergissing om te proberen betekenis te zoeken in elk woord, elke toon en elke nuance, zei ik tegen mezelf. Wat had Emily tegen me gezegd? Als het komt, laat maar komen. Als het blijft, laat maar blijven. Als het weggaat, laat maar gaan.

Toen we thuiskwamen, droeg ik London naar binnen. Ze begon al in slaap te vallen, en ik droeg haar regelrecht naar haar slaapkamer. Vivian volgde ons naar boven en nadat ik London in bed had gestopt, zag ik Vivian naar de logeerkamer gaan. Hoewel ik ervan overtuigd was dat ze had gezien dat ik het meubilair anders had neergezet, zei ze er niets van tegen me.

Mijn auto was te klein om mijn fiets in de kofferbak te laden, maar die van London propte ik achterin. Iemand had de fietsen tegen de brievenbus aan gezet. Ik bracht Londons fietsje naar huis, trok mijn hardloopkleren aan en rende terug naar diezelfde brievenbus. Toen ik mijn fiets pakte, zag ik het bloed dat was opgedroogd op het asfalt, en mijn maag draaide zich om. Ik reed op mijn fiets terug naar huis, ging een eindje hardlopen en nam een verkoelende douche. Zowel London als Vivian sliepen nog, dus ging ik naar de slaapkamer om een dutje te doen. Ik trok de gordijnen dicht en sliep als een roos.

Toen ik wakker werd, trof ik Vivian en London aan in de woonkamer terwijl ze naar een film zaten te kijken. Hoewel ze dezelfde kleren aan had als waarin ze was aangekomen, had Vivian gedoucht, en de punten van haar haar waren nog nat. London lag opgerold tegen haar aan op de bank. Op de salontafel lagen de resten van Londons tussendoortje – kalkoen en partjes peer – waarvan ze het grootste deel had opgegeten.

‘Hoe voel je je, London?’

‘Goed,’ zei ze, zonder op te kijken.

‘Heb je goed geslapen?’ vroeg Vivian.

Het viel me op hoe gewoon ze klonk.

‘Ja. Ik had het nodig.’ Ik gebaarde naar het bord. ‘Ik weet dat London net een tussendoortje heeft gegeten, maar wat wil je met avondeten doen? Wil je dat ik iets maak?’

‘Ik denk dat het gemakkelijker is als we gewoon iets bestellen, jij niet? Tenzij je echt in de stemming bent om te koken.’

Dat was ik niet. ‘Chinees?’

Ze trok London dichter tegen zich aan. ‘Wil je Chinees eten vanavond?’

‘Oké,’ zei London, nog steeds helemaal opgaand in de film. Ik kromp weer een beetje ineen toen ik naar het verband om haar hoofd en de spalk op haar arm keek.

Hoewel ik met London wilde praten – ergens vroeg ik me af of ze boos op me was om wat er was gebeurd – wilde ik niets doen waardoor de wapenstilstand die er tussen Vivian en mij leek te bestaan, geschonden zou worden. Dus liep ik in plaats daarvan naar de keuken en at een banaan, en liep toen naar de computer in de werkkamer, waar ik probeerde op te gaan in mijn werk. Ik was echter totaal niet geconcentreerd, en na een tijdje belde ik het Chinese restaurant en ging ik het eten ophalen.

We aten op de veranda achter het huis, net als vroeger. Daarna ging London in bad en trok ze haar pyjama aan. Toen het tijd werd om naar bed te gaan, gleden Vivian en ik in onze vertrouwde rollen: zij las eerst voor, en daarna ik. Maar toen ik eindelijk weer beneden kwam, had Vivian haar handtas al om haar schouder en stond ze te wachten bij de deur.

‘Ik moet ervandoor,’ zei ze. Bespeurde ik een zweempje gelatenheid in haar stem? Ik herinnerde mezelf er weer aan dat het geen zin had om er iets in te proberen te lezen.

‘Dat had ik al begrepen.’

Ze verstelde de riem van haar tas, alsof het uitstel haar zou helpen de woorden te vinden die ze zocht. ‘Ik zag dat je het huis opnieuw hebt ingericht en veel foto’s hebt weggehaald. De foto’s waar ik op sta, bedoel ik. Ik wilde er eerder al iets van zeggen, maar het leek me niet het juiste moment.'

Om de een of andere reden wilde ik niet toegeven dat ik het had gedaan in een vlaag van woede. Maar ik had ook weer niet het gevoel dat het verkeerd was; ik wist dat ik het zo weer zou doen.

'Net als jij probeer ik alleen maar verder te gaan met mijn leven,' verklaarde ik. 'Maar ik heb een paar van die foto's in haar kamer gezet. Want wij zullen altijd haar ouders zijn.'

'Dank je,' zei ze. 'Dat was heel attent van je.'

'Ik heb de andere foto's in een doos gedaan voor als je ze mee wilt nemen. Er zitten een paar heel leuke bij van jou en London.'

'Dat zou ik heel leuk vinden.'

Ik liep naar de kast en haalde de doos eruit; toen ik hem onder mijn arm hield, flitsten haar ogen naar de foto's. Ik voelde heel scherp, en misschien wel meer dan ooit, dat onze tijd als stelletje nu echt ten einde was gekomen, en ik had het idee dat zij hetzelfde voelde.

'Ik pak even mijn sleutels zodat ik deze in de achterbak kan zetten,' zei ik.

'Ik kan hem wel dragen,' zei ze, haar handen uitstekend naar de doos. 'Je hoeft me niet te brengen. Er wacht een auto op me voor de deur.'

Ik gaf hem aan haar. 'Een auto?'

'We kunnen London niet bepaald hier alleen achterlaten, hè?'

Nee, natuurlijk niet, dacht ik, me afvragend hoe ik iets zo voor de hand liggends over het hoofd had kunnen zien. Doordat ik weer bij Vivian in de buurt was – een Vivian die me deed denken aan de Vivian met wie ik getrouwd was, dezelfde Vivian met wie ik geen toekomst had – leek ik een beetje uit mijn doen gebracht te zijn.

'Goed dan,' zei ik. Ik stak een hand in mijn zak. 'Over komend weekend,' begon ik, 'en dat ik bij Marge of bij mijn ouders moet gaan slapen...'

'Dat hoeft niet,' zei ze, me in de rede vallend. 'Ik realiseerde me vandaag dat daar geen reden voor is. Het is niet eerlijk tegenover jou. Ik ga gewoon in de logeerkamer slapen als je dat goed vindt.'

'Prima,' zei ik.

'Maar weet wel dat ik nog steeds zoveel mogelijk tijd met London wil doorbrengen. Alleen wij tweetjes. Ik weet dat dat niet eerlijk lijkt, maar op dit moment wil ik haar echt niet in de war brengen.'

'Natuurlijk,' zei ik. 'Dat is alleen maar logisch.'

Ze verschoof de doos onder haar arm en ik vroeg me af of ik haar een knuffel of een kus op haar wang moest geven. Alsof ze mijn actie zag aankomen, draaide ze zich om naar de deur.

'Ik zie je over een paar dagen,' zei ze. 'En ik zal London morgen bellen.'

'Dat is goed,' zei ik, terwijl ik de deur voor haar opendeed. Achter haar, op de straat, stond een limousine met draaiende motor. Vivian liep ernaartoe en ik zag hoe de chauffeur snel uit de auto stapte om haar te helpen met de doos. Hij deed het portier open en zette de doos op de stoel. Vivian wachtte tot hij opzij ging en stapte toen in. Onwillekeurig dacht ik dat het voor haar allemaal zo vanzelfsprekend leek als ademhalen; alsof ze altijd al een auto met chauffeur had gehad, altijd al de minnares van een miljardair was geweest.

Ik kon haar niet zien door het verduisterde glas van de auto en ik vroeg me af of ze naar me keek, maar uiteindelijk draaide ik me gewoon om. Toen ik het huis in stapte en de deur achter me dicht trok, had ik een merkwaardig droevig gevoel.

Een ogenblik aarzelde ik. Toen pakte ik mijn telefoon.

Emily nam op bij de tweede keer overgaan.

We waren bijna twee uur aan de telefoon. Hoewel ik het grootste deel van de tijd aan het woord was terwijl ik mijn gevoel van verlies probeerde te verwerken, lukte het haar meer dan eens om een glimlach bij me op te wekken en me zelfs aan het lachen te maken. En elke keer dat ik me hardop afvroeg of ik een goed mens was, verzekerde ze me dat het mijn schuld niet was. Op de een of andere manier had ik er behoefte aan om dat te horen, en toen ik eindelijk naar bed ging en mijn ogen dichtdeed, vroeg ik me af hoe het toch kon dat ik het geluk had gehad om Emily te herontdekken, die precies het soort vriendin was waar ik het meest behoefte aan had.

20

Herfst

'Ik ben dol op de herfst,' zei Emily tegen me. 'Hij "wint je hart met zijn zwijgzame vraag om medeleven voor zijn verval".'

'Wat zeg je?'

'Ik had het over de herfst,' zei Emily.

'Dat begreep ik. Ik probeer alleen te begrijpen wat je zei.'

'Niet ik. Robert Browning. Nou ja, min of meer... misschien heb ik hier en daar wat woorden verkeerd opgezegd. Hij was een Engelse dichter.'

'Ik wist niet dat je poëzie las.'

Het was oktober 2002, een paar maanden nadat Emily en ik hadden vastgezeten in het reuzenrad. Het was ook nog maar een paar weken na de Grote Vergissing, die met de vrouw die ik in de bar had ontmoet. Marge had me al meer dan eens gezegd niets aan Emily te vertellen, maar ik worstelde nog steeds met mijn vreselijke geheim.

We waren in feite op een dubbeldate met Marge en Liz. We hadden een uitstapje gemaakt naar het Biltmore House in Asheville, dat lange tijd het grootste particuliere woonhuis van de wereld was geweest. Ik was er als kind al eens geweest, maar ik was er nog nooit naartoe gegaan met Emily; het was haar idee geweest om erheen te gaan, en ook om Marge en Liz uit te nodigen. Toen Emily was begonnen met Browning te citeren, waren we met z'n vieren wijn van de Biltmore-wijnmakerij aan het proeven.

'Mijn hoofdvak was schilderkunst, maar ik moest ook andere vakken volgen,' legde Emily uit.

'Ik ook. Maar ik heb er nooit een gekozen waar poëzie onderdeel van uitmaakte.'

'Dat komt doordat jouw hoofdvak bedrijfskunde was.'

'Precies,' viel Marge haar in de rede. 'Alleen maar omdat jij je opleiding hebt verkloot, hoef je Emily nog niet in de verdediging te drukken.'

'Ik druk haar niet in de verdediging. En ik heb mijn opleiding niet verkloot... Ik hield gewoon het gesprek gaande.'

'Laat hem je niet bang maken, Emily,' zei Marge. 'Hij is misschien niet erg intellectueel, maar hij heeft ook best goede kwaliteiten.'

Emily lachte. 'Dat mag ik hopen. We zijn al meer dan twee jaar met elkaar. Ik zou het vervelend vinden als ik erachter kwam dat ik met hem de hele tijd beneden mijn stand had geleefd.'

'Ik zit hier, hoor,' zei ik tegen beiden. 'Ik kan jullie horen.'

Emily giechelde, en deze keer giechelde Marge mee. Liz keek welwillend toe.

'Laat je niet op stang jagen, Russ,' zei Liz, terwijl ze een hand op mijn arm legde. 'Als ze je blijven pesten, gaan jij en ik wel door de kas lopen, en dan lopen we hand in hand en maken we ze jaloers.'

'Heb je dat gehoord, Marge?' vroeg ik. 'Liz probeert me te versieren.'

'Veel geluk,' zei Marge schouderophalend. 'Ik weet wat haar type is en dat ben jij niet. Je hebt een beetje te veel Y-chromosomen voor haar.'

'Dat is jammer. Want ik ken wel honderd mannen die waarschijnlijk op zouden springen bij de kans om met haar uit te gaan.'

Marge glimlachte naar Liz. 'Daar twijfel ik niet aan.'

Liz bloosde en ik ving Emily's blik. Ze reageerde erop door naar me toe te leunen en in mijn oor te fluisteren. 'Volgens mij passen ze perfect bij elkaar.'

'Ja, hè?' fluisterde ik terug. 'Volgens mij ook.'

En op het moment dat ik het zei, begon het schuldgevoel met hernieuwde woestheid aan me te knagen. Minder dan een week later vertelde ik haar over de Vergissing.

Waarom had ik mijn mond niet kunnen houden?

'Geen kneuzingen? Geen sneeën of bloed of paniekerige telefoontjes naar het alarmnummer?'

Nadat ik London de volgende dag naar school had gebracht, trof ik Marge wachtend in mijn keuken aan. Ik had haar die ochtend gebeld om haar te vertellen over mijn gesprek met Vivian, maar ze had me gezegd te wachten omdat ze het hele verhaal in levenden lijve van me wilde horen.

'London is nog beurs, maar het gaat prima met haar.'

'Ik had het niet over London. Ik bedoelde jou. Of misschien had ik het ook over Vivian kunnen hebben. Afhankelijk van hoe kwaad ze je had gemaakt.'

'Het ging goed,' verzekerde ik haar. 'Verrassend aangenaam, zelfs.'

'Wat betekent dat nou weer?'

'Ze was niet kwaad, en ze gaf me niet het gevoel dat het ongeluk mijn schuld was. Ze was... vriendelijk.'

'Je bent je er toch wel van bewust dat het jouw schuld niet was?' vroeg ze. 'Daarom heten het ongelukken.'

'Dat weet ik,' zei ik, terwijl ik me afvroeg of ik het helemaal geloofde.

Marge draaide zich om en hoestte; toen ze haar inhalator pakte, merkte ik dat ze er een beetje afgetobd uitzag.

'Gaat het wel goed met je? Je was veel aan het hoesten laatst,' zei ik fronsend.

'Ach, hou op. De afgelopen week heb ik twee dagen opgesloten in een ruimte doorgebracht met een cliënt die zo ziek als een hond was. Daarna heeft hij me, fijne kerel als hij was, opgebeld om me te laten weten dat hij bronchitis had.'

'Ben je al bij een dokter geweest?'

'Ik ben van het weekend naar de eerstehulppost geweest. De dokter denkt dat het waarschijnlijk een virus is, wat betekent dat hij me niets heeft gegeven. Ik hoop gewoon dat ik het helemaal achter me heb gelaten tegen de tijd dat Liz en ik naar Costa Rica vertrekken.'

'Wanneer is die reis ook alweer?'

'Van de twintigste tot de achtentwintigste.'

'Ik vraag me af hoe het zou zijn om tijd te hebben voor vakantie,' mijmerde ik, met een beetje zelfmedelijden.

'Het is geweldig,' kaatste Marge terug. 'Jammeren is daarentegen niet zo aantrekkelijk. Hoe gaat het met jou en Emily? Heb je haar verteld wat er met London is gebeurd?'

'Ik heb haar gisteravond gesproken. Nadat Vivian was vertrokken.'

'Aha.'

'Wat bedoel je met "aha"?'

'Je kent het oude gezegde: de snelste manier om over iemand heen te komen is door over iemand anders heen te gaan.'

'Subtiel.'

'Je hoeft mij niet de schuld te geven,' zei ze. 'Ik heb dat gezegde niet bedacht. En we weten allebei dat het ook voor vrouwen geldt. Dat wil zeggen: de snelste manier om over iemand heen te komen is door onder iemand anders te gaan liggen.'

'Emily en ik zijn gewoon vrienden.'

Ze boog naar me toe en kneep even in mijn schouder. 'Blijf dat maar tegen jezelf zeggen, broertje.'

Nadat Marge was vertrokken, was het niet moeilijk om naar kantoor te gaan, maar het was lastiger om me in het werk onder te dompelen. Hoewel de emotionele intensiteit van de afgelopen twee dagen bij lange na niet zo hevig was als in de dagen die onmiddellijk waren gevolgd op Vivians aankondiging dat ze verliefd was op Spannerman, had ik niet zoveel reserves meer. Er was te veel gebeurd in te korte tijd; het was nog niet eens een maand geleden sinds alle opschudding was begonnen.

Desalniettemin moest er het een en ander gebeuren. Boven aan de agenda stond dat ik het filmen van Taglieri's vierde commercial op de rails moest krijgen. Tegen de tijd dat ik alles nog een keer had bevestigd, zag ik tot mijn verbazing een e-mail van de editor, waarin stond dat de montage voor de derde commercial, waarin de jeugdige actrice speelde, klaar was.

Omdat de derde commercial zo goed gelukt was, gaf mijn intuïtie me in dat ik meteen moest beginnen zowel de eerste als de derde uit te zenden. Ik liet een bericht achter op Taglieri's kantoor waarin ik dat voorstelde, en al snel ontving ik toestemming. Toen ik het schema bij het televisiebedrijf vastlegde, voelde ik een vertrouwde opwinding bij de gedachte dat míjn werk – en míjn bedrijf – al snel honderdduizenden mensen zouden bereiken.

Met een minder enthousiast gevoel liet ik daarna twee berichten achter bij de dansstudio. Juf Hamshaw had me nog niet teruggebeld.

Toen ik London ging ophalen, stond ze breed glimlachend tussen haar klasgenoten en hoewel ze langzamer dan gebruikelijk naar de auto liep, kon ik al merken dat ze een leuke dag had gehad.

'Raad eens?' zei ze zodra ze de auto in klom. 'Mijn juf liet me vandaag haar hulpje zijn. Het was heel erg leuk!'

'Wat heb je gedaan?'

'Ik mocht haar helpen papieren uit te delen en ze op te halen. En ik mocht tijdens de pauze het whiteboard schoonmaken met de veger. Maar daarna liet ze me erop kleuren en toen mocht ik dat ook uitvegen. En ik mocht de hele dag een button dragen waarop "hulpje van de juf" stond.'

'En kon je dat allemaal doen met je zere pols?'

'Ik gebruikte gewoon mijn andere hand,' zei ze, en ze liet het zien. 'Het was gemakkelijk. En aan het eind van de dag kreeg ik een lolly.'

'Dat klinkt als een vrij geweldige dag. Moet ik je helpen je gordel vast te maken?' Dat moest ik die ochtend voor haar doen.

'Nee,' zei ze. 'Ik denk dat ik het nu kan. Ik heb een heleboel dingen met één hand moeten leren doen.'

Ik keek toe terwijl ze aan de gordel trok. Hoewel het wat langer duurde dan normaal, lukte het haar uiteindelijk.

Ik reed het parkeerterrein af en begon gas te geven toen ik haar stem weer hoorde.

'Hé, papa?'

Mijn ogen schoten naar de achteruitkijkspiegel. 'Ja, lieveling?'

'Moet ik vanavond naar dansles?'

'Nee,' zei ik. 'De dokter zei dat je het deze week waarschijnlijk rustig aan moet doen.'

'O,' zei ze.

'Hoe ging het vandaag met je hoofd? En je pols?'

'Mijn hoofd deed helemaal geen pijn. Mijn pols deed soms pijn maar ik probeerde net zo sterk te zijn als Bodhi.'

Ik glimlachte. 'Is Bodhi zo sterk?'

'Hij is heel sterk,' zei ze knikkend. 'Hij kan iedereen in de hele groep optillen. Zelfs Jenny!'

Ik nam aan dat Jenny groot was voor haar leeftijd. 'Wauw,' zei ik. 'Dat wist ik niet.'

'Denk je dat ik naar Bodhi's huis kan gaan? Ik wil Noodle weer zien.'

In gedachten zag ik Emily voor me. 'Dat zal ik aan Bodhi's mama moeten vragen, maar als zij het goed vindt, vind ik het ook goed. Maar deze week niet; misschien volgende week, oké? Omdat je het rustig aan moet doen?'

'Oké,' zei ze. 'Ik vind Emily leuk. Ze is aardig.'

'Daar ben ik blij om,' zei ik.

'En het was leuk om naar de dierentuin te gaan met haar en Bodhi. Mag ik de foto's zien die ik met je telefoon heb genomen?'

Ik gaf mijn telefoon aan haar en ze begon door de foto's te bladeren. Ze haalde herinneringen op aan de dieren die ze had gezien en wat ze hadden gedaan, en terwijl ze doorbabbelde, merkte ik dat London het helemaal niet over haar moeder had, ook al had ze Vivian de dag ervoor nog gezien.

London, zo besefte ik, was gewend geraakt aan het feit dat ze tijd met mij alleen doorbracht, of dat nu goed of slecht was.

Omdat ze de dag ervoor bijna de hele dag televisie had gekeken, wilde ik London niet nog een keer voor de elektronische oppas zetten. Tegelijkertijd moest ik ervoor zorgen dat haar activiteit beperkt bleef, en we hadden niet al te lang geleden al gekleurd, dus wist ik het even niet. In een opwelling besloot ik langs Walmart te gaan op de weg naar huis van school. Daar koos ik een bordspel uit dat Hoot Owl Hoot! heette. Op de doos stond dat het doel van het spel was om de uilen te helpen terug te vliegen naar hun nest voordat de zon opkwam. Iedere speler trok een kleurenkaart waarmee een uil naar een bijbehorend kleurenvak mocht vliegen op weg naar zijn nest, maar als een speler de zonnekaart trok, ging het spel één stap dichter naar de zonsopgang. Alle spelers wonnen als de uilen op tijd terug op hun nest waren.

Ik dacht dat het iets was wat we allebei wel zouden aankunnen.

London vond het geweldig om naar de speelgoedafdeling van de winkel te gaan, en ze zwierf van de ene kant van het pad naar het andere, helemaal in de ban van het ene artikel na het andere. Meer dan eens trok ze een artikel van een plank of rek en vroeg ze of ze het mocht hebben; hoewel ik in de verleiding kwam om toe te geven, deed ik dat niet. Bijna alles wat ze me had laten zien, zou slechts een paar minuten haar belangstelling hebben vastgehouden nadat we thuis waren gekomen, en haar speelgoedkist en planken barstten al van de verwaarloosde knuffeldieren en prullaria.

Het spel bleek uiteindelijk een groot succes. Omdat de regels eenvoudig waren, kreeg London al snel in de gaten hoe het moest, en ze was nu weer heel blij en dan weer ontmoedigd, afhankelijk van of de uilen op tijd thuis leken te kunnen komen. Uiteindelijk speelden we vier spelletjes aan de keukentafel voordat ze moe begon te worden.

Na afloop gaf ik toe toen ze vroeg of ze een tijdje televisie mocht kijken, en ze ging gapend op de bank liggen. Misschien was het alleen maar Vivians stem die in mijn achterhoofd zeurde, maar ik had het gevoel dat ik Hamshaw evengoed nog op de hoogte moest brengen van het ongeluk. Omdat ze me echter niet had teruggebeld, vond ik dat ik het haar persoonlijk moest vertellen.

Ik vertelde London dat we bij de studio langsgingen, zette haar in de auto en zag daar juf Hamshaw zitten in naar wat ik aannam haar kantoor met de glazen wanden was. London koos ervoor om in de auto te blijven zitten. Juf Hamshaw had naar me gekeken zodra ik binnenkwam, maar ze nam de tijd voordat ze uiteindelijk naar me toe liep.

'London was maandag niet in de les,' zei ze, een afkeurende wenkbrauw optrekkend, voordat ik zelfs maar de kans had om iets te zeggen.

'Ze had een vrij ernstig ongeluk gehad met haar fiets,' zei ik. 'Ik heb een paar keer bij u ingesproken. Ze moest naar het ziekenhuis. Het gaat al wat beter met haar, maar ze zal vandaag en ook vrijdag niet naar de les komen.'

Juf Hamshaws uitdrukking veranderde niet. 'Ik ben blij te horen dat het goed met haar gaat, maar ze heeft een uitvoering in het vooruitzicht. Ze moet evengoed naar de les komen.'

'Dat kan ze niet. De dokter zegt dat ze het deze week rustig aan moet doen.'

'Dan kan ze helaas niet optreden in de uitvoering volgende week vrijdagavond.'

Ik knipperde met mijn ogen. 'Pardon?'

'London heeft al twee lessen gemist. Als ze een derde les mist, komt ze niet meer in aanmerking om op te treden. U vindt dat misschien oneerlijk, maar het is een van de basisregels van de studio. Daar is ze over geïnformeerd toen ze zich aanmeldde.'

'De eerste keer was ze ziek,' zei ik met groeiend ongeloof. 'Maandag was ze buiten bewustzijn.'

'Het spijt me te horen dat ze zoveel pech heeft gehad,' zei juf Hamshaw, die helemaal niet klonk alsof het haar speet. 'Zoals ik eerder heb gezegd, ben ik blij dat het wat beter met haar gaat. Maar regels zijn regels.' En daarmee sloeg ze haar magere armen over elkaar.

'Is dit omdat ze moet oefenen? Ze is een van de bomen en ze heeft me laten zien wat ze moet doen. Ik weet zeker dat als ze hier volgende week is, ze meer dan genoeg tijd heeft om het onder de knie te krijgen.'

'U begrijpt het niet.' Juf Hamshaws mond was een dunne streep. 'Ik heb regels voor de studio omdat ouders en leerlingen altijd wel een reden vinden om niet naar de les te komen. Dan weer is er iemand ziek of er is een grootouder op bezoek of er is te veel huiswerk. Ik heb door de jaren heen elk denkbaar excuus gehoord, maar ik kan geen cultuur van voortreffelijkheid kweken tenzij iedereen inzet toont.'

'London doet niet mee aan een wedstrijd,' argumenteerde ik. 'Daar is ze niet voor uitgekozen.'

'Dan moet ze misschien meer oefenen in plaats van minder.'

Ik onderdrukte de aandrang om juf Hamshaw te laten weten wat ik van haar belachelijke quasimilitaire bedoeninkje vond, en in plaats daarvan vroeg ik geduldig: 'Wat stelt u voor dat ik doe? Aangezien haar dokter ons heeft gezegd haar activiteiten te beperken?'

'Ze kan naar de les komen en in de hoek zitten kijken.'

'Op dit moment doet haar hoofd pijn en ze is uitgeput. En op vrijdag zal ze zich alleen maar vervelen als ze zit te kijken.'

'Dan kan ze uitkijken naar de kerstvoorstelling.'

'Waarin ze weer een boom zal zijn? Of misschien kerstversiering?'

Juf Hamshaw rechtte haar rug en haar neusgaten stonden wijd. 'Er zijn andere dansers in haar klas die een veel grotere inzet laten zien.'

'Dit is belachelijk,' flapte ik eruit.

'Dat is wat mensen meestal zeggen als de regels hun niet bevallen.'

Ik bracht London naar huis en we aten de kliekjes van de Chinees. Vivian belde en tegen de tijd dat de FaceTime-sessie afgelopen was, kon London haar ogen nauwelijks nog openhouden.

Ik nam zelfstandig het besluit om haar bad over te slaan en trok haar haar pyjama aan. Ik las haar een kort boek voor in bed en meteen nadat ik het licht had uitgedaan sliep ze al. Ik liep de trap af en zei tegen mezelf dat ik de rest van de avond zou moeten gebruiken om wat werk te verrichten, maar ik was gewoonweg niet in de stemming.

In plaats daarvan belde ik Emily.

'Hallo,' zei ze zodra ze opnam. 'Hoe gaat het?'

'Gaat wel, geloof ik.'

'Hoe gaat het met London? Bodhi zei dat ze het hulpje van de juf mocht zijn, dus dan zal ze wel aardig aan het herstellen zijn.'

'Ja, daar was ze heel enthousiast over,' zei ik. 'En het gaat best goed met haar – alleen een beetje moe. Wat heb jij vandaag gedaan?'

'Aan een van de schilderijen voor mijn expositie gewerkt. Ik denk dat ik er bijna uit ben, maar ik weet het niet zeker. Ik zou hier waarschijnlijk voor eeuwig aan kunnen blijven werken en nooit vinden dat het klaar is.'

'Ik wil het wel zien.'

'Wanneer je maar wilt,' zei ze. 'Gelukkig gaat het met de andere schilderijen waaraan ik ben begonnen goed. Tot nu toe in elk geval.' Ze glimlachte. 'Hoe red jij het? Wat zul je ontzettend bang zijn geweest. Ik zou waarschijnlijk nog steeds getraumatiseerd zijn.'

'Het was best heftig,' gaf ik toe. 'En vanavond was niet zo ontspannen.'

'Wat is er gebeurd?'

Ik herhaalde mijn gesprek met juf Hamshaw.

'Dus ze mag de uitvoering niet doen?' vroeg Emily toen ik alles had verteld.

'Ik geloof dat ze er überhaupt al niet heel erg enthousiast over was,' zei ik. 'Ik wilde maar dat Vivian er niet zo op gebrand was om haar erheen te laten gaan. Ik heb het idee dat London het helemaal niet leuk vindt.'

'Laat haar er dan mee stoppen.'

'Ik wil niet nog een reden hebben om ruzie te maken met Vivian. En ik wil niet dat London ertussen zit.'

'Heb je er ooit over nagedacht dat door Vivian voortdurend maar tevreden te stellen je alleen maar olie op het vuur gooit?'

'Hoe bedoel je dat?'

'Als je elke keer toegeeft als Vivian boos wordt, weet ze dat ze alleen maar boos hoeft te worden om te krijgen wat ze wil. Ik bedoel: wat kan jou het schelen als ze boos wordt? Wat kan ze doen?'

Ze voegde er niet de vraag aan toe: *Van je scheiden?,* maar de voor de hand liggende juistheid van haar opmerking schokte me. Was dat de reden dat dingen vanaf het begin eigenlijk al zo achteruit waren gegaan? Omdat ik nooit tegenstand had geboden aan Vivian? Omdat ik conflicten wilde vermijden? Wat had Marge ooit tegen me gezegd?

Jouw echte probleem is dat je altijd veel aardiger bent geweest dan goed voor je is.

Toen ik bleef zwijgen, ging Emily verder.

'Ik weet niet of wat ik zeg ergens op slaat. Ik zou het verkeerd kunnen hebben. En ik zeg dit niet omdat ik wíl dat jullie twee ruziemaken. Ik zeg alleen dat jij Londons vader bent, en dat je net zoveel recht hebt als Vivian om beslissingen te nemen over wat het beste is voor London. De afgelopen tijd heb je zelfs nog meer rechten dan zij, aangezien jij degene bent die voor haar zorgt. Jij bent de hoofdouder tegenwoordig, niet zij, maar je lijkt Vivians oordeel nog steeds meer te vertrouwen dan dat van jezelf. Op mij komt London over als een heel gelukkig meisje, dus is het duidelijk dat je wel iets goed hebt gedaan.'

'Dus... wat denk je dat ik moet doen?' vroeg ik, terwijl ik probeerde te verwerken wat ze tegen me had gezegd.

'Waarom ga je niet met London praten en vraag je haar wat ze wil? En vertrouw vervolgens op je instincten.'

'Het klinkt zo gemakkelijk zoals jij het zegt.'

'Problemen van andere mensen zijn altijd gemakkelijker op te lossen. Weet je dat nou nog niet?' Ze lachte, een geluid dat tegelijkertijd geruststellend en verfrissend was.

'Ik moet zeggen dat je me soms heel veel aan Marge doet denken.'

'Dat vat ik op als een compliment.'

'Dat is het ook.'

Emily en ik kletsten nog een uur, en zoals altijd voelde ik me beter nadat ik met haar had gesproken. Meer geaard. Weer meer mezelf, en het was genoeg om me ertoe aan te zetten om een uur achter de computer door te brengen, om vast een voorsprongetje te nemen op het werk van de volgende dag.

Terwijl London de volgende ochtend aan haar ontbijt zat, legde ik uit wat juf Hamshaw had gezegd.

'Bedoel je dat ik niet mag meedoen met de uitvoering?'

'Het spijt me, liefje... Ben je boos dat je niet in de uitvoering mag dansen?'

London hoefde niet na te denken over haar antwoord. 'Het geeft niet,' zei ze schouderophalend. 'Ik wilde toch al geen boom zijn.'

'Als het je een beter gevoel geeft: ik vond je een heel goede boom.'

Ze keek me aan alsof ik niet goed wijs was. 'Het is een boom, papa. De vlinder mag rondlopen. Een boom niet.'

'Hm,' zei ik knikkend. 'Goed punt.'

'Moet ik vrijdag naar dansles?'

'Wil je dat?'

Toen ze haar schouders ophaalde in plaats van te antwoorden, was het niet zo moeilijk om tussen de regels door te lezen.

'Als je niet wilt gaan, vind ik dat je niet hoeft te gaan. Je moet alleen naar dansles gaan omdat je het leuk vindt en erheen wilt.'

Heel even bestudeerde London de drijvende marshmallows in haar kom Lucky Charms en ik vroeg me af of ze me wel had gehoord. Toen zei ze: 'Ik denk niet dat ik nog wil gaan. Juf Hamshaw vindt me niet erg leuk.'

'Prima,' zei ik. 'Dan hoef je niet meer naar dansles.'

London aarzelde, en toen ze naar me opkeek, dacht ik dat ik een vleugje angst in haar uitdrukking zag. 'Wat zal mama zeggen?'

Ze wordt waarschijnlijk boos, dacht ik.

'Ze begrijpt het wel,' zei ik, waarbij ik probeerde zelfverzekerder te klinken dan ik me voelde.

Nadat ik London naar school had gebracht, ging ik naar de studio, waar ik de dierenbegeleider aantrof met Gus, een bullmastiff.

De commercial zou 'vasthoudendheid' benadrukken en het plan was om Gus vasthoudend aan een hondenspeeltje te laten trekken. Afgewisseld door de beelden van de hond zouden er vier screenshots komen met de volgende teksten erop:

> Als je gewond bent geraakt op het werk,
> heb je een vastberaden en vasthoudende advocaat nodig.
> Bel het kantoor van Joey Taglieri,
> hij houdt niet op tot je het geld krijgt waar je recht op hebt.

Gus de bullmastiff bleek uiteindelijk een zeer talentvolle acteur te zijn, en het filmen was voor twaalf uur al afgerond.

Toen ik London van school ophaalde, was ze niet zo opgewekt als de dag ervoor. Het vergde wat creativiteit om haar activiteit en televisiekijken wat te beperken, en ik besloot met haar naar de dierenwinkel te gaan. Ik had sowieso zaagsel nodig voor de hamsters, maar ik dacht dat ze het misschien wel leuk zou vinden om naar de vissen te kijken.

Er waren meer dan vijftig verschillende aquaria; op elk aquarium hing een bordje waarop stond welke specifieke soorten vissen erin zaten. London en ik brachten meer dan een uur door met van bak naar bak lopen en het opnoemen van de verschillende soorten vissen.

Het was niet bepaald SeaWorld, dat geef ik toe, maar het was ook geen slechte manier om een rustige middag door te brengen.

Op weg naar buiten speelde ze een tijdje met een paar cockerspaniel-puppy's die aan het rondtuimelen waren in een mand met een lage rand. Ze waren heel erg schattig, en ik zuchtte van opluchting toen ze niet vroeg of ze er een mocht hebben.

'Dat was leuk, papa,' zei ze toen we naar de auto liepen. Ik had de zak zaagsel en het hamstervoedsel onder mijn arm gestopt.

'Ik dacht al dat je dat leuk zou vinden.'

'We moeten wat vissen kopen. Sommige waren echt erg mooi.'

'Aquaria zijn zelfs nog moeilijker schoon te maken dan hamsterkooien.'

'Ik weet zeker dat je er wel achter zou komen hoe het moet, papa.'

'Misschien. Maar ik weet niet waar we het aquarium dan moeten zetten.'

'We kunnen hem op de keukentafel zetten!'

'Dat is een idee. Maar waar zouden we dan eten?'

'We kunnen op de bank eten.'

Ik kon een glimlach niet onderdrukken. Ik vond het heerlijk om met mijn dochter te praten. Eerlijk waar.

Op weg naar huis reed ik langs de kruidenier. Ik nam een van de recepten die Liz me had gegeven en verzamelde de ingrediënten voor kipquesadilla's.

Ik liet London het avondeten bijna helemaal zelf maken. Ik leidde haar langs elke stap – en ik sneed de kip nadat zij hem had aangebakken – maar afgezien van die dingen deed London alles zelf. Ze bakte de kip, voegde de stukjes toe aan de tortilla's, voegde de geraspte kaas eraan toe en vouwde de tortilla's voordat ze elk ervan in een pan legde zodat ze ze aan beide kanten kon roosteren.

Toen het eten klaar was, nam ze me mee naar de tafel en ik bracht twee borden eten, bestek en twee glazen melk ernaartoe.

'Dit ziet er heel lekker uit en het ruikt heerlijk,' zei ik.

'Ik wil een foto maken voor tante Liz en tante Marge. Voordat je begint.'

'Oké,' zei ik. Ik gaf mijn telefoon aan haar, waarna ze foto's van beide borden nam en ze naar hen beiden verzond.

'Waar heb je geleerd te sms'en?' vroeg ik verbluft.

'Mama heeft het me laten zien. En Bodhi ook. Hij heeft het me laten zien op Emily's telefoon. Ik denk dat ik wel oud genoeg ben voor een telefoon.'

'Dat ben je misschien wel, maar ik praat liever rechtstreeks met jou.'

Ze draaide met haar ogen, maar ik kon merken dat ze het grappig vond. 'Je mag nu gaan eten als je wilt,' zei ze.

Ik sneed een stukje af met mijn vork en nam een hap.

'Wauw,' zei ik. 'Dit is erg lekker. Je hebt het fantastisch gedaan.'

'Dank je wel,' zei ze. 'Vergeet niet je melk op te drinken.'

'Dat zal ik doen,' zei ik. 'Niet te geloven hoe groot je al bent.'

'Ik ben bijna zes.'

'Ik weet het. Weet je al wat je voor je verjaardag wilt?'

Ze dacht erover na. 'Misschien een aquarium,' zei ze. 'En heel veel mooie visjes. Of misschien een poedel zoals Noodle.'

Misschien, dacht ik bij mezelf, was het toch niet zo'n goed idee geweest om de dag in de dierenwinkel door te brengen.

Nadat London naar bed was gegaan, belde ik Emily.

Ik trof haar terwijl ze op bed lag, en zoals altijd raakten we verzeild in een ongedwongen gesprek dat een mengeling was van herinneringen ophalen aan vroeger en details bespreken van ons huidige leven. Het gesprek duurde bijna veertig minuten, en toen ik ophing, besefte ik dat praten met Emily niet alleen onderdeel van mijn dagelijkse routine was geworden, maar ook een van de lichtpuntjes van mijn dag.

Op vrijdagmiddag stuurde Vivian een berichtje dat ze tussen negen en tien zou aankomen, wat flink later was dan Londons normale bedtijd.

Nadat ik op mijn werk het berichtje had gekregen, nam ik even de tijd om me af te vragen wat er eventueel van me verwacht werd als ze kwam, aangezien London misschien niet wakker was. Zou Vivian eindelijk willen praten? Televisiekijken in de woonkamer met of zonder mij? Of zou ze rechtstreeks naar de logeerkamer gaan? En wat moest ik het hele weekend doen?

Ik probeerde Emily's zenmantra te herhalen, maar het hielp niet.

Ergens, zo wist ik, probeerde ik er nog steeds achter te komen hoe ik het Vivian naar de zin moest maken.

Oude gewoontes slijten maar moeizaam.

Nu dansles van de agenda was, koos ik opnieuw voor het romantische avondje met London, met het idee om haar wakker te houden tot Vivian aankwam. Ik bedacht dat het leuk zou zijn om samen met haar uit eten en naar de film te gaan, en het lukte me een kinderfilm te vinden die op tijd afgelopen zou zijn zodat we om negen uur thuis waren. Daarna kon London nog snel in bad en haar pyjama aandoen, en met een beetje geluk zou Vivian ongeveer rond die tijd aankomen.

Ik vertelde mijn plannen aan London toen ik haar van school ophaalde, en zodra we thuiskwamen, snelde ze de trap op om zich klaar te gaan maken.

'Je hebt meer dan genoeg tijd,' riep ik achter haar aan. 'We hoeven pas om half zes weg.'

'Ik wil nu al beginnen!' riep ze terug.

Om vier uur was ze helemaal omgekleed, en ze trof me aan in mijn werkkamer, werkend aan de computer om de stillshots af te ronden die ik tussen de beelden van de hondencommercial wilde zetten.

Ze had een witte blouse, een witte rok en witte schoenen en kousen uitgekozen, en haar haar naar achteren gedaan met een witte hoofdband.

'Je ziet er heel mooi uit,' zei ik, in gedachten alle Italiaanse restaurants wegstrepend als mogelijkheid om naartoe te gaan. Eén keer morsen en haar outfit zou verprutst zijn.

'Dank je wel,' zei ze. 'Maar ik vind de pleister op mijn voorhoofd niet mooi. En mijn spalk ook niet.'

'Ik had ze niet eens gezien,' zei ik. 'Ik weet zeker dat je het knapste meisje van het hele restaurant zult zijn.'

Ze straalde. 'Wanneer vertrekken we?'

'We hebben nog anderhalf uur.'

'Oké,' zei ze. 'Ik kan wel in de woonkamer zitten tot we klaar zijn.'

'Je zou met je Barbies kunnen spelen,' stelde ik voor.

'Ik wil niet dat mijn jurk kreukt.'

Uiteraard.

'Wat wil je dan doen?'

'Ik weet het niet. Maar ik wil niet vies worden.'

Daar dacht ik over na. 'Zou je Hoot Owl Hoot! nog een keer willen spelen?'

Ze klapte in haar handen. 'Ja!'

We speelden een uur en daarna ging ik me omkleden. Net als de laatste keer trok ik een pantalon en een blazer aan, samen met een stijlvol nieuw paar instappers. London wachtte op me in de hal, en in een poging een beetje formaliteit aan de gelegenheid toe te voegen, boog ik voordat ik de deur voor haar opendeed.

We dineerden bij een van de chiquere steakrestaurants en na een paar minuten volwassenachtig gesprek gleed London weer in de kleinemeisjesmodus. We praatten over Bodhi en haar juf en school en over het soort vissen dat ze in het aquarium wilde.

Daarna gingen we naar de bioscoop, waar London energie van kreeg – of misschien kwam het door de met chocola omhulde rozijntjes – en zin om haar moeder te zien. Ze ging vlug naar boven toen we thuiskwamen, nam snel een bad en deed snel haar pyjama aan.

Vivian kwam thuis vlak nadat ik was begonnen met voorlezen. London sprong uit bed en rende naar beneden. Ik volgde haar en keek toe hoe ze zich in de armen van haar moeder stortte, waarbij Vivian van tevreden gelukzaligheid haar ogen sloot.

'Ik ben zo blij dat ik je nog te zien heb gekregen voordat je ging slapen,' zei Vivian.

'Ik ook. Papa en ik hielden een romantisch avondje. We zijn uit eten geweest en we zijn naar de film geweest en we hebben over mijn aquarium gepraat!'

'Aquarium?'

'Voor haar verjaardag,' zei ik. 'Hoe gaat het met je?'

'Goed. Het is een lange rit, vooral als je er in het spitsuur mee begint.'

Ik knikte, en ik had het merkwaardige gevoel dat ik hier niet hoorde. Ik gebaarde naar boven. 'Als je naar boven wilt gaan: ik heb haar al voorgelezen.'

Ze keek weer naar London. 'Wil je dat mama je een paar verhaaltjes voorleest?'

'Ja!' riep London. Ik keek toe hoe de twee de trap op naar boven gingen. En hoewel ik in mijn eigen huis was met mijn vrouw en dochter, voelde ik me plotseling heel erg alleen.

Ik trok me terug in de slaapkamer. Ik wilde niet met Vivian praten, en ik dacht dat zij dat ook niet zou willen. In plaats daarvan las ik in bed en probeerde ik niet te denken aan het feit dat Vivian de nacht onder hetzelfde dak zou doorbrengen.

Ik fantaseerde kort over dat ze mijn slaapkamer binnen sloop en vroeg me af wat ik zou doen. Zou ik er zwijgend mee instemmen met het excuus dat we nog steeds getrouwd waren? Of zelfs als een soort laatste ritueel? Of zou ik net zo standvastig zijn als Emily was toen David haar probeerde te verleiden?

Ik zou wel willen dat ik meer als Emily zou zijn, maar ik wist niet of ik wel zo sterk zou zijn als zij. Toch had ik het gevoel dat geen van ons er na afloop blij mee zou zijn. Ik maakte geen deel meer uit van haar toekomst, en het zou alleen de greep versterken die Vivian nog steeds op me had, ondanks alles wat ze had gedaan. Bovendien vermoedde ik dat ik me schuldig zou voelen. Want terwijl ik me voorstelde dat ik weer zou vrijen met Vivian, besefte ik plotseling heel helder dat ik nog liever wilde dat het Emily was.

De volgende ochtend stond ik vroeg op en ging ik een heel eind hardlopen. Ik douchte, maakte ontbijt voor mezelf en was mijn tweede kop koffie aan het drinken toen Vivian me in de keuken aantrof. Ze was in een lange pyjama, een setje dat ik haar een paar jaar geleden voor haar verjaardag had gegeven. Ze ging naar de kast en haalde er een theezakje uit, en deed toen water in de ketel op het fornuis.

'Goed geslapen?' vroeg ik.

'Ja. Dank je wel. De matras in de logeerkamer is beter dan ik me herinner. Maar misschien ben ik gewoon moe.'

‘Heb je besloten wat je vandaag met London wilt doen? Na beeldende kunst, bedoel ik?’

‘Ik wil niets doen wat te veeleisend is. Ze moet het nog steeds rustig aan doen. We zouden naar Discovery Place kunnen gaan, maar ik wil zien wat London wil doen.’

‘Ik ga naar kantoor,’ deelde ik haar mee. ‘Ik wil zoveel mogelijk doen voor de plastisch chirurg, vooral omdat hij alles liet vallen om London te helpen.’

‘Wil je hem namens mij bedanken? Hij heeft heel goed werk afgeleverd. Ik heb er gisteravond naar gekeken.’

De ketel floot en ze goot heet water in haar kopje. Ze leek te overwegen of ze wel of niet bij me zou komen zitten en pakte uiteindelijk een stoel.

‘Ik moet je iets vertellen,’ zei ik. ‘Over dansles.’

‘Wat is er met dansles?’ Vivian nam voorzichtig een slokje van haar dampende kopje.

Ik vertelde haar alles en probeerde het zo beknopt mogelijk te houden, waaronder het feit dat London niet mee zou mogen dansen bij de uitvoering.

‘Hè?’ zei Vivian. ‘En je hebt haar verteld dat London in het ziekenhuis had gelegen?’

‘Dat heb ik haar verteld. Het maakte niets uit. En toen vertelde London me ronduit dat ze niet meer wil gaan. Ze denkt dat juf Hamshaw haar niet leuk vindt.’

‘Als ze niet wil gaan, moet je haar niet dwingen. Het is maar dansen.’

Vivian haalde uitgebreid haar schouders op. Ze sprak zonder ook maar één moment te erkennen dat ze er eerst op gestaan had dat London de lessen zou bijwonen. Er was geen reden om erover te beginnen, maar het deed me me afvragen of ik ooit zou begrijpen hoe Vivian in elkaar zat. En of ik haar eigenlijk ooit wel had begrepen.

London kwam naar beneden toen we nog steeds in de keuken zaten. Ze liep naar de tafel, nog steeds versuft van de slaap.

‘Hoi papa en mama,’ zei ze, terwijl ze ons allebei een knuffel gaf.

‘Wat kan ik voor ontbijt voor je maken?’ vroeg Vivian.

‘Lucky Charms.’

‘Oké, liefje,’ zei Vivian. ‘Ik pak het voor je.’

Ik vouwde mijn krant en stond op, en probeerde mijn verbijstering te maskeren over hoe gemakkelijk Vivian had ingestemd met Londons verzoek om een suikerrijk ontbijtproduct.

‘Veel plezier vandaag, dames,’ zei ik.

Ik bracht bijna de hele dag achter de computer door en maakte alles af wat ik kon wat betreft het technologische aspect van de reclamecampagne van de plastisch chirurg, afgezien van het posten van de patiëntenfilmpjes op de website. Ik stuurde de informatie door aan mijn technische mannetje en e-mailde bovendien reminders aan de patiënten dat er dinsdag gefilmd zou worden.

Het was bijna zes uur toen ik eindelijk opkeek. Ik stuurde een berichtje naar Vivian om te vragen hoe laat London naar bed zou gaan, omdat ik haar wilde voorlezen. Vivian antwoordde onmiddellijk om de tijd door te geven. Omdat ik tijdens de lunch had doorgewerkt, haalde ik een sandwich bij de delicatessenzaak aan de overkant en besloot ik Emily te bellen.

‘Tref ik je op een slecht moment?’ vroeg ik terwijl ik mijn bureau opruimde.

‘Helemaal niet,’ zei ze. ‘Bodhi zit op zijn kamer te spelen en ik was net de keuken aan het schoonmaken. Hoe gaat je weekend?’

‘Tot nu toe goed. Ik ben de hele dag op kantoor geweest. Heb een berg werk verzet. Ik ga nu zometeen naar huis om London voor te lezen.’

‘Ik zag haar vandaag toen ik Bodhi bij kunstvaardigheid afzette. En Vivian ook.’

‘Hoe ging dat?’

‘Ik ben niet blijven hangen om te kletsen,’ zei ze.

‘Heel verstandig. Ik zal waarschijnlijk ook wel een manier vinden om me voor Vivian te verbergen nadat ook ik London heb voorgelezen. Het heeft geen zin om de boel op scherp te zetten. Wat zijn jouw plannen voor vanavond?’

‘Niets. De keuken verder schoonmaken, televisiekijken. Misschien een glas wijn drinken nadat Bodhi naar bed is gegaan.’

Onuitgenodigd kwamen er weer gedachten aan vrijen met Emily bovendrijven, net zoals gisteravond. Ik duwde ze ferm weg.

'Wil je soms wat gezelschap?' vroeg ik. 'Nadat ik klaar ben met London? Ik zou een uurtje langs kunnen komen. Misschien kun je me dat schilderij laten zien waaraan je hebt gewerkt.'

Ze aarzelde en ik was er zeker van dat ze nee zou zeggen.

'Dat zou ik leuk vinden,' zei ze in plaats daarvan.

Ik kwam thuis net op het moment dat London zich klaarmaakte om naar bed te gaan, en zoals gewoonlijk gleden Vivian en ik in onze vertrouwde rollen. Zij las eerst voor en daarna ging ik naar boven om London voor te lezen. London kletste over haar dag – naast beeldende-kunstles en Discovery Place waren ze naar het winkelcentrum gegaan – en tegen de tijd dat ik het licht uitdeed, was Vivian al in de logeerkamer met de deur dicht.

Ik klopte aan de deur en hoorde haar stem van de andere kant.

'Ja?'

'Ik ga even weg. Ik wilde het je gewoon even laten weten, voor het geval dat London wakker wordt. Ik denk dat ik voor elven weer terug ben.'

In de stilte die volgde, kon ik haar bijna horen vragen: *Waar ga je naartoe?*

'Oké,' zei ze na een tijdje. 'Dank je dat je het me laat weten.'

Emily had een briefje op de deur geplakt, waarop ze zei dat ik mocht binnenkomen en door moest lopen naar de veranda aan de achterkant.

Ik liep zachtjes door het huis, om te proberen Bodhi niet wakker te maken. Ik voelde me een beetje als een tiener die langs zijn ouders probeert te sluipen, en vroeg me af of het kind in ons ooit echt bij ons allemaal is weggegaan.

Emily was vanavond op blote voeten, gekleed in spijkerbroek en een rode blouse, met haar lange benen op een lage bank die langs de veranda stond; er was een stoel naast haar gezet. Op het tafeltje van de veranda stond een open fles wijn en een leeg glas; zelf had ze een halfvol glas in haar hand.

'Perfecte timing,' zei ze. 'Ik heb net even gekeken bij Bodhi en hij ligt diep in slaap.'

'London ook.'

'Ik ben alvast zonder jou begonnen,' zei ze, terwijl ze haar eigen glas ophief. 'Ga je gang.'

Ik schonk in en ging naast haar zitten. 'Dank je wel dat je me ontvangt.'

'Als een vriend zegt dat hij zich wil verbergen, staat mijn deur open. Maar hoe gaat het nu echt?'

Ik dacht na over de vraag voordat ik antwoord gaf. 'We hebben geen ruzie gemaakt, maar we hebben elkaar dan ook niet veel gezien. Maar het is wel vreemd. Het voelt alsof er zo'n ongemakkelijke zwaarte in het huis hangt.'

'Emoties zijn zware dingen,' zei ze. 'En het is nog steeds vroeg voor jullie twee. Hoe ging het met London toen je haar voorlas?'

'Prima. Ze hadden een leuke dag gehad.'

'Denk je dat ze al weet wat er aan de hand is?'

'Ik denk dat ze weet dat er iets is veranderd, maar dat is alles.'

'Dat is waarschijnlijk voorlopig goed. Het is al moeilijk genoeg om door dit stadium te komen zonder je ook nog zorgen te maken om je kind.'

Ik knikte, want ik wist dat ze gelijk had.

'Zit je hier vaak?'

'Minder vaak dan ik zou moeten doen; soms vergeet ik hoe mooi het hier is. Ik vind het heerlijk om de sterren tussen alle bomen te zien, en het geluid van de krekels.' Ze schudde haar hoofd. 'Ik weet het niet... ik denk dat ik gewoon vastzit in de sleur. Dat is de reden waarom ik er nog steeds niet aan ben toegekomen om het huis te koop te zetten. Ik word lui.'

'Ik vind niet dat je lui bent. We zijn gewoon gewoontedieren.' Ik nam een slokje wijn en liet een prettige stilte tussen ons neerdalen. Na een tijdje zei ik: 'Ik heb het gevoel dat ik je moet bedanken.'

'Waarom?' Ik voelde haar zich naar me toe keren, haar ogen naar me op zoek in de duisternis.

'Omdat je me langs hebt laten komen. Omdat je met me aan de

telefoon praat. Vanwege het advies dat je geeft. Omdat je mijn verwarring en gejammer verdraagt. Voor alles.'

'Daar zijn vrienden toch voor.'

'Emily, we zijn oude vrienden,' zei ik. 'Maar het is lang geleden en het is nou niet zo dat we de afgelopen vijftien jaar close zijn geweest. Maar op de een of andere manier ben je in korte tijd een van mijn beste vrienden geworden, alweer.'

Ik kon het sterrenlicht in haar ogen zien schitteren. 'Ik las ooit iets over vriendschap en dat is me bijgebleven. Het gaat zo: vriendschap gaat niet over hoe lang je iemand kent. Het gaat over wie er je leven binnenloopt, zegt: "Ik ben er voor jou," en dat dan bewijst.'

Ik glimlachte. 'Dat vind ik mooi.'

'Russ, je klinkt alsof je denkt dat je me tot last bent. Maar dat ben je niet. Geloof het of niet, maar ik vind het leuk om met je te praten. En ik vind het leuk dat we onze vriendschap weer hebben opgepakt. Afgezien van Grace en Marguerite ben ik alleen met Bodhi. En, ik weet niet... het heeft iets fijns dat we maar een half woord nodig hebben om elkaar te begrijpen. Niet alles hoeven uitleggen over wie we zijn en waar we vandaan komen. Al die dingen weten we allemaal al.'

'Ik ben gewoon als een oude schoen voor je, hè?'

Ze lachte. 'Een lievelingsschoen... misschien. Een die altijd precies past en die je nooit hebt kunnen vervangen.'

Op dat moment voelde ik een oprechte warmte van haar afstralen, en het was een heel geruststellende gewaarwording; een gewaarwording die ik had gemist, besefte ik, in al die onzekere jaren met Vivian.

'Zo voel ik het ook, Em.' Ik staarde naar haar. 'Echt.'

Ze was even stil en liet het glas wijn in haar handen ronddraaien. 'Weet je nog die avond toen we vast kwamen te zitten in het reuzenrad? De avond van het vuurwerk?'

'Ja, dat weet ik nog,' zei ik.

'Ik dacht dat je me een aanzoek zou doen die avond,' zei ze zachtjes. 'En toen je dat niet deed, was ik zo... teleurgesteld.'

'Het spijt me,' zei ik, en ik meende het.

'Dat hoeft niet... het is suf.' Ze wuifde mijn verontschuldiging weg. 'Wat ik ermee wil zeggen is dat ik ja zou hebben gezegd en dat we misschien zouden zijn gaan trouwen. Maar dat betekent ook dat ik Bodhi niet zou hebben gehad en jij London niet, en wie zouden we dan zijn geweest? Misschien zouden we uiteindelijk zijn gaan scheiden. Of elkaar nu haten.'

'Ik denk dat we het wel gered zouden hebben.'

Haar glimlach leek een spoortje melancholie te bevatten. 'Misschien. We zullen het nooit weten. We zijn allebei genoeg toegetakeld door het leven om te begrijpen hoe onvoorspelbaar het kan zijn.'

Ik staarde naar haar. 'Je weet toch wel dat je voortdurend dingen zegt die me verrassen en me aan het denken zetten?'

'Dat komt doordat ik geesteswetenschappen heb gestudeerd en niet bedrijfskunde.'

Ik lachte, plotseling overspoeld door dankbaarheid dat ze in mijn leven was teruggekomen, net op het moment dat ik haar het hardst nodig had.

Pas ruim na middernacht kwam ik eindelijk thuis.

'Je was laat thuis gisteravond,' merkte Vivian op toen onze wegen elkaar de volgende ochtend kruisten in de keuken. 'Ik dacht dat je zei dat je om elf uur thuis zou zijn.'

Ondanks de late avond was ik vroeg opgestaan en was ik er al klaar voor om met mijn dag te beginnen tegen de tijd dat Vivian naar beneden kwam.

'Ik was de tijd uit het oog verloren,' zei ik. Ik kon merken dat ze nieuwsgierig was over waar ik was geweest en wat ik had gedaan, maar het was haar zaak niet. Niet meer. Ik veranderde van onderwerp door te vragen: 'Hoe laat denk je dat je weggaat? Gezien het feit dat je moet rijden?'

'Zes uur, half zeven? Ik weet het nog niet zeker.'

'Wil je eten met het hele gezin voordat je gaat?'

'Ik was van plan London vroeg mee uit eten nemen.'

'Prima,' zei ik. 'Dan ben ik hier om zes uur.'

Ze leek te wachten tot ik iets over mijn plannen voor de dag zou vertellen. In plaats daarvan ging ik verder met koffiedrinken en de krant lezen. Toen ze besefte dat ik niets meer ging zeggen, ging ze uiteindelijk terug naar boven, ongetwijfeld zodat ze kon douchen en zich klaarmaken voor haar dag met London.

21

Op de toppen van mijn kunnen

Emily en ik zagen elkaar zes keer voordat we met elkaar naar bed gingen. Ons eerste afspraakje na de bruiloft was de trektocht die ze had voorgesteld; ook gingen we naar een concert. We zijn een paar keer samen uit eten geweest. Tegen die tijd was ik al zwaar verliefd op haar, maar ik wist niet precies wat zij voor mij voelde.

Die ochtend haalde ik haar vroeg op en reden we naar Wrightsville Beach. We lunchten in een klein restaurantje aan zee waarna we naar de waterkant liepen. We verzamelden schelpen in mijn honkbalpetje terwijl we langzaam over het strand in de richting van de pier liepen, en ik zie nog steeds zo voor me hoe het briesje de glinsterende lokken van haar haar optilde terwijl ze voorover bukte om een bijzonder mooie schelp op te pakken.

We wisten allebei wat er zou gaan gebeuren. Ik had een hotelkamer gereserveerd voor die nacht, maar in plaats van dat ze steeds zenuwachtiger werd naarmate de dag verstreek, leek ze langzamerhand een toestand van luie ongedwongenheid te bereiken. Laat in de middag, toen we hadden ingecheckt, nam ze een lange douche terwijl ik op het bed lag, zappend langs de televisiezenders. Daarna stapte ze de douche uit met alleen een handdoek om, om schone kleren te pakken.

'Waar zit je naar te kijken?'

Naar jou, had ik kunnen zeggen. Maar in plaats daarvan antwoordde ik: 'Niets eigenlijk. Ik wacht gewoon tot je klaar bent in de badkamer zodat ik ook kan douchen.'

'Ben zo klaar,' beloofde ze.

Het drong tot me door dat Emily me, meer dan enige andere vrouw op dat moment in mijn leven, me op mijn gemak deed voelen omdat ze zich altijd zo op haar gemak leek te voelen bij mij. Ik gaf haar een paar minuten voor-

dat ik opstond van het bed. Inmiddels was ze aangekleed en was ze bezig wat make-up op te doen.

'Wat doe je?' vroeg ze.

'Gewoon, naar jou kijken.' Ik ontmoette haar blik in de spiegel.

'Waarom?'

'Ik vind het sexy om te kijken hoe je make-up op doet.'

Ze draaide zich om en vormde een tuitje met haar lippen. We kusten elkaar en ze draaide zich weer om.

'Waar was dat voor?'

'Als ik eenmaal lippenstift op heb, kun je me een tijdje niet kussen. Tenzij jij ook lippenstift op wilt.'

Ik bleef nog een minuutje kijken voordat ik weer naar het bed liep. Ik plofte erop neer, met een aangename roes in mijn hoofd van haar kus en de belofte van de avond die komen ging.

We aten in een bistro die uitkeek op de Intracoastal Waterway, het kanaal dat langs de hele zuidoostelijke kust loopt, en bleven nog lang nadat de zon was ondergegaan met elkaar aan tafel zitten. Op weg naar buiten hoorden we muziek, en we volgden het geluid naar een bar verderop in de straat, waar we een bandje zagen spelen. We dansten tot de bar dichtging, op een aangename manier moe, en slenterden na middernacht terug naar het hotel.

De spanning knetterde tussen ons toen ik de deur openmaakte en we onze kamer binnen stapten. De kamermeisjes hadden het bed opengeslagen en de lichten waren gedimd. Ik liet mijn arm om Emily heen glijden en trok haar tegen me aan, en ik voelde de warmte van haar lichaam tegen dat van mij.

Toen kuste ik haar, en onze tongen ontmoetten elkaar terwijl mijn handen langzaam de contouren van haar lichaam begonnen te verkennen. Ze hijgde een beetje en onze hartstocht werd intenser toen ik door de dunne stof van haar jurk haar borst voelde. Haar vingers gingen naar de knopen van mijn overhemd.

We bleven elkaar kussen terwijl ze ze een voor een losmaakte. Ik tilde haar jurk op en ze stak haar armen omhoog om me te helpen. Ik liet hem over haar hoofd glijden terwijl mijn overhemd op de grond viel, en toen voelde haar huid vurig aan tegen die van mij. Vervolgens was de beurt aan haar beha, en al gauw lagen we naakt op bed en bewogen we samen, helemaal opgaand in onze gevoelens en elkaars mysteries.

Het gebeurde uiteindelijk op woensdag, en ik moet toegeven dat ik net zo verbaasd was als de receptioniste, maar daar kom ik nog op. Alles op zijn tijd.

Op zondag waren Marge en Liz niet bij mijn ouders toen ik aankwam, en toen ik haar thuis belde, klonk Marge vreselijk ellendig. Hoesten, pijn, koortsig, de hele rataplan. Toen mijn moeder erachter kwam, besloot ze ter plekke om kippensoep te maken, die ik vervolgens naar Marge moest brengen. Ze zag er zo mogelijk nog slechter uit dan ze klonk, en grapte dat zelfs Liz op een afstandje bleef, aangezien het wel duidelijk was dat ze was besmet met de pest.

Ik besloot het risico te nemen en omhelsde haar toch, waarna ik naar huis ging.

Vivian vertrok rond half zeven, nadat ze London thuis had gebracht van waar ze uit eten waren geweest. Haar vertrek was al net zo hartelijk als de rest van het weekend was geweest. Ze stelde geen vragen over mijn dag en ik stelde geen vragen over die van haar; we wensten elkaar alleen maar het beste toen ze de deur uit liep. Nadat ik London naar bed had gebracht, belde ik Emily om te vragen of ze het goed vond om London dinsdag van school op te halen, aangezien ik de hele dag aan het filmen zou zijn. Emily verzekerde me dat het geen probleem zou zijn.

Op maandag ging Taglieri's nieuwe website de lucht in, en werden de eerste twee reclamespotjes voor het eerst uitgezonden. Ik postte de spotjes op zijn website en op YouTube. Ik werkte thuis zodat ik de spotjes kon bekijken als ze op tv kwamen, en tijdens het kijken voelde ik een bijna tastbare opwinding. Intussen werkte ik aan sjablonen voor direct mail en billboards voor de plastisch chirurg, en probeerde ik de messaging goed te krijgen. Op dinsdag filmde ik zijn patiënten – een erg lange dag, zoals ik al had voorspeld – en ging vervolgens London ophalen bij Emily, waar we uiteindelijk ook bleven eten, tot Londons grote blijdschap.

Toen ik op woensdag naar mijn kantoor reed, ontving ik een berichtje van Taglieri waarin hij me vroeg om hem te bellen, en ik voelde mijn hart in de schoenen zinken. Misschien omdat het afgelopen weekend geen drama's had opgeleverd met Vivian, wist ik nu zeker dat hij belde met wat alleen maar slecht nieuws van het scheidingsfront kon zijn.

Ik belde meteen terug nadat ik de auto had weggezet, terwijl ik buiten voor mijn kantoor stond. Ik had de behoefte om te staan terwijl ik met hem praatte.

'Hoi, Joey,' zei ik, proberend mijn stem gelijkmatig te houden. 'Ik heb je berichtje gekregen. Wat is er?'

'Mijn bedrijf,' zei hij. 'Mijn toekomstige bankrekening.'

'Sorry?'

'Weet je dat gratis telefoonnummer nog? Dat nummer dat je overal in die twee reclamefilmpjes in beeld hebt gebracht? De telefoon staat niet stil. Het is een gekkenhuis. De mensen vinden het filmpje met dat meisje geweldig. Ze vinden het hilarisch. En nu kunnen we ze doorverwijzen naar de website voor algemene informatie. Het is ongelooflijk. Dat had ik nooit gedacht. Mijn medewerkers rennen zich het apezuur om het allemaal bij te houden.'

'Je bent blij,' zei ik, helemaal verdoofd.

'Nou en of ik blij ben. Wanneer wordt dat filmpje met die hond uitgezonden? En je moet met nog wat meer ideeën komen. Dus zet die grijze cellen van je maar vast aan het werk.'

'Dat kan ik wel doen,' zei ik.

'En Russ?'

'Ja?'

'Bedankt.'

Ik hing op en liep het kantoor binnen, met het gevoel alsof ik een kop groter was geworden. Toen ik naar de receptioniste zwaaide, zag ik haar haar hand opsteken.

'Meneer Green? Wilt u uw berichten niet horen?'

'Heb ik berichten dan?'

'Twee, om precies te zijn. Allebei van advocatenfirma's.'

Opnieuw dacht ik aan Vivian en vroeg ik me af of ze tegen haar advocate had gezegd dat ze me rechtstreeks moest benaderen. Zo ja, dan wist ik niet waarom ze de vrouw mijn mobiele nummer niet had gegeven; voor zover ik wist, had Vivian mijn werknummer niet eens.

Maar het was Vivians advocate niet die gebeld had. Eén telefoontje was van een firma in Greenville, South Carolina, die gespecialiseerd was in groepsvorderingen, het andere van een letselschadefirma in Hickory. In beide gevallen werd ik meteen doorverbonden met senior partners, die allebei graag met me leken te willen praten.

'Ik vind die reclamefilmpjes die je voor Joey Taglieri maakt te gek, en we vroegen ons af of je langs zou willen komen om een presentatie te houden over je diensten.'

Nadat ik had opgehangen, joelde ik van blijdschap. Ik moest het gewoon aan iemand vertellen.

Ik pakte mijn telefoon en stond op het punt om Marge te bellen, maar besloot toen op het laatste moment om in plaats daarvan Emily te bellen.

Ik zweefde.

Zo voelde ik me de rest van de week. Alsof ik vrij zweefde, los van de zorgen die me maandenlang omlaag hadden getrokken.

Hoewel het misschien maar tijdelijk zou zijn – alles wat omhooggaat komt tenslotte ook weer een keer omlaag – besloot ik dat ik van elke minuut zou gaan genieten, zelfs al haalde ik de twee nieuwe firma's niet binnen als cliënt. Hoewel het al geweldig zou zijn als die twee firma's zouden tekenen, had ik op vrijdag intussen nog drie telefoontjes gekregen van advocaten, zodat ik in totaal vijf nieuwe potentiële cliënten had, die allemaal zelf contact met mij hadden gezocht. Met alle firma's had ik afspraken voor presentaties gemaakt, en afhankelijk van hoeveel er daadwerkelijk zouden tekenen, had ik het idee dat ik misschien wel iemand in dienst zou moeten nemen, alleen al om bij te kunnen blijven.

Phoenix Agency was nu definitief van start.

'Wat ga je doen met al het extra geld dat je gaat verdienen?' vroeg Marge tijdens de lunch aan me. Het was vrijdagmiddag, en ik had besloten om als beloning maar een halve dag te werken. 'Want toevallig heb je een zus die wel zin heeft in een nieuwe auto.'

'Dat zou je wel willen, hè?'

'Ik heb altijd geweten dat je het zou gaan maken.'

'Ik heb het nog niet gemaakt,' waarschuwde ik. 'Ik moet de presentaties nog maken.'

'Daar ben je goed in. Je was alleen niet zo goed in de telefoon laten rinkelen.'

Ik glimlachte, nog steeds in een roes. 'Ik vind het zo spannend. En ik ben zo opgelucht.'

'Dat kan ik me voorstellen.'

'Hoe voel jij je?'

Ze trok een gezicht. 'Een beetje beter. Ik hoest nu niet meer zoveel overdag, maar de nachten zijn nog steeds behoorlijk zwaar. Ik heb die idioot van een huisarts van me eindelijk weten te overtuigen dat hij me wat antibiotica voorschrijft, maar daar ben ik gisteren pas mee begonnen. Hij zei dat ik me misschien maandag pas beter zou gaan voelen.'

'Dat is balen.'

'Het is ook vervelend voor Liz. Ik maakte haar steeds maar wakker, dus ben ik begonnen in de logeerkamer te gaan slapen.'

'Dus mams kippensoep heeft niet gewerkt?'

'Nee. Maar hij was wel lekker.' Ze duwde haar sandwich van zich af. 'Wat zijn jouw plannen voor het weekend? Vivian komt toch niet?'

'Ze komt volgend weekend. Voor Londons verjaardag. En ik kan me niet voorstellen dat London niet zou willen dat Bodhi kwam, wat betekent dat Emily zich waarschijnlijk ook zal laten zien op het feestje.'

'En ik,' zei Marge met een grijns. 'Ik kan niet wachten om dat te zien.'

'Er gaat niets gebeuren. Ze gedraagt zich de laatste tijd heel goed.'

'Hm... maar zien hoelang dat duurt,' zei Marge met een sceptische blik. 'Trouwens, ga je nog naar papa en mama morgen? Liz en ik zijn van plan even langs te gaan, vooral omdat we er vorig weekend niet waren. Omdat ik een besmettelijke ziekte had, bedoel ik.'

'Goddank heb je het niet aan Liz gegeven,' merkte ik op.

'Ja, vooral omdat ze omkomt in het werk. Een van de andere therapeuten in haar praktijk is al sinds eind juli met zwangerschapsverlof.'

'Over zwangerschap gesproken, wanneer hebben jij en Liz een

afspraak met de vruchtbaarheidsspecialist? Zei je niet ergens in november?'

Ze knikte. 'De twintigste. De vrijdag voor Thanksgiving.'

'Wat gebeurt er als jullie allebei kinderen kunnen krijgen? Zouden jullie dan allebei zwanger willen worden?'

'Dan zou ik het kind krijgen. Het heeft me altijd leuk geleken om zwanger te zijn.'

'Zeg dat maar als je dat gevoel nog steeds hebt als je rond de acht maanden bent. Tegen de tijd dat London werd geboren, was Vivian het helemaal zat om zwanger te zijn.'

'Dat is Vivian, en zij was jonger. Ik weet dat dit de enige keer zal worden voor mij, en ik zou ervoor zorgen dat ik van elke minuut genoot.'

'Als je een kind krijgt, verandert dat je leven volkomen. Het heeft absoluut dat van mij veranderd.'

Ze keek bijna melancholiek. 'Ik kan niet wachten.'

Toen ik London van school ophaalde, was het eerste wat ze vroeg toen ze in de auto stapte of we weer een romantisch avondje zouden hebben.

'Want het is vrijdag en mama is er niet.'

Waarom ook niet? 'Dat klinkt als een fantastisch idee.'

'Wat zullen we doen?' vroeg London, nu al helemaal door het dolle heen bij het vooruitzicht.

'Hm,' zei ik. 'We kunnen thuis eten of we kunnen uit eten gaan. Of we zouden naar het echte aquarium kunnen gaan.'

'Het aquarium! Kunnen we daar echt heen?'

'Natuurlijk. Ik weet vrij zeker dat het tot acht uur open is.'

'Kunnen we Bodhi vragen of hij mee wil?'

'Wil je Bodhi meenemen op ons romantische avondje?'

'Ja. En dan kan ik mijn vlindervleugels omdoen. Die ik in de dierentuin heb gekregen. En hij kan die van hem ook omdoen.'

'Naar het aquarium?'

'Voor de vissen,' zei ze.

Ik wist niet zeker of ik het verband begreep, maar als zij dat graag wilde, vond ik het best.

'Ik kan wel bellen, maar misschien heeft Bodhi het wel druk vanavond. Het is een beetje op het laatste moment.'

'We moeten het proberen. En Emily kan ook meekomen.'

Ik wachtte tot we thuis waren voordat ik Emily belde. Toen ik het aquarium ter sprake bracht, vroeg ze of ik even wilde blijven hangen en riep toen Bodhi.

'Wil je vanavond naar het aquarium? London gaat erheen!'

'Ja!' hoorde ik Bodhi schreeuwen, en toen kwam Emily weer aan de lijn.

'Ik neem aan dat je hem gehoord hebt.'

'Ja,' zei ik.

'Hoe laat zat je te denken?'

'Zal ik jullie over een uur komen ophalen?'

Ze aarzelde. 'Zal ik jullie ophalen? Dvd's voor de kinderen, weet je nog wel? Ik weet dat het niet zo heel ver is, maar we komen in de spits terecht. Vind jij het goed om weer te rijden?'

'Tuurlijk,' beaamde ik.

'Stuur me maar een berichtje met je adres. En dan ga ik ons nu klaarmaken. Zie je zo.'

'O,' zei ik, 'London wil dat Bodhi de vleugels omdoet die hij in de dierentuin heeft gekregen.'

'Waarom?'

'Weet ik niet.'

Ze lachte. 'Ik vind het best. En heel wat beter dan dat hij rondrent met een lichtzwaard.'

Zoals haar gewoonte begon te worden, deed London er lang over om zich op het romantische avondje voor te bereiden. Uiteindelijk koos ze een witte rok met kant, een roze blouse met lange mouwen, roze sneakers en natuurlijk de vlindervleugels.

Ik was gegaan voor een meer casual outfit: donkere pantalon, donker overhemd en gemakkelijk zittende schoenen.

'Dat is een opvallende outfit,' zei ik. 'Je ziet er echt uit alsof je klaar bent om naar de vissen te gaan kijken.'

'Ik wil wat ideeën opdoen voor mijn aquarium,' zei ze.

Voor haar verjaardag, dacht ik. Gelukkig maakte ze het me tenminste wel makkelijk, ook al zou ik het geval uiteindelijk schoon moeten maken.

'Wil je een film uitkiezen? We gaan weer in de auto van Emily.'

'Ik vind dat we naar *Finding Nemo* moeten kijken.'

'Dat lijkt me een goede keuze.'

Ze vond het doosje en gaf het aan mij. Terwijl ze het gaf, kreeg ik nog een berichtje van Taglieri. *Telefoon staat nog steeds roodgloeiend. Je bent een kanjer!*

Wat was dit een geweldige week aan het worden. Wat ik niet wist, was dat het nog veel beter zou worden.

Het Sea Life-aquarium was in Concord, ongeveer vijfentwintig kilometer ten noorden van Charlotte, maar door de drukte op de weg kostte het bijna veertig minuten om er te komen.

Niet dat we het erg vonden. Ik vertelde Emily over de successen op mijn werk de afgelopen tijd, ik zinspeelde op de plannen van Marge en Liz om een gezinnetje te stichten, en praatte over mijn ouders. Zij gaf me het meest recente nieuws over haar familie en over haar schilderijen voor de expositie. Opnieuw hadden we het, alsof we dat stilzwijgend zo hadden afgesproken, niet over Vivian, David of ons verleden met elkaar.

In het aquarium renden de kinderen van de ene attractie naar de andere, net zoals in de dierentuin. Emily en ik liepen achter hen aan en hielden een oogje in het zeil. Terwijl we hen volgden, merkte ik onwillekeurig de blikken op die Emily van andere mannen trok. De meesten waren er met hun eigen gezin en waren heel omzichtig – ik weet niet eens of Emily het wel in de gaten had – maar ik merkte dat hoe mensen op haar reageerden me anders raakte dan eerst.

We maakten ons rondje door het aquarium af, waarbij de grootste attracties voor de kinderen de haaien, de zeeschildpadden, de zeepaardjes en de octopus waren. Net toen we de deur door liepen en de promenade op stapten, hoorde ik muziek uit een open deur komen waarop stond dat het een dienstingang was.

Het liedje eindigde, en een deejay begon het volgende nummer aan te kondigen: 'Two by Two' van JD Eicher. Ik bleef staan.

'Hoorde je dat, London? Er is een liedje dat "Two by Two" heet. Zo heet je lievelingsboek ook.'

'Gaat het over dieren?'

'Ik weet het niet,' zei ik. De deejay was nog steeds aan het praten en ik draaide me om naar Emily. 'Ze zou vanavond haar uitvoering hebben. Ze wilde de vlinder zijn.'

'En nu ben ik een vlinder,' verkondigde London, en ze liet haar vleugels in het avondbriesje wapperen.

'Nou, het is het romantische avondje, dus wil je met me dansen?'

'Ja!'

Een ogenblik later begon het liedje, en ik pakte Londons handen. Intussen hing de zon laag aan de hemel en de schemering kleurde de wereld sepia. Afgezien van Emily en Bodhi hadden we de promenade voor onszelf.

Ik vond de tekst vreemd aangrijpend terwijl ik met mijn dochter danste. Ze zwaaide en huppelde en hield mijn handen vast, waardoor er flitsen zichtbaar werden van de jonge vrouw die ze zou worden en van het onschuldige meisje dat ze nog was.

Het was, besefte ik, de eerste keer dat ik ooit met mijn dochter danste, en ik wist niet wanneer en of het ooit nog eens zou gebeuren. Ik kon me niet voorstellen dat ik over een paar jaar nog met haar zou dansen – tegen die tijd zou ze zich waarschijnlijk schamen bij het idee alleen al – dus genoot ik van het moment en gaf ik me over aan de dans, dankbaar voor weer een wonder aan het einde van een toch al onvergetelijke week.

'Dat was het meest ontroerende dat ik ooit heb gezien,' zei Emily tegen me toen we naar de auto liepen. 'Ik heb wat foto's gemaakt met mijn telefoon. Ik zal ze later naar je toe sturen.'

'Het was best speciaal, ja,' beaamde ik, nog steeds meedrijvend op de melodie van het liedje. 'Ik ben alleen maar blij dat Bodhi niet probeerde af te tikken.'

'Dat gaat niet gebeuren. Ik vroeg of hij met mij wilde dansen, maar hij zei nee. Toen zei hij dat hij een slak had gevonden en wilde hij dat ik hem oppakte.'

'Jongetjes en meisjes zijn absoluut verschillend, hè?'

'Jij krijgt de lusten, en ik krijg de slak.'

'Ach, hij heeft tenminste nog geen honden aan hun staart getrokken.'

'Alleen maar omdat hij er geen kon vinden.'

Ik begon te lachen. 'Ik wil wedden dat de kinderen uitgehongerd zijn.'

'Ik ben ook uitgehongerd.'

'De echte vraag is of we het aan hen overlaten om te kiezen waar we gaan eten, of dat wij mogen kiezen.'

'Ik waarschuw maar even dat als we niet snel iets vinden, Bodhi weleens chagrijnig kon worden. En als dat eenmaal gebeurt, wil je niet in de buurt zijn.'

'Dus... Chick-fil-A?'

'Bingo,' zei ze.

Het hoeft geen betoog dat de kinderen het geweldig vonden.

London was nog steeds helemaal uitgelaten toen we eindelijk thuiskwamen, maar haar energie begon snel af te nemen tegen de tijd dat ze haar pyjama aanhad. Ik belde Vivian en liet London een paar minuten met haar facetimen; daarna besloot ik om *Two by Two* voor te lezen. Toen ik klaar was, herinnerde ik me dat Emily had beloofd foto's door te sturen van dat we aan het dansen waren. Ik haalde mijn telefoon tevoorschijn en zag dat ze ze had gestuurd, en scrolde er snel doorheen met London.

'Wat zien we er goed uit, hè?'

London pakte de telefoon van me af en staarde naar de foto's.

'Je kan mijn gezicht niet zien omdat mijn haar in de weg zit.'

'Dat komt doordat je naar mijn voeten keek,' zei ik. 'Dat geeft niet. Ik was ook naar mijn voeten aan het kijken.'

Ze ging door met de beelden aandachtig bekijken. Terwijl ze het deed, herinnerde ik me de foto's die ik uit het huis had weggehaald en maakte ik in gedachten een aantekening om een van deze foto's af te drukken en in te lijsten.

London gaf de telefoon terug aan mij.

'Wat gaan we morgen doen?'

'Je moet naar beeldende kunst, uiteraard. En daarna gaan we naar opa en oma. Wil je verder nog iets doen?'

'Ik weet het niet.'

'Je zou me kunnen helpen de hamsterkooi schoon te maken.'

'Nee dank je. Dat vind ik een beetje vies.'

Precies. En het stinkt ook, dacht ik. 'Laten we morgen als je wakker wordt maar kijken waarvoor je in de stemming bent,' zei ik, terwijl ik haar instopte.

Ik gaf haar een kus voor het slapengaan en ging weer naar beneden. Ik zette de tv aan, maar de foto's die Emily had genomen leken me wel te roepen. Ik haalde mijn telefoon weer tevoorschijn en bleef lang met een glimlach op mijn gezicht naar de beelden kijken, dankbaarder dan ooit dat ik de vader was van zo'n fantastische kleine meid.

Emily zwaaide zodra ik de volgende ochtend met London bij beeldende-kunstles binnenkwam. London rende naar haar toe om haar te omhelzen, en rende toen achter Bodhi aan.

'Dat was leuk gisteravond,' zei ze. 'Volgens mij zijn we een goed team wat het bezighouden van de kinderen betreft.'

'Vind ik ook,' zei ik, terwijl ik me bedacht dat ik ook leuk bezig was gehouden. 'En bedankt voor de foto's. Ik ga er waarschijnlijk een of twee van inlijsten. Zelfs met een iPhone heb je duidelijk de kijk van een kunstenaar.'

'Misschien... of misschien heb ik je gewoon de beste gestuurd van de stuk of honderd die ik heb genomen,' zei ze met een ondeugende glimlach.

Ze haakte haar duim in de richting van de winkelpromenade. 'Heb je zin om een kopje koffie te drinken terwijl de kinderen bezig zijn?'

'Ik zou niets leukers kunnen bedenken om te doen,' zei ik terwijl ik de deur voor haar open hield, en dat meende ik.

'Het is "het",' verzekerde mijn moeder me. 'Ik weet gewoon zeker dat hij "het" heeft.'

Staand in de keuken was mijn moeder haar gebruikelijke bezorgdheden aan het herhalen, met een extra dringende toon in haar stem. We waren nog maar net binnen nadat we van beeldende-kunstles waren gekomen, of ze trok me al mee voor een gefluisterd overleg.

'Had hij weer moeite met ademhalen?'

'Nee,' zei ze. 'Maar ik had die droom over het ziekenhuis vannacht weer. Alleen was er deze keer geen paars varken. En deze keer was de dokter een vrouw. Ze had het over "het".'

'Heb je er weleens aan gedacht dat het misschien gewoon alleen maar een droom is?'

'Heb jij weleens dezelfde droom twee keer?'

'Ik heb geen idee. Ik herinner me de meeste van mijn dromen niet. Maar ik zou er niet te veel betekenis aan hechten tenzij je daadwerkelijk hebt gezien dat er iets mis is met papa.'

Ze keek me met een droevige blik aan. '"Het" vertoont soms niet veel symptomen tot het te laat is.'

'Dus je zegt dat omdat hij zich goed voelt, hij misschien ziek is?'

Ze sloeg haar armen over elkaar. 'Leg dan eens uit waarom ik het twéé keer gedroomd heb.'

Ik zuchtte. 'Wil je dat ik weer met papa ga praten?'

'Nee,' zei ze. 'Maar ik wil wel dat je hem in de gaten houdt. En als je iets ziet, heb ik je hulp nodig om hem naar de huisarts te krijgen.'

'Ik weet niet eens of ik wel weet waar ik op moet letten,' protesteerde ik.

'Als je het ziet, weet je het wel.'

'Heeft mama je nog opgewacht om het over "het" te hebben?' vroeg Marge terwijl ze zich een glas ijsthee inschonk uit de kan die op tafel stond.

Ik was net bij haar en Liz komen zitten op de veranda achter het huis, nadat ik London had weggestuurd om mijn moeder te helpen in de keuken. Zoals gewoonlijk was mijn vader in de garage, waarschijnlijk bezig met zijn blote handen een motor eruit te tillen.

'O ja,' zei ik, zelf een glas ophoudend zodat Marge het kon inschenken. 'Het was alweer een paar maanden geleden dat ze het ter sprake had gebracht, dus ik had het waarschijnlijk wel kunnen verwachten.' Ik wreef over mijn gezicht. 'Ik hoop dat ik nooit zo word.'

'Hoe?'

'Dat ik voortdurend in angst leef.'

'Ze heeft er alle reden toe,' zei Marge. '"Het" heeft haar hele kant van de familie om zeep geholpen. Maak jij je er nooit zorgen om?'

'Ik denk dat ik nooit tijd heb gehad om me er zorgen over te maken.'

'Ik denk er wel aan,' zei Marge. 'Ik maak me geen zorgen, maar van tijd tot tijd komt het wel bij me op. Maar ik heb het idee dat als pap ooit kanker begint te krijgen, de gezonde cellen wel even naar de slechte cellen toelopen, ze op de schouders tikken en ze vervolgens helemaal tot moes slaan.' De middagzon scheen op Marge' geamuseerde uitdrukking, zodat haar jukbeenderen scherp afgetekend werden.

'Hé, je ziet er trouwens goed uit,' merkte ik op. 'Je bent afgevallen.'

'Bedankt dat je het eindelijk opmerkt,' zei ze, een beetje zelfvoldaan. 'Gisteren zei je er niks over.'

'Ik schenk er nu aandacht aan. Ben je aan het lijnen?'

'Natuurlijk. Ik ga op vakantie. Dat betekent dat ik naar het strand zal gaan, en dan moet een meisje er op haar best uitzien. Bovendien begon jij er, met al dat geren van je, beter uit te zien dan ik en dat kon ik gewoon niet over mijn kant laten gaan.'

Ik draaide met mijn ogen en keerde me naar Liz toe. 'En hoe gaat het met jou, Liz? Marge zei dat je omkomt in het werk.'

'Ja, ik heb het werk van een andere therapeute overgenomen die met verlof is. De laatste tijd heb ik het grootste deel van mijn vrije tijd zitten fantaseren over onze reis naar Costa Rica. Ik heb zelfs wat Midden-Amerikaanse recepten uitgeprobeerd, maar Marge weigert ervan te eten vanwege de koolhydraten. Ik herinner haar er steeds aan dat de mensen in Costa Rica minder zwaar zijn dan hier in de VS, maar het mag niet baten.'

'Ik ken mijn lichaam,' kaatste Marge terug. 'En het hielp dat ik ziek was, want ik had totaal geen eetlust. Maar wat veel interessanter is: heb je de bevallige Emily vandaag nog gezien? Bij beeldende kunst?'

Ik richtte me nadrukkelijk tot Liz. 'Weet je wat ik zo leuk vind aan jou?'

'Nou?'

'Jij lijkt niet de behoefte te hebben om elke keer dat we met elkaar praten je neus in mijn privéleven te steken.'

'Ze hoeft haar neus er niet in te steken,' zei Marge. 'Over het algemeen flap jij toch wel alles wat je denkt of voelt eruit zonder dat je daarvoor aansporing nodig hebt.'

Marge had waarschijnlijk een punt, maar toch. Ik zuchtte. 'Niet alleen heb ik haar vandaag gezien, maar we zijn gisteravond ook naar het aquarium geweest. Met de kinderen. We zijn vrienden van elkaar, dat is alles.'

'En je hebt waarschijnlijk ook nog niet opgemerkt hoe knap ze is.'

Liz begon te lachen. 'Wat de reden ook is, ik ben blij voor je, Russ. Je lijkt veel beter in je vel te zitten de laatste tijd.'

'Zit ik ook,' zei ik, tot mijn eigen verbazing. 'Dat zit ik echt.'

Nadat Vivian had gefacetimed vroeg ik haar om me terug te bellen zodat we konden praten over Londons aankomende verjaarsfeestje. Toen ze dat deed, was haar toon merkbaar ijziger dan hij het voorgaande weekend was geweest.

'Ik heb alles al geregeld,' zei ze. 'Ik heb zo'n springkasteel gehuurd om in de achtertuin te zetten, ik heb de catering geregeld en ik heb een Barbie-verjaardagstaart besteld. En ik heb ook uitnodigingen verstuurd via e-mail.'

'Eh, oké...' zei ik, een beetje verrast door haar koele manier van doen. 'Kun je me vertellen hoe laat het feestje gaat beginnen?'

'Twee uur.'

Verder niets. Het leek alsof ze me met opzet een ongemakkelijk gevoel wilde geven.

'Goed dan,' zei ik langzaam. 'Ik neem aan dat je mijn ouders en Marge en Liz een uitnodiging hebt gestuurd, maar ik zal het voor de zekerheid nog even aan ze bevestigen.' Toen ze geen antwoord gaf, ging ik verder. 'En je bent nog steeds van plan in de logeerkamer te gaan slapen, toch?'

‘Ja, Russ. Ik ga in de logeerkamer slapen. We hebben het hier al over gehad.’

‘Ik wou het alleen maar even zeker weten,’ zei ik, waarna ze abrupt het gesprek beëindigde.

Ik liet langzaam mijn adem ontsnappen. Ondanks de wapenstilstand van het vorige weekend leek het erop alsof alles weer volledig openlag.

22

Het oog van de storm

Als kind vond ik onweer altijd geweldig.

Marge vond dat ik een malloot was, maar als er onweer op komst was, voelde ik een zinderende spanning, die leek op wat mijn vader vlak voor de World Series voelde. Ik wilde met alle geweld dat de lichten uit gingen en schoof de leunstoelen dichter naar het grote raam in de woonkamer. Soms gooide ik zelfs een zak popcorn in de magnetron en samen snackten Marge en ik dan terwijl we naar de 'voorstelling' keken.

In het donker zaten we dan gebiologeerd te kijken hoe de bliksem de lucht in tweeën scheurde of als stroboscooplicht door de wolken flitste. Tijdens de mooiste onweersbuien waren de inslagen dichtbij genoeg om de statische elektriciteit te voelen en dan merkte ik dat Marge de armleuning van haar stoel stevig vastgreep. Maar we telden altijd hoeveel seconden er verstreken tussen een bliksemflits en de donder, om de voortgang van het onweer bij te houden naarmate de kern dichterbij kwam.

In het zuiden duren onweersbuien meestal niet lang. Ze trekken meestal in dertig tot veertig minuten voorbij, en als het laatste gerommel van de donder was weggestorven stonden we met tegenzin op uit onze stoelen en deden we de lichten weer aan, en gingen dan weer verder met waar we mee bezig waren.

Orkanen waren echter een ander verhaal. Mijn eeuwig voorzichtige vader spijkerde altijd planken voor het grote venster, zodat we de volle reikwijdte van het spektakel niet konden bekijken. Maar ik bleef gefascineerd door de apocalyptische winden en stortregens… en in het bijzonder de nadering van het oog; dat surreële moment waarop de wind helemaal gaat liggen en het soms zelfs mogelijk was om recht boven ons blauwe lucht te zien. Maar de kalmte is maar tijdelijk, want de achterste helft van de orkaan ligt nog in het verschiet, en daarmee gaat soms een zelfs nog grotere verwoesting gepaard.

Welk van de twee, vraag ik me af, is een betere analogie voor het leven? Of beter gezegd: voor mijn leven in dat vreselijke jaar? Was het een reeks woeste onweersbuien die vlak na elkaar uitbarstten? Of was het één enkele enorme orkaan, met een oog dat me liet geloven dat ik er heelhuids vanaf was gekomen, terwijl het ergste in feite nog moest komen?

Ik weet het niet.

Het enige wat ik zeker weet, is dat ik hoop dat ik nooit meer nog zo'n jaar zal ervaren, zo lang ik leef.

London vond haar verjaardagsfeest geweldig. Het springkasteel was een groot succes, ze klapte verrukt in haar handen toen ze de taart zag en ze had heel veel plezier met haar vrienden, vooral met Bodhi. Emily bracht hem langs, maar ze bleef niet. Ze beweerde dat ze een afspraak had met de galeriehouder om nog een aantal dingen definitief te maken voor haar aanstaande expositie. Een van de andere ouders had al beloofd om Bodhi naar huis te brengen. Ze verontschuldigde zich dat ze niet kon blijven, maar ik denk dat we allebei graag ongemakkelijke toestanden met Vivian wilden vermijden.

Eerder die ochtend, terwijl Vivian London aan het rondrijden was – ze was met de SUV uit Atlanta gekomen – maakte ik een ritje naar de dierenwinkel en stelde ik het aquarium op in haar kamer; ik koos allerlei kleurige vissen uit en plakte een strik op het glas. Toen Vivian en London terugkwamen van beeldende kunst, liet ik London haar ogen dichtdoen terwijl ik haar naar de drempel van haar kamer leidde. Ze gilde toen ze ze opendeed en stoof door de kamer naar het aquarium.

'Mag ik ze voeren?'

'Natuurlijk,' zei ik. 'Ik weet zeker dat ze trek hebben. Ik laat je wel even zien hoeveel eten je ze moet geven, oké?'

Ik tikte wat voedsel op het dekseltje van het plastic busje en gaf het aan haar. Ze strooide het in de vissenbak en keek betoverd toe hoe de vissen naar het oppervlak snelden en het voer begonnen te verslinden. Toen ik over mijn schouder naar Vivian keek, zag ik dat ze haar armen had gekruist, en dat haar mond een strakke streep was geworden.

Op het feest was Vivian echter de hele tijd naar iedereen aan het glimlachen, onder wie naar mij en mijn hele familie. Ze vroeg mijn moeder om te helpen toen ze de taart aansneed, en toen London een doos gevuld met Barbie-accessoires van Marge en Liz openmaakte, spoorde ze London aan om naar hen toe te lopen en hun een knuffel te geven, wat London deed.

Marge boog na afloop naar me toe en mompelde heel zacht. 'Ze doet alsof er tussen jullie twee helemaal niets is veranderd,' waar ik als ik erover nadacht nog zenuwachtiger van werd dan van Vivians eerdere koele houding.

Na het feestje nam Vivian London mee naar het winkelcentrum; nu Halloween in aantocht was, nam ze het op zich om London te helpen een kostuum uit te zoeken. Ik gebruikte die tijd om het huis schoon te maken, vuilniszakken vol papieren bordjes en bekertjes te vullen, en een schaal restjes te verpakken om in de koelkast te bewaren. Toen dat gebeurd was, besloot ik dat het misschien het beste was om me voor de rest van de avond uit te voeten te maken, en ik vertrok naar mijn kantoor.

Ik werkte tot in de avond, en concentreerde me op de presentaties voor de advocatenfirma's die contact met me hadden gezocht. Toen Londons bedtijd dichterbij kwam, stuurde ik Vivian een bericht om te vragen of het tijd was om London voor te lezen, om pas een tijdje later een beknopt antwoord te ontvangen dat London al sliep.

Ik bleef die avond tot laat op kantoor, maar stond op zondag vroeg op om te gaan hardlopen en douchen. Ik was aan het ontbijten en koffiedrinken toen ik Vivian hoorde bewegen in de logeerkamer boven. Hoewel ik in de keuken bleef hangen, omdat ik me afvroeg of ze misschien wilde praten over hoe goed het feest was gegaan, verscheen ze niet.

Ik ging weer naar kantoor om de presentaties af te maken – ze waren allemaal ongeveer hetzelfde – en ik was me ervan bewust dat de wapenstilstand tussen Vivian en mij was afgelopen, al begreep ik niet waarom. Was ze jaloers dat London het aquarium zo mooi had gevonden – iets wat ik zonder Vivians input had uitgekozen? Maar aan de andere kant was Vivian al bijna een week koel tegen me, redeneerde ik.

Ik stuurde Vivian een berichtje zodra ik bij mijn kantoor aankwam, om haar te vragen hoe laat ze van plan was te vertrekken. Ze antwoordde pas toen het bijna vijf uur was en vertelde me dat ze over een half uur weg zou gaan, waarmee ze me dwong om me te haasten om op tijd thuis te komen.

Toen ik aankwam, kwam London aanrennen en ze sprong in mijn armen.

'Ik heb mijn vissen gevoerd, papa! En ze hadden zo'n honger! En ik heb Mr. en Mrs. Sprinkles ze ook laten zien. Ik heb ze heel dicht bij het glas gehouden.'

'Heb je ze al namen gegeven?'

Ze knikte. 'Ze zijn allemaal zo mooi, dus ik wist wat hun namen moesten zijn. Ik zal het je laten zien.'

Ze trok me de trap op naar haar kamer en wees naar de verschillende vissen en noemde hun namen op: Cinderella, Jasmine, Ariel, Belle, Mulan en Dory, 'omdat dat degenen zijn aan wie ze me doen denken.'

Beneden was Vivian al bij de deur aan het wachten. Ze knuffelde en kuste London gedag. Toen draaide ze half mijn kant op, zei plichtmatig 'Dag' zonder oogcontact te maken en liep de deur uit.

Ik had haar gewoon moeten laten gaan. In plaats daarvan volgde ik haar even later naar buiten. Tegen die tijd was ze het portier van de SUV al open aan het houden.

'Vivian? Wacht even.'

Ze draaide zich om en haar uitdrukking was ijskoud toen ik naderde.

'Gaat het wel goed met je?'

'Met mij gaat het prima, Russ,' antwoordde ze, maar dat leek helemaal niet zo.

'Je lijkt kwaad.'

'Vraag je me dat nou serieus?' Vivian rukte haar zonnebril af. 'Natuurlijk ben ik kwaad. En teleurgesteld.'

'Waarom? Wat heb ik gedaan?'

'Wil je hier echt nu op ingaan?' Ze keek me vuil aan over het open portier heen.

'Ik wil gewoon weten wat er aan de hand is...'

Ze deed haar ogen dicht, alsof ze zich schrap zette, en toen ze weer opengingen, zag ik er woede in liggen.

'Waarom neem je London met je mee als je uitgaat met je vriendinnetje?'

Haar vraag viel me zo rauw op mijn dak dat ik heel even de tijd nodig had om te begrijpen waar ze het over had. 'Bedoel je Emily?'

'Natuurlijk bedoel ik Emily!'

'Ze is mijn vriendinnetje niet,' stamelde ik. 'London en Bodhi zijn vriendjes.'

'Dus nemen jullie hen mee naar de dierentuin? En het aquarium? Alsof het een soort dubbeldate is?' beet ze me toe. 'Weet je hoe verwarrend dat voor haar is? Hoe kun je nou zoiets doen?'

'Ik probeer haar niet in de war te brengen...'

'Weet je wat London gisteren deed? Toen we naar beeldendekunstles gingen? Ze rende naar Emily toe en knúffelde haar. Waar iedereen bij was!'

'London knuffelt iedereen...'

'ZE KNUFFELDE HAAR!' schreeuwde Vivian. Haar wangen liepen rood aan. 'Ik dacht dat je verstandiger was! Ik dacht dat je beter was! Je ziet mij London toch niet dwingen om overal mee naartoe te gaan met Walter en mij? Ik heb London niet eens verteld over Walter. Ze weet niet eens dat hij bestaat! Ik heb haar niet eens verteld dat we gaan scheiden!'

'Vivian...'

'Hou op!' snauwde ze. 'Ik wil niet horen dat je probeert te rechtvaardigen waarom jullie vieren lopen te boemelen in de stad alsof jullie nu een gezinnetje zijn. Je hebt niet bepaald lang gewacht, hè?'

'Emily is gewoon een vriendin,' protesteerde ik.

'Ga je me hier in alle eerlijkheid proberen ervan te overtuigen dat je Emily alleen ziet omdat London en Bodhi vriendjes zijn?' zei ze snerend. 'Vertel me eens: ga je ook met de ouders van Londons andere vriendjes en vriendinnetjes om?'

'Nee, maar...'

'En je denkt niet aan haar? Je belt haar niet? Je zoekt geen steun bij haar?'

Dat kon ik niet ontkennen en mijn uitdrukking moest me hebben verraden.

'Ik heb mijn best gedaan om London hierbuiten te houden,' ging ze door. 'Terwijl jij... Jij lijkt helemaal niet nagedacht te hebben over wat het beste is voor London. Of wat ze misschien denkt of voelt. Je denkt alleen maar aan jezelf en aan wat jij wilt – altijd weer hetzelfde liedje. Je bent helemaal niet veranderd, hè, Russ?'

Daarmee stapte Vivian in de SUV en sloeg met een klap het portier dicht. Ze reed achteruit en scheurde weg terwijl ik daar stond, verstijfd en duizelend van binnen.

Die nacht kon ik niet slapen.

Had Vivian gelijk? Had ik alleen maar aan mezelf gedacht? Ik speelde alle keren dat ik Emily had gezien, weer af; ik volgde de stappen terug die ons naar de dierentuin en het aquarium hadden geleid. En ik vroeg me af: als London een andere beste vriend had gehad, zou ik die plaatsen dan hebben bezocht met de ouders van dat vriendje?

In mijn hart wist ik dat het antwoord nee was, wat me deed afvragen in hoeverre ik tegen mezelf had gelogen.

Ik voelde de repercussies van Vivians woede een paar dagen later, terwijl ik in het kantoor van Taglieri zat. Hij had me gebeld omdat hij een update had over de scheidingsonderhandelingen.

'Het is me eindelijk gelukt om een tijdje aan de telefoon te praten met Vivians advocaat,' zei hij, 'om het voorgestelde convenant punt voor punt door te nemen.' Hij zuchtte. 'Ik weet niet wat er gaande is tussen jou en Vivian, maar ik verwachtte een beetje geven en nemen, zoals de norm is in dit soort onderhandelingen. Ik had niet verwacht dat ze haar eisen zou aanscherpen.'

'Wil ze nog méér?' Ik voelde een verdoofdheid zich van me meester maken bij wat hij had gezegd.

'Yup.'

'Van wat?'

'Alles. Meer alimentatie. Een groter aandeel bij de verdeling van het gezamenlijk bezit.'

'Hoeveel dan precies?'

Toen hij het me vertelde, trok ik wit weg. 'En als ik dat nu eens niet heb?'

'Nou, om te beginnen... zou ik het huis te koop zetten.'

Hoewel ik bang was geweest voor Vivians volgende zet, voelde het toch alsof ik een stomp in mijn maag had gekregen.

'Ze zei ook dat ik tegen je moest zeggen dat Vivian hier zal zijn voor het Halloweenweekend, en dat ze liever had dat je deze keer niet thuisbleef.'

'Waarom heeft Vivian me dat niet gewoon zelf gezegd?'

'Omdat Vivian heeft besloten dat ze van nu af aan wil dat alle communicatie via de advocaten gaat. Ze wil niet rechtstreeks met je spreken.'

'Verder nog iets?' vroeg ik verdwaasd.

'Ze wil London in het weekend van 13 november ook meenemen naar Atlanta.'

'En als ik nee zeg?'

'Dan gaat ze waarschijnlijk rechtstreeks naar de rechtbank. En Russ...' Taglieri keek me ernstig aan. 'Dit is het niet waard om aan te vechten, want dat ga je niet winnen. Tenzij ze ongeschikt is als moeder, heeft ze het recht om haar dochter te zien.'

'Ik wilde het ook niet aanvechten. Ik ben gewoon... verbijsterd.'

'Wil je praten over wat het was waardoor ze zo is ontploft?'

'Niet echt,' zei ik. Wat had het voor zin? 'Wat zegt ze over London?'

'Voorlopig wil ze haar om het weekend. In de toekomst eist ze echter dat ze als enige voogd wordt.'

'Dat gaat niet gebeuren.'

'En dat is nog weer een reden om je huis te koop te zetten. Ook al geef ik je korting op mijn tarieven, het zal een dure kwestie worden als je de strijd met haar aangaat.'

Op het werkfront gingen de dingen tenminste beter. In de weken na Londons verjaardagsfeestje tot aan het einde van de maand haalde ik vier van de vijf advocatenfirma's binnen als nieuwe cliënten. Hoewel het betekende dat ik plotseling omkwam in het werk – net als mijn technische mannetje en de cameraploeg – had mijn werk met Taglieri mijn leercurve enorm verkort. Ondertussen ging de campagne voor de plastisch chirurg van start terwijl Marge en Liz in Costa Rica waren, en hij was heel enthousiast over de resultaten.

Wat London en mij betreft: we kwamen weer in ons vaste ritme. De hechtingen in haar voorhoofd mochten eruit en toen een tweede röntgenfoto bevestigde dat ze geen botten had gebroken, mocht de spalk uiteindelijk ook weg. Ze was nog niet klaar voor haar pianolessen, maar de beeldende-kunstles lukte haar prima. Op ons volgende romantische avondje nam ik haar mee uit voor een chic diner in een zaak die Fahrenheit heette, met een schitterend uitzicht op Charlotte en met elegante handgeschreven menu's: het soort zaak waar Vivian dol op zou zijn geweest.

Toen Halloween naderbij kwam, zag ik Emily niet zo vaak.

Of dat nu goed of slecht was, Vivians opmerkingen hadden me geraakt. Hoewel ik mezelf ervan had geprobeerd te overtuigen dat onze relatie platonisch was, wist ik dat het meer was dan alleen vriendschap. Ik voelde me absoluut tot haar aangetrokken, en 's avonds zat ik vaak naar de telefoon te staren terwijl ik me afvroeg of ik op de een of andere manier London schade toebracht door contact te willen zoeken met Emily.

Begrijp me niet verkeerd: ik belde Emily nog steeds bijna elke avond, omdat ik dat troostende ritueel niet wilde of kon opgeven. Maar in mijn achterhoofd hoorde ik Vivians stem en soms voelde ik me verward en schuldig zodra ik had opgehangen. Ik wist dat ik nog niet aan een relatie toe was, maar gedroeg ik me niet alsof dat wel zo was door zo vaak te bellen? En wat wilde ik werkelijk op de lange termijn met Emily? Zou ik er tevreden mee kunnen zijn om gewoon vrienden te blijven? Zou ik blij voor haar zijn als ze met iemand anders een relatie begon te krijgen? Of zou ik een steek voelen bij de gedachte aan hoe het had kunnen zijn, en me misschien zelfs aan jaloezie overgeven?

Diep van binnen kende ik het antwoord. Naast Marge beschouwde ik Emily als mijn beste vriendin... en toch had ik haar niet verteld wat Vivian had gezegd. Waarom kon ik niet eerlijk tegen haar zijn over het conflict dat binnen in me aan het woeden was? Misschien had ik ergens het gevoel dat ik de hele tijd al tegen Emily aan het liegen was over mijn bedoelingen. Ik wilde meer dan vriendschap. Niet nu, maar over een tijdje.

En hoe zelfzuchtig dat misschien ook lijkt, ik wilde niet riskeren dat ik haar zou verliezen voordat het zover was, waardoor ik me zelfs nog tegenstrijdiger voelde over wat ik precies moest doen.

De dag voor Halloween regelde ik een kamer in een hotel.

Marge en Liz waren woensdagavond laat uit Costa Rica thuisgekomen, en het voelde niet goed om hun te vragen of ik bij hen mocht logeren. Ook wilde ik niet bij mijn ouders logeren; hoewel ik wist dat ze het niet erg zouden vinden, wilde ik niet dat ze wisten dat mijn relatie met Vivian verder verslechterd was. Op Londons verjaardagsfeestje had Vivians vrolijke façade ervoor gezorgd dat mijn moeder me even apart nam om te proberen me ervan te overtuigen dat Vivian nog steeds iets voor me voelde. Dat was een gesprek dat ik niet nog een keer wilde ondergaan.

Taglieri stuurde me een berichtje dat Vivian vrijdagavond vroeg zou aankomen, waarschijnlijk rond zevenen, wat betekende dat er geen romantisch avondje met London zou zijn. In plaats daarvan aten London en ik thuis. Na afloop rende ze de trap op om te kijken hoe het met de hamsters en haar vissen ging terwijl ik de keuken begon schoon te maken.

Ik hoorde Vivian twintig minuten later door de deur komen.

'Hallo!' riep ze zingend. 'Ik ben er!'

Mijn hart begon woest te bonzen alsof ik was betrapt op iets wat ik niet had mogen doen, gewoon door in mijn eigen huis te zijn. Ondertussen stoof Vivian naar binnen alsof zij degene was die hier nog steeds woonde.

Vivian stak haar hoofd in de keuken, op zoek naar London.

'Ze is in haar slaapkamer,' zei ik. 'Ze rende erheen om te kijken hoe het met haar beestjes was.'

'Oké,' zei ze knikkend. 'Heeft ze al gegeten?'

Ik dacht dat je je advocaat had gezegd dat we niet rechtstreeks mochten communiceren. Maar goed, ik speel het spel wel mee. 'Ja, ze heeft gegeten. Nog niet in bad geweest. Ik wist niet of je met haar naar de bioscoop zou gaan of...'

'Dat heb ik nog niet besloten. Ik zal het er met haar over hebben.' Ze was even stil. 'Alles goed met je?'

'Ja,' zei ik, wederom van slag door haar ontspannen houding. 'Met mij gaat het goed. Heb je er zin in om langs de deuren te gaan?'

'Het wordt vast heel leuk. Ik heb een geweldig kostuum voor London gehaald. Het is Belle uit *Belle en het Beest,* maar dan met extra veel glitter.'

'Dat zal ze prachtig vinden,' zei ik instemmend. 'Ze heeft een van haar vissen Belle genoemd.'

'Zorg ervoor dat je op tijd bent om het te zien.'

'Wil je dan dat ik langskom?'

Ze draaide met haar ogen, maar ik zag er alleen ongeloof, geen woede in liggen; alsof ik alleen maar dom was, in plaats van irritant. 'Natuurlijk, Russ. Ze is je dóchter. Het is Hallowéén. En bovendien moet je hier zijn om snoep uit te delen aan de kinderen die aanbellen. Wat dacht je dan dat er morgenavond zou gebeuren?'

En zoals gewoonlijk was het Vivian weer gelukt om me in het duister te laten tasten.

Ik had Marge en Liz niet gezien sinds Londons verjaardagsfeestje, dus ging ik de volgende middag langs bij mijn ouders, voordat het langs-de-deuren-gaan plaatsvond. Ik merkte meteen dat Marge nog meer was afgevallen. Ze zag er fantastisch uit, maar het lag op het puntje van mijn tong om tegen haar te zeggen dat ze niet nog meer moest afvallen, omdat haar gezicht er dan misschien te streng uit zou gaan zien. Ook Liz zag eruit alsof ze wat was afgevallen, hoewel niet zo veel.

Marge en Liz omhelsden me zodra ik de deur binnenkwam.

'Dus zo zie je eruit na een vakantie, hè?' zei ik tegen Marge en ik floot zacht.

'Nou! Best goed, hè? Ik weeg nu net zoveel als toen ik nog studeerde.'

'Jij ziet er ook geweldig uit, Liz. Weet je zeker dat jullie niet stiekem de hele tijd in een wellnessresort zijn geweest?'

'Dank je wel. Maar nee,' zei ze. 'Het was allemaal gewoon lekker ouderwets wandelen en de toerist uithangen. En net als Marge heb ik mijn porties rijst en bonen tot een minimum beperkt weten te houden.'

'Ik ben jaloers. Ik val niet meer af, ook al ben ik nog steeds aan het hardlopen.'

'Hoe gaat het met je?' vroeg Marge. 'Toen ik gisteravond met mama sprak, zei ze dat je wat nieuwe cliënten erbij had gekregen. Laten we achter gaan zitten en even praten.'

Het duurde een kwartier om mijn ouders te begroeten – mam begon gelukkig niet weer over "het" – en ik trof mijn zus en Liz aan op het terras aan de achterkant, allebei ijsthee drinkend uit longdrinkglazen.

Het uur daarna praatten we over hun reis – de tokkelbanen, de Arenal-vulkaan, wandelingen door het nevelwoud en bij de kust – en ik praatte hen bij over alles wat er in mijn wereld was gebeurd. Net toen dat deel van het gesprek tot een eind was gekomen, stak mijn moeder haar hoofd naar buiten en vroeg ze Liz of ze haar wilde helpen in de keuken.

'Dus... je kreeg te horen dat je via advocaten moest communiceren, maar daarna kwam ze thuis en deed alsof alles normaal was?'

Ik knikte. 'Vraag me niet om het uit te leggen. Ik ben gewoon allang blij dat het zo is.'

'Wat ik nog steeds niet begrijp is waarom Vivian London voor zowel haar verjaardag als Halloween kreeg. Jij zou London ook voor de leuke dingen moeten krijgen.'

'Zo komen de weekends nou eenmaal uit.'

Marge leek niet tevreden met deze uitleg, maar scheen te besluiten het erbij te laten zitten. 'Wat vind je van het feit dat je het huis moet verkopen?'

'Ik geloof dat ik er gemengde gevoelens bij heb. We hebben niet zo'n groot huis nodig – om eerlijk te zijn hebben we dat ook nooit gehad – maar tegelijkertijd zijn er daar wel heel veel herinneringen. Hoe dan ook heb ik niet veel keus. Ook al komt mijn bedrijf eindelijk van de grond, het is nou niet zo dat ik genoeg op de bank heb staan om Vivian uit te kopen als we de papieren ondertekenen.' Ik zweeg even. 'Ik vind het maar moeilijk te geloven dat het bijna twee maanden geleden is sinds ze bij me is weggegaan. In sommige opzichten lijkt het wel gisteren. In andere opzichten voelt het alsof het altijd al zo is geweest.'

'Ik kan het me niet eens voorstellen,' zei Marge. Ze draaide haar hoofd om en bedekte haar mond, kuchend van ergens diep in haar borstkas.

'Ben je nog steeds ziek?'

'Nee,' antwoordde ze. 'Dit is gewoon een restantje van de bronchitis. Schijnbaar kan het maanden duren voordat longen helen, zelfs als de infectie weg is. Ik voelde me vrij goed in Costa Rica, maar op het moment heb ik vakantie van mijn vakantie nodig. Liz gaf ons geen moment rust – ik ben nog steeds doodmoe. En mijn knieën kunnen niet meer van al het wandelen.'

'Wandelen is goede lichaamsbeweging, maar het is zwaar voor je knieën,' gaf ik toe.

'Nu we het daar toch over hebben: laat het me weten of jij en Emily eens een keer willen gaan wandelen met Liz en mij. Dan doen we net als vroeger.'

'Dat zal ik doen,' zei ik. Bij mijn antwoord kantelde Marge haar hoofd.

'O, o. Ik heb het gevoel dat er gedonder is in het paradijs. Moet je me nog iets vertellen?'

'Niet echt,' zei ik ontwijkend. 'Ik weet gewoon niet waar de relatie naartoe gaat.'

Marge keek me onderzoekend aan. 'Waarom kun je niet gewoon blij zijn met wat je nu met haar hebt? Want mij lijkt het alsof ze de afgelopen paar maanden een rots in de branding voor je is geweest.'

'Dat is ze ook.'

'Waardeer haar dan gewoon daarom, en laat het gewoon zijn wat het is.'

Ik aarzelde. 'Vivian vindt dat omgaan met Emily en de kinderen verwarrend is voor London. En ze heeft gelijk.'

Marge keek sceptisch, maar uiteindelijk vouwde ze haar handen op tafel en leunde naar me toe. 'Nou, neem London en Bodhi dan niet mee,' zei ze veelbetekenend. 'Waarom probeer je niet gewoon met haar uit te gaan?'

'Bedoel je een afspraakje?'

'Ja,' zei Marge. 'Een afspraakje.'

'En London dan?'

'Liz en ik willen maar al te graag op haar passen. En bovendien: heb je zojuist niet gezegd dat London in Atlanta zou zijn over een paar weken? Pluk de dag, broertje.'

Op de avond van Halloween was Vivian ongebruikelijk warm. Ze stond er zelfs op om met haar telefoon een foto te nemen van mij met London, die ze vervolgens meteen naar mijn telefoon stuurde. Ik deelde snoep uit aan de buurtkinderen. Er waren er zoveel die bij het huis langskwamen dat ik in de schommelstoel op de veranda was gaan zitten zodat ik niet steeds van de bank af hoefde te komen.

De volgende ochtend werd ik wakker met een berichtje van Vivian waarin stond dat ze rond zes uur zou vertrekken en of ik kon proberen dan thuis te zijn?

Op weg de deur uit die avond trok ze me naar zich toe om me te omhelzen en fluisterde dat ik het hartstikke goed deed met London.

De eerste paar weken van november vormen een waas van dagen van achttien uur, gemarkeerd door de dagelijkse routines die een tweede natuur waren geworden. Ik deed aan lichaamsbeweging, werkte, zorgde voor London – die weer met pianoles was begonnen – kookte, maakte schoon en belde elke avond met Emily. Dankzij mijn nieuwe cliënten had ik het zo druk dat ik niet eens tijd had om het weekend daarop bij mijn ouders langs te gaan en niet eens één keer bij Marge en Liz. Maar een paar dingen van die periode zijn me wel bijgebleven.

In de week na Halloween had ik een makelaar gevraagd langs te komen zodat ik het huis te koop kon zetten. Ze liep door het huis en stelde een hele hoop vragen; ten slotte vroeg ze me de meubels anders neer te zetten, om de kamers beter uit te laten komen. Een voor een kwamen de meubels, op haar aanwijzingen, weer terug naar waar Vivian ze oorspronkelijk had neergezet. Voordat ze vertrok, haalde ze een houten hamer uit haar auto en sloeg er een felrood makelaarsbord mee in de voortuin.

De aanblik van het bord gaf me een moedeloos gevoel, en in een opwelling belde ik Emily. Zoals gewoonlijk zette ze me weer met beide benen op de grond en pepte ze me zelfs op met het vooruitzicht van een nieuwe pagina in mijn leven, in een nieuw huis. Misschien was het het vooruitzicht van Vivian die London het komende weekend mee zou nemen naar Atlanta, maar toen het gesprek tot een einde kwam, dacht ik na over Marge' suggestie om Emily mee uit te vragen. Maar voordat ik de moed bijeen kon rapen, sprak Emily.

'Russ, ik ben al een tijdje van plan het je te vragen: zou je met me mee willen gaan naar de opening van de kunstexpositie waar ik je over heb verteld? Die waar ook een paar van mijn schilderijen bij zitten?'

Ze klonk een beetje zenuwachtig, en ik zag haar in gedachten bijna haar haar gladstrijken achter haar oor, zoals ze altijd deed als ze zich ergens zorgen om maakte. 'Ik bedoel, het is niet erg als je niet kunt, maar aangezien de opening in het weekend is waarin London in Atlanta is, dacht ik...'

'Heel graag,' zei ik, haar onderbrekend. 'Ik ben zo blij dat je het me hebt gevraagd.'

Toen het weekend van 13 november naderde, hielp ik London zich voor te bereiden op de reis naar Atlanta, wat meer tijd kostte dan ik had gedacht. London was enthousiast bij het idee om Vivian in haar nieuwe appartement op te zoeken, en pakte haar koffer wel vier of vijf keer opnieuw in. Ze maakte zich dagenlang druk over wat ze mee zou nemen, en pakte uiteindelijk verschillende sets kleding, naast Barbies, kleurboeken, kleurpotloden en het boek *Two by Two*. Vivian had een berichtje gestuurd dat ze London om vijf uur zou oppikken, waaruit ik concludeerde dat ze heen en weer zou rijden. Ik was uiteraard Spannermans privévliegtuig vergeten, maar daar werd ik weer aan herinnerd zodra de limousine voor het huis stilstond.

Ik droeg Londons tas naar de auto en overhandigde hem aan de chauffeur. Tegen die tijd was London al in de limousine geklommen en was ze bezig het pluchen interieur te verkennen.

Het deed me pijn om haar te zien vertrekken, ook al was ze bij haar moeder.

'Ik breng haar zondag rond zevenen hier terug,' zei Vivian. 'En natuurlijk kun je elk moment bellen en dan geef ik haar de telefoon.'

'Ik zal proberen je niet lastig te vallen.'

'Je bent haar váder,' zei Vivian. 'Je bent niet lastig.' Ze keek weg, waarna ze verderging. 'En het is maar dat je het weet: ze zal Walter dit weekend niet ontmoeten. Het is te vroeg voor hem om haar te ontmoeten. Dat zou ik haar niet aandoen.'

Ik knikte verbaasd... en ja, ontegenzeglijk dankbaar.

'Heb je nog grote plannen?' vroeg ik, op de een of andere manier erop gebrand om hun vertrek uit te stellen.

'Er zijn daar een hoop dingen te doen. Ik denk dat we gaan kijken hoe het loopt. Maar ik moest maar eens gaan. Ik wil niet al te laat bij het appartement aankomen.'

Deze keer was er geen omhelzing. Terwijl ze zich omdraaide, vingen haar ogen echter het bord van de makelaar op en ze was even stil. Daarna liep ze met een resolute zwaai van haar haar over haar schouder naar het open portier en de chauffeur sloot het achter haar.

Ik zag de limousine wegrijden en had het vreemde gevoel dat me iets afgepakt was. Ondanks alles wat er tot nu toe was gebeurd, leek er altijd weer een andere manier te zijn om me eraan te herinneren dat ik de toekomst die ik me ooit had voorgesteld, kwijt was.

Ik weet niet waarom de gedachte aan het bijwonen van Emily's opening van de galerie me zenuwachtig maakte. Emily en ik dronken bijna elk weekend koffie met elkaar, we praatten de meeste avonden aan de telefoon en ik had een avond op het terras achter haar huis wijn met haar zitten drinken. We waren er hele dagen op uit geweest met de kinderen. Bovendien zouden we een evenement bijwonen waarbij haar werk en niet dat van mij te zien zou zijn – dus als iemand zenuwachtig zou moeten zijn, was het logischer dat zij dat was.

Toch sloeg mijn hart sneller dan gebruikelijk en was mijn mond een beetje droog geworden toen Emily opendeed nadat ik had aangeklopt. Eén blik op hoe ze daar stond, omlijst door de voordeur, hielp daar niet bij. Ik wist niet zeker hoe kunstenaars eruit hoorden te zien bij de opening van hun expositie, maar weg was elk spoor van de ontspannen mama met wie ik zo vertrouwd was; in haar plaats stond een verrukkelijke vrouw in een zwarte cocktailjurk met spaghettibandjes, en haar haar tuimelde in een glanzende waterval over haar schouders. Ik merkte dat ze net genoeg make-up op had om het te laten lijken alsof ze helemaal niets op had.

'Je bent precies op tijd,' zei ze, terwijl ze naar me toe boog voor een snelle omhelzing. 'En wat zie je er vlot uit.'

Ik was gegaan voor wat Vivian een 'Hollywoodlook' noemde: zwarte blazer, zwarte pantalon en een zwarte v-halstrui.

'Ik wist niet zo goed wat ik moest aantrekken,' gaf ik toe, en ik voelde nog steeds de afdruk van haar korte omhelzing.

'Laat me heel even checken of de oppas alles heeft wat ze nodig heeft. Dan kunnen we gaan, oké?'

Ik keek hoe ze de trap op liep en hoorde haar met de oppas praten. Boven aan de trap knuffelde en kuste ze Bodhi voordat ze weer de hal in kwam.

'Zullen we gaan?'

'Absoluut,' zei ik, ervan overtuigd dat ze een van de mooiste vrouwen was die ik ooit had gezien. 'Maar alleen op één voorwaarde.'

'En die is?'

'Je moet me wat aanwijzingen geven over de etiquette van de opening van een expositie.'

Ze lachte, en het zorgeloze geluid maakte de gespannen knoop in mijn middenrif los.

'Daar hebben we het onderweg wel over,' zei ze, terwijl ze naar de kast in de hal liep en een kasjmieren sjaal pakte. 'Maar laten we hier wegwezen voordat Bodhi beseft dat hij iets belangrijks is vergeten en het nog weer twintig minuten duurt voordat we kunnen ontsnappen.'

Ik deed de voordeur open en keek toe terwijl zij voorging, waarbij het me opviel hoe de jurk precies goed haar figuur omsloot.

Mijn ogen zwierven lager totdat ik een flashback kreeg van de avond waarop ze me met mijn strikje had geholpen, zodat ik begon te blozen en mijn blik omhoog richtte.

Ik reed de auto achteruit de straat op en stuurde in de richting van de binnenstad, waar de galerie was gevestigd.

'En, is deze expositie een belangrijke voor je?' vroeg ik. 'Ik weet dat je als een gek hebt gewerkt om alle schilderijen af te krijgen.'

'Het is geen grote expositie bij MoMA of zoiets, maar de eigenaar van de galerie levert goed werk. Hij is er al heel lang mee bezig, dus een keer per jaar nodigt hij zijn beste klanten uit voor een besloten tentoonstelling. Een aantal van hen zijn vooraanstaande regionale verzamelaars. Meestal zijn er zes of zeven kunstenaars, maar dit jaar geloof ik dat hij heeft gezegd dat hij het werk van negen kunstenaars laat zien. Twee beeldhouwers, een glaskunstenaar, een kunstenaar die met keramiek werkt, en vijf schilders.'

'En daar ben jij er een van.'

'Ik ben elk jaar een van de schilders.'

'Hoeveel vertegenwoordigt hij er?'

'Dertig, misschien?'

'Zie je wel? En je bent zo bescheiden dat ik het nooit zou hebben gedacht.'

'Ik ben bescheiden omdat mijn schilderijen niet voor veel geld worden verkocht. Het is nou niet alsof iets wat ik heb gedaan ooit bij Sotheby's of Christie's te zien zal zijn. Natuurlijk, de meeste kunstenaars van wie het werk voor talloze miljoenen dollars worden verkocht, zijn dood.'

'Dat lijkt me niet eerlijk.'

'Je preekt voor eigen parochie,' zei ze plagerig.

'En wat voor rol speel je bij de opening?'

'Nou, het lijkt een beetje op een informeel partijtje, en ik ben een van de gastvrouwen en -heren. Er zal wijn zijn en hapjes, en ik hang een beetje rond in de omgeving van mijn werk, voor het geval er onder de gasten iemand is die vragen heeft of met me wil praten.'

'Wat gebeurt er als ze een kunstwerk willen kopen?'

'Dan praat de gast met de galeriehouder. Het is niet echt aan mij om te bespreken wat een schilderij waard is. Hoezeer ik ook grappen maakte over het grote geld, ik hou er niet van om aan kunst te denken in termen van geld. Mensen moeten een werk kopen omdat ze het mooi vinden. Omdat het ze aanspreekt.'

'Of omdat het er goed uitziet als het aan de muur hangt?'

'Of dat,' zei ze lachend.

'Ik ben zo benieuwd naar wat je hebt gedaan. Het spijt me dat het me tot nu toe niet is gelukt om naar de galerie te komen...'

'Russ, je bent een drukbezette alleenstaande vader,' zei ze, terwijl ze mijn arm een geruststellend kneepje gaf. 'Ik ben gewoon blij dat je met me wilde meekomen vanavond. Het zal me iemand geven om mee te praten als er niemand naar mijn werk kijkt. Het is een beetje ontmoedigend om naast je werk te staan en mensen het te zien negeren, of hun blik te zien afwenden zodat je niet zult proberen met ze te praten.'

'Is dat je ooit overkomen?'

'Elke keer,' zei ze. 'Niet iedereen die komt kijken zal mijn werk mooi vinden. Kunst is subjectief.'

'Ik vind je werk prachtig. Wat ik bij je aan de muur heb zien hangen, bedoel ik.'

Ze lachte. 'Dat komt doordat je mij prachtig vindt.'

Ik keek naar haar. 'Dat is waar, ja.'

Tegen de tijd dat we de galerie bereikten, was elk spoortje zenuwen verdwenen. Zoals altijd zorgde Emily ervoor dat ik me bij haar op mijn gemak voelde, omdat ze zich zo duidelijk op haar gemak voelde bij mij. Ik was vergeten hoe bevrijdend dat gevoel van acceptatie was, en toen we bij de deur bleven staan, betrapte ik me erop dat ik naar haar aan het staren was en me afvroeg hoe anders mijn leven zou zijn geweest als ik met haar was getrouwd in plaats van met Vivian.

Emily merkte dat ik aan het staren was en kantelde haar hoofd achterover. 'Waar zit je aan te denken?'

Ik aarzelde. 'Ik zat eraan te denken hoe blij ik ben dat London en Bodhi vriendjes zijn.'

Ze kneep haar ogen een beetje dicht, met een sceptische glans in haar oog. 'Ik ben er niet zeker van of je zonet echt wel aan de kinderen dacht.'

'O nee?'

'Nee,' zei ze met een veelbetekenende glimlach, 'ik weet vrij zeker dat je aan mij zat te denken.'

'Wat moet het geweldig zijn om gedachten te kunnen lezen.'

'Dat is het ook,' zei ze. 'En ik ken nog een trucje, kijk maar: ik ga de galerie binnenlopen zonder één moment de deur aan te raken.'

'Hoe ga je dat doen?'

Ze deed net of ze teleurgesteld was. 'Ga je niet eens de deur voor me openhouden? Ik dacht dat je een heer was.'

Ik lachte en trok de deur voor haar open. De binnenkant van het gebouw was felverlicht en had het uiterlijk van een industriële loft: een grote open ruimte, met verschillende groepen scheidingswanden die bijna tot aan het plafond reikten. Er waren schilderijen opgehangen aan de wanden en ik zag ongeveer twintig mensen bij de kunstwerken samendrommen, van wie de meesten wijnglazen of champagneflûtes vasthielden. Obers en serveersters liepen rond met zilveren bladen met hapjes erop.

'Ga jij maar voor,' zei ik. 'Jij bent vanavond de ster.'

Emily overzag de ruimte en we begonnen naar een patricisch uitziende heer met grijs haar te lopen. Dit bleek Claude Barnes te zijn, de eigenaar van de galerij. Er stonden twee stellen bij hem, die allebei vanuit een andere stad waren komen rijden om de opening te zien.

Ik pakte twee glazen wijn van een voorbijlopende ober en gaf er een aan Emily terwijl we tot smalltalk overgingen. Ik zag Emily naar een paar scheidingswanden achter in de galerie wijzen en nadat het gesprek was afgelopen, liepen we erheen.

Ik nam een paar minuten de tijd om haar schilderijen te bekijken en ik dacht bij mezelf dat ze niet alleen opvallend mooi waren, maar ook mysterieus. Terwijl de schilderijen die ik in haar huis had gezien abstract waren, zag ik hier realistischer elementen in. De kleuren spatten bijna van het doek af en werden gecombineerd met fel erbij afstekende penseelstreken. Eén schilderij in het bijzonder bleef mijn aandacht trekken.

'Ze zijn spectaculair,' zei ik en ik meende het. 'Wat zul je daar een hoop werk aan hebben gehad. Van welke werd je helemaal gek?'

'Deze,' zei ze, en ze wees naar het werk dat mijn aandacht had getrokken.

Ik bestudeerde het van dichtbij, zette toen een paar stappen naar achteren en bekeek het van allerlei invalshoeken. 'Het is perfect,' zei ik.

'Ik denk dat het nog steeds niet klaar is,' zei ze hoofdschuddend, 'maar dank je wel.'

'Ik meen het,' zei ik. 'Ik wil het kopen.'

'Okéééé...' zei ze, tegelijkertijd onzeker en gevleid. 'Weet je het zeker? Je weet niet eens hoeveel het kost.'

'Ik wil het kopen,' herhaalde ik. 'Echt.' Toen ze zag dat ik het meende, begon ze zelfs te blozen.

'Wauw. Ik ben vereerd, Russ. Ik zal zien of ik Claude zover kan krijgen dat hij je de "familie-en-vriendenkorting" geeft.'

Ik nam een slokje wijn. 'En nu?'

'We wachten en kijken of er iemand langskomt.' Ze knipoogde. 'En als ze dat doen, laat mij dan maar het woord doen, oké? Ik wil geen moderne Margaret Keane zijn.'

'Wie?'

'Margaret Keane was een kunstenares van wie de echtgenoot jarenlang de eer van haar werk op zich nam. Ze hebben een film gemaakt van haar levensverhaal die *Big Eyes* heet. Die zou je eens moeten zien.'

'Waarom gaan we er samen niet een keer een avond naar kijken?'

'Afgesproken.'

Terwijl de galerie zich bleef vullen, luisterde ik naar Emily, die haar werk aan belangstellende klanten uitlegde. Mijn rol, als ik er al een had, was om foto's te nemen met de telefoons van mensen. Het leek alsof bijna iedereen die langskwam een foto met Emily wilde. Ik ging ervan uit dat dat was omdat zij de kunstenares was, maar na een tijdje merkte ik dat de andere kunstenaars bij lange na niet zo populair waren.

Terwijl Emily met allerlei gasten aan het kletsen was, liep ik langs de exposities van de andere kunstenaars. Een paar van de beeldhouwwerken trok mijn aandacht, maar ze waren zo groot en abstract dat ik me niet kon voorstellen hoe ze er in iemand anders' huis goed uit konden zien. Ik vond ook het werk van een aantal van de andere schilders mooi, hoewel naar mijn mening het werk van Emily beter was.

Emily en ik knabbelden gestaag aan de hapjes terwijl de menigte kwam en ging. De stroom bezoekers bereikte zijn piek rond acht uur 's avonds en begon toen weg te ebben. Hoewel de tentoonstelling afgelopen had moeten zijn om negen uur, deed Claude de deuren pas dicht toen de laatste gast om kwart voor tien vertrok. 'Volgens mij ging dat goed,' zei hij terwijl hij dichterbij kwam. 'Een aantal van de gasten liet weten dat ze belangstelling hadden voor je werk. Het zou me niet verbazen als je gedurende de komende paar dagen bent uitverkocht.'

Emily keerde zich naar mij toe. 'Weet je zeker dat je dat schilderij nog steeds wilt kopen?'

'Ja,' zei ik, me ervan bewust dat het een luxe was die ik me maar slecht kon veroorloven op dit moment. Maar op de een of andere manier kon het me niet schelen. Claude fronste een beetje, omdat hij ongetwijfeld wist dat er een verzoek om een stevige korting aan zat te komen. De frons verdween weer zo snel als hij was gekomen.

'Zijn er nog andere werken waar je in geïnteresseerd bent? Van de andere kunstenaars?'

'Nee,' zei ik. 'Alleen die ene.'

'Kunnen we het hier morgen over hebben, Claude?' vroeg Emily. 'Het wordt al laat en ik ben te moe om het over zaken te hebben.'

'Natuurlijk,' zei hij. 'Dank je wel voor alles wat je vanavond hebt gedaan, Emily,' zei hij. 'Je bent altijd zo goed in deze dingen. Je persoonlijkheid maakt je geliefd bij anderen.'

Ik stond dicht bij Emily en wist dat Claude gelijk had.

'Wat zou je nu willen doen?' vroeg ik op weg naar de auto. 'Als je moe bent, kan ik je naar huis brengen.'

'Ben je mal?' zei ze. 'Ik heb een oppas en ik heb gezegd dat ik pas om middernacht thuis zou zijn. Ik zei alleen maar tegen Claude dat ik moe was zodat we daar weg konden wezen. Als Claude eenmaal begint te praten, is het moeilijk om hem ermee op te laten houden. Ik ben dol op die vent, maar ik heb maar heel af en toe een oppas en daar ga ik goed gebruik van maken.'

'Heb je zin om wat te gaan eten? Misschien kunnen we iets vinden wat nog open is.'

'Ik zit vol,' zei ze, 'maar wat vind je van een cocktail?'

'Heb je een lievelingskroeg?'

'Russ, ik heb een jongen van vijf. Ik ga niet veel uit. Maar ik heb gehoord dat Fahrenheit verbluffende uitzichten en vuurkorven heeft. En aangezien het vanavond fris is, klinkt het perfect om bij het vuur te gaan zitten.'

'Ik heb London er laatst nog mee naartoe genomen voor ons romantische avondje.'

'Twee zielen, één gedachte.'

Al spoedig daarna zaten we in de bar op het dak van Fahrenheit, waar we ons warmden bij een gloeiende vuurkorf en het tapijt van stadslichtjes onder ons bekeken. Ik bestelde twee glazen wijn bij een langslopende serveerster.

Emily zat gehuld in haar kasjmieren sjaal, met haar ogen halfdicht, haar uitdrukking sereen. Ze zag er buitengewoon mooi uit in de rozige gloed van het vuur, en toen ze merkte dat ik aan het staren was, gaf ze me een luie glimlach.

'Ik herinner me die blik,' zei ze. 'Zo staarde je altijd naar me in het verleden... wel duizend jaar geleden.'

'O ja?'

'Soms kreeg ik er kippenvel van.'

'Maar nu niet meer, toch?'

Haar kokette schouderophalen vertelde me iets anders.

'Ik weet dat ik heb gezegd dat ik blij ben dat je in mijn leven bent gekomen...'

Toen ik ophield, keek ze naar me omhoog. 'Maar?'

Ik besloot de waarheid te vertellen. 'Ik weet niet zeker of ik al aan een relatie toe ben.'

Heel even zei ze niets. 'Oké,' mompelde ze ten slotte, met een heel vage echo van spijt.

'Het spijt me.'

'Wat spijt je?'

'Dat ik te vaak heb gebeld. Misschien heb ik je er wel toe aangezet om te denken dat ik eraan toe was terwijl ik weet dat dat niet zo is. Ik ben zo nu en dan nog steeds een emotioneel wrak. Ik denk nog steeds veel te vaak aan Vivian. Niet dat ik haar terug wil, want ik besef intussen dat ik dat niet wil. Maar ze is nog steeds heel erg aanwezig, op een manier die niet gezond is. En jij bent zo onbaatzuchtig geweest, door naar me te luisteren als ik in de put zat, en me eindeloos emotionele steun te bieden. En wat nog het beste is: me aan het lachen te maken...'

Toen mijn stem wegstierf, voelde ik dat ze me onderzoekend aan het bekijken was. 'Heb ik ooit geklaagd dat je te veel belt? Of dat ik het als een last ervaar dat je je hart uitstort?'

Ik schudde mijn hoofd, met het gevoel alsof zich een soort openbaring in mijn chaotische hersenen wilde vormen, als een luchtbel die door het water opsteeg. 'Nee,' zei ik, 'dat heb je niet.'

'Je beschrijft een scenario waarin je me niets terug hebt gegeven. Maar dat heb je wel.' De rossige tinten in haar donkere haar glansden in het licht van het vuur terwijl ze het uit haar gezicht duwde. Ze leunde naar me toe en zei: 'Ik vind het fijn om van je te horen, of je nu in een goede stemming bent of niet. Ik vind het fijn om te weten dat ik over alles met je kan praten, dat je het zult begrijpen omdat we ooit een verleden hebben gedeeld. Ik vind het een fijn idee dat je me echt kent, met al mijn tekortkomingen.'

'Jij hebt geen tekortkomingen,' zei ik. 'Niet dat ik kan zien, in elk geval.'

Ze snoof ongelovig. 'Ben je gek? Niemand is perfect, Russ. Ik wil graag geloven dat ik een hoop heb geleerd gedurende de afgelopen tien jaar en misschien ben ik geduldiger dan ik vroeger was. Maar ik ben verre van perfect.'

De serveerster bracht onze wijn, en in de stilte die volgde, leken onze gedachten een serieuzere wending te nemen. Emily nam een slok wijn en toen ze zich weer naar me toe keerde, dacht ik dat ik een flits van kwetsbaarheid over haar gezicht zag gaan.

'Het spijt me,' zei ik. 'Ik weet dat ik waarschijnlijk een domper op de avond zet.'

'Helemaal niet,' zei ze. 'Het betekent heel veel voor me dat je eerlijk tegen me bent, Russ. Ik denk dat ik dat het fijnst vind aan je. Je bent niet bang om me dingen te vertellen: dat je gekwetst bent, dat je bang bent om te falen, dat je niet klaar bent voor een relatie. Je beseft niet hoe moeilijk het voor sommige mensen is om zulke dingen te zeggen. David kon het nooit. Ik heb nooit geweten wat hij echt voelde: de helft van de tijd denk ik dat hij dat zelf niet eens wist. Maar bij jou is het anders. Je bent zo open. Dat heb ik altijd aan je bewonderd en het is niet veranderd.' Ze zweeg even, alsof ze niet zeker wist of ze door moest gaan. 'Ik mag je echt heel graag, Russ. Je bent goed voor me.'

'Dat is het nou juist, Emily. Ik mag je niet alleen graag... ik denk dat ik verliefd op je ben.'

Wat ik zei leek een schok door haar heen te sturen. 'Denk je dat?'

'Nee,' zei ik met groeiende zekerheid. 'Ik bén verliefd op je. Het voelt vreemd om dat te zeggen terwijl ik weet dat ik er niet echt klaar voor ben om er verdere stappen mee te zetten, maar dat is wat ik voel.' Heel even staarde ik in het vuur, en probeerde mijn moed bijeen te rapen. 'Ik ben niet het soort man van wie je zou moeten houden. Je kunt veel beter krijgen dan mij. Misschien na verloop van tijd...'

Het deed veel meer zeer om het te zeggen dan ik had verwacht en ik hield ermee op, en voelde een knoop in mijn keel komen opzetten.

In de stilte staarde Emily naar me. Toen boog ze zich naar me toe en legde haar geopende hand op mijn been, me wenkend om hem vast te pakken. Dat deed ik en ik voelde een stroom warmte en aanmoediging toen haar vingers zich met die van mij verstrengelden.

'Heb je er weleens aan gedacht dat ik misschien ook verliefd ben op jou?'

'Dat hoef je niet te zeggen.'

'Ik zeg het niet alleen, het is ook echt zo, Russ. Ik weet hoe liefde voelt. Misschien heb ik altijd al van je gehouden; mijn god, wat heb ik vroeger veel van je gehouden. Ik denk niet dat dat soort gevoel gewoon maar weggaat; het laat zijn sporen achter.' Ze hield mijn blik vast en haar stem was vriendelijk. 'Ik vind het prima om te wachten tot je eraan toe bent. Omdat ik het fijn vind wat we nu hebben. Ik vind het fijn dat je een van mijn beste vrienden bent geworden. En ik weet hoeveel je om me geeft. Weet je nog wat ik over vriendschap heb gezegd? "Het gaat over iemand die je leven binnen loopt, zegt dat hij er voor je is en dat dan bewijst."'

Ik knikte.

'Je gelooft het misschien niet, maar jij hebt dat voor me gedaan. Ik weet ook niet of ik al klaar ben voor een relatie. Wat ik wel weet, is dat ik jou in mijn leven wil en dat de gedachte dat ik je – opnieuw – zou verliezen mijn hart zou breken.'

'Waar staan we dan?'

'Wat vind je ervan als we gewoon bij het vuur gaan zitten, jij en ik, en van vanavond genieten. We kunnen vanavond en morgen vrienden zijn en zo lang als je zou willen. En jij blijft bellen en we blijven praten en koffiedrinken als de kinderen bij beeldende kunst zijn. En net als ieder ander op de wereld bekijken we het gewoon van dag tot dag.'

Ik staarde naar haar, me verwonderend over haar wijsheid en hoe eenvoudig ze het allemaal liet lijken.

'Ik hou van je, Emily.'

'Ik hou ook van jou, Russ.' Ze kneep in mijn hand. 'Het komt allemaal goed,' zei ze ernstig. 'Vertrouw op mij.'

Later die avond lag ik wakker op bed. Emily en ik hadden nog een uur bij het vuur gezeten en hadden de betekenis van alles wat er was gezegd laten bezinken. Toen ik haar thuis afzette, voelde ik de aandrang om haar te kussen, maar ik was bang om onze nieuwgevonden balans te verstoren.

Emily voelde mijn aarzeling aan en boog zich gewoon naar me toe voor een omhelzing. We hielden elkaar lang vast onder het licht van haar veranda, en de intimiteit van dat moment voelde oprechter en had meer betekenis dan al het andere wat ze had kunnen doen.

'Bel me morgen, oké?' fluisterde ze. Ze liet me los, maar niet voordat ze teder haar hand op mijn gezicht had gelegd.

'Dat doe ik.'

En daarmee draaide ze zich om en ging ze naar binnen.

De laatste twee weken van november waren een aantal van de gelukkigste weken in mijn recente geheugen. Onze trouwdag verstreek zonder incident; noch Vivian noch ik hadden het erover toen ze met London aan het facetimen was, en pas nadat het telefoontje was afgelopen herinnerde ik het me. Op het werk was ik enorm productief voor mijn nieuwe cliënten. London kwam op zondagavond terug uit Atlanta, en hoewel ze het leuk had gehad, ging ze zonder enige moeite weer over tot haar dagelijkse routine. Ik sprak elke dag met Emily, en bereikte overeenstemming met Claude om haar schilderij te kopen, dat ik vervolgens in de woonkamer ophing. Ik zag Marge, Liz en mijn ouders het weekend daarop, de dag nadat Marge en Liz met de vruchtbaarheidsspecialist hadden gesproken. Terwijl we allemaal bij elkaar in de woonkamer zaten, vertelden ze mijn ouders over hun plannen.

'Het werd tijd!' riep mijn moeder, die opsprong om hen allebei te omhelzen.

'Jullie zullen goede ouders zijn,' voegde mijn vader eraan toe. Hij klonk even nors als altijd, maar daarna knuffelde hij Marge en Liz om de beurt. Omdat knuffels van mijn vader net zo zeldzaam waren als zonsverduisteringen, wist ik dat ze geraakt waren.

Via Taglieri kwam ik te weten dat Vivian London naar Atlanta wilde halen voor het weekend na Thanksgiving. Eigenlijk wilde ze London al vanaf woensdagavond en dan tot en met zondag. Daar was ik niet gelukkig mee, maar wederom viel het om-het-weekendpatroon toevallig met alle feestdagen samen. Vivian kwam aan op woensdag om London op te halen in de limousine en haar weer mee te nemen in het privévliegtuig. Terwijl ik hen zag optrekken, dacht ik eraan hoe stil het huis de komende vier dagen zonder mijn dochter zou zijn.

Het huis wás ook stil dat weekend. Omdat er niemand was, zelfs ik niet.

In plaats daarvan was dat het weekend waarin mijn wereld nog een keer in elkaar begon te storten.

Maar deze keer was het zelfs nog erger.

Hoe gebeurde het?

Zoals het altijd lijkt te gebeuren: schijnbaar zonder waarschuwing.

Maar natuurlijk waren er achteraf bezien al die tijd al waarschuwingen geweest.

Het was zaterdagochtend 28 november, twee dagen na Thanksgiving. Ik had de avond ervoor met Emily doorgebracht; we waren uit eten geweest en hadden de Charlotte Comedy Zone bezocht. Opnieuw kwam ik aan het eind van de avond in de verleiding om haar te kussen, maar in plaats daarvan koos ik voor een heerlijke lange omhelzing, een die mijn verlangen bevestigde om haar voor heel lange tijd in mijn leven te houden. Mijn gevoelens voor haar begonnen gedachten aan Vivian al te vervangen op een manier die ik niet had verwacht, en ik hoopte dat dat door zou gaan. Ik voelde me onmiskenbaar lichter en positiever over de toekomst dan ik me in maanden, zo niet jaren had gevoeld.

Het telefoontje kwam zaterdagochtend vroeg. Het was nog geen zes uur in de ochtend toen de huistelefoon overging, en het geluid zelf was onheilspellend. Mijn mobiele telefoon stond op de vliegtuigstand, en niemand zou op dat uur naar mijn huis bellen tenzij er iets vreselijks was gebeurd. Ik wist zelfs al voordat ik de telefoon oppakte dat mijn moeder aan de andere kant was, en ik wist dat ze belde om me te vertellen dat mijn vader in het ziekenhuis lag. Hij had een hartaanval gekregen. Of iets ergers. Ik wist dat ze overstuur zou zijn, waarschijnlijk in tranen.

Maar het was niet mijn moeder aan de andere kant van de lijn.

Het was Liz, die over mijn zus belde.

Marge, zo vertelde ze me, was in het ziekenhuis opgenomen.

Ze had een uur lang bloed opgehoest.

23

Nee

Toen Marge elf jaar was, waren zij en mijn moeder betrokken bij een autoongeluk.

In die tijd reed mijn moeder nog in zo'n enorme stationwagen met van die houten panelen. Omdat ze van een andere generatie waren, waren mijn ouders het niet gewend om de veiligheidsgordels om te doen, en als gezin deden we dat zelden.

Marge had een nog grotere hekel aan gordels dan ik. Waar ik gewoon vergat om die van mij om te doen als ik in de auto sprong – je moet bedenken dat ik nog jong was – koos Marge er met opzet voor om hem niet om te doen, omdat het haar meer vrijheid gaf om me te stompen of te knijpen wanneer ze daar zin in had. Wat, kan ik daaraan toevoegen, veel te vaak het geval was.

Ik zat die dag niet in de auto, en hoewel ik niet zeker weet hoe nauwkeurig mijn herinnering is, schijnt het dat mijn moeder geen schuld had aan het ongeluk. Ze reed niet te hard, het was niet druk op de weg en ze reed over een kruispunt toen het licht groen was. Intussen sjeesde er een tiener – waarschijnlijk aan het klooien met de radio of frietjes van de McDonalds naar binnen aan het proppen – door het rode licht en ramde de achterkant van de stationwagen van opzij.

Waar mijn moeder alleen een paar blauwe plekken had, maakte iedereen zich veel meer zorgen om Marge. Door de impact van de botsing was ze tegen de zijraampjes gegooid, waardoor het glas was gebroken. Hoewel ze niet bewusteloos was toen ze bij het ziekenhuis aankwam, bloedde ze wel en had ze kneuzingen, en ze had een gebroken sleutelbeen.

Toen ik de ziekenhuiskamer van Marge binnenkwam met mijn vader, werd ik bang van hoe mijn zus eruitzag. Op mijn zesde wist ik niet veel over doodgaan, of zelfs over ziekenhuizen. Mijn vader stond over haar bed gebogen met een neutrale uitdrukking op zijn gezicht, maar ik zag aan zijn houding dat hij bang was, en daar werd ik nog banger van. Toen hij omlaag keek naar mijn verschrikte gezicht, fronste hij.

'Kom eens naar je zus kijken, Russ.'

'Ik wil niet,' weet ik nog dat ik zei.

'Het kan me niet schelen wat je wilt,' zei hij. 'Ik zei dat je hier moest komen, en je gaat doen wat ik zeg.'

Zijn toon duldde geen weerwoord en ik schuifelde naar het bed. Marge' gezicht was afschuwelijk opgezwollen, met diepe kneuzingen en meerdere hechtingen, alsof ze weer aan elkaar was genaaid. Ze zag er niet uit als mijn zus; ze zag er helemaal niet uit als iemand. Ze zag eruit als een monster in een enge film en toen ik haar zo zag, barstte ik in tranen uit.

Tot op de dag van vandaag zou ik willen dat ik niet had gehuild. Mijn vader dacht dat ik huilde voor Marge en ik voelde hoe hij een troostende hand op mijn schouder legde, waardoor ik alleen maar nog harder ging huilen.

Maar ik huilde niet voor Marge. Ik huilde voor mezelf, omdat ik bang was, en na verloop van tijd ging ik mezelf verachten om mijn reactie.

Sommige mensen zijn moedig.

Op die dag kwam ik erachter dat ik daar niet bij hoorde.

De artsen wisten niet wat er mis was met Marge. Verpleegkundigen namen bloed bij haar af en maakten röntgenfoto's van haar borst. Dat werd gevolgd door een CT-scan. Er kwamen drie verschillende artsen om haar te onderzoeken. Ik keek toe hoe er een naald in Marge' longen werd gestoken om weefsel te verwijderen voor verder onderzoek.

Tijdens het hele gebeuren was Marge de enige die zich geen zorgen leek te maken. Voor een deel had dat te maken met het feit dat het hoesten was verminderd sinds ze in het ziekenhuis was aangekomen. Ze maakte grapjes met de artsen en de zusters terwijl Liz en mijn ouders met grimmige bezorgdheid toekeken, en ik bedacht opnieuw hoe goed mijn zus erin was om haar angsten te verbergen, zelfs voor degenen die van haar hielden. Intussen werden er in een ander deel van het ziekenhuis tests uitgevoerd. Ik hoorde de arts woorden als 'pathologie' en 'radiologie' fluisteren. 'Biopsie'. 'Oncologie'.

Liz was duidelijk bezorgd, maar nog niet in paniek. Mijn ouders zaten er als versteend bij en hielden het bijna niet meer. En ik was van streek, omdat Marge er niet goed uitzag. Haar huid had een grijzige bleekheid die haar gewichtsverlies accentueerde, en onwillekeurig speelde ik alles wat ik de afgelopen maanden had gezien en wat ze had gezegd in gedachten nog eens af. Het uitputtende hoesten dat nooit weg leek te gaan, de pijn in haar benen. Hoe uitgeput ze was geweest na haar vakantie.

Mijn ouders en ik, Liz en de artsen, allemaal dachten we aan hetzelfde.

'Het'.

Maar het kon geen kanker zijn. Zo ziek kon Marge niet zijn. Ze was mijn zus en ze was pas veertig jaar. Iets meer dan een week geleden was ze naar een specialist geweest omdat ze een baby wilde. Ze keek ernaar uit om zwanger te zijn. Ze had haar hele leven voor zich.

Marge kon niet ziek zijn. Het kon niet dat ze 'het' had.

Nee.

Nee, nee, nee, nee, nee…

Ik was dankbaar dat Vivian London had meegenomen naar Atlanta, want ik weet niet wat ik de hele dag met haar had moeten doen. Ik bracht uren door met de kamer van Marge in en uit lopen. Als ik er niet meer tegen kon, liep ik heen en weer over de parkeerplaats of ging ik koffiedrinken in de kantine. Ik belde Emily en vertelde wat er aan de hand was; ik vroeg haar om niet langs te komen, maar ze kwam toch.

Marge en Emily hadden even voor het middaguur een korte maar fijne hereniging, en na afloop hield Emily me op de gang vast terwijl ik beefde van angst. Ze zei dat ze me later nog wilde zien, als ik me daartoe in staat voelde, en ik beloofde dat ik zou bellen.

Uiteindelijk belde ik Vivian. Toen ik vertelde wat er aan de hand was, klonk ze verstikt en bood meteen aan om linea recta terug te vliegen met London. Ik legde uit dat London waarschijnlijk beter af was bij haar, in elk geval tijdens het weekend. Vivian begreep het.

'O, Russ,' zei ze, veel minder kordaat klinkend dan gewoonlijk. 'Ik vind het zo erg.'

'Je hoeft het nu nog niet erg te vinden,' zei ik, 'we weten nog niets zeker.'

Ik loog tegen mezelf, en Vivian en ik wisten het allebei. Ze was zich maar al te zeer bewust van de geschiedenis van mijn moeders kant van de familie. Toen ik weer iets zei, hoorde ik dat mijn stem brak.

'Doe me een plezier en zeg nog niets tegen London, oké?'

'Natuurlijk niet. Is er iets wat ik kan doen? Wat heb je nodig?'

'Voorlopig niets,' zei ik. 'Dank je.' Het begon moeilijk te worden om op woorden te komen, nu mijn gedachten alle kanten op gingen. 'Ik laat het je nog weten.'

'Hou me op de hoogte, oké?'

'Zal ik doen,' beloofde ik, en ik wist dat ik het ook zou doen. We waren tenslotte nog steeds getrouwd.

's Middags, toen mijn ouders en Liz naar de kantine waren gegaan, bleef ik bij Marge zitten. Ze vroeg naar mijn werk, en op haar aandringen beschreef ik de reclamecampagnes die ik voor mijn cliënten aan het vervaardigen was. Ik denk dat ze zich die dag in het ziekenhuis lang geleden, na het auto-ongeluk, herinnerde en dat ze zag hoe bang ik was. Ze wist dat ik op de automatische piloot over mijn werk kon praten, dus bleef ze vragen stellen om me af te leiden.

Zoals haar gewoonte was geworden, vroeg ze naar Emily en ik gaf eindelijk toe dat ik verliefd op haar was, maar dat ik er nog niet klaar voor was om het aan onze ouders te vertellen. Toen ik dat zei, begon ze te grijnzen.

'Te laat. Pap en mam weten het al.'

'Hoe dan? Ik heb niets tegen ze gezegd.'

'Dat hoefde ook niet,' zei ze. 'Toen je Emily belde op Thanksgiving was het voor iedereen duidelijk wat je voor haar voelde. Mam trok haar wenkbrauwen op terwijl pap zich naar mij toe draaide en vroeg: "Nu al? Hij is nog niet eens gescheiden."'

Ondanks alles begon ik te lachen. Dat was inderdaad typisch mijn vader. 'Ik had niet beseft dat het zo duidelijk was.'

'Nou en of,' zei ze, knikkend met haar hoofd. 'Ik wou alleen maar dat je niet tot vandaag had gewacht om haar mee te nemen. Ik zie er vreselijk uit. Je had ervoor moeten zorgen dat we elkaar vlak na Costa Rica zagen, toen ik nog bruin was.'

Ik knikte, getroffen door hoe normaal Marge klonk.

'Mijn fout.'

'Ik wil Bodhi ook een keer ontmoeten. Ik heb tenslotte zoveel over hem gehoord.'

'Ik weet zeker dat dat gaat gebeuren.'

Ze wikkelde het laken strak op en liet het weer uitrollen. 'Ik heb nagedacht over een naam voor een kindje,' zei ze. 'Ik heb zo'n boek gekocht, weet je wel? Op mijn werk, als ik me verveel, kijk ik erin. Ik ben sommige zelfs begonnen te markeren.'

Namen voor een kindje? Had ze het daar nu echt over? Ik voelde druk achter mijn ogen en had moeite om te praten zonder dat mijn stem zou breken. 'En, heb je een voorkeur?'

'Als het een jongen wordt, vind ik Josiah leuk. Elliot. Carter. Als het een meisje wordt, vind ik Meredith en Alexis leuk. Liz zal natuurlijk wel haar eigen ideeën hebben, maar ik heb het er nog niet met haar over gehad. Het is nog een beetje vroeg, dus we hebben nog zat tijd om een beslissing te nemen.'

Zat tijd.

Marge moest zichzelf hebben gehoord want ze keek eerst naar de klok en toen naar de deur van de kamer, die openstond. Verpleegkundigen liepen snel voorbij en deden hun taak alsof vandaag niet anders was dan elke andere dag. 'Ik vraag me af wanneer ze me eindelijk hieruit zullen laten,' zei ze. 'Waarom moet het zo lang duren? Ik ben hier al uren. Weten ze niet dat ik nog meer te doen heb?'

Toen ik daar geen antwoord op had, zuchtte Marge. 'Je weet dat het allemaal goed komt met me, toch? Ik bedoel, ik ga heus niet voorbij aan wat er vanochtend is gebeurd, maar ik voel me helemaal niet zo slecht. Ik voel me een stuk beter dan voordat ik naar Costa Rica ging, eigenlijk. Ik heb waarschijnlijk gewoon een of andere parasiet opgelopen toen ik daar was. Joost mag weten wat de hygiënische normen zijn in die keukens.'

'We zullen zien wat de artsen zeggen,' mompelde ik.

'Als je ze ziet, zeg dan tegen ze dat ze op moeten schieten. Ik wil liever niet mijn hele weekend hier verdoen.'

‘Zal ik doen.’

Marge bleef het laken oprollen en weer ontrollen. ‘London komt morgen terug, toch?’

‘Ja. Ik weet niet precies hoe laat. Begin van de avond, gok ik.’

‘Waarom kom je niet samen met London bij Liz en mij eten deze week? Je hebt het de laatste tijd zo druk gehad dat we helemaal geen tijd meer hebben gehad voor onze normale gesprekjes.’

Terwijl ik keek hoe ze met het laken bezig was, voelde ik hoe mijn keel weer werd dichtgeknepen. ‘Ja, goed. Maar niet van dat Costa Ricaanse eten. Met al die parasieten weet je het maar nooit, toch?’

‘Nee,’ zei ze, me aankijkend. ‘Geloof me, je wilt niet hebben wat ik heb.’

De dag kroop voorbij.

Halverwege de middag. Laat in de middag.

Vivian stuurde een berichtje om te vragen of er nog nieuws was. Ik antwoordde dat we nog steeds aan het wachten waren.

Emily stuurde een berichtje om te vragen hoe het met mij ging.

Doodsbang, antwoordde ik.

Toen het tegen de avond liep, begon de lucht te betrekken. De kamer van Marge baadde in het effen grijze licht, en de tv stond op *Judge Judy*, zij het met het geluid uit. De machine die haar vitale functies registreerde, piepte gestaag. Een arts die we nog niet hadden ontmoet kwam de kamer binnen. Hoewel zijn manier van doen kalm was, was de uitdrukking op zijn gezicht grimmig en ik wist al wat hij ons ging vertellen. Hij stelde zich voor als dokter Kadam Patel, en hij was oncoloog. Over zijn schouder, in de gang, zag ik hoe een jong meisje in een rolstoel de kamer voorbij werd gereden. In haar armen lag een knuffeldier, een paars varken.

Net zoals mijn moeder had gedroomd.

Ik sloeg dicht en zodra hij begon te praten kon ik mijn gedachten er niet meer bijhouden, maar af en toe ving ik stukjes en beetjes op.

Adenocarcinoom... komt vaker voor bij vrouwen dan bij mannen... meer kans op bij jonge mensen... niet-kleincellig... langzamer groeiend dan andere vormen van longkanker, maar helaas is het in een gevorderd stadium en de CT-scan laat zien dat het uitgezaaid is naar andere delen van het lichaam... beide longen, lymfeklieren, botten en haar hersenen... kwaadaardige pericardeffusie... fase IV... ongeneeslijk.

Ongeneeslijk...

Mijn moeder was de eerste die gilde; het klaaglijke gehuil van een moeder die weet dat haar kind doodgaat. Liz volgde een ogenblik later en mijn vader nam haar in zijn armen. Hij zei niets, maar zijn onderlip trilde terwijl hij zijn ogen dichtkneep, alsof hij de werkelijkheid probeerde buiten te sluiten. Marge zat onbeweeglijk op het bed. Terwijl ik naar haar keek, had ik het gevoel dat ik om zou vallen, maar op de een of andere manier bleef ik overeind. Marge hield haar blik op de arts gericht.

'Hoelang heb ik nog?' vroeg ze, en voor het eerst die dag hoorde ik angst in haar stem.

'Dat is onmogelijk te zeggen,' antwoordde dokter Patel. 'Alhoewel het ongeneeslijk is, is het wel behandelbaar. De behandeling is de afgelopen tien jaar exponentieel verbeterd. Het kan niet alleen het leven verlengen, maar het kan ook enkele van de symptomen verlichten.'

'Hoe lang?' drong Marge aan. 'Met behandeling?'

'Als we er eerder bij waren geweest,' draaide dokter Patel eromheen. 'Voordat het uitgezaaid was...'

'Maar dat is niet zo,' onderbrak Marge hem.

Dokter Patel ging iets rechterop staan. 'Nogmaals, we kunnen het nooit precies weten. U bent jong en in goede conditie, wat allebei de levensverwachting verhoogt.'

'Ik begrijp dat u de vraag niet wilt beantwoorden. Ik begrijp ook dat iedere patiënt verschillend is, wat betekent dat u het nooit echt zeker kunt weten. Wat ik echter wil, is uw inschatting.' Aan haar stem was te horen dat ze zich niet zou laten afschepen. 'Denkt u dat ik een jaar heb?'

De dokter antwoordde niet, maar zijn uitdrukking was gepijnigd.

'Zes maanden?' drong Marge aan, en opnieuw gaf de dokter geen antwoord.

'Drie?'

'Op dit moment,' zei dokter Patel, 'lijkt het me het beste als we het over behandelopties gaan hebben. Het is cruciaal dat we meteen beginnen.'

'Ik wil het niet over een behandeling hebben,' zei Marge. Ik kon boosheid in haar stem horen. 'Als u denkt dat ik maar een paar maanden heb, als u me vertelt dat het ongeneeslijk is, wat is daar dan de zin van?'

Liz had zichzelf genoeg bij elkaar geraapt om haar ogen af te vegen. Ze liep naar het bed en pakte Marge' hand. Ze bracht hem naar haar mond en kuste hem. 'Schatje?' fluisterde ze. 'Ik wil horen wat de dokter zegt over behandelopties, oké? Ik weet dat je bang bent, maar ik moet het weten. Wil je luisteren? Voor mij?'

Voor het eerst draaide Marge zich van de dokter weg. Het spoor van haar traan had een veeg op haar wang achtergelaten waar het licht op viel, zodat het begon te glanzen.

'Oké,' fluisterde Marge, en toen pas begon Marge te huilen.

Systemische therapie.

In de volgende drie kwartier legde de arts ons geduldig uit wat zijn beweegredenen waren voor de behandelmethode die hij aanraadde. Omdat de kanker zo vergevorderd was, omdat hij zich door Marge' hele lichaam had verspreid en haar hersenen had bereikt, was het niet echt mogelijk om te opereren. Bestraling was een mogelijkheid, maar opnieuw wogen de voordelen ervan, vanwege de uitzaaiingen, niet op tegen wat het zou kosten. Gewoonlijk kregen patiënten meer tijd om alle voors en tegens van chemotherapie tegen elkaar af te wegen – waaronder de bijwerkingen, en daarover vertelde hij tot in detail – maar wederom: omdat de kanker zo vergevorderd was, raadde de arts sterk aan dat Marge meteen zou beginnen.

Om dat te doen, zou Marge een katheter moeten hebben. Toen dat gedeelte van start ging, verlieten mijn ouders en ik de kamer om naar de kantine te gaan. We praatten niet; in plaats daarvan zaten we zwijgend bij elkaar en probeerden we ieder voor zich te verwerken wat er gebeurde. Ik bestelde koffie die ik niet opdronk. Ik bedacht dat chemotherapie in wezen gif was, en dat de hoop is dat de kankercellen eerder doodgaan dan de normale cellen. Te veel gif en de patiënt overlijdt; te weinig gif en het medicijn helpt helemaal niet.

Mijn zus wist dat allemaal al. Mijn ouders en ik wisten het ook allemaal al. We waren opgegroeid met kennis van 'het'. We wisten allemaal van de fasen, de overlevingspercentages, de mogelijke remissie, de katheters en de bijwerkingen.

'Het' verspreidde zich tenslotte niet alleen door menselijke lichamen. Soms verspreidde hij zich door families, zoals die van mij.

Later ging ik terug naar de kamer en ging ik zitten in de stoel, toekijkend hoe het gif toegediend begon te worden, alles dodend op zijn weg door haar systeem.

Ik verliet het ziekenhuis toen de lucht zwart was geworden, en ik liep met mijn ouders mee naar hun auto. Ze leken meer te schuifelen dan te lopen, vond ik, en voor het eerst leken ze oud. Gebroken en helemaal leeg. Dat wist ik, want ik voelde hetzelfde.

Liz had ons gevraagd of ze alleen mocht zijn met Marge. Zodra ze het vroeg, voelde ik me schuldig. Helemaal opgaand in mijn gevoelens voor Marge was het niet bij me opgekomen dat ze met zijn tweeën tijd nodig hadden om alleen te zijn, zonder publiek erbij.

Nadat ik had gekeken hoe mijn ouders de parkeerplaats af reden, liep ik langzaam naar mijn auto. Ik wist dat ik niet in het ziekenhuis kon blijven maar ik wilde ook niet naar huis. Ik wilde nergens heen. Ik wilde dat ik terug kon spoelen en terug kon gaan naar gisteren. Vierentwintig uur eerder was ik uit eten met Emily en keek ik uit naar een avond lachen.

De stand-upcomedians in de Comedy Zone waren goed, en hoewel een van de optredens iets te platvloers was naar mijn smaak, was de tweede komiek zowel getrouwd als vader, en de humoristische verhalen die hij vertelde, hadden een vertrouwde klank. Op een gegeven moment pakte ik Emily's hand en toen ik haar vingers zich voelde verstrengelen met die van mij, voelde ik me alsof ik thuis was gekomen. Dit is waar het echt om gaat in het leven, weet ik nog dat ik dacht. Liefde, plezier en vriendschap; gelukkige momenten die je deelt met degenen om wie je geeft.

Terwijl ik naar huis reed, leek gisteren onmogelijk ver weg, een heel ander leven. De as van mijn wereld was gekanteld, en net als mijn ouders was ik in de afgelopen paar uur ouder geworden. Ik was uitgehold. En terwijl ik door samengeknepen ogen keek die wazig waren van de tranen vroeg ik me af of ik me ooit nog compleet zou voelen.

Emily stuurde een berichtje om te vragen of ik nog in het ziekenhuis was, en toen ik antwoordde dat ik naar huis was gegaan, zei ze dat ze naar me toe kwam.

Ze trof me aan op de bank, in een huis dat verlicht werd door één enkele lamp in de woonkamer. Ik was niet opgestaan toen ze op de deur had geklopt en ze had zichzelf binnengelaten.

'Hallo,' zei ze met zachte stem. Ze liep de kamer door en ging naast me zitten.

'Hoi,' zei ik. 'Sorry dat ik niet heb opengedaan.'

'Geeft niet,' zei ze. 'Hoe is het met Marge? Hoe is het met jou?'

Ik wist niet wat ik moest antwoorden en ik kneep in de brug van mijn neus. Ik wilde niet meer huilen.

Ze sloeg haar arm om me heen en ik leunde tegen haar aan. Net als eerder die dag hield ze me tegen zich aan, en we hoefden helemaal niets te zeggen.

Op zondag werd Marge ontslagen uit het ziekenhuis. Hoewel ze zwak en misselijk was, wilde ze naar huis en er was geen reden om in het ziekenhuis te blijven.

De eerste dosis gif was tenslotte al toegediend.

Ik duwde de rolstoel, terwijl mijn ouders een eindje achter ons liepen. Liz liep naast de rolstoel en maakte de weg vrij in de drukke gangen. Niemand die we voorbijkwamen, wierp een tweede blik in onze richting.

Het was koud buiten. Op weg naar het ziekenhuis had Liz me gevraagd langs hun huis te rijden om een jas voor Marge te halen. Ze gaf aanwijzingen hoe ik een sleutel kon vinden die verstopt was onder een steen aan de rechterkant van de voordeur.

Ik had mezelf binnengelaten en in de kast in de hal gerommeld op zoek naar iets zachts en warms. Uiteindelijk koos ik voor een lange donsjas.

Voordat we naar buiten gingen, hielp Liz Marge om te gaan staan zodat ze de jas aan kon trekken. Ze vertrok haar gezicht van de pijn en ze wankelde, maar behield haar evenwicht. Liz en mijn ouders gingen samen op weg naar de parkeerplaats, en bogen toen af in tegengestelde richtingen om hun auto's te zoeken.

'Ik haat ziekenhuizen,' zei Marge tegen me. 'De enige keer dat ik ooit in een goede stemming ben geweest in een ziekenhuis was toen London was geboren.'

'Ik ben het helemaal met je eens,' zei ik. 'Dat geldt voor mij ook.'

Ze trok aan de jas en trok hem dichter om haar hals. 'Dus wil je me naar buiten rollen, alsjeblieft? Laten we hier weggaan.'

Ik deed wat ze vroeg en voelde een frisse wind op mijn wangen zodra we het gebouw uit kwamen. De paar bomen op de parkeerplaats waren kaal en de lucht was staalgrijs.

Toen Marge weer sprak, was het zo zacht dat ik haar bijna niet verstond. 'Ik ben bang, Russ,' fluisterde ze.

'Ik weet het,' zei ik. 'Ik ook.'

'Het is niet eerlijk. Ik heb nooit gerookt, dronk bijna nooit, en at gezond. Ik deed aan sport.' Een ogenblik leek ze wel weer een kind.

Ik ging op mijn hurken zitten zodat ik op ooghoogte was. 'Je hebt gelijk. Het is niet eerlijk.'

Ze ontmoette mijn blik, en lachte toen berustend. 'Dit is allemaal de schuld van mam, weet je,' zei ze. 'Zij en haar familiegenen. Niet dat ik dat ooit tegen haar zou zeggen. En niet dat ik het haar echt kwalijk neem. Want dat doe ik niet.'

Ik had precies dezelfde gedachte gehad, maar ik had het niet hardop gezegd. Ik wist dat mijn moeder werd gekweld door hetzelfde idee, en dat het een van de redenen was dat ze nauwelijks iets had gezegd toen we in het ziekenhuis waren. Ik stak mijn hand uit en pakte die van Marge.

'Ik voel me beroerd,' zei Marge. 'Ik heb nu al besloten dat ik chemotherapie haat. Ik heb vanochtend vier keer overgegeven, en nu heb ik het gevoel dat ik niet genoeg kracht heb om in mijn eentje naar de wc te gaan.'

'Ik zal je helpen,' zei ik. 'Dat beloof ik.'

'Nee,' zei ze. 'Dat zul je niet.'

'Waar heb je het over? Natuurlijk wel.'

Ik had Marge nog nooit zo droevig zien kijken; Marge, die zelfs de ergste verliezen met pragmatische onverschilligheid van zich afschudde. 'Ik weet dat dat is wat je vindt dat je moet doen. En ik weet dat je het zult willen.' Ze greep mijn hand vast. 'Maar ik heb Liz. En jij hebt London, je bedrijf en Emily.'

'Op dit moment kan mijn werk me niks schelen. Emily begrijpt het wel. En London zit meestal op school.'

Marge antwoordde niet meteen. Toen ze weer begon te praten, was het net alsof ze terugkwam op een gesprek waarvan ik niet wist dat we het hadden. 'Weet je wat ik zo bewonder in jou? Onder andere?' vroeg ze.

'Ik heb geen idee.'

'Ik bewonder je kracht. En je moed.'

'Ik ben niet sterk,' protesteerde ik. 'En ik ben niet moedig.'

'Dat ben je wel,' zei ze. 'Als ik terugkijk op het afgelopen jaar en op alles wat je hebt meegemaakt, weet ik niet hoe je het allemaal voor elkaar hebt gekregen. Ik heb gezien hoe je de vader werd waarvan ik altijd heb geweten dat je die kon zijn. Ik heb je gezien toen je helemaal in de put zat nadat Vivian je had verlaten. En ik heb gezien hoe je jezelf weer omhoog hebt getrokken. En dat allemaal terwijl je bezig was een bedrijf te starten, met alle worstelingen van dien. Niet veel mensen hadden het afgelopen half jaar zo kunnen doorstaan zoals jij hebt gedaan. Ik weet absoluut zeker dat ik het niet had gekund.'

'Waarom vertel je me dit?' vroeg ik niet-begrijpend.

'Omdat ik niet ga toestaan dat je ophoudt met wat je moet doen, alleen maar vanwege mij. Daar zou mijn hart van breken.'

'Ik ga er voor je zijn,' zei ik. 'Daar kun je me niet van afbrengen.'

'Ik vraag je niet om me in de steek te laten. Ik vraag je om je leven voort te zetten. Ik vraag je om weer sterk en moedig te zijn. Want London zal niet de enige zijn die je nodig heeft. Liz zal je nodig hebben. Papa en mama ook. Een van jullie zal de rots in de branding moeten zijn. En al zul je het misschien niet geloven, ik weet in mijn hart dat jij altijd de sterkste van ons allemaal bent geweest.'

24

December

Wanneer ik terugdenk aan Marge als tiener komen er twee dingen bij me op: rolschaatsen en horrorfilms. Aan het einde van de jaren tachtig en het begin van de jaren negentig werd rolschaatsen vervangen door skaten, maar Marge bleef trouw aan de ouderwetse rolschaatsen die ze als kind had gehad: ik denk dat ze een zwak had voor de discorolschaatsbaan van haar vroege jeugd. Toen ze een tiener was, werd het weekend bijna helemaal op rolschaatsen doorgebracht, meestal met haar walkman en hoofdtelefoon op… zelfs, wonderbaarlijk genoeg, nadat ze haar rijbewijs had gehaald. Er waren maar weinig dingen waar ze meer van hield dan van rolschaatsen – tenzij het een goede horrorfilm was.

Hoewel Marge dol was op romantische komedies, net als ik, was haar lievelingsgenre horror, en ze liet nooit de kans voorbijgaan om in de premièreweek naar de meest recente horrorfilm te gaan. Het maakte haar niet uit of de film wel of niet was neergehaald door zowel recensenten als het publiek; ze vond het geen enkel punt om hem in haar eentje te gaan zien als ze geen mede-enthousiasteling kon vinden. Ze was zo toegewijd aan het genre als een groupie aan haar lievelingsband. Van Nightmare on Elm Street *tot* Candyman *en* Amityville 4: The Evil Escapes*: Marge was een ware horrorliefhebber, zowel van de goedkope als de kwaliteitsfilm.*

Toen ik haar vroeg waarom ze zoveel van horrorfilms hield, haalde ze alleen haar schouders op en zei ze dat ze het soms leuk vond om bang gemaakt te worden.

Ik snapte het niet, evenmin als de aantrekkingskracht van rondrollen met wieltjes aan je voeten. Waarom zou iemand bang gemaakt willen worden? Waren er niet al genoeg enge dingen in het echte leven om ons 's nachts wakker te houden?

Maar nu denk ik dat ik het begrijp.

Marge hield juist van die films omdat ze niet echt waren. Alle angst die ze in de loop van de film voelde, was kwantificeerbaar: het begon, en dan eindigde het ook weer, en ze verliet emotioneel leeg de bioscoop, maar opgelucht dat alles goed was in de wereld.

Tegelijkertijd was ze in staat geweest – zij het tijdelijk – om een van de aangeboren emoties van het leven onder ogen te zien, de wortel van ons universele instinct om te vechten of vluchten. Door zichzelf te dwingen om ondanks haar angst te blijven zitten denk ik dat Marge het idee had dat ze er sterker uitkwam, en beter toegerust om alle mogelijke echte verschrikkingen die het leven bood, aan te kunnen.

Achteraf denk ik dat Marge er misschien nog niet zo gek ver naast had gezeten.

Vivian was op zondagavond teruggekomen met London. Voordat ze vertrok, omhelsde ze me, een langere omhelzing dan ik had verwacht. Ik kon er haar bezorgdheid in voelen, maar gek genoeg voelde haar lichaam niet meer vertrouwd aan.

London had genoten van haar bezoek, maar deze keer vertelde ze dat ze zowel haar vissen als Mr. en Mrs. Sprinkles had gemist. Zodra ze thuiskwam, gingen we naar haar kamer, waar ze me vertelde dat ze haar Thanksgivingdiner in een landhuis had gekregen. Ik vermoedde dat Vivian onze dochter aan Spannerman had voorgesteld als reactie op het feit dat ze London Emily had zien omhelzen bij het beeldende-kunstatelier. In Vivians optiek had ik ongetwijfeld het taboe als eerste geschonden, wat haar het recht gaf om dat ook te doen.

Het zou me eigenlijk meer hebben moeten kunnen schelen, maar op dat moment was dat niet zo. Ik was doodmoe en ik wist dat London Spannerman vroeg of laat sowieso zou ontmoeten. Wat deed het ertoe als het dit weekend was of de volgende keer dat ze in Atlanta was?

Wat deed iets er überhaupt nog toe?

Terwijl London zich met de vissen bezighield, besloot ik de hamsterkooi schoon te maken, aangezien ik dat had laten versloffen terwijl London weg was. Ik was er intussen aan gewend en het was in een wip gebeurd. Ik bracht de rommel naar de vuilnisbak die buiten stond, maakte hem schoon en ging weer naar boven, waar London Mr. Sprinkles vasthield.

'Heb je trek, liefje?' vroeg ik.

'Nee,' zei ze. 'Mama en ik hebben in het vliegtuig gegeten.'

'Ik wilde het gewoon even weten,' zei ik. Ik ging op het bed zitten en keek naar haar, maar ik dacht voornamelijk aan Marge. Mijn zus wilde dat ik mijn leven bleef leiden en dat ik deed alsof er niets was veranderd. Maar alles was veranderd en ik voelde me uitgehold, zo leeg als een afgedankt olievat.

Ik wist niet of ik wel kon doen wat Marge me vroeg en ik wist niet eens of ik dat wel wilde.

'Weet je wat?' zei London, die opkeek.

'Nou, lieveling?'

'Voor Kerstmis ga ik een vaas maken voor tante Marge en tante Liz, zoals ik voor mama heb gemaakt. Maar deze keer wil ik er vissen op schilderen.'

'Ik weet zeker dat ze dat prachtig zullen vinden.'

Heel even leek London me te bestuderen, met een verrassend serieuze blik. 'Gaat het wel goed, papa?'

'Ja,' antwoordde ik. 'Het gaat goed.'

'Je ziet er verdrietig uit.'

Dat ben ik ook, dacht ik. Ik doe de grootste moeite om niet in te storten.

'Ik heb je gewoon gemist,' zei ik.

Ze glimlachte en kwam naar me toe terwijl ze nog steeds de hamster vasthield.

'Wil je Mr. Sprinkles vasthouden?'

'Tuurlijk,' zei ik, toen ze hem zachtjes op mijn hand zette. De hamster was zacht en licht, maar ik kon zijn kleine klauwtjes voelen krabbelen naar een aangrijpingspunt toen hij op zijn plek schoof. Zijn snorharen trilden en hij begon mijn hand te besnuffelen.

'Weet je wat?' vroeg London weer. Ik haalde een vragende blik tevoorschijn. 'Ik kan nu lezen.'

'O ja?'

'Ik heb *Two by Two* helemaal zelf gelezen. Ik heb het aan mama voorgelezen.'

Ik vroeg me af of het niet zozeer lezen als wel uit het geheugen opzeggen was – we hadden het tenslotte wel honderd keer met elkaar gelezen. Maar wederom: wat deed het ertoe?

'Misschien kun je het me straks laten zien?'

'Oké,' zei ze. Ze sloeg haar armen om me heen en drukte me fijn. 'Ik hou van je, papa.'

Ik ving de geur op van de babyshampoo die ze nog steeds gebruikte en voelde nog weer een steek in mijn hart.

'Ik hou ook van jou.'

Ze kneep nog wat harder en liet me vervolgens los. 'Mag ik Mr. Sprinkles terug?'

Marge nam op maandag ontslag. Dat weet ik omdat ik een berichtje van haar kreeg waarin stond: *Ik heb besloten met pensioen te gaan.*

Ik ging naar haar huis nadat ik London naar school had gebracht. Het werk kon wachten. Het kon me niet schelen wat ze wilde; wat ik wilde, was mijn zus zien. Liz deed de deur open en ik kon zien dat ze kort daarvoor had gehuild, ook al was er alleen maar een spoortje roodheid in haar ogen achtergebleven.

Ik trof Marge ondersteund op de bank aan met haar benen opgetrokken, in een deken gewikkeld. *Pretty Woman* was op de televisie. Het bracht een stroom herinneringen terug, en plotseling zag ik Marge weer als tiener. Toen ze nog een heel leven voor zich had, een leven gemeten in decennia, niet maanden.

'Hoi,' zei ze, terwijl ze de pauzeknop indrukte. 'Wat doe je hier? Moet je niet op je werk zijn?'

'Ik ken de baas,' antwoordde ik. 'Hij zegt dat het oké is als ik vandaag wat later kom.'

'Bijdehandje.'

'Dat heb ik van de beste geleerd.' Marge maakte wat ruimte en ik plofte naast haar op de bank neer.

'Geef het maar toe: je kreeg mijn berichtje en je kwam hierheen omdat je jaloers bent dat ik me eindelijk aan de ratrace heb onttrokken.' Ze grijnsde uitdagend. 'Ik vond het weleens tijd om een beetje van het leven te genieten.'

Ik deed mijn best om met een gevatte reactie te komen, maar het lukte niet, en in de stilte die volgde, porde Marge me in mijn ribben met haar voeten. 'Kop op,' zei ze. 'Er mag in dit huis geen zwartgalligheid zijn.' Ze tuurde over haar schouder. 'Ging het wel goed met Liz?' fluisterde ze uiteindelijk.

'Ik denk het,' antwoordde ik. 'We hebben niet echt gepraat.'

'Zou je eens moeten doen,' zei ze. 'Ze is eigenlijk een heel aardig persoon.'

'Hou je nou eens op?' vroeg ik met een halfhartige glimlach. 'Hoe voel je je eigenlijk?'

'Veel beter dan gisteren,' antwoordde ze. 'Dat doet me eraan denken: mag ik London dit weekend meenemen om te gaan rolschaatsen?'

'Wil je London meenemen uit rolschaatsen?' Mijn ongeloof moet zichtbaar zijn geweest, want Marge zette haar stekels op.

'Geloof het of niet, maar ik weiger om me door jullie in huis te laten opsluiten, en ik denk dat London het leuk zal vinden. Ik in elk geval wel.'

Wat niet werd uitgesproken was dat het waarschijnlijk iets was wat London zich voor eeuwig zou herinneren, omdat het haar eerste keer zou zijn. 'Wanneer heb je eigenlijk voor het laatst gerolschaatst?'

'Wat maakt jou dat nou uit? Ik ben echt niet vergeten hoe het moet, hoor. Misschien weet je nog wel dat ik er vrij goed in was.'

Dat is het niet, dacht ik bij mezelf. Ik vraag me af of je er de kracht voor hebt. Ik keek weg naar het scherm, ervan overtuigd dat Marge in een ontkenningsfase zat. Op het stilgezette beeld op de televisie zat Julia Roberts in een bar haar kamergenote te confronteren over geld. Hoewel ik de film in jaren niet had gezien, kon ik me de film nog steeds praktisch beeld voor beeld herinneren. 'Oké,' zei ik. 'Maar alleen als je op "play" drukt, zodat we de film kunnen kijken.'

'Je wilt je ochtend vergooien met het kijken naar *Pretty Woman*? In plaats van geld te verdienen?'

'Het is mijn leven,' zei ik.

'Nou, als je er maar geen gewoonte van maakt, oké? Ik vind het prima als je langskomt na je werk, maar niet ervoor. Ik zal mijn schoonheidsslaapje waarschijnlijk nodig gaan hebben.'

'Druk nou maar op die "play"-knop.'

Ze trok haar wenkbrauw een beetje op en richtte de afstandsbediening. 'Ik ben er maar een paar minuten geleden mee begonnen.'

'Dat weet ik.'

'Hier keken we samen altijd naar.'

'Dat weet ik,' zei ik weer. 'Net zoals ik ook weet dat je altijd stiekem verliefd bent geweest op Julia Roberts.'

Ze lachte toen de film weer begon, en in de twee uur daarna keken mijn zus en ik naar de film. We spraken de teksten hardop uit en gaven er samen commentaar bij, net als toen we kinderen waren.

Na de film ging Marge naar de slaapkamer om een dutje te doen terwijl Liz en ik koffiedronken in de keuken.

'Ik weet niet wat ik moet doen,' biechtte Liz op, met de uitdrukking op haar gezicht van iemand die overweldigd is door dingen die ze nauwelijks kan bevatten. 'In Costa Rica leek het prima met haar te gaan. Ze hoestte nauwelijks en ik had moeite om haar bij te houden. Ik begrijp niet hoe ze een maand geleden zo gezond kon lijken en nu...' Ze schudde verbijsterd haar hoofd. 'Ik weet niet wat ik moet doen. Ik heb mijn afspraken van vandaag en morgen afgezegd, maar Marge heeft me in feite verboden om verlof op te nemen. Ze wil dat ik ten minste een paar dagen per week blijf werken, en blijft erbij dat je moeder kan invallen waar dat nodig is. Dat we een rooster moeten uitwerken, of wat dan ook.' Toen ze opkeek, zag ik dat haar ogen vol pijn waren. 'Het is net alsof ze me niet om zich heen wil hebben.'

'Dat is het niet,' zei ik, terwijl ik mijn hand op die van haar legde. 'Ze houdt van je. Dat weet je.'

'Waarom zegt ze me dan in feite dat ik weg moet blijven? Waarom begrijpt ze niet dat ik alleen maar zo veel mogelijk bij haar wil zijn, zo lang mogelijk?'

Ze kneep me in mijn hand terwijl ze uit het raam keek, maar niets leek te zien.

'Ze wil evengoed naar New York volgende week,' voegde ze er vervolgens aan toe.

'Je overweegt toch niet serieus om erheen te gaan, hè?' Rolschaatsen was nog tot daar aan toe, maar een toeristisch uitstapje naar een van de drukste steden van de wereld?

'Ik weet niet wat ik moet doen. Ze vroeg de dokter er gisteravond naar en hij zei dat als ze zich goed genoeg voelde er geen reden was dat ze niet zou gaan aangezien ze tussen twee chemosessies zit. Maar hoe kan ik erheen gaan zonder te denken: dit is de laatste keer dat Marge dit ziet, of: dit zal Marge' enige kans zijn om dat te doen?'

Ze keek vragend naar mij voor een antwoord, maar ik wist dat ik er niets op kon zeggen.

De meeste van haar vragen waren tenslotte dezelfde als die van mij, en ik had er ook geen antwoorden op.

Op dinsdagochtend, de eerste dag van december, kreeg ik een berichtje van Marge, waarin ze London en mij vroeg om die avond te komen eten. Het was een subtiele manier om me te vertellen dat ik vóór die tijd niet naar haar huis moest komen.

Ik raakte gedeprimeerd bij de gedachte, en nadat ik London naar school had gebracht, sprak ik met Emily af om koffie te drinken. In een spijkerbroek en een dikke coltrui zag ze er zo fris en jeugdig uit als een studente.

'Je ziet er moe uit,' zei ze. 'Hou je het nog een beetje vol?'

'Ik ben aan het overleven,' antwoordde ik, terwijl ik vermoeid door mijn haar streek. 'Het spijt me dat ik je de afgelopen dagen niet heb gebeld.'

Ze hield onmiddellijk haar handen op. 'Dat hoeft niet. Ik wil er niet eens aan denken wat je doormaakt. Ik heb me zorgen om je gemaakt.'

Om wat voor reden dan ook waren haar woorden een troost voor me. 'Dank je wel, Em,' zei ik. 'Dat betekent heel veel voor me.'

'Wil je me vertellen wat er allemaal gebeurt?' vroeg ze, terwijl ze mijn arm aanraakte.

Het uur daarna ratelde ik aan één stuk door, terwijl mijn kop koffie langzaam afkoelde tot kamertemperatuur. Toen ik zo naar mezelf luisterde, besefte ik dat sinds Emily weer in mijn leven was gekomen, ik van de ene emotionele ramp naar de andere was gedenderd. Toen ze me later vasthield, verwonderde ik me erover dat ze nog steeds bereid was me te verdragen.

Voor het avondeten deed Liz die avond haar best om iets te koken waarvan ze wist dat London het lekker zou vinden: gekruide kip uit de oven, gekruide aardappeltjes en een fruitsalade.

Mijn moeder vertrok net toen we aankwamen, en ik liep met haar mee naar haar auto. Voordat ze instapte, bleef ze even staan.

'Marge weigert me een van mijn clubs te laten opgeven,' zei mijn moeder. 'Ze stond er zelfs op dat ik me aan precies hetzelfde schema zou houden, maar Russ...' Ze fronste bezorgd. 'Ze weet niet hoe erg het gaat worden. Ze gaat hulp nodig hebben. Het is alsof ze in een ontkenningsfase verkeert.'

Ik knikte, om aan te geven dat ik hetzelfde had zitten denken.

'Weet je wat ze zojuist tegen me heeft gezegd? Ze wil dat papa langskomt om een paar spijlen van de veranda te repareren omdat ze verrot zijn. En er klemmen een paar ramen. En de afvoer in de badkamer lekt. Ze maakte er zo'n punt van dat die dingen werden gemaakt. Alsof dat er nu toe doet.' Ze gaf me een verblufte blik. 'Waarom zou ze zich zo druk maken om een paar spijlen van de veranda? Of de ramen?'

Hoewel ik geen antwoord gaf, begon het me eindelijk te dagen wat Marge aan het doen was. Plotseling wist ik waarom ze wilde dat ik alleen 's avonds langskwam; waarom ze Liz en mijn moeder hun tijd bij haar onderling liet verdelen. Ik wist waarom ze wilde dat mijn vader langskwam en reparaties uitvoerde aan het huis, en waarom ze erop stond om Londen mee uit rolschaatsen te nemen.

Marge wist beter dan wie ook dat ieder van ons niet alleen tijd met haar alleen wilde doorbrengen, maar dat we dat ook nodig zouden hebben, voordat het einde kwam.

Naarmate de bijwerkingen van de eerste chemotherapiebehandeling in de loop van de week afnamen, werd Marge langzamerhand sterker. En allemaal wilden we geloven dat haar behandeling effect had, omdat we zo wanhopig verlangden naar een paar maanden meer met haar.

Ik weet nu dat alleen Marge op een bepaald intuïtief niveau wist wat er echt binnen in haar lichaam gaande was. Sowieso ging ze alleen maar akkoord om zich te laten behandelen omdat wij allemaal wilden dat ze dat deed. Achteraf besef ik dat ze, zelfs al toen ze ja zei, begreep dat het de voortgang van de ziekte helemaal niet zou vertragen.

Tot op de dag van vandaag vraag ik me nog steeds af hoe ze dat wist.

Liz en mijn moeder stelden een rooster op, zodat een van hen overdag altijd in huis zou zijn zodra Marge en Liz uit New York terugkeerden.

De vrijdag na mijn diner bij Marge nam mijn vader een ochtend vrij van zijn werk en ging hij bij Marge langs met zijn gereedschapskist en een stapel van tevoren gezaagde spijlen in zijn kofferbak. Hij begon het langzame proces van de reparatie en nam een lunchpauze; Marge en mijn vader aten boterhammen en dronken ijsthee op de veranda aan de achterkant, en bewonderden het handwerk van mijn vader tot dan toe en bespraken de vooruitzichten van de Braves voor het seizoen van volgend jaar.

Op zaterdag kwam Marge bij mij thuis aan na beeldende-kunstles – de les waarin London, zonder dat mijn zus het wist, een kerstcadeau voor haar had gemaakt – om London mee te nemen om te gaan rolschaatsen. Liz en ik gingen met hen mee, en keken toe vanaf de tribune terwijl Marge London voetje voor voetje over de rolschaatsbaan hielp. Net als de meeste kinderen bleef London maar proberen te lopen op de rolschaatsen in plaats van te glijden, en het duurde een goed half uur voordat London de beweging onder de knie begon te krijgen. Als Marge er niet was geweest om Londons beide handen vast te houden – Marge schaatste achteruit – dan zou mijn kleine meid al ten minste twintig keer zijn gevallen.

Maar tegen het einde van de sessie waren ze in staat naast elkaar te schaatsen, zij het langzaam, en London was zichtbaar trots toen ze ten slotte met Liz' hulp haar veters losmaakte en haar rolschaatsen inleverde. Ik ging naast Marge zitten terwijl ze zich voorover boog en haar eigen rolschaatsen uittrok.

'Je armen en je rug zullen wel pijn doen morgen,' voorspelde ik. In mijn ogen zag ze er moe uit, maar ik kon niet onderscheiden of het kwam doordat ze ziek was, of doordat het begrijpelijkerwijs nogal uitputtend was om steeds maar weer London op te vangen voordat ze viel.

'Het zal wel gaan,' zei ze. 'London is niet zo zwaar. Maar ze is wel een kletskous. Ze praatte de hele tijd maar door. Ze hoorde me zelfs uit over wat mijn lievelingskleur vis was. Ik had geen idee wat ik daarop moest zeggen.'

Ik glimlachte. 'New York zal vergeleken daarmee waarschijnlijk rustig lijken. Gaan jullie morgen weg?'

'Ja, ik kan niet wachten,' zei ze, terwijl ze opleefde. 'Ik heb tegen Liz gezegd dat onze eerste halte de kerstboom van het Rockefeller Center is. Ik wil in de kerstsfeer komen.'

'Stuur me een paar foto's,' zei ik.

'Doe ik,' beloofde ze. 'Trouwens, ik weet wat ik voor Kerstmis wil,' zei ze nadrukkelijk. 'Van jou.'

'Zeg het maar.'

'Ik vertel het je als ik terugkom. Maar hier is alvast een hint: ik wil ergens met jou naartoe.'

'Op een uitstapje, bedoel je?'

'Nee,' zei ze. 'Geen uitstapje.'

'Waar dan heen?'

'Als ik het je vertelde, zou het geen verrassing voor je zijn.'

'Als je het me niet vertelt, hoe kan ik het dan doen?'

'Wat vind je ervan als je dat deel aan mij overlaat, oké?'

Met haar rolschaatsen uit en haar schoenen weer aan zag ik haar een laatste, weemoedige blik op de rolschaatsbaan werpen. Het begon nu druk te worden, vol kinderen, groepjes luidruchtige tieners en een paar nostalgische volwassenen. Aan Marge' uitdrukking wist ik dat ze bedacht dat ze nooit meer de kans zou krijgen om te rolschaatsen.

Vandaag, besefte ik, was het niet alleen gegaan over London leren hoe ze moest rolschaatsen, of een herinnering maken waar London zich voor altijd aan vast zou kunnen houden; Marge was ook het proces begonnen van afscheid nemen van de dingen waarvan ze hield.

Marge en Liz bleven zes dagen weg. Terwijl ze weg waren, maakte ik lange dagen, omdat ik zoveel mogelijk werk gedaan wilde krijgen aan de nieuwe advertentiecampagnes, maar voornamelijk in een poging me ervan te weerhouden aan mijn zus te denken. Zoals beloofd had ze me foto's van de kerstboom van het Rockefeller Center gestuurd: een van haar en Liz samen, en nog een van haarzelf alleen.

Ik liet de foto's bewerken, afdrukken en daarna inlijsten, met de bedoeling om één stel als kerstcadeau aan Marge en Liz te geven en nog een stel voor mezelf te houden.

Intussen werd ik benaderd door nog twee advocatenfirma's, waaronder een kleine firma in Atlanta die op YouTube op mijn recente werk was gestuit. Terwijl ik de benodigde presentaties begon samen te stellen, blikte ik onwillekeurig terug op het afgelopen half jaar.

Toen ik met mijn bureautje was begonnen, leek het alsof al mijn zorgen met zaken en geld te maken hadden, en op dat moment had ik de stress overweldigend gevonden. Ik had gedacht dat dingen niet veel erger konden worden, en toch kon ik me duidelijk herinneren dat Marge me had verzekerd dat alles uiteindelijk helemaal in orde zou komen.

Ze had gelijk gehad, uiteraard.

Aan de andere kant had ze het niet erger mis kunnen hebben.

De kerstdagen kwamen steeds dichterbij.

'Wat zijn je plannen voor Kerstmis? Met London?' vroeg Marge me. Het was zondagmiddag en ze was net wakker geworden van een dutje, maar ze zag er nog steeds moe uit. We zaten bij haar op de bank, waar ze zich in een deken had gewikkeld, ook al vond ik dat het huis warm aanvoelde. Zij en Liz waren de dag ervoor uit New York teruggekomen, en ik wilde haar zien voordat London uit Atlanta terugkwam. 'Hebben jij en Vivian het daar al over gehad? Kerstmis is al over twee weken, weet je.'

Toen ik naar mijn zus staarde, kwam het me voor dat ze zelfs nog meer was afgevallen sinds ik haar bij de rolschaatsbaan had gezien.

Haar ogen zagen er ingevallen uit en haar stem klonk op de een of andere manier een beetje hoger en dunner.

'Nog niet,' zei ik. 'Maar opnieuw valt het in een van haar weekends.'

'Russ, ik weet dat ik het al eerder heb gezegd, maar het is niet eerlijk tegenover jou dat je geen feestdagen met London hebt.'

Nee, dat was het inderdaad niet. Maar ik kon er niet veel aan doen, dus probeerde ik van onderwerp te veranderen.

'Hoe was New York?'

'Het was geweldig,' zuchtte Marge. 'Maar er waren zoveel mensen... wauw. Er stonden rijen tot om de hoek van de straat, alleen maar om sommige winkels binnen te komen. De voorstellingen waren geweldig, en we hadden een paar echt onvergetelijke diners.' Ze noemde een aantal van de musicals die ze hadden gezien en restaurants waar ze hadden gegeten.

'Dus het was het waard?'

'Absoluut,' zei ze. 'Ik heb ook nog een paar romantische avonden door het hotel laten organiseren terwijl we daar waren. Champagne, in chocolade gedompelde aardbeien, een spoor van rozenblaadjes naar het bed. Ik had ook nog wat nieuwe lingerie meegenomen om met mijn sinds kort ranke figuur te pronken.' Ze wiebelde met haar wenkbrauwen. 'Ik geloof dat Liz er helemaal ondersteboven van was.'

'Waarom wilde je haar per se ondersteboven hebben?'

'Nee, echt? Werkt jouw denkproces echt zo?'

'Als mijn zus het over haar liefdesleven begint te hebben, kies ik ervoor om me in naïviteit terug te trekken,' legde ik uit. 'Ik vertel toch ook geen details over mijn liefdesleven?'

'Omdat je nog geen liefdesleven met Emily hebt. En als je het mij vraagt, wordt het tijd dat je daar iets aan gaat doen.'

'We hebben het goed met elkaar nu,' zei ik stellig. 'We praten elke avond met elkaar aan de telefoon en we zoeken elkaar op om koffie te drinken. En we zijn vrijdagavond uit gegaan.'

'Wat hebben jullie gedaan?'

'Uit eten. En karaoke.'

'Heb je karaoke gedaan?' Dat verraste Marge.

'Zij. Maar het was dan ook haar idee. En ze is nog best goed ook.'

Marge glimlachte terwijl ze zich dieper in de bank nestelde. 'Dat klinkt gezellig,' zei ze. 'Niet echt sexy of romantisch, maar wel gezellig. Wordt er al toegehapt op je huis?'

'Er wordt hier en daar wat geknabbeld, maar nog niets officieels. Mijn makelaar zegt dat december altijd rustig is. Ze wil een open huis houden in januari.'

'Laat me weten wanneer. Dan komen Liz en ik toevallig aanbellen en promoten we het huis in aanwezigheid van potentiële kopers.'

'Je hebt wel betere dingen te doen dan naar een open huis gaan.'

'Waarschijnlijk wel,' gaf ze toe. 'Aan de andere kant: jij lijkt op de een of andere manier uiteindelijk altijd mijn hulp nodig te hebben. Ik heb mijn hele leven al voor je moeten zorgen.' Ze keek in de richting van de keuken, waar Liz de lunch klaarmaakte. 'Ik moet deze week nog een chemokuur krijgen. Aanstaande vrijdag, geloof ik. Daar kijk ik helemaal niet naar uit.' Ze zuchtte, en er schoot een flits van bezorgdheid over haar gezicht. Ze keerde zich naar mij. 'Met dat in gedachten zullen we ons ding waarschijnlijk donderdag moeten doen.'

'Wat voor ding?'

'Ons uitstapje, weet je nog?' zei ze. 'Mijn kerstcadeau?'

'Je weet toch wel dat ik nog steeds geen idee heb waar je het over hebt, hè?'

'Dat geeft niet. Ik kom je om zeven uur ophalen. Liz kan London naar bed brengen, als je dat goed vindt.'

'Natuurlijk,' zei ik. Ze onderdrukte een gaap en ik wist dat het tijd was om te gaan. 'Ik geloof dat ik ervandoor moet. Ik heb nog een lading werk te doen voordat London thuiskomt.'

'Oké,' zei ze. 'Ik kijk uit naar donderdagavond. Zorg ervoor dat je je warm aankleedt.'

'Dat zal ik doen,' beloofde ik. Ik stond op van de bank, aarzelde en leunde toen weer naar mijn zus om haar een kus op haar wang te geven. Haar ogen waren dicht. 'Zie je later.'

Ze knikte zonder antwoord te geven en aan het geluid van haar ademhaling hoorde ik dat ze weer in slaap was gevallen, nog voordat ik de voordeur had bereikt.

Vivian leverde London rond zeven uur die avond af. Terwijl de limousine voor het huis stationair draaide en London in bad zat, spraken we elkaar heel even in de keuken.

'Wat Kerstmis betreft,' zei ze, meteen ter zake komend, 'ik denk dat het het beste is als we het hier vieren. Voor London, bedoel ik. Het zal haar laatste Kerstmis in dit huis zijn. Ik kan gewoon in de logeerkamer slapen, als jij dat goed vindt.' Ze pakte haar tas en haalde er een vel papier uit. 'Ik heb al wat dingen gekocht, maar het is misschien gemakkelijker als je wat van deze andere spullen koopt, zodat ik niet alles hierheen hoef te slepen. Ik heb een lijst gemaakt. Bewaar gewoon de bonnetjes en dan kunnen we het na afloop allemaal verdelen.'

'Wat het gemakkelijkst is,' zei ik instemmend. Ik dacht terug aan wat Marge over de feestdagen had gezegd en ik wist dat ze tevreden zou zijn. 'Ik heb Marge vandaag gezien,' zei ik, tegen het aanrecht leunend.

'Hoe gaat het met haar?'

'Ze begint al heel veel te slapen.'

Vivian knikte en keek omlaag. 'Het is gewoon vreselijk,' zei ze. 'Ik weet dat je denkt dat Marge en ik niet zo goed met elkaar konden opschieten, maar ik heb haar altijd gemogen. En ik weet dat ze dit niet verdient. Ik wil dat je dat weet. Ze is altijd een geweldige zus geweest.'

'Dat is ze nog steeds,' zei ik, maar zodra ik het had gezegd, vroeg ik me af hoe lang ik dat nog zou kunnen zeggen.

Na school op woensdag waren Emily en ik van plan om met de kinderen naar een kerstbomenboerderij te gaan, waar je zelf een boom kon uitkiezen en laten omhakken. Een groot deel van de plek was versierd als het dorp van de Kerstman, en kinderen konden de Kerstman ontmoeten en daarna een bezoek brengen aan zijn werkplaats, waar warme chocolademelk en koekjes werden geserveerd. Nog mooier was dat de boerderij de boom afleverde en in zijn standaard zette, en dat was wel nodig, omdat ik vermoedde dat mijn Prius anders verpletterd zou worden onder het gewicht van de boom.

Toen ik het plan aan Marge vertelde, stond ze erop dat zij en Liz ons daar zouden ontmoeten.

Over negen dagen was het Kerstmis.

Op het grind van het parkeerterrein stapte Marge uit de auto. Toen ik haar omhelsde, kon ik de scherpe richels van haar ribben voelen. De kanker at haar langzaam van binnenuit weg. Ze leek echter meer energie te hebben dan toen ze net uit New York was teruggekeerd.

'En dit is zeker Bodhi,' zei Marge, die hem met ontroerende formaliteit de hand schudde. 'Wat ben je groot voor je leeftijd,' merkte ze op, waarna ze hem begon te vragen wat hij het liefste deed en wat hij voor Kerstmis wilde. Toen de kinderen zichtbaar onrustig werden, lieten we hen naar de boerderij rennen, waar ze al snel tussen de groene driehoeken verdwenen.

Emily en ik liepen rustig wandelend achter hen aan met Marge en Liz.

'Hoe zien jouw kerstdagen eruit, Em?' vroeg Marge. 'Ga je nog ergens heen?'

'Nee,' zei ze. 'We doen het gewoon met de familie, zoals we meestal doen. We gaan langs bij mijn zus en mijn ouders. Sinds London heeft leren fietsen is Bodhi er ook steeds om een aan het bedelen, dus ik denk dat ik hem er een moet geven – ook al weet ik nog niet zo zeker of ik hem wel kan leren fietsen.'

'Jij gaat haar wel helpen, hè, Russ?' zei Marge, die me een por gaf met haar elleboog.

Ik grimaste. 'Marge is er altijd goed in geweest om me als vrijwilliger voor dingen op te geven.'

'Dat kan ik me geloof ik wel herinneren,' lachte ze. 'Russ vertelde dat jullie het leuk hebben gehad in New York.'

De twee bleven een beetje achter lopen, druk bezig met hun gesprek. Ik haakte mijn arm door die van Liz en volgde het pad dat de kinderen hadden genomen.

'Hoe gaat het met het rooster dat je samen met mama hebt ingesteld?' vroeg ik.

'Ik geloof dat het wel werkt. Ik werk nog maar drie dagen per week, en op die dagen komt je moeder.'

'Het lijkt goed te gaan met Marge vandaag.'

'Ze was een beetje moe vanochtend, maar ze knapte op tijdens de rit hierheen. Ik denk dat dit soort dingen haar het gevoel geeft dat er niets mis is met haar, al is het maar voor even. Zo was ze ook toen we in New York waren.'

'Ik ben blij dat ze wilde komen. Maar ik wil niet dat ze instort.'

'Dat heb ik ook tegen haar gezegd,' zei Liz. 'En weet je wat ze daarop antwoordde?'

'Ik heb geen idee.'

'Ze zei tegen me dat ik me niet te veel zorgen moest maken, omdat ze "nog iets belangrijks moest doen".'

'Wat bedoelt ze daarmee?'

Liz schudde haar hoofd. 'Ik zou het ook niet weten.'

Toen we bleven staan om te wachten tot Emily en Marge ons inhaalden, dacht ik na over de cryptische woorden van mijn zus. Ze was altijd al van de verrassingen geweest en ik vroeg me af welke laatste raadsels ze nog in petto had.

De volgende avond kwamen Marge en Liz om zeven uur exact aan bij mijn huis. Zodra Liz door de deur kwam, pakte London haar hand en nam ze haar mee naar de slaapkamer om haar het aquarium te laten zien.

Marge was gewikkeld in een sjaal en een muts, ondanks de relatief milde temperaturen. Ze droeg ook handschoenen en de oversized donsjas die ik naar het ziekenhuis had gebracht.

Het leek onmogelijk dat er minder dan drie weken waren verstreken sinds ze met spoed naar het ziekenhuis was gevoerd.

'Ben je er klaar voor?' vroeg ze ongeduldig, zelf duidelijk klaar om te vertrekken.

Ik pakte mijn jas en haalde een paar handschoenen en een muts tevoorschijn, ook al kon ik me niet voorstellen dat ik ze nodig had. 'Waar gaan we heen?'

'Dat zul je wel zien,' zei ze. 'Kom op. Voordat ik het niet meer durf.'

Voor mij was het nog steeds een raadsel, maar toen we wegen begonnen te nemen die ik herkende, begreep ik plotseling wat ze in gedachten had.

'Dat meen je niet,' zei ik terwijl ze bij de toegangspoort parkeerde en de motor afzette.

'Jawel,' zei ze ferm. 'En dit is jouw kerstcadeau aan mij.'

Ik keek op en zag de intimiderende gestalte van de watertoren – onmogelijk en onmetelijk hoog.

'Het is verboden om de watertoren te beklimmen,' zei ik.

'Dat is altijd al verboden geweest. Het heeft ons er nooit van weerhouden.'

'Maar toen waren we kinderen,' bracht ik ertegenin.

'En nu niet meer,' zei ze. 'Ben je er klaar voor? Pak je muts en je handschoenen. Het zal wel winderig zijn daarboven.'

'Marge...'

Ze staarde me aan. 'Ik kan de klim wel aan,' zei ze op een toon die geen ruimte liet voor een andere mening. 'Na nog een rondje chemo zal ik dat misschien niet meer kunnen. Maar op dit moment kan ik het nog wel en ik wil dat je met me meegaat.'

Ze wachtte niet tot ik antwoord gaf. Ze stapte de auto uit en liep naar de stalen onderhoudsladder. Ik bleef verstijfd van besluiteloosheid staan. Tegen de tijd dat ik me achter haar aan haastte, was ze al twee meter omhooggeklommen. En dat betekende natuurlijk dat ik geen andere keuze had dan te beginnen met klimmen. Als ze moe werd, als ze zwak of duizelig werd, moest ik er zijn om haar op te vangen. Uiteindelijk was het de angst voor haar die me ertoe aanzette om haar te volgen.

Marge had niet gelogen. Hoewel ze ongeveer elke vijf meter een pauze moest nemen, ging ze vervolgens onvermijdelijk weer door, vastberaden hoger klimmend. Onder me kon ik daken zien en ik ving de geur van schoorsteenrook op. Ik was dankbaar voor mijn handschoenen, want de metalen sporten waren koud genoeg om mijn handen te laten verstijven.

Toen we eindelijk de top bereikten, ging Marge voetje voor voetje naar de plek waar ik haar had gevonden op die vreselijke avond toen ze nog studeerde. Net als toen liet ze haar benen over het smalle loopgedeelte bungelen en ik ging snel naast haar zitten. Ik sloeg mijn arm weer om haar heen, voor het geval ze duizelig werd.

'Je zult het wel koud hebben,' zei ik.

'Spreek voor jezelf,' antwoordde ze. 'Ik heb een lange onderbroek aangetrokken voordat ik hier kwam.'

'Ook best,' zei ik. 'Kom dan eens wat dichter bij me zitten, dan kan ik ook warm worden.'

Dat deed ze, en een tijdje namen we de buurt in vogelvlucht waar. Het was te koud voor het nachtelijke geluid van krekels of kikkers; in plaats daarvan ving ik heel zwak het geluid op van een windklokkenspel en ik hoorde de wind door de takken van de bomen ritselen. Dat en het geluid van Marge' gierende ademhaling, zacht en vochtig. Ik vroeg me af hoeveel pijn ze had. 'Het' brengt tenslotte altijd pijn met zich mee.

'Ik kan me nog herinneren dat je me hier stomdronken aantrof,' zei ze. 'Nou ja, niet alles ervan – ik kan me eigenlijk helemaal niet zoveel van die avond herinneren, behalve dan het moment waarop jij plotseling verscheen.'

'Het was een zware avond,' zei ik.

'Ik vraag me soms af wat er zou zijn gebeurd als je niet was gekomen. Ik vraag me af of ik echt zou zijn gesprongen, of misschien gevallen. Ik had zoveel liefdesverdriet om Tracey op dat moment, maar nu ik erop terugkijk, kan ik alleen zeggen dat het eigenlijk maar goed was. Want uiteindelijk vond ik Liz. En wat Liz en ik hebben, is niets vergeleken met wat ik met Tracey had. Niets. Zij en ik passen gewoon bij elkaar, weet je?'

'Ja, dat weet ik. Jullie hebben iets wat iedereen wil.'

'Ik maak me zorgen om haar,' gaf Marge toe. 'Ze is er zo goed in om andere mensen met hun problemen te helpen, maar ik denk dat ze zoveel geeft op het werk dat ze niet zoveel over heeft voor zichzelf. En dat maakt me bang. Want ik wil dat het goed met haar gaat. Ik wil dat ze gelukkig is.' Ze staarde in de verte, bijna alsof ze probeerde in de toekomst te kijken. 'Ik wil dat ze op een dag iemand anders vindt, iemand die net zoveel van haar houdt als ik. Iemand met wie ze oud kan worden.'

Ik slikte om het verkrampte gevoel in mijn keel kwijt te raken. 'Ik weet het.'

'Toen we in New York waren, zwoer ze dat ze geen zin had om

ooit nog naar iemand anders op zoek te gaan. En ik werd eigenlijk heel boos op haar. We kregen ruzie en na afloop voelde ik me daar zo schuldig over. Wij allebei, maar...'

'Er gebeurt een hele hoop, Marge,' zei ik met zachte stem. 'Ze begrijpt het. En het komt wel goed met haar.' Als Marge me al hoorde, liet ze dat niet blijken.

'Weet je waar ik nog meer bang voor ben?'

'Nou?'

'Dat ze het contact met London gaat verliezen. Ze houdt zoveel van die kleine meid... London is een groot deel van de reden dat we zelf kinderen wilden. En nu...'

'Liz zal altijd deel van de familie blijven uitmaken,' onderbrak ik haar. 'Ik zal ervoor zorgen dat Liz een groot deel van Londons leven uitmaakt.'

'En als London nu eens naar Atlanta verhuist?' drong Marge aan.

'Dan zal ze Liz nog steeds regelmatig zien,' verzekerde ik haar.

'Maar je krijgt haar alleen maar zo nu en dan op vakantie en om het weekend, toch? Misschien een paar weken in de zomer?'

Ik aarzelde. 'Ik weet echt niet wat er met London gaat gebeuren,' zei ik. Vivian was milder en minder wispelturig geweest sinds ze het te weten was gekomen over Marge. Maar ach, ze was de minst voorspelbare persoon die ik kende, en ik waakte ervoor om specifieke beloften te doen waaraan ik me niet kon houden.

Ze draaide zich naar me toe. 'Je moet voor haar vechten,' drong Marge aan. 'London zou bij jou moeten wonen.'

'Dat zal Vivian niet toelaten. En ik betwijfel ook of de rechtbank dat zal doen.'

'Dan moet je er iets op verzinnen. Want laat me je iets vertellen: kinderen hebben hun vader nodig. Kijk maar naar mij en papa. Hij is dan misschien niet de meest expressieve man van de wereld geweest, maar diep vanbinnen heb ik altijd geweten dat hij er voor me was. En kijk eens wat hij voor me heeft gedaan toen ik uit de kast kwam. We gingen niet meer naar de kerk, godverdomme! Hij koos voor míj – in plaats van God, in plaats van onze gemeenschap, in plaats van iedereen. En als je er niet bent voor London als ze bij haar eigen keerpunten in het leven aankomt, zal ze zich door jou in de steek gelaten voelen. Je moet er voor haar zijn: elke dag, niet alleen zo nu en dan.' Ze was even stil, alsof de inspanningen haar hadden uitgeput. 'Hoe dan ook, ze is eraan gewend dat jij nu de belangrijkste ouder bent,' voegde ze eraan toe. 'En daar ben je heel goed in.'

'Ik doe mijn best, Marge,' zei ik.

Ze pakte mijn arm vast en haar stem was fel. 'Je moet meer doen dan dat. Je moet er alles aan doen om in Londons leven te blijven. Niet als weekend- of vakantievader, maar als de ouder die er altijd is om haar in je armen te nemen als ze huilt, haar op te rapen als ze valt en haar te helpen met haar huiswerk. Om haar te steunen als ze niet kan zien waar ze naartoe moet. Dat heeft ze van je nodig.'

Ik staarde naar de lege straten daarbeneden, die baadden in de halogeengloed van de straatlantaarns.

'Dat weet ik,' zei ik zacht. 'Ik hoop alleen maar dat ik niet faal.'

Op zondagochtend werd de kerstboom afgeleverd en London en ik brachten het eerste deel van de dag door met hem optuigen, door lichten door de takken te leiden en te overleggen waar elke versiering precies moest komen. Toen ik later die middag Marge en Liz belde om te zien of ze wilden langskomen voor wat eggnog, nam Liz de telefoon op en zei ze dat het hun niet zou gaan lukken.

'Het is een vrij slechte dag geweest,' zei Liz. Marge had vrijdag haar tweede chemokuur gekregen, de dag na het uitstapje naar de watertoren, en ik had haar sindsdien niet meer gezien. Volgens Liz waren de misselijkheid en de pijn erger dan de eerste keer en Marge had nauwelijks haar bed uit kunnen komen.

'Kan ik je ergens mee helpen?'

'Nee,' antwoordde ze. 'Je vader en moeder zijn hier vrijwel de hele dag geweest. Ze zijn hier nog steeds.' Ze ging zachter praten. 'Je vader... volgens mij gaat hij er echt aan kapot om Marge zo te zien. Hij vindt steeds maar opnieuw dingen die gerepareerd moeten worden. Het is natuurlijk ook zwaar voor je moeder, maar ze heeft het al zo vaak doorstaan dat zij ten minste weet wat ze kan verwachten. Hij doet heel erg zijn best om sterk te zijn voor Marge, maar het maakt hem stuk vanbinnen. Hij houdt gewoon zo veel van haar, zijn meisje. Dat doen ze allebei.'

Ik dacht weer terug aan wat Marge die avond op de watertoren had gezegd, over het soort vader zijn die er altijd is, voor alles. Zelfs, zo lijkt het, aan het einde.

'Hij is een geweldige vader, Liz,' zei ik. 'Ik hoop dat ik half zo'n goede vader kan zijn als hij.'

Op maandag kwam ik eindelijk toe aan de lijst met kerstinkopen die Vivian voor me had achtergelaten. Het werk had me de meeste dagen druk beziggehouden, en in mijn tweeledige focus op 'cliënten' en 'Marge' was ik Vivians lijst uit het oog verloren. Gelukkig moest Emily op het laatste moment ook nog wat inkopen doen, dus reden we laat die ochtend met z'n tweeën van winkel naar winkel. Nu Kerstmis al over vier dagen was, maakte ik me zorgen dat sommige dingen uitverkocht zouden zijn, maar ik kon alles vinden wat op Vivians lijst stond.

Halverwege onze inkopen namen Emily en ik pauze om te lunchen. Er was een eettentje in het winkelcentrum en hoewel het eten lekker rook, had ik niet zoveel trek. Op de weegschaal had ik die ochtend gezien dat ik weer was begonnen af te vallen. Ik was niet de enige; Liz was ook aan het afvallen, en ik merkte dat ze er soms onverzorgd uitzag, alsof haar uiterlijk haar niet meer kon schelen. Haar haar, dat meestal in een nonchalante paardenstaart zat, had zijn glans verloren. Mijn vader en moeder leden er ook onder. Mijn vader leek de afgelopen weken een verslagen, gebogen houding te hebben ontwikkeld, en het gezicht van mijn moeder kreeg met elke dag die verstreek steeds diepere groeven.

Maar ons lijden was niets vergeleken met dat van Marge. Lopen was pijnlijk voor haar geworden en vaak had ze moeite om meer dan een uur wakker te blijven. Als ik op bezoek kwam, zat ik soms bij Marge in haar verduisterde slaapkamer te luisteren naar hoe ze met moeite ademhaalde, zelfs als ze sliep. Zo nu en dan jammerde ze in haar slaap en dan vroeg ik me af of ze aan het dromen was. Kon ze maar het soort dromen dromen waar ze van zou gaan glimlachen, dacht ik.

Ik werd in beslag genomen door dat soort gedachten, zelfs in Emily's gezelschap, ongeacht de omgeving. Toen mijn lunch kwam, staarde ik er uitdrukkingsloos naar, en ik zag Marge' uitgeteerde gezicht voor me. Ik nam één hap en duwde daarna het bord opzij.

Ik denk dat ik ergens het idee had dat als Marge niet kon eten, ik het dan ook niet verdiende om te eten.

'Je moet langskomen,' zei Marge zonder enige inleiding, meteen nadat ik de telefoon had opgenomen. Ik had net een paar minuten daarvoor Emily naar huis gebracht.

'Waarom? Gaat alles wel goed met je?'

'Wil je echt dat ik daar antwoord op geef?' vroeg ze met een vleugje van haar oude bijtende humor. 'Maar inderdaad, ik voel me beter dan eerst, en ik zou willen dat je langskwam.'

'Ik moet zometeen London van school halen. En voor die tijd de cadeaus wegbrengen.'

'Rij onderweg even langs en laat de cadeaus bij ons achter,' zei ze. 'Dan vindt London ze niet.'

Toen ik een paar minuten later bij haar huis aankwam, begon ik de tassen uit de kofferbak te laden. Toen ik opkeek, verscheen mijn moeder in de voordeuropening. Zelfs met haar hulp moest ik twee keer lopen om alles uit te laden.

'Ik weet niet zeker waar ik dit allemaal moet zetten,' zei ik, starend naar de berg tassen op de keukenvloer. Had London dit echt allemaal nodig? vroeg ik me af.

'Ik zet het allemaal wel in een van de kasten,' zei mijn moeder. 'Ga maar naar binnen. Marge zit op je te wachten.'

Ik trof Marge op de bank aan, zoals gewoonlijk in een deken gehuld, met de gordijnen in de woonkamer gesloten. De lichten van de kerstboom schitterden vrolijk, maar in de dagen sinds ik haar voor het laatst had gezien, leek ze jaren ouder geworden. Haar jukbeenderen staken in scherp reliëf uit onder haar ingevallen oogkassen, en haar armen zagen er zwak en slap uit. Ik probeerde mijn ontzetting over hoe ze eruitzag te maskeren terwijl ik op een stoel naast haar ging zitten.

'Ik heb gehoord dat het een paar zware dagen waren,' zei ik, mijn keel schrapend.

'Ik heb me weleens beter gevoeld, dat is zeker. Ik begin nu op te knappen, maar...' Er kwam een glimlach tevoorschijn, een schim van haar onwrikbare zelf. 'Ik ben blij dat je langs bent gekomen. Ik wilde met je praten.' Het leek enige moeite te kosten om de woorden eruit te krijgen. 'Emily belde zojuist.'

'Emily?'

'Ja,' zei ze. 'Je kent haar nog wel, toch? Prachtig haar, heeft een zoontje van vijf, de vrouw van wie je houdt? Hoe dan ook: ze belde me omdat ze zich zorgen om je maakt. Ze zegt dat je niet eet.'

'Heeft ze je gebéld?' vroeg ik, terwijl ik voelde dat mijn irritatie begon toe te nemen. Ging Marge zich nu druk zitten maken om míjn gezondheid?

'Ik heb haar gevráágd je in de gaten te houden en het me te laten weten hoe het met je gaat,' zei Marge met een heel bazige stem die ik me van mijn jeugd herinnerde. 'En dat is de reden waarom ik je vervolgens heb gevraagd langs te komen.' Ze bekeek me met een kritische blik. 'Je kunt maar beter goed eten vanavond, of anders word ik heel erg boos op je.'

'Wanneer heb je het met Emily gehad over mij "in de gaten houden"?' vroeg ik op verontwaardigde toon.

'Toen we naar het dorp van de Kerstman gingen om bomen te halen.'

'Je hebt wel iets beters om je zorgen om te maken dan om mij, Marge,' zei ik, me bewust van hoe knorrig ik klonk.

'Dat zie je dan verkeerd,' zei ze. 'Dat is iets wat ik je me niet laat afnemen.'

Dinsdag 22 december was Londons laatste schooldag voor de kerstvakantie, en dat was de dag waarop ik van plan was alle cadeaus in te pakken. Voordat ik de dag ervoor Marge' huis had verlaten, had ze me gevraagd of ze me mocht helpen met inpakken, aangezien de cadeaus daar toch al waren.

Toen ik met het inpakpapier bij het huis aankwam nadat ik London naar school had gebracht, was mijn eerste gedachte dat Marge er beter uitzag dan de dag ervoor. Tegelijkertijd vond ik het vreselijk dat ik was begonnen haar elke keer dat ik haar zag op die manier te beoordelen, waarbij dan steeds mijn hoop gewekt of de bodem in geslagen werd, afhankelijk van hoe het met haar leek te gaan.

Liz was die dag bij haar thuis, en ze straalde een geforceerde opgewektheid uit toen we de cadeaus naar de keuken brachten en begonnen met inpakken. Op verzoek van Marge maakte ze voor ons allemaal een kopje warme chocolademelk, dik en schuimend, hoewel ik merkte dat mijn zus weinig van die van haar dronk.

Marge pakte een paar van de kleinere cadeaus in, waarna ze weer in haar stoel ging zitten en de rest aan Liz en mij overliet.

'Ik ben er nog steeds niet blij mee dat je Emily belt om me in de gaten te houden,' mopperde ik.

Ondanks haar toestand genoot Marge duidelijk van mijn ongenoegen, zoals te zien was aan de glinstering in haar ogen. 'Daarom heb ik je ook niet om toestemming gevraagd. En misschien wil je wel weten dat we het niet alleen daarover hebben gehad trouwens. We hebben het over heel veel dingen gehad.'

Ik wist niet zeker of dat me wel beviel. 'Wat voor dingen?'

'Dat is tussen mij en haar,' zei ze. 'Maar voorlopig wil ik weten of je gisteravond hebt gegeten. Een volledig verslag, alsjeblieft.'

'Ik heb steaks gemaakt voor London en mij,' zei ik zuchtend. 'En aardappelpuree.'

'Mooi,' zei ze met enige tevredenheid. 'En, heb je met Vivian gesproken over de plannen voor Kerstmis dit jaar? Afgezien van het feit dat ze naar Charlotte komt?'

In mijn familie was het de traditie om op kerstavond bij onze ouders bij elkaar te komen. Mijn moeder maakte dan een uitgebreid diner en na afloop lieten we London de cadeaus van de familie openmaken terwijl *It's a Wonderful Life* op televisie was. Op de ochtend van eerste kerstdag hadden Vivian en ik London dan thuis voor onszelf.

'We hebben het nog niet specifiek besproken,' zei ik. 'Ze komt morgen pas. Dan zoeken we het wel uit.'

'Je zult waarschijnlijk wel iets voor haar moeten kopen,' wees Marge erop. 'Omwille van London, zodat ze haar moeder wat cadeautjes kan zien openmaken. Dat hoeft niet iets groots te zijn.'

'Je hebt gelijk,' zei ik. 'Daar had ik niet aan gedacht.'

'Wat heb je voor Emily gekocht voor kerst?'

'Nog niets,' gaf ik toe.

'Had je al iets in gedachten? Je laat het er wel een beetje op aankomen...'

'Ik weet het niet,' zei ik, en ik keek Marge en Liz aan voor inspiratie. 'Een trui, misschien? Of een leuk jasje?'

'Dat zou erbij kunnen, maar ze heeft me verteld wat ze voor jou heeft gekocht, dus zul je beter je best moeten doen.'

'Iets als sieraden of zo?'

'Als je dat wilt, weet ik zeker dat ze dat ook wel zal waarderen. Maar ik zat te denken dat je iets vanuit je hart moet doen.'

'Zoals wat?'

'Ik denk,' zei ze, de woorden met grote nadruk uitsprekend, 'dat je haar een brief moet schrijven.'

'Wat voor soort brief?'

Marge haalde haar schouders op. 'Schrijven is je beroep, Russ. Vertel haar hoeveel ze de afgelopen maanden voor je heeft betekend. Hoe graag je haar in je leven wilt. Zeg haar...' zei Marge, die helemaal opveerde, 'dat je wilt dat ze het nog een keer met je probeert.'

Ik kronkelde. 'Ze weet al wat ik voor haar voel. Dat zeg ik haar al de hele tijd.'

'Schrijf haar evengoed maar een brief,' drong Marge aan. 'Vertrouw me maar. Je zult blij zijn dat je het hebt gedaan.'

Ik deed wat Marge had voorgesteld. Met London bij me – de pianolessen begonnen pas weer in het nieuwe jaar – reed ik rechtstreeks uit school naar het winkelcentrum, waar ik wat cadeaus voor Vivian vond: haar lievelingsparfum, een sjaal en de meest recente roman van een schrijver die ze goed vond. Ook koos ik een geborduurd zijden jasje uit voor Emily, een waarvan ik zeker wist dat het zou passen bij haar prachtige teint en haar bohemienachtige stijl, en een gouden ketting met een smaragden hanger die de kleur van haar ogen zou accentueren. Later, nadat London was gaan slapen, ging ik aan de keukentafel zitten en schreef ik Emily een brief. Er was meer dan één versie voor nodig om het goed te krijgen; ondanks de woordsmederij die ik voor mijn werk deed, was het heel iets anders om vanuit mijn hart te schrijven, en ik vond het moeilijk om dat subtiele evenwicht te treffen tussen rauwe emotie en overdreven sentimentaliteit.

Uiteindelijk was ik tevreden over de brief, en dankbaar dat Marge het had aangeraden. Ik stopte de brief in een enveloppe, plakte hem dicht en stond op het punt het schrijfblok en de pen weer in de la te leggen toen ik plotseling besefte dat ik nog niet klaar was.

Ik was tot lang na middernacht bezig om ook voor Marge een brief te schrijven.

Vivian kwam de volgende dag even na twaalf uur aan, niet lang nadat ik was teruggekeerd van het afleveren van de cadeaus bij Emily. De kerstboom was al opgetuigd en daarom hadden London en ik de ochtend doorgebracht met de schoorsteenmantel versieren en de sokken ophangen. Het was een beetje laat in de feestmaand, maar London vond het helemaal niet erg. Ze was er trots op dat ze oud genoeg was om te helpen.

Ik liet Vivian een tijdje met London bijpraten voordat ik aangaf dat ik haar even wilde spreken. We trokken ons terug in de keuken terwijl London in de woonkamer televisiekeek, en ik vroeg haar wat ze met kerstavond wilde doen. Op mijn vraag staarde ze me aan alsof het vanzelfsprekend was.

'Nou, gaan we dan niet naar het huis van je ouders, zoals we altijd doen? Ik weet dat het misschien een beetje vreemd aanvoelt als je kijkt naar wat er gaande is, maar het is Marge' laatste kerst en ik wil dat London tijd met haar en de familie doorbrengt zoals ze altijd heeft gedaan. Daarom ben ik überhaupt thuisgekomen.'

Al waren we dan niet meer verliefd op elkaar, ik bedacht dat er altijd nog momenten waren waarop ik werd herinnerd aan de redenen waarom ik ooit met Vivian was getrouwd.

Kerstavond en eerste kerstdag verliepen grotendeels zoals ze altijd hadden gedaan.

Eerst was de sfeer op kerstavond een beetje stijfjes, om voor de hand liggende redenen. Iedereen was beleefd tegen elkaar en iedereen kuste en omhelsde elkaar toen Vivian, London en ik bij het huis van mijn ouders aankwamen. Maar tegen de tijd dat ik mijn eerste glas wijn op had, was duidelijk dat het enige doel voor iedereen die avond was om het samenzijn aangenaam te maken voor London – en voor Marge.

Vivian waardeerde de cadeaus die ik voor haar had gekocht; voor mij had ze wat hardloopspullen en een sportarmband gekocht. Marge en Liz zeiden 'oh' en 'ah' bij de vaas die London voor hen had gemaakt, en bewonderden in het bijzonder de kleuren van de vissen die London had geschilderd. De tranen glansden in hun ogen toen ze de ingelijste foto's uitpakten die in New York waren genomen, en mijn zus pakte de enveloppe met de brief erin die ik voor haar had geschreven aan met een tedere glimlach. London kreeg een hele berg Barbiespullen van bijna iedereen, en nadat de cadeaus waren opengemaakt, zetten we de film *It's a Wonderful Life* op terwijl London met haar nieuwe speelgoed speelde.

De enige echte opvallende gebeurtenis van de avond vond plaats nadat we klaar waren met het uitpakken van de cadeaus. Vanuit mijn ooghoek zag ik Marge en Vivian de woonkamer uit glippen en zich afzonderen in de studeerkamer. Het zachte geroezemoes van hun stemmen was bijna niet te horen achter de gedeeltelijk gesloten deur.

Het was vreemd om hen tweeën zo intiem met elkaar te zien spreken, laat staan zo afgezonderd, maar ik wist precies wat er gebeurde.

Vivian had, net als wij allemaal, de kans willen krijgen om afscheid te nemen.

Op eerste kerstdag, zodra London de rest van haar cadeaus had uitgepakt, verliet ik het huis zodat Vivian wat tijd alleen met London kon hebben. Tot op dat moment waren we de afgelopen achtenveertig uur bijna voortdurend samen geweest, en als ik even bij haar uit de buurt wilde zijn, wist ik zeker dat Vivian hetzelfde gevoel had. Hartelijkheid, laat staan geforceerde vrolijkheid midden in een scheiding en de strijd om de voogdij, was voor niemand gemakkelijk vol te houden.

Ik stuurde Emily een berichtje om te vragen of ik langs mocht komen en kreeg snel een antwoord, waarin ze me aanspoorde om dat te doen. Ze had een cadeau voor me, zei ze, en ze wilde dat ik het zag.

Nog voordat ik mijn auto uit stapte, huppelde ze al van de veranda naar me toe. Van dichtbij sloeg ze haar armen om me heen en we hielden elkaar vast in het bleke zonlicht van een koele decemberdag.

'Dank je wel voor de brief,' fluisterde ze, 'hij was echt prachtig.'

Ik volgde Emily naar binnen, me een weg banend door een enorme stroom nieuw speelgoed en gescheurd pakpapier, in het midden waarvan Bodhi's glanzende nieuwe fiets stond. Ze nam me mee naar de kerstboom, stak haar hand erachter en trok er een plat, rechthoekig pak achter vandaan.

'Ik had overwogen je dit vóór Kerstmis te geven, maar omdat Vivian bij je thuis logeert, dacht ik dat het het beste zou zijn om het je hier te geven.'

Ik trok aan het inpakpapier en het kwam er met gemak van af. Zodra ik zag wat Emily had gedaan, kon ik er alleen maar naar staren, terwijl de herinnering in één klap bij me terugkwam. Ik was zo overweldigd dat ik geen woord kon uitbrengen.

'Ik heb het laten inlijsten, maar je kunt het ook ergens anders in doen,' zei Emily met een verlegen stem. 'Ik wist niet zeker waar je het zou willen ophangen.'

'Dit is ongelooflijk,' zei ik ten slotte. Ik kon mijn ogen niet van de voorstelling af houden. Emily had een schilderij gemaakt van de foto van London en mij waarop we dansten buiten het aquarium, maar het leek zelfs nog echter, op de een of andere manier nog levendiger dan de foto. Het was veruit het meest betekenisvolle cadeau dat ik ooit had gekregen, en ik sloeg mijn armen om Emily heen. Plotseling begreep ik waarom Marge er zo op had gehamerd dat ik Emily een brief zou schrijven. Ze had geweten dat Emily me een cadeau uit haar hart zou geven, en Marge wilde er zeker van zijn dat ik een geschenk gaf dat even zozeer uit mijn hart kwam. Marge had weer eens goed voor me gezorgd.

Het jaar rolde naar zijn onontkoombare einde. Vivian ging terug naar Atlanta. Ik had het kantoor een week gesloten en bracht het grootste deel van mijn tijd met London door. Ik ging elke dag bij Marge en Liz op bezoek – Marge bleef zich herstellen, waardoor we hoop kregen – en zag Emily drie keer, hoewel twee keer in het gezelschap van de kinderen. De enige uitzondering was oudejaarsavond, waarop ik haar mee uit nam voor een avondje eten en dansen.

Toen het klokslag twaalf uur was, kuste ik haar bijna. Ze kuste me bijna terug, en we moesten er allebei om lachen.

'Binnenkort,' zei ik.

'Ja, binnenkort,' antwoordde ze.

En toch, hoe romantisch dat moment ook was, ik voelde dat de realiteit vaste greep begon te krijgen.

In 2015 dacht ik dat ik alles kwijt was geraakt.

In 2016 vermoedde ik dat ik nog meer zou gaan verliezen.

25

Uren, dagen, maanden, jaren…

Marge' romantische plannen voor Liz in New York waren niet zonder precedent. Rond het vijfjarig jubileum van hun relatie had Marge Liz verrast met een ingewikkelde puzzeltocht op Valentijnsdag.

Ik moet toegeven dat toen Marge me over haar plannen vertelde, ik eerst geschokt was omdat ze niet leken te passen bij de zus die ik kende. Ze was tenslotte accountant, en hoewel het niet eerlijk is om te generaliseren, was ze op mij altijd meer overgekomen als eigenwijs en pragmatisch dan als sentimenteel en verliefd.

Al liet Marge zich dan zelden van haar romantische kant zien, als ze wilde, was ze er ook heel erg goed in. De puzzeltocht die ze had uitgezet bleek het werk van een meesterplanner. Daarbij vergeleken was New York kinderspel.

Het belangrijkste van de puzzeltocht op Valentijnsdag – met locaties verspreid over heel Charlotte – was een serie van tien raadsels. De raadsels waren op rijm en leidden naar specifieke onthullingen. Een voorbeeld:

Vandaag, lieve Liz, draait alles om jou,
Om je eraan te herinneren hoeveel ik van je hou.
Dus ga naar de plek waar het alleen om jou gaat,
Vroeg in de ochtend en 's avonds laat.
Kijk dan naar links, mijn liefste beminde,
En je zult je eerste aanwijzing vinden.

Marge had de eerste aanwijzing – een sleuteltje – naast de spiegel in de badkamer geplakt, en die leidde Liz naar een postbus die ze moest openen met het sleuteltje. In de postbus zat weer een raadsel… en zo ging het verder. Sommige aanwijzingen waren moeilijker dan andere; bij een ervan moest Liz een glas champagne drinken om de volgende aanwijzing te vinden, die op de bodem van de champagneflûte geplakt was. Toentertijd was ik verbluft door de omvang en de inventiviteit van Marge' project.

Terugkijkend ben ik niet meer verbaasd over de uitvoerige Valentijnsdagplannetjes van Marge, of over hoe nauwgezet ze alles had uitgewerkt. Ik vind niet meer dat het niet bij haar karakter past. Want blauwdrukken opstellen voor andermans geluk was waar ze het allerbeste in was.

Mijn zus, de accountant, had altijd een plan; vooral voor degenen van wie ze hield.

Mijn herinneringen aan het begin van 2016 zijn ingedikt tot een reeks momenten die me helder voor de geest staan ten opzichte van de gedempte achtergrond van mijn dagelijkse bestaan.

Die achtergrond bestond uit werk, waarin ik reclamecampagnes schreef, filmde, monteerde en ontwierp; de zorg voor London, voor en na school; mijn dagelijkse rondje hardlopen; en Emily, met wie ik elke avond een telefoongesprek had en af en toe uitging, wat me ondersteunde en voedde. Die dagelijkse gang van zaken gaf structuur aan mijn dagen en diende ook als tijdelijke afleiding van de pieken en dalen die die periode in mijn leven kenmerkten. Ik ben ervan overtuigd dat ik met het verstrijken van de tijd meer ben vergeten dan ik me herinner. Sommige dingen heb ik mezelf gedwongen te vergeten.

Maar andere herinneringen zullen me altijd bijblijven.

Ongeveer een week na nieuwjaarsdag had Marge weer nieuwe tests. Ik ging niet mee naar het ziekenhuis, maar mijn ouders en ik gingen wel met Marge en Liz mee toen het tijd was om de uitslag te horen.

We ontmoetten de arts in zijn praktijk, tegenover het ziekenhuis. Hij zat tegenover ons aan een zwaar houten bureau, met een handjevol familiefoto's die naast een hoge stapel dossiers stonden. Aan de muren hingen planken vol boeken en de gebruikelijke ingelijste diploma's, plaquettes en oorkondes. Het enige uit de toon vallende element was een grote ingelijste poster van de film *Patch Adams*. Ik herinnerde me de film maar vaag – Robin Williams had de hoofdrol van zorgzame, vriendelijke en grappige dokter – en ik vroeg me onwillekeurig af of dokter Patel ambieerde om een dokter met dezelfde eigenschappen te worden.

Was er ooit iets grappigs gezegd in deze kamer? Lachten patiënten ooit weleens als ze met hun oncoloog praatten? Bestond er wel een grap die de afschuwelijkheid van wat er gebeurde, kon afzwakken?

Voor ons leek het alsof Marge een beetje aan de beterende hand was; ze had sinds de kerstdagen meer energie en haar pijn leek minder hevig te zijn. Zelfs haar ademhaling leek minder zwaar te gaan. Dat had allemaal op goed nieuws moeten wijzen. Ik kon de hoop op mijn ouders' gezichten zien; ik zag met hoeveel vertrouwen Liz de hand van Marge vasthield. We hadden onze stiekeme hoop met elkaar gedeeld tijdens de afgelopen week, in een poging kracht aan elkaar te ontlenen.

Marge zag er echter niet hoopvol uit. Er hing een sfeer van berusting om haar heen vanaf het moment dat ze ging zitten, en op dat moment wist ik absoluut zeker dat Marge de enige was die geen traan zou laten die middag. Terwijl de rest van ons was blijven hangen in de verschillende stadia van verdriet – ontkenning, boosheid, onderhandelen, depressie – was Marge de enige die al was overgegaan op acceptatie.

Marge wist – zelfs al voordat de arts een woord had gezegd – dat de kanker zijn opmars niet had vertraagd. De waarheid was dat ze al die tijd had geweten dat hij zich zelfs nog verder had verspreid.

'Vraag alsjeblieft niet hoe het met me gaat,' zei Marge. 'Papa en mama zijn net weg, en mam bleef het maar vragen. En pap vraagt steeds wat er nog meer gemaakt moet worden. Ik wilde zeggen "ik", maar ik dacht niet dat ze het een leuke grap zouden vinden.' We zaten bij Marge op de bank, zoals onze gewoonte was geworden, en staarden naar de lege plek waar de kerstboom had gestaan. Mijn vader had hem een paar dagen ervoor weggehaald, maar de meubels waren nog niet op hun plaats teruggezet, waardoor er een lege plek overbleef in de hoek van de kamer.

'Het is een zware dag voor ze,' zei ik. 'Ze doen hun best.'

'Weet ik,' zei Marge. 'En ik vind het heerlijk dat pap steeds langskomt. We hebben meer gepraat dan we in jaren hebben gedaan, en niet alleen maar over honkbal.' Ze liet haar adem ontsnappen, waarna haar gezicht plotseling vertrok. Een pijngolf – ergens, overal – deed haar hele lichaam samentrekken voordat het eindelijk voorbijging.

'Kan ik iets voor je halen?' vroeg ik, met een hulpelozer gevoel dan ooit.

'Ik heb net een pil genomen,' zei ze. 'Ik vind de pijnstillers niet zo erg, behalve dat ik er slaperig van word. Ze werken natuurlijk niet zo goed als ik zou willen. Ze maken de pijn iets minder hevig, maar dat is het wel zo'n beetje. Hoe dan ook...' Ze keek naar de keuken, waar Liz aan tafel zat te kleuren met London. Op zachtere toon ging ze verder: 'Ik heb tegen Liz gezegd dat ik niet nog een rondje chemo ga doen.' De uitdrukking op haar gezicht was grimmig, maar resoluut. 'Ze was er behoorlijk door van streek.'

'Ze is gewoon bang,' zei ik. 'Maar denk je echt dat dat de juiste beslissing is?'

'Je hebt de dokter gehoord,' kaatste ze terug. 'Het werkt niet. En ik ga me er alleen maar slechter door voelen. Het enige wat ik doe is overgeven en slapen, en mijn haar begint uit te vallen. Na de behandeling ben ik hele dagen kwijt, en zoveel dagen heb ik niet meer over.'

'Zeg dat toch niet,' smeekte ik.

'Het spijt me. Ik weet dat je het niet wilt horen. Dat wil niemand.' Marge kneep haar ogen dicht en weer vertrok haar gezicht van een volgende pijngolf, die mij veel te lang leek te duren. 'Ik gok erop dat London niet weet dat ik ziek ben, hè?'

Ik schudde mijn hoofd. 'Ze weet nog niet eens dat Vivian en ik gaan scheiden.'

Marge deed één oog open om naar me te kijken. 'Het wordt waarschijnlijk weleens tijd dat je het haar vertelt, vind je niet?'

Ik gaf geen antwoord, want ik wist niet eens waar ik moest beginnen. Er was veel te veel om een zesjarige mee te belasten: scheiden, Marge die doodging, en verhuizen – misschien wel helemaal naar Atlanta – waarbij ze haar vader en haar vriendjes achter moest laten.

Ik wilde niet dat London ermee te maken kreeg, met geen van die dingen. Terwijl ik de tranen voelde opkomen achter mijn ogen, stak Marge haar hand uit en legde hem op die van mij. 'Het is oké,' troostte ze.

'Nee, het is niet oké. Er is helemaal niks oké.' Ik hoorde hoe mijn stem begon te breken. 'Wat moet ik nou met London? Wat moet ik nou met jou?'

Ze kneep in mijn hand. 'Ik zal met London over mij praten, oké? Dus maak je daar maar niet druk om. Het is iets wat ik al een tijdje wil doen. Wat al die andere dingen betreft: ik heb je al gezegd wat ik vind.'

'En als ik het nou niet kan? Als ik je teleurstel?'

'Dat doe je niet,' zei ze.

'Dat kun je niet weten.'

'Jawel hoor. Ik geloof in jou.'

'Waarom?'

'Omdat,' zei ze, 'ik jou beter ken dan wie ook. Net zo goed als jij mij kent.'

De vrijdag daarop, halverwege januari, vloog Vivian naar ons toe om London op te halen voor het weekend. Toen ik begon over het idee dat het waarschijnlijk tijd werd om London te vertellen over onze aanstaande scheiding, stelde ze voor om het te doen als ze terugkwamen. Ze wilde tenslotte Londons weekend niet verpesten, zei ze.

De volgende ochtend hield mijn makelaar ons eerste open huis, en zoals beloofd waren Marge en Liz er, luidkeels het huis bij elkaar aanprijzend waar de potentiële kopers bij waren. Na afloop belde mijn makelaar om te vertellen dat ze oprechte interesse in het pand had opgemerkt bij één stel in het bijzonder, die met hun kinderen vanuit Louisville naar Charlotte gingen verhuizen.

'Tussen twee haakjes, aan je zus is echt een actrice verloren gegaan,' merkte de makelaar op.

Op zondagavond, kort na hun terugkeer uit Atlanta, gingen Vivian en ik met onze dochter om de keukentafel zitten en vertelden we haar voorzichtig het nieuws.

We hielden het gesprek op een niveau dat paste bij een zesjarige, waarbij we er de nadruk op legden dat we allebei nog steeds van haar hielden en dat we altijd haar ouders zouden blijven. We vertelden haar dat het feit dat we niet langer getrouwd konden blijven, niets met haar te maken had.

Net zoals ze de eerste keer had gedaan, deed Vivian het woord. Haar manier van doen was liefdevol en ik had het gevoel dat ze de juiste toon trof, maar toch barstte London in tranen uit. Vivian hield haar vast en kuste haar terwijl ze huilde.

'Ik wil niet dat jullie gaan scheiden,' smeekte London.

'Ik weet dat het moeilijk is, liefje, en het spijt ons heel erg.'

'Waarom kunnen jullie niet gewoon gelukkig zijn met elkaar?' zei London, nog steeds snikkend. Haar naïeve onbegrip veroorzaakte zo'n diepe golf schuldgevoel dat ik mezelf verachtte.

'Soms werkt het gewoon niet,' probeerde ik uit te leggen. De woorden klonken betekenisloos, zelfs voor mij.

'Staat het huis daarom te koop?'

'Ik ben bang van wel, meisje van me.'

'Waar ga ik dan wonen?'

Bij haar vraag flitsten mijn ogen naar Vivian, haar zonder woorden waarschuwend om niet 'Atlanta' te zeggen. Ze keek opstandig, maar ze zei niets.

Ik legde een hand op Londons rug. 'Daar zijn we nog mee bezig. En ik beloof je dat wat er ook gebeurt, je mama en ik er allebei zullen zijn om voor je te zorgen.'

Uiteindelijk kalmeerde London, al was ze nog steeds duidelijk in de war en van de wijs. Vivian nam haar mee naar boven en begon haar te helpen met naar bed gaan. Toen ze weer beneden kwam, onderschepte ik haar bij de deur.

'Hoe is het met haar?' vroeg ik.

'Ze is van streek,' antwoordde Vivian, 'maar volgens mijn advocaat is dat normaal. Op de lange duur komt het wel goed met haar, zolang jij de scheiding niet akeliger maakt dan nodig. Daardoor lijden kinderen het meest in dit soort situaties, en dat wil je haar niet aandoen.'

Ik slikte een weerwoord in – ik was tenslotte niet degene die het akelig maakte – in de wetenschap dat het geen zin had.

Vivian pakte haar spullen – de limousine en het privévliegtuig stonden tenslotte te wachten – maar ze bleef staan in de deuropening. 'Ik weet dat het geen goed moment is, met Marge en alles,' zei ze, 'maar we moeten ons echtscheidingsconvenant het liefst zo snel mogelijk regelen. Je hoeft het alleen maar te tekenen, zodat we klaar zijn met al dit gedoe.' En toen was ze weg.

Ik slikte mijn woede in en liep de trap op zodat ik London verder in kon stoppen.

Ze lag in bed met rode en opgezwollen ogen, en ze keek me nauwelijks aan.

Later die nacht plaste ze voor het eerst in jaren in haar bed.

In de dagen na ons gesprek met London was ze merkbaar stilletjes en bracht ze nog meer tijd door in haar slaapkamer dan gewoonlijk. Het bedplassen ging door; niet elke nacht, maar wel nog twee keer, en ze wilde niet meer in *Two by Two* lezen voor het slapengaan. Hoewel ze me haar wel een kus voor het slapengaan liet geven, sloeg ze haar armen niet meer om mijn nek voor een knuffel.

Op aanraden van Marge praatte ik met haar juf op school over wat er gaande was tussen Vivian en mij. De juf verzekerde me dat ze niet had gemerkt dat er iets aan de hand was, afgezien van een recent incident bij het drinkfonteintje. London had op een ochtend schijnbaar water op haar blouse gemorst, en was meteen in tranen uitgebarsten. Ze was ontroostbaar en verzette zich tegen zowel de pogingen van de juf als van haar klasgenootjes om haar te troosten.

Met andere woorden: mijn dochter had het moeilijk. Na haar pianoles op donderdag stelde ik spontaan voor om een ijsje te gaan eten, maar daarop reageerde ze met weinig enthousiasme. Uiteindelijk haalde ik haar over om erheen te gaan, maar ze raakte haar ijsje nauwelijks aan op de weg terug naar huis, zich totaal niet bewust van de bende die het smeltende hoorntje in de auto maakte. Later die avond, toen ze aan het spelen was met haar Barbies, hoorde ik haar in zichzelf praten terwijl ze de jonge Barbie tegen Ken liet leunen.

Ik wil niet bij mama in Atlanta wonen, zei Barbie tegen Ken. *Ik wil hier bij papa wonen. Papa is leuk en we hebben romantische avondjes en hij laat me ook koken. En ik wil elke dag met Bodhi spelen en opa en oma en tante Marge en tante Liz zien.*

Die nacht kon ik niet slapen en ik speelde in gedachten de hele tijd opnieuw de scène af die London had uitgebeeld. Marge had gelijk, dacht ik. Met nieuwe moed belde ik Taglieri de volgende ochtend en maakte hem duidelijk dat ik bereid was om alles te doen wat nodig was om ervoor te zorgen dat London bij mij zou blijven wonen.

Diezelfde dag belde mijn makelaar om me te laten weten dat er een bod was uitgebracht op het huis.

'Nou, je hebt je wel in een wespennest gestoken,' zei Taglieri. Het was woensdag, vijf dagen nadat ik mijn instructies aan Taglieri had doorgegeven, en hij had me bij zich geroepen in zijn kantoor om te praten over de reactie. Ik schoof heen en weer op mijn stoel terwijl hij verderging. 'Ik heb gisteren een brief van Vivians advocate gekregen.'

'En?'

'Als je ervoor kiest om de strijd met haar aan te gaan over de voogdij, wordt het heel onaangenaam. In het kort komt het erop neer dat de advocate me waarschuwde dat ze agressief een betoog zullen voeren dat je ongeschikt bent als vader.'

Ik verbleekte. 'Wat houdt dat in?'

'Om te beginnen willen ze er een psycholoog bijhalen om London te onderzoeken en vast te stellen wat haar behoeftes en voorkeuren zijn. Ik heb in het begin al tegen je gezegd dat dat mogelijk was, zoals je je misschien kunt herinneren. London is zo jong dat ik over het algemeen van mening ben dat het weinig nut heeft, maar afhankelijk van de psycholoog die ze gebruiken, hopen ze een verslag te kunnen overleggen dat hun beweringen onderbouwt. Sommige van de aantijgingen zijn onnozel. Ze beweren dat je London geen gezond voedingspatroon biedt – dat je haar bijvoorbeeld soms suikerhoudend fastfood geeft als avondeten, of dat het feit dat je haar niet naar dansles hebt laten gaan ertoe heeft geleid dat ze daar is weggestuurd. Maar er zijn andere beweringen die de psycholoog op een dieper niveau zou kunnen verkennen.'

'Zoals?' Ik voelde me een beetje misselijk worden terwijl Taglieri de mogelijkheden doornam.

'Dat je London in een relatie met je nieuwe vriendin, Emily, dwingt voordat ze daar klaar voor is.'

'Emily's zoon Bodhi is Londons beste vriend!'

'Ik geloof je wel. En hopelijk zal de psycholoog dat bevestigen. Maar dat weet je altijd pas als ze hun verslag bij de rechtbank indienen.' Hij stopte even. 'Er staan ook ernstigere aantijgingen in de brief: dat je London doelbewust in gevaar hebt gebracht door haar onder druk te zetten van een heuvel af te fietsen, terwijl je wist dat ze nog onervaren was en de uitdaging niet aankon. Ook dat je niet meteen contact hebt opgenomen met Vivian en dat je doelbewust Londons verwondingen hebt gebagatelliseerd toen je met Vivian sprak om je eigen tekortschieten te verbloemen.'

'Dat... zo is het niet gegaan!' stamelde ik, en ik voelde mezelf rood worden. 'Vivian weet dat het een ongeluk was. Ze weet dat ik mijn dochter nooit doelbewust in gevaar zou brengen!'

Taglieri hield zijn hand op. 'Ik laat je alleen maar de inhoud van de brief weten. Maar er is nog één ding, en je moet kalm blijven, oké?'

Ik balde mijn handen samen tot vuisten en voelde de aderen in mijn slapen kloppen.

'In de brief,' ging Taglieri verder, 'vermeldt de advocate dat je "romantische avondjes" hebt met je dochter. Dat ze zich op een volwassen manier aankleedt en dat jullie met zijn tweeën uitgaan naar romantische gelegenheden.'

'Ja, en?'

'Russ...' Taglieri gaf me een gepijnigde blik. 'Het is walgelijk, maar de advocate suggereert dat je relatie met London misschien ongezond is, zo niet regelrecht ongepast...'

Het duurde even voordat ik de onuitgesproken suggestie vatte. Toen het kwartje viel, benam het me de adem.

O mijn god... Dat zou Vivian niet doen... dat zou ze in geen duizend jaar doen...

Ik voelde me zelfs licht in mijn hoofd worden, en er zwommen donkere vlekken langs de rand van mijn blikveld. Ik was tot in het diepst van mijn ziel gekwetst, ik was vol walging en ik was woedend. Maar zelfs die termen waren nog niet sterk genoeg om te beschrijven hoe ik me voelde.

'Ze zinspeelde er alleen maar op,' maande Taglieri tot voorzichtigheid, 'maar het feit dat het überhaupt in de brief wordt genoemd, verontrust me. Op zijn allerminst is het een aanwijzing dat ze bereid zijn een zeer negatief, zo niet regelrecht weerzinwekkend beeld van je te schetsen.'

Het drong maar nauwelijks tot me door wat Taglieri zei. Vivian zou dit niet doen... Hoe kon ze zelfs maar zinspelen op zoiets dergelijks...?

'Ik ga de advocate later nog bellen, want we kunnen dit soort geïmpliceerde bedreigingen niet gewoon negeren. Het is een poging je te intimideren en het is ook ongelooflijk onprofessioneel. Tegelijkertijd geeft het ons een idee van hoe ver Vivian zou kunnen gaan om de voogdij te krijgen. En als het voor de rechtbank komt, wil ik benadrukken dat je nooit weet wat een rechter gaat beslissen.'

'Wat moet ik doen? Ik weet dat London bij mij wil wonen...'

'Zoals ik al zei, laat ik eerst eens met de advocate praten. Maar wat het beste zou zijn, zoals ik je al in het begin heb gezegd, is als jij en Vivian samen een oplossing proberen te vinden. Want als je advocaat kan ik niet zeggen dat ik heel optimistisch ben over je kansen om dit te winnen.'

De rest van de dag strompelde ik rond alsof ik een enorme dreun had gehad.

Ik ging niet naar mijn werk. Ik ging niet naar huis. Ik ging niet op bezoek bij Marge en Liz, of bij mijn ouders.

Ik was sprakeloos van woede en afgrijzen, en ik wilde met niemand praten. In plaats daarvan stuurde ik Emily een berichtje om te vragen of ze London van school kon ophalen en op haar passen tot ik weer terugkwam. Ze vroeg waar ik was en wat er aan de hand was, maar ik kon geen antwoord geven. *Ik moet een paar uur alleen zijn*, antwoordde ik. *Dank je.*

Toen stapte ik in mijn auto en begon te rijden.

Drieënhalf uur later was ik in Wrightsville Beach, waar ik mijn auto parkeerde.

Het was bewolkt en de wind was bijtend. Ik liep langer over het strand dan het me had gekost om erheen te rijden, en tijdens het lopen maakten mijn gedachten cirkeltjes van London naar Marge naar Vivian en weer opnieuw. Daarbij kwamen onzekerheid, angst en onstuitbare golven van emotie kijken. Woede en verwarring, hartzeer en doodsangst wisselden elkaar af, en tegen de tijd dat ik bij mijn auto terugkeerde, waren mijn wangen schraal en mijn ziel verdoofd. Ik had de hele dag niet gegeten, en toch had ik helemaal geen trek.

Ik reed terug naar Charlotte en haalde London op toen het allang donker was geworden. Het was allang bedtijd voor London, maar gelukkig had Emily haar te eten gegeven. Ik kon nog niet de energie opbrengen om met Emily te praten over wat er was gebeurd; er was zoveel dat ik nog steeds niet onder woorden kon brengen.

Het was Marge tot wie ik me uiteindelijk wendde, vooral omdat ze me geen andere keus liet.

Het was de laatste vrijdag van januari, en ik had afgesproken om bij Marge te blijven terwijl mijn moeder naar de apotheek ging om een van Marge' medicijnen aan te vullen. Tegen die tijd was de kanker zo vergevorderd dat niemand het een fijn idee vond om Marge alleen te laten, zelfs niet voor heel even. De woonkamer werd verlicht door een enkele tafellamp, en de gordijnen waren dicht op verzoek van Marge. Ze zei dat fel licht pijn deed aan haar ogen, maar ik kende de waarheid: ze wilde niet dat we haar goed konden zien, want zelfs een enkele blik was genoeg om te zien hoe ziek ze werkelijk was. Er was zoveel van haar haar uitgevallen, dat ze was begonnen een honkbalpetje van de Atlanta Braves te dragen wanneer ze wakker was. Ook al was ze in een deken gewikkeld, haar verdergaande gewichtsverlies was zichtbaar in haar knokige handen en pijnlijk magere hals, waarin haar adamsappel uitstak als een knop. Haar ademhaling klonk vochtig en dicht, en ze had lange aanvallen van hoesten en kokhalzen waarvan mijn moeder en Liz in paniek raakten. Dan klopten ze op haar rug in een poging slijm en speeksel los te maken, waar vaak bloed bij zat als het eruit kwam. Ze sliep meer dan zestien uur per dag, en haar verschijning bij het open huis twee weken eerder was de laatste keer dat ze het huis had verlaten.

Ze kon nog maar een paar stappen zelfstandig lopen. De kanker in haar hersenen had de rechterkant van haar lichaam aangetast, alsof ze een beroerte had gehad. Haar rechterarm en -been waren zwak, en haar oog was begonnen te hangen. Ze kon alleen maar halve glimlachjes geven.

En toch vond ik haar, toen ik naast haar zat, net zo mooi als altijd.

'Emily is gisteren langsgekomen,' zei ze. De woorden kwamen er langzaam en met moeite uit. 'Ik mag haar heel graag, Russ. En ze geeft echt heel veel om je. Je moet haar bellen,' zei ze met veelbetekenende blik. 'Je moet met haar praten, haar laten weten wat er gaande is. Ze maakt zich zorgen om je.'

'Waarom is ze langsgekomen?'

'Omdat ik dat had gevraagd. Ik wilde tijd doorbrengen met de vrouw van wie mijn broer houdt. Het nieuwe en verbeterde model, bedoel ik.' Ze dwong een zwak glimlachje op haar gezicht. 'Zo noemde ik haar. Ik geloof dat ze het fijn vond.'

Ik glimlachte. Ondanks haar aftakeling was Marge nog steeds Marge.

Ze raapte even haar kracht bij elkaar en ging verder. 'Ik denk dat het ook tijd is dat ik met London praat.'

'Wanneer?'

'Kun je haar dit weekend langsbrengen?'

'Dan is ze er niet. Dan is ze in Atlanta met Vivian.'

'Vandaag na school dan?'

Mijn zus vertelde me op haar eigen manier dat de tijd begon te dringen.

Plotseling kon ik niet meer slikken. 'Oké,' fluisterde ik.

'Ik wil Vivian ook zien. Kun jij dat regelen?'

Mijn maag trok samen bij de naam en ik keek weg. Nog steeds woedend en gekwetst als ik was, kon ik de gedachte aan Vivian nauwelijks verdragen, laat staan het idee dat ik haar zou moeten vragen om mijn zus die op sterven lag op te zoeken. Marge zag de uitdrukking op mijn gezicht maar drong aan.

'Je moet het voor me doen,' zei ze. 'Alsjeblieft.'

'Ik zal haar een berichtje sturen,' zei ik, 'maar ik weet niet of ze komt. Ze heeft meestal nogal een strak schema.'

'Kijk maar wat ze zegt,' drong Marge aan. Ze knipperde met haar ogen, en ik merkte dat zelfs haar oogleden trager begonnen te bewegen. 'Vertel haar dat het belangrijk voor me is.'

Ik pakte mijn telefoon en stuurde Vivian een berichtje; ze reageerde bijna onmiddellijk. *Natuurlijk*, stond er. *Zeg tegen Marge dat ik er rond vijf uur ben.*

Ik liet het Marge weten en keek hoe ze haar ogen dichtdeed. Ik dacht dat ze in slaap ging vallen, maar toen deed ze ze weer open.

'Heb je het bod op je huis al geaccepteerd?'

Ik schudde mijn hoofd. 'We zijn nog een beetje aan het onderhandelen over de prijs.'

'Dat duurt lang.'

'De potentiële kopers zijn op reis geweest. Volgens mijn makelaar zitten we echter in de buurt. Ze denkt dat we volgende week kunnen tekenen.'

'Dat is toch mooi? Zodat je Vivian kunt afbetalen?'

Opnieuw deinsde ik terug bij het horen van haar naam. 'Op zich wel, ja.'

Marge staarde me aan. 'Wil je me vertellen wat er gebeurd is? Emily zei dat je woensdag de hele dag weg was maar dat je er niet met haar over wilde praten.'

Ik stond op van de bank en keek door het raam om er zeker van te zijn dat mijn moeder niet aan kwam rijden. Ik wilde niet dat ze zou horen wat er aan de hand was; nog meer stress in haar leven was wel het laatste wat ze kon gebruiken. Ik ging weer zitten, zette mijn handen tegen elkaar en vertelde haar over mijn gesprek met Taglieri en de brief die Vivians advocate had gestuurd.

'Nou,' zei Marge toen ik uitgesproken was, 'dit komt niet helemaal onverwacht. Ze heeft de hele tijd duidelijk gemaakt dat ze van plan is London naar Atlanta te halen.'

'Maar… dat dreigement. Ze speelt het zo… smérig.'

'Wat zegt je advocaat?'

'Dat hij mijn kansen niet hoog inschat. En dat hij nog steeds vindt dat Vivian en ik samen een oplossing moeten zien te vinden.'

Marge was een ogenblik stil, maar haar blik was bijna koortsig, zo intens was hij. 'Eerst moet je weten wat je werkelijk wilt.'

Ik fronste. 'Waarom zeg je dat toch steeds? We hebben het hier al over gehad. Ik heb je verteld wat ik wil.'

'Dan moet je doen wat je moet doen.'

'Je bedoelt naar de rechtbank gaan? Het vuil spelen, net zoals zij doet?'

Ze schudde haar hoofd. 'Dat lijkt me niet goed voor London. En London is je prioriteit.'

'Wat stel je dan voor?'

'Volgens mij weet je dat al,' zei ze, en ze deed haar ogen weer dicht.

En terwijl ik naar haar vermoeide gezicht keek, drong het eindelijk tot me door dat ik het inderdaad wist.

Op de terugweg van Marge' huis belde ik Emily en vroeg ik of we konden afspreken met de lunch. Ze zei ja, en we spraken af in een bistro niet ver van haar huis.

'Eerst wil ik me verontschuldigen voor het feit dat ik je niet heb verteld wat er aan de hand was,' zei ik zodra we zaten. 'Om eerlijk te zijn wist ik niet eens waar ik moest beginnen.'

'Het geeft niet, Russ,' zei ze. 'We moeten allemaal weleens de dingen eerst in ons eentje verwerken. Je hoeft je nooit onder druk gezet te voelen door mij; ik ben er voor je wanneer je er klaar voor bent om te praten. En zelfs als je dat niet bent.'

'Nee, ik ben er nu klaar voor,' zei ik, haar hand aanrakend. Ik haalde diep adem en vertelde haar alles. Over Londons verdriet, mijn instructies aan Taglieri en Vivians reactie. Terwijl ik praatte, sloeg ze haar handen voor haar mond.

'Wat zul je je afschuwelijk hebben gevoeld,' zei ze toen ik klaar was. 'Ik zou... in shock zijn. En ongelooflijk, waanzinnig kwaad.'

'Dat was ik ook. Dat ben ik nog steeds,' gaf ik toe. 'Voor het eerst heb ik het idee dat ik haar werkelijk haat.'

'En daar heb je alle reden toe,' zei ze. 'Misschien is het niet zo'n slecht idee om een psycholoog met London te laten praten. Waarschijnlijk kun je op die manier die belachelijke aantijgingen in één keer van tafel vegen.'

'Er is ook nog het gedoe met het fietsongeluk.'

'Kinderen krijgen ongelukken, Russ. Daarom zijn ze wettelijk verplicht om een helm te dragen. Rechters weten dat.'

'Ik wil niet dat deze strijd om de voogdij zich in de rechtbank afspeelt. Ik wil niet eens dat London een psycholoog moet zien hierover. Als ze hulp nodig heeft om haar te helpen om te gaan met de scheiding, is dat iets anders. Maar ik ga London niet in de positie brengen dat ze moet kiezen tussen haar vader en haar moeder.' Ik schudde mijn hoofd. 'Ik probeer gefocust te blijven op wat het beste is voor London. En ik weet dat ze me nodig heeft in haar leven als een vaste, dagelijkse aanwezigheid; niet af en toe, op een ad-hocbasis. Dus ga ik doen wat ik moet doen.'

Ik wist dat ik me vaag uitdrukte, maar er waren bepaalde dingen die ik gewoon niet tegen Emily kon zeggen.

Ze knikte en trok toen haar glas water naar zich toe. In plaats van het naar haar lippen te brengen, begon ze er echter rondjes mee te draaien op tafel. 'Ik heb Marge gisteren gezien,' zei ze.

'Weet ik. Dat heeft ze me verteld. Hoe vind je het om het "nieuwe en verbeterde model" genoemd te worden?' Ik grijnsde.

'Ik voel me vereerd.' Toen, met een droevige glimlach: 'Ze is zo'n goed mens.'

'De allerbeste.' Er was werkelijk niets anders te zeggen.

Na school bracht ik London naar Marge. Omdat ze de afgelopen maand ettelijke keren bij haar thuis was geweest, wist ze dat Marge ziek was, ook al besefte ze de ernst van haar ziekte dan misschien niet. Toen Marge haar armen wijd deed, liep ze als gewoonlijk naar haar toe en gaf haar een tedere knuffel.

Toen ik geluidloos met mijn mond de vraag *Wil je dat ik blijf?* vormde, schudde Marge haar hoofd.

'Ik ga even met oma praten, oké, London? Pas jij even op tante Marge voor ons?'

'Oké,' zei ze, en ik liet hen alleen in de woonkamer. Mijn moeder en ik gingen op de veranda achter de keuken zitten, zonder veel tegen elkaar te zeggen.

Korte tijd later, toen ik London de keuken binnen zag komen, ging ik weer naar binnen en hield haar vast terwijl ze huilde.

'Waarom maakt God tante Marge niet beter?' bracht ze verstikt uit.

Ik kreeg een brok in mijn keel in en drukte haar lijfje tegen me aan. 'Ik weet het niet, liefje,' zei ik. 'Ik weet het echt niet.'

Vivian stuurde een berichtje dat ze van plan was rechtstreeks naar Marge te gaan nadat ze was geland, met als gevolg dat ze pas om half zeven thuiskwam.

Zodra ik de limousine voor de voordeur zag, moest ik denken aan de brief van de advocate. Ik liet de voordeur open maar trok me terug in de keuken, en voelde hoe er een golf van walging jegens haar over me heen ging. Ook al had ze net meer dan een uur met mijn zus doorgebracht, toch had ik geen zin om met haar te praten.

Ik hoorde hoe Vivian binnenkwam, en toen Londons bevende stemmetje dat aan Vivian vroeg of ze echt mee naar Atlanta moest. Ondanks Vivians belofte dat ze het heel erg leuk met elkaar zouden hebben, begon London te huilen. Voetstappen bonkten over de vloer toen ze naar de keuken rende en zich in mijn armen wierp.

'Ik wil niet weg, papa,' snikte ze. 'Ik wil hier blijven. Ik wil tante Marge zien.'

Ik tilde haar op en hield haar vast toen Vivian de keuken binnenkwam. De uitdrukking op haar gezicht was onleesbaar.

'Je moet tijd doorbrengen met je moeder,' zei ik. 'Ze mist je de hele tijd. En ze houdt heel veel van je.'

London ging door met jammeren.

'Zorg jij voor tante Marge terwijl ik weg ben?'

'Natuurlijk,' zei ik. 'Dat zullen we allemaal doen.'

Nu London in Atlanta was, bracht ik het grootste deel van het weekend bij Marge door, precies zoals ik mijn dochter had beloofd. Mijn ouders waren er ook, en Liz.

We brachten veel uren door aan de keukentafel waar we verhalen over Marge vertelden, alsof onze levendige herinneringen en bijzondere beschrijvingen van Marge' wapenfeiten haar langer in leven zouden houden. Ik vertelde mijn ouders en Liz eindelijk over de nacht dat ik Marge van de watertoren had gered; Liz vertelde alles over de romantische puzzeltocht. We lachten om Marge' obsessies voor rolschaatsen en horrorfilms, en haalden herinneringen op aan de idyllische dag die Marge en Liz hadden doorgebracht met mij en Emily op het Biltmore Estate. We verbaasden ons over hoe gevat Marge was, en over het feit dat ze me nog steeds zag als een klein broertje dat haar superieure begeleiding zo hard nodig had.

Ik wilde maar dat Marge erbij was geweest om alle verhalen te horen, maar ze zat maar korte tijd bij ons om er een paar te horen. De rest van de tijd sliep ze.

Op zondagavond kwam London terug uit Atlanta. Vivian nam bij de limousine afscheid van onze dochter en kwam niet mee naar binnen.

Het was de laatste dag van januari. Marge en ik waren allebei in maart geboren; zij op 4 maart, ik op 12 maart. We waren allebei Vissen, en in de wereld van de dierenriem zegt men dat mensen die onder dat sterrenbeeld geboren zijn meelevend en toegewijd zijn. Ik had altijd geloofd dat dat meer opging voor Marge dan voor mij.

Haar verjaardag, realiseerde ik me, was over minder dan vijf weken, en ik wist dat ze er niet meer zou zijn om het te vieren.

Net als Marge wist ik het gewoon.

26

Afscheid nemen

Mijn ouders hadden niet bepaald een actief sociaal leven toen Marge en ik jong waren. Hoewel mijn vader zo nu en dan een biertje ging drinken met vrienden, kwam dat relatief weinig voor, en mijn moeder ging al helemaal nauwelijks uit. Omdat ze werkte, kookte, schoonmaakte, haar familie bezocht en haar kinderen opvoedde, had ze niet veel vrije tijd. Ook gingen mijn ouders niet vaak met z'n tweeën uit eten; uit eten werd beschouwd als een uitspatting, en ik kan me herinneren dat ze het misschien maar een keer of zes hebben gedaan. Als je kijkt naar alle verjaardagen, trouwdagen, Valentijnsdag, Moederdag en Vaderdag, is zes keer uit eten in achttien jaar niet veel.

Dat betekende dat als ze dan eens uitgingen, Marge en ik al helemaal opgewonden werden bij de gedachte dat we het huis voor onszelf zouden hebben. Zodra hun auto de oprit af reed, maakten we popcorn of maakten we zelf S'mores door marshmallows met chocola te grillen en tussen twee koekjes te leggen – of allebei – en gingen we films kijken met het geluid veel te hard aan, tot onvermijdelijk een van Marge' vriendinnen belde. Zodra ze eenmaal aan de telefoon was, was ik plotseling vergeten... maar dat vond ik meestal niet erg, omdat het betekende dat ik nog meer S'mores had.

Op een keer toen ze dertien was of zo haalde ze me over om samen in de woonkamer een fort te bouwen. We vonden een rol waslijn in de berging en hingen hem van de gordijnstang tot de staande klok tot een ventilatierooster en weer terug naar de gordijnstang. We haalden handdoeken en lakens uit de linnenkast en maakten ze aan de lijn vast met wasknijpers. Nog een laken ging over de bovenkant, en we kleedden het fort aan met kussens die we van de bank hadden gehaald. Marge sleepte een campinglantaarn die op propaangas brandde uit de garage. Op de een of andere manier lukte het ons om die aan te steken zonder het huis af te branden – mijn vader zou woe-

dend zijn geweest als hij dat had geweten – en Marge deed alle lichten uit voordat we naar binnen kropen.

Het had meer dan een uur gekost om het hele ding op te bouwen, en het duurde bijna net zo lang om het allemaal weer af te breken en op te ruimen, wat betekende dat we maar vijftien of twintig minuten in het fort konden doorbrengen voordat mijn ouders weer thuiskwamen. Zelfs als ze dan uitgingen, bleven ze nooit tot laat weg.

Ik kan me die avond nog steeds herinneren als een bijna magische ervaring. Ik was acht jaar en het was avontuurlijk en nieuw, en het feit dat het bovendien tegen de regels was, zorgde ervoor dat ik me ouder voelde dan ik was, meer als een gelijke van Marge dan een klein kind, voor de allereerste keer. En ik weet nog goed dat toen ik naar mijn zus keek in het griezelige licht van de lantaarn in ons zelfgemaakte fort, ik dacht dat Marge niet alleen mijn zus was, maar ook mijn beste vriend. Zelfs toen al wist ik dat dat nooit zou veranderen.

Op 1 februari was het wel tweeëntwintig graden; vijf dagen later was het maximum nog maar tien en het minimum min vijf graden. De woeste temperatuurschommelingen in die eerste week van februari leken Marge zelfs nog verder te verzwakken. Met elke dag die voorbijging, ging het slechter met Marge.

Haar zestien uur slaap per dag breidde zich uit tot negentien, en elke ademhaling was een worsteling. De verlamming aan haar rechterkant werd nog duidelijker, en we huurden een rolstoel om haar wat gemakkelijker het huis rond te rijden. Ze begon onduidelijk te praten en ze had nauwelijks nog eetlust, maar die dingen waren niets vergeleken met de pijn die ze voelde. Mijn zus nam zoveel pijnstillers dat ik vermoedde dat haar lever pulp was geworden, maar het enige moment dat ze echt verlichting leek te voelen was als ze sliep.

Niet dat Marge ooit zei dat ze pijn had. Niet tegen mijn ouders of tegen Liz en ook niet tegen mij. Zoals altijd maakte ze zich meer zorgen om anderen dan om zichzelf, maar haar lijden was duidelijk te zien aan de manier waarop ze haar gezicht vertrok en de tranen haar plotseling in de ogen sprongen. Het was voor ons allemaal een kwelling om haar zo te zien lijden.

Vaak zat ik bij haar in de woonkamer terwijl ze op de bank sliep; andere keren zat ik in de schommelstoel in de slaapkamer. Terwijl ik naar haar slapende vorm staarde, kwamen de herinneringen van de afgelopen jaren voorbij, als een film die van voren naar achteren werd vertoond: een film waarin Marge de ster was, met de gedenkwaardigste tekst van iedereen. Ze was voor eeuwig levendig, voor eeuwig in leven, en ik vroeg me af of mijn herinneringen zo zouden blijven, of dat ze langzaam zouden wegsterven met het verstrijken van de tijd. Ik vond het heel moeilijk om over haar ziekte heen te kijken, en ik zei tegen mezelf dat ik het aan haar verplicht was om me alles te herinneren over hoe ze was voordat ze ziek werd.

Op de dag dat de temperatuur daalde tot min vijf graden, herinnerde ik me iets wat mijn vader me had verteld over boskikkers, die te vinden zijn in North Carolina tot wel zo ver naar het noorden als de poolcirkel. Boskikkers zijn als koudbloedige wezens gevoelig voor lage temperaturen en konden helemaal bevriezen, tot op het punt dat hun hart volkomen stilstond. En toch is de kikker zo geëvolueerd dat het glycogeen nog steeds wordt omgezet in glucose, dat zich een beetje gedraagt als een natuurlijk antivries. Ze kunnen wekenlang bevroren en beweginloos blijven, maar als het weer eindelijk warmer begint te worden, knippert de boskikker met zijn ogen en start zijn hart weer op; er is een snelle ademhaling en de kikker springt weg op zoek naar zijn partner, alsof God alleen even op de pauzeknop had gedrukt.

Terwijl ik keek naar mijn zus die lag te slapen, wenste ik precies zo'n wonder van de natuur.

Vreemd genoeg bleef de rest van mijn leven gewoon doorgaan.

Het werk bleef een soms welkome afleiding, en het enthousiasme van mijn cliënten voor mijn werkresultaat was een zeldzaam lichtpuntje in die periode. Ik sprak af met mijn makelaar en tekende op de stippellijn; het stel uit Louisville vroeg om een lange borgstellingstermijn, omdat ze hun kinderen het schooljaar daar wilden laten afmaken, dus was het passeren van de akte vastgesteld voor mei. En op een dag vroeg Emily me tijdens de lunch tussen neus en lippen door naar de naam van mijn makelaar en onthulde ze dat ze ook overwoog haar huis te verkopen.

'Ik geloof dat ik een nieuwe start moet maken,' zei ze, 'op een plek waar ik niet met David heb gewoond.'

Op dat moment vermoedde ik dat ze alleen maar probeerde morele steun te laten blijken voor mijn beslissing om te verkopen, een beslissing waarvan ze wist dat ik er nog steeds gemengde gevoelens over had. Maar een paar dagen later stuurde ze me een berichtje met een foto van het nieuwe TE KOOP-bord in haar voortuin.

Niets blijft lang hetzelfde; haar leven was, net als dat van mij, in beweging. Ik wilde alleen dat ik wist waar dat van mij naartoe ging.

Mijn vader kwam nog steeds bijna elke middag met zijn gereedschapskoffer bij Marge langs. Wat was begonnen als 'noodzakelijke reparaties' aan het huis veranderde langzamerhand in een uitgebreide verbouwing. Hij had de hele gastenbadkamer eruit gehaald op de dag dat Liz en Marge aanwezig waren op de dag van mijn open huis, erop gebrand om hem een upgrade te geven tot het soort badkamer waarvan hij vond dat zijn enige dochter die verdiende.

Mijn vader was een dinosaurus als het op technologie aankwam. Tot dat moment in zijn leven had hij geen reden gezien om een mobiele telefoon te kopen. Zijn baas wist altijd op welke locatie hij een opdracht uitvoerde en alle anderen in de ploeg hadden er een, dus kon er altijd contact met hem worden opgenomen. Wie moest hem verder nou bellen, vroeg hij zich af. Waarom zou hij de moeite nemen?

Toch kwam mijn vader net na het nieuwe jaar naar me toe om me te vragen hem te helpen een telefoon te kopen. Aangezien hij niets afwist van die 'mobiele gadgets', vroeg hij mij er een voor hem uit te kiezen. 'Zorg er maar gewoon voor dat alle foefjes erop zitten,' zei hij, 'maar dat-ie niet te duur is.'

Hoewel mijn vader het niet had gezegd, koos ik een telefoon uit waarvan ik het idee had dat hij voor hem ook eenvoudig te gebruiken was. Ik vertelde hem wat ik van plan was en nam vervolgens de tijd om hem te laten zien hoe hij moest bellen, de telefoon beantwoorden en berichtjes sturen. Aan zijn contactenlijst voegde ik de gegevens van Marge, Liz, mijn moeder en mij toe. Ik kon niemand anders verzinnen om eraan toe te voegen.

'Kan ik er foto's mee nemen?' vroeg hij. 'Ik heb mobieltjes gezien die dat tegenwoordig kunnen doen.'

Vrijwel alle telefoons kunnen dat al jaren, dacht ik bij mezelf, maar ik zei alleen maar: 'Ja, dat kan.'

Ik liet hem die functie zien en keek toe hoe hij oefende met foto's maken en ze vervolgens bekeek. Ook liet ik hem zien hoe hij de foto's die hij niet wilde, kon wissen. Hoewel ik het idee had dat veel van de informatie overweldigend was, zag ik hem voorzichtig de telefoon in zijn zak steken en naar zijn auto lopen.

De volgende dag zag ik hem weer bij Marge thuis. Ze was opgestaan van haar dutje en mama had kippensoep klaarstaan. Marge at de helft van haar kom leeg – minder dan we hadden gehoopt – en toen het blad werd weggenomen ging onze vader naast haar zitten. Hij leek bijna verlegen toen hij haar foto's van verschillende kranen, wastafels en handdoekstangen liet zien, naast opties voor vloer- en wandtegels. Hij was blijkbaar naar de bouwmarkt geweest en dit was de enige manier waarop hij ervoor kon zorgen dat Marge onderdeel uitmaakte van het ontwerpproces.

Marge wist dat onze vader nooit een man van veel woorden was geweest, en ook had hij nooit openlijk genegenheid getoond. Maar aan zijn geklus kon ze zien dat hij op zijn eigen manier zijn liefde voor haar uitschreeuwde, in de hoop dat ze op de een of andere manier kon horen wat hij nooit had kunnen zeggen.

Papa maakte aantekeningen terwijl zij dingen uitkoos, en toen ze klaar waren, leunde Marge dichter naar hem toe, waardoor ze hem geen andere keus gaf dan haar te omhelzen. 'Ik hou van je, papa,' fluisterde ze. Daarna stond hij op van de bank en sjokte hij het huis uit. Iedereen wist dat hij was weggegaan om te kopen wat ze had uitgekozen, maar na een paar minuten besefte ik dat ik hem niet zijn auto had horen starten.

Toen ik opstond om door de gordijnen naar de oprit te kijken, zag ik mijn vader, de sterkste man die ik ooit had gekend, achter het stuur van zijn auto zitten met zijn hoofd gebogen en met schokkende schouders.

Er dreven tegenwoordig altijd heerlijke geuren uit Marge' keuken, waar mijn moeder wanhopig probeerde gerechten te koken die Marge zouden verleiden om meer te eten. Er waren soepen, stoofpotten, sauzen en pasta; bananenroom, citroenschuimtaart en zelfgemaakt vanille-ijs. De koelkast en de vriezer waren volgestouwd, en elke keer dat ik langskwam, gaf ze me eten mee voor mijn koelkast, die langzamerhand ook uitpuilde.

Telkens als Marge wakker werd, zette mijn moeder een blad voor haar neer; tegen de tweede week van februari was mijn moeder begonnen haar te voeren omdat haar linkerkant ook zwakker was begonnen te worden. Ze zette voorzichtig de lepel aan haar lippen, veegde haar mond tussen de ene hap en de andere af, en bood mijn zus dan een slokje aan van iets wat ze door een rietje kon drinken.

Terwijl Marge at, praatte mijn moeder. Ze praatte over mijn vader en over het feit dat de nieuwe jonge eigenaar van het loodgietersbedrijf hem zo op zijn huid zat omdat hij zo vaak niet kwam werken. Mijn vader had intussen waarschijnlijk jaren aan vakantiedagen opgebouwd, maar de eigenaar was het soort vent dat nooit tevreden was, een man die meer van de werknemers maar minder van zichzelf eiste.

Ze beschreef de tulpen die ze voor mijn vader had geplant en de lezing die ze had bijgewoond met haar vriendinnen van de Red Hat Society; ze onthaalde Marge ook op dingen die London haar had verteld, hoe onbeduidend die ook waren. Meer dan eens hoorde ik mijn moeder net doen of ze verontwaardigd was dat niemand haar van tevoren op de hoogte had gesteld van het rolschaatsavontuur van Marge en London.

'Ik heb je zo vaak op die rolschaatsbaan afgeleverd en opgehaald dat mijn banden sporen hebben uitgesleten in het asfalt van dat parkeerterrein – en je bent vergeten aan te kondigen dat mijn kléíndochter het voor het eerst ging proberen?'

Ik wist dat het maar half-plagend bedoeld was, dat ze het heerlijk zou hebben gevonden om erbij te zijn, en in stilte verweet ik het mezelf. Mijn moeder had die dag tenslotte niet alleen London op rolschaatsen willen zien; ze had haar eigen dochter willen zien rolschaatsen, met overgave en plezier op haar gezicht – nog één laatste keer.

Toen de tweede week van februari aanbrak, had ik het gevoel dat de tijd sneller en tegelijk juist langzamer ging. Er zat iets slow motion-achtigs aan de uren die ik elke dag bij Marge doorbracht, gemarkeerd door lange perioden van stilte en slaap; aan de andere kant leek het elke keer dat ik langskwam of Marge sneller aftakelde. Op een middag voordat ik London van school ging halen, kwam ik langs en trof ik haar wakker in de woonkamer aan. Zij en Liz waren zacht met elkaar aan het praten, dus bood ik aan om weer te vertrekken, maar Liz schudde haar hoofd.

'Blijf maar,' zei Liz. 'Ik stond toch al op het punt om even contact op te nemen met een van mijn cliënten. Het is een noodgeval. Gaan jullie twee maar even praten. Ik hoop dat dit niet lang duurt.'

Ik ging naast mijn zus zitten. Ik vroeg haar niet hoe ze zich voelde, omdat ik wist dat ze een hekel aan die vraag had. In plaats daarvan vroeg ze, zoals altijd, naar Emily en naar het werk, en naar London en Vivian, en haar stem klonk brabbelend en blikkerig. Omdat ze zo snel moe werd, was vooral ik aan het woord. Maar tegen het einde vroeg ik of ik haar een vraag mocht stellen.

'Natuurlijk,' zei ze, waarbij haar lettergrepen een beetje in elkaar overliepen.

'Ik heb je voor Kerstmis een brief geschreven, maar ik heb nog niet gehoord wat je ervan vond.'

Ze glimlachte haar halve glimlach, waar ik al aan gewend was geraakt. 'Ik heb hem nog niet gelezen.'

'Waarom niet?'

'Omdat,' zei ze, 'ik er nog niet klaar voor ben om afscheid van je te nemen.'

Ik moet toegeven dat ik me soms afvroeg of ze ooit de kans zou krijgen om hem te lezen. Gedurende de drie dagen daarna was Marge elke keer als ik bij haar langskwam aan het slapen, meestal in haar slaapkamer.

Dan bleef ik een uur of twee, praatte wat met Liz of met mijn moeder, wie er ook maar in huis was. Dan bewonderde ik de meest recente reparaties of renovaties die mijn vader had ondernomen, en vaker wel dan niet at ik een groot bord eten dat mijn moeder voor me neerzette.

We bleven bijna altijd in de keuken zitten. Ik dacht eerst dat dat kwam doordat niemand Marge wilde storen terwijl ze sliep, maar die mogelijkheid streepte ik weg toen ik besefte dat als ze niet wakker werd van het gehamer van mijn vader, ze dat ook niet zou worden van onze zachte stemmen.

Op een middag besefte ik eindelijk waarom, toen Liz naar buiten stapte om de veranda te vegen. Met niets omhanden slenterde ik naar de woonkamer en ging ik zitten op de plek waar Marge en ik meestal zaten.

Mijn vader was rustig aan het werk in de badkamer, maar ik besefte dat ik een vreemd, ritmisch geluid kon horen, van een kapotte ventilator of iets dergelijks. Omdat ik niet kon thuisbrengen waar het vandaan kwam, liep ik eerst naar de keuken en toen naar de badkamer, waar ik mijn vader op zijn rug zag liggen met zijn hoofd onder de nieuwe wastafel, waar hij bezig was alles aan te sluiten. Maar het geluid was zwakker op die twee plekken; het werd sterker toen ik naar beneden naar de hal liep, en toen pas wist ik wat dat afschuwelijke geluid maakte.

Het was mijn zus.

Ondanks de gesloten deur was tot in de verste uithoeken van het huis het geluid dat ik had gehoord de ademhaling van mijn zus.

Valentijnsdag viel dat jaar op een zondag. Marge had een speciale bijeenkomst bij haar thuis gepland waar ze zelfs Emily en Bodhi voor had uitgenodigd, en ik bracht London erheen zodra ze terugkwam uit Atlanta.

Voor het eerst in twee weken zagen London en ik toen we aankwamen Marge rechtop op de bank zitten. Iemand – misschien mijn moeder, misschien Liz – had haar geholpen een beetje make-up aan te brengen. In plaats van de honkbalpet droeg Marge een prachtige zijden sjaal, en een dikke coltrui hielp om te verhullen hoeveel ze was afgevallen. Ondanks de tumor die in haar hersenen woekerde, kon ze het gesprek volgen, en ik hoorde haar zelfs een of twee keer lachen. Er waren momenten waarop het bijna voelde als de gebruikelijke zaterdag- of zondagmiddag bij onze ouders.

Bijna.

Het huis zelf had er nog nooit zo mooi uitgezien. Mijn vader had de gastenbadkamer afgemaakt, en de nieuwe tegels en de wastafel blonken en weerspiegelden de allernieuwste sanitaire installaties. Hij had de afgelopen week ook alle sierlijsten geschilderd. Mijn moeder had een waarlijk banket uitgestald op elk oppervlak van de keuken, en zodra Emily aankwam, zorgde mijn moeder ervoor haar te laten beloven dat ze een berg kliekjes mee naar huis zou nemen, waaronder wat er over was van de hartige taarten.

We haalden heel veel familieverhalen naar boven, maar het hoogtepunt van de avond kwam toen Liz haar Valentijnsdagcadeau aan Marge gaf. Ze had een fotoalbum van hen tweeën gemaakt dat begon met foto's van ieder van hen als baby, en dat verder hun hele leven volgde. Op de linkerbladzijden stonden steeds foto's van Liz; aan de rechterkant stond Marge. Ik wist dat mijn moeder Liz moest hebben geholpen de foto's te verzamelen en terwijl Marge langzaam de bladzijden omsloeg, keek ik hoe mijn zus en Liz voor mijn ogen samen opgroeiden.

Uiteindelijk begonnen er in het boek foto's te komen van hen tweeën samen, sommige genomen op exotische reizen terwijl andere gewoon ongedwongen kiekjes waren rondom het huis. Maar hoe formeel of informeel ook: elke foto leek te zijn gekozen om een verhaal te vertellen over een specifiek betekenisvol moment in hun leven met elkaar. Het hele album was een testament van hun liefde, en ik was bijna in tranen.

Het waren de laatste twee bladzijden van het album die ervoor zorgden dat ik brak.

Aan de linkerkant stond de foto van Marge en Liz onder de kerstboom van het Rockefeller Center in New York, het laatste uitstapje dat ze ooit samen zouden ondernemen; aan de rechterkant was een foto die eruitzag alsof hij maar een paar uur geleden was genomen, met Marge die er precies zo uitzag als op dat moment.

Liz legde uit dat mijn vader hem had genomen, en dat hij zonder dat ze het wist, was weggegaan om hem te laten ontwikkelen bij een winkel in de buurt. Toen hij terugkwam, had hij Liz gevraagd om hem aan de laatste bladzijde van het album toe te voegen.

Alle ogen waren op hem gericht.

'Ik ben altijd zo trots op je geweest,' zei mijn vader met verstikte stem toen hij naar Marge keek, 'en ik wil dat je weet dat ik ook van jou hou.'

De dag na Valentijnsdag begon het wachten.

Ik ben er nu van overtuigd dat Marge op Valentijnsdag veel van haar laatste resten energie had opgebruikt. Maandag sliep ze bijna de hele dag, en vanaf dat moment at ze geen vast voedsel meer maar nam alleen nog slokjes lauwe kippenbouillon door een rietje.

Terwijl mijn vader en moeder voortdurend aanwezig waren bij Marge thuis, liep ik in en uit, grotendeels vanwege London. Ze was ongebruikelijk opvliegend geweest sinds ze de waarheid had gehoord over Marge. Zo nu en dan kreeg ze een driftbui of barstte ze in tranen uit om onbelangrijke dingen. Ze werd vooral emotioneel als ik weigerde op haar verzoek in te gaan om bij Marge op bezoek te gaan, maar het was moeilijk uit te leggen aan London dat haar tante nu bijna altijd sliep.

Een paar dagen na de viering van Valentijnsdag belde Liz me 's avonds echter thuis op.

'Kun je London langsbrengen?' zei ze dringend. 'Marge wil haar zien.'

Ik riep naar boven naar London, die haar pyjama al had aangetrokken, met haar haar nog nat van het bad. Ze racete de trap af en ze zou rechtstreeks naar de auto zijn gerend, maar het lukte me nog net de deur te versperren om haar een jas aan te laten trekken. Toen ik haar erop wees dat ze geen schoenen aan had, pakte ze lukraak een paar rubberlaarzen uit de kast en trok die aan, ondanks het feit dat het niet regende.

Ik zag dat ze een Barbie vasthield en ze weigerde haar weg te leggen, zelfs toen ze haar jas aantrok.

Toen we bij Marge' huis aankwamen, gaf Liz London een knuffel en een kus en stuurde haar onmiddellijk in de richting van de grote slaapkamer.

Ondanks haar koortsachtige race naar de auto aarzelde London even en liep vervolgens langzaam door de hal. Ik bleef een paar stappen achter haar. Opnieuw hoorde ik mijn zus, het geluid van het leven dat haar bij elke ademhaling verliet. In haar kamer wierp de lamp op het nachtkastje een warm lichtschijnsel op de hardhouten vloer.

London bleef vlak achter de deuropening staan.

'Hé... schatje,' zei Marge tegen haar. De klanken vloeiden in elkaar over, maar ze was wel verstaanbaar.

London liep voorzichtig naar het bed en bewoog heel stilletjes om haar zieke tante niet te storen. Ik leunde tegen de deuropening en keek toe terwijl London bij Marge kwam te staan.

'Wat... heb... je... daar?' vroeg Marge.

'Ik heb een cadeau voor je meegenomen,' antwoordde London, terwijl ze de pop gaf die ze de hele tijd al had vastgehouden. 'Het is mijn lievelingsBarbie omdat ik haar al heb sinds ik klein was. Ze is mijn eerste Barbie, en ik wil haar aan jou geven.'

Toen London besefte dat Marge niet de kracht had om haar aan te pakken, zette ze haar naast Marge neer, steunend tegen mijn zus die onder de dekens lag.

'Dank je wel. Ze is knap... maar... jij... bent knapper.'

London boog haar hoofd en hief het weer op. 'Ik hou van jou, tante Marge. Ik hou zoveel van jou. Ik wil niet dat je doodgaat.'

'Dat weet... ik... en... ik hou... ook... van jou. Maar ik... heb iets... voor je. Tante Liz heeft... het... op de... kaptafel... gelegd. Als je... oud genoeg... bent, kun je... er misschien... naar... kijken... met je... vader... oké? En... als je... dat doet... denk je... misschien... aan mij. Kun je... me... dat... beloven?'

'Dat beloof ik.'

Mijn ogen schoten naar de kaptafel. Ik zag de dvd die Marge mijn dochter had gegeven en ik knipperde plotseling opkomende tranen weg toen ik de titel zag.

Pretty Woman.

'Marge vindt dat ik evengoed een kindje moet krijgen,' zei Liz tegen me toen we een paar dagen later koffiedronken in de keuken. Haar uitdrukking was een mengeling van vermoeidheid en verwarring.

'Wanneer heeft ze dat tegen je gezegd?'

'Nou, ze begon er voor het eerst over toen we naar New York gingen,' zei ze. 'Ze blijft me erop wijzen dat ik gezond genoeg ben om het te doen, maar...' Haar stem stierf weg.

Ik wachtte tot ze verder zou gaan, maar ze leek even de draad kwijt. 'Wil je het doen?' vroeg ik haar voorzichtig.

'Ik weet het niet, Russ. Het is allemaal zo moeilijk om over na te denken op dit moment. Ik kan me niet voorstellen dat ik het in mijn eentje zou doen, maar gisteren begon ze er weer over.' Heel even zat ze aan de nerven van de keukentafel te pulken en maakte ze een groefje in het hout. 'Ze heeft me verteld dat ze het financieel al geregeld heeft, voor het geval dat ik gaandeweg van gedachten zou veranderen. Dat ik me IVF zou kunnen veroorloven, een oppas als ik dat zou willen, en zelfs het geld voor een opleiding.'

Toen ik mijn hoofd kantelde, om te proberen te bedenken hoe en wanneer Marge deze regelingen had getroffen, streek Liz over haar haar, om te proberen wat losse lokken in haar rommelige paardenstaart te dwingen.

'Schijnbaar heeft ze, vlak nadat ze haar certificaat had gehaald en accountant was geworden, een paar levensverzekeringen afgesloten. Twee verschillende polissen, om precies te zijn. Ze heeft ze door de jaren heen opgebouwd, en het is best een hoop geld. De grotere polis heeft mij als begunstigde, en het is meer dan ik ooit nodig zal hebben, zelfs als ik inderdaad zou besluiten in mijn eentje een kind te krijgen. Onlangs heeft ze de andere polis aangepast en op naam van je ouders gezet. Zodat je vader met pensioen kan gaan. Ik heb gevraagd hoe het met jou zat...'

Ik stak mijn hand op om haar te onderbreken. 'Ik ben blij dat het naar jou en mijn ouders gaat,' zei ik. Ze keek verward, alsof ze geen van de informatie die ze had opgenoemd echt begreep.

'Wat ik me afvroeg toen ze me over dit alles vertelde,' vervolgde Liz, 'is hoe ze het wíst. Ik heb het haar gevraagd, en ze zei dat het kwam door haar familiegeschiedenis, en ook al wist ze niet zeker wie uiteindelijk de begunstigden zouden zijn – in het begin denk ik dat ze jou en je ouders had opgegeven – wilde ze ervoor zorgen dat ze het had, voor het geval ze het ooit nodig zou hebben.'

'Dat heeft ze me nooit verteld.'

'Ze heeft het mij ook nooit verteld,' gaf Liz toe. 'Toen we het erover hadden om een kind te krijgen voordat ze ziek werd, denk ik dat ik nooit echt heb gefocust op wat het zou kosten. We hebben een aardig inkomen en we hebben een beetje geld gespaard, maar voor het overgrote deel denk ik dat ik er altijd op heb vertrouwd dat als Marge vond dat we het ons konden veroorloven, we het ook konden...' Heel even leek ze de wanhoop nabij te zijn. 'Ik kan mezelf maar nauwelijks staande houden. Ik heb tegen haar gezegd dat ik vond dat ik niet in staat was om zonder haar een kind groot te brengen. Zij was altijd degene met de meeste moedergevoelens. En weet je wat ze daarop zei?'

Ik keek haar aan en wachtte af.

'Ze zei dat ik haar inspiratie was en dat ieder kind dat ik grootbracht de wereld er beter op zou maken. En dat als er een hemel was, ze beloofde dat ze voor eeuwig over ons kind zou waken.'

De volgende dag was het mijn beurt om afscheid te nemen.

Toen ik bij haar huis aankwam, was Marge zoals gewoonlijk aan het slapen. Ik hield een tijdje de klok in de gaten zodat ik niet te laat zou zijn om London van school op te halen, maar het duurde niet lang tot de babyfoon in de keuken kraakte en zowel mijn moeder als Liz zich naar de slaapkamer terug haastten. Een paar minuten later kwam mijn moeder weer de keuken in.

'Marge wil je zien,' zei ze.

'Hoe gaat het met haar?'

'Ze lijkt vrij helder, maar je moet er waarschijnlijk meteen maar heen gaan. Soms begint ze verward te worden, en ze blijft niet lang wakker.'

Toen ik de onverstoorbare houding van mijn moeder zag, kon ik zien dat ze net zo sterk was als mijn vader, omdat ze het ondraaglijke verdroeg; dag in, dag uit.

Ik hield mijn moeder heel even vast en liep toen de hal door naar de slaapkamer. Net als op Valentijnsdag droeg Marge een mooie sjaal en ik vermoedde dat ze Liz had gevraagd die om te doen voordat ik binnenkwam.

Ik trok een stoel uit de hoek van de kamer en schoof hem naar het bed toe. Liz liep de kamer uit terwijl ik de hand van mijn zus pakte. Hij voelde warm maar levenloos aan in die van mij. Hij bewoog niet. Ik wist niet of ze het wel kon voelen, maar ik kneep er evengoed in.

'Hoi, zus,' zei ik zacht tegen haar.

Bij mijn stem knipperde ze met haar ogen en toen schraapte ze met moeite haar keel.

'Lees voor,' zei ze, en het klonk verhaspeld.

Het duurde even voordat ik begreep wat ze bedoelde, maar toen zag ik de enveloppe die Liz op het nachtkastje had gezet, en ik pakte hem. Ik maakte hem open, trok het velletje papier eruit, haalde diep adem en begon te lezen.

Marge,

Het is laat op de avond en ik vind het moeilijk om de woorden te vinden waarvan ik zou willen dat ze gemakkelijker kwamen. Eigenlijk weet ik niet eens zeker of het wel mogelijk is om in woorden te vatten hoeveel je altijd voor me hebt betekend. Ik zou kunnen zeggen dat ik van je hou en dat je de geweldigste zus bent die een man ooit zou kunnen hebben; ik zou kunnen opbiechten dat ik altijd tegen je heb opgekeken. En toch, omdat ik die dingen al eerder tegen je heb gezegd, voelt het pijnlijk ontoereikend. Hoe kan ik afscheid nemen van de beste persoon die ik ooit heb gekend, op een manier die ze echt verdient?

En toen besefte ik dat alles wat ik tegen je moet zeggen kan worden samengevat in één woord.

Bedankt.

Bedankt dat je het mijn hele leven voor me hebt opgenomen, dat je hebt geprobeerd me tegen mijn eigen vergissingen te beschermen, dat je een levend voorbeeld bent geweest van de moed die ik zo wanhopig graag gehad zou willen hebben. Maar voornamelijk: bedankt dat je me hebt laten zien wat het betekent om echt liefde te geven en zelf ook liefde te ontvangen.

Je kent me: de maestro van de grote romantische gebaren, van kaarsverlichte diners en bloemen op het romantische avondje. Maar wat ik pas onlangs heb begrepen is dat die tedere, georkestreerde momenten niets betekenen tenzij ze gebeuren met iemand die van je houdt zoals je bent.

Veel te lang had ik een relatie waarin liefde altijd voorwaardelijk voelde: ik was altijd bezig te proberen iemand te worden die ware liefde waard was, en slaagde er nooit in. Maar door aan jou en Liz te denken en aan hoe jullie met elkaar zijn, begon het uiteindelijk tot me door te dringen dat accepteren de kern is van ware liefde, en niet beoordelen. Als je volledig door een ander wordt geaccepteerd, zelfs op je zwakste momenten, kom je eindelijk tot rust.

Jij en Liz zijn mijn helden en mijn muzen, omdat jullie liefde voor elkaar altijd ruimte heeft geboden aan jullie verschillen en in het teken heeft gestaan van alles wat jullie gemeen hadden. En in deze donkerste uren is jouw voorbeeld een licht geweest dat me heeft geholpen mijn weg terug te vinden naar de dingen die het belangrijkst zijn. Ik kan alleen maar hopen dat op een dag ook ik het soort liefde zal kennen dat jullie met elkaar delen.

Ik hou van je, mijn lieve zus,

Russ

Mijn handen trilden toen ik de brief weer opvouwde en hem terugdeed in de enveloppe. Ik wist niet of ik nog wel iets kon zeggen, maar Marge' wijze blik liet me weten dat dat niet hoefde.

'Emily,' zei ze met gierende ademhaling. 'Dat… heb… je… met… haar.'

'Ik hou van haar,' zei ik instemmend.

'Laat… haar… niet… gaan…'

'Dat zal ik niet doen.'

'En… bedrieg… haar… niet… nog… eens…' en nu wist ze een schim van een ondeugende glimlach te produceren: 'of… vertel… het… haar… dan… tenminste… niet…'

Ik kon het niet helpen: ik moest lachen. Mijn zus was geen spat veranderd, zelfs niet op het randje van de dood. 'Dat zal ik niet doen.'

Het duurde even voordat ze weer op adem kwam. 'Papa en... mama... moeten... London... kunnen zien,... deel... uitmaken... van... haar leven.'

'Dat zal altijd zo zijn. En dat geldt ook voor Liz.'

'Maak... me... zorgen... om ze.'

Ik dacht aan mijn moeder en alle dierbaren die ze had verloren; ik dacht aan mijn vader, die in de auto had zitten huilen.

'Doe... het.'

'Dat doe ik. Ik beloof het.'

'Hou... van jou.'

Ik kneep in mijn zus' hand en leunde toen naar haar toe om haar op de wang te kussen.

'Ik hou meer van je dan je ooit zult weten,' zei ik. Nadat ze me een tedere glimlach had gegeven, deed ze haar ogen dicht.

Het was de laatste keer dat ik haar ooit sprak.

Mijn vader pakte die avond zijn gereedschapskist in en ieder van ons kuste Liz om afscheid van haar te nemen. Nu was het tijd voor hen tweeën om alleen te zijn.

Ik weet niet of en wat ze de dagen erna tegen elkaar hebben gezegd; Liz heeft ons nooit meer verteld dan dat Marge nog een verrassend heldere dag beleefde voordat ze ten slotte in een coma weggleed. Ik ben blij dat Liz erbij was om het mee te maken, en ik wens dat ze allebei de kans hebben gehad om grotendeels nog te zeggen wat er te zeggen viel.

Een dag later overleed mijn zus.

De begrafenis, op de begraafplaats, duurde niet lang. Marge had daar blijkbaar strikte instructies voor gegeven, maar de korte ceremonie trok tientallen rouwenden, die allemaal dicht bij elkaar stonden onder de koude, sombere hemel.

Ik sprak een korte grafrede uit, waar ik me weinig van kan herinneren, behalve dat ik opeens Vivian aan de rand van de mensenmassa zag staan, ver van mijn familie, Liz en Emily.

Vóór de begrafenis had London gevraagd of ze nog één laatste keer voor haar tante mocht dansen. Dus nadat de rouwenden waren vertrokken en zich hadden verspreid om naar hun auto te lopen, hielp ik London haar gazen vleugels aan te trekken. Zonder muziek, en alleen met mij als publiek, fladderde London sierlijk rond de pas opgeworpen aarde, als een vlinder die de schaduwen in en uit schoot.

Ik weet zeker dat Marge het prachtig had gevonden.

Epiloog

In het park zit ik in de schaduw terwijl London rent, klimt en schommelt. Het is de laatste weken warm geweest en de lucht is zo vochtig dat ik extra T-shirts in de kofferbak van mijn auto bewaar om me te kunnen omkleden op momenten als deze. Ze blijven niet lang droog, maar dat is nou eenmaal typisch voor eind juli.

In de afgelopen vier maanden heeft de Phoenix Agency nog drie advocatenkantoren als cliënten aangenomen, en vertegenwoordigt het nu kantoren in drie verschillende staten. Ik heb een nieuw kantoor moeten zoeken, en twee maanden geleden heb ik mijn eerste werknemers aangenomen. Mark had twee jaar ervaring bij een internetmarketingbedrijf in Atlanta, en Tamara is pas afgestudeerd aan de Clemson Universiteit, met een graad in filmtechniek. Ze zijn allebei *digital natives* en ze sturen berichtjes door hun beide duimen te gebruiken, in tegenstelling tot de éénvingermethode waar hun baas de voorkeur aan geeft. Ze zijn intelligent en willen graag leren, en ze hebben het me mogelijk gemaakt om deze zomer tijd met London door te brengen.

Net als vorige zomer is mijn dochter voortdurend in de weer. Tennisles, pianoles en beeldende-kunstles, naast dansles op een andere dansschool, eentje die wordt gerund door een lerares die knuffels van de kinderen krijgt. Ik breng haar naar haar activiteiten en haal haar weer op, en ik werk terwijl ze bezig is; 's middags zijn we vaak te vinden in het buurtzwembad of in het park, afhankelijk van waar ze zin in heeft. Ik sta versteld van hoe veel ze is veranderd sinds onze eerste zomer met elkaar. Ze is groter en zelfverzekerder, en terwijl ik met haar van hot naar her rijd, hoor ik haar vaak de woorden die ze op reclameborden ziet hardop zeggen.

Mijn huis is niet zo groot als ons vorige huis, maar het is een prettig huis en Emily's beide schilderijen – het werk dat ik op de tentoonstelling had gekocht en dat waar London en ik op stonden – hangen aan de muren van de woonkamer. Ook al woon ik hier sinds eind mei, toch zijn er nog dozen die ik nog niet heb uitgepakt, en ik moest een opslagruimte huren voor het meubilair uit mijn vorige huis dat ik niet meer nodig had. Ik zal het grootste deel ervan waarschijnlijk uiteindelijk wel verkopen, maar met alle recente veranderingen in mijn leven heb ik er gewoon geen tijd voor gehad. Ik moet er tenslotte nog steeds aan wennen dat ik in Atlanta woon.

Vivian en ik waren de dag na de begrafenis met elkaar om de tafel gaan zitten, en in minder dan een uur hadden we alles uitgewerkt. Hoewel ik het wel aanbood, weigerde ze mijn aanbod om alimentatie te betalen, en wat de verdeling van de eigendommen betreft, vroeg ze maar de helft van de waarde van het huis, en de spaar- en beleggingsrekeningen. Ze liet me het geld in ons gezamenlijke pensioenfonds houden, maar goed, ze hoefde zich dan ook niet meer zo druk te maken om geld als vroeger. Tijdens datzelfde gesprek onthulde ze dat ze zich in het geheim met Spannerman had verloofd – anderen zouden het pas te weten komen als onze scheiding definitief was – en al had ik me daardoor gekwetst kunnen voelen, ik merkte tot mijn verbazing dat het me helemaal niets deed. Ik was verliefd op Emily, en net als Vivian had ik het punt bereikt dat ik klaar was voor een nieuw hoofdstuk in mijn leven.

Geld was echter niet het echte twistpunt tussen ons geweest; dat was de voogdij. Dus was ik zowel opgelucht als een beetje sceptisch toen ze zich naar me toe boog en op ernstige toon zei: 'Ik wil me verontschuldigen voor de brief die mijn advocate heeft gestuurd.' Ze legde een hand op haar hart. 'Ik was mijn hart aan het luchten in haar kantoor, en ik besefte niet hoe mijn woorden verdraaid zouden worden. Ik weet dat je nooit iets onbetamelijks zou doen met London, en toen ik uiteindelijk de brief zag die mijn advocate had gestuurd, was ik er misselijk van.' Ze zuchtte. 'Wat moet je wel niet van me gedacht hebben.'

Ze deed haar ogen dicht, en op dat moment koos ik ervoor om haar te geloven. Ergens verlangde ik daar ook naar; ik wilde niet geloven dat ze ooit tot zoiets in staat was geweest. Maar de waarheid is dat ik nooit zal weten hoe het werkelijk is gegaan.

'Toen Marge me die avond vroeg om langs te komen, zei ze recht voor zijn raap tegen me dat London ons allebei nodig had en dat ik London zou schaden door de volledige voogdij op te eisen. Ik hoef je niet te vertellen dat ik boos was. Op dat moment vond ik dat het haar helemaal niet aanging. Maar wat ze had gezegd, deed me meer dan ik wilde toegeven... en na verloop van tijd begon ik te beseffen dat ze misschien wel gelijk had.' Aan haar pols draaide ze de hele tijd een dun gouden armbandje in het rond.

'Elke keer dat London naar Atlanta kwam, praatte ze alleen maar over jou. Hoe leuk ze het had met je, de spelletjes die jullie samen deden, waar jullie allemaal naartoe gingen.' Haar stem trilde. 'Ik heb London nooit van je willen afpakken. Ik wilde haar gewoon bij me hebben. Dus toen Marge zei dat je naar Atlanta zou verhuizen... ik sloeg steil achterover. Ik had me nooit kunnen voorstellen dat je Charlotte zou verlaten, of je ouders. Ik had altijd het idee gehad dat je je eigen bedrijf was begonnen omdat je geen serieuze poging deed om in een andere stad werk te vinden.' Toen ik wilde protesteren, stak ze haar hand op. 'Dat was precies de reden waarom ik de volledige voogdij wilde. Want ik hou ook van London, en ik ging eraan onderdoor om haar alleen maar om het weekend te zien. Ik denk dat ik nooit geloofde dat je zo ver zou willen gaan om in haar leven te blijven.'

Ze keek me recht aan. 'Je bent een geweldige vader, Russ. Dat weet ik nu. Als je bereid bent om naar Atlanta te verhuizen zoals Marge zei, en je wilt de zorg voor London delen, denk ik dat we er waarschijnlijk wel uit zullen komen.'

En dat is precies wat we deden. Om te beginnen mocht London bij mij in Charlotte blijven om het schooljaar af te maken; twee dagen later reed de verhuiswagen met onze spullen naar Atlanta. Als Vivian op reis is – waardoor ze nog steeds drie of vier nachten per week van huis is – is London bij mij. Ook heb ik mijn dochter om het weekend, en London en ik hebben een vast romantisch avondje op de vrijdagen dat ze bij mij is. Om een herhaling van het afgelopen jaar te voorkomen, hebben Vivian en ik besloten om in de toekomst de feestdagen met elkaar af te wisselen. Om evengoed verhaaltjes voor het slapengaan aan mijn dochter te kunnen voorlezen als ze bij haar moeder is, heb ik een mini-iPad gekocht, en London zet hem tegen een kussen aan om me te zien via FaceTime. Wat nog leuker is, is dat als de school straks begonnen is, ik haar nog steeds elke dag van school op kan halen, en dan blijft ze bij me totdat Vivian klaar is met werken. Ik neem aan dat dat betekent dat London en ik soms samen zullen eten; andere keren eet London met haar moeder; maar ik heb er alle vertrouwen in dat Vivian en ik er wel uit zullen komen.

Onwillekeurig ben ik Vivian toch dankbaar voor al die dingen, me ervan bewust dat het mijn ex-vrouw, in al die jaren dat we elkaar hebben gekend, altijd weer lukt om me te verbazen.

Soms zelfs op een goede manier.

Ik zag ertegenop om Emily te vertellen dat ik ging verhuizen.

De meeste mensen zouden het toejuichen dat ik had besloten om mijn dochter te verkiezen boven een romantische relatie, maar ik wist ook dat een vrouw als Emily maar één keer in je leven langskomt. Charlotte en Atlanta waren dicht genoeg bij elkaar voor een kortstondige relatie, maar zou het op de lange duur ook echt kunnen werken? Net als ik was Emily geboren en getogen in Charlotte en woonden haar ouders en zus in de buurt. We hadden nog niet zo heel lang iets met elkaar; tot op dat moment in onze relatie hadden we elkaar zelfs nog nooit gekust.

'Jij kunt wel beter krijgen dan mij.' Zo begon ik het gesprek. Er waren slimmere en aardigere mannen, rijkere en knappere vrijers, ging ik verder. Toen Emily me onderbrak en vroeg waar dit allemaal over ging, vertelde ik het hele verhaal: mijn gesprekken met Marge; mijn ontmoeting met Vivian de dag na de begrafenis; het besef dat ik naar Atlanta moest verhuizen. Voor London. Kon ze het me vergeven?

Ze stond op en sloeg haar armen om me heen. Op dat moment zaten we in haar keuken, en mijn ogen schoten naar haar atelier, waar ze weer met een ander schilderij bezig was. Het was er een dat ze van plan was aan Liz te geven. Net zoals ze had gedaan met de afbeelding van London en mij, was Emily een versie aan het schilderen van de foto waarop Marge en Liz onder de kerstboom bij het Rockefeller Center stonden.

'Ik weet al een tijdje dat je naar Atlanta ging verhuizen,' fluisterde ze in mijn oor. 'Marge vertelde het toen ik naar haar toe ging. Waarom denk je dat ik mijn huis te koop heb gezet?'

Emily en ik wonen nu op minder dan anderhalve kilometer van elkaar. Voorlopig huren we allebei, want we weten allebei dat het slechts een kwestie van tijd is voordat we ringen gaan kopen. Er zijn mensen die misschien vinden dat het te snel gaat – mijn scheiding is pas drie maanden geleden definitief geworden – maar daar zou ik op willen antwoorden: *Hoeveel mensen hebben de kans om te trouwen met hun beste vriend of vriendin?*

Voor London heeft het besef dat Bodhi hier niet alleen woont maar ook naar dezelfde school zal gaan – er is een uitstekende school in de buurt – de overgang veel gemakkelijker gemaakt. Kort nadat ik London van de glijbaan zag zoeven, keek ik naar de parkeerplaats en zag ik Emily aan komen rijden. Bodhi sprong uit de auto en rende regelrecht naar London toe, en toen Emily glimlachte en zwaaide, wist ik zeker dat mijn dag een heel stuk beter was geworden.

En tussen twee haakjes, als het iemand interesseert: op Emily's eerste avond in Atlanta – ze verhuisde hier een week na London en mij heen – vierden we het met champagne en belandden we uiteindelijk in bed. Sindsdien heb ik het gevoel alsof ik eindelijk thuis ben gekomen.

Voor mijn ouders en voor Liz is het niet gemakkelijk geweest. In de weekends dat Vivian London heeft, rijd ik naar Charlotte en ga ik bij mijn ouders op bezoek. Liz is er ook vaak, en onze gesprekken komen als vanzelf bij Marge uit. Tegenwoordig huilen we niet meer bij het horen van haar naam, maar de pijnlijke leegte blijft. Ik weet niet of iemand van ons de leemte ooit helemaal zal weten te vullen.

En toch zijn er glimpen van hoop.

Toen Liz en ik afgelopen weekend zaten te praten, vroeg ze me tussen neus en lippen door of ik vond dat ze te oud was om alleenstaande moeder te worden. Toen ik haar verzekerde dat dat absoluut niet het geval was, knikte ze alleen maar. Ik drong niet aan, maar ik kon wel zien dat Marge' gift aan Liz nu al vrucht droeg.

Later diezelfde middag merkte mijn vader op dat de eigenaar van het loodgietersbedrijf bezig was het naar de afgrond te brengen, en dat hij niet wist of hij dat wel wilde zien gebeuren. Toen mijn ouders eerder die week in Atlanta bij mij en London op bezoek waren, betrapte ik mijn moeder erop dat ze in de huizenbijlage van de krant zat te kijken.

Zoals ik al eerder zei: mijn zus had altijd een plan.

Wat mijzelf betreft: Marge had al die tijd al geweten wat ik moest doen, en in de weken na de begrafenis heb ik me vaak afgevraagd waarom ze me niet gewoon had gezegd dat ik naar Atlanta moest verhuizen in plaats van me het antwoord met veel pijn en moeite zelf te laten uitzoeken.

Pas onlangs ben ik erachter waarom ze zich inhield: nadat ik een leven lang op haar leiding had vertrouwd, wist ze dat ik moest leren op mijn eigen oordeel te vertrouwen. Ze wist dat haar broertje nog maar één duwtje nodig had om de man te worden van wie ze altijd had geweten dat ik hem kon zijn; de man die eindelijk het zelfvertrouwen had om in actie te komen als het er echt toe deed.

Het was een jaar om te herinneren en een jaar om te vergeten, en ik ben niet meer de man die ik een jaar geleden was. Uiteindelijk heb ik te veel verloren; het verdriet dat ik om Marge voel, is nog te vers. Ik zal haar altijd blijven missen en ik weet dat ik het afgelopen jaar niet was doorgekomen zonder haar. Ook kan ik me niet voorstellen dat ik vandaag zou zijn wie ik ben zonder London. En altijd als ik naar Emily kijk, zie ik heel duidelijk een toekomst voor me met haar aan mijn zijde. Marge, Emily en London steunden me toen ik het het hardst nodig had, op manieren die nu bijna voorbeschikt lijken.

Maar dat is het gekke: bij ieder van hen was ik een ander persoon. Ik was een broer, een vader en een geliefde, en ik ben ervan overtuigd dat die verschillen de universele waarheden van het leven weerspiegelen. Op elk gegeven moment ben ik niet mijn hele zelf; ik ben maar een gedeeltelijke versie van mezelf, en elke versie is net weer anders dan de andere. Maar nu ben ik ervan overtuigd dat elk van die versies van mij altijd iemand aan zijn zijde heeft gehad. Ik heb dat jaar overleefd omdat ik in staat ben geweest twee aan twee te lopen met de mensen van wie ik het meeste hield, en hoewel ik dat aan niemand heb verteld, zijn er zelfs nu nog momenten dat ik Marge naast me voel lopen. Dan hoor ik haar het antwoord fluisteren als ik voor een beslissing sta; ik hoor haar me aansporen om niet zo somber te zijn als de wereld zwaar op me drukt. Dit is mijn geheim. Of liever gezegd, het is óns geheim, en ik bedenk dat ik geluk heb gehad, want niemand zou gedwongen moeten zijn om alleen door het leven te gaan.

Dankwoord

In de eindfase van een roman zijn er altijd heel veel mensen te bedanken.

Mijn kinderen, Miles, Ryan, Landon, Lexie en Savannah, die me nog steeds inspireren.

Theresa Park, mijn literair agent, en Jamie Raab, mijn uitgever, zijn al twintig jaar aan mijn zijde, en ik ben altijd dankbaar voor hun inzichten en hun inzet om mijn romans zo goed mogelijk te maken.

Bij Park Literary & Media: het briljante, vindingrijke en uitermate kundige team van Emily Sweet, Abby Koons, Alex Greene, Andrea Mai, Vanessa Martinez en Blair Wilson. Zij doen voor auteurs wat niemand anders in deze branche kan, en ik ben veel van mijn succes verschuldigd aan hun verreikende inspanningen.

Bij United Talent Agency zijn Howie Sanders en Keya Khayatian al bijna twintig jaar lang mijn onmisbare adviseurs, onvermoeibare pleitbezorgers en creatieve hersenbank. Ze hebben me gesteund tijdens vele dramatische ups en downs, en hun briljant strategisch inzicht en niet-aflatende loyaliteit zijn ongeëvenaard. Ik zal Larry Salz nooit kunnen terugbetalen voor alles wat hij voor NSP TV heeft gedaan, maar ik ben hem evengoed intens dankbaar. David Herrin zal altijd mijn goeroe en mijn orakel zijn als het gaat om kwesties van data en sociaal sentiment. Hij is geniaal. Danny Hertz was onmisbaar voor mijn team, en ik wens hem alle goeds in zijn spannende nieuwe loopbaan.

Scott Schwimer, mijn onvermoeibare entertainmentadvocaat en vriend, is al twintig jaar mijn zwaard en mijn schild. Zijn persoonlijke loyaliteit en scherp zakelijk inzicht gaan veel verder dan wat je zou verwachten van een advocaat; bovendien is hij een geduldig, geruststellend klankbord voor me geweest tijdens allerlei soorten moeilijke situaties.

Mijn publiciteitsagenten Catherine Olim, Jill Fritzo en Michael Geiser hebben de afgelopen paar jaren ontzettend hun best gedaan. Niemand kan zich in de wereld van de pr opmerkzamer en getalenteerder vertegenwoordigers wensen – ik ben altijd verrast geweest door hun persoonlijke inzet en professionele effectiviteit.

LaQuishe 'Q' Wright is de onmiskenbare leider op haar gebied van de met entertainment samenhangende sociale media, en ze maakt altijd weer indruk op me met haar schranderheid en professionaliteit. Mollie Smith is ook een heel hooggewaardeerd lid van mijn socialemediateam. Met haar betrouwbaarheid, ontvankelijkheid en gevoel voor design verrijkt ze steeds maar weer alles wat ik doe. Bij Hachette USA en UK is het team mensen dat ik moet bedanken te talrijk voor me om hier volledig te vermelden, maar ik hoop dat ze weten hoezeer ik de specifieke inzet van ieder van hen waardeer. Om er maar een paar te noemen:

Arnaud Nourry
Michael Pietsch
Amanda Pritzker
Beth DeGuzman
Brian McLendon
Anne Twomey
Flamur 'Flag' Tonuzi
Claire Brown
Chris Murphy
Dave Epstein
Tracy Dowd
Caitlin Mulrooney-Lyski
Matthew Ballast
Maddie Caldwell
Bob Castillo
Kallie Shimek
Ursula Mackenzie
David Shelley
Catherine Burke

Bij Warner Bros. TV wil ik graag Peter Roth, Susan Rovner en Clancy Collins-White bedanken voor hun steun en ruimhartige professionaliteit. En ook Stacey Levin, Erika McGrath en Corey Hanley, voor hun inspanningen bij NSP TV.

Mijn waardering gaat ook uit naar Denise DiNovi en Marty Bowen, de fantastische producers die veel van mijn romans op het witte doek tot leven hebben gebracht.

Aan Peter Safran, zijn lieve vrouw Natalia, Dan Clifton en de getalenteerde Ross Katz wil ik mijn oprechte waardering uitspreken voor hun werk aan *The Choice.*

Anderen die ook mijn dankbaarheid verdienen, zijn onder anderen Jeannie Armentrout en Tia Scott, die mijn leven aan het thuisfront steeds soepel voor me laten verlopen.

Andy Sommers, Mike McAden, Jim Hicks, Andy Bayliss, Theresa Sprain en dr. Eric Collins zijn allemaal consequent behulpzaam op verschillende gebieden van mijn leven en ik kan hun niet genoeg bedanken.

Mijn dankbaarheid gaat ook uit naar Pam Pope en Oscara Stevick, die geweldige dingen met cijfers doen.

Er zijn ook nog een aantal bijzondere vrienden die mijn waardering verdienen, onder wie Michael Smith, Victoria Vodar, David Geffen, dr. Todd Lanman, Jeff Van Wie, Jim Tyler, Chris Matteo, Paul DuVair, Rick Muench, Robert Jacob, Tracey Lorentzen, Missy Blackerby, Ken Gray, dr. Dwight Carlbloom, David Wang and Catherine Sparks.

Vanwege plaatsgebrek ben ik genoodzaakt talloze anderen achterwege te laten die ook mijn dank verdienen, maar ik hoop dat ze weten hoeveel hun inspanningen voor me hebben betekend. Het creatieve bedrijf is een groepsonderneming en ik heb het voorrecht gekend om in bijna elke fase met een buitengewoon team samen te werken.